पौरवों और असुरों का अंतिम महायुद्ध

रणक्षेत्रम्

पाँच खण्डों में फैली रणक्षेत्रम् शृंखला का अंतिम भाग

दण्डकारण्य संग्राम

रणक्षेत्रम्

- खण्ड पाँच -

दण्डकारण्य संग्राम

उपन्यास

उत्कर्ष श्रीवास्तव

अंजुमन प्रकाशन

अंजुमन प्रकाशन
942, मुट्ठीगंज, प्रयागराज-3 उत्तर प्रदेश, भारत
www.anjumanpublication.com
contact@anjumanpublication.com

ISBN : 978-93-88556-55-2

प्रथम संस्करण अंजुमन प्रकाशन द्वारा 2021 में प्रकाशित

आवरण : ईशान चतुर्वेदी
टाइप सेटिंग : अंजुमन प्रकाशन

॥ ॐ श्री गणेशाय नमः॥

मेरी माँ कहती हैं कि देवों में श्रेष्ठ भगवान गणेश का नाम पूजा में सबसे पहले लिया जाता है, इसलिए मैं भी अपनी इस महागाथा का आरम्भ इनकी आराधना से करता हूँ, क्योंकि इस कथा को लिखना मेरे लिए किसी पूजा से कम नहीं।

मेरे जीवन के सबसे बड़े आदर्श, मेरे नाना
श्री पौहारी शरण श्रीवास्तव
को समर्पित

दो शब्द...

रणक्षेत्रम् लिखने का, दस साल पहले शुरू हुआ मेरा सफ़र अब खत्म होने को है। इस दौरान मैंने न जाने कितनी गलतियाँ कीं और उन्हें सुधारकर आगे बढ़ा। पाँच पुस्तकों की इतनी बड़ी शृंखला लिखना आसान नहीं होता और मुझे खुशी है कि मुझे अपने पाठकों का समर्थन मिलता रहा। बस इसी वजह से तो मेरी हिम्मत बनी रही जो मैं इस महागाथा के अंतिम पड़ाव तक पहुँचने में सफल हुआ और मुझे यकीन है कि अंतिम दोनों खण्डों में भी मुझे पाठकों का वही प्यार और समर्थन मिलता रहेगा।

मैं नहीं जानता मेरी लिखी हुई ये काल्पनिक पौराणिक कथा किस-किस तक पहुँच पायेगी। बस इतना विश्वास है कि जिस-जिस तक पहुँचेगी उसके दिल में घर ज़रूर कर जायेगी और इसका श्रेय केवल मुझे नहीं बल्कि उन सभी लोगों को जाता है जिन्होंने हर कदम पर मेरा साथ दिया... चाहे वो मेरी माता अंजू श्रीवास्तव हों, पिता रमेश चंद्र श्रीवास्तव हों या फिर भाई हर्ष चंद्र। इन सभी के साथ मैं अपने प्रकाशक श्री वीनस केसरी जी का भी धन्यवाद करना चाहूँगा जो शुरूआत से लेकर अंत तक मेरे साथ बने रहे।

मैंने अपनी एड़ी-चोटी का ज़ोर लगाकर इस कथा को समाप्त कर दिया है। अब आगे इस कथा का भविष्य क्या होगा ये पाठकों पर निर्भर करता है।

हर हर महादेव....

पूर्व कथा...

सदियों पूर्व की कथा में हमें ज्ञात होता है कि किस प्रकार देवगुरु बृहस्पति ने असुरों को उन्हीं के गुरु शुक्राचार्य द्वारा सदैव देवों से पराजित रहने का श्राप दिलवाया। बृहस्पति के षड्यंत्र का ज्ञान पाकर शुक्राचार्य को ग्लानि होती है। तब शुक्राचार्य का शिष्य भैरव उन्हें वचन देता है कि चाहें उसे साम दाम दण्ड भेद किसी भी नीति का प्रयोग करना पड़े वो देवों के किये कपट का प्रतिशोध समग्र मानवजाति से लेगा।

इसके उपरांत कथा वर्तमान समय में आती है जहाँ अपनी योजना के अनुसार मेघवर्ण को छल से पराजित करके उपनंद डकैत दल में अविश्वास उत्पन्न करने का प्रयास करता है। द्वन्द्व की शर्त अनुसार चंद्रकेतु मूर्छित उपनंद को त्रिगर्ता वापस छोड़ने निकलता है।

त्रिगर्ता पहुँचकर चंद्रकेतु और वक्रबाहु के पुत्र बल्लार का टकराव होता है। इसके उपरांत चंद्रकेतु की भेंट महर्षि ओमेश्वर के भ्राता अघोरी अवधूत से होती है जो उसे वक्रबाहु के जीवंतपात्र का रहस्य बताते हैं।

इधर पौरव युवराज सर्वदमन अपने मित्रों भगदत्त, नंदका और तीन सौ गणान्य योद्धाओं के साथ मिलकर मत्स्यराज जलसंघ की सेना और दानवराज वृषपर्वा को पराजित कर हस्तिनापुर लौट आता है, वहाँ ब्रह्मऋषि विश्वामित्र उसे महाबली अखण्ड की योजना से अवगत कराते हैं।

पातालपुरी में दुर्धरा से विवाह को लेकर उत्सुक दुर्भीक्ष की सारी प्रसन्नता पर पानी फिर जाता है जब दुर्धरा विवाह के उपहार स्वरूप दुर्भीक्ष का रक्षा-कवच माँग लेती है। उपहार देने को वचनबद्ध दुर्भीक्ष को समझते देर नहीं लगती कि वास्तव में दुर्धरा को उससे विवाह करने नहीं अपितु उसे निर्बल बनाने भेजा गया है।

उसी समय अपने डकैत साथियों का विश्वास जीतने की मंशा से मेघवर्ण पातालपुरी में आकर दुर्भीक्ष को द्वन्द्व के लिये ललकारता है। दोनों महारथियों में भयानक द्वन्द्व होता है जिसमें मेघवर्ण पराजित हो जाता है। घायल दुर्भीक्ष उसका अद्भुत पराक्रम देख उसे जीवित छोड़ देता है।

दुर्भीक्ष के विवाह को उत्सुक शत्रुघन उसी दिन अपने परिवार के साथ पातालपुरी आ जाता है। वहीं दुर्भीक्ष अपने वंश के उत्तराधिकारी शत्रुघन के पुत्र शत्रुंजय से मिलता है। अब दुर्भीक्ष, जो दुर्धरा को वहाँ से लौटा चुका था, उसे समझ नहीं आता कि वो उसे क्या उत्तर दे।

वहीं दुर्धरा का रथ हाँकते हुआ ले जाता भद्राक्ष, दुर्भीक्ष और दुर्धरा के पुनः विछोह को लेकर बहुत विचलित होता है और अंततः रथ वापस मोड़कर पातालपुरी लौट आता है और दुर्भीक्ष को भैरवनाथ के षड्यंत्रों का पूर्ण रहस्य बता देता है।

वो सत्य जानकर दुर्भीक्ष विवश-सा महसूस करने लगता है, साथ ही दुर्धरा के मन में भी उसके प्रति भावनाएँ जागने लगती हैं। इधर भद्राक्ष अकेला वन में आता है और हमें ज्ञात होता है कि वो भद्राक्ष जिसने दुर्भीक्ष को भैरवनाथ का सत्य बताया है, वास्तव में एक बहरूपिया है। वो बहरूपिया वास्तविक भद्राक्ष का स्थान लेने के लिये उसी क्षण उसकी हत्या करके उसका शव जला देता है।

भैरवनाथ के षड्यन्त्रों के विषय में जानकर दुर्भीक्ष उसे समस्त असुरप्रजा के समक्ष मृत्युदण्ड देता है। अपनी प्रजा का सम्पूर्ण समर्थन पाकर गद्गद हुआ असुरेश्वर दुर्भीक्ष प्रण लेता है कि वो सदैव असुरों और उनकी संस्कृति का रक्षण करेगा।

मेघवर्ण वापस अपने दल के पास लौट आता है। वहीं सर्वदमन, भगदत्त और नंदका विदर्भ के अभियान पर निकलते हैं जहाँ उनकी योजना विदर्भ राज्य की अर्थव्यवस्था के तीन स्तम्भ बलरामपुर, करौल और बिंगरौली गाँव की प्रजा को महाराज तेजस्वी के लौटने का विश्वास दिलाकर जयवर्धन के विरुद्ध विद्रोह के लिये भड़काने की है।

इधर दुर्भीक्ष अपने भतीजे शत्रुंजय को एक योग्य योद्धा बनने और अनुभव की उत्तम शिक्षा देने के लिये आर्यावर्त की यात्रा पर निकलता है। दुर्धरा और भद्राक्ष भी छद्मवेश धरे उनके साथ हो लेते हैं। इस यात्रा के दौरान दुर्भीक्ष, शत्रुंजय को वायुतत्व की शक्ति प्रदान करता है और उसकी शिक्षा आरम्भ करता है।

यात्रा करते हुए दुर्भीक्ष शत्रुघन, भद्राक्ष और दुर्धरा के साथ बिंगरौली पहुँचता है

जहाँ नंदका ने ब्राह्मण नंदकेश्वर के रूप में अपने सौ गणान्य योद्धाओं के साथ नये गुरुकुल की स्थापना की होती है। शत्रुंजय, नंदका से शिक्षा प्राप्त करने जाता है। उस गुरुकुल में उसकी भेंट पुरुष भेष में शिक्षा ग्रहण कर रही एक कन्या से होती है। उसका पीछा करने पर शत्रुंजय को ज्ञात होता है कि वो विदर्भराज जयवर्धन की पुत्री राजकुमारी चंद्रलेखा है।

शत्रुंजय का पराक्रम देख चंद्रलेखा उससे प्रभावित हो जाती है। वो दोनों निकट आने लगते हैं। इधर मेघवर्ण और चंद्रकेतु महाबली वक्रबाहु को मुक्त कराने के उद्देश्य त्रिगर्ता पहुँचते हैं और वहाँ उपनंद की विजयदशमी के दिन दी जाने वाली बलि-प्रथा को नष्ट करके उसे बंदी बना लेते हैं।

वहीं जब जयवर्धन के योद्धा करौल और बलरामपुर का विद्रोह दबाने में विफल रहते हैं तब वो स्वयं ही बिंगरौली के विद्रोहियों को कुचलने का निश्चय करता है।

उसका प्रतिरोध करने हेतु नंदका और शत्रुंजय सौ गणान्य योद्धाओं के साथ मिलकर उसे रोकने का निश्चय करते हैं। किंतु इस अभियान में अपनी भूल के कारण सहस्त्रों निर्दोष युवकों की बलि चढ़ जाने पर नंदका विचलित हो जाता है, जिसका लाभ उठाकर विदर्भ का सेनापति वृहदत्त उसे घायल कर देता है। क्रोधित शत्रुंजय, वृहदत्त का अंत कर देता है। इसके उपरांत नंदका और शत्रुंजय अपने सौ गणान्य योद्धाओं के साथ जयवर्धन और उसके पुत्र श्रुतायुध की सहस्त्रों की सेना का सामना करने आगे बढ़ते हैं।

तभी बल्लार भी उनकी सहायता को आ पहुँचता है, जिससे नंदका का दल भारी पड़ने लगता है। श्रुतायुध के प्राणघातक प्रहार से गिरने से पूर्व नंदका उसका वध कर देता है। श्रुतायुध की मृत्यु से विचलित जयवर्धन पर प्रहार करने बल्लार आगे बढ़ता है, तभी दुर्भीक्ष वहाँ जयवर्धन की सहायता को आ जाता है और बल्लार को पीछे हटा देता है।

इसके उपरांत सर्वसम्मति से जयवर्धन और शत्रुंजय के बीच बिना किसी हस्तक्षेप के अंतिम द्वन्द्व होता है और भद्राक्ष की दी हुई विषाक्त तलवार से जयवर्धन घायल हो जाता है। अपनी चेतना खोने से पूर्व दुर्भीक्ष से ये वचन लेता है कि वो शत्रुंजय को विदर्भ का राजा बनायेगा और चंद्रलेखा से उसका विवाह भी करायेगा।

बल्लार जयवर्धन के अचेत शरीर को लेकर मथुरा के वन में पहुँचता है। वहाँ मेघवर्ण और चंद्रकेतु को अपने जीवन का सत्य ज्ञात होता है। उस सत्य से अवगत होकर मेघवर्ण दिग्विजय से और भी अधिक रुष्ट हो जाता है।

दूसरी ओर विदर्भ में शत्रुंजय का राज्याभिषेक होता है और उसी दिन सूचना मिलती है कि द्रविड़राज अल्मबुष अपने पुत्रों के साथ आर्यावर्त के राज्यों पर आक्रमण कर रहे हैं। दुर्भीक्ष उनका अभियान रोकने निकलता है और उन्हें उनके पुत्रों समेत बंदी बनाकर विदर्भ की राजसभा में प्रस्तुत करता है। द्रविड़ों की संघर्ष-कथा सुन शत्रुंजय उन्हें उनकी मातृभूमि लौटा देता है। गद्गद होकर द्रविड़राज अल्मबुष शत्रुंजय को

आजीवन समर्थन का वचन देते हैं।

इसके उपरांत हस्तिनापुर में दुर्भीक्ष और दुर्धरा के विवाह का समारोह होता है जहाँ शत्रुघन और उसकी पत्नी सुदेष्णा की हस्तिनापुर के सेनापति कीर्तिध्वज द्वारा हत्या कर दी जाती है। अपने सेनापति के कुकृत्य से लज्जित होकर हस्तिनापुर नरेश महाराज दुष्यंत सिंहासन का त्याग करने का निर्णय लेते हैं।

कुपित हुए दुर्भीक्ष से वार्ता कर विश्वामित्र उसके दुःख को कम करने का प्रयास करते हैं और उसे वचन देते हैं कि यदि वो अपने माने हुए धर्म का पालन करे तो वो आने वाले संकट से शत्रुंजय का रक्षण करेंगे।

इधर विदर्भ पहुँचकर हमें बहरूपिये भद्राक्ष की वास्तविकता ज्ञात होती है कि वास्तव में वो रक्षगुरु भैरवनाथ है जो शत्रुंजय के शरीर में सुबाहु की आत्मा का वास कराने के लिये कई महीनों से षड्यंत्र रच रहा था। वहीं ये भी ज्ञात होता है कि शत्रुंजय रूपी सुबाहु ने ही वास्तव में शत्रुघन की हत्या की है।

भैरवनाथ की अगली योजना अनुसार रक्षप्रकोप अभियान में गांधार में दानव अनुप्रवा, कम्बोज में असुर मतंग तथा तक्षशिला में राक्षस सुमाली अपने अपने षड्यन्त्रों द्वारा वहाँ के राजाओं की हत्या कर देते हैं। अनुप्रवा और सुमाली क्रमशः गांधार और तक्षशिला के सिंहासन पर अधिकार कर लेते हैं।

इस अभियान के अनुरूप दानव मृतंगप्रवा मत्तमयूर में अराजकता फैलानी आरम्भ करता है, किंतु पौरव युवराज सर्वदमन वहाँ पहुँचकर उसका अभियान विफल कर देता है, तब उसे ज्ञात होता है कि मत्तमयूर जैसी दशा आर्यावर्त के कई प्रदेशों में है।

इदार हस्तिनापुर में सर्वदमन के राज्यभिषेक से एक दिन पूर्व दानवराज वृषपर्वा अपने तीन बलिष्ठ दानवों के साथ उस कन्दरा पर आक्रमण करता है, जहाँ पूर्व पौरवराज दुष्यंत ध्यान में लीन होते हैं। भगदत्त वहाँ उनकी सहायता को पहुँचता है और वृषपर्वा के तीनों दानवों का अंत कर देता है। वहीं महाराज दुष्यंत, वृषपर्वा को घने वनों में भगा-भगाकर अगले दिन सूर्योदय तक उसका अंत करते हैं, किंतु इस दौरान वृषपर्वा भी एक विषाक्त कील दुष्यंत की जाँघ में घुसा देता है।

सर्वदमन का भव्य राजतिलक समारोह होता है जहाँ आर्यावर्त के सात अन्य राजा उसका समर्थन करने पहुँचते हैं। वहीं ब्रह्मऋषि विश्वामित्र उसे भरत नाम से अलंकृत करते हैं। तत्पश्चात वो सातों राजा असुरों के विरुद्ध अभियान में सर्वदमन का समर्थन करने को सहमति देते हैं। तभी अकस्मात ही राजसिंहासन के निकट खड़े दुष्यंत गिरकर अचेत हो जाते हैं।

अब आगे....

अनुक्रम

रणक्षेत्रम्

मानचित्र

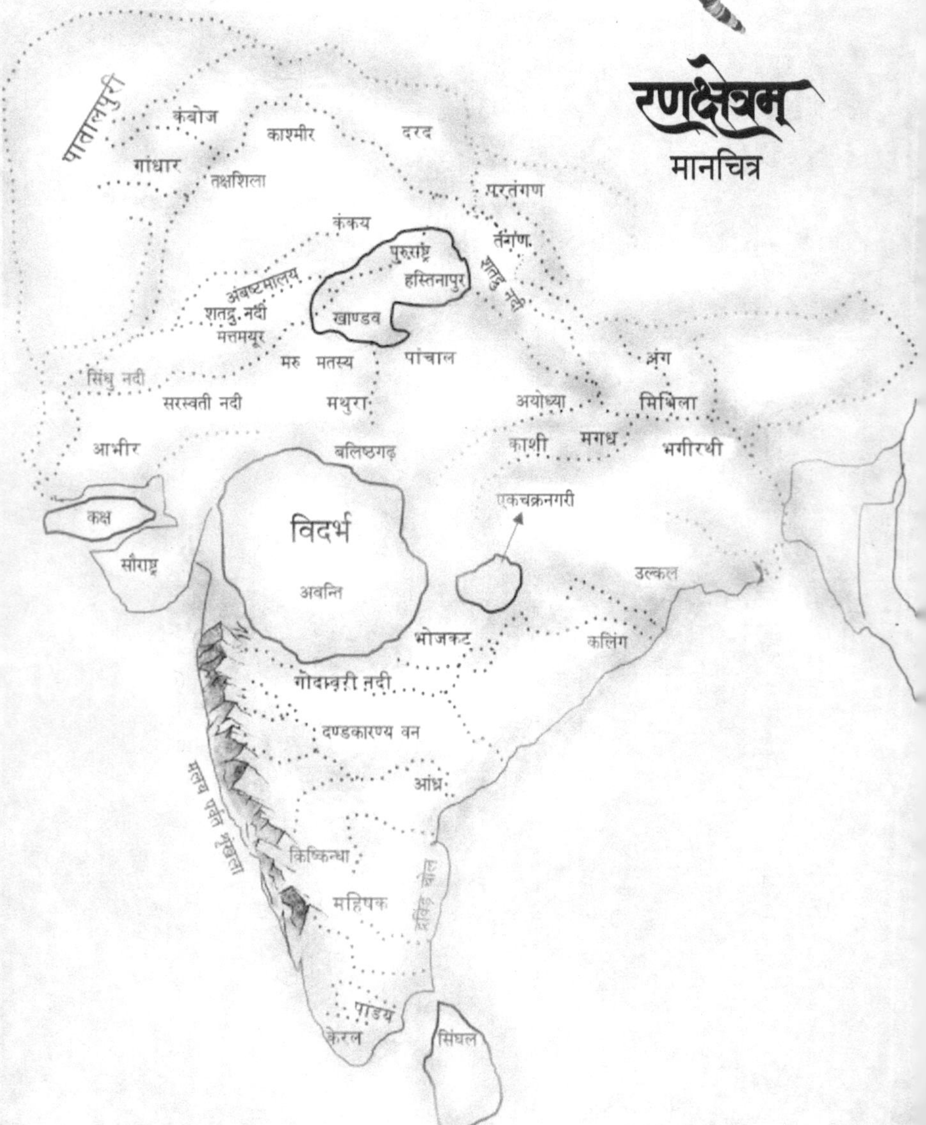

प्रथम अध्याय

आर्यावर्त अभियान

सर्वदमन ने अपने पिता के शरीर को ध्यान से देखा। उनकी छाती तक का भाग नीला पड़ गया था। उसने तत्काल ही दुष्यंत को उठाया, सिंहासन के नीचे लगी सीढ़ियों से उतरा और उन्हें लेकर राजवैध के भवन की ओर दौड़ा।

मेघवर्ण, अखण्ड के निकट आया, "ये सब क्या हो रहा है गुरुदेव?"

"पता नहीं मेघवर्ण, अभी तक तो केवल अशुभ समाचार ही सुनने को मिल रहे थे। अब एक अशुभ घटना का भी संकेत मिल रहा है। सर्वदमन को मित्र की आवश्यकता है; तुम उसके पास जाओगे तो उचित रहेगा।" अखण्ड ने सुझाव दिया।

मेघवर्ण ने सहमति जतायी और राजवैद्य के भवन की ओर बढ़ा। चंद्रकेतु और दिग्विजय अखण्ड के निकट ही खड़े रहे।

सर्वदमन, विश्वामित्र, भगदत्त और कुछ अन्य राजा राजवैद्य के भवन बाहर खड़े थे। सर्वदमन मौन खड़ा था। विश्वामित्र अश्रु बहा रही अपनी पुत्री शकुंतला को ढाँढ़स बँधा रहे थे।

मेघवर्ण ने भी वहाँ आकर सर्वदमन का साहस बढ़ाने का प्रयास किया। शीघ्र ही राजवैद्य अपने कक्ष का द्वार खोलकर बाहर आये। उनके मुख पर निराशा देख सर्वदमन ने उनसे प्रश्न किया, "क्या बात है, आप इतने विचलित क्यों हैं?"

राजवैद्य ने रुँधे हुए स्वर में कहा, "कदाचित आज प्रातः ही किसी ने महाराज दुष्यंत की जाँघ पर एक विषैली कील से प्रहार किया था। विष अत्यंत घातक था, किन्तु उसकी मात्रा कम होने के कारण ही महाराज पर उसका प्रभाव दिखने में समय लग गया। अब अधिक मात्रा के रक्त में मिश्रित होते ही वो विष तीव्रगति से महाराज के शरीर में फैलना आरम्भ हो गया है।"

"पहेलियाँ मत बुझाइए राजवैद्य, सीधे सीधे कहिए!" सर्वदमन क्रोध में चीख पड़ा।

राजवैद्य ने हताशा भरे स्वर में कहा, "महाराज के पास अधिक समय शेष नहीं है, वो आपसे और महारानी शकुंतला से भेंट करना चाहते हैं।"

रानी शकुंतला स्तब्ध रह गयीं। मुख का भाव ऐसा हो गया मानों हृदय पर किसी ने कटार चला दी हो। सर्वदमन की स्थिति भी कुछ ऐसी ही थी। उसके हाथ-पाँव सुन्न पड़ने लगे थे। वो अपना सिर पकड़कर भूमि पर घुटनों के बल बैठ गया।

मेघवर्ण ने उसके निकट आकार उसे सांत्वना देते हुए समझाने का प्रयास किया, "अपने आपको सँभालो मित्र, महाराज के पास अधिक समय नहीं है, वो तुम्हारी प्रतीक्षा कर रहे हैं।"

यह सुनकर सर्वदमन ने स्वयं को सँभाला और शकुंतला के निकट पहुँचा, "चलिए माता, पिताश्री से अंतिम भेंट करना आवश्यक है।"

शकुंतला को लेकर सर्वदमन राजवैद्य के भवन में पहुँचा। पूर्व हस्तिनापुर नरेश दुष्यंत शय्या पर लेटे उनकी प्रतीक्षा कर रहे थे। उनके सम्पूर्ण शरीर पर हल्का नीला रंग चढ़ा हुआ था। उन्हें देख रानी शकुंतला स्वयं को सँभाल नहीं पायीं और उनके निकट जाकर विलाप करने लगीं। उन्हें टूटता देख सर्वदमन ने स्वयं को सँभालने का निश्चय किया।

दुष्यंत ने हाथ बढ़ाकर सर्वदमन को अपने निकट बुलाया, "मेरे निकट आओ भरत।"

सर्वदमन ने आगे आकर दुष्यंत का हाथ पकड़ा, "मेरा ये नाम तो केवल संसार के लिए है पिताश्री, आप तो मुझे सर्वदमन ही पुकारिए ।"

दुष्यंत ने कराहते हुए कहा, "नहीं पुत्र, अब अपनी पुरानी पहचान का विस्मरण करो, क्योंकि पुरूराज भरत केवल एक नाम नहीं है, अपितु एक महान उत्तरदायित्व भी है, जिसे अपने जीवन के हर पग पर तुम्हें स्मरण रखना है।"

"जो....जो आज्ञा पिताश्री।" सर्वदमन ने उन्हें विश्वास दिलाते हुए कहा।

"आर्यों से सदैव पराजय का स्वाद चखने वाले ये असुर अब छल-कपट पर उतर

आये हैं पुत्र और दानवराज वृषपर्वा का किया कपट इसका साक्ष्य भी है कि अब वो लोग किसी भी सीमा तक गिर सकते हैं। इसलिए अब इन प्रजातियों का विध्वंस आवश्यक है, अन्यथा जिस गति से इन्होंने आर्यावर्त के राज्यों पर अपनी कपट छाया फैलायी है, एक दिन ये समस्त मानवजाति को निगल जायेंगे। अब आर्यावर्त को एकछत्र के नीचे लाने का समय आ गया है। अब मानवों के अस्तित्व के रक्षण हेतु पौरवों की पताका समग्र आर्यावर्त पर फैलानी होगी पुत्र, तभी तुम चुन-चुनकर मानवों की इस पवित्र भूमि से दैत्यों को खदेड़ पाओगे।''

''आप चिंता न करें पिताश्री, आपका पुत्र आपको निराश नहीं करेगा; मैं आपको वचन देता हूँ कि मैं आर्यावर्त का एकछत्र सम्राट बनकर इस पवित्र भूमि पर शांति की स्थापना करूँगा।'' सर्वदमन ने दुष्यंत को विश्वास दिलाते हुए कहा। उसने किसी प्रकार अपने अश्रु रोक रखे थे।

दुष्यंत ने अपने पुत्र को गर्व भरी दृष्टि से देखा, ''मुझे आप पर पूर्ण विश्वास है पौरवराज और मेरा आशीर्वाद है पुत्र कि शीघ्र ही चक्रवर्ती सम्राट भरत के रूप में तुम्हारा नाम समग्र संसार में अमर हो जायेगा।''

इस बार सर्वदमन अपने नेत्रों के अश्रु रोक नहीं पाया और उसके नेत्रों से बही चंद बूँदें दुष्यंत की हथेली पर गिर पड़ीं।

''यदि तुम्हीं अपना साहस खो दोगे तो तुम्हारी माता को कौन सँभालेगा पुत्र; एक सम्राट को इतना शिथिल होना शोभा नहीं देता।'' दुष्यंत ने उसे समझाने का प्रयास किया।

सर्वदमन ने अपने अश्रु पोंछ लिये और क्रोध भरे स्वर में कहा, ''यदि आपकी आज्ञा होगी तो मैं सम्पूर्ण पातालपुरी का विध्वंस कर दूँगा।''

''जानता हूँ कि तुम दानवों के किये छल से कुपित हो, किन्तु क्रोध में लिया निर्णय घातक होता है पुत्र और जिसे अपने कंधों पर करोड़ों मनुष्यों के दायित्व का भार उठाना है उसका अपने क्रोध को अस्त्र बनाना सीखना आवश्यक है। मेरा क्या है, मैं तो संन्यास ले चुका था... आज नहीं तो कल मुझे वन में भटकते हुए मृत्यु का वरण करना ही था। सोचा था कि संन्यासी रूप में समाज को क्या लाभ दे पाऊँगा; किन्तु मुझे आनंद है कि मेरी मृत्यु तुम्हारा संकल्प और दृढ़ करने में सहायक सिद्ध होगी; इसलिए कोई भी निर्णय आवेश में आकर मत लेना।'' दुष्यंत ने उसे समझाने का प्रयास किया।

सर्वदमन ने अपने क्रोध पर नियंत्रण कर दुष्यंत को आश्वासन दिया, ''आप चिंता न करें पिताश्री, मैं धैर्य नहीं खोऊँगा, किन्तु अब दुर्भीक्ष को अपने सामर्थ्य से परिचित करवाना आवश्यक हो गया है, उसे भी तो ज्ञात हो जाना चाहिए कि ये कपट-युद्ध आरम्भ करके उसने स्वयं अपने अंधकारमय भविष्य की ओर कदम बढ़ाये हैं।''

"जैसा तुम उचित समझो पुत्र... तुमने मेरे पुत्र के रूप में जन्म लेकर मेरे जीवन को सार्थक बना दिया। मुझे तो मृत्युशय्या पर पड़े बड़ा आनंद आ रहा है कि अंत समय में मेरा परिवार मेरे साथ है।"

दुष्यंत ने शकुंतला की ओर मुड़कर कहा, "अपने पुत्र का ध्यान रखिएगा देवी, ये भविष्य की धरोहर है।" इतना कहकर दुष्यंत का शरीर शांत हो गया।

सर्वदमन ने अधीर होकर उनकी नाड़ी और हृदयगति जाँचने का प्रयास किया, किन्तु अब गये हुए प्राण वापस तो न आ सकते थे। रानी शकुंतला को विलाप करता हुआ देख सर्वदमन ने उन्हें किसी प्रकार सँभालने का प्रयास किया। वो संध्या तक रोती रहीं और उनके क्रंदन का स्वर बाहर तक आ रहा था। उनका वो पीड़ा से भरा स्वर सुन सभी को महाराज दुष्यंत की मृत्यु का संकेत मिल गया। हस्तिनापुर के मित्र राजाओं, महाबली अखण्ड, मेघवर्ण, चंद्रकेतु, दिग्विजय, महर्षि विश्वामित्र, ऋषि कण्व और भगदत्त आदि सभी के नेत्र झुक गये थे।

अगले दिन ही दुष्यंत के शरीर को चिता पर लिटाया गया और सर्वदमन ने विधिपूर्वक उनका अंतिम संस्कार किया।

दुष्यंत की अंत्येष्टि के उपरांत सर्वदमन ने सभी मित्र राजाओं के साथ एक बैठक की। महाबली अखण्ड, मेघवर्ण, चंद्रकेतु और दिग्विजय भी वहाँ उपस्थित थे।

राजा भरत का मौन देख मथुरा नरेश शल्लभ ने प्रश्न किया, "यदि आप आज्ञा दें तो हम सभी राजा एक साथ अपनी सेना लेकर एकचक्रनगरी पर आक्रमण कर दें, हमारी संगठन की शक्ति का सामना दुर्भीक्ष नहीं कर पायेगा।"

"विदर्भ और एकचक्रनगरी के गुप्तचर इतने शिथिल नहीं होंगे कि हम उन पर आक्रमण को एकत्र होंगे और उन्हें ज्ञात नहीं होगा... और यदि ऐसा हुआ तो वो भी अपनी सम्पूर्ण शक्ति के साथ आक्रमण करेंगे, जिसका परिणाम महाविध्वंस के अतिरिक्त और कुछ नहीं होगा।" भरत ने तर्क दिया।

"तो क्या अपने पिता की मृत्यु का षड्यंत्र रचने पर आपने उस षड्यंत्रकारी दुर्भीक्ष को क्षमा कर दिया महाराज?" पांचालराज वीरभद्र ने प्रश्न किया।

"सुना है अब वो अपनी पंचरत्न की दिव्यशक्तियाँ प्रयोग नहीं कर सकता, कदाचित इसीलिए कभी शक्ति के मद में चूर रहने वाला वो अर्धअसुर अब प्रपंच करने पर उतर आया है।" मत्तमयूर नरेश विश्वसेन ने तर्क दिया।

उनकी बातें सुन महाबली अखण्ड ने हस्तक्षेप किया, "दुर्भीक्ष कायर नहीं है सभाजनों, मत भूलिए कि अपनी दिव्य शक्तियों के खो जाने के उपरांत भी उसने द्रविड़ों की दो अक्षौहिणी सेना को अकेले पराजित कर द्रविड़राज अल्मबुष और उनके

पुत्रों को बंदी बना लिया था। द्रविड़ों से संधि के कारण उसकी शक्ति कई गुना बढ़ चुकी है।''

मेघवर्ण ने भी तर्क देकर कहा, ''मैं दुर्भीक्ष को अच्छे से जानता हूँ, इसलिए मुझे अभी तक विश्वास नहीं होता कि वो ऐसा कोई घृणित षड्यंत्र रच सकता है।''

''किन्तु मत्तमयूर में वृषपर्वा के पुत्र मृतंगप्रवा ने स्वयं ये स्वीकार किया था कि वो और उसका दल जो भी कर रहा है वो दुर्भीक्ष के आदेशानुसार ही कर रहा है, इसके साक्षी मेरे साथ साथ मत्तमयूर नरेश विश्वसेन भी हैं।'' भरत ने तर्क दिया।

कुछ क्षण विचार कर महाबली अखण्ड ने कहा, ''मैं आपकी बात समझ रहा हूँ महाराज भरत, किन्तु कोई भी बड़ा निर्णय लेने से पूर्व हमें उसके दुष्परिणामों का भी विचार कर लेना चाहिए; कहीं ऐसा न हो कि जिसे हम सत्य मान रहे हैं वो तथ्य मिथ्या सिद्ध हो जाये और समग्र आर्यावर्त में होने वाले विनाश के लिये हमें ही आरोपी ठहराया जाये।''

सर्वदमन ने सहमति जताते हुए कहा, ''यही कारण है कि मैंने अभी तक अपने क्रोध पर नियंत्रण रखा हुआ है महाबली, प्रतिशोध के लिये युद्ध का निर्णय नहीं लिया।''

''तो आगे की क्या योजना है?'' मेघवर्ण ने प्रश्न किया।

सर्वदमन ने वहाँ उपस्थित सभी राजाओं को सम्बोधित करते हुए कहा, ''मैं चाहता हूँ आप सभी राजा अपने-अपने विशिष्ट गुप्तचरों को आर्यावर्त के उन सभी राज्यों में भेजें जो न हमारे अधिकार में हैं न ही विदर्भ नरेश शत्रुंजय के अधिकार में... क्योंकि मानवों में हिंसा भड़कने की सूचनाएँ वहीं से प्राप्त हो रही हैं। इसलिए मैं चाहता हूँ कि गुप्तचर वहाँ जाकर यह ज्ञात करें कि वहाँ क्या किस प्रकार की गतिविधियाँ हो रही हैं; तभी हम ये जान पायेंगे कि जो भ्रांतियाँ हमने सुनी है वो सत्य हैं या नहीं। यदि हमारा संदेह सत्य सिद्ध होता है तो असुरेश्वर दुर्भीक्ष को उसकी धृष्टता का दण्ड देना हमारा दायित्व हो जायेगा।''

सभी उपस्थित राजाओं ने भरत के मत से सहमति जतायी।

''आप सभी अपने-अपने कर्तव्यपथ की ओर बढ़ें। मैं महाबली अखण्ड और उनके दल से कुछ चर्चा करना चाहता हूँ।'' भरत ने सभी उपस्थित राजाओं से विनती की।

उन सभी के जाने के उपरांत भरत ने अखण्ड और बाकी तीनों योद्धाओं से आग्रह किया, ''आप चारों कृपा करके मेरे साथ आइए, गुरुदेव आपकी प्रतीक्षा कर रहे हैं।''

शीघ्र ही भरत उन्हें लेकर एक विशाल कक्ष में उपस्थित हुआ। वहाँ ब्रह्मऋषि विश्वामित्र और भगदत्त पहले से ही उपस्थित थे। उनके ठीक पीछे की दीवार पर आर्यावर्त का एक विशाल मानचित्र अंकित किया हुआ था। कक्ष में प्रवेश कर चारों ने विश्वामित्र को प्रणाम किया।

"आपको आश्चर्य तो अवश्य हो रहा होगा महाबली अखण्ड कि मैं राजाओं के साथ सभा में उपस्थित क्यों नहीं था?" विश्वामित्र ने अखण्ड से प्रश्न किया।

"मेरे अनुमान लगाने से उत्तम यही होगा कि इसका कारण आप स्वयं बता दें ऋषिवर।" महाबली अखण्ड ने विनम्रतापूर्वक कहा।

विश्वामित्र मुस्कुराये, "इसका कारण ये है महाबली कि हमारे मित्र राजाओं को जो कार्य सौंपा गया है वो केवल उनके संतोष के लिये है, ताकि उन्हें ये विश्वास हो जाये कि हस्तिनापुर नरेश का पक्ष लेकर उन्होंने कोई अनुचित कार्य नहीं किया है; इसलिए वहाँ मेरी उपस्थिति का कोई महत्व नहीं था।"

"मैं आपके कथन का अर्थ समझा नहीं ऋषिवर।" अखण्ड ने आश्चर्य भाव से कहा।

"अर्थात ये कि मेरे गुप्तचर पहले ही ये ज्ञात कर चुके हैं कि समस्त आर्यावर्त में जो उतल-पुथल मची है वो कौन करवा रहा है; आइए मैं आपको विस्तार से समझाता हूँ।" कहकर विश्वामित्र ने दीवारों पर अंकित मानचित्र की ओर संकेत कर कहना आरम्भ किया।

"मत्तमयूर में जो भी हुआ उसकी सूचना उसी समय सर्वदमन ने मुझे भिजवा दी थी। मत्तमयूर से असुरों की कोई निजी शत्रुता नहीं थी इसलिए मैंने सम्पूर्ण आर्यावर्त में घटित होने वाली गतिविधियों की सूचनाओं का संकलन आरम्भ किया। गुप्तचरों की सूचना के अनुसार तीन मास पूर्व सबसे पहले मानवों की आपस की हिंसा की शुरूआत हुई उत्तर पश्चिम के राज्य गांधार से, जो पातालपुरी की सीमा कें निकट ही है। यहाँ सामान्य प्रजा ने अपने राजा के विरुद्ध विद्रोह कर उसे सिंहासन से हटा दिया और अनुप्रवा नाम के एक साधारण नागरिक ने गांधारराज को द्वन्द्व में पराजित कर सिंहासन पर अधिकार कर लिया। गांधार की प्रजा अभी भी उसे एक सामान्य मनुष्य ही समझ रही है, किन्तु गुप्तचरों द्वारा ज्ञात हुआ कि वो दानवराज वृषपर्वा का ज्येष्ठ पुत्र है, जो मानव वेश धरे सिंहासन पर बैठा है और अपनी प्रजा के रक्षण का ढोंग कर रहा है। उसने वहाँ हिंसा भड़काने के लिये उसी द्रव्य का प्रयोग किया जिसका प्रयोग उसके भाई मृतंगप्रवा ने मत्तमयूर में किया था। उसने अपनी राजधानी में सभी मनुष्यों को इस द्रव्य के प्रभाव से मुक्त कर दिया। किन्तु तबसे लेकर आज तक वो एक नगर को इस द्रव्य के प्रभाव से मुक्त करता है और फिर दूसरे नगर की जनता को उसी द्रव्य के प्रभाव से

ग्रसित कर पहले उनकी आपस की हिंसा का आनंद लेता है, फिर उन्हें उसके प्रभाव से मुक्त कर एक अच्छा राजा होने का ढोंग करता है। समझा जा सकता है कि उसकी मंशा ये सिद्ध करने की है कि मानवजाति हिंसा और अधर्म के मार्ग पर चल पड़ी है और कदाचित मानव की छवि कलंकित कर वो उनके समक्ष को असुरों को मसीहा सिद्ध करना चाहता है, ताकि धीरे-धीरे मानव निर्विरोध होकर स्वेच्छा से असुरों की सत्ता स्वीकार करने लगें। आश्चर्य की बात ये है कि आभीर, कक्ष, मगध और सौराष्ट्र में भी इसी प्रकार की घटनाएँ घट रही हैं... ये है इन असुरों की प्रथम नीति।''

सभी उपस्थित योद्धा हतप्रभ रह गये। मेघवर्ण ने आश्चर्य भाव से कहा, ''ये प्रक्रिया तो मानवजाति को दासत्व की बेड़ियों में बाँधकर उनका अस्तित्व ही समाप्त कर देगी।''

विश्वामित्र ने कहना जारी रखा, ''ये तो बस आरम्भ है, मेघवर्ण; इनका अगला लक्ष्य था कम्बोज। गुप्तचरों से सुना है कि कई दिनों तक कुछ लोगों ने उनकी राजधानी के नागरिकों के बाल-बच्चों का अपहरण कर उन्हें आपस में लड़ने को प्रेरित किया। इसका आरोप कम्बोज के युवराज पर लगाया जा रहा था, ये मानकर कि वो ये सब अपने आनंद के लिये कर रहे हैं। फिर मतंग नाम का एक मनुष्य गाँव में आया और उसने कोतवाल से मित्रता की और उसी की सहायता से उसने षड्यंत्र रचकर कम्बोज के सम्पूर्ण राजपरिवार की हत्या की और वहाँ से भाग खड़ा हुआ। अब स्थिति ये है कि राजाहीन कम्बोज में मनुष्यों के बीच हिंसा भड़कती जा रही है और वहाँ बागी प्रजा के भय से कोई राजा प्रवेश भी नहीं करना चाहता, क्योंकि भ्रांतियाँ यहीं फैल रहीं हैं कि बागी प्रजा ने अपने राजा और उसके परिवार की हत्या कर दी। कदाचित असुरों की नीति ये है कि जब कम्बोज की अधिकतर प्रजा इस हिंसा की भेंट चढ़ जायेगी, तो वो अनाथ हुए कंबोज में भी मसीहा बनकर आयेंगे और मानवों को दासत्व में बाँधकर उन पर उपकार का भाव जतायेंगे। आश्चर्य की बात ये है कि जो कुछ कम्बोज में हुआ, वैसा ही कुछ कश्मीर, कंकय, मरु और दरद राज्य में भी हुआ। कुछ के राजा मारे गये और कुछ भ्रांतियाँ सुनकर सिंहासन छोड़कर भाग खड़े हुए, अर्थात ये थी असुरों की दूसरी नीति।''

सारे उपस्थित योद्धा बड़े गम्भीर भाव से विश्वामित्र की बात सुन रहे थे।

''असुरों की तीसरी नीति भी बड़ी विकट है। तक्षशिला में अश्वसेन नाम के एक नाविक ने अपने साथियों के साथ मिलकर पहले अपनी अद्भुत नौका से लोगों का ध्यान आकर्षित किया, फिर तक्षशिला नरेश सर्वसेन को उसकी सवारी करने का निमंत्रण दिया। फिर बीच नदी में ले जाकर उसने ये कहा कि नौका केवल आधे लोगों का ही भार सह सकती है। नौका में उपस्थित प्रजाजन एक-दूसरे को नदी में फेंकने हेतु आपस में ही लड़ने लगे और राजा के अंगरक्षकों द्वारा कई प्रजाजनों को नदी में धकेल

दिया गया। फिर बृजबाली नाम का एक राक्षस अपने नौका दल के साथ वहाँ आया और बचे हुए प्रजाजनों को सुरक्षित तट पर ले आया। बृजबाली ने सर्वसेन को द्वन्द्व के लिए ललकारा और उसका वध कर तक्षशिला के राज्य पर अधिकार कर लिया और उसके शासन में तक्षशिला की प्रजा सुखी है; इसका अर्थ समझे?''

''इसका अर्थ ये है कि यहाँ भी राक्षस कुल मनुष्यों से श्रेष्ठ सिद्ध हो गया।'' मेघवर्ण ने अनुमान लगा।

''उचित अनुमान लगाया मेघवर्ण; इसी प्रकार की घटनाएँ घटी हैं मिथिला, अंगप्रदेश, उल्कल और सौवीर जैसे राज्यों में, जहाँ के नरेश अब दानव, राक्षस और असुर कुल के हैं और साथ ही साथ अंबष्टमालय और शतद्रु नदी के निकट के पहाड़ियों के पार के तंगण और परतंगण जैसे राज्यों में शूद्र और वैश्य जाति में निरंतर संघर्ष चल रहा है। असुरों द्वारा फैलायी भ्रांतियाँ सुनकर उन दोनों राज्यों के राजा अपनी सत्ता छोड़ भाग चुके हैं।'' विश्वामित्र ने अपनी पूरी बात कह डाली।

मेघवर्ण मानचित्र के निकट आकर उसे हर ओर से देखने लगा, ''चार अलग-अलग नीतियों का प्रयोग कर मानवों को क्षुद्र सिद्ध करने की इन योजनाओं से किसी को भी ये संदेह नहीं होगा कि ये जो भी हो रहा है वो पातालपुरी के असुर कर रहे हैं; किन्तु विश्वास नहीं होता कि दुर्भीक्ष इतना कुटिल कैसे हो सकता है।''

महाबली अखण्ड ने अपना मत दिया, ''इतनी जटिल योजना दुर्भीक्ष की नहीं हो सकती मेघवर्ण, निःसंदेह वो भैरवनाथ लौट आया है।''

अखण्ड का कथन सुन वहाँ उपस्थित पाँचों जन स्तब्ध रह गये। मेघवर्ण ने तर्क दिया, ''किन्तु मैंने अपनी आँखों के सामने दुर्भीक्ष को उसका मस्तक काटकर गिराते हुए देखा है गुरुदेव।''

''भैरवनाथ को अपने गुरु दैत्यगुरु शुक्राचार्य द्वारा द्वापर युग के अंत तक जीवित रहने का आशीर्वाद प्राप्त है, ये बात महात्मा अवधूत ने मुझे स्वयं बतायी थी, किंतु तुमने भी उसे अपने नेत्रों के सामने मरते हुए देखा इसलिए मैं तर्कहीन हो गया था।'' महाबली अखण्ड ने कहा।

''आपको मुझे इस सत्य से पहले ही अवगत करा देना चाहिए था गुरुदेव।'' कुछ क्षण विचारकर मेघवर्ण ने कहा, ''मैं तो कहता हूँ दुर्भीक्ष को इस सत्य से अवगत करा देना चाहिए, यदि ये षड्यंत्र भैरवनाथ का है तो दुर्भीक्ष उसका समर्थन कभी नहीं करेगा।''

''हाँ कदाचित इससे आने वाले संघर्ष की सम्भावना कम हो जाये; किंतु प्रश्न ये है कि भैरवनाथ को खोजे बिना हम अपनी बात सिद्ध कैसे करेंगे?'' अखण्ड ने प्रश्न उठाया।

विश्वामित्र ने उन दोनों की वार्ता में हस्तक्षेप करते हुए कहा, ''क्षमा करें महाबली अखण्ड, किंतु यदि हम इन चीजों में व्यर्थ का समय नष्ट करेंगे तब तक न जाने आर्यावर्त के कितने मनुष्यों का भविष्य अंधकारमय हो जायेगा। जिन राज्यों में हिंसा भड़क रही है, यदि एक बार उन सभी राज्यों पर भी असुरों का अधिकार हो गया तो हम कुछ नहीं कर पायेंगे। उत्तर, दक्षिण, पश्चिम, पूरब, चारों दिशाओं से हम और हमारे मित्र राजा घेर लिये जायेंगे, मानवता का अस्तित्व संकट में पड़ जायेगा। कदाचित दुर्भीक्ष के भय से अभी तक्षशिला में राक्षस बृजबाली के नेतृत्व में सुशासन चल रहा है, वैसा ही उन बाकी राज्यों में भी होगा। किंतु आप तनिक अनुमान लगाइए कि भविष्य में इसका क्या परिणाम होगा, जब न दुर्भीक्ष होगा और न ही उसका भय। मानवजाति अपना अस्तित्व ही खो देगी। आप ये भी मत भूलिए कि पातालपुरी की प्रजा दुर्भीक्ष को ईश्वर इसलिए मानती है क्योंकि उसने अपनी उस प्रजा के जीवन और अधिकारों की रक्षा का प्रण लिया हुआ है और समय-समय पर उसने उस प्रण को सत्य भी सिद्ध किया है, इसलिए वो असुरों के विरुद्ध खड़ा नहीं होगा।''

''तो आप ही बताइए ब्रह्मऋषि विश्वामित्र, इस समस्या का क्या उपाय है?'' अखण्ड ने प्रश्न किया।

''इतने सारे राज्यों पर एक साथ आक्रमण करके उन्हें पराजित नहीं किया जा सकता, इसमें वर्षों लग जायेंगे। मेरे पास एक योजना है, किंतु उससे पूर्व आप और आपके दल के योद्धाओं को अपना पक्ष चुनना होगा महाबली अखण्ड, क्योंकि आप में से बहुतों के मन में दुर्भीक्ष के प्रति सद्भावना है जो हमारी योजना के लिये उचित नहीं होगा।'' विश्वामित्र ने कहा।

मेघवर्ण ने विश्वामित्र से विनम्रतापूर्वक कहा, ''मैं जानता हूँ आपका संकेत मेरी ओर है ऋषिवर, किंतु ये संकट मानवजाति के अस्तित्व पर है; दुर्भीक्ष तो दुर्भीक्ष, यदि मेरा कोई अपना भी मेरे मार्ग में आयेगा तो मैं उसे क्षमा नहीं करूँगा।''

''तो फिर ठीक है महारथी मेघवर्ण, यदि आपका संकल्प दृढ़ है तो इस योजना की सफलता के लिये आप सभी को हस्तिनापुर नरेश महाराज भरत के प्रति समर्पण का वचन देना होगा, कहिए क्या आप सब ऐसा कर पायेंगे?'' विश्वामित्र ने प्रश्न किया।

यह सुनकर भरत ने हस्तक्षेप कर विश्वामित्र से विनती की, ''इन्हें ऐसे धर्मसंकट में मत डालिए ऋषिवर; ये मेरे मित्र हैं और हमारे पक्ष में धर्म है, निःसंदेह आवश्यकता पड़ने पर ये हमारी ही सहायता करेंगे।''

''प्रश्न केवल सहायक होने का नहीं है महाराज, दुर्भीक्ष ने अपने शक्ति प्रदर्शन से समग्र आर्यावर्त में अपने नाम का भय फैलाया हुआ है और इसी का लाभ वो असुर उठा रहे हैं। जितने भी राजा अपनी सत्ता छोड़कर भागे हैं वो केवल उसी भय का

परिणाम है इसलिए पौरवों का शक्ति प्रदर्शन आवश्यक है और वो तभी सम्भव है जब महाबली अखण्ड और उनके दुर्जय योद्धा पुरुराष्ट्र के ध्वज का प्रतिनिधित्व करें, क्योंकि ये शक्ति प्रदर्शन केवल पुरुवंश का ही नहीं अपितु समग्र मानवजाति का है। ये प्रदर्शन सिद्ध करेगा कि मानव अभी भी असुरों से श्रेष्ठ है।'' विश्वामित्र ने तर्क दिया।

इससे पूर्व कि राजा भरत कुछ कहते, मेघवर्ण ने उन्हें रुकने का संकेत दिया और विश्वामित्र से कहा, ''क्षण भर के लिये मुझे आपकी योजना पर संदेह हुआ था ऋषिवर और इसके लिये मैं क्षमाप्रार्थी हूँ। यदि आपका मत है कि हमें पौरवों के प्रति अपना समर्पण प्रदर्शित करना चाहिए तो यही उत्तम होगा, और वैसे भी भरत जैसे नरेश के प्रति समर्पण में मुझे कोई आपत्ति नहीं है, इसलिए मैं आपको वचन देता हूँ जब तक हस्तिनापुर के सिंहासन पर महाराज भरत विराजमान हैं... मैं और मेरा समग्र दल पुरुराष्ट्र के ध्वज को समर्पित है।''

विश्वामित्र मुस्कुराये, ''यदि ऐसा है तो हमें अपना अभियान आरम्भ कर देना चाहिए।''

''अवश्य ऋषिवर; क्या योजना है आपकी?'' मेघवर्ण ने प्रश्न किया।

''अनेक राज्यों पर तो प्रत्यक्ष या परोक्ष रूप से असुर अपना प्रभाव छोड़ ही चुके हैं, इसलिए सर्वप्रथम तो हमें उन राज्यों पर अधिकार करना होगा जहाँ के राजा या तो मारे जा चुके हैं या फिर अपना सिंहासन छोड़ भाग खड़े हुए हैं। अर्थात काश्मीर, कंकय, मरु और दरद। इससे पूर्व कि कोई असुर उन राज्यों पर अधिकार जमायें, हमें शीघ्र से शीघ्र इन चारों राज्यों पर अधिकार करके वहाँ फैल रही हिंसा को रोकना होगा और वहाँ के नगर में हिंसा फैला रहे असुरों को भी खोजकर निकालना होगा।''

विश्वामित्र का समर्थन करते हुए मेघवर्ण ने कहा, ''आप चिंता न करें ऋषिवर। हम उन राज्यों पर असुरों को अधिकार नहीं करने देंगे।''

''आपमें से हर एक महारथी अकेले ही सेनाओं का विध्वंस करने की क्षमता रखता है, इसलिए हमें चार भागों में बँटकर आक्रमण करना चाहिए इससे हमारा कार्य शीघ्र से शीघ्र सम्पन्न होगा। महाराज भरत अपने राज्य से अधिक समय तक दूर नहीं रह सकते इसलिए वो अपने सबसे निकटतम राज्य कंकय पर चढ़ाई करेंगे। महारथी मेघवर्ण बीस सहस्त्र की एक सैन्य दल की टुकड़ी लेकर कश्मीर पर चढ़ाई करेंगे। दरद राज्य पर महारथी दिग्विजय और महाराथी चंद्रकेतु बीस सहस्त्र का सैन्य दल लेकर जायेंगे और मरु की प्रजा को नियंत्रित करने जायेंगे महावीर भगदत्त।''

विश्वामित्र ने कहना जारी रखा, ''सम्भव है कि असुरों का सैन्य दल भी उन राज्यों पर अधिकार करने को निकल चुका होगा। प्रयास कीजिएगा कि उन असुरों से युद्ध में हमें कम से कम हानि हो। आपको केवल असुरों को पराजित नहीं करना, अपितु उन

सभी राज्यों की प्रजा का विश्वास जीतकर उनके बीच हो रही हिंसा का कारण भी जानना है और उस कारण को समाप्त भी करना है, किन्तु ये आपके अभियान का केवल प्रथम चरण है।''

''कंकय पर विजय पाकर महाराज भरत हस्तिनापुर लौट आयेंगे। किन्तु बाकी सभी के लिए इस अभियान एक और चरण है और यदि सत्य कहूँ तो आपके दल की चुनौती तनिक कठिन है महारथी मेघवर्ण।''

''हम किसी चुनौती से भयभीत नहीं हैं ऋषिवर, आप अभियान के विषय में जानकारी दीजिए।'' मेघवर्ण ने दृढ़तापूर्वक कहा।

''मरु पर विजय प्राप्त करने के उपरांत अंबष्टमालय को भगदत्त सँभाल लेगा। और आप दोनों से मुझे ये अपेक्षा है कि काश्मीर और दरद पर पुरुराष्ट्र की ध्वजा फहराने के उपरांत, आप दोनों का दल एकत्र हो होकर पहाड़ी राज्यों तंगण और परतंगण पर शीघ्र से शीघ्र चढ़ाई करे। वहाँ के पहाड़ी सैनिक वास्तव में बड़े कुशल योद्धा हैं जिन्हें संगठित करना सरल नहीं होगा, किन्तु इन सभी कार्यों को सम्पन्न करने हेतु आप दो मास से अधिक समय नहीं ले सकते अन्यथा बहुत विलंब हो सकता है।''

मेघवर्ण ने उन्हें विश्वास दिलाते हुए कहा, ''आप चिंता न करें ऋषिवर, हमें प्रस्थान की आज्ञा दें।''

''विजयी भव महारथियों!'' विश्वामित्र ने उन्हें आशीर्वाद दिया।

राजा भरत, भगदत्त, मेघवर्ण, चंद्रकेतु और दिग्विजय उस कक्ष से प्रस्थान कर गये। उनके जाने के उपरांत महाबली अखण्ड ने विश्वामित्र से प्रश्न किया, ''इस अभियान के पूर्ण होने के उपरांत आपकी क्या योजना है ऋषिवर?''

''हमें विदर्भ पर दृष्टि जमाये रखनी होगी और साथ ही अपना श्यामकर्ण अश्व भी तैयार रखना होगा।''

''श्यामकर्ण अश्व... वो तो अश्वमेघ यज्ञ के लिये उपयोग किया जाता है।'' अखण्ड ने आश्चर्य भाव से कहा।

विश्वामित्र मुस्कुराये, ''सुना है विदर्भ के कई योद्धा श्यामकर्ण अश्व की खोज में आर्यावर्त में भटक रहे हैं। वो जान चुके हैं कि मत्तमयूर की घटना के विषय में हमें ज्ञात हो चुका है, इसलिए यदि असुर अपनी योजना में सफल नहीं हुए तो निःसंदेह विदर्भ नरेश शत्रुंजय अश्वमेध यज्ञ का आरम्भ कर देंगे। उनके यज्ञ आरम्भ होने से पूर्व हमें अपना यज्ञ आरम्भ करना होगा।''

''तो आपको भी यह संदेह है कि शत्रुंजय के शरीर में उस दुष्ट असुर सुबाहु की आत्मा का वास है?'' अखण्ड ने प्रश्न किया।

"सत्य क्या है और वो कब और कैसे सिद्ध होगा, इन प्रश्नों का उत्तर भविष्य पर छोड़ दीजिए महाबली, हमें तो बस अपना कर्म करते रहना है।"

महाबली अखण्ड, विश्वामित्र का संकेत समझ चुके थे।

द्वितीय अध्याय

प्रपंच कथाएँ

मेघवर्ण, चंद्रकेतु, दिग्विजय, और भगदत्त अगले ही दिन अपने-अपने गंतव्य की ओर निकल गये। अपने पिता दुष्यंत की तेरहवीं की शोकसभा के उपरांत महाराज भरत भी कंकय पर चढ़ाई करने के उद्देश्य से प्रस्थान कर गये। विश्वामित्र और महाबली अखण्ड हस्तिनापुर में ही रुके रहे।

विदर्भ में शत्रुंजय अपने कक्ष में गहन चिंतन में बैठा था। तभी एक दूत ने आकर सूचना दी, ''असुरेश्वर दुर्भीक्ष पधार चुके हैं महाराज!''

''ठीक है उन्हें भीतर भेजो।'' शत्रुंजय ने दूत को जाने का संकेत दिया।

दुर्भीक्ष के कक्ष में प्रवेश करते ही शत्रुंजय ने आगे बढ़कर उसके चरण स्पर्श किये और ऐंठते हुए बोला, ''मैं आपसे बहुत रुष्ट हूँ काकाश्री।''

''भला वो क्यों?'' दुर्भीक्ष ने आश्चर्य भाव से प्रश्न किया।

''सुना है काकीश्री को तीन मास हो चुके हैं और मुझे अभी तक भनक भी नहीं लगी।''

दुर्भीक्ष ने झेंपते हुए कहा, ''वो क्या है कि मैंने विचार किया कि ये सुखद सूचना मैं स्वयं अपने मुख से दूँगा, किसी दूत के हाथों नहीं और जबसे दुर्धरा ने गर्भधारण किया है मैं उसके निकट ही रहता हूँ; पिछले तीन मास से तो मुझे बाहरी दुनिया की

सूचना ही नहीं मिल रही है।''

''कदाचित यही कारण है जो आर्यावर्त में इतनी अराजकता फैल रही है।'' कहते हुए शत्रुंजय का स्वर गम्भीर हो गया।

''क...कहना क्या चाहते हो?'' दुर्भीक्ष का स्वर भी गम्भीर हो गया।

''आइए मेरे साथ मैं आपको विस्तार से समझाता हूँ।'' कहकर शत्रुंजय, दुर्भीक्ष को उस कक्ष में ले गया जहाँ की दीवार पर आर्यावर्त की भूमि का मानचित्र अंकित था।

''आर्यावर्त के कोने-कोने से हिंसा की सूचनाएँ मिल रही हैं काकाश्री, न जाने क्यों मानव, मानव का ही शत्रु हो गया है। सूचना है कि अब तक दो लाख से भी अधिक मनुष्य इस हिंसा की भेंट चढ़ चुके हैं।''

क्षण भर को स्तब्ध हुए दुर्भीक्ष ने आश्चर्यभाव से प्रश्न किया, ''किन्तु इस हिंसा का कारण क्या है?''

''पिछले तीन मास से चल रही इस हिंसा का कोई भी कारण अभी तक स्पष्ट नहीं हो पाया है। भद्राक्ष महोदय ने मेरे आग्रह पर गुप्तचरों को भेजा था। उनसे यह सूचना प्राप्त हुई है कि गांधार, आभीर, कक्ष, मगध और सौराष्ट्र में पहले प्रजा में हिंसा फैली, फिर उन्होंने अपने राजा के विरुद्ध विद्रोह किया। इन सभी राज्यों का राजा या तो मार दिया गया या फिर वो अपने प्राण बचाकर भाग गया। फिर प्रजा में से ही एक-एक प्रतिनिधि इन सिंहासनों पर अधिकार करते गये। उसके उपरांत भी इन राज्यों में एक नगर में हिंसा नियंत्रित होते ही तो दूसरे नगरों अथवा प्रान्तों में फिर आरम्भ हो जाती है; लगातार मनुष्यों की मृत्यु हुई जा रही है।''

''वहीं कम्बोज, काश्मीर, मरू और दरद में तो स्थिति और भी दयनीय है। राजा या तो मारे जा चुके हैं या भाग चुके हैं। यहाँ की प्रजा इतनी हिंसक हो गयी है कि कोई सिंहासन पर बैठने का साहस ही नहीं कर रहा। स्वतंत्र हुई प्रजा अपनी मनमानी कर रही है। प्रजाजन आपस में ही लड़कर मर रहे हैं और अंबष्टमालय, तंगण और परतंगण में जातिवाद के नाम पर संघर्ष हो रहा है।''

''तो तुम्हें उन मानवों के प्रति संवेदना उत्पन्न हो रही है? उचित ही है; कहो तो मैं उन मानवों को नियंत्रित करने की व्यवस्था करूँ?'' दुर्भीक्ष ने प्रश्न किया।

''प्रश्न केवल संवेदना का नहीं है काकाश्री, हम अभी तक इस समस्या की जड़ तक नहीं पहुँच पाये हैं। सम्भावना ये भी है कि अनियंत्रित हिंसा की ये आँच हमारे अधिकृत क्षेत्र की ओर भी आ सकती है। किन्तु इन सबके बीच कुछ राज्यों से सुखद समाचार भी प्राप्त हुए हैं।''

''कैसे सुखद समाचार?'' दुर्भीक्ष ने प्रश्न किया।

"तक्षशिला, मिथिला, अंगप्रदेश, उल्कल और सौवीर में पहले हिंसा फैली। कई राजाओं ने सत्ता भी छोड़ी, लेकिन कुछ दानव, राक्षस और असुरों ने इन राज्यों पर अधिकार कर लिया। तबसे इन राज्यों में शांति है, हिंसा भड़कने के कोई चिह्न नहीं मिले... क्या आपने उन्हें ऐसा करने का आदेश दिया था?"

दुर्भीक्ष का क्रोध भड़क उठा, "नहीं, मैंने तो उन्हें ऐसा कोई आदेश नहीं दिया, फिर उनका साहस कैसे हुआ ऐसा कोई कदम उठाने का; क्या तुम उनके नाम जानते हो?"

"हाँ काकाश्री; तक्षशिला पर अधिकार किया है राक्षस बृजबाली ने, मिथिला पर विजय पायी है दानवराज वृषपर्वा के एक पुत्र सम्भिप्रवा ने। इसी प्रकार अंगप्रदेश पर राक्षस सुमाली, उल्कल पर असुर शत्रोम और सौवीर पर अधिकार किया है दानव क्षत्रसाल ने।"

दुर्भीक्ष ने क्रोधित स्वर में कहा, "इन सभी को मेरे प्रश्नों के उत्तर देने होंगे, मैं भद्राक्ष को भेजकर शीघ्र ही इन्हें यहाँ बुलवाऊँगा।"

"किन्तु उन्होंने जिन राज्यों पर अधिकार किया है वहाँ से मनुष्यों के बीच हो रही हिंसा लगभग समाप्त हो गयी है... अर्थात ये लोग तो अच्छा काम ही कर रहे हैं और मिली सूचना के अनुसार इनके राज्य की प्रजा सुखी भी है।" शत्रुंजय ने तर्क दिया।

"तुम नहीं समझ रहे हो शत्रुंजय, क्योंकि जो कुछ भी हो रहा है वो निःसंदेह एक बहुत बड़ा षड्यंत्र है और असुरों के इस प्रकार पाँच राज्यों पर अधिकार करने से यही समझा जायेगा कि मनुष्यों में हिंसा भड़काने का षड्यन्त्र भी उन्होंने ही रचा है, इसलिए मेरा इनसे प्रश्न करना आवश्यक है।" दुर्भीक्ष ने तर्क दिया।

"जैसा आप उचित समझें काकाश्री।" शत्रुंजय ने सहमति जतायी।

तभी एक सैनिक ने भीतर आकर सूचित किया, "महामहिम भद्राक्ष प्रवेश की आज्ञा चाहते हैं महाराज।"

शत्रुंजय के आदेश पर भद्राक्ष भीतर आया। भीतर आकर सबसे पहले उसने शत्रुंजय को प्रणाम किया।

"महामहिम आप यहाँ..." दुर्भीक्ष को वहाँ देख भद्राक्ष को तनिक आश्चर्य हुआ, फिर उसने दुर्भीक्ष को प्रणाम किया।

"आओ भद्राक्ष, उचित समय पर आये हो, तुम्हें एक विशेष कार्य सौंपना है।" दुर्भीक्ष ने कहा।

"अवश्य महामहिम, बस मुझे थोड़ा समय दीजिए मैं महाराज शत्रुंजय को आवश्यक और गम्भीर सूचनाएँ देने की इच्छा रखता हूँ।" भद्राक्ष ने विनती की।

"अवश्य, क्यों नहीं।" दुर्भीक्ष ने सहमति जतायी।

भद्राक्ष, शत्रुंजय की ओर मुड़ा, "मैं आपको एक आवश्यक सूचना देने आया हूँ महाराज। पहली ये कि आपके अधिकृत राज्य कुंतल में जिन लोगों ने हिंसा भड़काने का प्रयास किया था उन्हें हमने बंदी बना लिया है; खेद बस इस बात का है कि हम कुंतल नरेश विकर्ण के प्राणों की रक्षा नहीं कर सके।"

दुर्भीक्ष स्तब्ध रह गया। शत्रुंजय रूपी सुबाहु मन ही मन मुस्कुरा रहा था, "देखा काकाश्री, ये हिंसा हमारे क्षेत्र में भी पहुँच गयी!" उसने भद्राक्ष की ओर मुड़कर प्रश्न किया, "उन बंदियों से कुछ ज्ञात हुआ भद्राक्ष महोदय?"

"नहीं महाराज, मैंने उनको बहुत प्रताड़ित किया, किन्तु मुँह खोलना तो दूर, वो अपना अपराध तक स्वीकार नहीं कर रहे। आपको जो संदेह है उसे सत्य सिद्ध करने के लिये प्रमाण की आवश्यकता है, जो प्राप्त होता दिखाई नहीं दे रहा।" भद्राक्ष ने तर्क दिया।

शत्रुंजय विचारमग्न हो गया। दुर्भीक्ष ने शत्रुंजय से प्रश्न किया, "तुम्हें ऐसा क्या संदेह है जिसका तुम प्रमाण चाहते हो?"

"यही कि आर्यावर्त में रचा ये सारा षड्यंत्र हस्तिनापुर का है।" शत्रुंजय ने तर्क दिया।

"हस्तिनापुर का षड्यंत्र? ये तुम क्या कह रहे हो शत्रुंजय? पुरुराष्ट्र के योद्धा वीर भी हैं और सामर्थ्यवान भी और उनके कुलगुरु ब्रह्मऋषि विश्वामित्र जैसे महात्मा हैं जो उनका मार्गदर्शन करते हैं, वो ऐसा घृणित षड्यंत्र कदापि नहीं रच सकते।" दुर्भीक्ष ने शत्रुंजय को समझाने का प्रयास किया।

शत्रुंजय ने क्रोधित स्वर में कहा, "मैं उन पर यूँ ही संदेह नहीं कर रहा काकाश्री, किन्तु आप ही बताइए ये कैसे सम्भव हो सकता है कि जितने भी राज्यों को पुरुराष्ट्र का संरक्षण प्राप्त है उनमें से एक राज्य में भी ऐसी कोई हिंसा की सूचना न मिले; इसलिए चंद्रवंशियों पर संदेह करना स्वाभाविक है। ये सिद्ध करने के लिये मेरे पास कोई साक्ष्य नहीं कि आर्यावर्त में फैल रही ये हिंसा उनका षड्यंत्र है या नहीं। किन्तु चाहे कुछ भी हो जाये, यदि वो ये सब आर्यावर्त की सत्ता के लिये कर रहे हैं, तो मुझे उनका प्रतिरोध करना ही होगा। मैं उन चंद्रवंशियों का आधिपत्य स्वीकार नहीं कर सकता जिनके राजभवन में मेरे माता-पिता की हत्या का षड्यंत्र रचा गया; पौरवों का का मुख देखते ही मेरा रोम-रोम क्रोध से भर जाता है।"

दुर्भीक्ष ने उसके कंधे पर हाथ रख समझाने का प्रयास किया, "मैं तुम्हारी पीड़ा समझता हूँ और तुम्हारा दिया तर्क विचारणीय अवश्य है। यदि ब्रहमऋषि विश्वामित्र उनके साथ न होते तो मैं उन पर संदेह कर सकता था, किन्तु विश्वामित्र जैसे धर्मपरायण

ब्रह्मऋषि के रहते चंद्रवंशी ऐसा घृणित षड्यंत्र नहीं रच सकते।''

''किंतु ये भी सत्य ही है कि महारथी मेघवर्ण, चंद्रकेतु, दिग्विजय और हस्तिनापुर के सेनापति भगदत्त पुरुराष्ट्र के ध्वज का प्रतिनिधित्व करते हुए उन सभी राज्यों पर चढ़ाई के लिये प्रस्थान कर चुके हैं जहाँ के राजा या तो मारे जा चुके हैं या सत्ता छोड़कर भाग चुके हैं। इसलिए मुझे विश्वास है कि एक न एक दिन इन सारे महारथियों से भरा हुआ जमघट विदर्भ की ओर भी आयेगा। मैं अपने प्राण दे दूँगा किंतु चंद्रवंशियों के समक्ष समर्पण नहीं करूँगा।'' कहते-कहते शत्रुंजय की मुट्ठियाँ भिंच गयीं।

मेघवर्ण के विषय में जानकर दुर्भीक्ष स्तब्ध गया, ''उन राज्यों की प्रजा को नियंत्रित करने की मंशा तो समझ में आती है, किंतु मैंने ये नहीं सोचा था कि मेघवर्ण यूँ किसी राजा के आधिपत्य को स्वीकार कर लेगा, वो तो सदैव स्वयं को और अपने दल को निष्पक्ष कहता आया था।'' स्वयं को सँभालते हुए दुर्भीक्ष ने शत्रुंजय को आश्वासन देते हुए कहा, ''किंतु तुम चिंता मत करो, तुम्हारे पक्ष में द्रविड़ों की समस्त सेना है, त्रिकुम्ब और दानवराज वृषपर्वा जैसे महारथी हैं और समग्र असुर, दानव और राक्षस जाति के योद्धाओं के साथ स्वयं मैं एक दुर्ग की भाँति तुम्हारे पक्ष में खड़ा हूँ जिसे मेघवर्ण और सर्वदमन जैसे महारथी भी परास्त नहीं कर सकते। यदि पुरूराष्ट्र के ध्वज ने तुम्हारे या तुम्हारे अधिकृत किसी भी क्षेत्र में प्रवेश करने का दुस्साहस किया तो मेरे अस्त्र उन्हें झुकाने का सामर्थ्य रखते हैं।''

''दानवराज वृषपर्वा की मृत्यु हो चुकी है काकाश्री।''

शत्रुंजय का कथन सुन दुर्भीक्ष के पाँवों तले जमीन खिसक गयी, ''वृषपर्वा की मृत्यु हो गयी? कब और कैसे हुआ ये?''

''कारण तो मुझे ठीक से ज्ञात नहीं है काकाश्री, बस इतनी सूचना मिली है कि दानवराज ने पूर्व हस्तिनापुर नरेश दुष्यंत को द्वन्द्व की चुनौती दी और पराजित होकर मारे गये, किंतु उन्होंने ऐसा क्यों किया इसका कारण मुझे अभी तक समझ नहीं आया।'' शत्रुंजय ने संदेह प्रकट किया।

यह सुनकर भद्राक्ष ने हस्तक्षेप करते हुए कहा, ''निःसंदेह प्रतिशोध की मंशा से ही उन्होंने ऐसा किया होगा। सर्वदमन ने उन्हें मतस्य के युद्ध में परास्त करके नीचा जो दिखाया था, किंतु मृत्यु का वरण करते हुए वृषपर्वा ने दुष्यंत को विषयुक्त कील चुभोकर समग्र असुरजाति को कलंकित कर दिया।''

दुर्भीक्ष का मस्तक क्रोध से जलने लगा, ''दुष्यंत का क्या हुआ?''

''वृषपर्वा के दिये विष ने दुष्यंत के प्राण हर लिये। और इस प्रकार पौरवों को हम असुरों के चरित्र पर प्रश्न उठाने का अवसर प्राप्त हो गया।'' भद्राक्ष ने खीझते हुए

कहा।

झल्लाकर दुर्भीक्ष ने वहाँ पड़े एक घड़े को लात मारकर गिरा दिया। शत्रुंजय ने आगे बढ़कर उसे सँभालते हुए कहा, ''ये... ये आप क्या कर रहे हैं काकाश्री, स्वयं को सँभालिए।''

''कैसे सँभालूँ मैं स्वयं को... मैं अपने सुख में इतना खो गया था कि मुझे ध्यान ही नहीं रहा कि पातालपुरी की प्रजा के प्रति मेरा कोई दायित्व भी है। पिछले तीन मास में मैंने ये ज्ञात करने का प्रयास भी नहीं किया कि संसार में हो क्या हो रहा है। उस मूर्ख और अहंकारी वृषपर्वा को पातालपुरी का दायित्व सौंपना ही मेरी सबसे बड़ी भूल थी।'' क्रोध से दुर्भीक्ष का रोम रोम जल रहा था। उसने मुड़कर भद्राक्ष से प्रश्न किया, ''पातालपुरी की प्रजा का दायित्व इस समय कौन सँभाल रहा है भद्राक्ष?''

''इस समय राक्षस कुल का एक उत्तम योद्धा वज्रसोम पातालपुरी की प्रजा का दायित्व सँभाले हुए है और आपके आदेश की प्रतीक्षा में है। मैंने सोचा था कि आपको यहाँ बुलाने से पहले मैं हर स्थान से सारी सूचनाएँ एकत्र कर लूँ, इसीलिए थोड़ा समय लग गया, अब आप ही आदेश दीजिए कि आगे क्या करना है।'' भद्राक्ष ने विनम्र भाव से कहा।

दुर्भीक्ष ने किसी प्रकार अपने क्रोध पर नियंत्रण किया, ''ठीक है, जो हो गया उसे परिवर्तित नहीं किया जा सकता; सर्वप्रथम तो मुझे उन बंदियों से भेंट करके उनसे सत्य उगलवाना होगा।'' दुर्भीक्ष ने भद्राक्ष से प्रश्न किया, ''वो लोग कहाँ हैं भद्राक्ष?''

''बंदीगृह में कैद हैं महामहिम, आइए मेरे साथ।'' भद्राक्ष, दुर्भीक्ष और शत्रुंजय को साथ लेकर बंदीगृह की ओर बढ़ गया।

शीघ्र ही कारागार से निकालकर इक्कीस मनुष्यों को दुर्भीक्ष के समक्ष प्रस्तुत किया गया। बेड़ियों में बँधे वो वो सभी घायल और दयनीय स्थिति में थे। दुर्भीक्ष को देखते ही उन सभी के नेत्रों में भय व्याप्त हो गया। उन सभी ने क्षण भर के लिए भद्राक्ष की ओर देखा। भद्राक्ष ने उन्हें नेत्रों से संकेत किया।

उन इक्कीस मनुष्यों ने वापस दुर्भीक्ष की ओर देखा और बिना एक भी क्षण का विलम्ब किये अपने-अपने गले में लटकी विष की मालाएँ खोल अपने मुख में खाली कर दी।

दुर्भीक्ष स्तब्ध रह गया, ''ये इन लोगों ने अभी अभी क्या किया?''

एक-एक करके वो सभी मनुष्य मुख से झाग उगलते हुए भूमि पर गिरते गये। शत्रुंजय ने चीखते हुए सैनिकों को बुलाया और तत्काल ही राजवैद्य को बुलाने का आदेश दिया। राजवैद्य शीघ्रता से अपना दल लेकर प्रस्तुत हुए, किन्तु वो सभी बंदी

एक-एक करके प्राणहीन होते गये।

दुर्भीक्ष ने क्रोधित स्वर में भद्राक्ष से कहा, ''इनकी बेड़ियाँ इतनी ढीली कैसे थीं भद्राक्ष?''

भद्राक्ष सकपका गया, ''म...मुझसे भूल हो गयी असुरेश्वर, मैंने सैनिकों को स्पष्ट आदेश दिया था कि इनकी बेड़ियाँ ऐसी कसकर बाँधना कि ये अपना हाथ भी न हिला सकें।''

''व्यर्थ के तर्क देना बंद करो भद्राक्ष, इस दुर्घटना के उत्तरदायी केवल तुम हो।''

दुर्भीक्ष का क्रोध देख भद्राक्ष ने अपने नेत्र झुका लिये और हाथ जोड़ते हुए विनम्र भाव से कहा, ''आप उचित कह रहे हैं असुरेश्वर, मैं दण्ड का पात्र हूँ, आप जो उचित लगे वो दण्ड दीजिए मुझे।''

दुर्भीक्ष खीझ गया। उसने अपने क्रोध को नियंत्रित किया, ''हम अभी तक ये नहीं जान पाये कि आर्यावर्त में फैल रही इस हिंसा के पीछे कौन है, ऊपर से दुष्यंत की हत्या से हमने उन चंद्रवंशियों से जो बैर ले लिया है वो एक अलग समस्या बन चुकी है। तुम कल प्रातःकाल ही अपने अभियान पर निकल जाओ भद्राक्ष और शीघ्र से शीघ्र तक्षशिला, मिथिला, उल्कल, सौवीर और अंगप्रदेश जाकर वहाँ के सभी शासकों को मेरे समक्ष प्रस्तुत करो। इसके लिए तुम्हारे पास केवल पंद्रह दिन का समय है। मुझे भी लगता है कि वर्तमान समय में मेरा विदर्भ में रहना अधिक आवश्यक है, इसलिए मैं दुर्धरा को लेने एकचक्रनगरी जा रहा हूँ, न जाने कब कौन कैसा षड्यंत्र रच दे।''

''जो आज्ञा महामहिम, मैं यात्रा की तैयारी करता हूँ।'' भद्राक्ष कारागार से निकल गया।

शत्रुंजय ने दुर्भीक्ष के निकट आकर उससे प्रश्न किया, ''क्या आपको उन चंद्रवंशियों से भय है काकाश्री ?''

''प्रश्न भय का नहीं है पुत्र, किन्तु इस सत्य को भी नकारा नहीं जा सकता कि पुरुराष्ट्र के पक्ष में भी एक से एक दुर्जय योद्धा हैं, उन पर विजय पाने के लिये हमें भी अपने सम्पूर्ण सामर्थ्य की आवश्यकता होगी। यही कारण है कि मैं इस युद्ध की विभीषिका से भयभीत हूँ शत्रुंजय, क्योंकि यदि युद्ध हुआ तो इस समग्र भूखण्ड को बहुत भारी क्षति पहुँचेगी।''

''मेरे माता-पिता की मृत्यु पर भी तो यही तर्क दिया था न उन चंद्रवंशियों ने कि कीर्तिध्वज ने अपने निजी प्रतिशोध के लिये उनकी हत्या की है, तो उन पौरवों ने यदि हम पर आरोप लगाया तो हम भी ये कह सकते हैं कि दानवराज वृषपर्वा ने जो किया वो अपने निजी प्रतिशोध की भावना में किया, उन्हें हम पर आक्रमण करने का कोई अधिकार नहीं है।'' शत्रुंजय ने तर्क दिया।

क्षणभर विचार कर दुर्भीक्ष ने शत्रुंजय का समर्थन करते हुए कहा, ''तर्क तो तुमने उचित दिया है शत्रुंजय, उन्हें हम पर आक्रमण करने का कोई अधिकार नहीं है, किन्तु हमें सावधान तो रहना होगा; मैं शीघ्र से शीघ्र दुर्धरा को लेकर यहाँ उपस्थित होऊँगा।''

''जैसी आपकी इच्छा काकाश्री।'' शत्रुंजय ने सहमति जतायी।

दुर्भीक्ष के जाने के उपरांत भद्राक्ष, शत्रुंजय के कक्ष में आया। शत्रुंजय ने उसके मुख का भाव देख प्रश्न किया, ''यात्रा की तैयारी सम्पन्न हो गयी गुरुदेव?''

''हाँ हो ही गयी। क्षण भर के लिए तो मुझे लगा था कि दुर्भीक्ष को मुझ पर संदेह हो जायेगा, किन्तु भाग्य मेरे साथ था।'' भद्राक्ष, शत्रुंजय के निकट पड़े एक आसन पर बैठ गया।

''मुझे ये समझ नहीं आता गुरुदेव कि आप किस प्रकार की योजना बनाते हैं। आप अपने उन इक्कीस अनुचरों से यह कहलवा सकते थे कि आर्यावर्त में हिंसा फैलाने का षड्यंत्र पौरवों का है; फिर हम पुरुराष्ट्र पर आक्रमण करके उसे पराजित करते और मानवजाति के मसीहा कहलाते और यदि हमारे पक्ष में धर्म दिखता तो मेघवर्ण और चंद्रकेतु जैसे महारथी भी हमारा ही पक्ष चुनते।'' शत्रुंजय ने तर्क दिया।

''तुमने सिद्ध कर दिया कि तुम कितने बड़े मूर्ख हो सुबाहु। तुम क्या समझते हो, कि विदर्भ की प्रजा ने अपने सुख को देख तुम्हें अपना ईश्वर मान लिया तो समग्र आर्यावर्त की प्रजा भी तुम्हें अपना मसीहा मान लेगी? मनुष्यों का रूप धरे इक्कीस असुर, चंद्रवंशियों पर आरोप लगायेंगे और दुर्भीक्ष विश्वास कर लेगा? और यदि वो विश्वास कर भी लेता तो विश्वामित्र जैसे महाज्ञानी के तर्कों से प्रभावित होकर उसका ये विश्वास खण्डित हो जाना निश्चित था। इसका परिणाम ये होता कि उलटा उसे हम पर ही संदेह होने लगता।'' भद्राक्ष रूपी भैरवनाथ ने तर्क दिया।

''तो ये सब आपने किया क्यों? कुंतल नरेश की हत्या, अपने इक्कीस अनुचरों को यहाँ लाकर यूँ असुरेश्वर के समक्ष उन्हें आत्महत्या करने को प्रेरित करना, क्या आवश्यकता थी इस प्रपंच की?'' शत्रुंजय ने आश्चर्य भाव से प्रश्न उठाया।

''इस प्रपंच के दो उद्देश्य थे, पहला ये कि कुंतल राज्य का नरेश विकर्ण बड़ा धर्मात्मा बना फिरता था। इसलिए षड्यंत्र रचकर उसका अंत करवाया और उसके अधर्मी पुत्र शत्रुलोप को सिंहासन पर बिठा दिया। दूसरा और सबसे महत्वपूर्ण उद्देश्य यह था कि दुर्भीक्ष को यह विश्वास हो जाये कि समग्र आर्यावर्त में हिंसा के इतने सारे षड्यंत्र असुरों के नहीं अपितु मानवों द्वारा रचे जा रहे हैं, बस इतना पर्याप्त है। दुर्भीक्ष ने यदि ये तर्क विश्वामित्र के समक्ष रखा तो वो उसका खण्डन नहीं कर पायेंगे और न ही असुरों को दोषी सिद्ध कर पायेंगे।'' भद्राक्ष अर्थात भैरवनाथ ने अपनी कुटिल योजना समझायी।

"किन्तु मेघवर्ण, चंद्रकेतु, दिग्विजय और भगदत्त जैसे योद्धाओं के साथ वो सर्वदमन भी आर्यावर्त में हिंसा रोकने के अभियान पर निकल पड़ा है, यदि उनके हाथ हमारा कोई भी अनुचर लगा तो वो भी बड़ी सरलता से सिद्ध कर सकते हैं...।"

"तुम अपनी बुद्धि अधिक मत चलाओ, बस मेरे निर्देशों का पालन करो।" भद्राक्ष ने शत्रुंजय की बात काटते हुए कहा, "तुम्हें क्या लगता है मैंने इस विषय में सोचा नहीं होगा... पूरे एक सहस्त्र गरुड़ और चील मेरी उँगलियों पर नाचते हैं और मेरा संदेश वायु की गति से पृथ्वी के एक कोने से दूसरे कोने में भेजने की क्षमता रखते हैं। जब वो पाँचों योद्धा अपने इस अभियान पर निकले थे, मुझे उसी दिन संध्या को ये सूचना प्राप्त हो गयी थी और मैंने उन सभी राज्यों अर्थात कम्बोज, काश्मीर, कंकय, मरु, दरद, अंबष्टमालय, तंगण और परतंगण में उपस्थित अपने उन अनुचरों को वहाँ भागने का आदेश दे दिया है जिन्होंने वहाँ हिंसा के बीज को जन्म दिया है। अब मानवों के बीच जब तक हिंसा चलती रहेगी वो स्वयं का नाश करते रहेंगे। साथ ही साथ काश्मीर और अंबष्टमालय जैसे राज्यों में मैंने उत्तम श्रेणी के असुर योद्धाओं को सैन्य टुकड़ी लेकर भी भेजा है, वो उस भूमि पर अधिकार करने का प्रयास करेंगे। निःसंदेह या तो उन्हें भागना होगा या वो मारे जायेंगे या फिर पकड़े जायेंगे। यदि वो पकड़े भी गये तो वो यही कहेंगे कि जिस प्रकार तक्षशिला, मिथिला, अंगप्रदेश, उल्कल और सौवीर जैसे राज्यों पर असुरों ने अधिकार करके शांति स्थापित की है वही उनका भी उद्देश्य था। वो मानव को आपस में हिंसा करते देख उनका रक्षण करना चाहते थे। इस प्रकार से उन बाकी पाँचों असुर योद्धाओं की मंशा पर भी कोई संदेह नहीं कर पायेगा, जिन्होंने अभी तक आर्यावर्त के पाँच राज्यों की भूमि पर अधिकार किया है।"

शत्रुंजय रूपी सुबाहु अवाक रह गया, "आपके बुद्धि कौशल के इस शस्त्र के आगे कदाचित प्रचण्ड से प्रचण्ड दिव्यास्त्र भी व्यर्थ है गुरुदेव... किन्तु यदि तक्षशिला, मिथिला, अंगप्रदेश, उल्कल और सौवीर पर अधिकार करने वाले वो पाँचों योद्धा दुर्भीक्ष से ये कहेंगे कि वो जो कर रहे थे वो स्वयं दुर्भीक्ष का ही आदेश था, तब तो हमारी योजना का ध्वंस होना निश्चित है।"

"तुम चिंता मत करो, यदि मेरी बुद्धि का बल मानते हो तो जैसा मैं निर्देश दूँ तुम उसका पालन करो, बाकी मैं सँभाल लूँगा।" भद्राक्ष रूपी भैरवनाथ ने आश्वासन भरे स्वर में कहा।

"जैसी आपकी आज्ञा गुरुदेव।" शत्रुंजय ने सहमति जतायी।

शत्रुंजय से भेंट करने के उपरांत भद्राक्ष बाहर एक गुप्त स्थान पर आया जहाँ अनेक चील और गरुड़ उपस्थित थे। भद्राक्ष ने दस गरुड़ और चीलों को उठाया और उन सभी के पंजों में एक-एक पत्र बाँधा और उन्हें एक-एक करके आकाश में उड़ने का

निर्देश दिया।

वो सारे चील और गरुड़ एक ही दिन में अपने अपने गंतव्यों पर पहुँच गये। तक्षशिला में बृजबाली, मिथिला में सम्भिप्रवा, अंग में सुमाली, उल्कल में शत्रोम, सौवीर में क्षत्रसाल, गांधार में अनुप्रवा, मगध में जरोम, सौराष्ट्र में सुमान्तर, आभीर में दुर्मुख और कक्ष के सिंहासन पर विराजमान साम्भकेतू के पास भैरवनाथ का संदेश पहुँचा। सारे संदेश एक समान थे---

जितनी शीघ्र हो सके दण्डकारण्य वन की उत्तरी सीमा पर आओ। उस सीमा पर चार प्रसिद्ध गुफाएँ हैं, उनमें से सबसे बड़ी गुफा के ठीक सामने एकत्र होना; असुरेश्वर दुर्भीक्ष तुम सबसे वार्ता करना चाहते हैं।

-भद्राक्ष

महज तीन दिनों में ही दण्डकारण्य की सीमा में प्रवेश कर असुर, दानव और राक्षस जाति के वो दसों योद्धा गुफा के सामने एकत्र होकर दुर्भीक्ष की प्रतीक्षा करने लगे। किन्तु गुफा से जो व्यक्ति निकलकर बाहर आया, उसे देख वो सभी स्तब्ध रह गये। ये कोई और नहीं रक्षगुरु भैरवनाथ था जो अपने वास्तविक रूप में उन असुरों के समक्ष आया था।

"आश्चर्य मत करो, तुम्हें यहाँ दुर्भीक्ष ने नहीं मैंने बुलाया है।" भैरवनाथ ने दृढ़तापूर्वक कहा।

बृजबाली ने विरोध भरे स्वर में कहा, "गुरु भैरवनाथ की मृत्यु समस्त असुरप्रजा ने अपने सामने देखी है, असुरेश्वर ने स्वयं अपने हाथों से दण्ड दिया था उस द्रोही को और उस षड्यंत्रकारी का शव देखकर हमें अपार सुख प्राप्त हुआ था जिसने हमारे असुरेश्वर का जीवन नर्कतुल्य बनाया; इसलिए उत्तम यही होगा कि हमसे छल न करो मायावी; बताओ कौन हो तुम?"

भैरवनाथ मुस्कुराया, "जिस दुर्भीक्ष को तुम अपना ईश्वर मानते हो वो कब तक तुम्हारा रक्षण करेगा... मात्र एक नश्वर प्राणी है वो; उसकी मृत्यु के उपरांत कौन करेगा तुम्हारा रक्षण? जब आर्यावर्त के वीरों के ज्ञात होगा कि उनकी भूमि पर हिंसा का उपद्रव मचाने वाले असुर हैं, तो क्या वो तुम्हें क्षमा करेंगे?"

दानव सम्भिप्रवा ने भैरवनाथ का विरोध करते हुए कहा, "हमें बहकाने का प्रयास न करो, तुम अवश्य ही आर्यों के भेजे हुए कोई मायावी हो। हम यहाँ असुरेश्वर दुर्भीक्ष से भेंट करने आये हैं, उत्तम यही होगा कि तुम अपनी इस तुच्छ माया का प्रयोग करो और अदृश्य हो जाओ, अन्यथा तुम्हारा अंत निश्चित है।"

"यदि मैं दुर्भीक्ष को यहाँ बुला दूँ और उसे ज्ञात हो कि तुम लोगों ने आर्यावर्त की भूमि पर शासन करने के लिये कैसे-कैसे घृणित षड्यंत्र रचे, कायरों की भाँति मानव को मानव का शत्रु बनाया, तो क्या तुम्हें लगता है कि वो तुम सबकी इस कायरता को क्षमा कर देगा? सब के सब मृत्युदण्ड पाओगे... सब के सब।" भैरवनाथ ने चेतावनी भरे स्वर में कहा।

राक्षस सुमाली ने भैरवनाथ पर तंज़ कसा, "वाह रे मूर्ख मायावी! जिस असुरेश्वर ने हमें स्वयं ऐसे षड्यंत्र रचने का आदेश दिया था, वही हमें दण्ड देंगे... कोई उचित तर्क तो दिया होता बहरूपिये।"

भैरवनाथ ठहाका मारकर हँसा, "तुम्हें वास्तव में लगता है कि क्षत्रिय कुल में जन्म लेने वाला और क्षत्रिय धर्म का पूरी निष्ठा से पालन करने वाला महारथी सुर्जन ऐसा घृणित षड्यंत्र रच सकता है? जिसने अपने घायल शत्रु मेघवर्ण को प्राणदान दे दिया; जो कभी निःशस्त्र पर प्रहार नहीं करता और जिसकी भुजाओं में इतना बल है कि वो चाहे तो स्वयं अपने सामर्थ्य से पूरे विश्व को जीत सकता है। ऐसा पराक्रमी योद्धा ऐसे षड्यंत्र रचकर अपने सामर्थ्य और शौर्य का अपमान क्यों करेगा?"

वहाँ उपस्थित दसों योद्धा स्तब्ध रह गये। आपस में चर्चा करने लगे।

भैरवनाथ ने उन्हें टोकते हुए कहा, "आश्चर्य न करो असुर योद्धाओं, ये सारी योजना मैंने आरम्भ की जो भद्राक्ष के रूप में आरम्भ से ही तुम लोगों के साथ था और वो एक निष्ठावान असुर ही था जिसने मेरा वेश धारण कर दुर्भीक्ष के हाथों अपनी मृत्यु स्वीकार की थी, ताकि असुरजाति का कल्याण हो सके।" कहकर भैरवनाथ ने क्षण भर के लिये भद्राक्ष का वेश धरा और फिर वापस अपना वास्तविक रूप धर लिया।

दानव अनुप्रवा को क्रोध आ गया, "इतना बड़ा छल किया तुमने हमारे साथ, हम असुरेश्वर को सम्पूर्ण सत्य से अवगत करायेंगे; तुम उनके अपराधी हो और वो स्वयं तुम्हें दण्ड देंगे भैरवनाथ, परिणाम स्वरूप यदि हमें मृत्यु भी आ जाये तो कोई दुःख न होगा।"

भैरवनाथ ने गरजते हुए कहा, "आज जिसे तुम अपना ईश्वर समझते हो, उसे इस योग्य बनाया किसने? उसे पातालपुरी के सिंहासन पर मैंने बिठाया; वो मैं था जिसने महर्षि ओमेश्वर के आशीर्वाद से जन्म लेने वाले बालक को आसुरी अंश से मलीन किया और न जाने कैसे-कैसे प्रपंच रचे ताकि वो तुम असुरों का राजा बने, अन्यथा वो दिव्य बालक असुरों का ही विनाश करता।"

वो दसों योद्धा मौन रह गये।

क्षण भर का विराम लेकर भैरवनाथ ने कहना आरम्भ किया, "और तुम किस छल की बात कर रहे हो असुरों? छल तो सदैव हमारे साथ होता आया है और वो भी

सृष्टि के आरम्भ से। देवताओं के साथ संसार में आने वाले असुरों का जन्म भी दिव्य था, किन्तु उन्हें भाँति-भाँति के छल से बार-बार पराजित किया गया और नीचा दिखाया गया और ऐसा ही एक छल किया था सदियों पूर्व देवगुरु बृहस्पति ने। इंद्रपुत्री जयंती ने दैत्यगुरु शुक्राचार्य को अपने मोहपाश में बाँधा और गुरु बृहस्पति ने शुक्राचार्य का वेश धर असुरों को पथभ्रष्ट कर दिया। उस समय केवल मैं ही वो असुर था जिसने उस बृहस्पति के षड्यंत्र को खंडित किया। मैं और अवधूत, जो कभी मेरा मित्र था, हम दोनों ने वास्तविक गुरु शुक्राचार्य का पता लगाया और उन्हें असुरों के समक्ष प्रस्तुत किया। भोग-विलास में डूबे असुरों ने अपने ही गुरु को अपमानित किया और क्रोध में आकर गुरु शुक्राचार्य ने असुरों को ये श्राप दिया कि वो सदैव ही देवों से पराजित रहेंगे। देवगुरु बृहस्पति का षड्यंत्र सफल हुआ और असुर, देवताओं से युद्ध करने के योग्य ही नहीं रहे।''

''गुरु शुक्राचार्य अपने दिये श्राप से स्वयं भी लज्जित थे। इस ग्लानि में उन्होंने असुरों को शिक्षा देने का कार्य भी त्याग दिया। उस दिन मैंने अपने गुरु को वचन दिया था कि देवताओं पर विजय प्राप्त न हुई तो न सही, मैं देवताओं के प्रिय मानवों को पराजित कर समग्र विश्व में असुर संस्कृति का लोहा मनवाऊंगा।'' कहकर भैरवनाथ ने म्यान में रखी अपनी तलवार निकाली और अपनी गर्दन पर चलाकर अपना शीश धड़ से अलग कर दिया। उसका शीश काटकर भूमि पर गिरता, इससे पूर्व ही वो वापस आकर अपने धड़ से जुड़ गया। ये दृश्य देख उपस्थित सभी योद्धाओं के पसीने छूट गये।

भैरवनाथ ने गर्व से भरकर कहा, ''शक्ति मेरी भुजाओं में न सही, किन्तु मेरी बुद्धि में है। जिसका लोहा गुरुदेव शुक्राचार्य ने भी माना था। मैंने गुरुदेव को वचन दिया था कि जिस प्रकार देवता हमारे साथ छल करते आये हैं उसी प्रकार मैं भी पृथ्वी पर साम, दाम, दण्ड, भेद हर नीति का प्रयोग करके असुरों की संस्कृति का वर्चस्व फैलाऊँगा। प्रसन्न होकर गुरु शुक्राचार्य ने मुझे आशीर्वाद दिया कि मैं द्वापर युग के अंत तक जीवित बना रहूँगा।

दसों योद्धाओं के मन में भैरवनाथ के प्रति आदर भाव उत्पन्न होने लगा था जो उन सभी के नेत्रों में स्पष्ट दिखाई दे रहा था।

''अरे मूर्ख असुरों! अपने जिस राजा को तुम अपना भाग्य विधाता मानते हो वो केवल कुछ वर्षों के लिए तुम्हारा रक्षण कर सकता है, किन्तु वो मैं हूँ जो लगभग एक सदी से असुरों की संस्कृति का रक्षण करता आया है और भविष्य में भी तुम्हारा रक्षण मैं ही करूँगा, वो दुर्भीक्ष नहीं। असुरों को उचित सम्मान दिलाने के लिये मैंने जीवन पर्यंत संघर्ष किया है, अन्यथा असुर संस्कृति का अंत तो उसी समय आरम्भ हो जाता जब देवगुरु बृहस्पति ने वो घृणित षड्यंत्र रचा था। यदि मैं न होता तो समय के साथ असुर,

दानव, राक्षस आपस में ही लड़कर स्वयं ही अपनी संस्कृति का नाश कर लेते; वो मैं था जिसने रक्षराज दुशल जैसा एक योग्य शासक ढूँढ़ा, जिसने इन तीनों प्रजातियों को एकसूत्र में बाँधा। किन्तु उस मूर्ख ने भी अपने निजी प्रतिशोध के लिये युद्ध किया और एक मनुष्य के हाथों मारा गया। एक शासक जायेगा तो दूसरा आयेगा, किन्तु दुर्भीक्ष जैसी महाशक्ति कदाचित फिर कभी हमारे हाथ न आये। इसलिए यही समय है कि हम असुरों को मानवों से श्रेष्ठ सिद्ध करें और अपनी संस्कृति को समग्र आर्यावर्त में फैलाएँ, क्योंकि यदि दुर्भीक्ष नहीं रहा तो हमारी संस्कृति एक बार फिर संकट में आयेगी। इसीलिए मैंने ये षड्यंत्र रचा जिससे मानव को मानव में ही अपना शत्रु दिखायी दे रहा है। और तो और मैंने दुर्भीक्ष को ये भी विश्वास दिला दिया है कि ये षड्यंत्र भी मानवों ने ही रचा है।''

भैरवनाथ ने कुछ क्षण उन सभी असुरों के मुख भावों का परीक्षण किया, फिर कहना आरम्भ किया, ''यही उचित समय है निर्णय लेने का, विचार कर लो कि तुम्हारी निष्ठा अपने राजा के प्रति है या अपनी संस्कृति और अस्तित्व के प्रति। यदि राजा के प्रति है तो जाओ और कह दो दुर्भीक्ष से सम्पूर्ण सत्य, मैं तुम्हारा मार्ग नहीं रोकूँगा। अधिक से अधिक क्या होगा, पहले देवों ने हमारे सम्मान का हनन किया, अब मानवीय भावनाओं से बँधा हुआ वो अर्धमानव दुर्भीक्ष मानवों का ही रक्षण करने निकल पड़ेगा और असुरों को फिर नीचा देखना पड़ेगा। हमारा प्रभाव कम होता जायेगा और एक दिन हमारी संस्कृति सदा के लिये नष्ट हो जायेगी। किन्तु यदि अपनी संस्कृति की रक्षा करना चाहते हो तो उस दुर्भीक्ष को अपना ईश्वर नहीं, शस्त्र बनाकर उपयोग करो। अपनी संस्कृति को ऐसा फैलाओ कि फिर कोई मानव हम देवतुल्य असुरों के समक्ष सिर उठाने का साहस न कर सके; चुनाव मैं तुम सब पर छोड़ता हूँ।'' कहकर भैरवनाथ गुफा के निकट ही एक पत्थर पर बैठ गया।

भैरवनाथ की बातों का उन दसों असुरों पर बहुत ही गहरा प्रभाव पड़ा। उन सभी ने कुछ समय आपस में चर्चा की और एकत्र होकर भैरवनाथ के निकट पहुँचे।

दानव अनुप्रवा ने भैरवनाथ को प्रणाम करते हुए कहा, ''हे गुरुदेव, आप गुरु शुक्राचार्य के उत्तराधिकारी हैं इसलिए निःसंदेह हमारे लिए सम्मानीय हैं; मैं इन सभी योद्धाओं की ओर से आपको ये वचन देता हूँ कि आज से आपका हर आदेश हमारे लिए ईश्वर का आदेश है। हम प्रतिज्ञा करते हैं कि अपनी संस्कृति के रक्षण के लिये यदि हमें समय के द्वार पर अपने प्राणों की बलि भी चढ़ानी पड़े तो हम पीछे नहीं हटेंगे।''

उपस्थित दसों योद्धाओं ने अनुप्रवा का समर्थन किया।

बृजबाली ने हाथ जोड़कर भैरवनाथ से कहा, ''आदेश दीजिए गुरुदेव कि हमें आगे क्या करना है? अपनी संस्कृति के रक्षण के लिये हम कुछ भी कर जायेंगे।''

यह सुनकर भैरवनाथ के मुख पर प्रसन्नता छा गयी। उसने अपने उन अनुयायियों को निर्देश देना आरम्भ किया, "अनुप्रवा, सुमान्तर और साम्भकेतू अपने-अपने राज्य को लौट जायेंगे और मेरा कोई भी अगला निर्देश मिलने से पूर्व मानव के रूप में अपना शासन पहले की ही भाँति चलायेंगे। प्रस्थान करो और स्मरण रहे, तुम दसों योद्धाओं के अतिरिक्त किसी को भी मेरा भेद ज्ञात नहीं होना चाहिए।"

अनुप्रवा, सुमांतर और साम्भकेतू सहमति जताकर वहाँ से प्रस्थान कर गये।

"दानव जरोम और असुर दुर्मुख, तुम दोनों के लिए मेरे पास एक विशिष्ट कार्य है जो अत्यंत दुष्कर है।" यह कहकर भैरवनाथ ने उन्हें कुछ समझाया और वहाँ से भेज दिया।

अब वहाँ खड़े बृजबाली, सम्भिप्रवा, सुमाली, शत्रोम और क्षत्रसाल अगले आदेश की प्रतीक्षा में थे।

भैरवनाथ ने वापस भद्राक्ष का वेश धर लिया, "तुम सब अब तक अपने वास्तविक रूप में शासन करते आये हो, इसलिए दुर्भीक्ष ने तुम्हें अपने पास बुलाया है ताकि वो ये जान सके कि तुम लोगों ने उन राज्यों पर अधिकार किस कारण से किया। मुझे उसके सम्भावित प्रश्नों का अनुमान है इसलिए मैं तुम लोगों को समझाता हूँ कि तुम्हें उसके समक्ष क्या कहना है, अपनी ये प्रपंच कथाएँ स्मरण रखना।"

शीघ्र ही भद्राक्ष उन पाँचों को लेकर विदर्भ में दुर्भीक्ष और शत्रुंजय के समक्ष प्रस्तुत हुआ। दुर्भीक्ष ने बारी-बारी से उन पाँचों योद्धाओं के नेत्रों पर दृष्टि डाली। वो सभी निर्भीक होकर खड़े थे।

सर्वप्रथम दुर्भीक्ष, बृजबाली के निकट आया, "बताओ बृजबाली, क्यों और किसके आदेश से तुमने तक्षशिला पर आक्रमण किया?"

राक्षस बृजबाली ने दुर्भीक्ष को प्रणाम करते हुए विनम्र भाव से कहा, "मैंने तक्षशिला पर आक्रमण नहीं किया असुरेश्वर; दानवराज वृषपर्वा अपने विवाह की वर्षगाँठ का उत्सव मनाना चाहते थे और उस उत्सव में वो पातालपुरी के लाखों प्रजाजनों को नाना प्रकार के भोजन की दावत देना चाहते थे। सिंधु नदी में नाना प्रकार के जलचर पाये जाते हैं जिनका स्वाद बहुत ही उत्तम माना जाता है, इसलिए दानवराज के आदेश से मैं कुछ सहस्र मछुआरों का दल लेकर सिंधु नदी में जलचरों के आखेट के लिये निकला था। मछुआरों के रक्षण के लिये मैं और कुछ योद्धा साथ में गये थे। इस यात्रा के दौरान मैंने एक विशाल नौका देखी जो डूबने को थी। उस पर तक्षशिला नरेश सर्वसेन और उनके कुछ अंगरक्षकों के साथ कई प्रजाजन भी सवार थे। दूर से मैंने देखा तो ज्ञात हुआ कि राजा सर्वसेन नौका का भार कम करने हेतु बलपूर्वक अपने

प्रजाजनों को नदी में धकेल रहे हैं। तब मैंने उस डूबती नौका के मनुष्यों की रक्षा की और उन्हें तट तक ले आया। तट पर आने के उपरांत सर्वसेन की प्रजा ने उन्हें अत्यंत हेय दृष्टि से देखा और उन्हें अपमानित करते हुए कुछ कटु शब्द भी कहे और मेरी जय जयकार करने लगे। राजा सर्वसेन ने अहंकार वश मुझे द्वंद्व की चुनौती दे डाली। योद्धा होने के नाते मुझे उनकी चुनौती स्वीकार करनी पड़ी और परिणाम ये हुआ कि उस द्वंद्व में मेरे हाथों सर्वसेन का वध हो गया। सर्वसेन का कोई पुत्र नहीं था। तक्षशिला की प्रजा अनाथ हो गयी थी इसलिए मैंने उनके रक्षण का उत्तरदायित्व सँभाल लिया।'' बृजबाली ने सम्पूर्ण कथा कह सुनायी।

''हम्म... तुम्हारी नीयत उत्तम है बृजबाली।'' बृजबाली की प्रशंसा करने के उपरांत दुर्भीक्ष, दानव सम्भिप्रवा की ओर मुड़ा।

''तुम वृषपर्वा के पुत्र हो न?''

''आपने उचित अनुमान लगाया महाबली, मैं दानवराज वृषपर्वा का मझला पुत्र सम्भिप्रवा हूँ।''

''ठीक है, तो बताओ मिथिला के सिंहासन पर अधिकार करने की कथा।'' दुर्भीक्ष ने उसे आदेश दिया।

सम्भिप्रवा ने कहना आरम्भ किया, ''मेरी बहन का विवाह मिथिला के एक ब्राह्मण से हुआ था, मैं हर वर्ष एक बार उससे भेंट करने मिथिला जाया करता था, हर वर्ष की भाँति इस वर्ष भी मैं उससे भेंट करने....।''

दुर्भीक्ष ने उसे बीच में टोका, ''तुम्हारी बहन एक दानव कन्या थी और उसका विवाह एक मानव से हुआ था ऐसा क्यों?''

''आप तो जानते हैं कि कुछ वर्ष पूर्व मेरे पिताश्री दानवराज वृषपर्वा मतस्य देश में निवास कर उनके रक्षण का कार्य करते थे। मेरी बहन सुमयंती भी उनके साथ ही रहती थी इसलिए वो दानवों से अधिक मनुष्यों से घिरी रहती थी और उसे मनुष्य ही अधिक भाते थे। ऐसे ही तीन वर्ष पूर्व यज्ञ हेतु कुछ ब्राह्मण मतस्य में पधारे थे। उनमें से एक ब्राह्मण युवक पर मेरी बहन मोहित हो गयी और कन्या का वेश धरे उसके पीछे-पीछे मिथिला चली गयी। उसने उस ब्राह्मण को विवाह के लिये मनाया और युवक ने उसे स्वीकार कर लिया।''

''एक दानव कन्या का विवाह मानव से हुआ और मुझे ज्ञात भी नहीं हुआ; सम्भव है। मुझे तो यह ज्ञात भी नहीं कि वृषपर्वा की कितनी संताने हैं... ठीक है कोई बात नहीं, वो उस कन्या का व्यक्तिगत चुनाव था; तुम बताओ तुम्हारे मिथिला जाने के उपरांत क्या हुआ?'' दुर्भीक्ष ने सम्भिप्रवा से प्रशन किया।

"मैं अपनी बहन से भेंट करने मिथिला में उसके घर पहुँचा। हम घर में बैठे विश्राम कर रहे थे कि बाहर शोर सुनायी दिया। नगर में कुछ ऐसे मनुष्य घूम रहे थे जो अपने समक्ष किसी भी मनुष्य को देखते ही काट दे रहे थे। उनके मुख पर हिंसा का ऐसा भाव था जो किसी को भी भयभीत कर सकता था। हम सब तो अपनी सुरक्षा के लिये घर में ही छुप गये। मैंने भी दूसरे देश की व्यवस्था में विघ्न डालना उचित न समझा और घर में ही छुपा रहा।"

सम्भिप्रवा ने कहना जारी रखा, "अपने नगर में हिंसा की सूचना पाकर उसी संध्या मिथिला का युवराज सत्वसोम अपने सैनिकों के साथ आया और अपने सामने पड़ते हुए सभी मनुष्यों को मारता गया। उस दिन संध्या को मेरी बहन सुमयंति का ब्राह्मण पति भी घर लौट रहा था; जैसे ही वो अपने घर के सामने आया युवराज सत्वसोम ने उस निर्दोष ब्राह्मण को भी हिंसक मनुष्य जानकर मेरी बहन के ठीक सामने उसका मस्तक काटकर भूमि पर गिरा दिया। मेरी बहन वहीं खड़े-खड़े मूर्छित हो गयी। उसकी दशा देख मुझे क्रोध आ गया और मैंने छलाँग लगाकर सत्वसोम को भूमि पर गिराया और भीषण मुष्टि प्रहारों से उसका वध कर दिया।"

"मेरी वीभत्सता देख सैनिक वहाँ से भागने लगे। मुझे भय था कि शीघ्र ही मिथिला नरेश को भी ये सूचना मिल जायेगी। मैं दस दानव योद्धाओं को अपने साथ लाया था। उनके रक्षण में मैंने रात्रि में ही अपनी बहन को लेकर वहाँ से निकलने का निर्णय किया, किन्तु प्रातःकाल सीमा पार करते समय मिथिला नरेश कण्टक ने अपने लगभग पचास सैनिकों के साथ आकर मुझे घेर लिया। अपने पुत्र की मृत्यु से क्षुब्ध कंटक ने अपने सैनिकों को मेरे और मेरे परिवार की हत्या करने का आदेश दिया। और उस कायर ने अपने बाण का प्रथम प्रहार मेरी बहन की छाती पर किया।" कहते-कहते सम्भिप्रवा का गला रुँध गया, "अपनी इकलौती बहन का शव देख मुझे क्रोध आ गया और मैंने उस कण्टक की हत्या कर दी।"

दुर्भीक्ष ने उसे सान्त्वना देते हुए कहा, "और तुमने राजसिंहासन पर अधिकार कर लिया, मैं समझ गया। तुमने जो भी किया उसमें कुछ भी अनुचित नहीं था, किन्तु ये तो बताओ कि तुमने मानवों में फैल रही हिंसा को नियंत्रित कैसे किया?"

"इसका उपाय तो मिथिला के राजवैद्य ने बड़ी सरलता से निकाला। हमने उन हिंसक मनुष्यों को मारने के स्थान पर बंदी बनाया तो ज्ञात हुआ कि उन्हें एक विशेष द्रव्य दिया गया था जिससे उनकी मति भ्रष्ट हो गयी थी। मिथिला के राजवैद्य ने परीक्षण कर ये उपाय सुझाया कि जल की तीव्र धाराओं को मनुष्य के मस्तक पर सात बार मारा जाये तो वो स्वस्थ हो सकता है; हमने वही किया और उसका शुभ परिणाम भी शीघ्र ही सामने आया।"

"हम्म..." कुछ क्षण विचार कर दुर्भीक्ष ने राक्षस सुमाली के निकट आकर प्रश्न किया, "अंग प्रदेश की कथा सुनाओ।"

"जो आज्ञा महामहिम, मेरा नाम सुमाली है और मैं एक योद्धा भी हूँ और गुप्तचर भी। पूर्व विदर्भ नरेश जयवर्धन ने वर्षों पूर्व मुझे अंग देश में अपने सौ योद्धाओं के साथ गुप्तचर के रूप में नियुक्त किया था। उनकी मृत्यु के उपरांत हमें कोई आदेश प्राप्त नहीं हुआ इसलिए हम अंग के नागरिक बनकर ही वास करने लगे। कुछ दिनों में हमें ज्ञात हुआ कि मगध राज्य में बड़ी हिंसा फैली है और मगध के नागरिकों ने अपने राजा की हत्या कर दी और नागरिकों में से ही एक जरोम नाम के प्रतिनिधि ने मगध के सिंहासन पर अधिकार कर लिया। सिंहासन पर अधिकार करते ही उसने अंग पर अधिकार करने के लिये आक्रमण कर दिया। दोनों सेनाओं में भीषण युद्ध हुआ। मगध की सेना विजयी हुई, किन्तु उन्हें बहुत भारी क्षति उठानी पड़ी थी। फिर मगधराज जरोम ने अंग के सम्पूर्ण राज परिवार की हत्या करवा दी और अपने एक प्रतिनिधि को अंग के सिंहासन पर बिठाकर अंग लौट गया। मैंने अंग के प्रतिनिधि की शक्ति का आकलन करवाया। उसकी निर्बलता का ज्ञान होते ही मेरे मन में भी अंग के सिंहासन का लोभ जाग उठा और मैंने अपने साथ निवास कर रहे सौ योद्धाओं को साथ लेकर अंग के राजमहल पर आक्रमण कर दिया और मगध नरेश जरोम के प्रतिनिधि का वध कर उस राज्य के सिंहासन पर अधिकार कर लिया। अंग की अर्थव्यवस्था पिछले युद्ध के कारण बहुत निर्बल हो गयी थी इसलिए हमें अपने अभियान में कोई विशेष कठिनाई नहीं हुई। किन्तु मैं क्षमाप्रार्थी हूँ कि मैंने आपकी आज्ञा बिना किसी राज्य पर आक्रमण किया, आप जो दण्ड देना चाहें उसके लिये मैं प्रस्तुत हूँ।" राक्षस सुमाली, दुर्भीक्ष के चरणों में झुक गया।

दुर्भीक्ष ने राक्षस सुमाली की ओर मुस्कुराकर देखा, "जब तुम्हें जयवर्धन की मृत्यु की सूचना मिली थी उसी समय तुम्हें पातालपुरी लौट आना चाहिए था। दोष केवल तुम्हारा नहीं अपितु मेरे अज्ञान का भी है। मुझे भी तो ज्ञात नहीं था कि अंग में हमारा कोई गुप्तचर है या नहीं और मुझे एक बात की प्रसन्नता भी है कि तुमने अपनी लालसा के दुर्गुण को छिपाये बिना निर्भीक होकर सब सत्य कह दिया। मैंने अज्ञानतावश तुम्हें अंग में अनाथ छोड़ दिया था, इसलिए नियमानुसार तुम स्वतंत्र थे और तुम्हें पूरा अधिकार था कि तुम अपने सामर्थ्य के अनुरूप किसी से भी युद्ध करो और उसकी भूमि पर अधिकार करो, इसलिए तुम्हारे लिए मेरे मन में कोई क्रोध नहीं है, उठो!"

"आपकी जय हो असुरेश्वर, आप वास्तव में हमारे महानायक हैं।" सुमाली ने दुर्भीक्ष को प्रणाम किया।

इसके उपरांत दुर्भीक्ष, असुर शत्रोम की ओर बढ़ा, "सागर तट पर स्थित उल्कल राज्य में कैसे पहुँचे तुम? तुम वही हो न जिसे कलिंग में अपने दल के साथ उसके

शासक पर दृष्टि रखने के लिये नियुक्त किया गया था।''

''आपने उचित अनुमान लगाया असुरेश्वर। मुझे पाँच सौ असुर सैनिकों के दल के साथ कलिंग में नियुक्त किया गया था।'' शत्रोम ने सहमति जतायी।

''तो कहो अपने उल्कल विजय की कथा।'' दुर्भीक्ष ने उसे आदेश दिया।

''जो आज्ञा असुरेश्वर। मेरे दल को कलिंग के सागर तट की रक्षा के लिये नियुक्त किया गया था। कुछ दिनों तक तो हमारे कार्य में कोई विघ्न नहीं पड़ा, किन्तु अभी कुछ ही दिन बीते थे कि सागर तट से सूचना मिलने लगी कि हमारे तटरक्षक और साथ ही कई नाविक और सागर तट पर निवास करने वाले नागरिक भी एक-एक करके लापता हो रहे थे। तीन दिन में ही हमारे दल के पचास योद्धा और सौ नागरिक लापता हो गये। मैंने कलिंगराज गवाक्ष से सहायता माँगी, किन्तु उन्होंने मना कर दिया। इसलिए मैं अपने दल के रक्षण हेतु स्वयं सागर तट पर गया। एक रात्रि हमने दृष्टि जमाकर देखा तो लगभग दो नौकाओं में बीस योद्धा सागर तट पर आये और तट पर खड़े हमारे सैनिकों की प्रतिमाओं पर झपटे जो हमने उन्हें भ्रमित करने हेतु वहाँ स्थापित किये थे। हमने उन योद्धाओं पर आक्रमण कर किया। भय के मारे वो योद्धा भागने लगे। कुछ को तो पकड़े गये, किन्तु उनमें से चार नौका में बैठकर भागने लगे। मैंने अकेले ही नौका में छलाँग लगायी और उनका पीछा करना आरम्भ किया। उनका पीछा करते-करते मैं उल्कल राज्य के तट पर पहुँच गया। तट पर पहुँचा तो देखा कि सौ से भी अधिक सैनिक वहाँ तट पर खड़े थे। मुझे लगा मैं अकेला ही हूँ, किन्तु मेरे पीछे मेरे दल के चार सौ योद्धा साथ आ गये। हमने तटरक्षकों को पराजित करके उन्हें बंदी बना लिया। उन तटरक्षकों ने जब अपने मनुष्यों के हरण का कारण बताया तो मेरे पाँव तले जमीन खिसक गयी।''

''ऐसा क्या ज्ञात हो गया तुम्हें?'' दुर्भीक्ष ने आश्चर्य भाव से प्रश्न किया।

''मुझे ज्ञात हुआ कि उल्कल का राजा और उसके राजपरिवार को कभी किसी असुर की संगत में मानव मांस का स्वाद मिला था। राजकुटुम्ब के बीस लोगों को मानव मांस की ऐसी लत लगी कि उन्होंने अपने दो-चार प्रजाजन को भी अपनी भूख का शिकार बना लिया। तब उल्कल के सेनापति ने अपनी प्रजा के रक्षण के लिये निश्चित किया की वो दूसरे राज्यों के मनुष्यों को बंदी बनाकर लायेंगे और राजकुटुम्ब के भोजन के लिये बारी-बारी से उनकी हत्या कर दी जायेगी। मुझे उस समय कुछ नहीं सूझा कि मैं क्या करूँ। अपने सैन्य दल के साथ मैं वापस कलिंग लौट आया और कलिंगराज गवाक्ष को उल्कल में होने वाली घटना के विषय में अवगत कराया, किन्तु उन्होंने यह कहकर टाल दिया कि वो उल्कल के राजा से बैर नहीं ले सकते। उल्कल में हमारे दल के कुछ असुर भी बंदी थे जो मेरे दल का प्रमुख भाग थे। इसलिए मुझे उनकी रक्षा करनी ही थी। मेरे संरक्षण में जो भी संदेशवाहक पक्षी थे उन्हें केवल पातालपुरी का ही

मार्ग ज्ञात था। इसलिए मैंने आपके स्थान पर दानवराज वृषपर्वा को सहायता का संदेश भेजा, किन्तु उनका उत्तर आया कि वो पचास असुरों की रक्षा के लिए सेना नहीं भेजेंगे।''

''कहीं से कोई सहायता न मिलने पर मैं पचास असुरों को कलिंग के तट पर छोड़ स्वयं अपने चार सौ असुर योद्धाओं के साथ उल्कल में आकर छुप गया।''

''एक क्षण रुको, जब मांस भक्षण उन्हें मनुष्यों का करना था तो उन्होने असुरों को क्यों बंदी बनाया?'' दुर्भीक्ष ने प्रश्न उठाया।

''ये भेद हमें उल्कल के राजपरिवार की हत्या करने के उपरांत ही ज्ञात हुआ असुरेश्वर। उल्कल की सेना से सीधे टकराने का सामर्थ्य हममें नहीं था। हम दो मास तक राज्य में छुपे रहे और राजमहल का पूरा भेद जानकर एक दिन हमने सेंध लगायी और उन बीसों नरभक्षियों की हत्या कर वहाँ के सेनापति को बंदी बना लिया। फिर उस सेनापति ने हमें बताया कि वो ये सोचकर अपने सैनिकों को कलिंग के तट पर भेजता था कि वहाँ केवल मानवों का प्रवास होगा। वहाँ से लाकर उन्हें सीधे कारागार में डाल दिया जाता था, किंतु रात्रि में अंधकार के कारण उन्हें पहले ज्ञात ही नहीं हुआ कि जिन्हें वो बंदी बनाकर लाये हैं, उनमें से कुछ असुर भी हैं। अपने साथी असुरों को छुड़ाने और सेनापति को बंदी बनाने के उपरांत मेरे मन में भी राजा बनने की लालसा जाग उठी और आज से बीस दिवस पूर्व ही उल्कल के सिंहासन पर मेरा राज्यभिषेक हुआ।'' शत्रोम के स्वर में भय स्पष्ट झलक रहा था।

दुर्भीक्ष ने उसे क्षण भर घूरा, फिर खीझते हुए कहा, ''तुम्हें भी मैं क्या दोष दूँ; असुरों ने तो यह कार्य वर्षों से किया है, किन्तु कभी सोचा नहीं था कि एक मनुष्य इतना नीच हो सकता है कि वो दूसरे मनुष्य के मांस भक्षण की कामना रखे। तुम्हें सहायता प्राप्त नहीं हुई इसलिए तुमने ऐसा कदम उठाया। किन्तु किसी राज्य पर अधिकार करने से पूर्व तुमने अपना दूत भेजकर मेरी आज्ञा क्यों नहीं ली?''

''म... मुझे क्षमा कर दीजिए, असुरेश्वर, मेरे मन में राज करने का लालच आ गया था और मुझे भय था कि यदि आपको ज्ञात हुआ तो कदाचित मुझसे वो सिंहासन छिन जाये।'' शत्रोम ने भयभीत स्वर में कहा।

''तो अंततः तुम्हारी लालसा अपने राजा के प्रति विश्वास से कहीं अधिक बड़ी सिद्ध हुई। यदि तुम मुझसे आज्ञा माँगते तो कदाचित मैं तुम्हें उल्कल के सिंहासन पर बैठने से मना नहीं करता; किन्तु तुमने मेरा विश्वास तोड़ा है जो विद्रोह का संकेत भी है। इसलिए उचित यही होगा कि मेरी दृष्टि से दूर हो जाओ, जाओ और राज करो अपने कपट से जीते हुए राज्य में।'' दुर्भीक्ष ने गरजते हुए कहा।

दुर्भीक्ष के नेत्रों की ज्वाला देख भयभीत शत्रोम उसी समय वहाँ से निकल गया।

इसके उपरांत दुर्भीक्ष क्षत्रसाल की ओर बढ़ा, ''बताओ क्षत्रसाल, सौवीर में क्या हुआ?''

''मैंने जो किया, पातालपुरी के कार्यकारी राजा वृषपर्वा के आदेश पर किया था असुरेश्वर।'' असुर क्षत्रसाल ने विनम्रता पूर्वक कहा।

''क्या आदेश दिया था तुम्हें वृषपर्वा ने?'' दुर्भीक्ष ने प्रश्न किया।

''सौवीर सागर तट के निकट है और वहाँ के गोताखोर भी बहुत प्रसिद्ध हैं जो सागर की गहराइयों में जाकर एक से एक अनमोल रत्न खोज लाते हैं, इसीलिए सौवीर में ऐसे रत्नों का भंडार है। इसी लालसा में दानवराज ने मुझे सेना लेकर सौवीर पर आक्रमण करने का आदेश दिया था ताकि हम उस राज्य पर विजय प्राप्त कर उन दुर्लभ रत्नों के साथ उन गोताख़ोरों को भी अपना दास बना सकें, जो इन रत्नों को प्राप्त करने के कार्य में निपुण हैं।''

दुर्भीक्ष को क्रोध आ गया, ''मेरी आज्ञा के बिना वृषपर्वा का साहस कैसे हुआ किसी भी राज्य के विरुद्ध युद्ध छेड़ने का?''

क्षत्रसाल ने भयभीत स्वर में कहा, ''मैं तो बस एक योद्धा हूँ असुरेश्वर, जो पातालपुरी के कार्यकारी शासक का आदेश नहीं टाल सकता था।''

दुर्भीक्ष ने खीझते हुए वहाँ खड़े चारों योद्धाओं को आदेश दिया, ''जाओ तुम लोग यहाँ से और अपने-अपने जीते राज्यों को सँभालो, समय आने पर यदि आवश्यकता पड़ी तो मैं बुलाऊँगा तुम्हें, अभी जाओ।''

''जो आज्ञा असुरेश्वर।'' चारों ने एक साथ दुर्भीक्ष को प्रणाम किया और वहाँ से प्रस्थान कर गये। जाते हुए उन चारों के मुख पर सफलता की मुस्कान थी।

दुर्भीक्ष चिंतित खड़ा था। शत्रुंजय ने उसके निकट आकर उदासी भरे स्वर में कहा, ''कभी सोचा नहीं था काकाश्री कि हमारी मानवजाति का स्तर इतना नीचे गिर जायेगा।''

''ये षड्यंत्र अब एक महामारी का रूप ले चुका है पुत्र, न जाने कहाँ-कहाँ और किस राज्य में कितने षड्यंत्रकारी छुपे हुए हैं जो ये हिंसा फैला रहे हैं।''

''मुझे भय है काकाश्री कि यदि हमने हर राज्य में जाकर इन षडयंत्रों की जड़ें खोदने का प्रयास किया तो कहीं बहुत विलंब न हो जाये।'' शत्रुंजय ने तर्क दिया।

''तो तुम्हारी इच्छा क्या है?'' दुर्भीक्ष ने प्रश्न किया।

''हमें अपनी राजधानी अवन्ति लौटना चाहिए; अपने सारे मंत्रियों से विचार विमर्श किये बिना मैं आवेश में कोई भी निर्णय लेना उचित नहीं समझता।'' शत्रुंजय का स्वर अत्यंत गम्भीर था।

“हम्म... तुम्हारा कथन उचित है, चलो फिर अवन्ति की ओर।” दुर्भीक्ष और शत्रुंजय विदर्भ की राजधानी की ओर निकल गये।

तृतीय अध्याय

सुबाहु कौन?

शत्रुंजय और दुर्भीक्ष अपनी राजधानी अवन्ति लौट आये। शीघ्र ही वहाँ सभा का आयोजन किया गया, जिसमें दुर्भीक्ष और भद्राक्ष के साथ-साथ समस्त मंत्रीगण और सैन्य दल के प्रमुख सभा में उपस्थित थे।

शत्रुंजय अपने सिंहासन से उठा और सभा को सम्बोधित करना आरम्भ किया, ''मुझे आशा है कि यहाँ आने से पूर्व आप सभी को आर्यावर्त में फैल रही अराजकता के विषय में ज्ञात हो गया होगा और ये भी कि हमारे एक मित्र राजा कुंतल नरेश विकर्ण इस अराजकता की भेंट चढ़ चुके हैं।''

सभी उपस्थित सेनानियों और मंत्रियों ने सहमति जतायी। शत्रुंजय ने आगे कहना आरम्भ किया, ''मानवों में फैल रही हिंसा ने न जाने कितने राजाओं के प्राण लिये हैं। कितने ही राज्य अनाथ हो चुके हैं। कुछ पर तो पुरुराष्ट्र के भेजे योद्धाओं ने अधिकार किया और कुछ पर उन असुरों ने जिनसे हमारी संधि है। कुंतल में षड्यंत्र रचते पकड़े गये इक्कीस मनुष्यों से भी हम कोई सत्य नहीं उगलवा पाये इसलिए अभी तक जितना हमें ज्ञात है उतना आप सभी को है, इसलिए मैं इस विषय में आप सबकी राय जानना चाहूँगा।''

एक मंत्री ने उठकर कहा, ''जबसे आप सिंहासन पर विराजे हैं, प्रजा आपको

ईश्वर की भाँति पूजने लगी है महाराज। समस्त प्रजा वर्षों से हो रहे जयवर्धन के किये अत्याचारों को भूलने लगी है और कदाचित आपकी कीर्ति से राजाओं की छाती पर सर्प लोट रहा होगा।''

दूसरे मंत्री ने समर्थन करते हुए कहा, ''सुना है पौरवराज भरत के राज्यभिषेक समारोह में सात राजाओं ने उन्हें अखण्ड आर्यावर्त का सम्राट बनाने का संकल्प लिया है।''

एक सैन्य दल के अधिपति ने भी समर्थन किया, ''यही तो कारण है जो उन्होंने अपने महारथियों को पुरुराष्ट्र का ध्वज लेकर उन राज्यों पर अधिकार करने के लिये भेजा है जिनके राजाओं को वो अपने षड्यंन्त्रों से पराजित कर भागने पर विवश कर चुके हैं।''

दुर्भीक्ष ने उन्हें बीच में टोका, ''इतने तर्क पर्याप्त नहीं है ये सिद्ध करने के लिये कि ये षड्यंत्र पौरवों का है, किन्तु ये भी सत्य है कि हस्तिनापुर नरेश भरत की महत्त्वाकांक्षा इतनी बढ़ चुकी है कि वो समग्र आर्यावर्त को जीत लेना चाहता है।''

''और मुझे उनका आधिपत्य स्वीकार नहीं।'' शत्रुंजय के स्वर में क्रोध झलकने लगा।

सैन्य दल के एक और अधिपति ने उत्साह में भरकर कहा, ''आपके लिए तो विदर्भ का प्रत्येक बालक अपने प्राण देने का उत्साह रखता है महाराज, यदि आपकी इच्छा प्रतिशोध की है तो आप बस एक संकेत कीजिए, हम समग्र पुरुराष्ट्र का विध्वंस कर देंगे।''

सभाजनों का शत्रुंजय के प्रति प्रेम और समर्पण देख दुर्भीक्ष की छाती गर्व से चौड़ी हो गयी। शत्रुंजय ने उस सैन्यअधिपति को शांत रहने का संकेत करते हुए कहा, ''निजी प्रतिशोध हेतु लाखों योद्धाओं की बलि नहीं चढ़ायी जा सकती। आप अपने क्रोध को नियंत्रित करें।''

दुर्भीक्ष ने शत्रुंजय का समर्थन करते हुए कहा, ''महाराज शत्रुंजय का कथन उचित है, यदि युद्ध हुआ तो पुरु योद्धा भी विजय के लिए सारी शक्ति लगा देंगे। उनके पास सात राज्यों का समर्थन पहले से था और अब तो उनके पास अंबष्टमालय, कंकय मरु, दरद, काश्मीर, तंगण और परतंगण की सेना भी होगी। हालाँकि हमारी सेना फिर भी उन से दो या तीन अक्षौहिणी अधिक ही होगी, किंतु युद्ध फिर भी युद्ध है, भाग्य कब पलट जाये कोई नहीं जानता।''

''तो आपका क्या विचार है काकाश्री?'' शत्रुंजय ने प्रश्न किया।

''मुझे एक मास का समय दो, मैं अपने सैकड़ों गुप्तचरों को आर्यावर्त के कोने-कोने में भेजूँगा और इस फैलने वाली हिंसा को रोकूँगा। यदि युद्ध होना है तो पहल

पुरुयोद्धाओं को करने दो, ताकि कल इतिहास हम पर ये आरोप न लगाये कि आर्यावर्त में होने वाले विध्वंस को हमने निमंत्रण दिया।'' दुर्भीक्ष ने तर्क दिया।

शत्रुंजय ने क्षण भर भद्राक्ष की ओर देखा। भद्राक्ष ने उसे अपने नेत्रों से सहमत होने का संकेत दिया।

''जैसी आपकी इच्छा काकाश्री, आप ये प्रयास करके भी देख लीजिए, किन्तु मुझे संदेह है कि मेघवर्ण आदि की विजय यात्रा सम्पूर्ण होने के उपरांत पौरवों का अश्वमेध अवश्य आरम्भ हो सकता है।'' शत्रुंजय ने निवेदन करते हुए कहा।

''जब तक अपनी शक्ति पर पूर्ण विश्वास न हो, व्यवधान की आशंका से कोई भी धर्मपरायण राजा अश्वमेध का आयोजन नहीं करता। यदि पौरवों ने ऐसा किया तो ये उनकी ओर से युद्ध का आवाहन होगा, जिसे स्वीकार करना हमारा कर्तव्य होगा।'' दुर्भीक्ष ने दृढ़तापूर्वक कहा।

कुछ समय उपरांत

मेघवर्ण, चंद्रकेतु और दिग्विजय अपने-अपने अभियान में विजय पाकर हस्तिनापुर लौट आये। भरत और भगदत्त बहुत समय पूर्व ही अपने अभियान में सफल होकर लौट चुके थे।

हस्तिनापुर नरेश भरत ने उन तीनों का भव्य स्वागत किया। साथ में विश्वामित्र और भगदत्त भी खड़े थे। किन्तु उन तीनों के मुख पर निराशा का भाव देख भरत को अचरज हुआ।

मेघवर्ण ने भरत के निकट आकर उसे प्रणाम किया। भरत ने उसका हाथ पकड़ उसे रोका, ''आप हमारे दास नहीं हैं महारथी मेघवर्ण, हमारा सम्बन्ध मित्रता का है और आपका स्थान हमारे हृदय में हैं।'' कहकर भरत ने उसे हृदय से लगा लिया।

तत्पश्चात मेघवर्ण के मुख भाव को देख भरत ने प्रश्न किया, ''आप अपने अभियान में सफल होकर लौटे हैं; उन सारे राज्यों के सिंहासनों पर आपने ऐसे प्रतिनिधियों को बैठा दिया जो पुरुराष्ट्र के प्रति अपना समर्पण प्रदर्शित कर चुके हैं। फिर आप सबके मुख पर ये निराशा का भाव क्यों है?''

''निराशा इस बात की है महाराज भरत कि हम उन उपद्रवियों का पता नहीं लगा सके जिन्होंने उन राज्यों में हिंसा फैलाने का षड्यंत्र रचा था। हमने मानवों में फैल रही हिंसा तो रोक ली, किन्तु कदाचित उन्हें हमारे वहाँ आने की सूचना पहले ही प्राप्त हो गयी थी और वो भाग निकले। काश्मीर और दरद में हिंसा का कारण वही द्रव्य था

जिसका प्रयोग मत्तमयूर में हुआ था... जिसे हमने नियंत्रित तो कर लिया, किन्तु उन्हें पकड़ नहीं पाये, जिन्होंने इन द्रव्यों का प्रयोग मानवों पर किया था। तंगण और परतंगण में जातिवाद की हिंसा ने जोर पकड़ा था। कुछ व्यापारियों ने एक लोहार की हत्या कर दी थी और तभी से वहाँ हिंसा का आरम्भ हो गया। काश्मीर और दरद में तो हमारा असुरों से युद्ध भी हुआ, किन्तु इस बात का कोई साक्ष्य प्राप्त नहीं हो पाया कि ये षड्यंत्र असुरों का ही था। असुरों ने यही कहा कि वो भी मानवों को नियंत्रित करने हेतु वहाँ आक्रमण को आये थे।''

भरत ने मेघवर्ण को सांत्वना देते हुए कहा, ''इस प्रयास में मैं और भगदत्त भी विफल हुए हैं मेघवर्ण। मृतंगप्रवा की मृत्यु के उपरांत वे सभी सावधान हो गये होंगे, क्योंकि एक साथ उन सभी षड्यंत्रकारी असुरों का उन सभी राज्यों से लुप्त हो जाना महज एक संयोग नहीं हो सकता; न जाने वो असुर कहाँ जाकर छिपे होंगे और क्या कर रहे होंगे।''

भरत को चिंतित देख विश्वामित्र ने कहा, ''सम्भव तो ये भी है हस्तिनापुर नरेश कि आपके प्रतिनिधियों के यहाँ लौट आने के उपरांत वो षड्यंत्रकारी असुर दल फिर से उपद्रव मचाने हेतु उन राज्यों में लौट आयें।''

भरत ने विश्वामित्र को आशा भरी दृष्टि से देखा, ''अब आप ही हमारा मार्गदर्शन कीजिए, गुरुदेव।''

विश्वामित्र ने कहना आरम्भ किया, ''इस षड्यंत्र का केवल एक ही उद्देश्य है और वो ये है कि असुर संस्कृति को मानव संस्कृति से श्रेष्ठ सिद्ध किया जाये और एक दिन ऐसा आये कि मानव स्वयं असुरों की संस्कृति स्वेच्छा से अपनाने लगें और स्वयं अपने हाथों से अपनी संस्कृति का नाश कर दें। यदि ऐसा हुआ तो धीरे-धीरे वो समय भी आयेगा जब मनुष्य न केवल ईश्वर की आराधना करना बंद करेगा अपितु उसके बनाये वेदों के नियमों का भी अपमान करेगा और उन सभी जीवन-मूल्यों को स्वयं ही नष्ट कर देगा जो उसके अस्तित्व का आधार है। इसलिए अब समय आ गया है कि असुर संस्कृति का अधिक से अधिक विध्वंस कर समग्र असुर, दानव और राक्षस जाति को आर्यावर्त की भूमि से बाहर खदेड़ दिया जाये।''

भरत ने विश्वामित्र से विनयपूर्वक कहा, ''हम चंद्रवंशी किसी भी राजा को चेतावनी और समय दिये बिना उन पर आक्रमण नहीं कर सकते गुरुदेव। यदि हमने पातालपुरी पर आक्रमण किया भी तो हमारे पक्ष के महारथियों को देख दुर्भीक्ष, द्रविड़ों के साथ न जाने कौन कौन से राजाओं और असुरों का साथ पाकर अपनी सम्पूर्ण शक्ति से युद्ध करेगा; ये महासंग्राम एक प्रलय का रूप ले सकता है गुरुदेव।''

विश्वामित्र ने कटाक्षमय स्वर में कहा, ''तुमने स्वयं मृतंगप्रवा के मुख से सुना था

कि वो जो भी कर रहा है दुर्भीक्ष के आदेश से कर रहा है और सत्य कहूँ तो दुर्भीक्ष के व्यक्तित्व में वो प्रभाव है जिसके लिए कोई भी असुर स्वेच्छा से अपने प्राण न्योछावर कर सकता है... तो क्या इच्छा है तुम्हारी? दुर्भीक्ष के पास जाकर उससे विनती करोगे, कि वो आर्यावर्त के कोने-कोने में फैले अपने असुरों को आदेश दे कि वो षड्यंत्र रचना छोड़ वापस लौट आयें?''

''किन्तु हम संसार के समक्ष ये सिद्ध कैसे करेंगे गुरुदेव कि हमारा चुना विनाश का मार्ग श्रेष्ठ है? कहीं ऐसा न हो कि आने युद्ध की विभीषिका हमारे समग्र वंश को कलंकित कर जाये।'' भरत ने उद्विग्न होकर प्रश्न किया।

विश्वामित्र क्रोधित हो उठे, ''तुम्हें मानवों का कल्याण अधिक प्रिय है या स्वयं के वंश की परम्परा और प्रतिष्ठा? और यदि तुम्हें चंद्रवंश की प्रतिष्ठा का मोह अधिक है तो कदाचित तुम उस उत्तरदायित्व के योग्य ही नहीं हो जिसके लिये तुम्हें चुना गया है।''

''क्षमा कीजिए गुरुदेव।'' भरत निरुत्तर हो गया।

अपने क्रोध को नियंत्रित करते हुए विश्वामित्र ने कहा, ''समझने का प्रयास कीजिए महाराज भरत।'' उन्होंने चारों उपस्थित योद्धाओं को सम्बोधित करते हुए कहना आरम्भ किया, ''इस समय जो कुछ भी आर्यावर्त में हो रहा है वो केवल आरम्भ है। ये सम्भव है कि स्वयं दुर्भीक्ष ने ये षड्यंत्र ना रचा हो। सम्भवतः ये षड्यंत्र उस कपटी भैरवनाथ का हो, जो न जाने किस वेश में छुपा बैठा है। ये भी सम्भव है कि अभी दुर्भीक्ष के भय से ये षड्यंत्र विकराल रूप धारण न करे, किन्तु कभी आपने विचार किया है कि भविष्य में इसका क्या परिणाम होगा; जब संसार में न असुरों को नियंत्रण में रखने वाला दुर्भीक्ष होगा और न ही होंगे भरत, मेघवर्ण, चंद्रकेतु और दिग्विजय जैसे महारथी जो असुरों के हृदय में भय का संचार कर सकें। महाबली अखण्ड के कहे अनुसार वो भैरवनाथ चिरंजीवी है, उसकी मृत्यु सम्भव नहीं। तो क्या होगा यदि भविष्य में आप जैसे सामर्थ्यवान योद्धाओं ने जन्म ही नहीं लिया और उस रक्षगुरु भैरवनाथ ने अपने प्रपंचों से मानव संस्कृति के अस्तित्व का ही विध्वंस कर दिया?''

मेघवर्ण ने विश्वामित्र का समर्थन करते हुए कहा, ''आपने उचित कहा ऋषिवर, अब युद्ध आवश्यक है।''

''यदि तुम्हारा भी यही निर्णय है मित्र तो कदाचित यही उत्तम होगा।'' भरत ने मेघवर्ण का समर्थन करते हुए कहा।

विश्वामित्र मुस्कुराये और भरत की ओर मुड़े, ''मैं तुम्हारी दुविधा समझ सकता हूँ पुत्र, इस प्रकार एक महाविध्वंस को निमंत्रण देने के उपरांत चंद्रवंश के स्वाभिमान पर बहुत से प्रश्न उठाये जायेंगे। सम्भव है कि कितने ही मनुष्य तुम्हारे इस निर्णय का

सम्मान नहीं करेंगे, किन्तु विश्वास रखो, इस युद्ध के अंत में सत्य सर्वविदित हो जायेगा। स्मरण रखो कि युद्ध में अपने शत्रुओं का वध करने वाले को यश प्राप्त होता है, किन्तु असुरों की ये संस्कृति सदियों से चली आ रही है कि विजय के उपरांत वो निर्दोषों की भी हत्या करते हैं और न जाने कैसे-कैसे जघन्य पाप करते हैं। यदि उन्हें रोका नहीं गया तो इसी अनैतिकता को धर्म का नाम दे दिया जायेगा और सभी जीव उसे अपनाने लगेंगे; इसलिए हर पापी और उसके समर्थक को दण्ड मिलना अनिवार्य है और इस युद्ध का प्रयोजन भी यही है। विश्वास रखो, ये युद्ध चंद्रवंशियों के सम्मान को गगन की ऊँचाई तक ले जायेगा। फिर भी यदि तुम्हें संदेह है तो जाओ जाकर दुर्भीक्ष को चेतावनी दो और उसे आर्यावर्त में रचे जाने वाले महाषड्यंत्र से अवगत कराओ। यदि न माने तो उससे कहो कि तुम अश्वमेध यज्ञ करने वाले हो और उसे और विदर्भराज शत्रुंजय को अपने समक्ष समर्पण करने कहो, निःसंदेह वो समर्पण के स्थान पर युद्ध का चुनाव करेंगे। दुर्भीक्ष केवल असुरों का सबसे प्रमुख अस्त्र ही नहीं एक राजा होने के नाते उनका रक्षक भी है और उसके उस प्रण के साक्षी तो स्वयं महारथी मेघवर्ण हैं, दुर्भीक्ष ने बहरूपिये भैरवनाथ को दण्ड देने में अपनी प्रजा का समर्थन पाकर केवल उनके रक्षण का ही नहीं अपितु हर उस व्यक्ति के नाश का प्रण लिया था जो असुर संस्कृति को क्षति पहुँचाने का प्रयास करेगा। वैसे भी मुझे विश्वास है कि अब तक भैरवनाथ ने बिना सामने आये ही उसे इस प्रकार फँसा लिया होगा कि वो तुम्हारे दिये तर्कों से सहमत नहीं होगा। मुझे आशा तो नहीं है, किन्तु यदि दुर्भीक्ष ने अपने असुरों की भूल स्वीकार कर ली तो युद्ध का प्रसंग उत्पन्न ही नहीं होगा; जाओ और शांति का एक अंतिम प्रयास करके देख लो।''

भरत का स्वर दृढ़ हो गया, ''तो फिर दुर्भीक्ष को चेतावनी देने मैं स्वयं जाऊँगा।''

''मेरा मत तो ये है कि मेघवर्ण, चंद्रकेतु, दिग्विजय और भगदत्त को भी आपके साथ जाना चाहिए, महाराज। ताकि दुर्भीक्ष को आपके सामर्थ्य का भी आभास हो जाये।'' विश्वामित्र ने तर्क दिया।

''किन्तु महाबली अखण्ड भी मथुरा लौट चुके हैं गुरुदेव, आप शस्त्र न उठाने को वचनबद्ध हैं। हमारे यहाँ न रहने पर यदि हस्तिनापुर पर कोई संकट आया तो...।''

भरत की बात बीच में ही काटते हुए विश्वामित्र ने कहा, ''आप भगदत्त और नंदका के पुत्रों को भूल रहे हैं महाराज। चित्ररथ, अलायुध, उग्रश्रवा और सत्वकण्ठ अपना शिक्षण पूर्ण कर महारथी की श्रेणी को प्राप्त कर चुके हैं। वो चारों महावीर किसी भी संकट से आपके राज्य का रक्षण करने में सक्षम हैं।''

''वो चारों अभी बालक हैं गुरुदेव।'' भरत ने तर्क दिया।

''योद्धा के सामर्थ्य पर उसकी उम्र का कोई बंधन नहीं होता, उन चारों के साथ और दो सौ गणान्य योद्धाओं का भी प्रशिक्षण पूर्ण हो चुका है। इसलिए आप चिंतामुक्त

होकर प्रस्थान कीजिए पौरवराज।'' विश्वामित्र ने उसे आश्वासन देते हुए कहा।

"जो आज्ञा गुरुदेव।'' विश्वामित्र का आदेश पाकर हस्तिनापुर नरेश भरत, मेघवर्ण, चंद्रकेतु, दिग्विजय और भगदत्त विदर्भ की ओर प्रस्थान कर गये।

विदर्भ की उत्तरी सीमा पर एक छोटे से महल के भीतर कारागृह में चंद्रलेखा को दो मास से भी अधिक समय बीत चुका था। वो कारागृह कम और महल का कोई कक्ष अधिक प्रतीत हो रहा था, जहाँ उसकी सेवा में कुछ दासियाँ भी थीं। किन्तु उस कक्ष समान कारागृह के द्वार की कुण्डी को बेड़ियों में बाँधा गया था और उस एक बड़ा-सा ताला भी लटकाया गया था। चंद्रलेखा उस कक्ष समान काराग्रह से न बाहर जा सकती थी, न ही उस कक्ष में ऐसा कोई विष या ऐसी भी कोई वस्तु थी जिससे चंद्रलेखा स्वयं को क्षति पहुँचा सके। महल के ठीक बाहर उपनंद बैठा रहता था और सौ सैनिकों का दल आसपास पहरा देता रहता था।

दो मास बीत चुके थे। अपने कक्ष में बने एक छोटे से रौशनदान से सूर्य को निहारती चंद्रलेखा बाहर निकलने को व्याकुल थी। आखिर सुबाहु के सत्य से उसे अपने भ्राताओं को अवगत जो कराना था और कदाचित आज का दिन उसके लिए सद्भाग्य का सूचक था। भोजन देने आये एक सैनिक की कमर में लटकी चाभियों के गुच्छे में से एक चाभी प्रवेश द्वार पर गिर गयी, और जाते समय वो सैनिक चाभी लेकर जाना भूल गया। चंद्रलेखा ने सबकी दृष्टि बचाकर वो चाभी उठाकर छुपा ली।

रात्रि में तीन दासियाँ कारागार में उपस्थित थीं जो चंद्रलेखा के निद्रा में जाने की प्रतीक्षा कर रही थीं। कारागार के बाहर दो सैनिक पहरा दे रहे थे।

विश्राम करने से पूर्व चंद्रलेखा कारागार के द्वार के निकट गयीं और द्वार के छड़ पकड़कर खड़ी हो गयी। द्वार रक्षकों ने उन्हें क्षण भर संदेह भरी दृष्टि से देखा, किन्तु चंद्रलेखा बस अपनी दृष्टि झुकाये खड़ी थी। द्वार रक्षकों का ध्यान बँटते ही उसने देखा कि आसपास उन दो द्वार रक्षकों के अतिरिक्त और कोई सैनिक नहीं है। तत्पश्चात चंद्रलेखा ने घूमते हुए द्वार रक्षकों को जैसे ही एक-दूसरे के निकट पाया, उनके कंधे पर एक साथ प्रहार कर उन्हें क्षण भर में ही मूर्छित कर दिया।

चंद्रलेखा का उग्र रूप देख वहाँ उपस्थित दासियाँ घबरा गयीं, किन्तु वो चीख नहीं पायीं, चंद्रलेखा ने दस क्षणों में ही उन तीनों को मूर्छित किया और एक दासी की ओढ़नी को अपने पर सिर पर डालकर कारागृह का द्वार खोला और वहाँ से निकाल भागी।

वहाँ से निकलने के उपरांत चंद्रलेखा गलियारों से होकर मार्ग ढूँढ़ने लगी। तभी उसे शोर सुनायी दिया, "मुख्य द्वार बंद करो, राजकुमारी कारागार तोड़कर भाग

निकली हैं!''

ये स्वर सुन चंद्रलेखा ने महल का मुख्य द्वार बंद होने का स्वर सुना। उसने गलियारे में घूम रहे एक सैनिक की तलवार छीनी और उसे घायल कर आगे बढ़ गयी। दौड़ते हुए वो मुख्य द्वार पर पहुँची जहाँ चार सैनिक द्वार बंद करने के प्रयास में थे। चंद्रलेखा को देख द्वार छोड़ दो सैनिक उसकी ओर दौड़ते हुए आये। उन्हें अपने प्रहारों से घायल कर चंद्रलेखा उन बाकी दो सैनिकों से भिड़ गयी जो द्वार बंद करने के प्रयास में थे। तभी और भी बहुत से सैनिकों का दल मुख्य द्वार की ओर आने लगा। यह देख चंद्रलेखा ने उन दोनों सैनिकों को घायल किया और महल के मुख्य द्वार से बाहर भागी, किन्तु वो महल से अभी सौ कदम भी आगे नहीं आयी थी कि उपनंद उसके मार्ग में आ खड़ा हुआ।

चंद्रलेखा ने उस पर तलवार से प्रहार किया, किंतु उपनंद ने उसका हाथ कसकर पकड़ लिया और कसाव इतना बढ़ाया कि चंद्रलेखा के हाथ से तलवार स्वयं ही छूट गयी। तत्पश्चात उपनंद से भूमि पर धकेलकर चेतावनी भरे स्वर में कहा, ''हमें तुम्हारे रक्षण का कार्य सौंपा गया है राजकुमारी, उचित होगा कोई ऐसी मूर्खता न करो कि हम तुम्हारे प्राण लेने को विवश हो जायें।

भूमि पर हताश पड़ी चंद्रलेखा को अपने समक्ष एक अश्व आशा की किरण के रूप में दिखा। उसने अपनी अंजलि में मिट्टी भरी और असावधान हुए उपनंद के नेत्रों पर उड़ा दिये। अकस्मात ही आँखों में गयी धूल ने उपनंद को विचलित कर दिया। चंद्रलेखा ने भूमि पर गिरी तलवार उठायी और उपनंद के पैर पर घाव कर अश्व की ओर भागी। कदाचित एक कन्या से ऐसे साहस की आशा उपनंद को नहीं थी। कुछ क्षणों तक वो एक हाथ से अपनी आँखें ही मलता रह गया और अपने पैर का घाव पकड़े घुटनों के बल बैठा रहा।

चंद्रलेखा तत्काल ही अश्व पर आरूढ़ हुई और वहाँ से भाग निकली। कुछ ही क्षणों सैनिक वहाँ आये और उन्होंने जल का प्रयोग कर उपनंद के नेत्रों में होने वाली जलन को शांत किया। खीझे हुए उपनंद ने सैनिक से प्रश्न किया, ''कहाँ गयी वो?''

''उत्तर दिशा की ओर महामहिम।'' सैनिक ने बताया।

उपनंद ने भाला उठाया और अश्व पर आरूढ़ होकर उत्तर की ओर चल पड़ा।

पूरी रात्रि चंद्रलेखा अपने अश्व पर भागती रही। सूर्योदय के दूसरे प्रहर ही वो और उसका अश्व भी थक चुका था। उसने कुछ क्षण के लिये अपने अश्व को चरने दिया। अश्व को चरता छोड़ उसने अपने पीछे दृष्टि जमायी हुई थी। तभी दूर से ही वन मार्ग से उसे उसे एक अश्व आता हुआ दिखायी थी। उपनंद उसकी ओर तीव्र गति से बढ़ा चला आ रहा था। तत्काल ही वो अपने अश्व पर कूदी और भागना आरम्भ किया।

भय के अंधकार में अपने अश्व को दौड़ाती चंद्रलेखा ने शीघ्र ही अपने नेत्रों के समक्ष आशा की किरण देखी। भरत, मेघवर्ण, चंद्रकेतु, दिग्विजय और भगदत्त तीव्रगति से विदर्भ की ओर आ रहे थे।

उन्हें देखते ही चंद्रलेखा चीख पड़ी, "भ्राताश्री...।"

उसका स्वर उन पाँचों का ध्यान आकर्षित करने के लिये पर्याप्त था। यह चीख सुन उपनंद ने दृष्टि उठाकर देखा तो पाँच अश्वों पर उन पाँचों महारथी को देख अपने सर पर बँधी पगड़ी से तत्काल ही अपना मुख ढक लिया।

दिग्विजय और मेघवर्ण ने मुड़कर देखा तो एक स्त्री को तीव्रगति से अपनी ओर आता हुआ पाया। धीरे-धीरे जब उसका मुख प्रकट हुआ तो उनके आश्चर्य का ठिकाना न रहा। अपनी बहन को जीवित देख उनके हर्ष की कोई सीमा नहीं थी।

उपनंद ने बिना एक भी क्षण गँवाये चंद्रलेखा की पीठ की ओर भाला चला दिया। वो भाला अपने भाइयों की ओर पूर्ण उत्साह से बढ़ती हुई चंद्रलेखा की पीठ को चीरता हुआ उसके उदर से बाहर निकल आया। उदर से रक्त का फव्वारा फूट पड़ा और मुख से रक्त उगलती हुई चंद्रलेखा दौड़ते हुए अश्व से नीचे गिर पड़ी। पाँचों योद्धा दौड़ते हुए चंद्रलेखा के पास गये।

दिग्विजय ने दौड़कर चंद्रलेखा को सँभाला।

मेघवर्ण की दृष्टि सीधा उपनंद की ओर गयी जो चंद्रलेखा पर प्रहार करके भाग रहा था, "तुम चंद्रलेखा को सँभालो, दिग्विजय, मैं उस हत्यारे को पकड़कर लाता हूँ।"

चंद्रलेखा ने मेघवर्ण का हाथ पकड़ उसे रोका, "नहीं भ्राताश्री मुझे कुछ कहना है, पहले मेरी बात सुनिए।"

मेघवर्ण उसके निकट आया, "मौन रहो चंद्रलेखा, पहले तुम्हें किसी वैद्य के पास ले जाना आवश्यक है।"

चंद्रलेखा ने कराहते हुए विनती की, "इस भाले ने मेरे कई प्रमुख अंगों को चीर दिया ज्येष्ठ, इसलिए कृपा करके मेरी बात सुनिए।"

दिग्विजय के अश्रु फूट पड़े। मेघवर्ण ने उसके कंधे पर हाथ रख ढाँढ़स बँधाया और चंद्रलेखा से प्रश्न किया, "ठीक है चंद्रलेखा, बोलो ये सब कैसे हुआ और तुम्हें मृत घोषित करने का षड्यंत्र किसने रचा?"

चंद्रलेखा ने हिचकियाँ भरते हुए कहा, "विस्तार से बताने का समय नहीं है भ्राताश्री, बस इतना जान लीजिए, कि विदर्भ के सिंहासन पर विराजमान सारे षड्यन्त्रों का सूत्रधार वो कपटी शत्रुंजय है जिसके शरीर पर सुबाहु नाम के असुर ने अधिकार कर

रखा है।''

उपस्थित पाँचों योद्धा हतप्रभ रह गये। चंद्रकेतु ने हस्तक्षेप करते हुए कहा, ''किन्तु महाराज जयवर्धन तो जीवित हैं तो ये कैसे सम्भव हो सकता है?''

''पि...पिताश्री जीवित हैं?'' चंद्रलेखा ने आश्चर्यभाव से प्रश्न किया।

दिग्विजय ने उसे सांत्वना देते हुए कहा, ''हाँ चंद्रलेखा, वो जीवित अवश्य हैं किन्तु न बोल सकते हैं न शय्या उठ सकते हैं; वो केवल एक मृत देह बनकर रह गये हैं।''

चंद्रलेखा के नेत्रों से अश्रु फूट पड़े। मेघवर्ण ने उसे सँभालते हुए प्रश्न किया, ''ये सब तुम्हें कैसे ज्ञात हुआ?''

''उसने स्वयं....।'' अपने अंतिम शब्द कहने से पूर्व ही चंद्रलेखा का स्वर मंद पड़ गया।

''चंद्रलेखा!'' अपने गोद में सर रखकर लेटी अपनी प्रिय बहन की श्वास बंद होते देख दिग्विजय पीड़ा से चीख पड़ा। मेघवर्ण ने उसे अपने हृदय से लगा लिया और उसे सांत्वना देने के साथ-साथ उसका साहस बढ़ाते हुए कहा, ''नहीं अनुज नहीं, मैं इन षड्यन्त्रों की गहराई को समझ चुका हूँ, इसलिए ये समय शोक मनाने का नहीं, शत्रु पर प्रहार करने का है।''

भरत ने मेघवर्ण के कंधे पर हाथ रखा और क्रोधित स्वर में कहा, ''यदि तुम्हारी इच्छा प्रहार करने की है तो चलो मित्र, विदर्भ के विध्वंस के लिये हम पाँचों को किसी सेना की आवश्यकता नहीं है।''

मेघवर्ण ने किसी प्रकार अपनी भावनाओं और क्रोध पर नियंत्रण किया और दृढ़तापूर्वक कहा, ''हमें ब्रह्मऋषि विश्वामित्र के सुझाव अपमान नहीं करना चाहिए, महाराज भरत। वैसे भी मैं दुर्भीक्ष के समक्ष ये साक्ष्य प्रस्तुत कर उसे धर्म के मार्ग पर आने का एक अंतिम अवसर देना चाहता हूँ, यदि इस बार भी उसने अपने विवेक का प्रयोग कर उचित मार्ग का चुनाव नहीं किया और पापी असुरों का ही समर्थन किया तो निःसंदेह वो मृत्युदण्ड का पात्र होगा और अपनी भूल का भान उसे तब होगा जब रणक्षेत्र में यमदेव का पाश काल का दंश बनकर उसके नेत्रों के समक्ष प्रकट होगा।''

भरत ने उसका समर्थन करते हुए कहा, ''तो फिर विलम्ब करने का कोई अर्थ नहीं है।''

मेघवर्ण ने सहमति जतायी और दिग्विजय का कंधा पकड़ उसे आश्वासन भरे स्वर में कहा, ''बस एक अंतिम बार अपने क्रोध पर नियंत्रण रख लो अनुज, कदाचित शीघ्र ही रणभूमि में तुम्हें अपना क्रोध प्रदर्शित करने का पर्याप्त अवसर प्राप्त होने वाला है।''

शत्रुंजय अपने कक्ष में अकेले बैठा था। भद्राक्ष ने उसके कक्ष में प्रवेश किया। उसके मुख का भाव देख शत्रुंजय ने प्रश्न किया, ''आप इतने चिंतित क्यों प्रतीत हो रहा हैं गुरुदेव?''

''गुप्तचरों से कुछ ऐसी सूचना प्राप्त हुई है जो हमारे किये-कराये पर पानी फेर सकती है।''

''ऐसी कौन-सी सूचना प्राप्त हो गयी आपको?'' शत्रुंजय ने आश्चर्यभाव से प्रश्न किया।

''जयवर्धन अभी भी जीवित है, महाबली अखण्ड ने उसे एक गुप्त स्थान पर छुपा रखा है।''

शत्रुंजय स्तब्ध रह गया, ''ये...ये कैसे सम्भव है गुरुदेव... ब्रह्मदेव ने वरदान देते हुए स्पष्ट कहा था कि जिस शरीर पर भी मैं अधिकार करूँगा, जब तक वो निर्जीव नहीं हो जाता तब तक मैं दूसरे शरीर पर अधिकार नहीं कर सकता।''

''ये रहस्य तो मेरी भी समझ से परे है सुबाहु; कदाचित किसी चमत्कार ने जयवर्धन के प्राण बचाये हैं। किन्तु ये जानकर हम चैन की साँस ले सकते हैं कि उसके सम्पूर्ण शरीर पर लकवा मार चुका है, न वो अपनी शय्या से उठ सकता है न ही वो कुछ कहने में समर्थ है।''

''किन्तु यदि कभी वो उठ गया तो क्या होगा गुरुदेव, असुरेश्वर दुर्भीक्ष तो उसका समर्थन करने पर विवश हो जायेंगे।'' शत्रुंजय ने तर्क दिया।

''सुना है वैद्य ने स्पष्ट कह दिया है कि जयवर्धन अब स्वस्थ नहीं हो सकता; फिर भी तुमने सत्य ही कहा, इसलिए हम कोई संकट नहीं मोल सकते। जयवर्धन की हत्या करवानी आवश्यक है।''

''ठीक है, आपको जो उचित प्रतीत हो वही करिए; असुरेश्वर ने भी अब तक अपने गुप्तचरों को एकत्र कर लिया होगा। उन्होंने मुझे राजप्रांगण में उपस्थित होने को कहा है। आप उसकी हत्या की योजना के विषय में सोचिए, तब तक मैं वहाँ से होकर आता हूँ।'' शत्रुंजय उठकर कक्ष से बाहर चला गया।

इधर राजप्रांगण में दुर्भीक्ष ने आर्यावर्त के कोने-कोने में भेजे गये गुप्तचरों को एकत्र किया। शत्रुंजय भी शीघ्र ही वहाँ पहुँचा। दुर्भीक्ष पहले गुप्तचर के निकट गया और उससे प्रश्न किया, ''गांधार की हिंसा अभी तक नहीं रुकी, क्यों?''

पहले गुप्तचर ने कहना आरम्भ किया, ''इसी दुविधा ने गांधार के नये राजा को भी विचलित किया हुआ है महामहिम, वो बिना भयभीत हुए दिन-रात एक नगर से

दूसरे नगर जाकर हिंसा को रोकने का पूर्ण प्रयास कर रहे हैं, किन्तु एक नगर में हिंसा रुकती है तो दूसरे में शुरू हो जाती है और इनके सबके पीछे का षड्यंत्र किसी को ज्ञात नहीं हो पा रहा।''

शेष सभी गुप्तचरों ने इसी प्रकार की सूचना दी जिससे ये सिद्ध हो कि या तो षड्यंत्र मानवों द्वारा रचा गया है या फिर मनुष्य स्वयं ही आपस में लड़ मर रहे हैं।

उन सबकी सूचना सुनने के उपरांत शत्रुंजय ने दुर्भीक्ष से प्रश्न किया, ''आपका क्या सुझाव है काकाश्री?''

''अब सोचने का नहीं कर दिखाने का समय है शत्रुंजय, अब उन उपद्रवी मानवों को शिष्टाचार का पाठ पढ़ाना ही होगा। मैं तुम्हें समग्र आर्यावर्त का एकछत्र सम्राट बनाऊँगा और यही शांति की ओर मेरा प्रथम पग होगा।''

दुर्भीक्ष का कथन अभी पूरा ही हुआ था कि महल का मुख्य द्वार टूटने का स्वर सुनायी दिया। ये द्वार भरत ने स्वयं अपने बाण से तोड़ा था। दुर्भीक्ष और शत्रुंजय अपने सैनिकों का दल साथ लेकर द्वार मुख्य द्वार की ओर बढ़े। वह स्वर इतना भीषण था कि महल के भीतर बैठे भद्राक्ष तक भी पहुँचा।

दुर्भीक्ष और शत्रुंजय द्वार पर पहुँचे और वहाँ भरत, मेघवर्ण, चंद्रकेतु, दिग्विजय और भगदत्त को खड़ा पाया। द्वार के दोनों ओर पचासों घायल सैनिक गिरे पड़े थे और मेघवर्ण के हाथों में चंद्रलेखा का शव था जो श्वेत चादर से ढका हुआ था।

उन पाँचों योद्धाओं के नेत्रों की ज्वाला और हाथों में शस्त्र देख दुर्भीक्ष ने मेघवर्ण से प्रश्न किया, ''तो तुम सब यहाँ युद्ध की मंशा से आये हो ?''

मेघवर्ण ने गरजते हुए कहा, ''युद्ध नहीं दुर्भीक्ष, तुम्हें अंतिम चेतावनी देने आये हैं हम। अब भी समय है उचित मार्ग पर आ जाओ अन्यथा दण्ड पाने के लिये सज्ज रहना।''

''तनिक अपनी बात स्पष्ट रूप से कहोगे।'' दुर्भीक्ष ने प्रश्न किया।

तब तक चंद्रलेखा के मुख को ढकी चादर हट गयी, और शत्रुंजय की दृष्टि उस पर पड़ गयी। वो दौड़ता हुआ उसके पास गया और उसके मुख को पकड़कर निहारने लगा, ''च...चंद्रलेखा।''

चंद्रलेखा को देख दुर्भीक्ष भी स्तब्ध रह गया, ''ये... ये कैसे सम्भव है...''

दिग्विजय से ये सब सहन नहीं हुआ। उसने शत्रुंजय की छाती पर लात मारकर उसे चार हाथ दूर धकेल दिया। भद्राक्ष ने वहाँ उसे सँभाला। शत्रुंजय ने उठकर भद्राक्ष से प्रश्न किया, ''ये... ये सब क्या है ?'' भद्राक्ष ने उसका हाथ पकड़ उसे मौन रहने के लिये विवश कर दिया।

दुर्भीक्ष को चकित देख मेघवर्ण ने उस पर तंज़ कसते हुए कहा, "क्या हुआ असुरेश्वर? यही सोच रहे हो न कि चंद्रलेखा तो अपने ही कक्ष में जलकर भस्म हो चुकी थी, तो ये बताओ कि ये शव किसका है?"

दुर्भीक्ष मौन था। मेघवर्ण उसके निकट आया, "संदेह तो मुझे तभी हो गया था जब मैंने तुम्हारे मित्र शत्रुघन का शव उठाया था। रानी सुदेष्णा के हृदय पर एक घाव था, किन्तु शत्रुघन की छाती के साथ-साथ उसकी पीठ पर भी प्रहार किया गया था। अर्थात शत्रुघन और उसके हत्यारे के बीच संघर्ष भी हुआ था और उस पर कीर्तिध्वज के अतिरिक्त किसी और ने भी प्रहार किया था; वैसे भी कीर्तिध्वज में इतना सामर्थ्य नहीं था कि वो शत्रुघन को द्वंद्व में पराजित कर उसकी इस प्रकार हत्या कर सके।"

"जो कहना है स्पष्टता से कहो मेघवर्ण।" दुर्भीक्ष भी सुनने को उतावला हो रहा था।

"तुम्हारे परममित्र शत्रुघन का हत्यारा तुम्हारे समक्ष खड़ा है।" मेघवर्ण ने शत्रुंजय की ओर संकेत करते हुए कहा।

क्रोध से दुर्भीक्ष की भवें तन गयीं, "ये क्या अनर्गल प्रलाप कर रहे हो मेघवर्ण, प्रतीत होता है इस दुष्ट और महत्वकांक्षी भरत की संगति ने तुम्हारी बुद्धि हर ली है, एक पुत्र अपने पिता की हत्या करेगा..."

"उचित कहा तुमने, एक पुत्र अपने पिता की हत्या कदापि नहीं कर सकता, किन्तु यदि उसके शरीर में सुबाहु जैसी दुष्टात्मा का वास हो तो कुछ भी सम्भव है।"

मेघवर्ण का तर्क सुन दुर्भीक्ष अवाक रह गया। भद्राक्ष और शत्रुंजय ने भी एक-दूसरे की ओर देखा।

दुर्भीक्ष का स्वर काँपने लगा, "इ... इस बात का क्या प्रमाण है तुम्हारे पास?"

"मृत्यु से पूर्व स्वयं चंद्रलेखा ने अपने मुख से कहा कि शत्रुंजय के शरीर में सुबाहु की आत्मा का वास है; शत्रुघन की हत्या से लेकर आर्यावर्त में फैलने वाली हिंसा के सारे षड्यन्त्रों का सूत्रधार भी यही है। यही है वो, जिसने असुर, राक्षस और दानवजाति के दल को भेज समग्र आर्यावर्त में हिंसा का अंधकार फैलाया है।" मेघवर्ण ने दृढ़तापूर्वक कहा।

दुर्भीक्ष ने पलटकर शत्रुंजय की ओर देखा, "सुबाहु ने मुझे बताया था कि यदि उसके धारण किये हुए एक शरीर की मृत्यु हो जाये तभी वो दूसरे शरीर में प्रवेश कर सकता है... तो... तो इसका अर्थ ये है कि जयवर्धन के अंत के उपरांत वो सुबाहु...।"

शत्रुंजय ने आश्चर्यभाव से प्रश्न किया, "आ... आप मुझ पर संदेह कर रहे हैं काकाश्री?"

भद्राक्ष ने उसका बचाव करते हुए कहा, ''आप ऐसा सोच भी कैसे सकते हैं असुरेश्वर, आपने स्वयं अपनी दृष्टि से देखा है कि कुंतल से जो इक्कीस षड्यंत्रकारी पकड़े गये थे वो सभी मनुष्य थे।''

भद्राक्ष की बात सुनकर भरत ने हस्तक्षेप करते हुए कहा, ''मत्तमयूर में षड्यंत्र रच रहे वृषपर्वा के पुत्र मृतंगप्रवा ने विषपान करने से पूर्व ये स्वयं स्वीकारा था कि वो जो कुछ भी कर रहा है उसका आदेश उसे स्वयं असुरेश्वर दुर्भीक्ष ने दिया है, और हमें ये भी ज्ञात हुआ है कि ये प्रपंच असुरों को मानवों से श्रेष्ठ सिद्ध करके असुर संस्कृति के फैलाव के लिये किया जा रहा है।''

दुर्भीक्ष भड़क उठा, ''असत्य है ये... मैं तो आर्यावर्त में फैल रही हिंसा को नियंत्रित करने की योजना बना रहा था।''

मेघवर्ण ने उसे समझाने का प्रयास किया, ''ये भी तो सम्भव है कि तुम्हारे नाम पर ये सारे षड्यंत्र किसी और ने रचे हों, क्योंकि उस रक्षगुरु भैरवनाथ के सबसे पुराने साथी अघोरी अवधूत ने कुछ ही समय पूर्व हमें एक सत्य से अवगत कराया है और वो ये है कि भैरवनाथ चिरंजीवी है; अर्थात तुमने जिसका शीश काटकर भूमि पर गिराया था वो निःसंदेह कोई बहरूपिया था।''

''अवधूत... वो इन्हें कहाँ मिल गया।'' भद्राक्ष रूपी भैरवनाथ विचार करने लगा।

दुर्भीक्ष सोच में पड़ गया। एक साथ अनेक विचार उसके मस्तिष्क को क्षुब्ध कर रहे थे। उसने शत्रुंजय की ओर पलटकर उससे कठोर स्वर में प्रश्न किया, ''यदि चंद्रलेखा यहाँ है तो उस दिन अग्नि में कौन भस्म हुआ था शत्रुंजय?''

शत्रुंजय का मौन देख भद्राक्ष, दुर्भीक्ष पर चीख उठा, ''बस कीजिए, असुरेश्वर अब बहुत हुआ! ये सारी भूल मेरी है, इसमें महाराज शत्रुंजय का कोई दोष नहीं।''

भद्राक्ष ने जीवन में प्रथम बार दुर्भीक्ष के समक्ष स्वर ऊँचा किया था, फिर भी दुर्भीक्ष ने उससे धैर्यपूर्वक प्रश्न किया, ''कहना क्या चाहते हो भद्राक्ष?''

भद्राक्ष ने खीझते हुए कहा, ''यही असुरेश्वर कि भूल मेरी थी जो मैंने आपसे सत्य छुपाया और इसका लाभ उठा रहा है ये चंद्रवंशी भरत।, जिसकी महत्त्वकांक्षा का स्तर आकाश छू रहा है और मेघवर्ण और उसका दल भी इसके बहकावे में आ चुका है।''

भरत का अपमान सुन भगदत्त को क्रोध आ गया। उसने तलवार खींचकर आगे बढ़ने का प्रयास किया, किंतु भरत ने उसे रोक दिया।

''कैसा सत्य भद्राक्ष, शीघ्र बताओ?'' दुर्भीक्ष ने अधीरतापूर्वक प्रश्न किया।

''आज तक ये सत्य मैंने आपसे इसलिए छुपाया, ताकि आप जयवर्धन को दिये वचन के कारण फिर किसी धर्मसंकट में न पड़ जायें। किंतु यदि मुझ पर विश्वास नहीं

तो पूछिए इन महारथियों से कि क्या पूर्व विदर्भराज जयवर्धन जीवित नहीं... भले ही उसका शरीर सुन्न हो गया, उसे लकवा मार गया हो, वो कुछ कह न सकता हो; किंतु क्या ये सत्य नहीं कि वो मथुरा में महाबली अखण्ड की सुरक्षा में हैं? आप ही बताइए असुरेश्वर, ब्रह्मदेव के वरदान अनुसार जब सुबाहु एक शरीर की मृत्यु हुए बिना दूसरे शरीर में प्रवेश नहीं कर सकता, तो ये कैसे सम्भव है कि वो महाराज शत्रुंजय के शरीर में प्रवेश कर जाये।''

दुर्भीक्ष संदेह भरी दृष्टि से मेघवर्ण को देखने लगा, ''भद्राक्ष के तर्क का उत्तर दो मेघवर्ण।''

''हाँ वो जीवित हैं, किंतु मेरी बहन मृत्यु के समय असत्य क्यों कहेगी?'' मेघवर्ण ने तर्क दिया।

भद्राक्ष ने हस्तक्षेप करते हुए कहा, ''राजकुमारी चंद्रलेखा की मृत्यु बहुत पहले हो चुकी थी और उसके साक्षी हम सब हैं। अवश्य ही ये कोई मायावी कन्या थी, जो आपको भ्रमित करने हेतु चंद्रलेखा का वेश धरकर आयी थी।'' वो दुर्भीक्ष की ओर मुड़ा, ''मैं नहीं जानता वो कपटी भैरवनाथ अमर है या नहीं, किंतु आप ही बताइए असुरेश्वर, जिस राजा को विदर्भ की प्रजा ईश्वर के समान पूजती है, उनके एक आदेश पर अपने प्राण अर्पण करने को सज्ज रहती है, जिसका हृदय विशाल और मन इतना उदार है कि द्रविड़ों के मन में शत्रुता का भाव होने के उपरांत भी उनके संघर्ष की कथा सुन उन्हें उनकी मातृभूमि लौटा दी, क्या ऐसा राजा इस प्रकार का तुच्छ कार्य कर सकता है? किसी ने सत्य ही कहा है असुरेश्वर, जब ऐसे धर्मपरायण नरेश की यश गाथाएँ विश्व में प्रचलित होने लगती हैं तो कुछ महत्त्वकांक्षी लोग उन्हें गिराने के लिये साम-दाम-दण्ड भेद किसी भी नीति का प्रयोग करने से पीछे नहीं हटते।''

दुर्भीक्ष ने आगे आकर चंद्रलेखा के मस्तक पर हाथ फेरते हुए कहा, ''मैं अपने अनुभव से कह सकता हूँ भद्राक्ष, कि यही चंद्रलेखा है; निसंदेह उस दिन जो अग्नि में भस्म हुई वो कोई और ही थी।''

''किन्तु उसका अर्थ ये तो नहीं असुरेश्वर कि यदि इसने मृत्यु के समय कह दिया कि महाराज शत्रुंजय के शरीर में सुबाहु का वास है तो वो सत्य सिद्ध हो गया। सम्भव है कि चंद्रलेखा को भी किसी ने भ्रम में डाला हो। प्रश्न तो ये है कि ये अब तक थी कहाँ? इसे ज्ञात था कि महाराज शत्रुंजय के साथ इसका विवाह होने वाला था। कहीं ऐसा तो नहीं कि इसका प्रेम-प्रसंग कहीं और चल रहा था इसलिए ये स्वयं अपनी मृत्यु का प्रपंच रचकर भाग खड़ी हुई और अब महाराज शत्रुंजय पर आरोप लगा रही है।''

भद्राक्ष की बात सुन दुर्भीक्ष ने पलटकर उसे ज़ोर का तमाचा जड़ दिया। उसका तमाचा खाकर भद्राक्ष भूमि पर गिर पड़ा। दुर्भीक्ष ने क्रोध में भरकर उसे फटकारा,

''किसी नारी के चरित्र पर लांछन लगाने से पूर्व सहस्त्रों बार विचार कर लिया करो भद्राक्ष; यदि तुम मेरे निष्ठावान सेनापति न होते तो मैं इसी क्षण तुम्हारा मस्तक काटकर भूमि पर गिरा देता।''

भूमि पर गिरे भद्राक्ष रूपी भैरवनाथ ने किसी प्रकार अपने क्रोध को नियंत्रित किया। शत्रुंजय ने उसे सँभालते हुए भद्राक्ष के बचाव में तर्क दिया, ''माना कि इस प्रकार किसी कन्या के चरित्र पर लांछन लगाना उचित नहीं काकाश्री, किन्तु चंद्रलेखा का सत्य तो यह है कि वो कभी विश्वास के योग्य थी ही नहीं।''

''तुम भी शत्रुंजय...'' दुर्भीक्ष ने उसे आश्चर्यभरी दृष्टि से देखा।

''मैं चंद्रलेखा के चरित्र पर लांछन नहीं लगा रहा हूँ काकाश्री, मैं प्रश्न उठा रहा हूँ इसकी मंशा पर। जिस चंद्रलेखा ने अपने अधर्मी पिता का आदेश मानकर दस सहस्त्र युवकों की मृत्यु का षड्यंत्र रचा, उसके मन में क्रोध होना स्वाभाविक है क्योंकि मैंने उसके पिता को पराजित कर सिंहासन पर अधिकार लिया। मानता हूँ मैंने क्रोध में चंद्रलेखा का परित्याग करने की बात कह दी थी, कदाचित इसीलिए उसने अपनी मृत्यु का प्रपंच रचा और मृत्यु से पूर्व मेघवर्ण और चंद्रकेतु जैसे योद्धाओं को भ्रमित करके मेरे विरुद्ध किये जाने वाले षड्यंत्र में अंतिम कील ठोक दी। मैं नहीं जानता मेरा कहा सत्य है या नहीं, किन्तु जिस कन्या ने बिना किसी दया के सहस्त्रों नवयुवकों का जीवन नष्ट करवा दिया वो निःसंदेह ऐसा घृणित षड्यंत्र भी रच सकती है। अंततः ये भी उस जयवर्धन रूपी सुबाहु के दिये संस्कारों में जो पली-बढ़ी थी, इसलिए इसके प्रति मेरे मन में अब कोई भावना शेष नहीं बची है।''

शत्रुंजय के दिये तर्कों के आगे दुर्भीक्ष निरुत्तर हो गया।

क्रोध से उन पाँचों योद्धाओं की मुट्ठियाँ भिंच गयीं। दिग्विजय ने क्रोध में शत्रुंजय पर प्रहार करने का प्रयास किया, किंतु मेघवर्ण ने उसे रोकते हुए कहा, ''इन सबका काल इन्हें पुकार रहा है अनुज, ये सत्य को नहीं देख पायेंगे।''

दुर्भीक्ष ने आगे आकर मेघवर्ण की आँखों में आँखें डालकर कहा, ''यदि तुम हमें यहाँ युद्ध की चुनौती देने आये हो तो सीधे-सीधे कहो। मुझे तनिक भी आश्चर्य नहीं होगा क्योंकि अब तुम चंद्रवंशियों का दासत्व स्वीकार कर चुके हो।'' कुछ क्षण रुककर दुर्भीक्ष ने कटाक्ष करते हुए कहा, ''क्या कहा था तुमने? कि मैंने ये षड्यंत्र रचा है असुर संस्कृति को मानव संस्कृति से श्रेष्ठ सिद्ध करने के लिये। यदि दर्पण उठाकर सत्य का अवलोकन करोगे तो यही पाओगे कि इस तथ्य को सिद्ध करने की आवश्यकता नहीं है। ये एक शाश्वत सत्य है कि असुरों की संस्कृति मानवों से श्रेष्ठ है और मेरे अनुचरों ने तक्षशिला, सौवीर, उल्कल, मिथिला और अंग जैसे प्रदेशों पर अधिकार करके वहाँ उपद्रव मचाने वाले मनुष्यों को नियंत्रित कर ये प्रमाणित भी कर दिया है। मानवों की तुच्छ जाति तो स्वयं ही एक दूसरे का गला काटने को आतुर है। ये विचार मेरे मस्तिष्क

पहले कभी नहीं आया। किन्तु मैं इतना समझ गया हूँ कि अब यही उचित होगा कि नाना प्रकार की वर्ण और जाति के नाम पर लड़ने वाले उन तुच्छ मानवों को असुर संस्कृति द्वारा एकता के सूत्र में बाँधा जाये। मानता हूँ हमारी असुरों की संस्कृति में भी कुछ संशोधन की आवश्यकता है। उनकी क्रूरता और हिंसकता को नियंत्रित करने के लिये कुछ कड़े नियम बनाये जायेंगे; किन्तु अब इस असुर संस्कृति का फैलाव ही मेरे जीवन का लक्ष्य है।''

यह सुनकर हस्तिनापुर नरेश भरत आगे आये और दुर्भीक्ष पर कटाक्ष के बाण चलाना आरम्भ किये, ''किसी भी संस्कृति को अपनाना या ठुकराना एक व्यक्ति का स्वतंत्र निर्णय होता है दुर्भीक्ष और उसका ये अधिकार जन्मसिद्ध है। इतिहास साक्षी है कि जब जब असुरों ने अपनी सीमा का उल्लंघन किया है तब तब उन्होंने अपने विनाश को निमंत्रण दिया है। यहाँ तक की महादानी राजा बलि ने भी अपनी सीमा का उल्लंघन कर मानवों पर आक्रमण किया और स्वयं नारायण को उन्हें दण्डित करने आना पड़ा था। संस्कृति को दूसरों पर थोपने का प्रयास करके अपने विनाश को निमंत्रण मत दो मूर्ख असुर। तुम कहते हो कि असुरों की क्रूरता और हिंसकता को नियंत्रित करने के लिये कड़े नियम बनाओगे; जो हिंसा और रक्त की प्यास असुरों की प्रवृत्ति है, उनकी संस्कृति का आधार है, तुम उसे परिवर्तित करना चाहते हो। जो कार्य सृष्टि के आरम्भ से त्रिदेव नहीं कर पाये, भक्त प्रहलाद तथा समग्र पृथ्वी को जीत लेने वाले धर्मात्मा असुरराज बलि नहीं कर पाये, वो तुम करोगे?''

''मैं ये सारे कार्य सम्भव करके दिखाऊँगा पौरवराज। देवों ने तो कभी असुरों को सद्मार्ग पर लाने का प्रयास किया ही नहीं, केवल उनके साथ छल, कपट और प्रपंच किया। और रही बात महाराज बलि की, तो उनके पास किसी शक्तिशाली धर्मपरायण मानव राजा का समर्थन नहीं था इसलिए वो विफल रहे। किन्तु मैं अपने भतीजे शत्रुंजय को समग्र आर्यावर्त का एकछत्र सम्राट बनाऊँगा, जो मानवों के जीवन अधिकारों का प्रतिनिधित्व करेगा। और फिर तुम चंद्रवंशियों के नाश के उपरांत मानव और असुर एक ही भूमि पर एकता के सूत्र में बँधकर रहेंगे।''

भरत ने क्षण भर उसे घूरा और उसके निकट आकर उसकी आँखों में देख कटाक्षमय स्वर में कहा, ''तुम समझने-समझाने की सीमा से परे हो चुके हो दुर्भीक्ष, तुम्हारा सद्मार्ग पर लौटना असम्भव है। तुम असुरों के केवल एक शस्त्र हो जिसकी बुद्धि मलिन की जा चुकी है। जो ये समझता है कि मानव और असुर एक समाज में प्रेमपूर्वक रह सकते हैं, किन्तु हमें ये मान्य नहीं। हम असुर संस्कृति के अंधकार को मानव समाज में प्रवेश नहीं करने देंगे, अब यदि प्रश्न वर्चस्व का है तो मैं भी अपने पिता को दिया वचन निभाने को प्रतिबद्ध हूँ।'' तत्पश्चात भरत ने दुर्भीक्ष और शत्रुंजय दोनों को सम्बोधित करते हुए गर्जना की, ''मैं पुरुवंशी हस्तिनापुर नरेश भरत अश्वमेध

यज्ञ कर समग्र आर्यावर्त को अपने अधीन करने का संकल्प ले चुका हूँ, इसलिए तुम्हें अपने समक्ष समर्पण का अंतिम अवसर दे रहा हूँ।''

दुर्भीक्ष ने अपनी मुट्ठी भींची और गरजते हुए कहा, ''तुम मेरी पत्नी दुर्धरा के मानस भ्राता हो भरत, इसीलिए अभी तक तुम्हारी उदण्डता को सहन कर रहा था, किंतु शरणागति का सुझाव उसे देना जिसे अपने भुजबल पर विश्वास नहीं होगा।''

भरत ने अपनी कमर से कटार निकालकर अपने अँगूठे से रक्त बहाया और अपने माथे पर तिलक लगाकर घोषणा की, ''मृत्युशय्या पर मैंने अपने पिता को वचन दिया था कि मैं आर्यावर्त का एकछत्र सम्राट बनाकर इस भूमि पर प्रेम और शांति की स्थापना करूँगा। मैं ये तो नहीं जानता कि मैं सम्राट बन पाऊँगा या नहीं, किन्तु ये शाश्वत सत्य है कि असुर संस्कृति शांति की सबसे बड़ी शत्रु है, इसलिए आज मैं ये प्रण लेता हूँ कि जब तक मैं असुरों का विध्वंस करके उन्हें आर्यावर्त की भूमि से बाहर नहीं खदेड़ देता, अपने सिंहासन को स्पर्श भी नहीं करूँगा। आने वाला युद्ध केवल मेरे पिता और चंद्रलेखा की कपट द्वारा हत्याओं के प्रतिशोध के लिये नहीं है अपितु असुरों की विध्वंसक संस्कृति के नाश के लिये होगा।''

भरत के प्रण की चोट सीधा दुर्भीक्ष के अहम पर हुई। उसका अनुसरण करते हुए मेघवर्ण ने भी अपने रक्त से माथे पर तिलक किया और घोषणा की, ''असुरों के विध्वंस की नींव रखी जा चुकी है असुरेश्वर, यदि कर सकते हो तो कर लो अपनी इस दूषित संस्कृति का रक्षण, क्योंकि शीघ्र ही मानवजाति के श्रेष्ठतम महारथी, असुरों पर कहर बनकर टूटेंगे।''

दिग्विजय ने अभी चंद्रलेखा के मस्तक पर हाथ फेरते हुए शत्रुंजय की ओर देखा, ''हमारी बहन चंद्रलेखा के बलिदान ने सिद्ध कर दिया कि तुम सब केवल पराजित करने के ही नहीं अपितु वध करने योग्य भी हो। स्मरण रहे, जितनी रक्त की बूँदें मेरी बहन के शरीर से बही है उससे कई गुना रक्त मैं तुम्हारे शरीर से बहाऊँगा विदर्भराज, रण में तुम्हारी मृत्यु मेरे ही हाथों से होगी, ये मेरा प्रण है।''

कुपित होकर दुर्भीक्ष ने भी अपने अँगूठे पर घाव कर उसके रक्त से शत्रुंजय के माथे पर तिलक किया, ''असुरों और उनकी संस्कृति के विरुद्ध उठाने वाली हर शक्ति के नाश के लिए मैं प्रणबद्ध हूँ और आज मैं एक और प्रण लेता हूँ कि शत्रुंजय को आर्यावर्त का सम्राट बनाकर असुरों की संस्कृति को गगन की ऐसी ऊँचाई तक ले जाऊँगा जिससे उनका प्रभाव संसार के अंत तक रहेगा। तुमने सम्पूर्ण असुरजाति के अस्तित्व को चुनौती दी है पुरूराज और मैं असुर प्रजा का संरक्षक दुर्भीक्ष, विदर्भराज की ओर से तुम्हारी ये चुनौती स्वीकार करता हूँ, अब हमारी भेंट रणक्षेत्र में ही होगी।''

दुर्भीक्ष का प्रण सुनकर शत्रुंजय और भद्राक्ष एक-दूसरे की ओर देख मुस्कुराये।

भरत ने भी गरजते हुए कहा, "तो अपनी शक्ति जुटाना आरम्भ कर लो असुरेश्वर, ये युद्ध पूर्णतः नियमानुसार ही लड़ा जायेगा; शीघ्र ही तुम्हें युद्धसभा में उपस्थित होने का निमंत्रण आयेगा, सज्ज रहना।"

"अवश्य, मैं प्रतीक्षा करूँगा।" दुर्भीक्ष ने सहमति जताती।

तत्पश्चात भरत, मेघवर्ण, चंद्रकेतु, दिग्विजय और भगदत्त, चंद्रलेखा के शव के साथ राजमहल से लौट गये।

उन पाँचों योद्धाओं के जाने के उपरांत दुर्भीक्ष शत्रुंजय की ओर मुड़ा, "क्या जो उत्तरदायित्व मैंने तुम्हारे लिए निश्चित किया है उसे निभा पाओगे पुत्र?"

शत्रुंजय ने उत्साह में भरकर कहा, "अवश्य काकाश्री, मैं आपको निराश नहीं करूँगा।"

"तो फिर द्रविड़राज अल्मबुष के साथ-साथ कलिंग, किष्किंधा और कुंतल के राजाओं को विदर्भ में उपस्थित होने का निमंत्रण भिजवाओ।" शत्रुंजय से सहमति का संकेत पाकर दुर्भीक्ष, भद्राक्ष की ओर मुड़ा, "तुम मेरी ओर से पातालपुरी के शासक वज्रसोम के साथ-साथ तक्षशिला, मिथिला, अंग, उल्कल और सौवीर में शासन कर रहे सभी असुर, राक्षस और दानव जाति के महारथियों को विदर्भ में उपस्थित होने का आदेश दो।"

"जो आदेश असुरेश्वर।" भद्राक्ष ने उत्साह में भरकर कहा।

"तुम लोग अपना कार्य आरम्भ करो; मुझे किसी से भेंट करने जाना है, कुछ दिनों में लौट आऊँगा।" उन दोनों को आश्वस्त कर दुर्भीक्ष वहाँ से प्रस्थान कर गया।

उसके जाने के उपरांत भद्राक्ष ने शत्रुंजय की प्रशंसा करते हुए कहा, "अद्भुत बुद्धि कौशल का प्रदर्शन किया तुमने सुबाहु, मुझे तो लगा था कि चंद्रलेखा का शव कहीं दुर्भीक्ष के मन में संदेह उत्पन्न न कर दे; तुम वास्तव में असुरजाति के शासक बनने के योग्य हो।"

"मैं ऐसा इसलिए कर पाया क्योंकि चंद्रलेखा के प्रति मेरे मन में जो भी भावनायें थीं वो आज नष्ट हो गयीं। उसने मुझसे द्रोह करके मेरा भेद खोलने का प्रयास किया, इसलिए मुझे उसकी मृत्यु का कोई दुःख नहीं; उपनंद को मेरी ओर से धन्यवाद कह दीजिएगा गुरुदेव।" क्रोधित शत्रुंजय महल के भीतर चला गया।

चतुर्थ अध्याय

युद्धसभा

अपने अश्व को तीव्रगति से दौड़ाता हुआ दुर्भीक्ष, पुरुराष्ट्र के वन में स्थित महाऋषि विश्वामित्र के आश्रम में आया। विश्वामित्र अपनी कुटिया के बाहर समाधि लगाये बैठे थे। दुर्भीक्ष उनके सामने आकर बैठ गया और उनका ध्यान टूटने की प्रतीक्षा करने लगा।

शीघ्र ही विश्वामित्र ने अपने नेत्र खोले और दुर्भीक्ष को अपने समक्ष देख प्रश्न किया, ''यहाँ किस प्रयोजन से आना हुआ असुरेश्वर?''

''आपसे एक आशा लेकर आया हूँ ऋषिवर।'' दुर्भीक्ष ने विनयपूर्वक कहा।

''सुना है आपने अपने भतीजे को आर्यावर्त का एकछत्र सम्राट बनाने का प्रण ले लिया है।'' विश्वामित्र ने मुस्कुराते हुए कहा।

''हाँ ऋषिवर प्रण तो मैं ले चुका हूँ और इसे सत्य भी सिद्ध करूँगा। मैं उन चंद्रवंशियों पर तो विश्वास नहीं कर सकता, किन्तु आप पर मुझे पूर्ण विश्वास है कि आप पक्षपात नहीं करेंगे।''

''आपकी ऐसी क्या आशा है मुझसे, तनिक विस्तार से तो बताइए।'' विश्वामित्र ने प्रश्न उठाया।

''भरत ने सम्राट बनने के उद्देश्य से असुरजाति के विध्वंस का प्रण लिया है, इसलिए मैं उसे योग्य राजा नहीं मानता, मैं अपनी असुर प्रजा के रक्षण को प्रतिबद्ध हूँ,

अर्थात मैं अपने धर्म के मार्ग पर प्रशस्त हूँ इसीलिए आपको आपका दिया वचन स्मरण कराने आया हूँ।''

विश्वामित्र भूमि से उठ खड़े हुए, ''आपसे तो चलते हुए वार्ता करने में ही आनंद आता है असुरेश्वर।''

''जो आज्ञा।'' दुर्भीक्ष उठकर उनके साथ पदयात्रा करने लगा।

चलते-चलते विश्वामित्र ने मुस्कुराते हुए प्रश्न किया, ''आप जानते हैं न मैं पौरवों का कुलगुरु हूँ...''

दुर्भीक्ष ने मुस्कुराते हुए कहा, ''आपके मुख का भव्य तेज देख आप पर अविश्वास करने की इच्छा ही नहीं होती मुनिवर, मुझे भी दुःख है कि मुझे आपके राज्य के विरुद्ध युद्ध करना पड़ रहा है, किन्तु मुझे तो अपने धर्म का पालन करना ही है। परंतु है तो ये युद्ध ही, जिसमें मेरी विजय भी हो सकती है और पराजय भी। मुझे अपने प्राणों का कोई मोह नहीं, किन्तु शत्रुंजय मेरे मित्र और वंश की अमूल्य धरोहर है, इसीलिए मैं आपसे शत्रुंजय के रक्षण का आश्वासन लेने आया हूँ।'' दुर्भीक्ष ने विनती करते हुए कहा।

''सम्राट बनने का स्वप्न देखना तो हर सामर्थ्यवान राजा का अधिकार है, किंतु उसे अपनी योग्यता अपने सामर्थ्य से सिद्ध करनी होगी। रही बात आपकी, तो आप भलीभाँति जानते हैं कि युद्धभूमि में आपकी विपक्ष की सेना के सर्वश्रेष्ठ महारथी भी आपको पराजित नहीं कर सकते, चाहे फिर वो मेघवर्ण हों या फिर पौरवराज भरत... आप बल और अनुभव दोनों में ही इन योद्धाओं से श्रेष्ठ हैं। किन्तु फिर भी आपका मन विचलित है। यदि आपको अपने हृदय में बसे धर्म की दृढ़ता पर विश्वास होता तो आपको ऐसी मनोस्थिति का सामना नहीं करना पड़ता।''

विश्वामित्र का तर्क सुनकर दुर्भीक्ष कुछ क्षण मौन रहा, फिर तनिक विचार कर असुरेश्वर ने प्रश्न किया, ''यदि मैं आर्यावर्त में फैल रही हिंसा को नियंत्रित करने के लिये असुर संस्कृति का वर्चस्व फैलाकर शांति की स्थापना करना चाहता हूँ तो उसमें अनुचित क्या है?''

''क्या उचित है और क्या अनुचित, ये केवल दृष्टिकोण पर निर्भर करता है असुरेश्वर। आप भरत को योग्य शासक नहीं मानते, स्वयं को असुरों का ईश्वर मानते हैं और यदि आपको विश्वास है कि आप असुर संस्कृति को फैलाकर जो भी नियम स्थापित करेंगे वो असुरों की भावी पीढ़ी मान्य कर लेगी, तो प्रयास करके देख लीजिए। वैसे भी आप प्रण तो ले ही चुके हैं और अपने प्रण से तो आप पीछे हटेंगे नहीं... तो फिर विवाद करने का कोई अर्थ ही नहीं है।'' कहते-कहते विश्वामित्र का स्वर कठोर हो गया।

दुर्भीक्ष ने विश्वामित्र के समक्ष घुटनों के बल झुककर उन्हें प्रणाम करते हुए कहा, "आप मेरी आशा के आधार हैं मुनिवर, आपकी ये कठोरता मेरे हृदय को छलनी कर रही है। यदि आपको मेरे चुना मार्ग अनुचित प्रतीत होता है तो मेरी शंका दूर करने की कृपा कीजिए ऋषिवर। आप तो ब्रह्मऋषि हैं, त्रिकालदर्शी हैं, भूत, भविष्य, वर्तमान तीनों का ज्ञान रखते हैं तो कृपा करके मुझे ये बतायें कि इस युद्ध का परिणाम क्या होने वाला है।"

विश्वामित्र ने दुर्भीक्ष को उठाकर उसके नेत्रों में देखते हुए कहा, "मेरे शत्रु पक्ष से होने के उपरांत भी आपने मुझमें अपनी श्रद्धा दिखाकर मेरा मन जीत लिया है असुरेश्वर, मेरा तो बस इतना ही सुझाव है कि आप दृढ़तापूर्वक अपने माने हुए धर्म और कर्तव्य का पालन कीजिए... रही बात भविष्य जानने की, तो आपको या फिर भरत को आने वाले भविष्य से अवगत कराकर मैं प्रकृति के नियमों का उल्लंघन नहीं कर सकता। ये युद्ध केवल मानवों और असुरों में नहीं है, ये युद्ध दो संस्कृतियों की विचारधाराओं का है, जहाँ मानव संस्कृति का प्रतिनिधित्व कर रहे हैं हस्तिनापुर नरेश चंद्रवंशी महाराज भरत और असुरों की संस्कृति का नेतृत्व कर रहे हैं आप। ईश्वर करे विजय उसी की हो जो आर्यावर्त की इस भूमि का कल्याण कर सके। किन्तु आपने मुझ पर जो विश्वास दिखाया है उसके लिये मैं आपको एक यथार्थ से अवगत कराना चाहता हूँ। युद्ध में विजय चाहे जिसकी भी हो, किन्तु युद्ध के अंत में आपके पास चुनने को दो विकल्प होंगे... यदि उस समय आपने अपने विवेक का प्रयोग कर उचित विकल्प का चुनाव करके अपने धर्म का पालन किया तो मैं शत्रुंजय के रक्षण का वचन अवश्य निभाऊँगा।"

दुर्भीक्ष का मुख प्रसन्नता से खिल उठा, "आपके इतने शब्द पर्याप्त हैं ऋषिवर; आपने मेरे हृदय को जो शांति दी है उसके लिये मैं सदैव आपका ऋणी रहूँगा। आपका बहुत बहुत आभार, अब मैं दृढ़तापूर्वक अपने कर्तव्य का निर्वहन कर सकता हूँ आज्ञा दीजिए।"

"यशस्वी भव महारथी सुर्जन।"

विश्वामित्र से आशीर्वाद लेकर दुर्भीक्ष अपने अश्व पर आरूढ़ होकर वहाँ से प्रस्थान कर गया। उसके जाने के उपरांत विश्वामित्र को वहाँ खड़ा देख महर्षि कण्व ने वहाँ आकर उनसे प्रश्न किया, "आज प्रथम बार आपको इतना विचलित देख रहा हूँ ब्रह्मऋषि, इसका कारण क्या है?"

"आपने उचित ही अनुमान लगाया ऋषिवर; आज हृदय में प्रबल इच्छा जागी थी कि दुर्भीक्ष को सत्य से अवगत कराकर उसे धर्म के मार्ग से परिचित कराऊँ, किन्तु जिन असुरों की रक्षा का प्रण उसने लिया है वो अब समग्र संसार में किसी महामारी की भाँति फैल चुके हैं। उनकी संख्या बढ़ने के साथ-साथ उनकी कुटिलता, छल, कपट, प्रपंच

भी बढ़ते ही जा रहे हैं। भक्त प्रहलाद, असुरराज बलि, रक्षराज दुशल और स्वयं दुर्भीक्ष के जैसे कई असुर नायकों ने असुरों की छवि सुधारने का प्रयास किया, किन्तु वो सुधार बस उनके शासनकाल तक ही सीमित रहा। दुर्भीक्ष तो उनके लिए बस एक शस्त्र है जिसकी शक्ति का लाभ उठाकर ये दुष्ट आर्यावर्त के कोने-कोने में फैलते जा रहे हैं। अपना वास्तविक विधाता तो ये उस कपटी भैरवनाथ को मानते हैं, जिसके दिशा निर्देश में ये असुर अपना वर्चस्व स्थापित करने के लिये किसी भी सीमा तक गिरकर तुच्छ से तुच्छ कार्य करने को सज्ज हो चुके हैं और इन तुच्छ मार्गों पर चलकर इन्हें लगातार सफलता भी प्राप्त हो रही है, इसलिए ऐसे तुच्छ विचार वाले जीवों का सम्पूर्ण विध्वंस करने के लिये ये युद्ध होना आवश्यक है। अन्यथा संसार से नीति और जीवन मूल्यों का नाश हो जायेगा, लोग सफलता पाने के लिये असुरों की ही भाँति सामर्थ्य के स्थान पर प्रपंचों और षड्यंत्रों का मार्ग अपनाने लगेंगे। इस युद्ध में पाँच अक्षौहिणी सेना तो केवल असुर, राक्षस और दानव दल की होगी। ये युद्ध ही वो अवसर है जिसमें इस सेना का अधिक से अधिक ध्वंस करके असुरों की सम्पूर्ण संस्कृति का नाश करके उन्हें आर्यावर्त की भूमि से बाहर खदेड़ा जा सकता है। जिस दुर्भीक्ष की शक्ति के विश्वास पर असुरों ने इस पवित्र भूमि को मलिन किया है, वही दुर्भीक्ष एक दिन उनके नेत्रों के समक्ष पराजित होकर भूमि पर गिरा दिखाई देगा। वो भैरवनाथ, जिसकी बुद्धि के बल पर असुर इतरा रहे हैं, उसे ऐसा दण्ड प्राप्त होगा कि मृत्यु की भिक्षा माँगने के उपरांत भी उसे मृत्यु नहीं आयेगी। इस बार असुरों का साहस ऐसा टूटेगा कि वो पुनः आर्यावर्त में पग रखने का दुस्साहस नहीं करेंगे। विडम्बना इस बात की है कि यदि मैं दुर्भीक्ष को सत्य बता भी देता तो वो अपनी प्रजा के रक्षण हेतु उन्हीं के पक्ष से युद्ध करता, और अब तो वो शत्रुंजय को सम्राट बनाने का प्रण भी ले चुका है।''

महर्षि कण्व ने तर्क देते हुए कहा, ''इसमें लाभ भी तो हमारा ही होता ऋषिवर; दुर्भीक्ष की शक्ति उसका विश्वास है, यदि वो टूट जाता तो उसकी शक्ति भी क्षीण हो जाती, फिर इस युद्ध में हमें बड़ी सरलता से विजय प्राप्त हो जाती।''

''सरलता से प्राप्त की हुई विजय का कोई मोल नहीं होता मुनिवर, ऐसी विजय प्राप्त कर हम आर्यावर्त की प्रजा को वो संदेश नहीं दे पायेंगे जिसके प्रभाव से इस भूमि पर धर्म और शांति की स्थापना हो पाये। वैसे भी ये सत्य बताकर मैं प्रकृति के नियमों का उल्लंघन भी करता और दुर्भीक्ष के साथ अन्याय भी। उसे भी अपनी वीरता के प्रदर्शन का पूर्ण अवसर प्राप्त होना चाहिए... ऐसे महापराक्रमी योद्धा को इतिहास में अमर होने का पूरा अधिकार है।''

''जैसी आपकी इच्छा मुनिवर।'' ऋषि कण्व ने विश्वामित्र का समर्थन करते हुए कहा, ''किन्तु दुर्भीक्ष के साथ जो जीवन पर्यंत अन्याय हुआ, उसे देख वास्तव में आज मेरा भी हृदय द्रवित हो गया।''

"ईश्वर की बनायी भाग्यरेखा को चुनौती देने का हमें कोई अधिकार नहीं है ऋषिवर। समय-समय पर तो ईश्वर को भी अन्याय करना ही पड़ा है। श्री नारायण ने भी तो वामन अवतार में असुर संस्कृति का फैलाव रोकने के लिये अपने ही परमभक्त असुरराज बलि को उसके राज्य से निष्कासित कर दिया था, क्योंकि बलि ने देवराज इंद्र से प्रतिशोध के लिये मानवों पर आक्रमण करने का दुष्कर्म किया था। वैसे भी किसी एक व्यक्ति के जीवन में हुए न्याय और अन्याय का महत्व संसार के कल्याण से बढ़कर नहीं है। आर्यावर्त का भविष्य सुरक्षित करने के लिये ये युद्ध आवश्यक है और यदि दुर्भीक्ष के अतिरिक्त ऐसी कोई महाशक्ति नहीं है जिसके नेतृत्व में रक्षजाति युद्ध में भाग लेकर अपने विनाश को निमंत्रण दे सके इसलिए दुर्भीक्ष को ही उनके विनाश का निमित्त बनना होगा, इसलिए जो हो रहा है वही उत्तम है और वही होना भी चाहिए।"

शत्रुंजय, विदर्भ में पधारे अतिथि राजाओं से मंत्रणा कर रहा था। तभी भद्राक्ष ने उसके कक्ष में प्रवेश किया, "आपसे कुछ आवश्यक मंत्रणा करनी है महाराज, क्या आप कुछ क्षणों के लिये बाहर आ सकते हैं?"

कक्ष के बाहर आकार शत्रुंजय ने प्रश्न किया, "क्या बात है गुरुदेव आप इतने विचलित क्यों हैं?"

"ऐसा प्रतीत होता है कि दुर्भीक्ष को हम पर पूर्ण विश्वास नहीं है।"

"ये आप क्या कह रहे हैं गुरुदेव, ऐसा क्यों लगता है आपको ?" शत्रुंजय ने प्रश्न किया।

"तो तुम्हीं बताओ कि वो ब्रह्मऋषि विश्वामित्र से भेंट करने क्यों गया था? सुना है वो त्रिकालदर्शी हैं; यदि उन्होंने दुर्भीक्ष को सत्य बता दिया और उसने उनका विश्वास कर लिया तो अनर्थ हो जायेगा।"

भद्राक्ष के शब्द सुन शत्रुंजय का भी साहस डोल गया, "मुझे कुछ समझ नहीं आ रहा गुरुदेव, अभी हमें क्या करना चाहिए?"

"हमें कोई अनुमान नहीं कि इस समय दुर्भीक्ष के मन में क्या चल रहा है, अब सब कुछ तुम्हारे हाथ में है सुबाहु, तुम्हारे पास बुद्धि भी है और कपट करने का पर्याप्त अनुभव भी... दुर्भीक्ष के मन को कैसे टटोलना है ये अब तुम पर निर्भर करता है। साम दाम दंड भेद, जिस नीति का उपयोग करना पड़े करो, किंतु कैसे भी दुर्भीक्ष का विश्वास जीतो।" कहकर भद्राक्ष वहाँ से प्रस्थान कर गया।

संध्याकाल होने से पूर्व ही दुर्भीक्ष अवन्ति के महल पहुँच आया। रात्रिभोज के उपरांत शत्रुंजय उसके कक्ष में पहुँचा। उसके मुख का भाव देख दुर्भीक्ष ने उससे प्रश्न

किया, ''यही पूछने आये हो न कि मैं हस्तिनापुर क्यों गया था?''

शत्रुंजय उसके निकट के आसन पर आकर बैठ गया, ''आपको लगता है मैं आप पर संदेह कर रहा हूँ?''

दुर्भीक्ष ने क्षण भर उसकी ओर देखा, ''तुम्हारे मुख के भाव से ऐसा ही प्रतीत होता है, किन्तु क्या तुम्हें मेरे उस प्रण का स्मरण नहीं जो मैंने उन पाँच महारथियों के समक्ष ली थी; मुझे पूर्ण विश्वास है कि तुम्हारे शरीर में सुबाहु का वास नहीं है।''

शत्रुंजय ने दुर्भीक्ष को आश्चर्य भरी दृष्टि से देखा, ''मैं आप पर संदेह नहीं कर रहा काकाश्री, किन्तु हमारे बीच का सम्बंध प्रेम का है, इस सम्बंध को जोड़े रखने के लिये किसी प्रण के डोर की आवश्यकता नहीं थी।''

कहते हुए शत्रुंजय ने कमर में छुपी कटार निकाली, ''और इस प्रण के कारण यदि हमारे बीच कोई दीवार खड़ी होती है तो मैं अपना अंत करके आपको इस प्रण से मुक्त करता हूँ।'' शत्रुंजय ने सीधा अपने उदर पर प्रहार किया।

किन्तु दुर्भीक्ष ने लपककर उसका हाथ पकड़ लिया। उसके उदर पर हल्का घाव देख दुर्भीक्ष की भवें तन गयीं, ''ये क्या मूर्खता है शत्रुंजय!'

''आपका विश्वास जीतने का मुझे कोई और मार्ग दिखाई ही नहीं देता।'' शत्रुंजय ने व्यथित स्वर में कहा।

''तुम्हें ऐसा क्यों लगता है कि मुझे तुम पर विश्वास नहीं है?'' दुर्भीक्ष ने प्रश्न किया।

''तो फिर आपको इस प्रकार प्रण लेने की क्या आवश्यकता थी... यदि आप प्रण नहीं लेते तो मुझ पर कोई कलंक नहीं लगता।''

''कैसा कलंक? तुम कहना क्या चाहते हो?''

''उन पाँचों ने मुझ पर जो आरोप लगाया है, कल वो आरोप सारा संसार लगायेगा मुझ पर और आपके विषय में भी यही कहा जायेगा कि आप एक प्रण में बँधे होने के कारण मेरी ओर से युद्ध करने के लिये विवश हो गये; इतने सारे लांछन मुझे स्वीकार नहीं हैं काकाश्री।'' शत्रुंजय ने खीझते हुए कहा।

''कैसा लांछन... यदि यूँ शत्रुओं के लगाये आरोपों को हृदय से लगाओगे तो रणभूमि में उनके सामने शस्त्र कैसे उठाओगे, ये दुर्बलता तुम्हें शोभा नहीं देती और एक सत्य को जान लो कि तुम चाहे कितने भी सत्कर्म कर लो संसार में तुम्हारे विरोध करने वाले आते रहेंगे, तुम हर व्यक्ति को अपने व्यक्तित्व के प्रभाव से संतुष्ट नहीं कर सकते।''

दुर्भीक्ष का वाक्य सुन शत्रुंजय को कुछ संतोष का अनुभव हुआ, ''मुझे क्षमा

कीजिए, काकाश्री, मैं बस थोड़ा उद्विग्न हो गया था।''

दुर्भीक्ष ने उसे हृदय से लगाकर कहा, ''अब दोबारा ऐसी भूल मत करना पुत्र, तुम केवल मेरे मित्र की अंतिम धरोहर ही नहीं मेरे वंश का गौरव भी हो।'' तत्पश्चात उसके नेत्रों में देख उसे आश्वस्त करते हुए कहा, ''तुम्हारे पक्ष में खड़े हर योद्धा को तुम्हारी शक्ति और धर्म पर पूर्ण विश्वास है, इसलिए हमें कोई पराजित नहीं कर सकता; आज के उपरांत यूँ कायरों की भाँति व्यवहार ना करना।''

''नहीं करूँगा, काकाश्री, अपितु दिव्यास्त्र की भाँति रणभूमि में अपनी सेना का विश्वास बनके खड़ा रहूँगा।'' शत्रुंजय ने विश्वास भरे स्वर में कहा।

''तुम्हारी अंतिम शंका का भी मैं निवारण कर देता हूँ पुत्र। मैं हस्तिनापुर में महर्षि विश्वामित्र से केवल युद्ध की आज्ञा माँगने के लिये गया था और मुझे प्रसन्नता है कि उनके मन में कोई पक्षपात नहीं है।''

''आपने ऐसा किया है तो कुछ सोच के ही किया होगा, मुझे इससे कोई समस्या नहीं है।''

दुर्भीक्ष ने उसकी पीठ थपथपाते हुए कहा, ''युद्ध सभा का निमंत्रण शीघ्र ही आयेगा, हमें सज्ज रहना चाहिये।''

''अवश्य काकाश्री... हमारे सारे मित्र राजा अवन्ति में पधार चुके हैं, यदि युद्ध सभा का निमंत्रण आया तो हम सभी मित्र राजाओं को साथ ले जाकर अपनी शक्ति का प्रदर्शन करेंगे।'' शत्रुंजय ने दृढ़तापूर्वक कहा।

शीघ्र ही पुरुराष्ट्र से मथुरा में सभी राजाओं को युद्धसभा में एकत्र होने का निमंत्रण आया।

मथुरा के सुंदर उपवन में एक भव्य शिविर का निर्माण किया गया और मथुरा नरेश शल्लभ ने वहाँ शत्रु और मित्र दोनों राजाओं का भव्य स्वागत किया।

शीघ्र ही सभी राजा सभा में उपस्थित हुए। एक ओर विराजमान थे पुरुराष्ट्र के योद्धा और उनके पक्ष में युद्ध करने वाले मित्र राजा और महारथी... अर्थात हस्तिनापुर नरेश पुरूराज भरत, मेघवर्ण, चंद्रकेतु, दिग्विजय, भगदत, मथुरा नरेश शल्लभ, मतस्य नरेश जलसंघ, पांचालराज वीरभद्र, महाबली वक्रबाहु, असुर बल्लार, अयोध्या नरेश सुतकर्मा, मत्तमयूर नरेश विश्वसेन और उनका पुत्र युवराज सामंतक, काशीराज भद्रसोम और बलिष्ठगढ़ नरेश श्रुतकर्मा। साथ ही साथ अपने-अपने आसनों में विराजमान थे भगदत्त और नंदका के महारथी पुत्र चित्ररथ, अलायुध, उग्रश्रवा और सत्वकण्ठ।

दूसरी ओर विराजमान थे असुर, राक्षस और दानव जाति के अधिपति के रूप में असुरेश्वर दुर्भीक्ष और उनके बगल में बैठे थे विदर्भराज शत्रुंजय और पातालपुरी के सेनापति भद्राक्ष और वज्रसोम। उनके आसपास के आसनों में विराजमान थे द्रविड़राज अल्मबुष और उनके पुत्र त्रिकुम्ब, वेदांतक, धीरा, येदुरप्पा, शमान्तक, तक्षशिला का राजा राक्षस बृजबाली, मिथिला का शासक दानव सम्भिप्रवा, अंगराज राक्षस सुमाली, उल्कल का राजा असुर शत्रोम, सौवीर नरेश असुर क्षत्रसाल, कलिंगराज गवाक्ष, किष्किंधा नरेश बलवीर, कुंतल नरेश शत्रुलोप आदि उपस्थित थे और साथ ही उपस्थित थे गरुड़राज जम्बाल जो द्रविड़ों के कारण उस पक्ष में उपस्थित थे किन्तु जम्बाल के मुख का भाव स्पष्ट बता रहा था कि वो उस स्थान पर बैठकर कितने क्षुब्ध हैं।

भरत ने खड़े होकर विनम्रतापूर्वक कहा, ''आने वाले युद्ध का समय, स्थान और नियम निश्चित करने के लिये मैं अपनी ओर से अपने पितामह और कुलगुरु ब्रह्मऋषि विश्वामित्र का चुनाव करता हूँ। यदि आप इस कार्य के लिये अपनी ओर से किसी को भेजना चाहें या फिर स्वयं आना चाहें तो आपका स्वागत है असुरेश्वर दुर्भीक्ष।''

दुर्भीक्ष ने खड़े होकर भरत के निर्णय का समर्थन करते हुए कहा, ''ब्रह्मऋषि विश्वामित्र पर कभी कोई पक्षपात का आरोप नहीं लगा सकता, वो विद्वान भी हैं और एक संन्यासी भी, इसलिए उनके बनाये हर नियम मुझे मान्य होंगे।''

''जैसी आपकी इच्छा।'' भरत ने शिविर के बाहर खड़े द्वारपाल को संकेत किया।

कुछ ही समय में ब्रह्मऋषि विश्वामित्र ने शिविर में प्रवेश किया। उपस्थित दासियों ने पुष्पों की वर्षा से उनका स्वागत किया।

शत्रुंजय ने दुर्भीक्ष से प्रश्न किया, ''महाबली अखण्ड दिखायी नहीं दे रहे काकाश्री।''

''वो इस युद्ध में भाग नहीं लेने वाले।'' दुर्भीक्ष के स्वर में भरा विश्वास देख शत्रुंजय चकित रह गया, ''आप इतने विश्वास से कैसे कह सकते हैं?''

दुर्भीक्ष मुस्कुराया, ''यदि वो तुम्हें कभी मिल जायें तो ये प्रश्न उनसे स्वयं कर लेना; उनके न होने के कारण ही तो विजय के प्रति मेरा विश्वास और दृढ़ हो गया है।'' दुर्भीक्ष का विश्वास देख शत्रुंजय ने उससे विवाद करना उचित नहीं समझा।

शीघ्र ही विश्वामित्र को उस भव्य शिविर के सबसे ऊँचे आसन पर बिठाया गया। सभी उपस्थित महारथियों और राजाओं ने उन्हें प्रणाम कर उनका अभिवादन किया।

तत्पश्चात विश्वामित्र ने कहना आरम्भ किया, ''मुझे प्रसन्नता है कि दोनों पक्षों ने मुझमें वो विश्वास दिखाया जिससे मैं इस युद्ध के तिथि, नियम और स्थान आदि

निश्चित कर सकूँ। किन्तु इन सबसे पूर्व दोनों पक्षों के राजाओं और योद्धाओं से मेरा आग्रह है कि उस पक्ष से युद्ध में भाग न लें जिस पक्ष की नीतियों का वे मन ही मन विरोध करते हैं... इसलिए सभी उपस्थित योद्धाओं से मेरा आग्रह है कि स्वेच्छा से अपना-अपना पक्ष चुन लें। जिन्हें लगता है धर्म चंद्रवंशियों के पक्ष में है, वो पुरुराष्ट्र के योद्धाओं के निकट पड़े रिक्त आसनों पर आकर बैठ जायें और जिन्हें विदर्भराज शत्रुंजय का पक्ष उत्तम प्रतीत होता है वो उनके पक्ष के योद्धाओं के साथ जाकर बैठ जाये। युद्ध से पूर्व अपने पक्ष का चुनाव करने का अंतिम अवसर है ये, क्योंकि जो योद्धा अनिच्छा से इस महायुद्ध में भाग लेगा वो अपने पक्ष को ही हानि पहुँचायेगा।''

विश्वामित्र की वाणी सुन गरुड़राज जम्बाल बिना एक भी क्षण गँवाये खड़े हुए। जंबाल को ऐसा करते देख अल्मबुष को क्रोध आया, किन्तु दुर्भीक्ष ने उन्हें मौन रहने का संकेत दिया।

जम्बाल को उस ओर जाता देख कलिंगराज 'गवाक्ष' भी अपने पिता की मृत्यु के रोष में चंद्रवंशियों के पक्ष में जा बैठे। साथ ही किष्किंधा नरेश बलवीर भी उठकर पौरवों के साथ आ बैठे। यह देख सुबाहु रूपी शत्रुंजय का क्रोध बढ़ने लगा, किन्तु भद्राक्ष रूपी भैरवनाथ ने उसका हाथ पकड़ शांत रहने का संकेत दिया।

कुछ क्षण उपरांत पौरव पक्ष से मतस्यराज जलसंघ उठकर विदर्भ के महारथियों के बीच जा बैठे।

विश्वामित्र ने कुछ और क्षणों तक प्रतीक्षा की। जब और किसी ने अपने कदम आगे नहीं बढ़ाये तब उन्होंने कहना आरम्भ किया, ''वर्षा ऋतु आने को है, इसलिए अगले पाँच मास तक इतने विकराल युद्ध का होना सम्भव नहीं, इसलिए मेरा प्रस्ताव है कि ये युद्ध इस वर्ष के अंत में माघ मास की अंतिम तिथि को आरम्भ हो। सभी योद्धा स्वेच्छा से अपना अपना पक्ष निश्चित कर चुके हैं, अब दोनों पक्षों का सबसे प्रथम नियम ये है कि इस युद्ध के आरम्भ और अंत से पूर्व अर्थात आने वाले पाँच माह में आपमें से कोई भी अपनी शक्ति की वृद्धि के लिये आर्यावर्त के किसी राज्य पर आक्रमण नहीं कर सकता, किन्तु यदि स्वेच्छा से कोई राजा या योद्धा आपके दल में सम्मिलित होना चाहे तो हमें कोई आपत्ति नहीं है... क्या दोनों पक्षों के राजाओं को ये स्वीकार है?''

''हमें स्वीकार है।'' भरत और शत्रुंजय ने एक साथ कहा।

विश्वामित्र ने आगे कहा, ''दोनों पक्षों के सैन्यबल को देखकर अनुमान लगाया जा सकता है कि इस युद्ध में लाखों की संख्या में योद्धा भाग लेने वाले हैं, इसलिए युद्ध के लिये मैंने ऐसा स्थान निश्चित किया है जहाँ लाखों योद्धाओं को जल आदि भोजन सामग्री की कमी न पड़े और वो है दण्डकारण्य वन, क्योंकि वहाँ सारे संसाधन उपलब्ध हैं... अनेक जलाशय हैं, घना वन है, जहाँ भोजन आदि का प्रबंध भी बड़ी

सरलता से हो सकता है। शीघ्र ही उसके एक तिहाई भाग के वनों काटकर वहाँ की भूमि को जितना हो सके समतल किया जायेगा।''

द्रविड़राज ने अल्मबुष से विनयपूर्वक आग्रह किया, ''क्या मैं एक प्रश्न कर सकता हूँ ऋषिवर!''

''अवश्य कहिए, द्रविड़राज।''

''दण्डकारण्य वन में तो कई ऊँची-ऊँची शिलाएँ और छोटे-छोटे पर्वत भी हैं, जिन्हें तोड़कर भूमि को समतल करना पाँच माह में सम्भव नहीं है; वो शिलाएँ निःसंदेह दोनों सेना के मार्ग में बाधाएँ उत्पन्न करेंगी।'' अल्मबुष ने तर्क दिया।

''ये तो आपने उचित ही कहा महाराज अल्मबुष कि उन शिलाओं को तोड़कर इतनी शीघ्र समतल भूमि नहीं बनायी जा सकती, किंतु मैं तो वैसे भी केवल वृक्षों को काटकर वहाँ की ऊबड़-खाबड़ भूमि समतल करने के पक्ष में हूँ। प्राकृतिक शिलाओं को तोड़ने को तो मैंने कहा भी नहीं, क्योंकि वृक्ष तो फिर उग आयेंगे, घना वन फिर से बस जायेगा... किंतु प्रकृति द्वारा स्वनिर्मित शिलाओं और छोटे-छोटे पर्वतों को उनके स्थान से हटाकर हम प्रकृति के बनाये रक्षा कवच को तोड़ नहीं सकते। यदि ऐसा किया तो बाढ़ जैसी कई प्रकार की प्राकृतिक आपदा आने का संकट बना रहता है। आपको युद्ध के लिये केवल समतल भूमि प्राप्त नहीं होगी, मार्ग में कई प्रकार की शिलाएँ और छोटे-छोटे पर्वत भी होंगे; अब ये आप सबकी परीक्षा है कि आप इसे संकट के रूप में देखते हैं या अवसर के रूप में।''

दुर्भीक्ष मुस्कुराया, ''हम आपका संकेत समझ गये ऋषिवर, हमें आपका ये प्रस्ताव भी सहर्ष स्वीकार है।''

दुर्भीक्ष की स्वीकृति के उपरांत अल्मबुष ने कुछ और कहना उचित नहीं समझा।

विश्वामित्र ने आगे कहना आरम्भ किया, ''युद्ध के शेष नियम तो बहुत स्पष्ट हैं, जो सदियों से परंपरा के रूप में चले आ रहे हैं। सूर्योदय के शंखनाद से आरम्भ हुआ युद्ध सूर्य के अस्त होते ही शंख के नादों द्वारा समाप्त किया जायेगा। दो महारथियों के द्वंद्व में बिना आवाहन के कोई हस्तक्षेप नहीं करेगा। किसी निःशस्त्र, मूर्छित अथवा भागते हुए योद्धा पर कोई प्रहार नहीं करेगा। यदि कोई योद्धा अपने साथी की सहायता के लिये उसे रणभूमि से बाहर ले जा रहा हो तो उस पर प्रहार करना वर्जित है। युद्ध में जिसकी सेना का पहले नाश हो जाये या उसकी सेना रण छोड़कर भाग जाये, तो उस पक्ष को पराजित घोषित किया जायेगा, क्योंकि जो अपनी सेना का रक्षण नहीं कर सकते वो आर्यावर्त का क्या रक्षण करेंगे; क्या ये सारे नियम दोनों पक्षों को स्वीकार हैं?''

''हमें स्वीकार है।'' भरत और शत्रुंजय ने एक साथ कहा।

"इस सभा का उद्देश्य पूर्ण हुआ, अपनी तैयारियाँ आरम्भ कीजिए, अब दोनों पक्षों की भेंट पाँच मास के उपरांत रणक्षेत्र में ही होगी।" विश्वामित्र ने घोषणा की।

शीघ्र ही दोनों पक्ष के सारे महारथी अपने अपने राज्यों में लौट गये।

मथुरा के वन में महाबली अखण्ड मौन बैठे थे। शीघ्र ही वक्रबाहु उनके निकट आकर बैठ गया और उनका व्यथित मुख भाव देख उनसे प्रश्न किया, "तुमने अभी तक बताया नहीं कि तुम युद्धसभा में उपस्थित क्यों नहीं थे मित्र?"

"क्योंकि मैं इस युद्ध में भाग नहीं ले सकता।" अखण्ड ने खीझते हुए कहा।

वक्रबाहु स्तब्ध रह गया, "ये क्या कह रहे हो मित्र? तुम्हारा योगदान इस युद्ध में बहुत महत्त्वपूर्ण है, तुम ऐसे अपने कर्तव्य से मुख नहीं मोड़ सकते।"

"तुम तो मेरा सत्य जानते हो मित्र, फिर भी मुझसे ये प्रश्न कर रहे हो?" अखण्ड ने उसकी ओर आश्चर्यभाव से देखा।

"कैसा सत्य गुरुदेव?" तभी मेघवर्ण, चंद्रकेतु और दिग्विजय भी वहाँ आ पहुँचे। अघोरी अवधूत भी उनके साथ खड़े थे।

अवधूत ने अखण्ड को समझाने का प्रयास किया, "अब सम्पूर्ण सत्य को प्रकट करने का समय आ गया है महाबली, क्योंकि ये आवश्यक है कि जब आपके शिष्य रणभूमि में जायें तो उनके मन में कोई संदेह न हो।"

महाबली अखण्ड ने क्षणभर अवधूत की ओर देखा और उठकर मेघवर्ण, चंद्रकेतु और दिग्विजय के निकट आये।

"बताइए पितामह आप इस युद्ध में भाग क्यों नहीं ले रहे?" चंद्रकेतु ने प्रश्न उठाया।

अखण्ड ने खीझते हुए कहा, "मैंने महर्षि शंकराचार्य से पहले ही कहा था कि युद्ध आज से एक वर्ष पूर्व ही हो जाना चाहिए था; तब ये युद्ध केवल हस्तिनापुर और विदर्भ के बीच होता। जयवर्धन के रक्षण के लिये केवल दुर्भीक्ष आगे आता। चूँकि वो दुर्भीक्ष का अपना युद्ध नहीं होता, उस समय अपने सम्पूर्ण बल का प्रयोग कर हम उस पर भारी पड़कर जयवर्धन को पराजित कर सकते थे... किंतु मुनिवर ने मुझे एक बार और छल से जयवर्धन को बंदी बनाने का सुझाव दिया और इसका परिणाम ये हुआ कि आज ये युद्ध समग्र आर्यावर्त का युद्ध बन चुका है। ये दुर्भीक्ष का अपना युद्ध है; साथ ही असुर, राक्षस और दानव जाति भी इस युद्ध में अपनी सम्पूर्ण शक्ति के साथ उतरेगी, जिनकी कभी रक्षा की शपथ ली थी मैंने, तो मैं उन्हीं के विरुद्ध शस्त्र कैसे उठाऊँ?"

"आपने उनकी रक्षा की शपथ ली थी, ये आप क्या कह रहे हैं महाबली!" दिग्विजय ने प्रश्न उठाया।

अखण्ड ने साहस जुटाकर कहना आरम्भ किया, "तुम सबको पाँच दिन के महासमर का सम्पूर्ण इतिहास ज्ञात है तो महर्षि शंकराचार्य का वो श्राप भी स्मरण होगा जो उन्होंने महाराज विक्रमाजित को दिया था, कि उस पाँच दिन के महासमर में तेजस्वी को छोड़ उनके सम्पूर्ण परिवार का ध्वंस हो जायेगा। मैं भी तो उनके परिवार का ही एक भाग था तो उस श्राप का भागी मुझे भी बनना ही था। अखण्ड तो उसी युद्ध में वीरगति को प्राप्त को गया था, ये तो केवल उसका शरीर है। जिसे जीवित रखा है मैंने अर्थात रक्षराज दुशल ने, जिसने मृत्यु के उपरांत मुक्ति स्वीकार नहीं की।"

वहाँ उपस्थित तीनों योद्धाओं के आश्चर्य का ठिकाना नहीं रहा।

अखण्ड ने उन तीनों का मुख भाव देख कहा, "जानता हूँ इस सत्य को स्वीकारना तुम लोग के लिए सहज नहीं है, किन्तु जब तेजस्वी के हाथों मेरी मृत्यु हुई तब मेरी आत्मा को शांति नहीं मिली, क्योंकि मेरी प्रियतमा शिवन्या का प्रतिशोध अधूरा था, इसलिए मैंने अपने मृत पौत्र अखण्ड के शरीर पर अधिकार कर लिया और तेजस्वी को मारने दौड़ा, किन्तु जब वक्रबाहु ने मुझे भैरवनाथ के किये षड्यन्त्रों से अवगत कराया तो मुझे बहुत ग्लानि हुई। तब मैंने शपथ ली कि जब तक भैरवनाथ को उसके हर पाप का दण्ड नहीं दे देता मैं पृथ्वीलोक का त्याग नहीं करूँगा। मैं वर्षों तक उस भैरवनाथ को खोजता रहा, किन्तु वर्षों के उपरांत जब वो सामने आया तब तक दुर्भीक्ष उसका प्रबल अस्त्र बन चुका था। मैं समझ गया था कि भैरवनाथ अपनी कुटिलता का प्रयोग कर असुरों को पथभ्रष्ट करके फिर से आर्यावर्त की भूमि पर अराजकता फैलाने वाला है, इसलिए मैंने मेघवर्ण और चंद्रकेतु जैसे दो दुर्जय योद्धा तैयार किये, क्योंकि अपने अभियान में मैं अकेले सफल नहीं हो सकता था। किन्तु अब विडम्बना ये है कि इस युद्ध में समग्र असुर, राक्षस और दानव जाति कूद पड़ी है। मैंने रक्षराज के पद पर आसीन होकर ये शपथ ली थी कि मैं अपनी प्रजा का रक्षण करूँगा। भले ही आज अपने उस पद पर मैं आसीन नहीं हूँ, किन्तु शस्त्र उठाकर मैं उन्हीं के विध्वंस का कारण नहीं बन सकता।"

सारी बात समझने के उपरांत मेघवर्ण, अखण्ड के निकट आया, "आपको ग्लानि का अनुभव करने की कोई आवश्यकता नहीं है गुरुदेव, आपने जो त्याग और धैर्य दिखाया है, वो देख हमारे मन में आपके लिए सम्मान और भी बढ़ गया है।"

चंद्रकेतु ने अखण्ड के चरण स्पर्श करते हुए कहा, "आपको कोटि-कोटि नमन है रक्षराज, विश्वास रखिए आपको इस युद्ध में भाग लेने के लिये कोई बाध्य नहीं करेगा पितामह।"

मेघवर्ण ने चंद्रकेतु का समर्थन करते हुए कहा, "यही उत्तम भी होगा गुरुदेव; आप यहीं रहकर पिताश्री का रक्षण कीजिए और अपने शिष्यों के सामर्थ्य और उन्हें दिये शिक्षण पर विश्वास रखिए। इस युद्ध में विजय हमारी ही होगी, क्योंकि सत्य और धर्म हमारे पक्ष में है।"

अखण्ड ने मुस्कुराते हुए अपने दोनों शिष्यों की पीठ थपथपायी, "मुझे तुम दोनों के सामर्थ्य पर तनिक भी संदेह नहीं है, किन्तु इस विषय पर मैंने महर्षि विश्वामित्र से मंत्रणा की थी और उन्होंने मुझे ये सुझाव दिया है कि मैं युद्ध के समय जयवर्धन को लेकर शिविर में ही उपस्थित रहूँ और ये उचित भी है, क्योंकि भले मैं रणभूमि में न जा सकूँ, किंतु मेरी बुद्धि तो तुम सबकी सहायता कर ही सकती है।"

मेघवर्ण ने सहमति जताते हुए कहा, "जैसी आपकी इच्छा गुरुदेव, आप विवेक अनुसार ही अपना निर्णय लीजिये, हमें अपने डकैत और गंधर्व सैनिकों को अभ्यास और प्रशिक्षण देकर उन्हें आने वाले भीषण महासंग्राम के लिये तैयार करना है... हमारे पास अभी पाँच माह का समय है।"

"वो सब तो ठीक है, किन्तु उससे पूर्व तुम्हें मेरे साथ कहीं चलना होगा मेघवर्ण, कल प्रातः ही हम उस गुप्त स्थान के लिये निकलेंगे, तब तक विश्राम करो।"

"जो आज्ञा गुरुदेव।" मेघवर्ण ने सहमति जतायी।

अगले दिन अखण्ड और मेघवर्ण ने दिन भर यात्रा की और एक घने वन की गुफा के निकट पहुँचे। अश्व से उतरकर उन्होंने गुफा में प्रवेश किया। उस गुफा में चार कोस लम्बी दूरी के उपरांत उनके समक्ष एक दिव्यधनुष प्रकट हुआ। उस धनुष की आभा चारों ओर प्रकाश फैला रही थी।

"मेरे पूर्वज भगवान महाबली का पवित्र दिव्यधनुष है ये, जिसके प्रयोग से उन्होंने समग्र पृथ्वी को जीता था; मान्यता है कि इस धनुष को धारण करने वाले योद्धा को कोई भी रण में पराजित नहीं कर सकता। एक निःस्वार्थ व्यक्ति जिसका हृदय दया से परिपूर्ण हो, जिसकी बुद्धि स्थिर हो और जो अपने लक्ष्य के प्रति समर्पित हो। जिस व्यक्ति में सारे गुण होंगे, वही इस दिव्य धनुष को उठा सकता है। महाराज बलि के अतिरिक्त केवल तीन योद्धा अब तक इस धनुष को धारण कर पायें हैं... मैं, महाराज विक्रमाजित और उनके पुत्र पूर्व विदर्भराज तेजस्वी। अब मेरी इच्छा है कि तुम इस धनुष को धारण कर रण में उतरो और अपने शत्रुओं पर काल बनकर टूटो।"

मेघवर्ण ने क्षण भर उस धनुष को निहारा और अखण्ड से प्रश्न किया, "आप मुझे ही इस धनुष का धारक क्यों बनाना चाहते हैं गुरुदेव?"

"क्योंकि तुम मेरे शिष्य और एक श्रेष्ठ योद्धा भी।"

"केवल श्रेष्ठ योद्धा होना पर्याप्त नहीं है गुरुदेव, वैसे भी मुझे नहीं लगता कि मुझे

वो चारों गुण विद्यमान हैं जो इस धनुष को उठाने के लिए आवश्यक है।''

मेघवर्ण का तर्क सुन अखण्ड को आश्चर्य हुआ, ''ये तुम क्या कह रहे हो?''

''मुझे अपनी भावनाओं को नियंत्रित करना नहीं आता गुरुदेव और यही मेरा सबसे बड़ा दुर्गुण है जो मुझे अयोग्य घोषित कर देता है; वहीं दूसरी ओर आपको स्मरण ही होगा कि पूर्व हस्तिनापुर नरेश दुष्यंत की कपट द्वारा हत्या होने के उपरांत भी भरत ने किस प्रकार लोक कल्याण के लिये अपने क्रोध को पी लिया। यदि उस समय मैं भरत के स्थान पर होता तो कदाचित मैंने सब कुछ छोड़कर पातालपुरी पर आक्रमण कर दिया होता। इसलिए मैं समझता हूँ कि इस दिव्य धनुष को धारण करने की योग्यता केवल हस्तिनापुर नरेश और आर्यावर्त के होने वाले चक्रवर्ती सम्राट भरत में है। आपने ही तो कहा था कि इस धनुष को धारण करने वाला अपराजेय हो जाता है। यदि युद्ध में हमारे नरेश ही अपराजेय होंगे तो हमें उनके रक्षण की विशेष व्यवस्था करने की कोई आवश्यकता ही नहीं होगी, इसलिए मेरी विनती है कि आप भरत को यहाँ बुलाकर उससे ये दिव्यधनुष धारण करने का निवेदन करें। वो चंद्रवंशी है, ब्रह्मऋषि विश्वामित्र का शिष्य है, मुझे विश्वास है कि उसमें वो चारों महान गुण विद्यमान हैं जो इस धनुष को उठाने के लिये आवश्यक हैं।''

अखण्ड ने कुछ क्षण गम्भीरतापूर्वक विचार करने के उपरांत कहा, ''तुम्हारा दिया तर्क अनुचित नहीं है मेघवर्ण, मैं सहमत हूँ।''

दुर्भीक्ष, शत्रुंजय और भद्राक्ष शस्त्रागार में बैठे किसी की प्रतीक्षा कर रहे थे। शीघ्र ही द्रविड़राज का ज्येष्ठ पुत्र त्रिकुम्ब वहाँ उपस्थित हुआ, ''आपने मुझे बुलाया असुरेश्वर!''

दुर्भीक्ष ने उसे आसन पर बैठने का संकेत दिया, ''हाँ त्रिकुम्ब, सारे राज्यों के राजा अपने राज्य को लौट गये हैं, किन्तु मैंने तुम्हें यहाँ एक विशेष प्रयोजन से रोका है और वही बताने के लिए मैंने तुम्हें बुलाया है।''

''मैं उपस्थित हूँ असुरेश्वर।'' त्रिकुम्ब ने आग्रह किया।

दुर्भीक्ष ने कहना आरम्भ किया, ''इस समय हमारा पक्ष शत्रु से दुर्बल प्रतीत हो रहा है। कलिंगराज गवाक्ष और गरुड़राज जंबाल के हमारे पक्ष का त्याग करने से हमारे बल को बहुत क्षति पहुँची है, मैंने यतियों का प्रयोग कर शत्रुसेना में अधिक से अधिक विध्वंस करने का विचार किया था। किन्तु गरुड़ों की संख्या भले ही पाँच सौ हो, किन्तु वो अपनी उड़ने की शक्ति और चपलता का प्रयोग कर यति सेना का ध्वंस करने में सक्षम हैं, इसलिए हमें गरुड़ों के प्रतिकार के लिये नागसेना की सहायता की आवश्यकता होगी।''

कहकर दुर्भीक्ष, भद्राक्ष की ओर मुड़ा, "तुम नागराज तक्षक के पास मेरा संदेश लेकर जाओगे, उसे प्रलोभन देना कि इस युद्ध में विजय के उपरांत हम नागलोक के निकट का एक बड़ा नगर उसे उपहार में दे देंगे। तक्षक महालोभी है... मेरी शक्ति का प्रताप सुनकर वो निःसंदेह अपनी सेना लेकर हमारा समर्थन करने रणभूमि में आ जायेगा।"

"जो आज्ञा असुरेश्वर, मैं कल प्रातः ही नागलोक की ओर प्रस्थान करूँगा।"

दुर्भीक्ष ने आगे कहना आरम्भ किया, "मैं मेघवर्ण और भरत को रोक सकता हूँ, चंद्रकेतु को त्रिकुम्ब रोक सकता है, दिग्विजय को शत्रुंजय पराजित कर सकता है; शत्रु पक्ष के शेष महारथियों का प्रतिरोध करने हेतु हमारे दल में भी अनेक महारथी हैं, किन्तु दो और योद्धा हैं जो हमारी सेना में भयानक विध्वंस मचा सकते हैं और वो हैं महाबली वक्रबाहु और बल्लार... उन दोनों को रोकना अत्यंत आवश्यक है। सुना है कि वक्रबाहु के शरीर पर घातक से घातक अस्त्र भी निष्फल है, उसे केवल भुजबल से रोका जा सकता है... इसलिये उसे रोकने के लिये तुम्हारे यति दल का योगदान अत्यंत आवश्यक है त्रिकुम्ब; मैंने सुना है तुम यतियों से उनकी भाषा में बात कर सकते हो।"

"हाँ महामहिम ये सत्य है।" त्रिकुम्ब ने सहमति जतायी।

"यतियों का बल केवल वक्रबाहु को रोकने के लिये नहीं अपितु शत्रु पक्ष के अन्य उत्कृष्ट सैन्य दल के प्रतिरोध के लिये भी आवश्यक है। गंधर्व और डकैत जाति के आठ सहस्त्र योद्धाओं का सामर्थ्य एक लाख सैनिकों से भी अधिक प्रबल है और हस्तिनापुर की ओर से युद्ध करने वाले पाँच सौ गणान्य में से हर एक योद्धा अनेक सैनिकों को मार सकता है, और हमारी शक्ति हैं यति दल के योद्धा जिसमें हर एक यति का सामर्थ्य एक सहस्त्र योद्धाओं के बराबर है, किन्तु इतना पर्याप्त नहीं है, क्योंकि यति केवल अपनी चपलता और नखों का प्रयोग कर शत्रु पर प्रहार करते हैं। यदि तुम यतियों की भाषा में उनसे वार्ता कर सकते हो तो उन्हें शस्त्रविद्या का ज्ञान दो। पाँच माह का समय पर्याप्त नहीं है, किन्तु यदि तुम उन्हें केवल गदायुद्ध का शिक्षण दो तो निःसंदेह वो यति इतने पारंगत हो सकते हैं कि एक-एक यति दस सहस्त्र के सैन्य दल पर भारी पड़े। वक्रबाहु और बल्लार को रोकने के लिये यतियों का योगदान अत्यंत आवश्यक है... कहो त्रिकुम्ब क्या तुम ऐसा कर सकते हो?"

"मैं पूरा प्रयास करूँगा असुरेश्वर, आप विश्वास रखिए।" त्रिकुम्ब ने विश्वास दिलाते हुए कहा।

तभी एक दूत ने कक्ष में आकर सूचित किया, "महल के बाहर खड़ा कोई ब्राह्मण आपसे भेंट करने का इच्छुक है असुरेश्वर।"

"उनसे कहो प्रतीक्षा करें, मैं थोड़े समय में उनसे भेंट करने आऊँगा।"

दुर्भीक्ष के आदेश अनुसार वो सैनिक वहाँ से प्रस्थान कर गया। कुछ समय तक युद्धनीति पर मंत्रणा करने के उपरांत दुर्भीक्ष महल के बाहर आकर उस ब्राह्मण के पास आया।

माथे पर भस्म और भगवा वस्त्र धारण किये उस बलिष्ठ ब्राह्मण के मुख को देखते ही दुर्भीक्ष की भवें तन गयीं, "तुम यहाँ क्यों आये हो उपनंद?"

"मैं आपकी शरण में आया हूँ असुरेश्वर, मुझ पर कृपा कीजिए, और मुझे इस युद्ध अपने पक्ष से भाग लेने का अवसर प्रदान कीजिए।" उपनंद ने विनती करते हुए कहा।

दुर्भीक्ष, उपनंद के निकट आया, "सम्भव है कि वर्षों पूर्व त्रिगर्ता में हुई घटनाओं के लिए मैं तुम्हें क्षमा कर भी दूँ, किन्तु तुम्हें उस अपराध के लिये मैं कदापि क्षमा नहीं कर सकता जो तुमने उस भैरवनाथ के आदेश पर किया था। तुमने मेघवर्ण के साथ कपट कर मुझ पर कलंक लगाने का प्रयास किया।"

"त्रिगर्ता की घटना के समय मैं आपसे परिचित नहीं था और मेघवर्ण के साथ मैंने जो भी किया उसके विषय में मुझे भैरवनाथ ने ही कहा था कि ये आपका आदेश है, और आपका आदेश टालने का साहस भला मैं कैसे कर सकता था।"

उसका तर्क सुन दुर्भीक्ष ने उससे खीझते हुए प्रश्न किया, "तुम्हारा इस युद्ध से क्या सरोकार है, मैंने तो तुम्हें इस युद्ध में भाग लेने का न आदेश दिया है न निमंत्रण। वैसे भी तुम हस्तिनापुर के जामाता हो तो क्या अपने ही परिवार के विरुद्ध युद्ध करोगे?"

उपनंद ने कहना आरम्भ किया, "ये युद्ध मेरे निजी प्रतिशोध का है असुरेश्वर; विजयदशमी के दिन मेघवर्ण और चंद्रकेतु ने न केवल मेरी प्रजा के समक्ष मुझे अपमानित किया अपितु मुझे बलि देने से रोककर देवी जगदम्बा के प्रति मेरी अगाध श्रद्धा पर भी प्रश्न-चिह्न लगाया है। मैं स्वयं का अपमान एक बार सहन कर भी लूँ, किन्तु अपनी देवी माँ का अपमान मुझे मान्य नहीं। इस अपमान से व्यथित होकर मैंने अपने पुत्र शक्रम्भ को त्रिगर्ता का सिंहासन सौंप राज्य का त्याग कर संन्यासी का वेश धारण कर लिया, अब मेरे लिए किसी सम्बंध का कोई महत्व नहीं। मेरे जीवन का केवल एक ही लक्ष्य है और वो है मेघवर्ण और चंद्रकेतु का सर्वनाश, इसलिए मैं अपने सम्पूर्ण बल के साथ आपकी ओर से युद्ध करने को प्रस्तुत हूँ।"

उपनंद के नेत्रों की ज्वाला देख दुर्भीक्ष को उसका कथन सत्य प्रतीत होने लगा। उपनंद की माँ दुर्गा के प्रति जो श्रद्धा थी उससे भी वो भलीभाँति परिचित था।

कुछ क्षण विचार करने के उपरांत दुर्भीक्ष ने उससे कहा, "तुमने कहा कि अब तुम्हें अपने मान सम्मान का मोह नहीं रहा, बस मेघवर्ण और चंद्रकेतु का विनाश ही

तुम्हारा जीवन लक्ष्य है... तो मैं तुम्हें अवसर देने को सज्ज हूँ, किन्तु मेरा विश्वास जीतने के लिये तुम्हें प्रमाण देना होगा।''

''मैं अपनी निष्ठा सिद्ध करने हेतु कोई भी परीक्षा देने को सज्ज हूँ असुरेश्वर।'' उपनंद ने दृढ़तापूर्वक कहा।

''तो फिर सबके समक्ष तुम्हें दुर्धरा के चरण छूकर अपने उस हर अपराध की क्षमा माँगनी होगी जो तुमने वर्षों पूर्व किये थे, उसके उपरांत विदर्भराज शत्रुंजय के प्रति समर्पण का प्रण भी लेना होगा। यदि अपने अहंकार का त्याग कर ऐसा कर सकते हो तभी मैं तुम पर विश्वास कर पाऊँगा।''

दुर्भीक्ष का कथन सुन उपनंद क्षण भर के लिए विचलित हुआ, किन्तु स्वयं को सँभालते हुए उसने विनम्रतापूर्वक कहा, ''वो आपकी भार्या हैं इसलिए मेरे लिए भी पूजनीय हैं, उनके क्षमा माँगने में मुझे किसी लज्जा का अनुभव नहीं होने वाला।''

''तो फिर मेरे साथ महल के भीतर आओ।'' दुर्भीक्ष पलटकर महल के भीतर जाने लगा।

शीघ्र ही उपनंद को राजसभा में बुलाया गया। सिंहासन पर शत्रुंजय आरूढ़ था। भद्राक्ष, त्रिकुम्ब के साथ अन्य मंत्रीगण और सैन्यदल के अधिपति वहाँ उपस्थित थे। शीघ्र ही दुर्भीक्ष वहाँ दुर्धरा को लेकर आया। पाँच माह से भी अधिक समय से गर्भ धारण करने के कारण दुर्भीक्ष ने क्षण भर के लिए भी दुर्धरा का हाथ नहीं छोड़ा।

उपनंद ने दुर्धरा के निकट आकर उसके चरणों में झुककर निवेदन करते हुए कहा, ''हे देवी, आप असुरेश्वर दुर्भीक्ष की भार्या हैं इसलिए मेरे लिये देवी समान पूजनीय हैं। आज तक आपके विरुद्ध मैंने जो भी अपराध किये हैं, उसके लिये मैं क्षमाप्रार्थी हूँ, यदि सम्भव हो तो मुझे क्षमा करके असुरेश्वर के प्रति मेरी निष्ठा सिद्ध करने का अवसर प्रदान करें।''

दुर्धरा ने क्षण भर दुर्भीक्ष की ओर देखा। दुर्भीक्ष ने उसे सहमति का संकेत दिया।

''मैंने आपको आपके किये हर अपराध के लिये क्षमा किया महारथी उपनंद।'' दुर्धरा ने भी विनम्रता दिखायी।

तत्पश्चात उपनंद हाथ जोड़कर शत्रुंजय के सिंहासन के सामने जाकर खड़ा हो गया। दुर्भीक्ष और दुर्धरा ने भी अपने-अपने आसन ग्रहण किये। शत्रुंजय ने उपनंद की प्रशंसा करते हुए कहा, ''आप वास्तव में धन्य हैं महाराज उपनंद; अपने अहंकार को त्यागकर यूँ इस प्रकार सबके समक्ष अपने पापों को स्वीकार करके क्षमा माँगने का साहस करना हर किसी के वश की बात नहीं होती, आपने अभूतपूर्व साहस का प्रदर्शन किया है महाराज, मैं विदर्भराज शत्रुंजय अपनी सेना में आपका स्वागत करता हूँ।''

उपनंद ने हाथ जोड़कर निवेदन करते हुए कहा, ''मैं आपका बहुत बहुत आभारी

हूँ विदर्भराज, किन्तु मैं कहीं का राजा नहीं केवल एक योद्धा हूँ जो आपके पक्ष से युद्ध करने को तत्पर है।''

''आपने भले ही अपनी भूमि का त्याग कर दिया हो किंतु हमारी दृष्टि में आप राजा ही हैं महाराज उपनंद और इस युद्ध में आप उसी अधिकार से भाग लेंगे... एक महारथी योद्धा के रूप में। हम आपको राजा उपनंद के नाम से ही सम्बोधित करेंगे।''

शत्रुंजय का कथन सुन उपनंद की छाती चौड़ी हो गयी, ''मैंने उचित ही सुना था विदर्भराज, आपकी महानता वास्तव में अतुलनीय है, मैं आपके दिये सम्मान को स्वीकार करता हूँ। मैं राजा उपनंद, महाराज शत्रुंजय के चरणों में अपना समर्पण प्रस्तुत करके ये शपथ लेता हूँ कि अपने जीवन के अंतिम क्षण तक मैं उनके शत्रुओं पर वज्र बनकर टूटूँगा और उन्हें आर्यावर्त की इस भूमि का सम्राट बनाने हेतु अपने रक्त की अंतिम बूँद तक बहा दूँगा।''

उसका प्रण सुनकर दुर्भीक्ष को भी संतोष प्राप्त हुआ। तत्पश्चात त्रिकुम्ब अपने आसन से उठा और शत्रुंजय को प्रणाम किया, ''मैं कुछ निवेदन करना चाहता हूँ महाराज।''

''अवश्य कहिए महारथी त्रिकुम्ब।'' शत्रुंजय ने सहमति जतायी।

''मैंने राजा उपनंद के भुजबल के साथ-साथ इनके मल्लयुद्ध की कला और गदायुद्ध में प्रवीणता के विषय में भी बहुत कुछ सुन रखा है। यतियों के शस्त्र प्रशिक्षण के लिये हमारे पास पाँच माह से भी कम का समय है, राजा उपनंद से मेरा ये निवेदन है कि वो यतियों के प्रशिक्षण में मेरी सहायता करने की कृपा करें।''

शत्रुंजय, उपनंद की ओर मुड़ा, ''आपका इस विषय में क्या मत है राजा उपनंद?''

उपनंद ने दृढ़तापूर्वक कहा, ''मुझे ये प्रस्ताव सहर्ष स्वीकार है महाराज, इससे उत्तम और क्या हो सकता है कि युद्ध से पूर्व मुझे एक से एक बलशाली यतियों के साथ अभ्यास करने का अवसर प्राप्त हो; मैं वचन देता हूँ कि यतियों के सम्पूर्ण सामर्थ्य से उनका परिचय कराके उन्हें ऐसा योग्य योद्धा बनाऊँगा कि एक-एक यति सहस्त्रों पर भारी पड़ेगा।''

''तो फिर आप अपना कार्य शीघ्र से शीघ्र आरम्भ कीजिए, इस युद्ध में हमें अपने सम्पूर्ण सामर्थ्य का प्रदर्शन कर इतिहास में अपना नाम अमर करना है। दुर्भीक्ष ने दृढ़तापूर्वक कहा।''

अगले दिन भद्राक्ष नागलोक जाने की तैयारी कर रहा था। उसे अकेला पाकर

शत्रुंजय उसके निकट आया, "आप बाकी की सेना को यहाँ आने का निमंत्रण क्यों नहीं दे रहे गुरुदेव ?"

"बाकी की सेना अर्थात?" भद्राक्ष ने आश्चर्यपूर्वक प्रश्न किया।

"गांधार में अनुप्रवा, मगध में जरोम, सौराष्ट्र में सुमान्तर, आभीर में दुर्मुख और कक्ष के सिंहासन पर विराजमान साम्भकेतु आपके आदेश की प्रतीक्षा कर रहे होंगे। आपने संदेश भेजकर उन राज्यों में फैल रही हिंसा तो रोक दी, किन्तु उन्हें इस युद्ध में सम्मिलित होने का निमंत्रण कब भेजेंगे आप?" शत्रुंजय ने आश्चर्यपूर्वक प्रश्न किया।

"उन पाँच राज्यों पर असुर मानव रूप में शासन कर रहे हैं, यदि वो हमारी सहायता के लिये आये तो दुर्भीक्ष को संदेह नहीं होगा? वैसे हमारे पक्ष में अभी भी शत्रु पक्ष से एक अक्षौहिणी सेना अधिक है, हमारे पक्ष में बल की कोई कमी नहीं, फिर हमें उन पाँचों के सैन्य दल की क्या आवश्यकता है? उन पाँचों दैत्य योद्धाओं का इस युद्ध में महारथियों की भाँति भाग लेना ही उचित है।"

"युद्ध का स्पष्ट नियम है कि जिसकी सेना सर्वप्रथम समाप्त हुई वो पराजित घोषित कर दिया जायेगा और हम अपनी लगभग ढाई अक्षौहिणी सेना को युद्ध से बाहर रखने की बात कर रहे हैं।"

भद्राक्ष ने खीझते हुए कहा, "ये युद्ध है सुबाहु; माना हमारी विजय की संभावना अधिक है और जब तक दुर्भीक्ष के हाथों में शस्त्र है हमारी पराजय लगभग असम्भव है। किंतु पराजय की सम्भावना को नकारा नहीं जा सकता। यदि हम पराजित हो गये तो असुरों का प्रभाव आर्यावर्त से नष्ट हो जायेगा। यदि ऐसा हो गया तो कोई तो ऐसा होना चाहिए, जो छुपकर ही सही किंतु संसार में असुर संस्कृति को जीवित तो रख सके। इसलिए मैंने अनुप्रवा, जरोम, आभीर, दुर्मुख और साम्भकेतु को कहा है कि वो अपने प्रतिनिधियों को अपने सिंहासन पर बैठाकर ही इस युद्ध में भाग लें और जितना हो सके उन्हें इस युद्ध से दूर रखें; किंतु यदि तुम्हारी इच्छा है तो उनकी सेना दण्डकारण्य की सीमा पर सज्ज रहेगी, जिनका प्रयोग हम आपातकालीन स्थिति में ही करेंगे।"

"हम्म... ये उचित रहेगा, क्योंकि नियमानुसार युद्ध में बिना हिंसा के हम किसी से भी संधि कर सकते हैं; यदि हमारी सेना दुर्बल पड़ी तो शेष सेना सहायता को आ जायेगी।"

भद्राक्ष रूपी भैरवनाथ ने कुछ क्षण विचारकर कहा, "तीन महारथी योद्धा दानव अनुप्रवा, राक्षस सुमान्तर और असुर साम्भकेतु अपने वास्तविक रूप में ही इस युद्ध में भाग लेंगे; वहीं दानव जरोम और असुर दुर्मुख को मैंने एक विशेष अभियान पर भेजा हुआ है... कह नहीं सकता वो युद्ध के समय तक लौट पायेंगे या नहीं।"

"कैसा अभियान गुरुदेव?" शत्रुंजय ने आश्चर्यभाव से प्रश्न किया।

“मैंने उन्हें शुक्रदंत और वक्रदंत नाम के दो राक्षस योद्धाओं की खोज में भेजा है। सर्वदमन ने बाल्यकाल में उनके पिता सोमदंत का वध किया था, उसी के प्रतिशोध के लिये वो दोनों वर्षों से पातालपुरी की सीमा से भी बहुत आगे एक वन में घोर तप कर रहे थे। सुना है उन्होंने पर्याप्त शक्ति अर्जित कर ली थी, पर अपनी शक्ति के मद में चूर और राक्षस प्रवृत्ति के अनुसार वो मनुष्यों को पीड़ित करने लगे। एक बार उन दोनों ने मुष्टि के एक-एक प्रहार से ही ऋषि मतंग के दो पालतू हाथियों की हत्या कर दी। अपने प्रिय हाथियों की मृत्यु से दुःखी होकर ऋषि मतंग ने श्राप द्वारा उन्हें गज रूप दे दिया और तबसे वो दोनों पशुओं की भाँति वन में विचरण कर रहे हैं। अब जरोम और दुर्मुख का उद्देश्य ये है कि वो जाकर उन दोनों हाथियों को पकड़कर उन्हें नियंत्रित करें और उन्हें युद्धभूमि में लेकर आयें। सुना है उनका आकार सामान्य गज से दोगुने से भी ज्यादा है और उनके शरीर में दस-दस सहस्त्र हाथियों का बल भी है।”

“किन्तु इतने बलवान हाथियों को नियंत्रित करके युद्धभूमि में लाना सरल कार्य नहीं है गुरुदेव।”

“इसमें कोई विशेष कठिनाई होनी नहीं चाहिए। दोनों भ्राता बोल नहीं सकते किन्तु गजरूप में भी हमारी भाषा समझने की शक्ति रखते हैं; अब ये दानव जरोम और असुर दुर्मुख पर निर्भर करता है कि वो किस प्रकार शुक्रदंत और वक्रदंत को नियंत्रित कर उन्हें युद्ध के लिये तैयार करते हैं। कदाचित असुर संस्कृति पर आये संकट और सर्वदमन से प्रतिशोध के नाम पर वो दोनों हमारी सहायता को सज्ज हो जायें, किंतु मुख्य चुनौती उन दोनों की खोज करना है जिसमें समय लग सकता है।”

पंचम अध्याय

युद्धारम्भ (प्रथम दिवस)

माघ मास का आरम्भ

कक्ष के बाहर पदचाप करता दुर्भीक्ष बड़ा विचलित प्रतीत हो रहा था। दुर्धरा भीतर के कक्ष में भीषण प्रसव पीड़ा को सह रही थी। शीघ्र ही दुर्भीक्ष की प्रतीक्षा का अंत हुआ, जब दाई माँ ने कक्ष का द्वार खोलकर सूचना दी, "पुत्र रत्न की प्राप्ति हुई है असुरेश्वर!"

दुर्भीक्ष की प्रसन्नता का मानों ठिकाना नहीं था। उसने तत्काल ही अपने गले का हार निकालकर दाई माँ के हाथों में रख दिया। तत्पश्चात उसने कक्ष में प्रवेश किया और दुर्धरा के निकट जाकर अपने पुत्र को गोद में उठा लिया, "तुमने मुझे मेरे जीवन का सर्वश्रेष्ठ उपहार दिया है दुर्धरा, इसके लिये मैं सदैव तुम्हारा ऋणी रहूँगा।" कहकर वो दुर्धरा की शय्या पर बैठ गया।

अपने पुत्र के कमल समान मुख और फूल जैसे कोमल हाथों को देख दुर्भीक्ष के नेत्रों से अश्रु छ्लक पड़े, "यदि हमारे पास समय होता हम इसका नामकरण समारोह भी करते।"

शय्या पर लेटी दुर्धरा उसके कंधे पर हाथ रख मुस्कुरायी, "आप आने वाले युद्ध पर ध्यान केन्द्रित कीजिए असुरेश्वर; किन्तु उससे पूर्व आपको अपने पुत्र को कोई एक नाम तो देना ही होगा।"

अपने पुत्र के सर पर हाथ फेरते हुए दुर्भीक्ष ने कहना आरम्भ किया, "वर्षों पूर्व मैंने अपने ज्येष्ठ भ्राता को गलत समझा था। मेरा कर्तव्य था कि मैं अपने ज्येष्ठ को एकचक्रनगरी के सिंहासन पर बिठाऊँ और जीवनपर्यंत उनका रक्षण करूँ, किंतु मैंने उन्हीं पर आघात करने का अपराध किया। मैं उनसे कभी क्षमा नहीं माँग पाया। कदाचित अपने पुत्र को उनके नाम से अलंकृत करके मैं अपने अपराधों की मात्रा कुछ कम कर सकूँ, इसलिए मैं अपने इस प्रथम पुत्र और एकचक्रनगरी के होने वाले महाराज को साकेत नाम से अलंकृत करता हूँ।"

दुर्धरा ने दुर्भीक्ष की बाँह पर हाथ फेरते हुए कहा, "युद्ध पे जाने से पूर्व मन पर इतना भार न रखिए असुरेश्वर, मुझे तो प्रसन्नता है कि मेरा प्रसव समय पर हो गया ताकि मैं भी रणभूमि में उपस्थित रहकर आपका साहस बढ़ा सकूँ।"

उसका कथन सुनकर दुर्भीक्ष ने उसका हाथ अपने हाथ में लेकर मुस्कुराते हुए कहा, "सत्य कहूँ तो मेरी भी यही इच्छा है कि युद्ध के प्रथम दिन तुम्हारे हाथों से बना हलवा खाकर ही रणभूमि की ओर प्रस्थान करूँ, किंतु तुम्हारी दशा रणभूमि में जाने की नहीं है दुर्धरा।"

"मैं कुछ ही दिनों में स्वस्थ हो जाऊँगी। आप चिंता ना कीजिए, हर दिन रणभूमि में जाने से पूर्व मैं ही आपका तिलक करूँगी।" दुर्धरा ने विश्वासपूर्वक कहा।

दुर्धरा से कुछ समय वार्ता करने के उपरांत दुर्भीक्ष कक्ष से बाहर आया। तभी एक सैनिक ने वहाँ आकर सूचना दी, "नागराज तक्षक आपसे भेंट करने के इच्छुक हैं महामहिम।"

ये सूचना पाकर दुर्भीक्ष शीघ्र ही शस्त्रागार में उससे भेंट करने पहुँचा। शत्रुंजय और भद्राक्ष भी वहाँ उपस्थित थे। दुर्भीक्ष को देखते ही तक्षक उसके चरणों में लोट पड़ा, "अहोभाग्य! अहोभाग्य हमारे महामहिम जो आपने मुझे अपनी ओर इस युद्ध में भाग लेने का अवसर प्रदान किया, मैं तो धन्य हो गया।"

"भूमि से उठो तक्षक।" दुर्भीक्ष की भवें तन गयीं।

तक्षक ने भूमि से उठकर दुर्भीक्ष को प्रणाम करते हुए कहा, "आपके दर्शनों की अभिलाषा आज जाकर पूरी हुई। वास्तव में आपकी तो काया ही ये बता रही है कि आप इस विश्व के सर्वश्रेष्ठ योद्धा हैं।"

तक्षक की इस प्रकार की चाटुकारिता देख दुर्भीक्ष को क्रोध तो आया किंतु उसने स्वयं पर नियंत्रण रख तक्षक से प्रश्न किया, "तुम्हारे साथ नागसेना के कितने योद्धा आ सकते हैं तक्षक?"

"तीस सहस्त्र महामहिम... बस आपके आदेश की प्रतीक्षा है, हम तत्काल ही दण्डकारण्य की ओर प्रस्थान कर जायेंगे।"

"तुम्हें भद्राक्ष ने बताया तो होगा ही कि इस युद्ध में नागों का क्या प्रयोजन है?" दुर्भीक्ष ने प्रश्न किया।

"मुझे भलीभाँति ज्ञात है महामहिम कि हमें गरुड़ों का प्रतिरोध करना है; आप चिंता न करें, वो हमसे शक्तिशाली अवश्य हैं, किंतु उनकी संख्या महज पाँच सौ है; वो हम नागों की सम्पूर्ण शक्ति के आगे टिक नहीं पायेंगे।"

"एक बार फिर विचार कर लो तक्षक, क्योंकि इस युद्ध में तुम्हारी जाति के सहस्त्रों योद्धा अपने घर कभी नहीं लौट पायेंगे।"

"एक पूरे राज्य की भूमि के लिए ये मूल्य कुछ अधिक तो नहीं है, है न असुरेश्वर?"

तक्षक के मुख पर छायी लालसा देख दुर्भीक्ष को हँसी आ गयी, किंतु उसने तक्षक को कोई उलाहना दिये बिना आदेश दिया, "अपनी सेना लेकर दण्डकारण्य की ओर प्रस्थान करो।"

पुरुराष्ट्र के योद्धाओं का सैन्य दल लिये भरत मथुरा के वन में आया। मेघवर्ण और उसके डकैत दल को अभ्यास में लिप्त देख उसे आश्चर्य हुआ। मेघवर्ण उसकी ओर बढ़ा। भरत भी रथ से उतरकर वो मेघवर्ण की ओर आया, "तुम लोग अभी तक प्रस्थान को सज्ज नहीं हुए?"

मेघवर्ण ने मुस्कुराते हुए कहा, "नहीं राजन, अभी आपको एक आवश्यक कार्य करना है, उससे पूर्व सेना प्रस्थान नहीं कर सकती।"

"ऐसा कौन सा कार्य है ?" भरत ने आश्चर्यभाव से प्रश्न किया।

महाबली अखण्ड भी वहाँ पहुँच आये, "मेरे साथ चलिए महाराज भरत, आपको सबकुछ ज्ञात हो जायेगा।"

शीघ्र ही भरत और अखण्ड उसी गुफा के भीतर आये, जहाँ विजयधनुष रखा हुआ था। गुफा में चारों ओर प्रकाश फैलाते हुए उस दिव्यधनुष को देख भरत को अपने नेत्रों और ह्रदय में एक अमूल्य शीतलता का अनुभव हो रहा था। उसने धनुष के निकट जाकर अखण्ड से प्रश्न किया, "ये कैसी दिव्य आभा है महाबली, जो नेत्रों को अद्भुत शीतलता प्रदान कर रही है? इस प्रकाश को देखकर ह्रदय में ऐसी भावना उत्पन्न हुई है मानों चारों दिशाओं में धर्म की ज्योति प्रज्वल्लित हो गयी हो।"

महाबली अखण्ड ने मुस्कुराते हुए भरत का समर्थन किया, "ये मेरे पूर्वज असुरराज महाबलि का दिव्य विजयधनुष है महाराज, जिन्हें असुरजाति ईश्वर के समान पूजती है, इसे धारण करने वाला रण में कभी पराजित नहीं हो सकता।"

भरत ने ध्यानपूर्वक उस धनुष को देखा, ''तो यही वो दिव्यधनुष है जिसे धारण करके वर्षों पूर्व आपने दुर्भीक्ष को पराजित किया था।''

''उस दिन मैंने उसे छल से पराजित किया था। दुर्भीक्ष को सामने से पराजित करना अत्यंत दुष्कर है, इसीलिए मैं चाहता हूँ कि आप इस दिव्यधनुष को धारण करके इस युद्ध में हमारी सेना का नेतृत्व करें।''

अखण्ड का कथन सुन भरत अचम्भित रह गया, ''ये आप क्या कह रहे हैं महाबली, इस धनुष पर आपका अधिकार है; जब आप रणभूमि में ये धनुष लेकर उतरेंगे तो आपके अनुभव और पराक्रम के आगे शत्रु का साहस वैसे ही टूट जायेगा, फिर मेरा इस धनुष को धारण करने का क्या औचित्य है?''

''मैं इस युद्ध में भाग नहीं ले रहा नरेश।'' अखण्ड ने एक श्वास में कह दिया।

भरत कुछ क्षणों के लिये मौन रहा। फिर उसने हिचकिचाते हुए प्रश्न किया, ''आ... आप परिहास तो नहीं कर रहे महाबली!''

''इस निर्णय के पीछे मेरे कुछ निजी कारण हैं महाराज, जिसे मैं आपके समक्ष प्रकट नहीं कर सकता।''

भरत ने उद्विग्न होकर कहा, ''किन्तु आपकी सहायता से हम इस युद्ध में बड़ी सरलता से विजय प्राप्त कर सकते हैं और क्या मेघवर्ण और चंद्रकेतु को ये सब...।''

''उन्हें सब मैं बहुत पहले ही बता चुका हूँ महाराज और इस रणनीति के अनुसार ही उन्होंने स्वयं को तैयार किया है।''

भरत कुछ क्षणों के लिये विचलित हो गया । अखण्ड ने उसे समझाते हुए कहा, ''ये समय स्वयं पर संदेह करने का नहीं है महाराज। आप हमारी सेना के प्रतिनिधि हैं, इसलिए मैं चाहता हूँ आप अजेय हो जायें और वो ये धनुष धारण करने के उपरांत ही सम्भव है। इसलिए मेरी आपसे विनती है कि आप विजयधनुष को धारण कर अपनी सेना का साहस बढ़ायें।''

कुछ क्षण विचारकर भरत ने अखण्ड को प्रणाम करते हुए सहमति जतायी ''जैसी आपकी आज्ञा।''

भरत विजयधनुष की ओर पलटा। अखण्ड ने उसका साहस बढ़ाते हुए कहा, ''एक निःस्वार्थ व्यक्ति जिसका हृदय दया से परिपूर्ण हो, जिसकी बुद्धि स्थिर हो और जो अपने लक्ष्य के प्रति समर्पित हो। जिस व्यक्ति में सारे गुण होंगे वही इस दिव्य धनुष को उठा सकता है और केवल मुझे ही नहीं मेघवर्ण को भी पूर्ण विश्वास है कि ये चारों गुण आपमें विद्यमान हैं, इसलिए उसने इस धनुष को स्पर्श करने तक का प्रयास नहीं किया। आगे बढ़िए महाराज भरत, आर्यावर्त के कल्याण हेतु आपको अपने सम्पूर्ण

संकल्प का प्रयोग कर इस महाअस्त्र को उठाना होगा।''

भरत विजयधनुष के निकट पहुँचा और उसके समक्ष घुटनों के बल झुक प्रणाम करते हुए विनम्रता भरे स्वर में कहा, ''हे महाअस्त्र, यदि आपको लगता है कि मेरा उद्देश्य निष्पाप है और मैं धर्म के कर्तव्यपथ पर अडिग हूँ, तो कुछ समय के लिये मुझे स्वयं को धारण करने का अवसर प्रदान करें।''

भरत के इस कथन के उपरांत उस धनुष से फूटने वाली प्रकाश की आभा और भव्य हो गयी। तत्पश्चात भरत ने विजयधनुष को बीच से पकड़ा और क्षण भर में ही उसे उठा लिया।

उसे धनुष का धारक बना देख महाबली अखण्ड की छाती गर्व से चौड़ी हो गयी, ''इस धनुष को उठाकर न केवल आपने अपनी सेना का साहस दोगुना किया है अपितु अपने महान व्यक्तित्व का भी परिचय दिया है महाराज भरत... आपने सिद्ध कर दिया आपके सम्राट बनते ही आर्यावर्त में धर्म स्थापना अवश्य होगी।''

भरत ने अखण्ड के निकट आकर अखण्ड के चरणों में झुककर प्रणाम किया।

''विजयी भव सम्राट भरत, चक्रवर्ती भव।'' अखण्ड ने भरत को अपने आशीर्वाद के कवच से सम्मानित किया।

तत्पश्चात भरत ने उठकर अखण्ड के नेत्रों में देख दृढ़तापूर्वक कहा, ''रणक्षेत्र में प्रस्थान करने का समय हो गया है महाबली, आज्ञा दीजिए।''

युद्ध से एक दिन पूर्व

दण्डकारण्य वन के कुछ भाग को काटने और उसकी भूमि को समतल बनाने का कार्य सम्पूर्ण हो चुका था। ये भूमि दण्डकारण्य वन का लगभग एक तिहाई भाग था, जिसकी सीमा गोदावरी नदी के पार से आरम्भ होकर उस वन के दक्षिणी छोर तक थी।

गोदावरी के पार उत्तरी सीमा पर पुरुराष्ट्र की सेना ने अपना शिविर लगाया था। वहीं दक्षिणी सीमा पर विदर्भ का ध्वज लहरा रहा था। दोनों पक्ष के योद्धा अगले दिन आरम्भ होने वाले युद्ध को व्यग्र थे तथा अपनी अपनी रणनीतियाँ बनाने में व्यस्त थे।

इधर भद्राक्ष जलाशय के पास एक पत्थर पर बैठकर, तभी पीछे से उसे एक स्वर सुनायी दिया, ''कैसे हो मित्र भैरव?''

भद्राक्ष ने पलटकर तो अघोरी अवधूत को अपने समक्ष खड़ा पाया। वो उठकर उसके निकट गया, ''तो तुमने मुझे पहचान ही लिया अवधूत हम्म...''

"भूल गये दैत्यगुरु शुक्राचार्य की ये सारी मायावी विद्याएँ हमने वर्षों तक साथ में ग्रहण की हैं।" अवधूत मुस्कुराया।

भद्राक्ष रूपी भैरवनाथ विचलित हो उठा। अवधूत के शब्द सुन भैरवनाथ ने हकलाते हुए कहा, "अ...अब कोई लाभ नहीं है अवधूत, यदि तुम जाकर दुर्भीक्ष से मेरा रहस्य कह भी दो तो भी वो विश्वास नहीं करेगा।"

भैरवनाथ का प्रलाप सुनकर अवधूत की हँसी छूट गयी, "तुम्हें वास्तव में लगता है मैं ऐसा कोई तुच्छ प्रयास करने वाला हूँ?" अपने ठहाके नियंत्रण कर अवधूत ने कहा, "किन्तु तुम्हारे मुख पर छाया भय देखकर मुझे अच्छा लगा।"

भैरवनाथ क्षुब्ध हो गया, "तनिक बताने का कष्ट करोगे कि यहाँ मेरे पास किस उद्देश्य से आये हो?"

अवधूत, भैरवनाथ के और निकट आये, "मैं अपनी ओर से तुम्हें अंतिम चेतावनी देने आया हूँ भैरव। अब भी समय है, दुर्भीक्ष को जाकर सम्पूर्ण सत्य बता दो और कल आरम्भ होने वाले विध्वंस को रोक लो, अन्यथा असुरजाति का नाम लेने वाला भी कोई जीवित नहीं बचेगा।"

भैरवनाथ मुस्कुराया, "तुम्हें मेरी योजनाओं का तनिक भी भान नहीं है अवधूत अन्यथा तुम ऐसा विचार भी मन में न लाते। इस युद्ध में हमारी विजय निश्चित है। असुरजाति का वर्चस्व अब चारों दिशाओं में फैलेगा। मनुष्य, गंधर्व, किन्नर, यक्ष और शेष सभी प्राणियों को हमारी संस्कृति के आधीन होना होगा। तुम तो स्वयं मानते थे न कि असुरजाति देवतुल्य हो सकती है, पूजनीय हो सकती है... तो आज जब मैंने असुरों को पूजनीय बनाने का अभियान छेड़ा है तो तुम्हें आपत्ति क्यों है?"

"व्यक्ति पूजा के योग्य तब होता है जब वो अपने सत्कर्मों से सामने वाले के मन में अपने प्रति श्रद्धा का भाव उत्पन्न कर सके। तुमने तो नाना प्रकार के प्रपंच करके असुरों का मान गिराया है और जिनका स्वयं का मान नष्ट हो चुका हो वो लोगों के मन में अपने प्रति श्रद्धा कैसे जगायेंगे?" अवधूत ने तर्क दिया।

"तो पूजा के योग्य समझे जाने वाले देवी देवताओं ने आज तक असुरजाति के साथ छल-कपट के अतिरिक्त और किया ही क्या है; फिर भी वो सभी के लिए पूजनीय हैं, तो छल, कपट और प्रपंच के इस मार्ग पर चलकर हम पूजनीय क्यों नहीं हो सकते?"

"किन्तु देवताओं ने अपने वर्चस्व के लिये कभी मनुष्यों को आखेट नहीं बनाया, तुम तो मानव को मानव का शत्रु बनाकर असुर संस्कृति को श्रेष्ठ करने में लगे हुए हो और फिर उन्हीं से श्रद्धा की अपेक्षा कर रहे हो? ऐसे तुच्छ कार्य करके असुरजाति अपना प्रभुत्व स्थापित कर भी ले तो भी क्या मानव, असुर संस्कृति का सम्मान

करेगा?''

भैरवनाथ ने ठहाके लगाये, ''ऐसा तो तब होगा न जब मानवों को मेरे षड्यन्त्रों का ज्ञान होगा। एक बात समझ लो अवधूत, युद्ध में जिसकी विजय होगी, इतिहास और धर्म की परिभाषा भी वही लिखेगा। मैंने तो केवल मनुष्यों की दुर्बलता का लाभ उठाकर ये सिद्ध किया है कि समय आने पर मनुष्य भी उन्हीं छह दुर्गुणों से ग्रसित होकर महापापी बन सकता है, जिन दुर्गुणों का प्रतीक हम असुरों को माना जाता है और यही मेरी मंशा है कि इस युद्ध में विजय प्राप्त होने के उपरांत जब असुरों का इतिहास लिखा जाये तो वो यह कहे कि देवों को पूजनीय मानने वाली मानव संस्कृति की विचारधारा कितनी तुच्छ थी। वो तो असुरों की संस्कृति थी जिसने मानवों का रक्षण किया और फिर मनुष्यों ने स्वेच्छा से असुर संस्कृति को अपनाना आरम्भ कर दिया। तुमने भी तो प्रण लिया था कि जिस दिन एक भी असुर का सम्मान देवतुल्य हो गया तुम वापस अपने ब्राह्मणत्व को धारण कर लोगे; तुम्हें तो मुझ पर प्रश्न उठाने के स्थान पर मेरा समर्थन करना चाहिये।''

अवधूत मुस्कुराये, ''देवतुल्य होने और देवतुल्य होने का भ्रम फैलाने में अंतर होता है भैरव। मैं असुर दल में सम्मिलित इसलिए हुआ था ताकि देवताओं के छल कपट से उनकी रक्षा कर सकूँ। मेरा उद्देश्य उन्हें न्याय दिलाना था ताकि अपने ज्येष्ठ भ्राता ओमेश्वर की विचारधारा को चुनौती दे सकूँ, जो ये कहा करते थे कि असुरों के साथ किया हर अन्याय तर्कसंगत है। किन्तु छल प्रपंच के मार्ग पर एक जाति को तुच्छ सिद्ध कर अपनी संस्कृति का फैलाव करने में मैं असुरों का समर्थन कदापि नहीं करूँगा।''

''मैं अपने उद्देश्य को सफल करने के अंतिम चरण में पहुँच चुका हूँ अवधूत, इसलिए सत्य कहूँ तो मुझे तुम्हारी सहायता की अवश्यकता भी नहीं है।''

भैरवनाथ का अहंकार देख अवधूत को भी क्रोध आ गया, ''यदि ऐसा है तो प्रयास करके देख लो भैरवनाथ... संस्कृति वो होती है जिसकी विचारधारा को समझकर और उसका सम्मान कर व्यक्ति स्वेच्छा से स्वीकार करता है, जो संस्कृति बलपूर्वक अपना विस्तार करने का प्रयास करेगी, उसका विध्वंस निश्चित है। तुमसे पहले भी बहुत असुरों ने सृष्टि पर अपना वर्चस्व स्थापित करने का प्रयास किया है, किन्तु उनमें तुम्हारे जैसा नीच कोई नहीं था। अपने कुकर्मों का दुष्परिणाम भी शीघ्र ही तुम्हारे समक्ष आयेगा भैरव; मैं तो बस मित्र होने के नाते तुम्हें अंतिम चेतावनी देने आया था, किन्तु तुम अपने विनाश के मार्ग पर प्रशस्त हो चुके हो तो तुम्हारी इच्छा। इस युद्ध के अंत से पूर्व मैं तुम्हारा सत्य किसी को नहीं बताऊँगा, बस अब मैं तुम्हारे समक्ष तभी आऊँगा जब तुम्हें अपने किये हर दुष्कर्म का दण्ड प्राप्त होगा।''

कहकर अवधूत वहाँ से पलटे और पुरुराष्ट्र के शिविर की ओर प्रस्थान कर गये।

भद्राक्ष रूपी भैरवनाथ मुस्कुराता रहा।

रात्रि हो चुकी थी। एक शिविर में पुरुराष्ट्र के पक्ष के सारे राजा और योद्धा उपस्थित थे। सबसे ऊँचे सिंहासन पर स्वयं भरत विराजमान था। सभी राजा और महारथी भरत की ओर देख रहे थे।

भगदत्त ने अपने आसन से उठकर कहा, ''जैसा हमारा पूर्व अनुमान था, शत्रु की सेना ने दुर्भीक्ष को ही अपना प्रधान सेनापति नियुक्त किया है। हमारा सेनापति भी पूर्व निश्चित है। मुझे लगता है हमें भी अपने उस प्रधान सेनापति की घोषणा इस सभा में कर देनी चाहिए।''

''अवश्य भगदत्त, मैं प्रधान सेनापति मेघवर्ण का सभा में स्वागत करता हूँ और उनसे ये विनती करता हूँ कि वो हम सबको कल के युद्ध में प्रयोग की जाने वाली रणनीति समझाएँ।'' भरत ने दृढ़तापूर्वक कहा।

मेघवर्ण ने अपने आसन से उठकर अपना आभार व्यक्त करते हुए कहा, ''इस सम्मान के लिये मैं आपको धन्यवाद करता हूँ महाराज। ये पाँच माह पूर्व ही निश्चित हो गया था कि मैं इस सेना का सेनापति बनने वाला हूँ, इसलिए मैंने अपने पक्ष के सभी राजाओं को अपनी व्यूह रचनाओं के विषय में अवगत कराया था। इसलिए मैं सभी उपस्थित राजाओं से ये प्रश्न करना चाहूँगा कि क्या आप सबने अपनी सेनाओं को उन व्यूह रचनाओं के लिये तैयार किया है?''

सभी उपस्थित राजाओं ने सहमति जतायी। इसके उपरांत मेघवर्ण ने अपनी रणनीति समझानी आरंभ की, ''तो फिर ठीक है। कल हमारी सेना का सबसे अग्रिम भाग नागास्त्र व्यूह का निर्माण करेगा। जब शत्रु हमें दूर से देखेगा, तो उसे हमारी सेना की आकृति धनुष जैसी दिखाई देगी। धनुष के दोनो अंतिम कोनों पर पांचालराज वीरभद्र, और चंद्रकेतु होंगे। इस विशाल धनुषव्यूह के पीछे नाग व्यूह बनाये पाँच अलग-अलग योद्धाओं के दल होंगे, जिनमें से एक का नेतृत्व स्वयं मैं करूँगा, दूसरे का महाराज भरत, तीसरे का भगदत्त, चौथे का दिग्विजय और पाँचवें का महाबली बल्लार। शत्रु के निकट आते ही हम धनुष व्यूह के द्वार खोलेंगे और धनुष से छूटे पाँच विशाल अजगरों की भाँति हमारे पाँच नागव्यूह शत्रुसेना पर टूट पड़ेगा। हमारा ये व्यूह कम से कम सैनिकों के प्रयोग से अधिक से अधिक शत्रुओं का संहार कर सकता है। चक्रव्यूह को छोड़कर ये व्यूह किसी विकट से विकट व्यूह को भी ध्वस्त कर सकता है। हम पाँचों का उद्देश्य होगा किसी भी प्रकार से शत्रुंजय तक पहुँचकर उसे बंदी बनाना। संभव है कि युद्ध के प्रथम दिन हमें विजय प्राप्त ना हो, किन्तु जो भी योद्धा शत्रुंजय तक पहुँचेगा वो अपनी सम्पूर्ण शक्ति से उस प्रहार करेगा। प्रथम दिन तो केवल हमें

अपने शत्रु के बल और नीति का आंकलन करना है।''

इसके उपरांत मेघवर्ण मत्तमयूर नरेश विश्वसेन और सामंतक की ओर मुड़ा, ''आप और आपकी सेना का प्रमुख बल जल की शक्ति है महाराज। जब भी आपके योद्धा जल में होंगे उनकी शक्ति पाँच गुना बढ़ जायेगी, इसलिए आप सभी युद्ध भूमि में स्थित जलाशयों के निकट खड़े होंगे। जब भी शत्रु आपकी ओर आये, आपका यही प्रयास होना चाहिए कि आप उससे जलाशयों में खड़े होकर ही युद्ध करें। पाँच सौ गणान्न और आठ सहस्त्र डकैत और गंधर्व योद्धा अभी युद्ध से दूर रहेंगे। वैसे भी यति दल के ध्वंस से पूर्व हमारे ये विशिष्ट योद्धा रणभूमि में न ही आयें तो उचित है।''

मेघवर्ण ने सभी को संबोधित करते हुये कहा, ''संभावना ये भी है कि हमारा बनाया नागव्यूह शत्रुओं द्वारा घेर लिया जाये। यदि ऐसा हो तो हर नागव्यूह के नेतृत्व करने वाले योद्धा को अपने पास रखा शंख बजाना होगा। उसी समय उसे सहायता प्राप्त हो जायेगी। क्योंकि सहायता के लिये महाबली वक्रबाहु, चंद्रकेतु, मथुरा नरेश शल्लभ, काशीराज भद्रसोम और बलिष्ठगढ़ नरेश श्रुतकर्मा पाँच अलग-अलग शर व्यूह बनाये पहले से तैयार खड़े होंगे। इनमें से तीन आवश्यकता पड़ने पर अपने निकटतम नागव्यूह के योद्धा की सहायता को पहुँचेंगे। यदि हमारी पीछे खड़े सैन्यदल को सहायता की आवश्यकता पड़े, तो उनकी सहायता के लिए पहले चंद्रकेतु अपनी सैन्य टुकड़ी लेकर पीछे जायेगा, उसके उपरांत यदि आवश्यकता पड़ी तो बलिष्ठगढ़ नरेश श्रुतकर्मा अपना व्यूह लिए पीछे की ओर जायेंगे।''

इसके उपरांत मेघवर्ण सभी राजाओं से व्यूह रचना पर विचार-विमर्श करने लगा। उसके उपरांत एक गहरी श्वास भरकर मेघवर्ण ने कहा, ''स्मरण रहे कि शत्रु पक्ष का हर योद्धा अधर्मी असुरों का कवच है, वो मानवों को तुच्छ सिद्ध कर हमारी इस पवित्र संस्कृति का नाश करना चाहते हैं, इसलिए उन पर पूरे बल से आक्रमण करना, क्योंकि उनमें से कोई भी दया का पात्र नहीं है।''

युद्ध का प्रथम दिवस

अपने शिविर के द्वार पर सशस्त्र खड़ा दुर्भीक्ष किसी की प्रतीक्षा में था। शीघ्र ही आरती का थाल लेकर दुर्धरा वहाँ आयी और उसे अपने हाथों से बना हलवा खिलाया।

हलवा खाते ही दुर्भीक्ष ने प्रशंसा करते हुए कहा, ''आहा! जाने से पूर्व तुमने मुझे आनंदित कर दिया, अब पता नहीं युद्ध में मैं शत्रुओं पर क्रोध किस प्रकार कर पाऊँगा?''

दुर्धरा ने दुर्भीक्ष के मस्तक पर तिलक लगाकर आत्मविश्वास भरे स्वर में कहा, "क्रोध एक योद्धा का मित्र भी सिद्ध हो सकता है शत्रु भी, इसलिए मैं यही कहूँगी कि रण में बिना अपने विवेक का प्रयोग किये कोई भी निर्णय न लें।"

"अवश्य महारानी, आपकी आज्ञा का पालन होगा।" दुर्भीक्ष ने ठिठोली करते हुए कहा।

दुर्धरा से कुछ क्षण और वार्ता करने के उपरांत दुर्भीक्ष वहाँ से प्रस्थान कर गया। अपने रथ के निकट जाकर दुर्भीक्ष उस पर आरूढ़ होने को आगे बढ़ा कि तभी भद्राक्ष उसके समक्ष आकर खड़ा हो गया, "यदि आज्ञा हो तो मैं एक विनती करना चाहूँगा असुरेश्वर।"

"अवश्य कहो भद्राक्ष।"

"इस युद्ध में आपके रथ का धुरा सँभालने का सम्मान क्या आप मुझे दे सकते हैं महामहिम?" भद्राक्ष ने विनती भरे स्वर में कहा।

दुर्भीक्ष ने उसकी ओर आश्चर्य भरी दृष्टि से देखा, "क्यों? क्या तुम्हारी इच्छा युद्ध करने की नहीं है?"

"युद्ध करने को तो आपके पास अनेक महारथी हैं असुरेश्वर, किन्तु मेरे जैसा कुशल सारथी आपको प्राप्त नहीं होगा। मार्ग चाहे कितना भी दुर्गम हो, चाहे वो रक्त तथा शवों के अम्बार से भरा हो, मैं क्षण भर के लिये आपको आपका मार्ग भटकने नहीं दूँगा। ईश्वर न करे, किंतु यदि युद्ध में मेरी कोई विशेष आवश्यकता हुई तो मैं शस्त्र उठाने से भी पीछे नहीं हटूँगा।"

दुर्भीक्ष सोच में पड़ गया। भद्राक्ष ने उससे प्रश्न किया, "क्या आपको मेरी रथ चलाने की कुशलता पर संदेह है महामहिम ?"

दुर्भीक्ष ने उसके कंधे पर हाथ रख उसे आश्वस्त किया, "ऐसा कुछ नहीं भद्राक्ष, यदि तुम्हारी यही इच्छा है तो कदाचित यही उत्तम होगा; युद्ध में कभी मैं विचलित हुआ तो कम से कम मेरे पास तुम्हारे जैसा सारथी तो है जो मेरा साहस बढ़ा सकेगा, मुझे तुम्हारा ये प्रस्ताव स्वीकार है।"

भद्राक्ष ने रथ की ओर संकेत कर विनती की, "तो कृपा करके अपने पग आगे बढ़ाइए, असुरेश्वर।"

भद्राक्ष ने रथ की धुरा सँभाली। दुर्भीक्ष के रथ पर चढ़ते हुए भद्राक्ष ने उससे प्रश्न किया, "आज के युद्ध में क्या रणनीति है आपकी?"

"केवल रक्षण... क्योंकि आज हमें इस तथ्य का आंकलन करना है कि शत्रु की शक्ति कितनी प्रबल है; इसलिए हम कमलमुख व्यूह अर्थात पद्मव्यूह का निर्माण

करेंगे।''

''किन्तु नागराज तक्षक को आप युद्ध में कब सम्मिलित करेंगे?''

''उसके लिये उपयुक्त समय आयेगा भद्राक्ष। उनकी संख्या कम है और महत्ता अधिक, इसलिए बहुत सोचविचार कर ही उन्हें रणभूमि में लाना होगा।'' कहकर दुर्भीक्ष ने भद्राक्ष को रथ आगे ले जाने का आदेश दिया।

दोनों पक्षों की प्रचण्ड सेना रणक्षेत्र में आ चुकी थीं। लाखों योद्धाओं का सागर अपने-अपने शस्त्रों से सुस्सजित होकर आक्रमण के आदेश की प्रतीक्षा में थे।

भगवान सूर्यनारायण के उदय होते ही अनेक महारथियों के शंखनाद की प्रचण्ड ध्वनि ने दण्डकारण्य को हिलाकर रख दिया। वो महाभयावह ध्वनि सुनकर कई कोस दूर विचर रहे पशु-पक्षी भी बदहवास होकर इधर-उधर भागने लगे।

असुरसेना द्वारा दुर्भीक्ष के बनाये पद्मव्यूह के पाँच मुख थे, जिसमें मध्य में दुर्भीक्ष स्वयं खड़ा था। उसके दायीं ओर थे असुर साम्भकेतु और दानव अनुप्रवा और बायीं ओर अपने-अपने रथ पर आरूढ़ थे असुर वज्रसोम और राक्षस सुमाली। पद्माव्यूह के ठीक बीच में अपना धनुष उठाये शत्रुंजय रूपी सुबाहु भी युद्ध को व्याकुल हो रहा था। उसके दायीं और बायीं ओर दो-दो बलिष्ठ यति भी अपनी अपनी गदा उठाये उसकी रक्षा को खड़े थे।

पद्मव्यूह के अतिरिक्त शेष सेना उपनंद, त्रिकुम्ब और अन्य महारथियों के नेतृत्व में पद्मव्यूह के दायीं और बायीं ओर से आक्रमण करने को सज्ज थी।

आक्रमण का आदेश पाते ही दोनों पक्षों की सेना एक दूसरे की ओर दौड़ीं। दुर्भीक्ष ने देखा कि शत्रु की विशाल सेना धनुष के आकार में आगे बढ़ रही है। शत्रु का व्यूह देख उसे तनिक आश्चर्य हुआ, ''पद्माव्यूह के उत्तर में धनुष व्यूह, बड़े आश्चर्य की बात है!'' उसने स्वयं से कुछ दूरी पर खड़े उपनंद को आदेश दिया, ''आप सूचिमुख व्यूह बनाकर सज्ज रहिए राजा उपनंद।'' उपनंद की सहमति मिलने के उपरांत दुर्भीक्ष अपने दायीं ओर कुछ दूरी पर खड़े त्रिकुम्ब को आदेश दिया, ''तुम शत्रु सेना के निकट आने की प्रतीक्षा करोगे त्रिकुम्ब और उनके निकट आते ही उन पर द्रविड़ सेना सहित आक्रमण करना।''

''जो आज्ञा महामहिम।'' त्रिकुम्ब ने सहमति जतायी।

धनुषव्यूह को निकट आते देख दुर्भीक्ष को संदेह होने लगा। अगले ही क्षण धनुष से पाँच द्वार खुले और पाँच नागव्यूह एक साथ पद्माव्यूह की ओर बढ़े। यह देख दुर्भीक्ष ने पहले उपनंद को आदेश दिया, ''आप अपना व्यूह लेकर बल्लार का प्रतिकार

कीजिए, राजा उपनंद।'' अगले ही क्षण दुर्भीक्ष त्रिकुम्ब की ओर पलटा, ''भगदत्त के नागव्यूह को ध्वस्त करो त्रिकुम्ब।''

त्रिकुम्ब और उपनंद को उनके प्रतिद्वंद्वियों की ओर भेजकर दुर्भीक्ष उन तीन नाग व्यूहों की प्रतीक्षा करने लगा, जिसका नेतृत्व भरत, मेघवर्ण और दिग्विजय कर रहे थे। भरत की ओर दृष्टि डालते ही उसके मुख पर अहंकार भरी मुस्कान छा गयी, ''शिकार स्वयं सिंह की माँद में चला आया।''

तीनों नागव्यूह के निकट आते ही दुर्भीक्ष ने व्यूह के पीछे खड़ी सेना को आक्रमण का आदेश दिया। तत्पश्चात उसने अपने बाणों से सर्वप्रथम भरत और उसके नागव्यूह सेना की एक टुकड़ी लेकर आक्रमण किया। अनुप्रवा, साम्भकेतु, वज्रसोम और सुमाली ने मेघवर्ण के व्यूह पर आक्रमण किया। वहीं दिग्विजय के नेतृत्व वाला नागव्यूह पद्मव्यूह के भीतर आ घुसा।

दुर्भीक्ष ने अपने वेगवान बाणों से भरत के नेतृत्व में आ रहे अनगिनत अश्वारोही और रथियों को उनके अश्व और रथ समेत काट गिराया। क्रोधित भरत ने बाणों की बौछार से और दुर्भीक्ष के पीछे दौड़ रहे अनेक असुर योद्धाओं का वध कर दिया। तत्पश्चात उसने विजयधनुष पर चार बाण चढ़ाकर दुर्भीक्ष की ओर छोड़े। एक बाण भद्राक्ष की बाँह में लगा, दूसरा बाण दुर्भीक्ष के धनुष की प्रत्यंचा काट गया, तीसरा उसके कवच को भेदकर उसकी छाती पर घाव करने में सफल रहा और चौथा उसके रथ के पहिये पर लगा। यदि कोई अन्य योद्धा होता तो उस रथ का पहिया टूटकर अलग हो जाता है, किन्तु दुर्भीक्ष ने तत्काल ही अपने धनुष की प्रत्यंचा वापस बाँधी और पैर उठाकर रथ पर इतनी शक्ति से वापस रखा कि उसके वेग ने भरत के बाण के प्रभाव को समाप्त कर दिया। उसने बिना एक भी क्षण के विलम्ब के भरत की ओर दो बाण छोड़े, जिसने विजयधनुष की प्रत्यंचा को काट दिया और दूसरे बाण ने उसके रथ को कई गज पीछे धकेल दिया।

तत्पश्चात दुर्भीक्ष ने अपनी छाती में धँसा बाण निकाला और उस पर लगी रक्त की चंद बूँदे लगी देख भरत पर कटाक्ष का बाण चलाया, ''बड़ा दुर्बल प्रहार करते हो पुरुराज, ये बाण है या सुई की कोई नोक जो क्रीड़ा में प्रयोग होती है।''

भरत ने अपने बल का प्रयोग कर पीछे जाते हुए रथ को रोका और विजयधनुष की प्रत्यंचा चढ़ाते हुए आगे बढ़ा। दुर्भीक्ष के निकट आकर भरत उसे ललकारते हुए गरजा, ''तुमने विजयधनुष की प्रत्यंचा काटकर ये सिद्ध कर दिया दुर्भीक्ष कि तुम इस समयकाल के सर्वश्रेष्ठ योद्धा हो; किन्तु विजयधनुष को धारण करने वाले योद्धा के सामर्थ्य को कम आँकने की भूल मत करना।'' कहकर ने भरत ने अपने धनुष पर महज एक बाण चढ़ाकर उसे दुर्भीक्ष की ओर छोड़ा।

वो बाण वायु गति से दुर्भीक्ष की मस्तक की ओर बढ़ा। दुर्भीक्ष ने भी अद्भुत चपलता का प्रयोग कर उस बाण से स्वयं को बचाया, किन्तु फिर भी वो बाण उसके कंधे पर घाव करता हुआ चला गया। इस घाव से कुपित दुर्भीक्ष ने भी भरत की ओर तीन बाण छोड़े। भरत ने अपनी चपलता का प्रयोग कर दो बाणों से स्वयं का रक्षण किया, किन्तु एक बाण उसकी बाँह में आ धँसा। जब उसने अपनी बाँह से बाण खींच निकाला तो उसके घाव भरता देख दुर्भीक्ष के नेत्रों में आश्चर्य समा गया, ''इसका अर्थ ये है कि वास्तव में इसने विजयधनुष उठाया हुआ है।''

तत्पश्चात दुर्भीक्ष और भरत ने पूरी शक्ति से एक-दूसरे पर आक्रमण किया। उन दोनों के बाणों के टकराव के प्रचण्ड स्वर के प्रभाव से बचने के लिये वहाँ युद्ध कर रहे सैनिक पीछे हटने लगे।

युद्ध की भीषणता बढ़ती ही जा रही थी। प्रतिक्षण अनेकों योद्धाओं के मस्तक कटकर गिर रहे थे। भूमि पर गिरती हुई रक्त की धाराएँ रणचंडी का ग्रास बन रही थीं किन्तु कदाचित उसकी क्षुदा इतने से शांत नहीं होनी थी।

शीघ्र ही उपनंद का सूचिव्यूह और बल्लार का नागव्यूह आपस में टकरा गये। बल्लार ने शत्रु सैनिकों पर अपने मुग्दर से भयंकर आक्रमण किया। उसके एक-एक प्रहार में दस-दस सैनिकों के मस्तक तरबूज की भाँति फूट रहे थे। उपनंद के बाण भी बड़ी तीव्र गति से शत्रु सैनिकों को काट रहे थे।

अपने सैनिकों को लगातार क्षति पहुँचाते उपनंद को देख, बल्लार ने अपनी मुग्दर घुमाकर उपनंद के रथ पर दे मारी। उस भयंकर मुग्दर को अपनी ओर आते देख उपनंद ने अपने रथ से छलाँग लगायी। भूमि पर गिरकर उसने पलटकर अपने रथ की दशा देखी। रथ बुरी तरह से क्षतिग्रस्त हो चुका था।

बल्लार, उपनंद की ओर दौड़ा और मुग्दर उठाकर उपनंद पर प्रहार किया। भूमि पर लेटा निःशस्त्र उपनंद किसी प्रकार बायीं ओर हटकर उसके प्रहार से बचा। उसने भूमि पर गिरी ढाल उठायी और लेटे हुए ही बल्लार का प्रहार रोकने का प्रयास किया, किन्तु उसके प्रहार से ढाल चकनाचूर हो गयी। उपनंद का हाथ भी रक्तरंजित हो गया। किन्तु उससे पूर्व कि बल्लार अगला प्रहार करता, उपनंद ने उसके पैर पर प्रहार कर उसका संतुलन बिगाड़ दिया। अगले ही क्षण उपनंद ने भूमि से उठकर छलाँग लगायी और पूर्ण बल से स्वयं से डेढ़ गुना आकार के बल्लार की छाती पर मुष्टिका का भीषण प्रहार किया।

बल्लार चार हाथ दूर जा गिरा। उपनंद ने उसे गरजते हुए कहा, ''क्या युद्ध के सारे नियम भूल गये हो भ्राता बल्लार जो निःशस्त्र प्रतिद्वंद्वी पर प्रहार कर रहे हो।'' कहते हुए उपनंद अपने क्षतिग्रस्त हुए रथ के निकट जाकर उसमें रखी गदा उठा लाया।

भूमि से उठकर बल्लार एक विषैले नाग की भाँति फुँफकारा, "मुझे भ्राता कहने का दुस्साहस न कर नराधम; युद्ध योद्धाओं से किया जाता है, किंतु तेरे जैसे अपराधियों को केवल दण्ड दिया जाता है। मेघवर्ण और चंद्रकेतु ने तुझ क्षमा करके बहुत बड़ी भूल की थी और उनकी उसी भूल का परिणाम है जो तू आज शत्रुदल के पक्ष की एक प्रमुख शक्ति बन गया है, किंतु सद्भाग्य से मुझे उनकी ये भूल सुधारने का अवसर मिला है और ये अवसर मैं अपने हाथ से जाने नहीं दूँगा।"

बल्लार और उपनंद गरजते हुए एक-दूसरे की ओर दौड़े। बल्लार ने पूर्ण शक्ति से उपनंद की छाती ओर वार किया। अपने छोटे कद और कम भार वाले शरीर के कारण उपनंद के शरीर में बल के साथ-साथ चपलता का भी अद्भुत मेल था। बल्लार के प्रहार से बचने के लिये उपनंद ने अपनी इसी चपलता का अद्भुत प्रयोग कर छलाँग लगायी और उसके मुग्दर पर अपना एक पाँव रख उसके कंधे पर गदा का वार किया। उस प्रहार ने बल्लार को झकझोर को रख दिया। बिना एक भी क्षण विलम्ब किये उपनंद हवा में ही उछलकर बल्लार के पीछे गया और उसकी पीठ पर गदा का भीषण प्रहार कर उसे भूमि पर गिरा दिया।

उसे भूमि पर गिरा देख उपनंद ने ठहाके लगाये, "बस इसी भुजबल के प्रयोग से तुम मुझे दण्ड देने का स्वप्न देख रहे थे मूर्ख बल्लार! जाओ पिताश्री के पास और सीखो उनसे कि केवल भुजाओं में बल होने से कोई लाभ नहीं, उसके प्रयोग के लिये बुद्धि और चपलता की भी आवश्यकता होती है।"

गरजते हुए उपनंद भूमि पर गिरे बल्लार की ओर दौड़ा, किंतु उसके प्रहार करने से पूर्व ही बल्लार ने अपने बायें पाँव से उसके घुटने पर प्रहार कर उसका संतुलन बिगाड़ा और क्षण भर में ही उसकी कमर पर मुग्दर का प्रहार कर उसे भूमि पर गिरा दिया। वज्रसोम

बल्लार का वो प्रहार इतना भीषण था कि उपनंद के सुदृढ़ कवच में दरार पड़ गयी। अपना साहस जुटाते हुए उपनंद भूमि से उठकर फिर बल्लार से भिड़ गया।

दानव अनुप्रवा, असुर साम्भकेतु, राक्षस सुमाली और असुर वज्रसोम ने पद्मव्यूह के चार सैन्यदलों को लेकर मेघवर्ण के नागव्यूह पर आक्रमण किया था, किंतु मेघवर्ण के बाणों ने उनकी सेना को बिखेरकर रख दिया था। सैकड़ों हाथी, घोड़े और रथों का नाश करके उसने उन चारों ने मन को विचलित कर दिया। अंततः अपनी सेना के रक्षण के लिये उन चारों ने मेघवर्ण पर आक्रमण किया। मेघवर्ण ने बारी-बारी करके अनुप्रवा, साम्भकेतु, सुमाली और वज्रसोम के रथों को क्षतिग्रस्त किया और उन चारों को पाँच पाँच मर्मभेदी बाणों से घायल कर भूमि पर गिरा दिया।

दानव अनुप्रवा ने भूमि से उठाकर गरजते हुए मेघवर्ण को चुनौती दी, "केवल

धनुर्विद्या ही जानते हो या किसी और शस्त्र का भी ज्ञान है महारथी मेघवर्ण?''

मेघवर्ण उसकी ओर देख मुस्कुराया, ''चलो तुम्हारी यही इच्छा है तो मैं धनुष रख देता हूँ; कौन से शस्त्र का उपयोग करोगे?''

मेघवर्ण की ललकार सुन अनुप्रवा ने भाला उठा लिया। मेघवर्ण भी अपना भाला उठाये रथ से कूद पड़ा और एक अगाध वन के भूखे वनराज की भाँति अनुप्रवा की ओर दौड़ा।

अपनी कमर की ओर आते मेघवर्ण के भाले की नोक को तो अनुप्रवा ने सफलतापूर्वक रोक लिया, किंतु छाती पर हुए मेघवर्ण के पाँव का प्रहार सहना सरल नहीं था।

अनुप्रवा चार हाथ पीछे जा गिरा। उसके और शेष तीनों महारथियों के मुख पर छाये भय को देख मेघवर्ण ने उन सबको ललकारते हुए कहा, ''यदि अकेले साहस न हो रहा हो तो चारों एक साथ आ जाओ, वचन देता हूँ तुममें से किसी पर नियम भंग करने का आक्षेप नहीं लगेगा।''

अनुप्रवा, साम्भकेतु, सुमाली और वज्रसोम ने क्षणभर एक-दूसरे की ओर देख संकेत किया और अपना-अपना भाला सँभाले एक साथ मेघवर्ण पर टूट पड़े।

चार-चार भाले एक साथ मेघवर्ण की ओर बढ़े। अनुप्रवा और साम्भकेतु के दो भाले मेघवर्ण की दायीं और बायीं छाती की ओर बढ़े और वज्रसोम के साथ सुमाली के भाले उसकी दोनों जाँघों की ओर। उन चार महारथियों के विरुद्ध मेघवर्ण का अद्वितीय पराक्रम देख वहाँ उपस्थित योद्धा अवाक रह गये। वो कूदकर अपनी जांघों की ओर आ रहे दोनों भालों पर चढ़ गया, और छाती की ओर आते शेष दोनों भालों को अपने भाले से रोककर क्षणभर में ही अनुप्रवा और साम्भकेतु को पीछे धकेला और वायुगति से अपना भाला घुमाकर वज्रसोम और सुमाली की छाती पर घाव कर उन्हें पीछे हटने पर विवश कर दिया।

पद्मव्यूह का भेदन करता हुआ दिग्विजय का नाग व्यूह शत्रुंजय तक पहुँचने को था। वहीं अपने रथ पर धनुष लिये खड़ा शत्रुंजय भी बड़ी व्यग्रता से उसकी प्रतीक्षा कर रहा था। उसका मार्ग रोकने अपने दल के साथ आये मतस्य नरेश जलसंघ और कुंतलनरेश शत्रुलोप। किन्तु दिग्विजय और उसके सैन्यदल ने सर्वप्रथम उनके दल के अनेक योद्धाओं का संहार किया। फिर दिग्विजय ने जलसंघ को छह और शत्रुलोप को पाँच बाणों से बींधकर तथा उनके रथों को नष्ट कर उन्हें भूमि पर गिराकर आगे बढ़ गया।

दिग्विजय को निकट आते देख शत्रुंजय ने भी अपना धनुष उठाकर उसकी प्रत्यंचा की टंकार द्वारा दिग्विजय को द्वंद्व की चुनौती दी और उसके निकट आते ही

एक साथ पाँच बाण उसके कंधे, छाती, जाँघ, रथ की ध्वजा की ओर चलाये। दिग्विजय ने तीन बाणों से स्वयं को बचाया, किन्तु चौथा बाण उसके कंधे पर आ लगा और पांचवा उसके रथ की ध्वजा को तोड़ गया।

कुपित दिग्विजय ने तीन बाण चलाकर शत्रुंजय के कंधों को घायल किया और उसका तीसरा बाण रथ की धुरा सँभाले सारथी के कण्ठ के पार हो गया। शत्रुंजय का रथ असंतुलित होने लगा। इसका लाभ उठाकर दिग्विजय ने शत्रुंजय की ओर तीन बाण और छोड़े, किन्तु उसके रक्षण को खड़े चारों यतियों ने मिलकर अपनी गदाओं से वो प्रहार रोक लिये। इतने में शत्रुंजय के रथ की धुरा सँभालने दूसरा सारथी आ गया।

शत्रुंजय ने यतियों को उनकी भाषा में दिग्विजय के साथ आये नाग व्यूह पर आक्रमण करने का आदेश दिया। चार महाकाय यति दिग्विजय की सेना पर टूट पड़े। चार यतियों की गदाओं ने अपनी विरोधी सेना में आतंक मचा दिया। अपने साथियों की दर्दनाक दशा, उनके फूटे मस्तक और बहता हुआ रक्त देख दिग्विजय का सेना दल पीछे हटने लगा।

यह देख दिग्विजय ने धनुष पर पचास बाण एक साथ चढ़ाये और उन्हें आकाश की ओर छोड़ा। वो बाण आकाश में जाकर आपस में ही टकराने लगे। लौह और लौह के भीषण टकराव से उत्पन्न हुई चिंगारियों द्वारा आकाश में ही अग्नि उत्पन्न हो गयी।

मेघवर्ण ने दूर से ही आकाश में उत्पन्न हुई उस अग्नि को देखा। यह देख उसने अपने साथ द्वंद्व कर रहे चारों योद्धाओं को पीछे धकेला और दौड़कर अपने रथ के पास आया। अपना धनुष उठाकर मेघवर्ण ने वरुणास्त्र को सीधा दिग्विजय द्वारा उत्पन्न की हुई अग्नि की ओर छोड़ा। क्षणभर में ही धनुष रखने के उपरांत मेघवर्ण ने तलवार खींच निकाली और उन चारों असुर योद्धाओं से भिड़ गया।

दिग्विजय और शत्रुंजय का द्वंद्व जारी था। वहीं मेघवर्ण के चलाये वरुणास्त्र ने दिग्विजय के द्वारा उत्पन्न की गयी अग्नि बुझा दी। अग्नि बुझते ही उत्पन्न हुआ धुआँ यतियों के सामने आया और उन चारों यतियों को क्षण भर के लिये भ्रमित किया गया।

इतने में ही दिग्विजय के सैन्यदल में छुपे बीस गरुड़ योद्धा आकाश में उड़े और अपना-अपना भाला लिये यतियों पर आक्रमण कर दिया। एक यति कुछ अधिक ही असावधान था, जिस कारण तीन गरुड़ों ने मिलकर भालों से उसका मस्तक छेद डाला। शेष तीन यति भी घायल हुए, किंतु उन्होंने पुनः साहस जुटाकर पूरी शक्ति से उन बीसों गरुड़ों से युद्ध करना आरम्भ किया।

यह सब देख शत्रुंजय का क्रोध बढ़ गया। उसने चार बाण चलाकर दिग्विजय के रथ के दोनों पहिये तोड़कर उसे भूमि पर गिरा दिया। दिग्विजय तत्काल भूमि से उठा और रथ में रखी गदा उठाकर शत्रुंजय के रथ पर मारकर उसका भी रथ क्षतिग्रस्त कर

दिया। तत्पश्चात उसने तलवार खींच निकाली और शत्रुंजय की ओर दौड़ पड़ा। शत्रुंजय भी अपनी तलवार उठाये दिग्विजय की ओर दौड़ा।

अपना नागव्यूह लेकर भगदत्त ने पूरी शक्ति से त्रिकुम्ब के साथ आ रही द्रविड़सेना पर आक्रमण किया। उसने अपने बाणों से द्रविड़ों के बीस शूलरथों सहित कई रथियों और सैनिकों को ध्वस्त कर दिया। अपनी सेना में भगदत्त का फैलता हुआ आतंक देख त्रिकुम्ब ने अपने रथ में पड़ा छह शूल वाला वाला भाला उठाया और तीव्रगति से भगदत्त के रथ पर दे मारा।

त्रिकुम्ब का वो प्रहार इतना शक्तिशाली था कि भगदत्त के रथ का एक पहिया अलग हो गया और रथ टेढ़ा होकर घिसटने लगा। उसने स्वयं को सँभाला और अपने रथ में रखी गदा उठाकर सीधा त्रिकुम्ब की ओर फेंका। उस प्रहार से बचने के लिये त्रिकुम्ब भी अपने रथ से कूद गया। अपना ध्वस्त हुआ रथ देख त्रिकुम्ब ने भगदत्त से द्वंद्व करने हेतु गदा उठा ली। भगदत्त भी गदा उठाये अपने प्रतिद्वंद्वी की ओर दौड़ा।

दोनों महारथियों में भीषण गदायुद्ध आरम्भ हो गया। भगदत्त को भी इस बार टक्कर के प्रतिद्वद्वी से द्वंद्व करने का अवसर प्राप्त हुआ था। अपने बल का प्रयोग कर त्रिकुम्ब ने भगदत्त की गदा उसके घुटनों तक झुकायी और उसकी छाती पर अपनी बायीं मुष्टि से वार कर उसे दो हाथ पीछे हटा दिया।

भगदत्त ने अपने कंधे उचकाये और वापस त्रिकुम्ब की ओर दौड़ा। उसने अपने उदर की ओर आते त्रिकुम्ब के प्रहार से बचकर उसके कंधे पर गदा का प्रहार किया। भगदत्त की गदा का चोट खाकर त्रिकुम्ब भूमि पर गिर गया। उसे भी भगदत्त के बल का आभास हो गया था। तत्पश्चात भगदत्त ने भूमि पर गिरे त्रिकुम्ब पर गदा का वार करने का प्रयास किया, किन्तु वो उसके प्रहार से बचा, भगदत्त के घुटने पर अपने पैर से वार कर उसका संतुलन बिगाड़ा और भूमि से उठकर उसकी पसलियों पर प्रहार कर उसे धकेल दिया। त्रिकुम्ब ने भूमि पर गिरे भगदत्त पर प्रहार किया, जिसे उसने अपनी गदा पर रोका। तभी भगदत्त को गुर्राने के कई स्वर सुनाई दिये। त्रिकुम्ब की गदा का प्रहार रोके भगदत्त ने दृष्टि घुमाकर देखा तो लगभग सौ यति योद्धा कवच और गदा धारण किये उसके नागव्यूह की ओर दौड़ पड़े थे। शेष द्रविड़ सेना उनके लिए मार्ग रिक्त कर रही थी।

त्रिकुम्ब ने भगदत्त की हँसी उड़ाते हुए कहा, "निःसंदेह तुम एक दुर्जय योद्धा हो भगदत्त, किन्तु फिर भी अपनी सेना का रक्षण नहीं कर पाओगे, एक प्रहर में ही मेरे यति योद्धा तुम्हारे नाग व्यूह के साथ साथ तुम्हारी समस्त सेना ध्वंस कर देंगे।"

भगदत्त को भान हो चुका था कि अब सहायता की पुकार लगाने का समय आ गया है। उसने त्रिकुम्ब को पछाड़ने के लिये अपना सम्पूर्ण बल लगा दिया और धीरे

धीरे भूमि से उठकर त्रिकुम्ब को पीछे हटाने का प्रयास किया। अधिक समय व्यर्थ होता देख भगदत्त ने थोड़ा बल प्रयोग कम किया और त्रिकुम्ब की गदा अपने ऊपर हावी होने दी। जैसे ही दोनों गदाएँ नीचे आयीं भगदत्त ने अपनी गदा झटके से छोड़ दी। इससे अपना सम्पूर्ण बल प्रयोग कर रहे त्रिकुम्ब का संतुलन बिगड़ गया और भगदत्त ने उसकी कमर पर पैर का भीषण प्रहार कर उसे चार हाथ दूर धकेल दिया।

त्रिकुम्ब के विचलित होते ही भगदत्त अपने टूटे हुए रथ की ओर दौड़ा और उसमें से शंख निकालकर बजाया और शर व्यूह बनाये अपने सबसे निकटम खड़े वक्रबाहु को सहायता का संदेश भेजा। शंख बजाने के उपरांत भगदत्त ने तत्काल ही एक और गदा उठायी और त्रिकुम्ब से द्वंद्व करने दौड़ पड़ा।

अपने दोनों हाथों में फरसा उठाये वक्रबाहु बिना एक भी क्षण विलम्ब किये सेना सहित भगदत्त की ओर दौड़ पड़ा। वक्रबाहु के नेतृत्व में आ रही साधारण सेना भी वज्र की भाँति शत्रुओं का नाश कर रही थी। वक्रबाहु एक बार में अपने दोनों फरसे घुमाकर बीस-बीस सैनिकों के मस्तक काट दे रहा था।

दुर्भीक्ष को भरत ने अपने साथ द्वंद्व में उलझा रखा था। उस द्वंद्व के दौरान ही उसने वक्रबाहु को यतिदल की ओर बढ़ता देखा। ये दृश्य देख दुर्भीक्ष के मन में एक युक्ति सूझी। उसने एक साथ बीस बाण धनुष पर चढ़ाया और भरत के रथ के दोनों ओर की भूमि पर दे मारे। उन बाणों ने भूमि से इतनी धूल उड़ायी कि कुछ क्षणों के लिये भरत की आँखों के आगे अँधेरा छा गया। यह देख दुर्भीक्ष ने भद्राक्ष को आदेश दिया, "रथ को शीघ्र ही द्रविड़राज अल्मबुष के पास ले चलो भद्राक्ष।"

धूल छँटने के बाद भरत ने देखा कि दुर्भीक्ष वहाँ से जा चुका है। भरत ने सामने आते हुए असुर सैनिकों पर प्रहार करने आरम्भ कर दिये । सरपट गति से रथ दौड़ाता हुआ भद्राक्ष, दुर्भीक्ष को अल्मबुष तक ले आया। अल्मबुष को देखते ही दुर्भीक्ष ने उन्हें आदेश दिया, "शत्रु दल के समस्त प्रमुख योद्धा इस समय पद्मव्यूह के निकट युद्ध कर रहे हैं, इसलिए आप अपनी सम्पूर्ण शक्ति से शत्रु की शेष सेना और रथियों महारथियों पर प्रहार कीजिए, अपने साथ सौ यतियों को भी ले जाइए साथ ही राक्षस बृजबाली और सुमांतर, असुर क्षत्रसाल और दानव सम्भिप्रवा भी आपके साथ जायेंगे।"

"जो आज्ञा महामहिम।" अल्मबुष ने सहमति जतायी।

दुर्भीक्ष ने भद्राक्ष को आदेश दिया, "मुझे शीघ्र भरत की ओर ले चलो भद्राक्ष अन्यथा वो हमारी सेना को बड़ी क्षति पहुँचा सकता है।"

दुर्भीक्ष का कथन सत्य ही था। रणनीति के अनुसार द्रविड़ सेना तो शत्रु की ओर चल चुकी थी, किन्तु भरत असुर सेना का भीषण संहार कर रहा था।

सरपट गति से रथ दौड़ाते हुए भद्राक्ष ने दुर्भीक्ष से प्रश्न किया, "जब तक उस

भरत के हाथ में विजयधनुष है, उसे पराजित नहीं किया जा सकता महामहिम, यदि आप उसे किसी और शस्त्र से द्वंद्व का आवाहन देंगे तो अवश्य ही उसका वध कर पायेंगे।''

''सुझाव तो तुम्हारा उत्तम है भद्राक्ष, किन्तु प्रश्न ये है कि क्या वो अपने रथ से उतरकर मेरी ललकार स्वीकारेगा?''

भद्राक्ष हँस दिया, ''क्षत्रियों का आत्मसम्मान उनकी मर्यादा होती है असुरेश्वर, बाकी आप बुद्धिमान हैं।''

जितने समय में दुर्भीक्ष, भरत के सामने पुनः प्रकट हुआ, उतने ही समय में भरत ने अपने बाणों से तीन सहस्त्र से भी अधिक रथियों और दो सहस्त्र अश्वारोही सेना का नाश कर दिया।

अपनी सेना का ध्वंस होता देख दुर्भीक्ष ने उसके समक्ष आकर अपने धनुष की प्रत्यंचा की टंकार से भरत को चुनौती दी। भरत ने उसकी टंकार सुन उसका उपहास उड़ाया, ''अपने योद्धाओं के रक्षण का कार्य त्याग कर कहाँ भाग गये थे असुरेश्वर?''

''मैं अपनी सेना का प्रधान सेनापति हूँ, तुमसे द्वंद्व करने के अतिरिक्त और भी बहुत से महत्त्वपूर्ण कार्य करने होते हैं मुझे, इसीलिए कुछ समय के लिये लुप्त हुआ था; उत्तम यही होगा कि कटाक्ष के बाण चलाने के स्थान पर अपना धनुष सँभालो और द्वंद्व करो... सावधान!'' दुर्भीक्ष ने अपने बाणों का प्रहार आरम्भ कर दिया। उन दोनों महारथियों का धनुर्धारी युद्ध एक बार फिर आरम्भ हो गया।

शत्रु दल में काल का दंश बने वक्रबाहु ने अब तक पंद्रह यतियों का मस्तक काटकर भूमि पर गिरा दिया था। यह देख भगदत्त से युद्ध कर रहे त्रिकुम्ब ने यतियों की भाषा में उन्हें एक साथ वक्रबाहु पर प्रहार करने का आदेश दिया। शीघ्र ही पचास से भी अधिक यतियों ने वक्रबाहु को चारों ओर से घेर लिया और उस पर एक साथ टूट पड़े। वक्रबाहु ने गगनभेदी गर्जना की और दोनों फरसे लिये यतियों के दल पर टूट पड़ा।

द्रविड़सेना सौ यतियों के साथ पुरुराष्ट्र के पीछे खड़ी सेना की ओर बढ़ रही थी। उनके रक्षण के लिये वहाँ उपस्थित थे पांचालराज वीरभद्र, अयोध्या नरेश सुतकर्मा, कलिंगराज गवाक्ष, किष्किंधा नरेश बलवीर,, बलिष्ठगढ़ नरेश श्रुतकर्मा, मत्तमयूर नरेश विश्वसेन और उनका पुत्र युवराज सामंतक। साथ ही उपस्थित थे भगदत्त और नंदका के चार महारथी पुत्र चित्ररथ, अलायुध, उग्रश्रवा और सत्वकण्ठ... अर्थात पूरे ग्यारह महारथी योद्धा पुरुराष्ट्र की सेना का रक्षण कर रहे थे।

द्रविड़ सेना को पीछे की ओर जाता देख चंद्रकेतु, सेना का एक दल लिये उनकी ओर बढ़ा। द्रविड़ों की सेना ने शत्रु के निकट आते ही अपने शूलरथों के आधुनिक शस्त्रों से पौरवों पर आक्रमण कर दिया। शूलरथों से छूटे उन छहमुखी भालों की गति

इतनी तीव्र थी कि एक भाला ही दो-दो सैनिकों का वक्ष भेदकर उनके रक्त से रणक्षेत्र की माटी को लाल कर रहा था।

दोनों सेना अपनी सम्पूर्ण शक्ति से एक-दूसरे से भिड़ गयीं। सौ यति अपनी अपनी गदाएँ लेकर शत्रु दल की सेना का विध्वंस करने लगे। यह देख मत्तमयूर नरेश विश्वसेन और उनका सैन्यदल जलाशयों में कूद गये। जलाशय का स्तर इतना ही था कि जल मनुष्य की कमर तक आये। उन सभी सैनिकों ने एक साथ जलाशय में डुबकी लगायी और वापस उठकर शत्रु सेना पर अपने बाणों का प्रहार आरम्भ किया।

उनके सहस्रों बाणों ने अपनी ओर आते हुए चार यतियों का वध कर दिया और दस को घायल कर दिया... साथ ही साथ द्रविड़ों के कई शूलरथ और सैन्यदल भी नष्ट हो गये। द्रविड़सेना वहाँ से पीछे हटने लगी और पूरी शक्ति से पौरवों की थल सेना से युद्ध करने लगी।

शत्रुसेना के कई रथियों और सैनिकों का नाश कर अल्मबुष की छाती गर्व से चौड़ी हो गयी। किन्तु उनकी ये प्रसन्नता अधिक समय तक नहीं रही। शरव्यूह बनाये चंद्रकेतु द्रविड़सेना के बायें छोर से गरजते हुए घुस आया। उसके शरव्यूह ने अनेक शूलरथ ध्वस्त कर दिये।

चंद्रकेतु की गर्जना सुन पौरव योद्धाओं ने पूरी शक्ति और मनोबल से द्रविड़ सेना पर आक्रमण कर दिया। कलिंगराज गवाक्ष ने तीन यतियों को सैकड़ों बाणों से बींध डाला। अयोध्या नरेश सुतकर्मा, अल्मबुष के पुत्र धीरा से द्वंद्व करने लगे। किष्किंधा नरेश बलवीर ने अल्मबुष पुत्र वेदांतक पर भाला लेकर प्रहार किया। बलिष्ठगढ़ नरेश श्रुतकर्मा ने येदूरप्पा पर आक्रमण किया। पांचालराज वीरभाद्र ने राक्षस सुमांतर को द्वंद्व का आवाहन दिया। विश्वसेन, सामंतक और उनकी सेना जलाशय में खड़े होकर ही शत्रुदल पर प्रहार कर रहे थे। उनके निकट जाते ही बड़ी से बड़ी सैन्य टुकड़ी भी ध्वस्त हो रही थी, किन्तु अल्मबुष और उनके पुत्र शमान्तक अभी भी पौरव सैनिकों का नाश कर रहे थे।

चंद्रकेतु भी बड़ी वीभत्सता से शत्रुओं का नाश कर रहा था। तभी बीस यति अपनी गदा उठाये उसे घेरने लगे। चंद्रकेतु अपनी गदा उठाये उन यतियों से भिड़ गया।

वहीं विश्वसेन और उनकी सेना पर प्रहार करने हेतु चालीस यति एक साथ जलाशय की ओर दौड़े और जलाशय में कूदकर मत्तमयूर के सैनिकों का मस्तक फोड़ने लगे। यह देख चित्ररथ, उग्रश्रवा, अलायुध और सत्वकण्ठ अपने-अपने भाले उठाये तीव्रगति से यतियों की ओर दौड़े।

उन चारों बालक महारथियों ने अद्भुत चपलता का प्रयोग कर छलाँग लगायी

और अपने भालों से कई यतियों के कण्ठ भेद डाले। शेष कार्य मत्तमयूर की सेना के बाणों और भालों ने कर दिया।

बीस से भी अधिक यति मारे गये और शेष जलाशय से निकलकर भागने भागे। भगदत्त और नंदका के उन चार पुत्रों को यतियों के रक्त में नहाया देख दानव सम्भिप्रवा और असुर क्षत्रसाल तलवार उठाये उन चारों बालकों की ओर दौड़े।

चित्ररथ और अलायुध भी अपनी तलवार लिये उन दोनों की और दौड़े और उन असुर दल के बलवान योद्धाओं से द्वंद्व को टकरा गये।

अपनी सेना का विनाश करते शमान्तक को देख उग्रश्रवा ने उसे द्वंद्व के लिये ललकारा। वहीं सत्वकण्ठ ने गदा उठाकर सीधे द्रविड़राज अल्मबुष के रथ पर दे मारा। अपना भाला उठाये अल्मबुष ने भी उसे द्वंद्व की चुनौती दे डाली।

दूर खड़ा राक्षस बृजबाली, मत्तमयूर की जलकुम्भी सेना को पराजित करने का मार्ग सोच रहा था। कुछ क्षण विचारकर उसने एक मायावी राक्षस को बुलाकर उसके कान में कुछ समझाया। उसके आदेश पर उस मायावी राक्षस ने मत्तमयूर के ही एक सैनिक का वेश धरा और छुपते-छुपाते जलाशय में खड़े सैनिकों के साथ जाकर घुलमिल गया।

बृजबाली बीस सहस्त्र पैदल सैनिकों का दल लेकर मत्तमयूर के योद्धाओं की ओर बढ़ा। उसके सैन्यदल ने आगे बढ़ते-बढ़ते स्वयं को ढालों से ढक रखा था ताकि जलकुण्ड में खड़े सैनिकों के चलाये तीखे बाणों से वो अपना रक्षण कर सकें।

वहीं जलकुण्ड में खड़ा एक सैनिक वेश धरा वो मायावी राक्षस विश्वसेन के निकट पहुँचा, और पीछे से उनकी पीठ में कटार घोंप दी। विश्वसेन तड़प उठे। अपने ही सैनिक द्वारा ऐसा कपट देखकर सामंतक हतप्रभ रह गया। जैसे ही वो मायावी राक्षस अपने असली रूप में आया, सामंतक दौड़ता हुआ गया और उस मायावी राक्षस का मुण्ड तलवार के एक ही प्रहार से उसके रुण्ड से अलग कर दिया।

बृजबाली ने मत्तमयूर की सेना के निकट जाकर उनका उपहास उड़ाते हुए कहा, "ये तो केवल आरम्भ है मूर्खों, अभी तो न जाने कितने राक्षस और असुर तुम्हारी इस सेना में छुपकर बैठे हैं।"

बृजबाली के इतने शब्द ही मत्तमयूर की सेना को आतंकित करने के लिये पर्याप्त थे। सेना के कई योद्धा नदी से बाहर आ गये और एक-दूसरे को संदेह की दृष्टि से देखने लगे।

इस अवसर का लाभ उठाकर बृजबाली ने अपने योद्धाओं को गरजते हुए आदेश दिया, "आक्रमण!"

राक्षस दल मत्तमयूर की सेना पर टूट पड़ा। स्वयं एक-दूसरे पर संदेह करने वाली सेना बड़ी सरलता से रक्षसेना का आखेट बनने लगी। सामंतक समझ गया कि ये बृजबाली का किया हुआ कपट है। उसने अपना भाला निकाला और गरजते हुए कहा, "हमारे दल में और कोई राक्षस नहीं है सैनिकों, अपनी पूरी शक्ति से शत्रु पर आक्रमण करो!"

मत्तमयूर के सैनिकों के साथ घायल विश्वसेन ने भी रक्षसेना पर आक्रमण किया। सामंतक, बृजबाली की ओर दौड़ पड़ा। बृजबाली ने सामंतक के निकट आते ही अपने भाले का सीधा प्रहार उसके वक्ष पर किया, किन्तु सामंतक ने उसका प्रहार रोका और उसके घुटने पर प्रहार कर उसे झुकाया और भाला सीधा उसकी छाती की ओर चलाया। बचने के प्रयास में बृजबाली भूमि पर गिरा और सामंतक की जाँघ पर भाले का प्रहार कर उसे पीछे धकेल दिया। उसकी जाँघ से रक्त बहने लगा, किन्तु फिर भी सामंतक ने स्वयं को सँभाला और फिर से बृजबाली पर आक्रमण कर उसे पीछे हटाकर जलकुण्ड की ओर ले जाने का प्रयास करने लगा... किंतु बृजबाली भी चपलतापूर्वक तट पर ही रहने का प्रयास कर रहा था।

यह देख सामंतक ने अपने दस सैनिकों को संकेत किया। मत्तमयूर के वो दसों सैनिक दौड़ते हुए बृजबाली के निकट आये और उसे जलाशय में धकेल दिया। इससे पहले वो खड़ा होकर सँभलता, सामंतक ने उसकी छाती पर प्रहार कर उसे जलाशय में और अधिक दूरी तक धकेल दिया। तत्पश्चात सामंतक ने जलाशय में एक डुबकी लगायी और बृजबाली के समक्ष जाकर खड़ा हो गया।

बृजबाली ने सामंतक पर कटाक्ष करते हुए कहा, "ये छल है... एक योद्धा केवल एक योद्धा से ही द्वंद्व कर सकता है; तुमने युद्ध का नियम भंग किया है।"

"अपने मायावी राक्षस को हमारी सेना के बीच भेजकर, मेरे पिता पर प्रहार करवाके कपट का आरम्भ तुमने किया है दुष्ट राक्षस।" कहते हुए सामंतक ने अपना भाला सँभाला, "इसलिए प्रलाप बंद करो और द्वंद्व करो।"

बृजबाली के पास द्वंद्व के अतिरिक्त और कोई विकल्प नहीं था। उसने भी अपना भाला उठाया और पूरी शक्ति से सामंतक के उदर की ओर प्रहार किया। सामंतक की शक्ति पहले से पाँच गुना हो चुकी थी। उसने उस भाले से बचने हेतु छलाँग लगायी और बृजबाली के पीछे जाकर उसकी पीठ पर वार किया। अभी बृजबाली ने पलटकर सामंतक की ओर देखा ही था कि उसका भाला बृजबाली के कण्ठ के पार हो गया। मुख और कण्ठ से रक्त के फव्वारे छोड़ते हुए बृजबाली को सामंतक ने तब तक जलाशय में डुबोये रखा जब तक उसके प्राण-पखेरू नहीं उड़ गये।

जलकुम्भी सेना ने जलाशय में वापस आकर रक्षसेना पर बाण चलाने आरम्भ

किये। बीस सहस्त्र में से एक भी राक्षस को भागने को अवसर प्राप्त नहीं हुआ। सबके क्षत-विक्षत शव उस जलाशय और भूमि पर तैरने लगे। रक्त के बहाव से पूरे जलाशय में लालिमा प्रतीत हो रही थी। बृजबाली के अंत के साथ ही मत्तमयूर की सेना ने विजय का शंखनाद किया। घायल विश्वसेन को उनके सैनिक शिविर में ले गये।

किष्किंधा नरेश बलवीर, वेदांतक पर भारी पड़ गये। उसका भाला छुड़ाकर वो उसका वध करने ही वाले थे कि बीस यतियों ने उन्हें घेर लिया। वेदांतक अपने प्राण बचाकर भाग गया। किष्किंधा नरेश बलवीर ने अपने हाथ में भाले का प्रयोग कर कुछ समय तक उन यतियों का प्रतिकार करने का प्रयत्न किया। कई सैनिक भी उनकी रक्षा को आगे आये, किन्तु दस यतियों के भीषण प्रहारों ने उनके कई अंग-भंग कर दिये। उनका सम्पूर्ण शरीर रक्तरंजित हो उठा और अंत में तड़पते हुए बलवीर ने अपने प्राण त्याग दिये।

किष्किंधा नरेश को गिरता देख कलिंगराज गवाक्ष ने बीस सहस्त्र हाथियों का दल लेकर वहाँ उपस्थित यतियों पर आक्रमण कर दिया। जीवित बचे शेष यतियों ने वहाँ आकर एक साथ गवाक्ष पर आक्रमण किया। गवाक्ष ने गजदल के साथ उन पचास यतियों से घनघोर युद्ध किया।

सत्वकण्ठ और अल्मबुष का गदायुद्ध जारी था। वहीं उग्रश्रवा की तलवार की धार शमांतक पर भारी पड़ रही थी। उसने द्रविड़ राजकुमार के हाथ, कमर, कंधे समेत शरीर के कई स्थानों पर घाव किया। शमांतक किसी प्रकार उग्रश्रवा के प्रहारों से अपना रक्षण कर पा रहा था। अकस्मात ही उग्रश्रवा की विद्युत गति से चलायी हुई तलवार ने उसकी जंघा पर इतना गहरा घाव किया कि वो अपना संतुलन खो बैठा। शमांतक कुछ क्षणों के लिये भूमि की ओर झुका ही था कि उग्रश्रवा ने पूर्ण बल से उसके कण्ठ पर प्रहार कर दिया।

शमांतक का मस्तक कटकर उसके शरीर से चार हाथ दूर छटककर भूमि पर गिर गया। शरीर भूमि पर गिरकर तड़पने लगा। कटे हुए मस्तक से उसके मुख से चीख निकली, ''पिताश्री...।''

अपने पुत्र का कटा मस्तक देख द्रविड़राज का हृदय फट पड़ा। सत्वकण्ठ से द्वंद्व करते हुए उनका मस्तक क्रोध से जलने लगा। उन्होने सत्वकण्ठ को घूरकर देखा और अपने अगले दाँव में ही उसकी गदा छुड़ा दी। अल्मबुष ने उसकी छाती पर गदा का वार करके उसे भूमि पर गिरा दिया। अगले ही क्षण वो गदा से उसका मस्तक फोड़ देते, किन्तु बीस यतियों का नाश कर चंद्रकेतु वहाँ आ पहुँचा और अपनी गदा अड़ाकर सत्वकण्ठ का रक्षण किया। अगले ही क्षण उसने अल्मबुष के वक्ष पर भीषण वार किया। चंद्रकेतु का वो प्रहार इतना शक्तिशाली था कि द्रविड़राज अल्मबुष दस हाथ दूर जा गिरे। चंद्रकेतु ने सत्वकण्ठ और उग्रश्रवा को आदेश दिया, ''तुम दोनों वास्तव में

बहुत पराक्रमी हो बालकों, जाओ जाकर कलिंगराज गवाक्ष की सहायता करो।'' चंद्रकेतु का आदेश पाकर दोनों बालक यतियों की ओर दौड़ पड़े।

दानव सम्भिप्रवा से युद्ध करते हुए अलायुध अद्भुत पराक्रम का प्रदर्शन कर रहा था। दोनों ही बराबर के योद्धा प्रतीत हो रहे थे। वहीं चित्ररथ का पलड़ा क्षत्रसाल पर तनिक भारी था। उसने क्षत्रसाल की छाती, जाँघ, दायीं भुजा और उदर पर गहरे घाव बना दिये थे। चित्ररथ के भी कंधे और दायीं भुजा पर घाव हो गये थे। जैसे ही क्षत्रसाल की तलवार छूटी उसका मन आतंकित हो गया। उसके कदम पीछे हटने लगे। जब चित्ररथ उसका मस्तक काटने आगे बढ़ा तो वो उसके चरणों में गिरकर अभयदान की माँग करने लगा। उसे क्षमा करने की मंशा से जैसे ही चित्ररथ ने अपनी तलवार नीचे की, क्षत्रसाल ने अपनी कमर में छुपी कटार निकालकर उसके उदर पर प्रहार किया। चित्ररथ ने चपलतापूर्वक उसका वो प्रहार अपने हाथ से रोक लिया। अपना रक्तरंजित हाथ देख चित्ररथ ने क्षत्रसाल को हेय दृष्टि से देखा और अगले ही क्षण उसकी तलवार क्षत्रसाल के कण्ठ के आर-पार हो गयी। उसके मुख और कण्ठ से फूटे रक्त के फव्वारों से चित्ररथ का शरीर लाल हो गया। तत्पश्चात चंद्रकेतु का संकेत पाकर सेना एक दल लिये वो द्रविड़ों के शूलरथों पर टूट पड़ा।

चंद्रकेतु ने भी द्रविड़राज को निःशस्त्र कर अपनी गदा उनकी छाती पर रख दी, ''द्रविड़जाति के संघर्ष की कथा सर्वविदित है; आपका सदियों का संघर्ष व्यर्थ न हो इसीलिए आज मैं आपको अभयदान दे रहा हूँ; अब भी समय है, असुरों की संगति का त्याग कीजिए और महाराज भरत की शरण में आ जाइए। वो आपके सभी अधिकारों का रक्षण करेंगे।''

अल्मबुष ने खीझते हुए कहा, ''एक बार महाबली अखण्ड पर विश्वास करने की भूल कर चुका हूँ, पुनः ऐसी मूर्खता नहीं करने वाला मैं।''

''आपके स्वप्न के लिये समग्र आर्यावर्त को संकट में नहीं डाला जा सकता था द्रविड़राज, यदि इतना-सा तथ्य आप नहीं समझ सके तो मुझे समझाने की आवश्यकता नहीं है कि यहाँ मूर्खता कौन कर रहा है।'' चंद्रकेतु ने अपनी गदा से अल्मबुष को दबाये रखा।

मेघवर्ण ने अनुप्रवा, साम्भकेतु, सुमाली और वज्रसोम को घायल करने के साथ साथ थका भी दिया था, क्योंकि अथक प्रयास के उपरांत भी वो चारों मिलकर भी मेघवर्ण के शरीर पर एक घाव भी न कर पाये थे। उन चारों को भूमि पर बैठा देख मेघवर्ण ने उनका उपहास उड़ाते हुए कहा, ''एक दिन भी पूरा नहीं हुआ और तुम सबके मुख पर थकान दिखाई देने लगी।'' अगले ही क्षण मेघवर्ण की भवें तन गयीं, ''यही उद्देश्य था मेरा कि तुम सबके सामर्थ्य और साहस का दमन करने के उपरांत ही तुम्हारा वध करूँगा।''

यह सुनकर अनुप्रवा अपनी तलवार उठाये मेघवर्ण की ओर दौड़ पड़ा। मेघवर्ण ने बायें हाथ में थमी तलवार से उसका प्रहार रोका और उसका कण्ठ पकड़कर उसे हवा में उठा दिया। साम्भकेतु, वज्रसोम और सुमाली ने भी साहस जुटाकर अपनी तलवारों के साथ मेघवर्ण पर आक्रमण किया। मेघवर्ण ने अनुप्रवा को उठाकर साम्भकेतु की ओर फेंका, अपने निकट आते वज्रसोम की छाती पर पाँव से प्रहार कर उसे भूमि पर धकेला, अपने कण्ठ की ओर आती हुई सुमाली की तलवार से झुककर स्वयं को बचाया और पलक झपकते ही अपनी तलवार से उसका उदर फाड़ डाला। तत्पश्चात उसने अवाक हुए सुमाली की तलवार पकड़ी और उसी से उसका कण्ठ भेद डाला और दोनों तलवारें उसके शरीर से खींच निकालीं। सुमाली को भूमि पर गिरने में तनिक भी विलम्ब नहीं हुआ। अगले ही क्षण मेघवर्ण हवा में उछला और उन दोनों तलवारों से भूमि पर गिरे वज्रसोम की छाती फाड़ डाली। रक्त के फव्वारे छोड़ते वज्रसोम के शरीर को देख अनुप्रवा और साम्भकेतु उठकर वहाँ से भागने लगे।

वक्रबाहु दस से अधिक मृत यतियों के रक्त में नहा चुका था, किन्तु चालीस यतियों ने घायल होने के उपरांत भी अभी तक उसे युद्ध में व्यस्त रखा था। बाकी की यति सेना पर गरुड़ों की सम्मिलित शक्ति भारी पड़ रही थी। शत्रुंजय की रक्षा में खड़े चारों यतियों को बीस गरुड़ों ने मिलकर अपने भालों से बींध डाला था, जिससे दिग्विजय का नागव्यूह अभी तक भंग नहीं हो पाया था और बड़ी वीभत्सता से शत्रुदल का विध्वंस कर रहा था। शत्रुंजय और दिग्विजय में तलवारों के युद्ध में अंततः दिग्विजय की तलवार छूट गयी। शत्रुंजय ने उसके कण्ठ को भेदने का प्रयास किया, किन्तु दिग्विजय ने उसका हाथ पकड़ा और उसकी छाती पर प्रहार कर दूर धकेल दिया। तत्पश्चात वो अपने रथ की ओर दौड़ा और भाला निकाल लाया। यह देख शत्रुंजय ने भी तलवार छोड़ भाला उठाया और द्वंद्व को दौड़ पड़ा।

कलिंगराज गवाक्ष, सत्वकण्ठ और उग्रश्रवा ने यति दल के साथ-साथ शेष द्रविड़सेना से भी घनघोर युद्ध किया। वीरभद्र से पराजित होकर भागने के उपरांत राक्षस सुमांतर ने यतियों को दुर्बल पड़ता देखा। यह देख वो द्रविड़सेना का एक दल लेकर उनकी सहायता को पहुँचा। चंद्रकेतु ने शंख बजाकर बलिष्ठगढ़ नरेश श्रुतकर्मा को सहायता का संदेश भेजा। जब यतियों की सहायता हेतु द्रविड़सेना इस युद्ध में कूदी, तब बलिष्ठगढ़ नरेश श्रुतकर्मा अपना शर व्यूह लिये उनकी सहायता को आ गये। यतियों ने सहस्त्रों हाथियों को मार डाला, किन्तु अंत में यतिसेना और उनके साथ युद्ध कर रही द्रविड़सेना के पाँव उखड़ गये। सारे यतियों के शरीर तीरों और भालों से बींध दिये गये। उस छोर पर आये सारे यति मारे गये। द्रविड़सेना लगभग पराजित हो गयी, किन्तु तभी राक्षस सुमांतर द्रविड़ सेना का नाश कर रहे बलिष्ठगढ़ नरेश श्रुतकर्मा के रथ के पीछे आकर छुपा और अवसर पाते ही वो उनके रथ पर चढ़ गया। असावधान

श्रुतकर्मा ने अभी अपनी तलवार उठायी ही थी, तब तक सुमांतर ने अपनी खड्ग से उनका मस्तक काटकर भूमि पर गिरा दिया। श्रुतकर्मा का भूमि पर गिरा मस्तक देख द्रविड़सेना का मनोबल बढ़ा और वो पूरी शक्ति से शत्रुदल पर टूट पड़े।

यह देख चंद्रकेतु, अल्मबुष को छोड़कर सुमांतर की ओर दौड़ा। सूर्यास्त निकट आ रहा था, इससे पूर्व ही चंद्रकेतु सुमांतर का वध कर द्रविड़ों और असुरों की सेना का मनोबल तोड़ना चाहता था।

भरत और दुर्भीक्ष के द्वंद्व का कोई परिणाम आता न देख भद्राक्ष ने भरत पर कटाक्ष करते हुए कहा, ''वाह पुरुराज वाह! अद्भुत है तुम्हारा पराक्रम, तुम चंद्रवंशी भी कम प्रपंची नहीं हो; तुम लोगों ने पहले देवी दुर्धरा की मति भ्रष्ट करके उन्हें असुरेश्वर की दिव्य शक्तियों का प्रयोग न करने का प्रण लेने पर विवश किया, उनके कवच का त्याग करवा दिया और अब असुर संस्कृति के नाश के लिए असुरराज बलि के ही दिव्यधनुष का उपयोग कर रहे हो, और तो और स्वयं एक अभेद्य कवच के रक्षण में अपनी वीरता के प्रदर्शन का ढोंग कर रहे हो। अरे धिक्कार है ऐसी वीरता है पर, धिक्कार है तुम्हारे चंद्रवंश पर... इस प्रकार छल से तुम विजयी हो भी गये तो केवल अपयश ही प्राप्त होगा।''

भद्राक्ष का कटाक्ष सुन भरत ने अपना धनुष नीचे किया, ''मैंने इस धनुष को अपनी योग्यता सिद्ध करके प्राप्त किया है भद्राक्ष, किसी प्रपंच से नहीं, किन्तु तुम्हारा कथन भी उचित ही है; महाबली अखण्ड ने दुर्भीक्ष का कवच छीनकर उसके साथ अन्याय किया है, इसलिए आज मैं तुम्हें वचन देता हूँ दुर्भीक्ष कि जब भी दण्डकारण्य की इस भूमि पर मेरा और तुम्हारा सामना होगा, मैं विजयधनुष को स्पर्श भी नहीं करूँगा।'' कहकर भरत ने विजयधनुष को रथ पर रखकर भाला उठाकर दुर्भीक्ष के नेत्रों में देख उसे चुनौती दी, ''तैयार हो असुरेश्वर?''

दुर्भीक्ष ने भाला उठाया और भद्राक्ष की प्रशंसा करते हुए कहा, ''अद्भुत और अकाट्य तर्क दिये हैं तुमने भद्राक्ष, मान गया तुम्हारे वाकचातुर्य को।''

''इसीलिए तो आपके रथ की धुरा सँभाली है असुरेश्वर।'' भद्राक्ष मुस्कुराया।

दुर्भीक्ष और भरत दोनों अपने रथ से कूदे। किन्तु उन दोनों के टकराव से पूर्व ही मेघवर्ण अपना भाला उठाये उनके बीच आ खड़ा हुआ, ''आपके सेनापति के होते हुए आपको इस प्रकार के द्वंद्व में उलझने का कोई औचित्य नहीं है महाराज।''

भरत ने भाले पर अपना कसाव बढ़ाया, ''किन्तु दुर्भीक्ष ने मुझे चुनौती दी है मेघवर्ण, मेरे मार्ग से हट जाओ, हम चंद्रवंशी द्वंद्व की चुनौती अस्वीकार नहीं कर सकते।''

''आप केवल चंद्रवंशी नहीं हैं, हमारे राजा भी हैं, इसलिए मेरे रहते आप ये द्वंद्व

नहीं कर सकते।''

मेघवर्ण और भरत का विवाद सुनकर दुर्भीक्ष ने खीझते हुए कहा, ''सूर्यास्त निकट है, कहीं ऐसा तो नहीं कि तुम दोनों विवाद में ही सारा समय नष्ट करने की योजना बना रहे हो... द्वंद्व करने का साहस और इच्छा शेष बची भी है या....।''

भरत ने अधिक विवाद करना उचित न समझा। मेघवर्ण अपनी छाती चौड़ी कर दुर्भीक्ष के समक्ष आ खड़ा हुआ, ''लो मैं प्रस्तुत हूँ, कर लो अपनी इच्छा पूरी।''

दुर्भीक्ष मुस्कुराया, ''इस सत्य से तुम भलीभाँति परिचित हो मेघवर्ण कि तुम मुझे पराजित नहीं कर सकते, फिर क्यों अपने प्राण व्यर्थ में दाँव पर लगा रहे हो, इस बार मैं तुम्हें अभयदान नहीं देने वाला।''

''अपने अहंकार के कारण कदाचित तुम्हें विस्मरण हो गया है दुर्भीक्ष कि यदि उस दिन मेरा भाला तुम्हारे शरीर से एक अंगुल नीचे लगा होता तो ये प्रलाप करने के लिये आज तुम जीवित न रहते।''

दुर्भीक्ष ने भाला तानकर मेघवर्ण को ललकारा, ''यदि उस दिन के सद्भाग्य को अपना पराक्रम मान बैठे हो तो आओ, आज निर्णय कर ही लेते हैं कि श्रेष्ठ कौन है।''

दुर्भीक्ष और मेघवर्ण में संघर्ष प्रारम्भ हो गया। भरत अपने रथ पर आरूढ़ होकर आगे बढ़ने लगा। चंद्रकेतु ने राक्षस सुमांतर को निःशस्त्र करके उसका मस्तक तोड़ना चाहा, किन्तु सूर्य को अस्त होता देख उसके हाथ रुक गये। मेघवर्ण और दुर्भीक्ष ने भी सूर्यास्त को देख अपने-अपने भाले नीचे किये और युद्ध के समापन का शंख बजाया। उस शंख का स्वर सुनते ही सारे महारथियों और सैनिकों ने अपने-अपने शस्त्र रोक लिये और द्वंद्व अधूरा छोड़कर पीछे हट गये। सूर्यास्त होते-होते वक्रबाहु ने भी तीस यतियों का नाश कर डाला।

दुर्भीक्ष ने मेघवर्ण को घूरकर देखा, ''आज पर्याप्त समय नहीं मिला मेघवर्ण, किन्तु यदि फिर किसी दिन रणभूमि में सामना हुआ तो अपनी पराजय के लिये सज्ज रहना।''

मेघवर्ण ने मुस्कुराते हुए कटाक्ष किया, ''मुझे वर्तमान में अधिक विश्वास है दुर्भीक्ष, इसलिए भविष्य की विजय-पराजय का विचार कर मुझे तुम्हारी भाँति अपने मन को सांत्वना देने की कोई आवश्यकता नहीं है।''

दुर्भीक्ष, मेघवर्ण के निकट आया और उसके नेत्रों में देख कहा, ''मेरा उद्देश्य तुम्हारी सम्पूर्ण सेना का ध्वंस कर तुम्हें पराजित करना है मेघवर्ण, जो मैं करके रहूँगा; आशा है तुम ऐसा कोई कार्य नहीं करोगे जिससे मैं तुम्हारा वध करने पर विवश हो जाऊँ... किन्तु यदि कोई और मार्ग न दिखा तो मुझे तुम्हारा अंत करना ही होगा।''

मेघवर्ण ने उसके नेत्रों में देख चुनौती भरे स्वर में कहा, "एक बार तुम्हें अभयदान का अवसर क्या प्राप्त हो गया स्वयं को ईश्वर तो नहीं समझने लगे तुम; स्मरण रहे तुम मेरा वध करो न करो किन्तु मैं तुम्हारा वध अवश्य करूँगा। महाऋषि ओमेश्वर का पुनर्जन्म कहा गया है मुझे, जिसके जीवन का केवल एक ही उद्देश्य है और वो है तुम्हारी मृत्यु।"

यह सुनकर दुर्भीक्ष सर से पाँव तक क्रोध से जल गया। क्रोध से उसकी आँखें लाल हो गयीं साथ में नसें भी फड़कने लगीं, "तुमने ये सत्य बताकर बहुत बड़ी भूल की है मेघवर्ण, बहुत बड़ी भूल।"

मेघवर्ण ने उसकी ओर क्षणभर कटाक्षमय दृष्टि से देखा और वहाँ से प्रस्थान कर गया। नेत्रों में रक्त की प्यास लिए दुर्भीक्ष ने विवशता का भाव लिए अस्त हुये सूर्य की ओर देखा, मानों सूर्यदेव को आज अस्त होने के अपराध में स्वयं ही निगल जायेगा।

अपने शिविर में बैठे दुर्भीक्ष का मस्तक क्रोध से जल रहा था। उसे बार-बार महर्षि ओमेश्वर से हुए संघर्ष का दृश्य स्मरण हो रहा था। अपने सत्तर वर्ष के नष्ट हुए जीवन की वेदना का दृश्य स्मरण कर उसके नेत्रों में रक्त उतर आया था। उसे विचलित देख दुर्धरा उसके निकट आकर बैठ गयी। उसके तपते शरीर को छूकर दुर्धरा विचलित हो गयी, "ये आपको क्या हुआ नाथ, कोई ज्वर तो नहीं हो गया?"

दुर्धरा के विचलित स्वर ने दुर्भीक्ष का ध्यान भंग कर दिया। उसका क्रोध शांत हो गया, "चिंतित मत हो दुर्धरा, शरीर की इस तपन का कारण केवल क्रोध था जिसे तुमने शांत कर दिया।" कहकर दुर्भीक्ष ने दुर्धरा के मस्तक पर हाथ फेरा।

दुर्धरा ने उसके मस्तक को छूकर महसूस किया कि दुर्भीक्ष के शरीर का तापमान वास्तव में घटने लगा था, "किन्तु इस क्रोध का कारण क्या था?"

"आज वर्षों पुराने घाव फिर हरे हो गये दुर्धरा। वो मेघवर्ण उस धूर्त ब्राह्मण महाऋषि ओमेश्वर का ही पुनर्जन्म है। तुम्हें अनुमान भी नहीं है दुर्धरा, जबसे मैंने ये सत्य जाना है, मेरी भुजाएँ मेघवर्ण का मस्तक कुचलने के लिये फड़क रही हैं।"

दुर्धरा ने हाथ अपने हाथों में लेकर उसे शांत करने का प्रयास किया, "किंतु आपको तो सत्य का ज्ञान हो चुका है कि वो सारा कुचक्र उस दुष्ट भैरवनाथ ने रचा था।"

"माना कुचक्र भैरवनाथ का था, किंतु उस युद्ध में मैंने तो कोई पाप नहीं किया, केवल अपमान के प्रतिशोध के लिये युद्ध किया जिसमें एक भी निर्दोष व्यक्ति के प्राण नहीं लिये थे मैंने, और विजय प्राप्त करने के उपरांत मैं तो बिना किसी को हानि

पहुँचाये लौट रहा था, फिर क्यों उस धूर्त ब्राह्मण ने मुझ पर छल से आघात किया?'' दुर्भीक्ष ने खीझते हुए कहा।

दुर्धरा ने उसे ढाँढ़स बँधाने का प्रयास किया, ''सम्भव है कि उन्हें भय लगा हो कि आप भैरवनाथ की सलाह मानकर कोई बड़ा अनर्थ न कर बैठें।''

''तो क्या उन्हें ये अधिकार था कि केवल संदेह के आधार पर वो मेरे जीवन की सम्भावनाओं को ही नष्ट कर दें?'' दुर्भीक्ष ने व्यथित स्वर में प्रश्न उठाया।

दुर्धरा ने उसके कंधे पर सिर रखकर कहा, ''कदाचित उनका किया कार्य अनुचित था, किंतु यदि ऐसा न होता तो आप मुझे पति के रूप में कैसे प्राप्त होते?''

दुर्भीक्ष के मुख पर मुस्कान छा गयी। उसने दुर्धरा के मस्तक पर हाथ फेरते हुए कहा, ''जीवन का यही तो एकमात्र यथार्थ है जो मेरे हृदय के घावों पर स्नेह लेप लगा देता है।''

''तो फिर अपने उन पीड़ादायक क्षणों का विस्मरण कीजिए, और इस युद्ध पर ध्यान दीजिए। उचित होगा कि इस समय आप द्रविड़राज का साहस बढ़ाएँ, जो अपने पुत्र शामन्तक की चिता को अग्नि देने जा रहे हैं।''

''उचित कहा तुमने दुर्धरा, मैं तो द्रविड़राज की पीड़ा को भूल ही गया था।'' दुर्भीक्ष अपने शिविर से बाहर निकला।

रणभूमि में लाखों चिताएँ एक साथ सज्ज हुई थीं। उन्हीं में से एक चिता शामन्तक की भी थी। दुर्भीक्ष ने चिता के निकट खड़े अल्मबुष के कंधे पर हाथ रख उनका साहस बढ़ाया। आधे प्रहर तक अश्रु बहाने के उपरांत उन्होंने अपने पुत्र की चिता को मुखाग्नि दी। साथ ही साथ राक्षस बृजबाली, सुमाली, असुर क्षत्रसाल और वज्रसोम की चितायें भी धू-धू कर जल उठीं।

इधर पुरूराष्ट्र के शिविर में भी किष्किंधा नरेश बलवीर और बलिष्ठगढ़ नरेश श्रुतकर्मा के पार्थिव शरीर पंचतत्व में विलीन हो गये। कुछ समय शोक मनाने के उपरांत दोनों सेनाओं के प्रमुख योद्धा युद्ध की योजना बनाने हेतु अपने-अपने शिविर में चले गये।

अपने सभी प्रमुख योद्धाओं के साथ-साथ दुर्भीक्ष ने नागराज तक्षक को भी आमंत्रित किया। सबके आने के उपरांत दुर्भीक्ष ने कहना आरम्भ किया, ''आज हमारे शत्रु ने ये सिद्ध कर दिया कि उनकी शक्ति प्रबल है; हमारे पाँच महारथी योद्धा, डेढ़ सौ से अधिक यतियों समेत एक अक्षौहिणी से भी अधिक सेना का नाश हो गया और उनके सारे गरुड़ योद्धा अभी जीवित हैं... किन्तु हमें अपना साहस खोने की कोई आवश्यकता नहीं है, क्योंकि आज का युद्ध केवल शत्रु की युद्धनीति का आकलन करने के लिये था। कल गरुड़ों और शेष शत्रुओं के नाश के लिये नागराज तक्षक और

उनकी सेना युद्धभूमि में पदार्पण करेगी। आज हमने केवल दो सौ यतियों का प्रयोग किया, कल सम्पूर्ण यति शक्ति मेरी योजना के अनुसार शत्रुओं की सेना पर आक्रमण करेगी, साथ ही साथ मेघवर्ण और भरत को भ्रमित करके उन्हें अपनी सेना से दूर ले जाने की योजना भी मैंने बना रखी है।''

द्रविड़राज अल्मबुष ने जिज्ञासा व्यक्त की, ''किन्तु क्या इतना विध्वंस आवश्यक है असुरेश्वर?''

''मुझे खेद है द्रविड़राज, किन्तु जब तक भरत के हाथ में भगवान महाबली का विजयधनुष है, उसकी पराजय असम्भव है। कल मैं उसे भ्रमित करके स्वयं की ओर आने पर विवश कर दूँगा और भद्राक्ष के कटाक्ष के उपरांत वो मुझसे विजयधनुष के बिना युद्ध भी कर लेगा। किन्तु ये भी तो सम्भव है कि जब उसके प्राणों पर बन आये तो वो फिर से विजयधनुष उठा ले... इसीलिए मेरी इच्छा है कि कल हम शत्रुसेना का अधिक से अधिक ध्वंस करें, क्योंकि युद्ध के नियमों के अनुसार जिस पक्ष की सेना पहले समाप्त होगी उसी को पराजित माना जायेगा।''

इतना कहने के उपरांत दुर्भीक्ष, त्रिकुम्ब की ओर मुड़ा, ''सूचना मिली है कि मत्तमयूर नरेश विश्वसेन घायल हो चुके हैं और युद्ध करने की स्थिति में नहीं हैं, इसीलिए मैं चाहता हूँ कि कल तुम मत्तमयूर की सेना पर आक्रमण करके युवराज सामंतक का वध करो त्रिकुम्ब... ये तुम कैसे करोगे ये तुम पर निर्भर करता है।''

त्रिकुम्ब ने अपना सर झुकाया, ''विश्वास रखिए। मैं आपको निराश नहीं करूँगा महामहिम।''

तत्पश्चात दुर्भीक्ष ने वृषपर्वा के पुत्रों अनुप्रवा और सम्भिंप्रवा की ओर देखा, ''कल की योजना में तुम दोनों का विशेष योगदान होना है, तुम दोनों की रणछोड़ नीति ही कल हमारा प्रबल अस्त्र होगी।'' दुर्भीक्ष उन्हें अपनी योजना समझाने लगा।

षष्ठम् अध्याय

द्वितीय दिवस

सूर्योदय निकट था। मेघवर्ण अपना कवच धारण कर रथ पर आरूढ़ होने को था, तभी उड़ती हुई एक चील उसके रथ पर आकर बैठ गयी। उसके पंजे में बँधा पत्र देख मेघवर्ण ने उसे खोलकर निकाला---

नागसेना तक्षक के नेतृत्व में रण में प्रवेश करने को सज है---

चंद्रकेतु ने उसके निकट आकर प्रश्न किया, "क्या संदेश है गुप्तचर का?"

"नागसेना रण में प्रवेश करने को है, निःसंदेह दुर्भीक्ष ने गरुड़सेना के ध्वंस की योजना बनायी होगी।"

"किन्तु गरुड़ तो हमारे सैनिकों के बीच रहकर ही युद्ध करते हैं, उन्हें दुर्भीक्ष भला कैसे खोजेगा?" चंद्रकेतु ने प्रश्न उठाया।

"नागसेना की विषैली फुंकार हमारी सेना को बहुत क्षति पहुँचा सकती है चंद्रकेतु। दुर्भीक्ष ने सोच रखा होगा कि उनके प्रतिकार के लिये गरुड़ों को आगे आना ही होगा।"

"किन्तु क्या पाँच सौ गरुड़ तीस सहस्त्र की नागसेना का सामना कर पायेंगे? और यदि उन्हें नागों से लड़ने भेज दिया गया तो यतियों का प्रतिकार कौन करेगा?" चंद्रकेतु ने प्रश्न उठाया।

“कदाचित इसीलिए मैं सारे गरुड़ों को नागों से युद्ध करने नहीं भेज सकता, अन्यथा एक पूरी प्रजाति नष्ट हो जायेगी; अब चार सहस्र डकैत योद्धाओं को रण में उतारने का समय आ गया है।”

“जैसा तुम उचित समझो, वैसे दिग्विजय तो शत्रुंजय को पराजित कर नहीं पाया, इसलिए मुझे लगता है आज शत्रुंजय का सामना करने का अवसर मुझे प्राप्त होना चाहिए।”

“नहीं चंद्रकेतु, तुम सेना का रक्षण करो यही उत्तम होगा। दुर्भीक्ष को मैं रोकूँगा और शत्रुंजय को आज महाराज भरत का सामना करना होगा, अन्यथा इस विध्वंस को रोकना असम्भव है।”

अनेक शंखों की ध्वनि गर्जन के साथ दोनों सेना एक-दूसरे का रक्त बहाने दौड़ पड़ीं। मेघवर्ण मकरव्यूह रचित सैन्य दल को लेकर शत्रु दल की ओर बढ़ चला। वहीं भरत क्रौंच व्यूह बनाये असुर दल पर टूट पड़े थे। पीछे खड़ी सारी सेना का नेतृत्व चंद्रकेतु कर रहा था।

असुरसेना ने बिना किसी व्यूह के उन दोनों पर अलग-अलग छोर से आक्रमण किया। उस सेना का विध्वंस हुआ जा रहा था, किंतु अभी भी दुर्भीक्ष ने किसी व्यूह निर्माण का आदेश नहीं दिया था।

शत्रुदल के सहस्रों योद्धाओं को हताहत करने के उपरांत भरत काफी दूर निकल आये। तभी उन्हें शत्रुंजय का ध्वज दिखाई दिया। भरत ने बिना अधिक विचार किये आगे बढ़ने का निर्णय लिया।

सेनाओं को ध्वस्त करते हुए वो शत्रुंजय के निकट आने लगा। वहीं अपने रथ पर दृढ़ खड़ा शत्रुंजय मानों भरत की ही प्रतीक्षा में था। भरत ने उसके निकट आकर क्षण भर ध्यान से देखा। वो शत्रुंजय ही था।

भरत ने कटाक्षमय स्वर में प्रश्न किया, “प्रतीत होता है युद्ध समाप्त करने की बहुत शीघ्रता है तुम्हें, जो इस प्रकार बिना भयभीत हुए मेरे समक्ष चले आये।”

“उचित अनुमान लगाया पुरुराज, तुम्हारा वध करके इस युद्ध को समाप्त कर सकूँ इसी इच्छा से आज मैं तुम्हारे सामने आया हूँ।” कहकर शत्रुंजय ने धनुष पर बाण चढ़ाया और भरत की छाती की ओर लक्ष्य कर छोड़ दिया।

अपनी छाती की ओर आता वो बाण भरत ने अपने हाथ में पकड़ लिया, “मेरा लक्ष्य तो केवल तुम्हें बंदी बनाना है विदर्भराज।” कहकर भरत ने वो बाण वापस शत्रुंजय की ओर फेंका।

शत्रुंजय ने झुककर उस बाण से स्वयं को बचाया। किन्तु इससे पूर्व कि वो अगला प्रहार करने के लिये अपना धनुष सँभालता, भरत के धनुष से चले तीन बाणों ने उसका धनुष तोड़ा और उसके कंधे और पर भुजा पर गहरा घाव कर दिया। भरत के अगले दो बाणों ने उसके रथ के दोनों पहिये तोड़ डाले। शत्रुंजय ने हाथ में तलवार उठायी और रथ से छलाँग लगाकर भूमि पर खड़ा हो गया।

भरत ने भी अपनी तलवार सँभाली और भूमि पर कूद गया। किंतु भरत के भूमि पर आते ही उससे द्वंद्व करने के स्थान पर शत्रुंजय पीछे हटने लगा। भरत उसकी ओर तीव्रगति से बढ़ा, किंतु शत्रुंजय तत्काल ही अपने निकट दौड़ रहे अश्व पर चढ़कर वहाँ से भागने लगा।

"यदि आज इसे बंदी न बनाया तो ये युद्ध निरंतर चलता ही रहेगा।" ये विचारकर भरत भी एक अश्व पर कूदकर उसके पीछे चल दिया।

मेघवर्ण अकेले ही शत्रु दल का ध्वंस करते हुए क्रौंच व्यूह को लिये आगे बढ़ रहा था। वहीं दुर्भीक्ष अपने अभी भी अपने स्थान पर खड़ा था। पुरुराष्ट्र और विदर्भ के पक्ष में युद्ध कर रहे अन्य महारथी और सेनादल आपस में भिड़ चुके थे, किंतु अभी तक यतियों और नागों ने रणभूमि में प्रवेश नहीं किया था।

मकरव्यूह से सेना का ध्वंस करते हुए मेघवर्ण को भी विदर्भ का राजध्वज दिखाई देने लगा और साथ ही उसे दिखाई दिया उस रथ पर आरूढ़ हुआ शत्रुंजय, जो अपने बाणों से पौरव सैनिकों को घायल कर रहा था। उसे देख मेघवर्ण के मस्तिष्क में विचार कौंधा, "दुर्भीक्ष ने इसे असुरक्षित कैसे छोड़ दिया ?"

मेघवर्ण ने दृष्टि घुमाकर अपनी बायीं ओर देखा तो कुछ कोस की दूरी पर उसे दुर्भीक्ष का ध्वज दिखाई दे रहा था, 'दुर्भीक्ष तो अभी भी अपने स्थान पर खड़ा है, फिर ये यहाँ कैसे..."

अभी मेघवर्ण इस दुविधा में ही था कि एक बाण उसके रथ पर आ लगा। रथ में हुए कम्पन से उसका ध्यान भंग हो गया। शत्रुंजय ने उस पर कटाक्ष करते हुए कहा, "प्रथम बार देख रहा हूँ कि कोई महारथी युद्धभूमि में शत्रु पर प्रहार करने के स्थान पर विचारमग्न हुआ पड़ा है।"

उसके कटाक्ष का उत्तर मेघवर्ण ने भी कटाक्ष से ही दिया, "मैं तो बस तुम्हारी योजना के विषय में विचार कर रहा था दुष्ट सुबाहु, न जाने कब कौन-सा प्रपंच रच रहे होगे। किंतु अब सामने आने का दुस्साहस कर ही दिया है तो उसका परिणाम भी भोग लो।" कहते हुए मेघवर्ण ने धनुष पर एक साथ छह बाण चढ़ाये और शत्रुंजय के धनुष के साथ-साथ उसके रथ के दोनों पहिये तोड़े और साथ ही उसके सारथी का भी वध कर दिया।

हाथ में भाला उठाये शत्रुंजय भूमि पर कूदा और मेघवर्ण को चुनौती दी, ''धनुर्विद्या में तो आपकी निपुणता अद्भुत है महारथी मेघवर्ण, किंतु क्या अपने धनुष का त्याग करके मुझे अपना पराक्रम दिखाने का एक अवसर प्रदान करेंगे?''

मेघवर्ण ने भी अपना भाला उठाया, ''क्यों नहीं, इस अवसर का आनंद भी ले लो, वैसे भी आज तो तुम्हें घसीटते हुए अपने शिविर में ले ही जाऊँगा।''

भाला उठाकर मेघवर्ण भूमि पर कूदा। शत्रुंजय अपने स्थान पर स्थिर खड़ा रहा और मेघवर्ण के प्रथम प्रहार को रोका। किन्तु उसका दाँव काटते हुए मेघवर्ण ने पहले पैर से उसके घुटने पर वार किया और छाती पर भाले का वार करके उसे भूमि पर धकेल दिया। स्वयं को पराजित होता देख शत्रुंजय भूमि से उठा और पीछे भागने लगा।

उसे बंदी बनाने के उद्देश्य से मेघवर्ण उसके पीछे दौड़ा, किन्तु इससे पूर्व वो उसे पकड़ पाता, शत्रुंजय एक अश्व पर चढ़कर वहाँ से भाग निकला। मेघवर्ण ने भी एक अश्वारोही असुर सैनिक को नीचे गिराया और उसके अश्व पर चढ़कर शत्रुंजय के पीछे लग गया।

इधर शिविर के निकट वास्तविक शत्रुंजय अपने रथ पर प्रस्थान के लिये सज्ज खड़ा था। अश्व पर आरूढ़ एक सैनिक ने उसे आकर सूचित किया, ''आपके दोनों बहरूपियों ने भरत और मेघवर्ण को भटका दिया है, असुरेश्वर ने संदेश भेजा है कि आपके रणभूमि में आने का समय आ गया है।''

ये सूचना सुनकर शत्रुंजय ने सैनिक को लौटने का संकेत दिया और स्वयं रणभूमि की ओर बढ़ चला।

इधर रणभूमि में खड़े दुर्भीक्ष ने अपने धनुष ने भूमि के अलग-अलग भागों पर अनेकों बाण दे मारे। विद्युत गति से चलाये उन बाणों में इतना बल था कि समस्त रणक्षेत्र में इतनी धूल उड़ी कि युद्ध कर रहे योद्धाओं का आसपास देखना दुष्कर हो गया।

दुर्भीक्ष के संकेत पर भद्राक्ष ने तत्काल ही शंख बजाया, जिसकी ध्वनि सुनकर विदर्भ की सेना अपना युद्ध छोड़ पीछे हटने लगी।

दुर्भीक्ष ने गर्जना की, ''मण्डल व्यूह आरम्भ!''

समस्त सेना दल अलग माला के आकार में आने लगा। जिस प्रकार अनेक मोतियों से माला का निर्माण होता है उसी प्रकार मोतियों के आकार में सेना छोटे-छोटे दल में बँटने लगी जिसमें हर दल अर्थात मोती में बीस युद्धक हाथी, बीस सामान्य रथ और बीस शूल रथों के साथ सौ अश्वारोही, दो सौ पैदल सैनिक और एक यति था जो हर मोती के मध्य में खड़ा था। सौ मोतियों से एक मण्डल व्यूह का निर्माण हुआ था और ऐसा ही आठ मण्डलाकार व्यूह आठ महारथियों के नेतृत्व में शत्रु दल की ओर

बढ़ने लगा।

धूल छँटने के उपरांत चंद्रकेतु ने देखा कि शत्रु सेना का भयानक व्यूह एक कोस से भी कम की दूरी पर है। आठ मण्डल व्यूहों का नेतृत्व क्रमशः दुर्भीक्ष, उपनंद, असुर शत्रोम, असुर साम्भकेतु, अल्मबुष, त्रिकुम्ब, वेदांतक और धीरा कर रहे थे। विदर्भ की सेना के अन्य महारथी अर्थात कुंतल नरेश शत्रुलोप, मतस्यराज जलसंघ, राक्षस सुमांतर और येदूरप्पा शेष सेना के साथ पीछे खड़े थे।

शीघ्र ही एक सैनिक ने अपने मण्डलव्यूह का नेतृत्व कर रहे दुर्भीक्ष के निकट आकर सूचना दी, ''महामहिम, एक अत्यंत सुखद समाचार है, पौरवराज भरत विजयधनुष को अपने रथ में छोड़कर केवल एक तलवार उठाये दानव अनुप्रवा के पीछे गये हैं।''

यह सुनकर भद्राक्ष बोल पड़ा, ''भरत का वध करने का इससे सुलभ अवसर प्राप्त नहीं होगा असुरेश्वर, इससे पूर्व वो अनुप्रवा का वध करके लौट आये हमें वहाँ पहुँचना होगा।''

''किंतु यदि मैं पीछे जाऊँगा तो सेना का नेतृत्व कौन करेगा भद्राक्ष?'' दुर्भीक्ष ने प्रश्न उठाया।

तभी शत्रुंजय भी अपना रथ लिये वहाँ आ पहुँचा, ''उसकी चिंता आप मत कीजिए काकाश्री, मुझ पर विश्वास रखिए; आपके मण्डल व्यूह का नेतृत्व करते हुए मैं शत्रु की सेना को आतंकित कर दूँगा... आप भरत के पीछे जाइए ताकि ये युद्ध आज ही समाप्त हो सके और इस युद्ध में होने वाले महाविध्वंस को रोका जा सके।''

कुछ क्षण विचार कर दुर्भीक्ष ने भद्राक्ष को आदेश दिया, ''भद्राक्ष, तुम इस समय शत्रुंजय के रथ की धुरा सँभालकर उसका मार्गदर्शन करो, मैं भरत के पीछे जा रहा हूँ।''

''जो आदेश असुरेश्वर।'' भद्राक्ष ने सहमति जतायी और शत्रुंजय के रथ की धुरा सँभाल ली। दुर्भीक्ष भी अपनी तलवार लिये अश्व पर आरूढ़ होकर पीछे की ओर दौड़ पड़ा।

सेना में सबसे पीछे के मण्डलव्यूह का नेतृत्व अब दुर्भीक्ष के स्थान पर शत्रुंजय कर रहा था।

चंद्रकेतु ने अपनी सेना और रथियों महारथियों समेत सागर व्यूह का निर्माण किया। व्यूह कुछ ऐसा था कि एक एक सेना दल सागर की लहरों के आकार जैसा प्रतीत हो रहा था। हर दल में सौ हाथी, सौ रथी, तीन सौ अश्वारोही और एक सहस्त्र पैदल सैनिक थे और इन सैकड़ों दलों का व्यूह आठ मण्डल व्यूहों का प्रतिकार करने को सज्ज था।

चंद्रकेतु ने बल्लार, वक्रबाहु और भगदत्त को अपना-अपना सैन्य दल लेकर शत्रुओं के तीन मण्डल व्यूह पर प्रहार करने का निर्देश दिया। जहाँ वक्रबाहु ने आक्रमण किया असुर शत्रोम के व्यूह पर, बल्लार अपना सैन्य दल लेकर वेदांतक की ओर दौड़ा और भगदत्त द्रविड़राज अल्मबुष को चुनौती देने चल पड़ा। स्थिति का आकलन करने के उपरांत चंद्रकेतु ने कलिंगराज गवाक्ष के साथ सत्वकण्ठ और उग्रश्रवा को भी सेना के एक दल के साथ धीरा के मण्डलव्यूह का प्रतिकार करने भेज दिया। साम्भकेतु के मण्डल व्यूह का प्रतिकार करने हेतु मथुरा नरेश शल्लभ, चित्ररथ और अलायुध सेना के दल के साथ उस पर टूट पड़े।

चंद्रकेतु अपना सैन्य दल लेकर उपनंद की सेना पर टूट पड़ा। वहीं त्रिकुम्ब का मण्डल व्यूह जलकुंभी सेना की ओर बढ़ने लगा जहाँ सामंतक अपने योद्धाओं के साथ उसकी प्रतीक्षा कर रहा था।

शत्रुंजय अपना मण्डल व्यूह लेकर अभी भी सबसे पीछे खड़ा था। चंद्रकेतु ने अपना सैन्य दल लेकर उपनंद के व्यूह पर आक्रमण किया।

दोनों सेना में घमासान युद्ध आरम्भ हो गया। यतियों के कारण आज विदर्भ की सेना पौरवों पर भारी पड़ रही थी और नागों के प्रहार की आशंका के कारण गरुड़सेना को सबसे पीछे रखा गया था। वहीं दिग्विजय चार सहस्त्र डकैत सेना का दल लिये पीछे खड़ा था ताकि आवश्यकता पड़ने पर वो किसी घायल महारथी की सहायता को जा सके।

वक्रबाहु ने आधे प्रहर में ही अपने फरसों से मण्डल व्यूह के दस मोती तोड़ डाले अर्थात दस यति, दो सौ हाथी, दो सौ रथ और दो सौ शूल रथों के साथ-साथ एक सहस्त्र अश्वारोही और दो सहस्त्र पैदल सैनिकों का नाश कर दिया। इसके साथ ही उसने असुर शत्रोम को भी विरथ करके भागने पर विवश कर दिया। तभी मण्डलव्यूह से निकलकर नब्बे यतियों ने उसे घेर लिया।

वक्रबाहु ने अपने शस्त्र नीचे किये और अपनी छाती पीटकर यतियों को प्रहार करने का संकेत दिया। यतियों ने एक के बाद एक गदा से उसकी छाती, पीठ, उदर और मस्तक पर गदा से कई प्रहार किया। वक्रबाहु अट्टहास करता हुआ उनके सारे प्रहार सहता रहा। उसके के शरीर पर किसी प्रहार का प्रभाव होता न देख यतियों का मनोबल टूटने लगा। अकस्मात ही वो काल की भाँति अपना फरसा उठाकर यतियों पर टूट पड़ा।

बल्लार ने भी वेदांतक को पराजित कर उसे रथ से गिरा दिया, किन्तु उसकी रक्षा के लिये यति दल ने उसे भी घेर लिया। महाबली वक्रबाहु के उस पुत्र ने अपने कँटीले मुग्दर से उन यतियों पर भीषण प्रहार आरम्भ किये।

भगदत्त और अल्मबुष का धनुर्धारी युद्ध चल रहा था। वो अल्मबुष पर भारी अवश्य पड़ रहा था किन्तु फिर भी अल्मबुष ने उसे अपने साथ द्वंद्व में उलझा रखा था। इसके कारण भगदत्त के साथ आयी सेना का भयानक विध्वंस हो रहा था। कलिंगराज गवाक्ष और अल्मबुष पुत्र धीरा में घनघोर धनुर्युद्ध आरम्भ हुआ, वहीं उनके साथ आये सत्वकण्ठ और उग्रश्रवा ने शत्रु सेना पर भीषण आक्रमण किया।

मथुरा नरेश शल्लभ और असुर सांभकेतु भाले से द्वंद्व करने लगे। चित्ररथ और अलायुध शत्रु सेना से भिड़ गये। दूसरी ओर सेना के सबसे अंतिम छोर में खड़ा शत्रुंजय अभी भी अपना मण्डलव्यूह लेकर अपने स्थान पर स्थिर खड़ा था।

चंद्रकेतु का सामना होते ही क्रोध से उपनंद की भुजाएँ फड़क उठीं, "तो आज मेरे प्रतिशोध का पहला चरण पूरा करने आ ही गये तुम महारथी चंद्रकेतु।" उपनंद अपने रथ से गदा उठा लाया।

चंद्रकेतु ने भी गदा सँभालते हुए उपनंद पर कटाक्ष किया, "स्वयं का जीवन हमारे दिये दान पर जी रहे हो और हम ही से प्रतिशोध लेने का स्वप्न देख रहे हो।" चंद्रकेतु अपने रथ से कूद पड़ा, "आओ उपनंद ये प्रयास भी करके देख लो।"

उपनंद और चंद्रकेतु की गदाओं के टकराव ने भीषण ध्वनि उत्पन्न की। दोनों भरपूर बल से एक-दूसरे की गदा झुकाने का प्रयास कर रहे थे।

अपनी चपलता का उपयोग कर प्रथम प्रहार उपनंद ने किया। चंद्रकेतु चपलतापूर्वक उसके प्रहार से बचा और घूमकर उसकी पीठ पर प्रहार किया। भूमि पर गिरा उपनंद अभी उठकर सँभला ही था कि चंद्रकेतु पलटकर उसके निकट गया और उसकी पसली पर पैर से प्रहार किया। उसने तत्काल ही असंतुलित हुए उपनन्द का दायाँ हाथ पकड़ उसे उसी के रथ की ओर फेंक दिया। उपनंद का मस्तक सीधा रथ के पहिये से जा टकराया और साथ ही उसके शरीर के भार से वो रथ चकनाचूर हो गया। क्षतिग्रस्त हुए रथ पर गिरे उपनंद के मस्तक से रक्त बहने लगा।

चंद्रकेतु उस रथ की ओर दौड़ता हुआ गया। किंतु उससे पूर्व कि वो शत्रु पर प्रहार करता, उपनंद ने घूमकर पूरी शक्ति से चंद्रकेतु की छाती पर गदा का वार किया। प्रहार इतना भीषण था कि चंद्रकेतु दस हाथ उछलकर दूर गिर पड़ा। अपने माथे पर लगा रक्त पोंछकर उपनंद ने भयानक गर्जना की। भूमि से उठते हुए चंद्रकेतु ने भी अपने होठों को हाथ लगाया। रक्त की कुछ बूँदे उसके भी मुख से फूट पड़ी थीं।

उपनंद की गर्जना के उत्तर में चंद्रकेतु ने अपने कंधे उचकाये। उसने अपने बायें हाथ से रथ का एक पहिया निकाला और उसे हवा में उछालकर गदा से उसके टुकड़े टुकड़े कर दिये। चंद्रकेतु का वो प्रहार इतना अद्भुत था कि रथ के टुकड़े तीव्र गति से उपनंद की ओर बढ़े। उपनंद ने रथ के नुकीले टुकड़ों से बचने का अथक प्रयास किया,

किंतु फिर भी कई टुकड़े उसके कंधे, पंजे और भुजा को घायल कर गये। कुछ टुकड़ों से बचने के लिये क्षण भर के लिये उसे भूमि पर लेटना पड़ा। दो क्षण उपरांत ही वो भूमि से उठा और अपने कवच पर जमी धूल झाड़ते हुए चंद्रकेतु की प्रशंसा की, "अद्भुत महारथी चंद्रकेतु! मुझे ज्ञात नहीं था कि एक गंधर्वपुत्र से युद्ध करने में इतने आनंद का अनुभव हो सकता है।" गरजते हुए उपनंद एक बार फिर अपनी गदा लिये चंद्रकेतु की ओर दौड़ा। चंद्रकेतु भी पूरी शक्ति से अपने उस प्रतिद्वंद्वी से भिड़ गया।

दूर खड़े शत्रुंजय ने अपनी दृष्टि हर ओर जमायी हुई थी। उसने देखा कि कलिंगराज गवाक्ष, अल्मबुष पुत्र धीरा पर भारी पड़ रहे हैं, साथ ही साथ उग्रश्रवा और सत्वकण्ठ भी उसकी सेना का ध्वंस कर रहे हैं। यह देख उसने अपना मण्डलाकर व्यूह लेकर उसी ओर बढ़ने का निश्चय किया।

उपनंद से युद्ध करते हुए चंद्रकेतु ने शत्रुंजय का ध्वज गवाक्ष की ओर जाते देखा। यह देख उसके आश्चर्य का ठिकाना न रहा। उससे युद्ध करते हुए उपनंद ने उसका मनोबल तोड़ने का प्रयास किया, "क्या हुआ चंद्रकेतु, तुमने तो भरत को महाराज शत्रुंजय के पीछे जाते देखा था न, फिर वो यहाँ कैसे आ गये? कहीं ऐसा तो नहीं कि उस चंद्रवंशी भरत का वध करके महाराज तुम्हारी सेना का नाश करने आये हैं?"

चंद्रकेतु ने गदा पर अपना कसाव बढ़ाते हुए उपनंद को उसी की भाषा में उत्तर दिया, "दिखाई तो तुम्हारा वो सेनापति दुर्भीक्ष भी नहीं दे रहा उपनंद, उसी ने जाकर इस कपटी शत्रुंजय का रक्षण किया होगा... तुम तो बस ये विचार करो कि दुर्भीक्ष की अनुपस्थिति में कहीं मेघवर्ण यहाँ आ गया तो तुम्हारी इस सेना की क्या दशा होगी।"

"किस सेना की क्या दशा होगी ये तो नागसेना के प्रवेश के उपरांत ज्ञात होगा चंद्रकेतु।" कहकर उपनंद ने चंद्रकेतु को पीछे धकेल दिया।

इधर शत्रुंजय का वेश धरे अनुप्रवा का पीछा करते-करते भरत मुख्य रणभूमि से आठ कोस से भी अधिक दूर निकल आया। घने वन में एक सरोवर के निकट आते हुए मार्ग में मनुष्य से दुगनी आकार की चट्टानें आ गयीं। अनुप्रवा ने बायीं ओर मुड़ने का प्रयास किया, किंतु तभी भरत ने अपने अश्व से अनुप्रवा के अश्व पर छलाँग लगायी और उसे लेकर भूमि पर कूद गया। शत्रुंजय रूपी अनुप्रवा ने उसे पीछे धकेलकर भागने का प्रयत्न किया, किंतु भरत ने उसकी टाँग पकड़ उसे भूमि पर गिरा दिया।

तत्काल ही भरत उसकी छाती पर सवार हुआ और अपनी तलवार उठाकर उसके कण्ठ पर रख दी, "तुम और तुम्हारी सेना पराजित हुई विदर्भराज, अब तुम मेरे बंदी हो।"

अनुप्रवा ने ठहाके लगाते हुए भरत का उपहास उड़ाया, "क्या तुम्हें विश्वास है पुरुराज कि जिसका पीछा करते हुए तुम यहाँ तक चले आये वो वास्तव में महाराज

शत्रुंजय हैं ?'' कहते हुए दानव अनुप्रवा अपने वास्तविक रूप में आ गया।

क्रोध से भरत की भवें और शरीर तन गया। उसने तलवार पर पकड़ इतनी मजबूत की कि भुजाओं पर नसें उभरकर दिखाई देने लगीं। अनुप्रवा ने उसके क्रोध से जलते नेत्र देख उसका और उपहास उड़ाया, ''इतना ही नहीं, मेरे भ्राता सम्भिप्रवा ने इसी प्रकार महारथी मेघवर्ण को भटकाया है, आज असुरेश्वर तुम्हारी सम्पूर्ण सेना का ध्वंस कर देंगे।''

''मेरी सेना में महारथियों की कमी नहीं है दुष्ट दानव; अपनी सेना के रक्षण के लिये उनमें से हर एक वीर अपने प्राणों पर खेल सकता है और रही बात दुर्भीक्ष की तो उसका मार्ग तो महाबली वक्रबाहु भी रोक सकते हैं।'' कहते हुए भरत ने अनुप्रवा का सर धड़ से अलग कर दिया।

अनुप्रवा के शरीर को तड़पता छोड़ भरत वहाँ खड़े अश्व की ओर बढ़ा। तभी उसके ठीक सामने की भूमि पर एक तलवार आ धँसी। भरत ने दृष्टि उठाकर देखा तो दुर्भीक्ष को अपने अश्व पर बैठा हुआ पाया।

उसे देखते ही भरत की भुजाएँ क्रोध से फड़क उठीं, ''आ गये प्रपंची दुर्भीक्ष, कल रण में अपनी सेना की हानि से इतने क्षुब्ध हो गये कि आज छल प्रपंच का प्रयोग आरम्भ कर दिया।''

''कैसा छल? कैसा प्रपंच? युद्ध से पूर्व नियम निश्चित हुआ था कि भागते हुए योद्धा पर कोई प्रहार नहीं करेगा; किंतु तुम विजय को इतने व्याकुल थे कि शत्रुंजय के बहरूपिये के पीछे दौड़ पड़े। ये केवल एक व्यूह था जिसमें तुम केवल अपनी अधीरता और लालसा के कारण फँसे हो। अब तुम्हारे पास विजयधनुष का कवच भी नहीं है, तो कैसे करोगे अपना रक्षण?''

भरत ने हँसते हुए उसके दुर्भीक्ष के कटाक्ष का उत्तर दिया, ''विजयधनुष ने मुझे अपना धारक स्वयं चुना है दुर्भीक्ष, यदि मैं आवाहन करूँ तो मेरे रथ में रखा विजयधनुष वायु की गति से कुछ ही क्षणों में मेरे हाथ में आ जायेगा। किंतु मैंने तो पहले से निश्चय कर रखा है कि यदि तुम्हारे साथ मेरा द्वंद्व हुआ तो मैं विजयधनुष का प्रयोग नहीं करूँगा, क्योंकि तुम्हारे मन का वहम भी दूर होना आवश्यक है कि तुम मुझे साधारण द्वंद्व में पराजित कर सकते हो।'' कहते हुए भरत ने भूमि में गड़ी तलवार निकालकर दुर्भीक्ष की ओर उछाली।

दुर्भीक्ष तलवार पकड़कर अश्व से कूदा। तत्पश्चात भरत ने अपनी तलवार सँभाली और दुर्भीक्ष को ललकारा, ''उस दिन हस्तिनापुर में मैं तुम्हारी शक्ति से पूर्णतः परिचित नहीं था, कदाचित इसीलिए तुम मुझ पर हावी हो गये थे। किंतु आज हमारे बीच न देवी दुर्धरा आयेंगी ना ही मेघवर्ण; सूर्यास्त में अभी दो प्रहर का समय शेष है,

आओ कर लो अपनी शक्ति का परीक्षण।''

दोनों योद्धा एक-दूसरे की ओर तीव्रगति से दौड़े और तलवारों के टकराव भीषण ध्वनि उत्पन्न हुई। दुर्भीक्ष ने बायें हाथ से भरत पर मुष्टिका का वार करना चाहा। भरत ने उस प्रहार को रोका। दोनों एक-दूसरे को पीछे हटाने का प्रयास करने लगे। प्रथम प्रयास में भरत, दुर्भीक्ष पर भारी पड़ा और उसे चार हाथ दूर ढकेल दिया। दुर्भीक्ष ने पीछे हटकर स्वयं को संतुलित किया और अपनी ओर आ रही भरत की तलवार को अपनी तलवार से रोका, उसकी छाती पर मुष्टिका का वार करके उसे पीछे हटाया और चार हाथ ऊपर उछलकर मुष्टिका का वार उसके मस्तक पर किया।

भरत भूमि पर अवश्य गिरा किंतु क्षणभर के लिये भी विचलित न हुआ। उसने भूमि पर लेटे हुए ही दुर्भीक्ष की तलवार का प्रहार रोका और उसकी बायीं जंघा पर लात मारकर उसे पीछे हटा दिया।

रणक्षेत्र के दूसरी ओर मेघवर्ण ने शत्रुंजय के दूसरे बहरूपिये को पकड़ लिया। उसके उदर पर अपना पाँव और कण्ठ पर भाला रख मेघवर्ण ने छाती चौड़ी करके कहा, ''युद्ध समाप्त हुआ सुबाहु, अब तुम्हारे समस्त प्रपंचों के अंत का समय आ गया है।''

शत्रुंजय का वेश धरे सम्भिप्रवा ठहाके लगाते हुए अपने वास्तविक रूप में आ गया, ''मैं तुम्हें युद्धभूमि से बीस कोस दूर खींच लाया हूँ महारथी मेघवर्ण, अब तुम स्वयं विचार करो कि विजय किसकी हुई।''

स्तब्ध मेघवर्ण ने सम्भिप्रवा की ओर हेय दृष्टि से देखा, ''मुझे दुर्भीक्ष से ऐसे कपट की आशा नहीं थी।''

''कपट कैसा महारथी मेघवर्ण, तुम्हें तो मुझसे युद्ध करते हुए ही मेरी वास्तविकता पर संदेह हो जाना चाहिये था। तुम्हें वास्तव में लगा कि महाराज शत्रुंजय जैसे दुर्जय योद्धा को तुम इतनी सरलता से पराजित कर लोगे... तुम्हारी विजय की लालसा ने तुम्हारी बुद्धि को हर लिया और तुम युद्ध का नियम भूल गये कि किसी भागते योद्धा पर प्रहार करना वर्जित है।''

''मौन रह कपटी दानव!'' सम्भिप्रवा का कटाक्ष सुन क्रोधित मेघवर्ण ने भाला सीधा उसके कण्ठ के पार कर दिया। उसके रक्त के छींटों से मेघवर्ण का कवच और वस्त्र लाल हो गया। बिना एक क्षण का विलम्ब किये अश्व पर आरूढ़ होकर वो रणक्षेत्र की ओर चल पड़ा।

इधर कलिंगराज गवाक्ष ने अल्मबुष पुत्र धीरा को सात बाणों से बींधकर और उसका रथ तोड़कर भूमि पर गिरा दिया। गवाक्ष का अगला बाण धीरा के कण्ठ की ओर बढ़ा, किंतु उससे पूर्व ही शत्रुंजय ने गवाक्ष का बाण काट दिया।

शत्रुंजय को देख गवाक्ष की भुजाएँ फड़क उठीं। शत्रुंजय ने भी गवाक्ष पर कटाक्ष के बाण चलाने आरम्भ किये, "अच्छा हुआ जो तू स्वयं सामने आ गया निर्लज, क्योंकि मैंने मन ही मन सोच रखा था कि मैं स्वयं तुझे अपने हाथों से दण्ड दूँगा। मैंने तेरे राज्य को जीतने के उपरांत भी तुझे लौटाकर तेरा राज्यभिषेक किया और तूने मेरे ही शत्रुओं से संधि कर ली।"

गवाक्ष ने छाती फुलाकर कहा, "मैं भी तेरी ही प्रतीक्षा कर रहा था... मेरे पिता को बीच चौराहे पर मृत्युदंड दिया था न तूने, आज तेरा वध करके मैं अपने पिता की आत्मा को शांति दूँगा।"

"तूने सिद्ध कर दिया कि मैला रक्त अपना रंग दिखा ही देता है।"

"शत्रुंजय!" गवाक्ष ने गरजते हुए धनुष से बाण छोड़ने आरम्भ किये, किंतु वो शत्रुंजय के बाणों का प्रतिकार अधिक समय तक नहीं कर पाये।

गवाक्ष के चार धनुष, तीन भाले और चार तलवारों को तोड़ने के उपरांत शत्रुंजय ने चार बाण से गवाक्ष की छाती, भुजा, जाँघ और कंधा भेद डाला। तत्पश्चात गवाक्ष के अंत हेतु उसने धनुष पर अंतिम बाण चढ़ाया किंतु भद्राक्ष ने उसे रोकते हुए कहा, "अभी गवाक्ष के वध का उपयुक्त समय नहीं आया है।"

शत्रुंजय ने धनुष नीचे कर अपने रथ की धुरा सँभाले भद्राक्ष से प्रश्न किया, "अर्थात?"

"जब नागसेना रणभूमि में पदार्पण करेगी तो उनका प्रतिकार करने गरुड़ों को ही जाना होगा और सम्भव है दिग्विजय अपना डकैत दल लेकर उनकी सहायता को पहुँच जाये; यदि ऐसा हुआ तो गरुड़ नागों पर भारी पड़ सकते हैं।"

"तो क्या करना चाहिए हमें?"

भद्राक्ष ने उग्रश्रवा और सत्वकण्ठ की ओर संकेत कर कहा, "पहले गवाक्ष के साथ युद्ध कर रहे इन दो महारथी बालकों को भी घायल करो, जो हमारी सेना तीव्रता से संहार कर रहे हैं; यदि ये दोनों भी भूमि पर गिर गये तो विवश होकर गवाक्ष को सहायता का शंख बजाना ही पड़ेगा।"

"तब पीछे खड़ा दिग्विजय इनकी सहायता को आयेगा और हम नागसेना को आक्रमण का आदेश दे देंगे।"

"बिलकुल सही समझे सुबाहु।" भद्राक्ष ने प्रशंसनीय स्वर में कहा।

शत्रुंजय ने गवाक्ष का उपहास उड़ाते हुए कहा, "कुछ क्षण और जी लो कलिंगराज। वध तो अवश्य करूँगा मैं तुम्हारा, किंतु उससे पूर्व तुम्हारे सैन्य दल का साहस तो तोड़ दूँ।" कहते हुए शत्रुंजय ने उग्रश्रवा और सत्वकण्ठ की ओर संकेत कर

कहा, "ये दोनों कुछ अधिक ही उपद्रव मचा रहे हैं गुरुदेव, चलिए तनिक इन्हें भी अपने बाणों का स्वाद चखा दूँ।"

शत्रुंजय ने सर्वप्रथम उग्रश्रवा पर आक्रमण कर उसे तीन बाणों से घायल कर दिया, तत्पश्चात अपने भ्राता की सहायता को पहुँचे सत्वकण्ठ को भी उसने पाँच बाणों से बींधकर तथा उसके रथ का पहिया तोड़ उसे भूमि पर गिरा दिया।

अपने सैन्यदल को संकट में देख गवाक्ष ने सहायता का शंख बजा दिया। वो स्वर सुनकर गरुड़सेना के निकट खड़ा दिग्विजय विचलित हो गया। गरुड़राज जम्बाल ने निकट आकर उसे समझाया, "नागसेना जब आयेगी तब आयेगी, हम उनका प्रतिकार करने में सक्षम हैं; अभी कलिंगराज को सहायता की आवश्यकता है, आपको वहीं जाना चाहिए।"

दिग्विजय ने सहमति जतायी। अपने साथ चार सहस्त्र डकैत और अन्य सेना का दल लेकर वो गवाक्ष की सहायता को चल पड़ा।

शत्रुंजय का रथ चलाते हुए भद्राक्ष ने सुझाव दिया, "समय आ गया है, शंख बजाइए महाराज शत्रुंजय।"

शत्रुंजय के शंख की ध्वनि सुनते ही तीस सहस्त्र नागों की सेना लेकर पीछे खड़ा तक्षक पौरव सेना की ओर दौड़ पड़ा, साथ ही मतस्य नरेश जलसंघ और येदूरप्पा सेना की एक टुकड़ी लिये शत्रुदल की ओर बढ़ चले।

भद्राक्ष ने शत्रुंजय का साहस बढ़ाते हुए कहा, "अब तुम स्वतंत्र हो, जिसका चाहे उसका वध करो।"

शत्रुंजय ने भूमि पर निःशस्त्र होकर गिरे सत्वकण्ठ की ओर देखा और धनुष पर बाण चढ़ाकर लक्ष्य साधा। किंतु बाण छोड़ने से पूर्व ही पीछे से एक गदा सीधे आकर उसके रथ के पहिये पर लगी। पहिया टूटा और शत्रुंजय अपना संतुलन खोकर भूमि पर गिर पड़ा। ये गदा घायल हुए गवाक्ष ने ही फेंकी थी।

वो दौड़ता हुआ शत्रुंजय के निकट आया और भूमि पर पड़ी गदा उठा ली। शत्रुंजय भी तब तक उठकर खड़ा हो चुका था, "दिखा दी अपनी वास्तविकता, जब सामने से पराजित न कर पाये तो पीठ पीछे प्रहार करना आरम्भ कर दिया।"

कलिंगराज गवाक्ष ने उसका उपहास उड़ाते हुए कहा, "अपना ये कुतर्क तुझे एक घायल निःशस्त्र योद्धा पर प्रहार करने से पहले देना चाहिए था कपटी, इसलिए प्रलाप बंद कर और उठा ले गदा, देखें तो धनुर्विद्या के अतिरिक्त तुझे कुछ और आता भी है या नहीं।"

गवाक्ष की ललकार सुन शत्रुंजय गदा उठाकर उससे भिड़ गया।

त्रिकुम्ब अपना सैन्यदल लिये जलकुम्भी सेना की ओर बढ़ रहा था। उसे निकट आते देख मत्तमयूर के योद्धाओं ने जल में डुबकी लगायी और उठकर उसके मण्डलव्यूह पर बाणों और भालों की वर्षा आरम्भ कर दी।

त्रिकुम्ब ने यति योद्धाओं को गुप्त भाषा में आदेश दिया। तत्काल ही मण्डलव्यूह से अलग होकर एक साथ सौ यति त्रिकुम्ब के साथ जलाशय में खड़ी जलकुम्भी सेना की ओर दौड़ पड़े। जलाशय तक पहुँचते-पहुँचते सात आठ यति अवश्य गिर गये, किंतु जलाशय के भीतर पहुँचते ही घायल यतियों ने जलकुम्भी सेना में भयानक कोलाहल मचाया। यति ऐसे युद्ध कर रहे थे मानों प्राण हथेली पर लेकर आये हों।

दूसरी ओर नागसेना ने भी पौरव सेना पर धावा बोल दिया। अपनी तीव्र विषफुंकारों से तक्षक और उसके सैन्यदल ने सेना का नाश करना आरम्भ कर दिया। वहाँ उपस्थित महारथी अयोध्या नरेश सुतकर्मा, पांचालराज वीरभद्र और काशीराज भद्रसोम ने तक्षक के प्रतिकार के लिये सेना एकत्र करना आरम्भ किया। तभी उन्हें दूर से जलसंघ और येदूरप्पा भी सेना की एक टुकड़ी लेकर आते दिखाई दिये।

सेना को विपत्ति में देख गरुड़राज जम्बाल अयोध्या नरेश सुतकर्मा के निकट आये, ''नागसेना का चिंतन आप मत कीजिए महाराज, आप, काशीराज और पांचालराज दूसरे मोर्चों पर युद्ध कीजिए, नागों के लिये हम पाँच सौ गरुड़ ही बहुत हैं।''

जम्बाल का आत्मविश्वास देख सुतकर्मा, भद्रसोम और वीरभद्र के पास गये और उन्हें लेकर जलसंघ और येदूरप्पा की सेना का प्रतिकार करने चल पड़े। इसके उपरांत पाँच सौ गरुड़ों ने अपने भाले उठाये और पंख फैलाकर आकाश में उड़ चले। उन सभी ने मिलकर आकाश में ही गरुड़ व्यूह बनाया और पूरी गति से नागसेना पर टूट पड़े।

यतियों ने जलकुम्भी सेना में विध्वंस मचाया हुआ था। वहीं सामंतक को चुनौती देने स्वयं त्रिकुम्ब भी अपना भाला उठाये जलाशय में कूद पड़ा। सामंतक अपना भाला सँभाले त्रिकुम्ब के निकट आया, ''जल में रहकर मगर से बैर उचित नहीं महारथी।''

त्रिकुम्ब ने मुस्कुराते हुए अपने कंधे उचकाये, ''जल में न होते तो दस क्षणों में ही तुम्हारा मस्तक कुचल देता, किन्तु शत्रु के गढ़ में उसे पराजित करने का आनंद भिन्न ही होता।'' गरजते हुए त्रिकुम्ब ने सामंतक पर प्रहार किया।

इधर शत्रुंजय ने कलिंगराज गवाक्ष को अत्यंत घायल कर दिया। बाणों ने पहले ही गवाक्ष के शरीर को रक्तरंजित किया हुआ था, अब शत्रुंजय ने भी गदा से मार-मारकर उनके शरीर की पसलियाँ तक हिला दी थी। शत्रुंजय की गदा के अगले प्रहार ने गवाक्ष की बायीं पसली तोड़ डाली। पीड़ा से तड़पते कलिंगराज अपने शरीर का वो भाग पकड़कर भूमि पर गिर गये। शत्रुंजय ने उनके निकट आकर उनके मस्तक पर गदा

का अंतिम प्रहार किया। गवाक्ष का मस्तक तरबूज की भाँति फूट पड़ा और उनका तड़पता हुआ शरीर शीघ्र ही शांत हो गया।

तब तक भद्राक्ष एक नया रथ लेकर शत्रुंजय के पास आया, "दिग्विजय निकट आ चुका है, शीघ्रता करो!"

शत्रुंजय ने पलटकर देखा, दिग्विजय और उसके डकैत दल की दूरी अब आधे कोस से भी कम थी। वो तत्काल अपने रथ पर आरूढ़ हुआ और अपना धनुष सँभाले दिग्विजय के निकट गया। दिग्विजय को निकट आता देख उग्रश्रवा और सत्वकण्ठ ने भी अपने-अपने शस्त्र सँभाले और पूरे मनोयोग से शत्रु सेना पर टूट पड़े। शत्रुंजय ने दिग्विजय के निकट जाकर उस पर बाणों की वर्षा आरम्भ की। एक बार फिर उन दोनों में द्वंद्व छिड़ गया।

डकैत दल के चार सहस्र योद्धाओं का वहाँ आना उग्रश्रवा और सत्वकण्ठ के लिए बहुत सहायक सिद्ध हुआ। सहस्रों सैनिकों के हताहत होने से जो सेना पराजय के भय से पीछे हट रही थी, वो अब पूरी शक्ति के साथ शत्रु के मण्डलव्यूह के मोतियों से भिड़ गयी।

द्रविड़राज अल्मबुष, भगदत्त के बाणों से घायल होकर भूमि पर गिर पड़े। उनके रक्षण के लिये मण्डलव्यूह के मोतियों को आगे आकर भगदत्त के बाणों का ग्रास बनना पड़ा।

मथुरा नरेश शल्लभ और असुर साम्भकेतु में होता द्वंद्व अंततः समाप्त हुआ और उसका परिणाम साम्भकेतु के पक्ष में रहा। भाला शल्लभ के उदर को चीर गया। साम्भकेतु ने शल्लभ के मुख पर अपना पाँव रख उनका मस्तक कुचलने का प्रयास किया। भूमि पर गिरे शल्लभ की दयनीय स्थिति देख चित्ररथ ने एक ढाल उठाकर सीधा साम्भकेतु की छाती की ओर फेंकी। छाती पर हुआ ये प्रहार साम्भकेतु को भूमि पर गिराने के लिए पर्याप्त था। तत्पश्चात तलवार उठाये चित्ररथ, साम्भकेतु की ओर दौड़ा और हवा में उछलकर उस पर प्रहार किया। साम्भकेतु ने स्वयं को लुढ़काकर उस प्रहार से अपना रक्षण किया। चित्ररथ की तलवार भूमि में गड़ गयी। साम्भकेतु ने भी म्यान से तलवार खींच निकाली और चित्ररथ पर प्रहार करना चाहा। किंतु तब तक उसने भूमि में गड़ी अपनी तलवार खींच निकाली और साम्भकेतु का प्रहार रोक उसे पीछे धकेला। साम्भकेतु अपने रथ से जा टकराया। एक नवयुवक की भुजाओं में इतना बल देख साम्भकेतु अचम्भित रह गया। उसने अपना साहस जुटाया और आगे बढ़कर अपनी तलवार चित्ररथ की कमर चलायी। यही साम्भकेतु की सबसे बड़ी भूल सिद्ध हुई।

चित्ररथ ने उछलकर अपना एक पाँव उसकी तलवार पर रखा और एक क्षण के

आधे भाग में ही उसने अपनी तलवार साम्भकेतु के कण्ठ के पार की और उसे लेकर भूमि पर गिर गया। तलवार साम्भकेतु के कण्ठ को पार कर भूमि में धँस गयी। चित्ररथ ने जब भूमि से तलवार खींचकर निकाली तो सांभकेतू के गले की नली और हड्डियाँ भी निकलकर बाहर आ गयीं। साम्भकेतु का अंत कर चित्ररथ ने अपनी छाती पीटते हुये गर्जना की। तत्पश्चात मथुरा नरेश शल्लभ को तत्काल ही शिविर में उपचार के लिये भिजवा दिया।

चित्ररथ को साम्भकेतु के रक्त में नहाया देख उसके नेतृत्व में आये मण्डलव्यूह का मनोबल टूटने लगा। उनकी इस मनोदशा का लाभ उठाकर चित्ररथ और अलायुध ने पूर्ण बल से शत्रुसेना पर आक्रमण कर दिया।

इधर रणभूमि से दस कोस दूर भरत और दुर्भीक्ष का द्वंद्व जारी था। दुर्भीक्ष की तलवार ने भरत के बायें घुटने के नीचे, जाँघ, कमर और बायीं भुजा पर गहरे घाव बना दिये थे, वहीं भरत के प्रहारों से भी दुर्भीक्ष की जाँघ, कमर और छाती से रक्त का बहाव आरम्भ हो गया था।

सहसा दुर्भीक्ष की तलवार भरत के नेत्रों की ओर लक्ष्य कर बढ़ी। भरत ने बायीं ओर हटकर दुर्भीक्ष का हाथ पकड़ा और उसके दायें पाँव पर प्रहार कर उसे भूमि पर झुका दिया। तत्पश्चात भरत ने भूमि पर झुके हुए दुर्भीक्ष के कण्ठ पर प्रहार करने का प्रयास किया, किन्तु दुर्भीक्ष ने बिना देखे ही उसका प्रहार अपनी तलवार पर रोका और अपने प्रतिद्वंद्वी की कमर पर मुष्टिका का वार कर उसे पीछे धकेल दिया।

दुर्भीक्ष पलटा और भरत को भूमि पर तैयार खड़ा पाया। यह देख उसने भरत की प्रशंसा करते हुए कहा, "अद्भुत योद्धा हो तुम पुरुराज, किंतु अब इस द्वंद्व में आनंद नहीं आ रहा।" कहते हुए दुर्भीक्ष ने अपनी तलवार भूमि में गाड़ दी और अपना कवच उतारकर भरत को चुनौती दी, "अपनी चपलता का परिचय तो तुमने दे दिया, अब तनिक अपनी उन भुजाओं की शक्ति को भी सिद्ध करो जिसके बल पर तुमने समग्र आर्यावर्त का सम्राट बनने का स्वप्न देखा है।"

भरत ने भी अपनी छाती पर चढ़ा लौह कवच उतार फेंका। अपना रक्तरंजित शरीर लिये दोनों महारथी मल्लयुद्ध को दौड़ पड़े। आपस में टकराते दोनों ही एक-दूसरे को पीछे हटाने का प्रयास करने लगे। पहली सफलता दुर्भीक्ष को मिली। उसने भरत को कमर से पकड़ा और उठाकर सरोवर के पास पड़े बड़े से पत्थर की ओर फेंका। भरत ने पत्थर से टकराने से पूर्व ही अपना पाँव उस पत्थर पर टिकाया और हवा में ही गुलाटी मारता हुआ भूमि पर स्थिर खड़ा हो गया और अपने निकट आते दुर्भीक्ष की मुष्टि से बचकर घुटनों के बल झुका और उसके उदर पर पंजे से प्रहार कर उसे तीन हाथ पीछे हटा दिया। तत्पश्चात उसने छलाँग लगाकर दुर्भीक्ष को कमर से पकड़ा और उसे लेकर भूमि पर गिर गया।

दुर्भीक्ष ने बड़ी कठिनाई से भरत की पसली पर पैर से वार कर उसे किनारे हटाया। अपने शरीर से धूल झाड़कर दुर्भीक्ष अभी भूमि से उठा ही था कि भरत ने उसकी पीठ पर पैर रखकर उसकी दोनों भुजायें पकड़ ली और उसे भूमि पर झुका दिया। भरत अपने बल का प्रयोग कर उसकी भुजा उखाड़ने का प्रयास करने लगा। दुर्भीक्ष का मस्तक क्रोध से जलने लगा। उसने अपने सम्पूर्ण बल का प्रयोग किया और भरत को उठाकर अपने आगे पटक दिया। भरत अभी उठकर सँभला ही था कि दुर्भीक्ष ने उसके मुख पर मुष्टि का भीषण वार किया। पुरुराज के मुख से रक्त की धारा फूट पड़ी। कुपित दुर्भीक्ष ने दौड़कर उसकी कमर पकड़ी और उठाकर एक चट्टान की ओर फेंक दिया। भरत के शरीर से टकराते ही उस पाषाण के कई टुकड़े हो गये। भरत घायल होकर भूमि पर गिर पड़ा।

जब तक वो सँभला, दुर्भीक्ष दौड़कर उसके निकट आया और उसे उठाकर सीधा सरोवर में फेंक दिया। किन्तु उसे जल में फेंकने से हानि दुर्भीक्ष को ही हुई, क्योंकि जब तक दुर्भीक्ष सरोवर में कूदा, जल के प्रभाव ने भरत की पीड़ा को भी कम किया और उसे सँभलने का भी पर्याप्त अवसर मिल गया। जल में दुर्भीक्ष के निकट आते ही भरत ने उसकी कमर पर मुष्टिका का वार करके पीछे हटा दिया और उसके ऊपर कूदकर उसे जल के भीतर ले गया। दोनों योद्धाओं ने योगमाया से अपनी श्वास को नियंत्रित किया और तत्पश्चात जल के भीतर ही दोनों में द्वंद्व आरम्भ हो गया।

पाँच सौ गरुड़ों ने नागसेना में उत्पात मचा दिया। उनके गरुड़ व्यूह ने आधे प्रहर में ही दो सहस्त्र नागों का अंत कर दिया। अपने सैनिकों की दुर्दशा देख तक्षक ने अपने सैनिकों को बाकी की शत्रु सेना को छोड़ एकत्र होकर गरुड़ों पर प्रहार करने का आदेश दिया। परिणामस्वरूप पचास-पचास नाग आकाश में उड़ते एक-एक गरुड़ पर कूदकर एक साथ प्रहार करने लगे। गरुड़योद्धा घायल होकर गिरने लगे।

तीव्रगति से अपने अश्व को दौड़ाता हुआ मेघवर्ण रणक्षेत्र के निकट आ रहा था। यह देख कुंतल नरेश शत्रुलोप और राक्षस सुमांतर अपने-अपने शस्त्र सँभाले सेना का एक दल लिये मेघवर्ण के समक्ष आ खड़े हुए। मेघवर्ण के हाथ में केवल एक भाला था। यह देख सुमांतर और शत्रुलोप ने मुस्कुराकर एक-दूसरे को देखा और एक साथ धनुष पर चार-चार बाण चढ़ाकर मेघवर्ण की ओर छोड़े। किंतु उनके बाणों में वो बल नहीं था जो मेघवर्ण के घूमते हुए भाले के कवच को पार कर सके। अपने प्रहारों को खाली जाता देख सुमांतर और शत्रुलोप खिन्न हो गये। मेघवर्ण ने अपना भाला सीधा शत्रुलोप के रथ के पहिये पर दे मारा। कुंतलराज को भूमि पर गिराकर उसने अपने अश्व से छलाँग लगायी और सीधा सुमांतर के रथ पर कूदकर उसके मस्तक पर ऐसा वार किया कि वो वहीं मूर्छित होकर गिर गया। तत्काल ही मेघवर्ण ने उसके रथ में रखी दो तलवारें उठायीं और भूमि पर गिरे पड़े शत्रुलोप की ओर बढ़ा। भय के मारे शत्रुलोप भागने लगे।

उनकी रक्षा के लिये वहाँ उपस्थित पैदल और अश्वारोही सैनिकों के साथ साथ हाथियों का दल मेघवर्ण को घेरने लगा। मेघवर्ण अपनी दोनों तलवार उठाये शत्रु सेना पर काल बनकर टूट पड़ा।

त्रिकुम्ब और सामंतक में भाले से होता हुआ द्वंद्व काफी लंबा खिंच रहा था। त्रिकुम्ब के कंधे और भुजा पर घाव अवश्य हुए थे, किंतु उसके भाले ने भी सामंतक के शरीर को छेद डाला था। जलाशय में खड़े होकर युद्ध करने के उपरांत भी त्रिकुम्ब उस पर हावी हो रहा था। अपनी सेना को लगातार हताहत होता देख सामंतक का साहस और बल क्षीण होता जा रहा था।

उसकी यही अधीरता उसकी पराजय का कारण बनी। सामंतक ने जल में डुबकी लगाकर त्रिकुम्ब के पैर पर भाले से प्रहार किया, किंतु वो त्रिकुम्ब के प्रहार के प्रति सावधानी नहीं बरत पाया। त्रिकुम्ब का पैर घायल अवश्य हुआ, किंतु उसके भाले ने जल में डूबे सामंतक को खोज लिया। भाला सामंतक की पीठ से होता हुआ उसके गुर्दों को छेद गया। उदर से फूटा रक्त जलाशय में फैलने लगा। त्रिकुम्ब ने उसके बाल पकड़कर उसे जल से बाहर खींचा और उसका मुख जलकुम्भी सेना को दिखाते हुए गरजा, "देखो मत्तमयूर के योद्धाओं! जल को अपनी शक्ति समझने वाला तुम्हारा ये युवराज आज मेरे सामने कितना विवश खड़ा तड़प रहा है, यही है तुम जलचरों के वंशजों की शक्ति?" मत्तमयूर की सेना का साहस तोड़ने के लिये त्रिकुम्ब उनका उपहास उड़ाने लगा। उसने सामंतक की पीठ से भाला खींच निकाला।

घुटनों के बल झुके अपने युवराज के मुख और उदर से फूटी रक्त की धारा देख जलकुम्भी सेना का मनोबल टूटने लगा। यतिदल उन पर भारी पड़ने लगा। विध्वंसक यतियों की गदा के प्रहारों से मत्तमयूर के सैनिकों के मस्तक फूटने लगे और द्रविड़सेना के शस्त्रों से उनके शरीर हताहत होने लगे। त्रिकुम्ब ने अपनी विजय निश्चित मानकर ठहाके लगाये।

सामंतक को भान हो चुका था कि अब उसकी मृत्यु निश्चित है। उसने घूमकर असावधान त्रिकुम्ब पर प्रहार किया। त्रिकुम्ब भाले की नोक से तो बच गया किंतु भाले का निचला भाग उसके माथे से कुछ यूँ टकराया कि उसका मस्तक घूम गया। सामंतक ने उसे पैर के प्रहार से नदी में धकेल दिया और नदी में तैरती दो तलवार उठाये अपनी सेना का मनोबल बढ़ाने दौड़ पड़ा। दो यति अपनी गदा उठाये दौड़ते हुए उसकी ओर आये। सामंतक ने उछलकर अपनी तलवार से उन दोनों यतियों के मस्तक छेद जल में ही उनकी समाधि बना दी। उन दोनों के मस्तक से अपनी तलवार खींच सामंतक गरज उठा, "आज अपना सम्पूर्ण सामर्थ्य लगा दो वीरों, आज हमारे वंश की आन को चुनौती दी गयी है, स्मरण रखना एक भी शत्रु जीवित न लौटने पाये।"

अपने युवराज का अद्वितीय पराक्रम देख जलकुम्भियों की सम्पूर्ण सेना द्रविड़ों

और यतियों पर टूट पड़ी। क्या शूल रथ, क्या आधुनिक तलवारें, सब उनके पराक्रम के आगे व्यर्थ सिद्ध होने लगे। शूलरथ के बीस भाले जब एक साथ छूटते तो दो सैनिक सारे भालों का प्रहार अपने ऊपर लेकर अपने शेष साथियों का रक्षण करते। गजसेना के हाथी उन शूलरथों पर प्रहार कर उन्हें नष्ट करने लगे। एक सहस्त्र योद्धा मिलकर उस यति को गिरा दे रहे थे जिसका बल दस सहस्त्र योद्धाओं के समान था। सामंतक ने अकेले ही अपनी भुजा में थमी दो तलवारों से बारह यतियों और सैकड़ों द्रविड़ योद्धाओं का नाश कर दिया।

त्रिकुम्ब अपनी चेतना सँभाले जलाशय के ऊपर आया। सामंतक और जलकुम्भी सेना का अद्भुत पराक्रम देख उसका मस्तिष्क कुछ क्षण के लिये मंद-सा हो गया। क्षण भर के लिये तो उसे अपने नेत्रों पर विश्वास ही नहीं हुआ, किंतु शीघ्र ही उसने स्वयं को सँभाला और रक्त से सना भाला उठाये गरजते हुए सामंतक की ओर दौड़ पड़ा। उसकी गर्जना सुन सामंतक पलटा और विद्युत की भाँति तलवार घुमाकर त्रिकुम्ब का कवच तोड़ उसकी छाती पर घाव कर दिया। सामंतक ने उसका मस्तक काटने के लिये पुनः तलवार चलायी, किंतु इस बार त्रिकुम्ब झुककर उसके वार से बचा और भाले से सामंतक का कण्ठ छेद दिया। तड़पते हुए सामंतक को त्रिकुम्ब ने भाले के बल से ही जल में डुबो दिया और उसने भाले पर पकड़ तब तक नहीं छोड़ी जब तक सामंतक का तड़पता हुआ शरीर शांत नहीं हो गया।

उसकी मृत्यु उपरांत त्रिकुम्ब ने भाला छोड़ सामंतक को आदर भाव से प्रणाम किया, ''अद्भुत योद्धा थे तुम युवराज, मैं तुम्हारी वीरता को नमन करता हूँ।''

जल में तैरते हुए उसके मृत शरीर को देख क्षण भर के लिये त्रिकुम्ब के नेत्र भी नम हो गये, किंतु सूर्यास्त को निकट आते देख उसने शत्रु पर प्रहार करना अधिक उचित समझा। अपनी तलवार उठाये वो जलकुम्भी सेना पर टूट पड़ा। अपने युवराज की मृत्यु के उपरांत भी मत्तमयूर के सैनिकों का साहस टूटा नहीं था। वो पूर्ण बल से अपनी विपक्षी सेना पर प्रहार कर रहे थे।

इधर वक्रबाहु के भय से यतियों का दल पीछे हटने लगा। अपनी सेना का साहस बढ़ाने हेतु उल्कल के राजा असुर शत्रोम ने आगे बढ़कर वक्रबाहु का प्रतिकार करने का प्रयास किया, किंतु उसके निकट आते ही वक्रबाहु ने उसे गले से पकड़कर उठाया और मस्तक सहित उसका आधा शरीर भूमि में गाड़ दिया। साँस अटकने से शत्रोम तड़पने लगा। यतियों के कदम भय के मारे डगमगाने लगे। वक्रबाहु ने उनके भय में वृद्धि करने के लिये शत्रोम के दोनों पैर उखाड़ लिये। उसकी कमर से फूटी रक्त की धारा से नहाये वक्रबाहु की गर्जना सुन कदाचित देवता भी थर्रा जाते। यतियों का दल और वहाँ खड़ी शेष सेना अपने प्राण बचाने हेतु भागने लगी। वक्रबाहु अकेले ही उनके पीछे दौड़ पड़ा।

इधर बल्लार ने अपने कँटीले मुग्दर से अनेक यतियों को हताहत कर दिया। किंतु सौ यतियों के एक साथ युद्ध करने से वो भी घायल हो गया था, फिर भी अपना साहस जुटाकर वो युद्धभूमि में डटा रहा ।

काशीराज भद्रसोम और अल्मबुष पुत्र येदूरप्पा में घनघोर युद्ध हुआ जिसमें वो दोनों घायल हुए। पांचालराज वीरभद्र ने दस बाणों से मतस्यराज जलसंघ का शरीर छेद दिया। अंत में वीरभद्र के चलाये हुए अंतिम बाण ने जलसंघ का कण्ठ भेद दिया। तड़पते हुए जलसंघ अपने रथ पर ही गिरकर मृत्यु को प्राप्त हो गये।

द्वंद्व करते हुए भरत और दुर्भीक्ष जल से ऊपर आये। भरत के मस्तक, मुख, कंधे, भुजा, कमर आदि अर्थात शरीर के कई अंगों से रक्त बह रहा था... वहीं दुर्भीक्ष की भी छाती, भुजा और मुख रक्तरंजित थे। सूर्यास्त के कुछ क्षणों पूर्व भरत ने सरोवर में डुबकी लगाकर दुर्भीक्ष का पाँव पकड़ा और उसे उठाकर तट पर फेंक दिया। दुर्भीक्ष का सर तट पर पड़े एक पाषाण से जा टकराया। उसके मस्तक से भी रक्त बहने लगा। भरत दौड़ते हुए तट पर आया। दुर्भीक्ष ने मुड़कर उसके उदर पर मुष्टिका का वार किया जिससे वो वापस सरोवर में जा गिरा। भरत जल से बाहर आया, किन्तु इससे पूर्व कि दुर्भीक्ष आगे बढ़ता, आठ कोस दूर से अनके शंखों के नादों का स्वर सुन उसे रुक जाना पड़ा। सूर्यास्त हो चुका था।

भरत ने उस पर कटाक्ष करते हुए कहा, "क्या हुआ असुरेश्वर, स्वप्न टूट गया मुझे पराजित करने का?"

झल्लाये हुए दुर्भीक्ष ने मुष्टिका के प्रहार से वहाँ पड़ी एक बड़ी चट्टान तोड़ डाली। तत्पश्चात वो भरत की ओर पलटा, "तुम्हारे सद्भाग्य ने तुम्हें बचा लिया पुरुराज, क्योंकि मुझे जल में युद्ध करने का अधिक अभ्यास नहीं; भूल मुझसे ही हुई जो मैंने स्वयं अपने हाथों से तुम्हें सरोवर में फेंक दिया।"

भरत ने हँसकर दुर्भीक्ष का उपहास उड़ाया, "दया आती है तुम पर असुरेश्वर; अपनी असफलता के बहाने ढूँढ़ना बंद करो, यदि रण में कभी फिर मिलना हुआ तो तुम्हारे सारे भ्रम दूर कर दूँगा मैं।"

दुर्भीक्ष खीझते हुए वहाँ से प्रस्थान कर गया।

सूर्यास्त के उपरांत रणक्षेत्र में युद्ध रुक गया, किन्तु आज के युद्ध का परिणाम पुरुराष्ट्र की सेना के लिए अत्यंत विनाशकारी सिद्ध हुआ था।

गरुड़ों ने पाँच सहस्र नागों को हताहत अवश्य किया। परंतु जो चार सौ गरुड़ भूमि पर गिरे अपनी अंतिम श्वास भर रहे थे वही गरुड़जाति को हुई महाक्षति का संकेत था।

त्रिकुम्ब के साथ आये सौ के सौ यति और सहस्त्रो द्रविड़ सैनिक मारे गये, किन्तु

उन्होंने लगभग समस्त जलकुम्भी सेना को वीरगति के मार्ग की ओर भेज दिया था। जलचर वंश के मात्र पाँच सहस्त्र योद्धा ही जीवित बचे थे, शेष सभी का शव अपने युवराज सामंतक के साथ जलाशय में तैर रहा था। मृत्यु के उपरांत जलाशय में इतने शव ऊपर आये थे कि अब जल का अधिकतम स्थान मृत शरीरों से भरा पड़ा दिखाई दे रहा था।

यतियों से युद्ध करते हुए बल्लार का कवच भी टूट गया था। रणभूमि से लौटते हुए उसके कंधे, भुजा, जंघा और मस्तक से तीव्रगति से रक्त बह रहा था। मेघवर्ण ने सूर्यास्त होते-होते अपने हाथ में थमी दो तलवारों से शत्रु पक्ष के दस सहस्त्र से भी अधिक योद्धाओं का नाश कर दिया।

शत्रुंजय गर्व से छाती चौड़ी करता हुआ अपने शिविर में लौट रहा था। नगाड़ों की ध्वनि उसकी विजय का संकेत दे रही थी। उसके आने की सूचना पाकर दुर्भीक्ष उसके स्वागत के लिये अपने शिविर से बाहर आया। अपने निकट आते दुर्भीक्ष का रक्तरंजित शरीर देख शत्रुंजय उसकी ओर दौड़ पड़ा, ''ये...ये सब क्या है काकाश्री।''

''कुछ नहीं पुत्र, इससे अधिक घाव मैंने उस भरत को दिये हैं; वो भी अतिबलशाली योद्धा है, मैं उसे पराजित कर देता किंतु मैंने उसे सरोवर में फेंकने की भूल की और जलयुद्ध का मुझे इतना अभ्यास नहीं है, इसलिए आज वो मेरे हाथों से बच गया।''

दुर्भीक्ष का कथन सुन शत्रुंजय रूपी सुबाहु मन ही मन बहुत झल्लाया, किंतु अपने क्रोध पर नियंत्रण करते हुए उसने दुर्भीक्ष के प्रति संवेदना प्रकट करने का ढोंग किया, ''विजय का क्या है काकाश्री, आज नहीं तो कल प्राप्त हो ही जायेगी, अभी के लिये ये सुखद समाचार ये है कि महाबली त्रिकुम्ब ने मत्तमयूर के युवराज सामंतक का ही अंत नहीं किया अपितु जलचर वंश की लगभग समस्त सेना का नाश कर दिया। चार सौ गरुड़ों सहित आज हमने शत्रु दल की तीन अक्षौहिणी सेना का नाश किया है, आज तो उत्सव मनाने का दिन है।'' शत्रुंजय ने प्रसन्न भाव से कहा।

दुर्भीक्ष की भवें तन गयीं, ''चाहें वो शत्रु ही क्यों न हो, किसी की मृत्यु का उत्सव नहीं मनाया जाता, वैसे भी हमारे न जाने कितने रथी और महारथी हताहत हुए होंगे, इसलिए जब तक विजय प्राप्त न हो जाये उत्सव मनाने का विचार भी मन में लाना हमारी सेना में आत्मविश्वास के स्थान पर अहंकार का बीज बो सकता है, इसलिए उत्तम यही होगा कि शत्रुओं की हुई क्षति के स्थान पर अपनी सेना की हुई क्षति की गिनती गिनो।''

शत्रुंजय को अपनी भूल का भान हो गया, ''मुझे क्षमा करें काकाश्री, कदाचित मुझसे भूल हो गयी।''

दुर्भीक्ष ने उसकी पीठ थपथपाते हुए कहा, "कोई बात नहीं, जाओ जाकर विश्राम कर लो।"

"अवश्य, किन्तु इस समय उपचार और विश्राम की आवश्यकता आपको अधिक है।" कहते हुए शत्रुंजय अपने शिविर में लौट गया। दुर्भीक्ष भी अपने घावों का उपचार करवाने शिविर के भीतर गया।

इधर चंद्रकेतु के साथ द्वंद्व में घायल हुआ उपनंद सैनिकों से अपने घावों पर लेप लगवा रहा था। भद्राक्ष को अपने शिविर में प्रवेश करता देख उसने बाकी लोगों को वहाँ से बाहर भेज दिया।

भद्राक्ष उसके निकट पड़े आसन पर आकर बैठ गया, "आपको इतने गहरे घाव किसने दिये राजा उपनंद?"

"आज युद्धभूमि में चंद्रकेतु से सामना हो गया, वो भी बल्लार की ही भाँति अत्यंत बलशाली है।" उपनंद ने खीझते हुए कहा।

"मुझे लगता है आप इस युद्ध में अपना सामर्थ्य व्यर्थ कर रहे हैं राजा उपनंद।"

"अर्थात? आप कहना क्या चाहते हैं?" उपनंद ने आश्चर्य भाव से प्रश्न किया।

"मेरे कहने का अर्थ ये है कि दो दिन से आप अपना सामर्थ्य चंद्रकेतु और बल्लार जैसे योद्धाओं को रोकने में लगा दे रहे हैं, जबकि दिन प्रति दिन हमारे दल के महारथी कम होते जा रहे हैं।"

"किन्तु मैंने तो सुना है कि आज युद्धभूमि में हमारी सेना को सफलता प्राप्त हुई है।"

"आपने उचित सुना है राजा उपनंद, आज एक ही दिन में शत्रु दल की तीन अक्षौहिणी सेना हताहत हुई है, साथ ही शत्रु पक्ष में युवराज सामंतक और कलिंगराज गवाक्ष भी यमसदन पहुँच गये हैं और कदाचित मथुरा नरेश शल्लभ की मृत्यु का समाचार भी शीघ्र ही प्राप्त हो जायेगा। किन्तु हमारी भी आधी अक्षौहिणी से अधिक सेना के साथ चार सौ यति भी यमलोक जा चुके हैं... इतना ही नहीं हमारे पक्ष में युद्ध करने वाले दानव अनुप्रवा, सम्भिप्रवा, असुर साम्भकेतु, मतस्य नरेश जलसंघ, असुर शत्रोम जैसे महारथी भी आज वीरगति को प्राप्त हुए हैं, तो आप ही बताइए कि अधिक क्षति किसे हुई है ?" भद्राक्ष ने प्रश्न उठाया।

"हम्म... कदाचित हमारी क्षति भी कम नहीं हुई, किन्तु आप मुझसे क्या चाहते हैं?"

"भगदत्त और नंदका के चारों पुत्र रणभूमि में बहुत उपद्रव मचा रहे हैं; युद्ध से

पूर्व हमें उनके पराक्रम का ज्ञान नहीं था इसीलिए आज युद्धभूमि में चार सौ यतियों की बलि चढ़ गयी। उस चित्ररथ ने तो दो दिन में क्षत्रसाल और साम्भकेतु जैसे दो महाबली असुरों का वध कर दिया। उग्रश्रवा ने कल द्रविड़ राजकुमार शमांतक को मार डाला, इसलिए मेरी इच्छा है कि इस समय आप अपने निजी प्रतिशोध का त्याग करें और अपना ध्यान इन चार बालकों पर केन्द्रित करें, क्योंकि ये चारों हमारी सेना को बहुत अधिक मात्रा में क्षति पहुँचा सकते हैं।''

कुछ क्षण विचारकर उपनंद ने कहा, ''जैसी आपकी इच्छा रक्षगुरु, कल रणभूमि में मेरा लक्ष्य ये चार बालक ही होंगे।''

''आप मुझे भद्राक्ष मानकर ही मुझसे मंत्रणा करें तो उचित होगा, न जाने किसके शिविर में कौन-सा गुप्तचर किस रूप में विचरण कर रहा हो।''

उपनंद ने भद्राक्ष को अपनी सहमति का संकेत दिया। तत्पश्चात भद्राक्ष उस शिविर से बाहर चला गया।

अपने घावों पर लेप लगवाने के उपरांत दुर्भीक्ष शिविर से बाहर निकल आया। वो अभी भी त्रिकुम्ब की प्रतीक्षा कर रहा था। युद्धभूमि में घायल हुए त्रिकुम्ब के लौटने तक रात्रि का अंधकार छा गया।

शिविर की ओर लौटते हुए त्रिकुम्ब ने दुर्भीक्ष को देख अपना रथ रोका और उतरकर उसके निकट आया। उसका प्रणाम स्वीकार करते हुए दुर्भीक्ष ने उसकी प्रशंसा करते हुए कहा, ''आज रण में तुम्हारे पराक्रम के विषय में सुना मैंने, मुझे तुम पर गर्व है त्रिकुम्ब।''

''सत्य कहूँ तो विजय अवश्य मुझे प्राप्त हुई है, किन्तु युवराज सामंतक का पराक्रम देख मुझे अपने बल की तुच्छता का भान हुआ। स्थिति कुछ ऐसी बनी थी महामहिम कि यदि वो चाहता तो मेरा वध भी कर सकता था, क्योंकि कुछ क्षणों के लिये मैं अचेत हुआ था। किंतु उस परमवीर ने अपनी सेना का मनोबल बढ़ाना अधिक आवश्यक समझा... शरीर से लगातार रक्त बहते रहने के उपरांत भी उस वीर ने अपनी सेना के साथ घनघोर युद्ध किया।''

''हाँ सुना मैंने सामंतक के पराक्रम के विषय में; सत्य कहूँ तो वास्तव में ऐसे योद्धा आदर के पात्र होते हैं और आगे न जाने इस युद्ध में कितने पराक्रमी वीरों की बलि चढ़ने वाली है।'' दुर्भीक्ष ने निराशा भरे स्वर में कहा।

इधर पुरुराष्ट्र के शिविर में वैद्यराज मथुरा नरेश शल्लभ के प्राण बचाने में सफल रहे। किंतु पौरव महारथियों का साहस बढ़ाने के लिये इतना पर्याप्त नहीं था। मेघवर्ण, चंद्रकेतु, दिग्विजय, भगदत्त, वक्रबाहु, बल्लार और गरुड़राज जम्बाल शिविर के बाहर अग्नि जलाकर एकत्र थे। उन सभी के मुख पर निराशा स्पष्ट दिखाई दे रही थी। शीघ्र

ही महाराज भरत के साथ महाबली अखण्ड भी वहाँ उपस्थित हुए और अग्नि के निकट आकर बैठ गये। मेघवर्ण ने भरत से प्रश्न किया, ''महाराज विश्वसेन का स्वास्थ्य कैसा है पुरुराज?''

भरत ने श्वास भरते हुए कहा, ''अपने पुत्र की वीरगति का समाचार सुनकर मानों उनका हृदय फट पड़ा है; उनका स्वास्थ्य अभी भी स्थिर है, समझ नहीं आता कि युवराज सामंतक की अंत्येष्टि किस प्रकार की जाये।''

महाबली अखण्ड ने भरत को ढाँढ़स बँधाते हुए कहा, ''युवराज सामंतक ने रणक्षेत्र में आज जो पराक्रम दिखाया वो वास्तव में अतुलनीय था। किन्तु आप लोगों को समझने का प्रयास करना चाहिए, अभी हमारे पास विचार करने के लिये इससे कहीं अधिक गम्भीर विषय है। आज विपक्ष सेना महाराज भरत और मेघवर्ण को भ्रमित करने में सफल रही और उसके परिणामस्वरूप हमारी तीन अक्षौहिणी सेना के साथ-साथ चार सौ गरुड़ हताहत हो गये।''

''आपने उचित कहा महाबली, ये मेरी और मेघवर्ण की ही भूल थी जो हम विजय की लालसा में शत्रु के बनाये कुचक्र में फँस गये।'' ग्लानि से भरा भरत का स्वर अगले ही क्षण कठोर हो गया, ''किन्तु अब विलाप करने का समय नहीं है, मैंने कुछ कठोर निर्णय लिये हैं जिससे मैं आप सभी को अवगत कराना चाहूँगा।''

सभी उपस्थित महारथियों की दृष्टि भरत पर टिक गयी। इसके उपरांत भरत ने कहना आरम्भ किया, ''मेरा प्रथम निर्णय ये है कि कल से युद्ध में न गरुड़ प्रवेश करेंगे, न ही मत्तमयूर का कोई सैनिक।''

गरुड़राज जम्बाल ने आपत्ति जतायी, ''ये मुझे मान्य नहीं है महाराज; दुर्भीक्ष से प्रतिशोध लेने के लिये वर्षों तक प्रतीक्षा की है मैंने, आप मुझसे ये अधिकार नहीं छीन सकते। वैसे भी यदि हम चले गये तो नागों का प्रतिकार कौन करेगा?''

''संसार में केवल सौ ऐसे गरुड़ योद्धा बचे हैं जो मानवों की भाँति विचारों का आदान-प्रदान कर सकते हैं। अपने निजी प्रतिशोध जैसी हीन भावना के लिये अपनी दुर्लभ प्रजाति के अस्तित्व को दाँव पर लगाना कहाँ तक उचित है गरुड़राज?''

भरत का तर्क सुन जम्बाल मौन हो गये। तत्पश्चात भरत ने कहना आरम्भ किया, ''विजयधनुष के कारण विष का मुझ पर कोई प्रभाव नहीं होगा इसलिए कल तक्षक और उसकी सेना का सामना केवल मैं करूँगा। दुर्भीक्ष को मेघवर्ण रोक सकता है, किंतु यतियों की समस्या का निवारण भी बहुत आवश्यक है, आपका इस विषय में क्या मत है महाबली अखण्ड?''

''मेरा मत ये है कि कल मेघवर्ण के स्थान पर महाबली वक्रबाहु, दुर्भीक्ष का मार्ग रोकेंगे।''

वक्रबाहु ने छाती चौड़ी कर गर्व से कहा, ''ये मेरा सौभाग्य होगा महाबली

अखण्ड।"

इसके उपरांत महाबली अखण्ड वहाँ उपस्थित योद्धाओं की ओर मुड़े, "शत्रुसेना की शक्ति प्रबल है, इसलिए मेरा मत है कि कल आप सारे महारथी शत्रु पक्ष के महारथियों के स्थान पर उसकी सेना का अधिक से अधिक विध्वंस करें। अब मुझे लगता है कि शत्रुंजय पर अधिक ध्यान देना मूर्खता होगी, क्योंकि न जाने कब कौन शत्रुंजय का वेश धरकर रण में आये और हमारा ध्यान भटकाने में सफल हो जाये। हमारे पास छह से भी कम अक्षौहिणी सेना शेष है और शत्रु दल के पास अभी भी आठ अक्षौहिणी से अधिक सेना है, साथ ही उनके पास यतियों और नागों का बल भी है; उनका ध्वंस करने के लिये अब हमारा अपनी सम्पूर्ण शक्ति लगाकर युद्ध करना आवश्यक है।"

चंद्रकेतु ने अखण्ड का समर्थन करते हुए कहा, "आपने उचित कहा गुरुदेव, डकैत योद्धाओं के साथ-साथ पाँच सहस्र गंधर्व योद्धाओं को भी रणभूमि में उतारने का समय आ गया है।"

"और साथ ही कल पाँच सौ गणान्ना भी भगदत्त के नेतृत्व में शत्रुओं का नाश करने को रणभूमि में तत्पर खड़े दिखाई देंगे।" भरत ने भी अखण्ड का समर्थन किया।

जम्बाल ने भरत से विनयपूर्वक से कहा, "यदि आज्ञा हो तो मैं कुछ कहना चाहूँगा पुरूराज।"

"अवश्य कहिए गरुड़राज।"

भरत की सहमति मिलने के उपरांत जम्बाल ने विनती की, "माना निजी प्रतिशोध के लिये अपनी प्रजाति के अस्तित्व को दाँव पर लगाना उचित नहीं, किंतु यदि मैं अपने पुत्र शम्भोक को गरुड़ों का राजा घोषित करके गरुड़ दल को वापस भेज दूँ और इस युद्ध में अकेले ही एक महारथी के रूप में भाग लूँ, तो क्या आपको कोई आपत्ति है, पुरूराज?"

भरत ने क्षण भर गरुड़राज की ओर देख श्वास भरते हुए कहा, "यदि आप प्रतिशोध को इतने व्याकुल हैं तो मैं आपको नहीं रोकूँगा गरुड़राज, किंतु क्या आपके लोग आपको छोड़कर लौट जायेंगे?"

"उसकी चिंता आप न करें महाराज, इस कार्य के लिये उन्हें मनाना मेरा उत्तरदायित्व है; आप अपने विजयधनुष और शस्त्रों समेत सज्ज रहिएगा, क्योंकि कल नाग सेना के रण में पदार्पण करते ही मैं आपको अपनी पीठ पर बिठाकर आकाश मार्ग से तक्षक के पास ले जाऊँगा।"

सप्तम अध्याय

तृतीय दिवस

सूर्योदय के कुछ समय पूर्व ही दुर्धरा के हाथों से बना हलवा खाने के उपरांत दुर्भीक्ष रथ के अश्वों को बाँधते भद्राक्ष के निकट आया। उसके मुख का भाव देख दुर्भीक्ष ने उससे प्रश्न किया, "बड़े विचलित दिखाई पड़ रहे हो भद्राक्ष, क्या बात है?"

"आज के युद्ध की जो रणनीति आपने बनायी है वो मेरी समझ नहीं आ रही; सुना है शत्रु दल आज अपने पूरे बल के साथ आक्रमण कर रहा है। सारे गणान्य, डकैत और गंधर्व योद्धा आज रणभूमि में हमारे योद्धाओं का रक्त बहाने को आतुर होंगे और आपने केवल पचास यतियों को ले जाने का निर्णय लिया है, क्यों?" भद्राक्ष ने आश्चर्यभाव से प्रश्न किया।

"कल हमारे लगभग साढ़े तीन सौ यति योद्धा काल के गाल में समा गये, जिसका कारण था हमारी कुछ गलत रणनीति और कुछ अनुचित निर्णय भी... अन्यथा कल जितने यति रणभूमि में उतरे थे उन्हें शत्रु की आधी से अधिक सेना का विनाश कर देना चाहिये था।" श्वास भरते हुए दुर्भीक्ष ने कहना आरम्भ किया, "समझने का प्रयास करो, यति योद्धा हमारी शक्ति का अभिन्न भाग हैं इसलिए मैं उनका कम से कम प्रयोग करके शत्रु को अधिक से अधिक हानि पहुँचाना चाहता हूँ। कल हमने उनकी सेना में जो विध्वंस मचाया है, निःसंदेह आज पौरव योद्धा हमारी सेना को अधिक से अधिक क्षति पहुँचाने का प्रयास करेंगे, जिसमें वो अपनी पूर्ण शक्ति लगा देंगे। आज मेरी

योजना बहुत साधारण-सी है कि हमारी आठ अक्षौहिणी सेना शत्रुदल की अधिक से अधिक हानि करे और जब शत्रु दल दुर्बल हो जायेगा उसके उपरांत मैं बचे हुए चार सौ यतियों को रणक्षेत्र में उतारूँगा जो पौरव सेना का बचा-खुचा साहस भी तोड़ देंगे। वैसे भी यतियों के भरोसे युद्ध करने से हमारी सेना उन्हीं पर निर्भर होती जा रही है, इसलिए आज उन्हें स्वयं युद्ध करने दो।''

''किन्तु हमारे पक्ष के महारथियों की गिनती भी बहुत कम हो गयी है असुरेश्वर, जबकि शत्रु पक्ष के एक से एक महारथी अभी भी युद्ध कर रहे हैं जो हमारी सेना को भारी मात्रा में क्षति पहुँचा सकते हैं।''

''ये तो तुमने उचित कहा भद्राक्ष; शत्रुदल के महारथी मुख्यतः हस्तिनापुर के वो चार बालक युद्धभूमि में बहुत उपद्रव मचा रहे हैं, इस विषय में मैंने उपनंद से चर्चा की है। समय आ गया है कि शत्रु पक्ष के महारथियों की गिनती थोड़ी कम की जाये।'' कहकर दुर्भीक्ष रथ पर आरूढ़ हो गया।

दुर्भीक्ष के नेतृत्व में विदर्भ की सेना ने आज पंचशूल व्यूह का निर्माण किया था। मध्य में सेना का एक भाग शूल का आकार बनाये हुए था। उसके दायीं और बायीं और दो दो शूल के आकार की सेना शत्रु दल पर प्रहार करने को सज्ज थीं। मध्य के शूल का नेतृत्व स्वयं दुर्भीक्ष कर रहा था। बायीं ओर की सेना में से एक शूल का नेतृत्व उपनंद कर रहा था और दूसरे शूल का नेतृत्व कुंतल नरेश शत्रुलोप, येदूरप्पा और वेदांतक कर रहे थे। वहीं दायीं ओर के दो शूलों में से एक का नेतृत्व द्रविड़राज अल्मबुष और उनका पुत्र धीरा कर रहे थे, वहीं दायीं ओर एक अंतिम शूल के नेतृत्व में सबसे आगे खड़े थे त्रिकुम्ब के साथ राक्षस सुमांतर और शत्रुंजय। तक्षक और उसकी सेना अभी पौरव सेना की दृष्टि से दूर थी।

मेघवर्ण ने शत्रुसेना की व्यूह रचना देख अपनी आधी सेना को क्रौंच व्यूह बनाने का आदेश दिया। शंखनादों के साथ दोनों सेना एक दूसरे का रक्त बहाने दौड़ पड़ीं। पुरुराष्ट्र के सभी महारथियों का लक्ष्य आज शत्रु का सेना दल था। जम्बाल, तक्षक की खोज में आकाश मार्ग पर उड़ रहा था।

किन्तु अभी पंचशूल और क्रौंच व्यूह के टकराने में लगभग डेढ़ सौ गज की दूरी शेष थी। तभी त्रिकुम्ब रथ से कूदकर एक अश्व पर चढ़ गया और अपने शूल को लेकर अपनी दायीं दिशा में मुड़कर निकट के पर्वत की ओर जाने लगा। शत्रुंजय और सुमांतर उसके पीछे हो लिये। यही कार्य बायीं ओर के अंतिम शूल का नेतृत्व कर रहे शत्रुलोप, येदूरप्पा और वेदांतक ने भी किया। वो भी अपनी सेना का दल लेकर लेकर बायीं दिशा में घूमे और एक तीस गज ऊँचे पर्वत की ओर बढ़ चले।

मेघवर्ण उनकी गतिविधियों पर दृष्टि जमाये हुए था। तत्पश्चात दुर्भीक्ष का त्रिशूल व्यूह एकत्र होकर पौरवों के क्रौंचव्यूह की ओर बढ़ा। अभी दोनों सेना पचास गज की दूरी पर थी कि दुर्भीक्ष का त्रिशूल व्यूह अकस्मात ही सागर व्यूह में परिवर्तित होने लगा। उसकी सेना ने इतनी शीघ्रता से अपने-अपने स्थान बदले कि शत्रु दल के टकराने से पूर्व ही सागर व्यूह सम्पूर्ण हो गया, और पूरे बलाबल से क्रौंच व्यूह पर टूट पड़ा। क्रौंच व्यूह पूर्ण रूप से सज्ज नहीं था इसलिए उन्हें दोहरी हानि हुयी। अपने भयंकर अस्त्रों शत्रु सेना को काटता हुआ दुर्भीक्ष आगे बढ़ता गया। मेघवर्ण और दिग्विजय ने अपने बाणों से विपक्षी सेना का ध्वंस करना आरम्भ किया। वहीं दुर्भीक्ष को रोकने के लिये वक्रबाहु दौड़ पड़ा था।

पांचालराज वीरभद्र ने सामने आकर दुर्भीक्ष को सेना के संहार से रोकने का प्रयास किया। दुर्भीक्ष ने क्षणभर में ही धनुष से एक साथ पाँच बाण चलाये और वीरभद्र के धनुष और रथ को तोड़कर उन्हें भूमि पर गिराया। वीरभद्र का अंत करने हेतु दुर्भीक्ष ने उनके कण्ठ की ओर लक्ष्य करके बाण चलाया, किंतु वो बाण सीधा जाकर लगा वक्रबाहु की छाती पर। उसकी वज्रसमान छाती से टकराते ही दुर्भीक्ष का वो बाण दो टुकड़ों में बँट गया। अपने बाण की ऐसी दुर्दशा देख वो स्वयं भी अचम्भित रह गया।

वक्रबाहु ने अपने दोनों फरसे चमकाकर दुर्भीक्ष को ललकारा, ''रुक क्यों गये असुरेश्वर, बहुत विश्वास है न अपनी धनुर्विद्या पर, तो तनिक मुझे भी अपने बाणों का चमत्कार दिखलाओ... यदि साहस है तो चलाओ बाण, भेद सको तो भेदो मेरी छाती।''

दुर्भीक्ष ने धनुष पर पकड़ मजबूत की और वक्रबाहु पर कटाक्ष के बाण चलाये, ''प्रतीत होता है कि तुम्हें विस्मरण हो गया है वक्रबाहु कि मैंने रक्षराज को पराजित करके तुम्हारी स्वतंत्रता जीती थी। नियमानुसार तो तुम्हें अभी तक मेरा दास होना चाहिए था, किंतु तुम तो मेरे ही विरुद्ध शस्त्र उठाने का दुस्साहस कर रहे हो।''

''मूर्खतापूर्ण प्रलाप बंद करो असुरेश्वर; मैं उसी क्षण स्वतंत्र हो गया था जिस क्षण तुम पराजित होकर मूर्छावस्था में चले गये थे।'' वक्रबाहु ने उसका उपहास उड़ाते हुए कहा, ''कहीं ऐसा तो नहीं कि भय से तुम्हारा मन विचलित हो रहा है और तुम इस द्वंद्व से बचने का उपाय खोज रहे हो?''

दुर्भीक्ष को उसके कटाक्ष पर हँसी आ गयी, ''तुम्हारा दिये तर्क वास्तव में अकाट्य हैं वक्रबाहु, किन्तु कदाचित तुम मेरे सामर्थ्य के आकलन में तनिक भूल कर रहे हो।'' कहते हुए उसने धनुष पर तीन बाण एक साथ चढ़ाये और वक्रबाहु की छाती की ओर लक्ष्य कर छोड़े।

तीनों बाण वक्रबाहु की छाती से टकराकर नष्ट हो गये। उसके बाणों की दशा

देख वक्रबाहु ने उसका उपहास उड़ाया, "तुम इसी सामर्थ्य की बात कर रहे थे?"

अपने अस्त्रों को विफल होते देख दुर्भीक्ष विचलित होने लगा। भद्राक्ष ने दुर्भीक्ष का साहस बढ़ाते हुए कहा, "विचलित न होइए असुरेश्वर, मैं ये तो नहीं जानता कि इस असुर की शक्ति का भेद क्या है, किन्तु आज तक कोई भी अस्त्र वक्रबाहु की छाती के पार नहीं जा पाया है, किन्तु भुजाओं के बल से इसे एक बार रक्षराज दुशल ने पराजित किया था।"

दुर्भीक्ष ने अपने धनुष पर कसाव बढ़ाया, "अर्थात इसे निःशस्त्र करके द्वंद्व का आवाहन देना होगा। किंतु उससे पूर्व मुझे इसका अहंकार तोड़ना होगा।" कहते हुए दुर्भीक्ष ने अपने धनुष पर अर्धचंद्र बाण चढ़ाया और पूरे बल से उसे कान तक खींचा। इस बार दुर्भीक्ष ने इतना बल प्रयोग कर दिया था कि उसके मुख और भुजा की नसें उभरती हुई दिखाई दे रही थीं। वक्रबाहु अभी भी उसकी ओर देख हँस रहा था।

किंतु अगला क्षण वक्रबाहु के लिए अविश्वसनीय था। दुर्भीक्ष का छोड़ा हुआ वो बाण उसकी छाती के भीतर आ धँसा था। भद्राक्ष रूपी भैरवनाथ भी अपने मुख पर नियंत्रण नहीं रख पाया, "अद्भुत असुरेश्वर!"

वक्रबाहु ने अपनी छाती से वो बाण निकालकर उस पर लगा रक्त देखा। उसे अभी भी अपने नेत्रों पर विश्वास नहीं हो रहा था। उसने दुर्भीक्ष की ओर मुड़कर उसकी प्रशंसा करते हुए कहा, "साधु असुरेश्वर दुर्भीक्ष, साधु, मेरे शरीर में पंचतत्वों से बना जीवंत पात्र स्थापित है जिसके कारण मेरा शरीर अभेद्य था और मेरी इस अभेद्य छाती से रक्त बहाकर तुमने सिद्ध कर दिया कि तुम आधुनिक काल के सर्वश्रेष्ठ योद्धा हो। किंतु ये छोटे-मोटे घाव मुझे गिराने के लिये पर्याप्त नहीं है, तनिक और बल का प्रयोग करो।"

"ये बाण मैंने केवल तुम्हारा अहंकार तोड़ने के लिये चलाया था वक्रबाहु। स्मरण रहे कि मेरी भी भुजाओं में उन्हीं पंचभूतों का बल है जिन्हें तुम अपना कवच बनाये बैठे हो और मुझे भलीभाँति ज्ञात है कि तुम्हें मार्ग से कैसे हटाना है।" कहकर दुर्भीक्ष ने अपने रथ में रखी द्रविड़ों की तीन शूलों वाली दो विशिष्ट तलवारें उठायीं और रथ से कूद पड़ा।

वक्रबाहु अपना फरसा लिये उसकी ओर दौड़ा। दोनों महारथियों के शस्त्र आपस में टकराये और एक महाद्वंद्व आरम्भ हो गया।

एक ओर त्रिकुम्ब, सुमांतर और शत्रुंजय के साथ तीस सहस्त्र का सेना दल लेकर तीस गज ऊँचे पर्वत पर चढ़ चुका था, वहीं दूसरी ओर कुंतल नरेश शत्रुलोप, वेदांतक और येदूरप्पा भी बीस सहस्त्र योद्धाओं के साथ वैसे ही दूसरे पर्वत पर चढ़ चुके थे। मेघवर्ण उनकी गतिविधियों पर दृष्टि जमाये हुए था, किंतु अभी उसे अपना क्रौंच व्यूह

सँभालना अधिक आवश्यक प्रतीत हो रहा था जो शत्रु के सागर व्यूह के प्रभाव के समक्ष दुर्बल पड़ रहा था।

शत्रुंजय के शंख का संकेत मिलते ही पर्वतों पर चढ़े सेना दल ने भालों और तीरों से नीचे युद्ध कर रही पौरव सेना पर प्रहार करना आरम्भ कर दिया। गुरुत्वाकर्षण की शक्ति ने भूमि की ओर जाने वाले उनके अस्त्रों की गति और अधिक तीव्र कर दी थी, जिसके बल पर वो पौरवसेना को अधिकतम हानि पहुँचाने लगे। कुछ ही समय में पच्चीस-पच्चीस यति अपने कंधों पर पत्थरों का ढेर उठाये दोनों पर्वतों पर चढ़ आये और ऊपर आते ही बड़े-बड़े पत्थर दूर-दूर तक फेंकने लगे। एक ही पत्थर इतना बड़ा था कि उसके नीचे या तो चार सैनिक कुचल दिये जाते या फिर वो एक रथी को उसके रथ सहित नष्ट कर देता। अपनी सेना को गंतव्य तक पहुँचाने के उपरांत शत्रुंजय ने अपने अश्व को एड़ लगायी और पर्वत से नीचे उतरा।

स्थिति को हाथ से फिसलता देख मेघवर्ण भगदत्त के पास गया, ''महारथी भगदत्त, आप महाबली बल्लार और चित्ररथ के साथ साथ गणान्य योद्धाओं और पाँच सहस्त्र अन्य योद्धाओं का दल लेकर बायीं ओर के पर्वत पर चढ़ाई कीजिए और कुंतल नरेश शत्रुलोप की सेना का ध्वंस कीजिए।''

भगदत्त ने सहमति जतायी और सेना को एकत्र करने दौड़ा। इसके उपरांत मेघवर्ण ने चंद्रकेतु को आदेश दिया, ''दिग्विजय और अयोध्या नरेश सुतकर्मा के साथ सारे गंधर्व और डकैत योद्धाओं को लेकर पर्वत पर चढ़ाई करो और त्रिकुम्ब और उसकी सेना का सामना करो।''

चंद्रकेतु भी अपना दल जुटाने हेतु दौड़ पड़ा। इधर शत्रुंजय अपना अश्व दौड़ाता हुआ सबसे पीछे खड़ी नाग सेना के पास आया। वहाँ पहुँचकर उसने तक्षक को आदेश दिया, ''भगदत्त, चित्ररथ और बल्लार कुंतल नरेश शत्रुलोप की ओर बढ़ रहे हैं, कदाचित वो येदूरप्पा और वेदांतक के साथ मिलकर भी उन्हें पराजित न कर पायें, इसलिए आप उनकी सहायता को प्रस्थान करें।''

''जो आज्ञा महाराज।'' तक्षक ने सहमति जतायी।

तक्षक की सेना को पर्वत की ओर बढ़ते देख जम्बाल आकाश मार्ग से उड़ते हुए भरत के पास आया, ''वो पर्वत की ओर बढ़ रहा है महाराज।''

भरत ने कमर पर बँधी म्यानों में दो तलवारें डालीं। पीठ पर बाणों से भरे दो तूरीण टाँगे, कंधे पर विजयधनुष सँभाला और जम्बाल के आग्रह पर उसकी पीठ पर सवार हो गया। उसे आकाश मार्ग से जाते देख कई योद्धाओं ने उस पर बाणों से आक्रमण करना चाहा, किंतु भरत के बाणों का वेग उनसे कहीं अधिक था। आकाश से छूटे उसके भयानक बाणों से बचने को शत्रु सेना भय के मारे पीछे हटने लगी।

शत्रुंजय भी अपने रथ पर आरूढ़ होकर विपक्ष की सेना का विनाश करने चल पड़ा। उसने अपने तीखे बाणों से कुछ ही समय में सैकड़ों अश्वारोही, रथियों और सैनिकों को हताहत कर दिया। उसके साथ आयी गज सेना पौरवों के युद्धक हाथियों की ओर बढ़ी। सैकड़ों हाथी चिंघाड़ते हुए आपस में भिड़ गये, किंतु ऊपर से होती पत्थरों, तीरों और भालों की वर्षा के कारण पौरवसेना का बल क्षीण होने लगा था और शत्रुंजय के बाण अलग से ही उन योद्धाओं का मनोबल तोड़े जा रहे थे।

मेघवर्ण ने अपनी दायीं ओर की सेना को छिन्न-भिन्न होता देख क्रौंच व्यूह को पांचालराज वीरभद्र, अलायुध, उग्रश्रवा और सत्वकण्ठ के विश्वास पर छोड़ शत्रुंजय का प्रतिकार करने चल पड़ा।

चंद्रकेतु, दिग्विजय और सुतकर्मा को साथ लेकर पर्वत पर चढ़ने लगा। सारे डकैत और गंधर्व योद्धा केवल एक-एक भाले और म्यान में तलवार लिये स्वयं को बड़ी-बड़ी ढालों से ढककर पैदल ही उस पर्वत पर चढ़ाई कर रहे थे। जैसे ही त्रिकुम्ब ने चंद्रकेतु के दल को अपने सैनिकों की लक्ष्य सीमा में आता हुआ देखा, उसने अपने योद्धाओं को प्रहार करने का आदेश दिया। किन्तु साधारण सैनिकों के भालों और तीरों में इतना बल नहीं था जो डकैत और गंधर्व योद्धाओं की ढालों को भेद सकें। त्रिकुम्ब के बाणों का प्रतिकार करने हेतु दिग्विजय की पीठ पर टँगे तूरीण में पर्याप्त बाण थे। वहीं चंद्रकेतु अपनी गदा से यतियों द्वारा फेंकी जाने वाली चट्टानों को रोकने लगा। अपने दूर मारक अस्त्रों को विफल होते देख त्रिकुम्ब ने अपने अश्व की लगाम खींची और पाँच सहस्त्र अश्वारोही सैनिकों का दल लेकर दौड़ पड़ा। उसके निकट आते ही दिग्विजय ने म्यान से अपनी तलवार निकाली और छलाँग लगाकर त्रिकुम्ब के अश्व पर चढ़कर उसे साथ लेकर नीचे गिर गया। पर्वतों से ऊपर से नीचे आते अश्वारोही दल की गति कहीं अधिक थी, फिर भी डकैत और गंधर्व योद्धाओं ने ढाल नीचे कर छलाँग लगायी और अपने भालों से एक-एक अश्वारोही का वक्ष भेद उन्हें भूमि पर गिराने लगे।

अपनी गदा सँभाले चंद्रकेतु अकेले ही राक्षस सुमांतर, पच्चीस यति और पंद्रह सहस्त्र के सेना दल की ओर दौड़ पड़ा। उसे अकेला उनकी ओर जाता देख अयोध्या नरेश सुतकर्मा भी उसके पीछे दौड़े। तत्पश्चात दिग्विजय और त्रिकुम्ब में तलवार और राक्षस सुमांतर और सुतकर्मा में भाले से द्वंद्व आरम्भ हुआ। डकैत और गंधर्व योद्धा बड़ी तीव्रगति से अश्वारोही सेना का नाश कर रहे थे। सहस्त्रों पैदल सैनिकों के दल ने चंद्रकेतु को घेर पर उस पर आक्रमण किया। अपनी गदा के भीषण प्रहारों से उसने उन सैनिकों को पीछे हटने पर विवश कर दिया। सैनिकों के दुर्बल पड़ने पर यतियों ने चंद्रकेतु को घेरना आरम्भ किया। चंद्रकेतु को अकेला देख अश्व दल को पार करते हुए तीन सहस्त्र गंधर्व योद्धा चंद्रकेतु की सहायता को आ गये और शत्रु के पंद्रह सहस्त्र पैदल सैनिकों से भिड़ गये। वहीं चंद्रकेतु अपनी गदा उठाये पच्चीस यतियों से भिड़

गया।

दुर्भीक्ष ने अपनी तीन शूल वाली तलवारों से वक्रबाहु के फरसों को फँसाकर उसे निःशस्त्र कर दिया। तत्पश्चात अपनी तलवार भूमि पर गिराकर वो वक्रबाहु की छाती पर चढ़ गया। वक्रबाहु ने उसकी छाती पर प्रहार कर उसे पीछे धकेला। स्वयं को सँभालते हुए वक्रबाहु ने अपने कंधे उचकाये, अपनी ओर आते दुर्भीक्ष की मुष्टिका के प्रहार से स्वयं को बचाया और उसके उदर पर मुष्टिका का प्रहार कर उसे भूमि पर गिरा दिया। उसके भूमि पर गिरते ही वक्रबाहु कूदकर उसकी छाती पर चढ़ गया और उसके मुख पर मुष्टि के प्रहार आरम्भ किये। वक्रबाहु के प्रहारों ने दुर्भीक्ष का मस्तक हिलाकर रख दिया। उसने स्वयं को सँभाला और वक्रबाहु की दोनों भुजाएँ जकड़ ली। तत्पश्चात उसने अपने घुटनों से वक्रबाहु के कूल्हे पर प्रहार कर उसे अपनी छाती से हटाकर भूमि पर पटक दिया। वक्रबाहु अभी भूमि से उठने को ही था कि दुर्भीक्ष उसकी पीठ पर कूदा और उसे लेकर भूमि पर गिर गया और चपलता से उसका कण्ठ अपनी भुजा में दबोच लिया। कड़े संघर्ष के उपरांत वक्रबाहु दुर्भीक्ष की पकड़ से छूटा और उसे दूर झटककर भूमि से उठ गया। अभी वक्रबाहु सँभला ही था कि दुर्भीक्ष ने उसके घुटने पर पैर से वार किया और उसे झुकाकर कंधे के मर्मस्थल पर प्रहार करने का प्रयास किया। किन्तु वक्रबाहु ने उसका हाथ झटका और पलटकर उसकी कमर पकड़ उसे भूमि पर पटक दिया।

तत्पश्चात भूमि से उठते दुर्भीक्ष को देख वक्रबाहु ने उस पर कटाक्ष के बाण चढ़ाये, ''इस दाँव से मुझे एक बार रक्षराज ने पराजित अवश्य किया था, किंतु इसका अर्थ ये नहीं कि हर बार मैं इस दाँव से मात खा जाऊँगा, कोई नया दाँव लगाओ असुरेश्वर।''

अपनी सेना का विध्वंस करते हुए शत्रुंजय को रोकने के लिये मेघवर्ण उसके समक्ष आ खड़ा हुआ और चार पैने बाण चलाकर उसके धनुष की प्रत्यंचा काटकर उसके कंधे पर घाव कर दिये। किंतु मेघवर्ण का अत्यधिक आत्मविश्वास और उसकी असावधानी उस पर भारी पड़ गयी। शत्रुंजय ने क्षण भर में ही अपने धनुष की प्रत्यंचा चढ़ायी और मेघवर्ण की ओर छह बाण छोड़े। उसके दो बाण मेघवर्ण के कवच को भेदकर उसकी छाती में घुस गये और चार बाण उसके सारथी के कण्ठ में जा घुसे। मेघवर्ण का सारथी तड़पते हुए भूमि पर गिर पड़ा। शत्रुंजय के बाणों का वेग देख मेघवर्ण अचम्भित रह गया। सारथी के गिरने के कारण मेघवर्ण का रथ असंतुलित होने लगा। शत्रुंजय के चलाये चार पैने बाणों से मेघवर्ण घायल हुआ और पीछे हटने पर विवश हो गया। विजयनाद करता हुआ शत्रुंजय बढ़-चढ़कर पौरवों के रथियों और अश्वों को काटने लगा।

पांचालराज वीरभद्र, अलायुध, उग्रश्रवा और सत्वकण्ठ बड़ी तीव्रता से विदर्भ

की सेना ध्वंस कर रहे थे। उन चारों को रोकने के लिये उपनंद अकेला ही उनके समक्ष आकर खड़ा हो गया। सर्वप्रथम उसने पांचालराज वीरभद्र को दस बाणों से घायल करके पीछे हटाया, फिर बारी-बारी से अलायुध, उग्रश्रवा और सत्वकण्ठ से घनघोर युद्ध किया।

भगदत्त के नेतृत्व में बल्लार और चित्ररथ सेना का दल लिये पर्वत पर चढ़ाई कर रहे थे। शत्रुलोप, वेदांतक और येदूरप्पा ने अपने सैनिकों सहित यतियों को भी उन पर तीर भालों और पत्थरों की वर्षा करने का आदेश दिया। किन्तु भगदत्त, बल्लार, चित्ररथ समेत पाँच सौ गणान्न योद्धा अपने शस्त्रों और ढालों सहित बड़ी कुशलता से अपने पीछे चल रही सेना का रक्षण कर रहे थे। शत्रुदल को निकट आते देख पाँच सहस्त्र अश्वारोही योद्धाओं के साथ यतिदल को लेकर शत्रुलोप, वेदांतक और येदूरप्पा उनपर टूट पड़े। भगदत्त ने बल्लार को संकेत किया। गणान्न योद्धाओं ने अश्वारोही सैनिकों पर भीषण घात किया। बल्लार ने अश्वारोही सैनिकों को गिराते हुए अपने कँटीले मुग्दर से यतियों पर प्रहार किया। भगदत्त, शत्रुलोप पर चढ़ आया। वहीं चित्ररथ एक हाथ में तलवार और दूसरी हाथ में ढाल लिये अपने अश्व से उछला और ढाल से वेदांतक की छाती तथा तलवार से येदूरप्पा की भुजा पर घाव कर उन दोनों को उनके अश्वों से नीचे गिरा दिया। अपने पुत्र का पराक्रम देख भगदत्त की छाती गर्व से चौड़ी हो गयी। उसने कुंतल नरेश को निःशस्त्र किया और उन्हें मल्लयुद्ध का आवाहन दिया। चित्ररथ के बल का अनुमान लगाकर वेदांतक और येदूरप्पा एक साथ उस पर टूट पड़े। चित्ररथ ने ढाल छोड़ अपनी दूसरी तलवार उठायी और दोनों से एक साथ ही युद्ध करने लगा।

पाँच सौ गणान्न योद्धाओं ने पाँच सहस्त्र अश्वारोही सेना की ऐसी दुर्दशा की कि किसी भी सेना का मनोबल टूट जाता। अश्वों और पर उन पर आरूढ़ सैनिकों के कटे मस्तकों का अम्बार लग गया। पर्वत की चढ़ाई पर हो रहे युद्ध में ऊपर से आक्रमण करने के उपरांत भी बचे-खुचे उन अश्वारोही सैनिकों को अपने प्राण बचाकर भागना पड़ रहा था। उनकी दुर्दशा देख ऊपर खड़े शेष पन्द्रह सहस्त्र पैदल सैनिकों के भी प्राण सूख गये।

तक्षक के नेतृत्व में नागसेना उनकी सहायता को पर्वत पर चढ़ने लगी, किन्तु अभी वो उस सेना से सौ गज की दूरी पर थी कि आकाश मार्ग से भरत सीधा उनके समक्ष आ खड़ा हुआ। भरत को छोड़ जम्बाल वहाँ से उड़ चला। अकस्मात ही पुरुराज को अपने समक्ष देख तक्षक अचम्भित रह गया।

तक्षक को चुनौती देते हुए भरत ने गर्जना की, "नागराज तक्षक, तुमने सिद्ध कर दिया कि हमारे पूर्वज महाराज ऋक्ष ने तुम्हें अभयदान देकर कितनी बड़ी भूल की थी; किन्तु यदि फिर भी तुम हमारे विरुद्ध खड़े हो ही गये हो तो सामने आओ और द्वंद्व करो मुझसे।"

तक्षक को मौन देख भरत ने एक और गर्जना की, ''विचार कर लो तक्षक, यदि अपनी सेना का विनाश नहीं चाहते तो सामने आओ!''

अपनी सेना के मध्य में खड़ा तक्षक चीखा, ''आक्रमण।'' अपने राजा के आदेश पर पच्चीस सहस्र नाग अपने मुख में विष की फुंकार लिये भरत की ओर दौड़ पड़े। अपने भंयकर बाणों से भरत ने नागों को हताहत करना आरम्भ किया। भरत पर विष को प्रभावहीन देख तक्षक अचम्भित रह गया।

उपनंद ने बारी-बारी से उग्रश्रवा, सत्वकण्ठ और अलायुध को घायल करके उन्हें विरथ कर दिया। उसका अगला बाण सत्वकण्ठ का मस्तक काटने को था, किन्तु तभी पांचालराज वीरभद्र वहाँ लौट आये और बाण चलाकर उपनंद के धनुष को तोड़ दिया। तत्पश्चात उन्होंने उसे पंद्रह बाणों से घायल किया और उसके रथ का एक पहिया तोड़कर उसके रथ को टेढ़ा करने के साथ साथ उसके सारथी का मस्तक भी काट गिराया। कुपित उपनंद ने दूसरा धनुष उठाया और बीस बाण चढ़ाकर वीरभद्र को बींध डाला। तत्पश्चात वो भाला उठाये टूटे हुए रथ से कूदा और वीरभद्र की ओर फेंका। वो भाला वीरभद्र की कमर को छेद गया। यह देख पांचालराज का सारथी उन्हें रणभूमि से निकाल ले गया।

तत्पश्चात उपनंद ने अपने टूटे हुए रथ से गदा उठायी और अपने सामने खड़े तीनों महारथी बालकों को चुनौती देते हुए कहा, ''मैं आज रणभूमि में तुम चार भाइयों के वध के उद्देश्य से ही आया हूँ बालकों... मैं तुम सबको चुनौती देता हूँ, एक साथ आओ और प्रहार करो मुझ पर।''

उग्रश्रवा, सत्वकण्ठ और अलायुध ने अपनी-अपनी गदायें उठायीं और उपनंद की ओर दौड़ पड़े। अपने मस्तक की ओर आते अलायुध के प्रहार से बचकर उपनंद ने उग्रश्रवा की छाती पर पैर से प्रहार किया और सत्वकण्ठ की गदा का प्रहार रोककर उसे पीछे धकेल दिया। अगले ही क्षण छाती पर हुए अलायुध की गदा के प्रहार ने उसे पीछे हटने पर विवश कर दिया। इस प्रहार ने उपनंद को सावधान कर दिया। आत्मविश्वास से भरा अलायुध उपनंद पर अगला प्रहार करने आगे बढ़ा। उपनंद ने उसके प्रहार को रोककर उसे पछाड़ा और गदा का प्रहार सीधा उसके मस्तक पर किया। अलायुध के मस्तक से रक्त की धारा फूटी और वो अचेत होकर भूमि पर गिर पड़ा। अपने भ्राता की दशा देख क्रोधित उग्रश्रवा और सत्वकण्ठ पूर्ण बल से अपनी गदा उठाये उपनंद से जा भिड़े।

अपने रथ पर आरूढ़ हुआ मेघवर्ण वापस शत्रुंजय के निकट आया। इस बार उसने शत्रुंजय के बल को कम आँकने की भूल नहीं की। दोनों महारथियों में घनघोर युद्ध आरम्भ हुआ और इस बार मेघवर्ण का पलड़ा भारी सिद्ध हुआ। सर्वप्रथम शत्रुंजय ने मेघवर्ण को सात बाण अवश्य मारे, किन्तु आधे प्रहर के भीतर ही मेघवर्ण ने शत्रुंजय

का धनुष काटा और उसे पंद्रह बाणों से घायल कर दिया। तत्पश्चात उसने शत्रुंजय के सारथी का मस्तक काट गिराया और उसके रथ के दोनों पहिये भी तोड़ डाले।

शत्रुंजय को भूमि पर गिरा देख विदर्भसेना दल के सात अधिपति एक सहस्त्र हाथियों का दल लेकर मेघवर्ण के मार्ग में आ खड़े हुए। उन सातों अधिपतियों ने मेघवर्ण पर एक साथ प्रहार किया।

चंद्रकेतु ने दस यतियों के मस्तक फोड़ डाले। शेष पंद्रह यति अभी भी उसे घेरे हुए थे। दिग्विजय के प्रहारों ने त्रिकुम्ब के शरीर के कई स्थानों पर घाव बना दिये थे, स्वयं दिग्विजय के भी शरीर के कई भागों से रक्त बहने लगा था। चंद्रकेतु का दल अभी तक भारी पड़ रहा था, किन्तु अगले कुछ ही क्षण में राक्षस सुमांतर का भाला अयोध्या नरेश सुतकर्मा के हृदय को भेद गया। सुमांतर के इस दाँव से अचम्भित सुतकर्मा अभी थोड़ा झुके ही थे कि सुमांतर ने कमर में छिपी कटार निकालकर उनका कण्ठ भी भेद डाला। सुतकर्मा को गिराकर सुमांतर यतियों के दल से घिरे हुए चंद्रकेतु की ओर बढ़ा। आकाश में उड़ते हुए जम्बाल ने जब ये दृश्य देखा तो पंख फैलाकर तीव्रगति से उस पर्वत की ओर बढ़ा।

सुमांतर ने म्यान से तलवार खींची और चंद्रकेतु की पीठ पर प्रहार करने आगे बढ़ा। किन्तु इससे पूर्व ही जम्बाल ने भाले उसे उसका प्रहार रोका और उसे झटका देकर भूमि पर गिरा दिया और इससे पूर्व कि वो सँभल पाता जम्बाल ने अपने भाले से उसका कंठ छेद डाला। रक्त के फव्वारे छोड़ता हुआ राक्षस सुमांतर तड़पने लगा, उसका अंत करने के उपरांत वो बिना एक भी क्षण गँवाये आकाश में उड़कर ऐसे दल को खोजने लगा जिन्हें सहायता की आवश्यकता हो।

द्रविड़राज अल्मबुष अपने पुत्र धीरा साथ लेकर पौरवसेना का विध्वंस कर रहे थे। काशीराज भद्रसोम अकेले ही उन दोनों का सामना कर रहे थे। उन्होंने धीरा को पंद्रह बाण मारकर घायल किया, किन्तु अपने पुत्र की रक्षा को आये अल्मबुष ने भी उन्हें पच्चीस बाणों से बींध डाला... साथ ही साथ अल्मबुष ने विपक्ष की सेना के कई अधिपतियों और रथियों का वध भी कर दिया। आकाश में उड़ते हुए जम्बाल को स्थिति का आकलन करते हुए समय नहीं लगा कि काशीराज को सहायता की आवश्यकता थी। अपने पुराने मित्र अल्मबुष के समक्ष जाने में पहले उसे थोड़ी हिचकिचाहट हुई। परंतु फिर मन में दृढ़ संकल्प लिये वो अल्मबुष की ओर उड़ चला और उसके रथ के निकट पहुँचते ही भाले के प्रहार से उसे नीचे गिरा दिया।

भूमि पर गिरे अल्मबुष ने पलटकर जम्बाल की ओर देखा। भूमि से उठकर अल्मबुष ने भी भाला उठा लिया, ''अच्छा ही हुआ जो तुम स्वयं मेरे समक्ष आ गये गरुड़राज, क्योंकि मेरी भी यही इच्छा थी कि तुम्हारे जैसे द्रोही को मैं स्वयं अपने हाथों से दण्ड दूँ।''

"मैंने तुम्हारा समर्थन केवल अपने प्रतिशोध की आकांक्षा से किया था, किन्तु तुमने दुर्भीक्ष का समर्थन करके मेरे साथ कपट किया, तो तुम स्वयं विचार करो कि वास्तव में द्रोही कौन है।" कहते हुए जम्बाल अपना भाला उठाये अल्मबुष पर कूद पड़ा।

भगदत्त के गणान्य योद्धा और पाँच सहस्त्र सैनिकों के दल ने शत्रु सेना को बुरी तरह हताहत किया। भगदत्त ने मल्लयुद्ध में कुंतलनरेश शत्रुलोप को पछाड़ा और उन्हें भूमि पर गिराकर उनकी छाती पर तब तक मुष्टि प्रहार करता रहा जब तक मुख से रक्त उगलते हुए शत्रुलोप के प्राण नहीं निकल गये। शत्रुलोप का अंत कर भगदत्त ने चित्ररथ की ओर देखा जो अकेले ही वेदांतक और येदूरप्पा पर हावी हो रहा था। भगदत्त ने उसे गर्व भरी दृष्टि से देखा और उस पर विश्वास कर यतियों के दल से अकेले युद्ध करते हुए बल्लार की सहायता करने चल पड़ा।

चित्ररथ के प्रहारों के समक्ष वेदांतक और येदूरप्पा दोनों ही विवश नजर आ रहे थे। इतने भरसक प्रयत्न के उपरांत भी वो दोनों चित्ररथ की भुजाओं पर मात्र दो हल्के घाव बना पाये थे। वहीं चित्ररथ ने उन दोनों के कंधे, भुजाओं और जाँघ के साथ कई स्थलों पर घाव कर दिया था। वो दोनों भाई कुछ क्षणों के लिये पीछे हटे और अपने कंधे उचकाकर एक बार फिर चित्ररथ की ओर दौड़े। इस बार चित्ररथ उछलकर दो हाथ ऊँचे पत्थर पर चढ़ गया। सर्वप्रथम वेदांतक उसकी ओर पलटा, जिसके मस्तक पर चित्ररथ ने तलवार की मूठ का जोरदार प्रहार किया। वेदांतक भूमि पर गिरकर मूर्छित हो गया। अपने भाई की दुर्दशा देख येदूरप्पा को क्रोध आया। उसने छलाँग लगाकर चित्ररथ के मस्तक की ओर प्रहार किया जिससे बचने के लिये चित्ररथ वापस उस पत्थर से नीचे कूद गया। येदूरप्पा एक बार फिर उस पर घातक प्रहार करने को उछला और इस बार चित्ररथ ने तनिक भी भूल नहीं की। अपनी बायीं ओर हटकर उसने स्वयं को येदूरप्पा के प्रहार से बचाया। येदूरप्पा की तलवार भूमि से टकरायी किंतु इससे पूर्व कि वो अपनी तलवार वापस उठा पाता, चित्ररथ की तलवार उसके कण्ठ पर चल चुकी थी। द्रविड़ राजकुमार येदूरप्पा का मस्तक कटकर भूमि पर गिर पड़ा। तत्पश्चात वेदांतक को मूर्छित अवस्था में ही छोड़ रक्त में नहाया चित्ररथ शत्रुसेना का दमन करने के उद्देश्य से आगे बढ़ा।

मेघवर्ण ने अकेले ही विदर्भ की सेना के सातों अधिपतियों के अस्त्र-शस्त्र काटकर पहले उनके रथों को तोड़ा और फिर एक-एक करके उनका वध कर डाला। इसके उपरांत उसने शत्रु के गज सैनिकों का ध्वंस आरम्भ कर दिया। अपने रथ पर आरूढ़ हुआ शत्रुंजय वापस मेघवर्ण के समक्ष आया और उस पर बाणों की वर्षा कर उसके रथ को दस कदम पीछे हटा दिया। तत्पश्चात मेघवर्ण ने अपना रथ आगे बढ़ाया और एक बार फिर शत्रुंजय के रथ, सारथी और स्वयं उसे घायल कर भागने पर विवश

कर दिया। तत्पश्चात सहस्त्रों गजों ने साथ मिलकर मेघवर्ण पर आक्रमण किया। मेघवर्ण भी अपना सेना दल लेकर उन पर पूर्ण बल से आक्रमण किया।

अपने तूरीण में पड़े बाणों के समाप्त होने के उपरांत भरत ने विजयधनुष को पीठ पर टाँगा और म्यान से दो तलवार निकालकर नागों के दल पर टूट पड़ा। उसका अद्भुत पराक्रम देख तक्षक का मन आतंकित हो गया। भरत पर विष का कोई परिणाम न होता देख नागयोद्धा भी अपने अस्त्रों-शस्त्रों समेत भरत से युद्ध करने लगे।

अलायुध के अचेत होने के उपरांत उग्रश्रवा और सत्वकण्ठ पूर्ण बल से उपनंद पर प्रहार कर रहे थे। उन दोनों चपल योद्धाओं ने अद्भुत कला का प्रयोग कर उपनंद की गदा छुड़ा दी। तत्पश्चात उन दोनों ने गदा से उपनंद की छाती पर वारकर उसे भूमि पर गिरा दिया। क्रोधित उपनंद भूमि से उठा और अपनी ओर आती उन दोनों योद्धाओं की गदा पकड़ ली। पहले उसने सत्वकण्ठ के उदर पर पैर से प्रहार कर उसे पीछे धकेला, तत्पश्चात उग्रश्रवा की छाती पर प्रहार कर उसे भी भूमि पर गिरा दिया। उनकी छीनी हुई गदा भूमि पर फेंककर उपनंद ने उन्हें मल्लयुद्ध की चुनौती दी।

उग्रश्रवा ने भूमि में से चार हाथ ऊपर छलाँग लगाकर उपनंद के मुख पर मुष्टि से प्रहार करना चाहा, किन्तु उसने उपनंद ने पहले उसका हाथ पकड़ा और उसे कमर से उठाकर एक टूटे हुए रथ की ओर उछाल दिया। टूटे हुए रथ के नुकीले टुकड़ों से टकराकर से उग्रश्रवा का शरीर घायल हो गया। तत्पश्चात अपनी ओर आते सत्वकण्ठ को उपनंद ने अपनी काँख में दबा लिया और उसके मुख पर कई मुष्टि प्रहार कर उसे भूमि पर गिरा दिया। उसका मुख रक्तरंजित कर उपनंद उसकी छाती पर सवार हो गया तथा उसकी छाती पर कई मुष्टि प्रहार किये। तब तक अलायुध की चेतना लौट चुकी थी। भूमि से उठकर उसकी दृष्टि सत्वकण्ठ की ओर गयी जिसके प्राण शरीर से छूटने के उपरांत भी उपनंद उस पर प्रहार किये जा रहा था। कुपित अलायुध ने गदा उठाकर उपनंद के मस्तक पर दे मारी। अकस्मात हुए उस प्रहार उपनंद का सर फट गया। रक्त का बहाव रोकने के लिये उपनंद अपना सिर पकड़कर भूमि से उठा और अलायुध की गदा का अगला प्रहार अपने बायें हाथ से रोक उसकी छाती पर प्रहार कर उसकी गदा छीन ली। तत्पश्चात कुपित हुए उपनंद ने अलायुध के मस्तक पर गदा पर भीषण वार किया और उसे भूमि पर गिराकर गदा से उसका फूटा हुआ मस्तक रगड़ने लगा। अपने भाई की दुर्दशा देख उग्रश्रवा दौड़ता हुआ आया और अपनी तलवार के प्रहार से उपनंद के हाथ में थमी गदा का हत्था काट दिया और पूर्ण बल से उपनंद की छाती पर प्रहार किया। उग्रश्रवा की उस तलवार ने उपनंद का कवच तोड़ उस पर गहरा घाव कर दिया। उपनंद भूमि पर गिरा और अपनी ओर बढ़ते उग्रश्रवा के घुटने पर प्रहार कर उसे पीछे हटाया।

अलायुध की गदा के प्रहार से अभी भी उपनंद का मस्तक घूम रहा था। वो

अत्यंत घायल हो चुका था। मस्तक और छाती से लगातार रक्त बहा जा रहा था, इसलिए उसने पीछे हटना ही उचित समझा। उसके रक्षण के लिये सैकड़ों सैनिकों के दल ने उग्रश्रवा पर आक्रमण किया। नंदका के उस पुत्र ने अपने दोनों हाथों में तलवारें उठायी और शत्रु सेना के ध्वंस में लीन हो गया।

इधर एक अलग मोर्चे पर दुर्भीक्ष का पलड़ा वक्रबाहु पर भारी पड़ने लगा। स्वयं को दबोचे हुए दुर्भीक्ष को पीछे हटाकर स्वयं वक्रबाहु भी दस कदम पीछे हट गया। अपने दाँवों से सफलता मिलती न देख वक्रबाहु विशाल गज का रूप धारण कर दुर्भीक्ष की ओर दौड़ पड़ा। दौड़ते हुए वक्रबाहु ने दुर्भीक्ष को टक्कर मारी। दुर्भीक्ष गुलाटियाँ खाता हुआ अपने रथ से जा टकराया। रथ की धुरा सँभाले हुए भद्राक्ष खीझ गया। वक्रबाहु बिना एक भी क्षण विलम्ब किये दुर्भीक्ष को दूसरी टक्कर मारने दौड़ा। उसने ज़ोर से अपनी सूँड़ घुमायी और दुर्भीक्ष ने इसी का लाभ उठाया। उसने छलाँग लगाकर पहला पाँव उसकी सूँड़ पर रखा और छलाँग लगाकर उसके मस्तक तक चढ़ आया। वक्रबाहु के मस्तक पर सवार होते ही दुर्भीक्ष ने पूर्ण बल से उसके माथे पर कई प्रहार किये। वक्रबाहु का मस्तक चकराने लगा। अंत में दुर्भीक्ष ने नीचे कूदते हुए उसके गले के पास की नस दबा दी। परिणामस्वरूप गजरूप में ही वक्रबाहु नीचे बैठ गया और अपनी चेतना खोकर अंततः भूमि पर गिर गया।

वक्रबाहु जैसे महाशक्तिमान असुर को भूमि पर गिरा देख असुर सेना ने दुर्भीक्ष के जयकारे लगाने आरम्भ किये। दुर्भीक्ष अपनी छाती चौड़ी कर अपने रथ पर आरूढ़ हुआ और भद्राक्ष को आदेश दिया, ''चलो भद्राक्ष, सूर्यास्त होने में लगभग आधा प्रहर शेष है, उससे पूर्व ही मुझे शत्रु दल का अधिक से अधिक ध्वंस करना है।''

''जो आज्ञा असुरेश्वर।'' भद्राक्ष घोड़ों को हाँकते हुए आगे ले आया। दुर्भीक्ष ने आगे बढ़ते हुए अपने बाणों से पौरव सेना में प्रलय मचा दी। उसके साथ दौड़ रहे असुर, राक्षस और दानव योद्धाओं ने भी पुरुराष्ट्र की रक्षणहीन सेना का नाश करना आरम्भ किया।

अपने दल के सैनिकों का क्रंदन पांचालराज वीरभद्र के कर्णों को छू गया जो घायल अवस्था में अपने शिविर की ओर जा रहे थे। वीरभद्र ने पलटकर देखा तो दुर्भीक्ष और उसकी असुर सेना को अपनी सेना का नाश करते हुए पाया। उन्होंने अपने सारथी को आदेश दिया, ''रथ वापस घुमाओ सारथी!''

उनके सारथी ने सावधानी करने का प्रयास किया, ''आप घायल हैं महाराज और वैसे भी जो इस समय हमारी सेना का विनाश कर रहा है वो असुरेश्वर दुर्भीक्ष है, आप...।''

''तुम्हें कुछ कहने की आवश्यकता नहीं है, मुझे भलीभाँति ज्ञात है कि मैं दुर्भीक्ष

का सामना नहीं कर सकता, किन्तु फिर भी मुझे विश्वास है कि मैं सूर्यास्त तक उसे रोक पाऊँगा, यदि ऐसा न किया गया तो दुर्भीक्ष आज हमारी सेना की कमर तोड़कर रख देगा।''

सारथी ने रथ वापस घुमाया और दुर्भीक्ष और उसकी असुर सेना द्वारा फैलाये जाने वाले विनाश को देख कहा, ''एक बार फिर विचार कर लीजिए महाराज, आपका शरीर अभी भी रक्तरंजित है।''

''मुझे कायरता का परामर्श मत दो सारथी; जिस दिन हमने असुरेश्वर दुर्भीक्ष की सेना के विरूद्ध युद्ध छेड़ा था उसी दिन से मैं जानता था कि मेरे इस युद्ध से लौटकर आने की सम्भावना न के बराबर है, इसीलिए अपने पुत्र को भावी राजा घोषित करके ही मैंने दण्डकारण्य की इस पवित्र भूमि पर अपने कदम रखे हैं, जहाँ मर्यादा पुरुषोत्तम प्रभु श्रीराम ने अनेकों पापी असुरों का नाश करके तथा ऋषियों और मुनियों को भयमुक्त करके मानव संस्कृति का रक्षण किया था। आज एक बार फिर हमारी संस्कृति पर संकट आया है। हमारा सैन्यबल दिन प्रतिदिन घटता जा रहा है और यदि इस युद्ध में हमारी पराजय हुई तो मानवजाति का भविष्य अंधकारमय हो जायेगा, जिसके लिये आने वाली पीढ़ी हमें कदापि क्षमा नहीं करेगी। इस दुर्भीक्ष ने ग्यारह वर्ष पूर्व भी जयवर्धन के साथ मिलकर हमारे राज्य पर आक्रमण किया था और जयवर्धन ने उस समय हमारे राज्य की जो दुर्दशा की थी वही दुर्दशा मैं आज दुर्भीक्ष की आसुरी सेना का करूँगा, इसीलिए अपने मन को सुदृढ़ करके रथ की धुरा सँभालो सारथी... आज तुम पांचालराज का सर्वश्रेष्ठ पराक्रम देखोगे। रक्त की अंतिम बूँद बहने तक मैं असुरों का संहार करता रहूँगा ताकि इस युद्ध में विजय के उपरांत जब मेरा पुत्र पांचाल के सिंहासन पर विराजे तो उसे अपने पिता पर गर्व हो।''

वीरभद्र के आदेश पर सारथी ने अश्वों को दौड़ाना आरम्भ किया। आगे बढ़ते हुए वीरभद्र ने अपने धनुष से बाण चलाये और शत्रु सेना के दस हाथियों की सूँड काटकर उनका वध किया। तत्पश्चात असुर दल के दस अतिरथियों ने उन्हें घेरकर उन पर प्रहार करना आरम्भ किया, किन्तु वीरभद्र के तेजस्वी बाणों के आगे उनकी एक न चली। सात अतिरथी मारे गये और तीन प्राण बचाकर भाग खड़े हुए। अपने अतिरथियों को भागता देख दुर्भीक्ष को भी आश्चर्य हुआ। उसने अपनी दृष्टि उठाकर देखा, पांचालराज वीरभद्र असुर, दानव और राक्षसों को हताहत करते हुए आगे बढ़े जा रहे थे। वीरभद्र ने अपने बाणों से पचास से अधिक शूलरथों, अनेक अश्वारोहियों और गजसेना का नाश कर दिया। उनका पराक्रम देख दुर्भीक्ष अचम्भित रह गया।

उन्हें देख दुर्भीक्ष मुस्कुराया, ''पांचालराज की ओर चलो भद्राक्ष, कदाचित आज शत्रु दल के एक और महारथी का अंतिम दिन है।''

दुर्भीक्ष को निकट आता देख वीरभद्र ने धनुष पर तीस बाण एक साथ चढ़ाकर

दुर्भीक्ष की ओर छोड़े। दुर्भीक्ष ने भी अनेक बाणों से उनके बाण काट डाले। किन्तु वीरभद्र के दो बाण दुर्भीक्ष की भुजा पर घाव कर गये। दुर्भीक्ष ने दृष्टि उठाकर वीरभद्र की ओर देखा। कमर सहित उनके शरीर के अंगों से रक्त बहा जा रहा था। यह देख दुर्भीक्ष ने वीरभद्र को चेतावनी दी, ''तुम बहुत घायल हो पांचालराज, आज अपने घावों का उपचार करा लो, कल स्वस्थ होकर मेरे समक्ष आना, तब तुम मेरे हाथों वध के योग्य होगे।''

''मैं तुम्हें रोकने का संकल्प लेकर आया हूँ असुरेश्वर; अपने परिवार की निर्मम हत्या की स्मृतियाँ अभी भी मेरे मन में हैं, आज वही स्मृतियाँ मेरा कवच हैं और वो पीड़ा मेरी भुजाओं का बल।'' कहते हुए वीरभद्र ने धनुष पर दो बाण चढ़ाये और पूर्ण बल से उन्हें दुर्भीक्ष की ओर छोड़ा। वो दोनों बाण दुर्भीक्ष की छाती में आ धँसे।

भद्राक्ष ने दुर्भीक्ष को चेतावनी देते हुए कहा, ''ये शत्रु पर दया दिखाने का अवसर नहीं है असुरेश्वर, पांचालराज का अंत कीजिए अन्यथा वो अनेक असुरों का संहार कर देंगे।''

दुर्भीक्ष ने डूबते हुए सूर्य की ओर देखा, ''तुमने उचित ही, भद्राक्ष, ये किसी को सम्मान देने का समय नहीं है।'' कहते हुए दुर्भीक्ष ने धनुष पर बीस बाण एक साथ चढ़ाये और पांचालराज के वक्ष को भेद डाला।

किन्तु इसके उपरांत भी वीरभद्र के हाथ नहीं रुके। ये जानकर कि वो दुर्भीक्ष का कुछ अहित नहीं कर पायेंगे उन्होंने उसके स्थान पर असुर सैनिकों पर प्रहार करने आरम्भ कर दिये। अनेक असुर योद्धा उनके बाणों का ग्रास बन गये।

तत्पश्चात दुर्भीक्ष ने धनुष पर अर्द्धचंद्र बाण चढ़ाया और वीरभद्र के कण्ठ की ओर लक्ष्य कर छोड़ दिया।

उस बाण ने पांचालराज की गर्दन पर बँधे लौह कवच को तोड़कर उनका मस्तक धड़ से अलग कर दिया। उनका बाणों से विंधा हुआ तड़पता शरीर अपने रथ पर ही गिर गया। दुर्भीक्ष ने सूर्य को अस्त होते देख युद्ध समाप्ति का शंख बजा दिया।

तत्पश्चात उसने भद्राक्ष से कहा, ''शिविर की ओर चलो भद्राक्ष, जाने ये युद्ध कैसे-कैसे महावीरों की बलि लेने वाला है।''

भरत ने पच्चीस सहस्त्र नाग योद्धाओं में से एक को भी जीवित नहीं छोड़ा और अंत में नागराज तक्षक पराजित होकर उसकी तलवारों की नोक पर था, ''हमारे पूर्वज महाराज ऋक्ष ने तुम्हें अभयदान देकर तुम्हारी पुत्री ज्वाला से विवाह किया था और हमारे प्रपितामह पुरुवंशी महाराज मतिनार उन्हीं के पुत्र थे। इस रक्त सम्बंध और अपने पूर्वजों के सम्मान के लिये मैं तुम्हें प्राणदान दे रहा हूँ तक्षक, किन्तु अपनी लालसा के लिये तुमने अकारण ही अनेक नाग योद्धाओं के प्राण दाँव पर लगाये हैं, इसलिए

इसका दण्ड तो तुम्हें मिलना ही चाहिए।''

भरत ने तक्षक को अपनी काँख में दबाया और उसे घसीटते हुए अपने सैनिकों के पास ले गया, जहाँ उसे बेड़ियों से जकड़ लिया गया। भरत ने उसके कण्ठ पर अपनी तलवार रखते हुए कहा, ''अब तुम हमारे बंदी रहोगे तक्षक, तुम्हारा यथोचित दण्ड मैं अपनी विजय उपरांत निर्धारित करूँगा।'' भरत के आदेश पर सैनिक उसे बंदी बनाकर पौरव शिविर में ले गये।

चंद्रकेतु और भगदत्त के दल ने पर्वत पर चढ़ी सम्पूर्ण सेना का नाश कर दिया। सारे यतियों और सेनानियों के शव क्षत विक्षत होकर पर्वत पर पड़े हुए थे। उनमें से केवल एक छोर पर त्रिकुम्ब और दूसरे छोर पर वेदांतक ही जीवित बचे थे, जिनमें से त्रिकुम्ब घायल था और वेदांतक भूमि पर मूर्छित पड़ा हुआ था। दिग्विजय, त्रिकुम्ब को छोड़ पीछे हट गया।

मेघवर्ण ने भी आज शत्रुदल में भयानक विध्वंस मचाया था। मेघवर्ण से दो बार पराजित होकर घायल शत्रुंजय ने तीसरी बार उसके सामने आने का दुस्साहस नहीं किया।

सूर्यास्त होते ही उग्रश्रवा ने क्रोध में भरकर दस सैनिकों के मस्तक काटकर अपनी रक्त की प्यास को शांत किया। उपनंद पहले ही वहाँ से पलायन कर चुका था। अल्मबुष और जम्बाल में होता द्वन्द्व भी थम गया।

अलायुध और सत्वकण्ठ की मृत्यु का समाचार सुन भगदत्त दौड़ता हुआ रणक्षेत्र की भूमि के उस भाग में आया। उन दोनों के क्षत-विक्षत शव देख भगदत्त घुटनों के बल आ गिरा। विशेषतः नंदका पुत्र अलायुध के भूमि में गड़े मस्तक को देख उसका हृदय फट पड़ा। उसका फूटा हुआ मस्तक हाथ में लेकर भगदत्त फूट-फूटकर रोने लगा। उसका विलाप देख नंदका पुत्र उग्रश्रवा अपना शोक भूल गया और भगदत्त के कंधे पर हाथ रख उसे ढाँढ़स बँधाने का प्रयास किया।

भगदत्त ने उसकी ओर देख कठोर स्वर में कहा, ''तुम हस्तिनापुर लौट जाओ पुत्र, आज ही।''

उग्रश्रवा अचम्भित रह गया, ''ये आप क्या कह रहे हैं तातश्री? आप मुझसे मेरे अनुजों की मृत्यु का प्रतिशोध लेने का अधिकार नहीं छीन सकते।''

''ये युद्ध है पुत्र, यहाँ द्वन्द्व में वीरगति को प्राप्त हुए योद्धाओं का प्रतिशोध लेने का विचार करना उन वीरों के बलिदान का अपमान है। तुम मेरे अनुज नंदका की अंतिम निशानी हो, इसलिए मैं तुम्हें इस महासंग्राम की वेदी पर बलि नहीं चढ़ने दूँगा।''

उग्रश्रवा ने भगदत्त के तर्क का विरोध करते हुए कहा, ''एक क्षत्रिय अपना वचन भंग नहीं कर सकता तातश्री... बाल्यावस्था में शस्त्रविद्या की शिक्षा आरम्भ करते हुए

हम चारों भ्राताओं ने ये शपथ ली थी कि जिन चंद्रवंशियों ने हमें आश्रय दिया है उनके रक्षण के लिये हम अपने रक्त की अंतिम बूँद तक बहा देंगे और आप आज मुझे पीछे हटने को कह रहे हैं; इससे उत्तम तो ये होगा तातश्री कि आप अभी अपनी तलवार उठाएँ और मेरा मस्तक काटकर मुझे इस दायित्व से मुक्त कर दें, क्योंकि जीवित रहते मैं अपना प्रण नहीं तोड़ सकता।''

उग्रश्रवा के दिये तर्क ने भगदत्त को निरुत्तर कर दिया। वो मौन होकर सत्वकण्ठ और अलायुध के मृत शरीरों को निहारने लगा।

रात्रि का अंधकार छाते ही रणक्षेत्र में लाखों चिताएँ धू-धू कर जल उठीं। विदर्भ के शिविर में द्रविड़राज अल्मबुष अपने पुत्र येदूरप्पा की मृत्यु से अत्यंत व्यथित थे। उसकी चिता की अग्नि पर उनके शेष तीन पुत्र त्रिकुम्ब, वेदांतक और धीरा उन्हें ढाँढ़स बँधाने का प्रयास कर रहे थे। राक्षस सुमांतर के शव को भी चिता पर लिटाकर मुखाग्नि दी गयी।

आज पुरुराष्ट्र की सेना के चार प्रमुख महारथी युद्ध में काम आ गये थे। अयोध्या नरेश सुतकर्मा, पांचालराज वीरभद्र के साथ-साथ सत्वकण्ठ और अलायुध की चिताओं को भी मुखाग्नि दी गयी। भरत अपने शोकग्रस्त मित्र भगदत्त का साहस बढ़ाने का प्रयास कर रहा था। अपने योद्धाओं की चिताओं को अग्नि देने के उपरांत समस्त योद्धा शिविर में लौट गये।

शीघ्र ही भरत, मेघवर्ण भरत, महाबली अखण्ड, दिग्विजय, चंद्रकेतु और भगदत्त शिविर में एकत्र हुए। मथुरा नरेश शल्लभ भी स्वस्थ होकर वहाँ उपस्थित हुए और वक्रबाहु भी रण से लौट आया।

वक्रबाहु ने वहाँ आकर लज्जित स्वर में कहा, ''मैं दुर्भीक्ष को रोकने में असफल रहा।''

वक्रबाहु को लज्जित देख भरत ने उसे आश्वस्त करते हुए कहा, ''जो हो गया उसे बदला नहीं जा सकता महाबली, कदाचित आज भाग्य ने पांचालराज को अपना पराक्रम दिखाने का अवसर दिया था। वीरगति को प्राप्त होने से पूर्व महज आधे प्रहर के भीतर उन्होने शत्रुदल के कई अतिरथियों, शूलरथों, गजसेना और अश्वारोही सेना का नाश कर दिया। आज अपने इस पराक्रम से उन्होंने हमें अपना ऋणी बना दिया है... किंतु अब समय शोक मनाने का नहीं है, हमें अब भी आपके सामर्थ्य पर पूर्ण विश्वास है।'' उसने अखण्ड की ओर मुड़कर कहा, ''अभी तो हमें आगे की युद्ध नीति पर विचार-विमर्श करना चाहिये। आज हमने शत्रु की दो अक्षौहिणी सेना के साथ उनकी

नागशक्ति का भी ध्वंस किया है। हमारे पक्ष की भी लगभग एक अक्षौहिणी सेना हताहत हुई है। किंतु मेरे मन में एक प्रश्न खटक रहा है कि आज दुर्भीक्ष ने रण में केवल पचास यतियों को ही क्यों उतारा?''

मेघवर्ण ने भरत की शंका का समाधान करने का प्रयास किया, ''कल अपने सारे यतियों को रण में उतारकर दुर्भीक्ष ने हमारी तीन अक्षौहिणी सेना का नाश कर दिया था, किंतु साथ ही साथ हमने भी सैकड़ों यतियों का नाश कर दिया था। आपका और दुर्भीक्ष का द्वन्द्व पहले भी हो चुका है। दुर्भीक्ष जानता है कि आपको पराजित करना अत्यंत दुष्कर है, इसलिए वो निःसंदेह हमारी सेना का नाश करना चाहता है, क्योंकि जिस राजा की सेना पहले समाप्त हो जाये या रण छोड़कर भाग जाये, युद्ध में उसे पराजित मान लिया जायेगा। मेरा अनुमान है कि दुर्भीक्ष यतियों की शक्ति को अंत समय के लिये बचाना चाहता है। सम्भवतः उसकी योजना ये हो सकती है कि पहले वो हमारी सेना का अधिक से अधिक से ध्वंस करे, फिर जब हमारी सेना की संख्या कम हो जाये तब वो एक साथ अपने समस्त यति बल के साथ रण में उतरकर हमारी सम्पूर्ण सेना का विध्वंस कर दे। आज यदि महाबली वक्रबाहु और पांचालराज वीरभद्र ने उसे रोका न होता तो न जाने वो अकेले ही हमारे कितने योद्धाओं का नाश कर देता।''

महाबली अखण्ड ने मेघवर्ण का समर्थन करते हुए कहा, ''मैं मेघवर्ण के दिये तर्क से सहमत हूँ पुरुराज, किंतु आज के युद्ध का परिणाम और अपनी असफलता देख, निःसंदेह कल शत्रु सेना अपने सम्पूर्ण दल-बल के साथ प्रहार करेगी। हमें भूलना नहीं चाहिए, कि शत्रुओं के पास अभी भी छह अक्षौहिणी से अधिक सेना है, जबकि हमारे पक्ष में लगभग साढ़े चार अक्षौहिणी का सैन्य बल शेष है। यदि हमारे पास गणान्ग, डकैत और गंधर्व योद्धा हैं तो उनके पास भी चार सौ बलिष्ठ यति हैं जो हमारे इन तीनों विशिष्ट दलों से कई गुना अधिक शक्तिशाली हैं। किंतु एक संतोषजनक बात ये है कि हमारे पक्ष के महारथियों का बल शत्रुओं से अधिक है।''

भरत ने सहमति जताते हुए कहा ''आपने उचित कहा महाबली अखण्ड, इसलिए मेरा सुझाव ये है कि यदि कल दुर्भीक्ष अपने सम्पूर्ण बल के साथ रणभूमि में कदम रखता है तो महाबली वक्रबाहु और महाबली बल्लार के साथ-साथ मैं भी यति सेना का ध्वंस करूँगा, शेष सारे महारथी पूर्ण बल से शत्रु के महारथियों और सेना पर आक्रमण करेंगे। एक बार यदि शत्रु की यति सेना का नाश हो गया तो विदर्भ के सारे महारथी मिलकर भी अपनी सेना का रक्षण नहीं कर पायेंगे। तब यदि दुर्भीक्ष अपनी सेना का रक्षण करता रहा तो शत्रुंजय को बंदी बनाना अधिक सरल हो जायेगा और यदि उसने शत्रुंजय के रक्षण पर अधिक ध्यान दिया, तो असुरों की सम्पूर्ण सेना का नाश होगा जो उनकी प्रजाति को पतन की ओर ले जायेगा।''

कुछ क्षण विचारकर मेघवर्ण ने कहा, ''मैं इस योजना से सहमत हूँ।''

तभी शिविर में एक सैनिक उपस्थित हुआ और उसने भरत को सम्बोधित करते हुए कहा, "मत्तमयूर नरेश विश्वसेन आपसे एकांत में भेंट करने के इच्छुक हैं महाराज, वो सभा के समापन के पश्चात प्रवेश की आज्ञा चाहेंगे।"

"ठीक है उन्हें कह दो भोजन के उपरांत हम उनसे भेंट करेंगे।" भरत ने सहमति जतायी।

आकाश मार्ग से एक उड़ती हुई चील आयी और अपने शिविर के बाहर भ्रमण कर रहे चिंतित भद्राक्ष के कंधे पर आ बैठी। भद्राक्ष रूपी भैरवनाथ उसके पंजे में बँधा पत्र निकालकर पढ़ने लगा। वो पत्र पढ़कर उसके मुख पर मुस्कान छा गयी।

कुछ ही समय में भद्राक्ष, दुर्भीक्ष को लेकर रणक्षेत्र से तीस कोस दूर सरोवर के निकट आया। भद्राक्ष की विनती पर दुर्भीक्ष ने उसके साथ उस सरोवर को पार किया। सरोवर को पार करके वो दोनों एक वन के प्रवेश-द्वार पर खड़े हो गये। मार्ग में आगे वृक्षों का घनत्व बहुत अधिक था।

"मुझे अभी तक समझ नहीं आया भद्राक्ष कि तुम मुझे यहाँ लाये क्यों हो।" दुर्भीक्ष ने कौतूहलवश प्रश्न किया।

"बस कुछ क्षणों की प्रतीक्षा और कीजिए महामहिम।" कहकर भद्राक्ष रूपी भैरवनाथ ने मुख से एक गुप्त ध्वनि निकाली।

उस ध्वनि के उत्तर में कुछ ही क्षण में दो विशाल गज उस वन से बाहर निकले। उनमें से एक पर दानव जरोम सवार था और दूसरे पर असुर दुर्मुख। उन हाथियों को देख दुर्भीक्ष भी अचम्भित रह गया। उनका आकार सामान्य हाथी से लगभग ढाई गुना प्रतीत हो रहा था। दाँत इतने लम्बे और पैने थे मानो एक ही बार में दो हाथियों को छेद डालें। उनकी पीठ पर सवार जरोम और आभीर ने उन्हें आदेश दिया, "असुरेश्वर दुर्भीक्ष तुम्हारे समक्ष खड़े हैं, प्रणाम करो इन्हें!"

उन दोनों विशालकाय हाथियों ने बैठकर अपनी सूँड उठाते हुये दुर्भीक्ष को प्रणाम किया। दुर्भीक्ष के मुख पर आश्चर्य के बादल छा गये, "ऐसे दुर्लभ हाथी तो प्रथम बार देखे हैं मैंने, कौन हैं ये?"

भद्राक्ष ने उनका परिचय दिया "ये राक्षस जाति के दो अत्यंत बलशाली योद्धा हैं असुरेश्वर, जो मतंग ऋषि के श्राप के कारण सदैव के लिये इसी रूप में रह गये। शुक्रदंत और वक्रदंत नाम के ये दो भ्राता महाशक्तिशाली हैं, इन दोनों में दस-दस सहस्त्र हाथियों का बल है। बहुत समय पहले दानव जरोम और असुर दुर्मुख इन पर नियंत्रण पाने के उद्देश्य से पातालपुरी की सीमा से भी आगे गये थे और मुझे प्रसन्नता है

कि ये दोनों महावीर अपने अभियान में सफल हुए।''

जरोम और दुर्मुख हथियों की पीठ से उतरकर दुर्भीक्ष के समक्ष आये और उसे प्रणाम किया, ''असुरजाति के रक्षण के लिये हम अपना योगदान देने के लिये प्रस्तुत हैं असुरेश्वर।'' जरोम ने विनम्र भाव से कहा।

दुर्मुख ने भी दुर्भीक्ष को प्रणाम किया, ''हम पर कृपा करें और असुरजाति के रक्षण के लिये हमें भी इस युद्ध में भाग लेने का अवसर प्रदान करें।''

दुर्भीक्ष ने सहमति जताते हुए कहा, ''अवश्य, क्यों नहीं, मेरी सेना में तुम चारों का स्वागत है।''

तत्पश्चात वो भद्राक्ष की ओर मुड़ा, ''तुमने मुझे इनके विषय में पहले क्यों नहीं बताया भद्राक्ष?''

''इसकी सूचना मुझे कुछ ही समय पूर्व प्राप्त हुई है; दानव जरोम और दुर्मुख ने मुझे आश्वासन दिया था कि वो युद्ध से पूर्व इन हाथियों को नियंत्रित करके यहाँ पहुँचने का पूर्ण प्रयास करेंगे। आखिर ये युद्ध असुरजाति के अस्तित्व का है। शुक्रदंत और वक्रदंत पातालपुरी की सीमा के भी पार निवास करते थे, इसलिए मुझे इनकी सफलता पर संदेह था और इसी कारण से मैंने आपको इनसे अवगत नहीं कराया, इसके लिये क्षमा चाहता हूँ असुरेश्वर।''

''कोई बात नहीं भद्राक्ष, विलम्ब से ही सही किंतु इनकी सहायता हमारा सद्भाग्य सिद्ध होगी।'' वो जरोम और दुर्मुख की ओर मुड़ा, ''असुरजाति तुम दोनों के इस योगदान की ऋणी रहेगी।''

दुर्मुख ने विनम्र भाव से कहा, ''आप हमें लज्जित न करें असुरेश्वर, ये संकट हमारी सम्पूर्ण जाति तथा संस्कृति पर आया है।''

''और अपनी प्रजाति के अस्तित्व के रक्षण के लिये हम अपना शीश अर्पण करने को सज्ज हैं।'' दानव जरोम ने उसका समर्थन करते हुए कहा।

दुर्भीक्ष ने उन दोनों की पीठ थपथपाते हुए कहा, ''प्राणदान का नहीं अपितु केवल शत्रु को प्राणहीन करने के विचार से युद्ध करोगे तो अपना योगदान सफल बना पाओगे।''

तत्पश्चात दुर्भीक्ष, शुक्रदंत और वक्रदंत के समक्ष जाकर खड़ा हो गया, ''शुक्रदंत को आदेश दो जरोम कि वो पूर्ण बल से मेरी छाती पर अपनी सूँड का प्रहार करे।''

जरोम अचम्भित रह गया, ''ये... ये आप क्या कह रहे हैं असुरेश्वर... आप पर प्रहार...''

"जो कहा है वो करो!" दुर्भीक्ष ने कठोर होकर कहा।

"जो आज्ञा असुरेश्वर।" जरोम ने शुक्रदंत की ओर मुख कर कहा, "असुरेश्वर हमारे भाग्यविधाता हैं, इनके आदेश को मानकर अपना कर्तव्य निभाओ।"

शुक्रदंत भूमि से उठा और पूर्ण बल से अपनी सूँड घुमाकर दुर्भीक्ष की छाती पर वार किया। उस प्रहार से चोटिल होकर दुर्भीक्ष बीस हाथ दूर खड़े एक वृक्ष से जा टकराया। वो वृक्ष भी टूटकर भूमि पर गिर गया।

दुर्भीक्ष गुलाटी मारकर सीधा खड़ा हो गया, "तो इन्हें हमारी भाषा समझ में आती है?"

"हाँ असुरेश्वर, बस ये हमारे कथन का उत्तर नहीं दे सकते, इन्हें आदेश आप भी दे सकते हैं, क्योंकि असुरजाति के रक्षण हेतु ये दोनों आपको समर्पित हैं।" जरोम ने समर्थन करते हुए कहा।

"उत्तम, अति उत्तम... आज तक मैंने इतने बलिष्ठ युद्धक हाथियों को नहीं देखा।" कहकर दुर्भीक्ष वक्रदंत के पास गया और उसे आदेश दिया, "प्रहार करो वक्रदंत।"

दुर्भीक्ष के आदेश का पालन करते हुए वक्रदंत भूमि से उठा और पूर्ण बल से अपनी सूँड घुमायी। दुर्भीक्ष ने उसकी सूँड पकड़ ली और उसे पीछे धकेलने लगा, "और बलपूर्वक... मुझे तुम्हारे सम्पूर्ण सामर्थ्य का परिचय चाहिए।"

वक्रदंत ने बल प्रयोग से दुर्भीक्ष को दस कदम पीछे हटाया। दुर्भीक्ष की दृष्टि में अपार संतोष दिखाई देने लगा। तब दुर्भीक्ष भी उसे धकेलते हुए कई कदम पीछे ले गया, "बस करो अब शांत हो जाओ।"

दुर्भीक्ष के बल का प्रदर्शन देख शुक्रदंत और वक्रदंत ने एक बार फिर उसे प्रणाम किया और उसके समक्ष सूँड उठाकर बैठ गये।

तत्पश्चात दुर्भीक्ष ने अपनी छाती पर जमी धूल झाड़ी और मुट्ठियाँ भींचते हुए कहा, "वक्रबाहु जैसे दो बलिष्ठ गजों को हमारी सेना में लाकर तुम दोनों ने हमारी विजय निश्चित कर दी है, कल चार सौ यति और ये दो गज मिलकर समस्त पुरुसेना का ध्वंस कर देंगे। स्मरण रहे भद्राक्ष कि शुक्रदंत और वक्रदंत के युद्ध में पदार्पण की सूचना शत्रुदल को न मिलने पाये... ये दोनों गज कल सूर्योदय के उपरांत दूसरे प्रहर के समय रणक्षेत्र में प्रवेश करेंगे ताकि शत्रु इनके अकस्मात आगमन से अचम्भित रह जाये और पौरवसेना के पाँव उखड़ जायें।"

अष्ठम अध्याय

चतुर्थ दिवस

चौथे दिन का सूर्य उदय होते ही अनेक शंखों की गर्जन के साथ दोनों सेना एक-दूसरे की ओर चल पड़ीं। मेघवर्ण को सूचना मिल चुकी थी कि आज दुर्भीक्ष ने अपनी सेना के सम्पूर्ण बल के साथ प्रहार करने का निर्णय लिया है। उसने योजना भी उसी के अनुसार बनायी थी। दोनों सेना के मार्ग के दायें और बायें छोर पर पचास गज ऊँचे पर्वत थे। दायीं ओर के पर्वतशिखर पर डकैत योद्धाओं का दल चढ़ा हुआ था और बायें ओर के दूसरे पर्वत के शिखर पर गंधर्व दल। उन दोनों दलों को ऊपर से दृष्टि जमाये रखने के लिये नियुक्त किया गया था कि यति कहीं फिर से पर्वतों के ऊपर से आक्रमण न कर दें।

दुर्भीक्ष ने द्विचंद्रहास व्यूह का निर्माण किया था। सेना के आपस में जुड़े हुए दो दल एक स्रोत से जुड़कर लंकापति रावण के प्रसिद्ध चंद्रहास खड्ग का आकार लिये पौरव दल की ओर बढ़ रहे थे। दुर्भीक्ष की यति सेना दूर-दूर तक दिखाई नहीं दे रही थी, किन्तु मेघवर्ण को विश्वास था कि यतिदल आज आक्रमण अवश्य करेगा, इसीलिए वो भरत, वक्रबाहु, बल्लार को पीछे छोड़ शेष महारथियों के साथ पुरुराष्ट्र की सेना को अर्द्धचंद्र का आकार देकर आगे बढ़ा।

दोनों सेना तीव्र गति से एक दूसरे से टकरा गयीं। रक्त की गंगा एक बार फिर बहना आरम्भ हो गयी। शत्रु के प्रहारों से अपने रथी को बचाने के लिये सारथी बड़ी तीव्र गति से रथ इधर-उधर घुमा रहे थे। परिणामस्वरूप रथों के पहिये सैनिकों के क्षत-

विक्षत शरीरों को कुचलकर आगे बढ़े जा रहे थे। हाथियों का दल लड़ते हुए यूँ चिंघाड़ रहा था मानों मेघ गरज रहे हों। मेघों के इसी गर्जन के बीच शत्रु सेना को अपने बाणों से चीरता हुआ मेघवर्ण किसी नरव्याघ्र की भाँति शत्रुंजय की ओर बढ़ता चला जा रहा था। किंतु इससे पूर्व ही दुर्भीक्ष के रथ को हाँकता हुआ भद्राक्ष उसके समक्ष आ गया।

दुर्भीक्ष ने अपने धनुष की प्रत्यंचा को खींचा। उसकी टंकार से समस्त रणभूमि गूँज उठीं, ''मैंने तुम्हें चेतावनी दी थी मेघवर्ण कि फिर कभी भूल से भी मेरे सामने मत पड़ जाना।''

मेघवर्ण मुस्कुराया, ''तुम्हें अपने बल पर कुछ अधिक ही अभिमान है दुर्भीक्ष; चलाओ, आज तूरीण में जितने बाण है चलाकर देख लो, तुम्हारा प्रतिकार करने को सज्ज खड़ा हूँ मैं और मुझे तुम्हारी भाँति अपने सामर्थ्य के व्यर्थ प्रदर्शन के लिये अपने धनुष की टंकार सुनाने की आवश्यकता नहीं है... सावधान असुरेश्वर!'' मेघवर्ण ने दुर्भीक्ष पर अपने बाणों की वर्षा आरम्भ की।

सर्वप्रथम मेघवर्ण ने दुर्भीक्ष की काँख, छाती और कंधों पर बारह पैने बाण मारे और भद्राक्ष की भुजा पर दो बाण मारकर उसे घायल कर दिया। कुपित दुर्भीक्ष ने धनुष पर एक साथ तीस बाण चढ़ाये और मेघवर्ण की ओर छोड़े। उनमें से पंद्रह बाणों को मेघवर्ण ने वायु में ही काट डाला, शेष पंद्रह बाण उसकी छाती, भुजा समेत शरीर के कई विभिन्न अंगों पर आ लगे। अपने शरीर का रक्त पीते बाणों को देख मेघवर्ण क्षण भर के लिये विचलित हुआ। दुर्भीक्ष ने इस अवसर का लाभ उठाकर उसके धनुष की प्रत्यंचा काट डाली। मेघवर्ण ने बिना विलम्ब किये रथ में पड़ी गदा उठाकर दुर्भीक्ष की ओर फेंकी। उस तीव्रगति से आती हुई गदा को नष्ट करने के लिये दुर्भीक्ष ने एक साथ दस बाण चलाये और उस गदा के टुकड़े-टुकड़े कर दिये। मेघवर्ण के लिए इतना समय पर्याप्त था कि वो अपने धनुष की प्रत्यंचा वापस चढ़ाकर दुर्भीक्ष पर अगला प्रहार कर सके। मेघवर्ण के छोड़े अगले दस बाणों ने दुर्भीक्ष के रथ को दस हाथ पीछे हटा दिया। भद्राक्ष ने रथ को नियंत्रित किया और एक बार फिर रथ को मेघवर्ण के समक्ष लाकर खड़ा किया। गर्जना करते हुए दुर्भीक्ष ने अपने बाण छोड़ने आरम्भ किये। दोनों महारथियों का घनघोर युद्ध जारी रहा।

आज के दिन एक बार फिर त्रिकुम्ब और दिग्विजय का आमना-सामना हो गया। उसे देखते ही दिग्विजय अपना भाला उठाये रथ से कूद पड़ा। उसकी चुनौती स्वीकार कर त्रिकुम्ब भी भाला हाथ में लिये रथ से उतर आया। दोनों योद्धा एक-दूसरे की ओर तीव्र गति से दौड़े और हवा में उछलकर एक-दूसरे के शरीरों पर भाले से चोट करने का प्रयास किया, जिसमें दोनों सफल भी हुए। दिग्विजय की जाँघ तो त्रिकुम्ब की छाती पर घाव हुआ। दोनों साथ में भूमि पर गिरे और पुनः खड़े हो गये। त्रिकुम्ब ने एक बार फिर उछलकर दिग्विजय की छाती पर वार करना चाहा, किंतु दिग्विजय ने किनारे हटकर

भूमि पर आते त्रिकुम्ब की पीठ पर वार कर उसे भूमि पर धकेल दिया। त्रिकुम्ब ने भूमि पर लेटे हुए ही पलटकर अपनी ओर आते दिग्विजय के भाले को रोका और उसके उदर पर पैर से वार कर उसे स्वयं से दूर हटा दिया।

अपने बाणों से विदर्भ के योद्धाओं का नाश करता हुआ चंद्रकेतु किसी व्याघ्र की भाँति निर्भीक होकर बढ़े चले जा रहा था। उसका मार्ग रोकने के लिये अपना धनुष लेकर स्वयं शत्रुंजय उसके समक्ष आ खड़ा हुआ और तीन पैने बाणों से चंद्रकेतु के हाथों में थमा धनुष काट दिया। चंद्रकेतु ने तत्काल ही दूसरा धनुष उठाया और शत्रुंजय को दस बाणों से बींध दिया। शरीर से बहते हुए रक्त की गर्माहट के भान ने शत्रुंजय का क्रोध जगा दिया। उसने एक साथ तीस बाण चलाये, जिससे चंद्रकेतु का धनुष टूटा तथा उन बाणों ने रथ के पहियों समेत कई स्थलों पर चोट की, जिससे वो रथ चूर-चूर हो गया। टूटे हुए रथ से कूदते हुए चंद्रकेतु ने गदा उठाकर शत्रुंजय के रथ पर दे मारी। तीव्रगति से बलपूर्वक फेंकी गयी उस गदा ने शत्रुंजय के रथ को क्षतिग्रस्त कर दिया। भूमि पर गिरे शत्रुंजय को देख चंद्रकेतु तलवार उठाकर उसकी ओर दौड़ पड़ा। शत्रुंजय ने भी अपने क्षतिग्रस्त हुए रथ से गिरी तलवार उठायी और अपने शरीर की ओर आती चंद्रकेतु की तलवार से स्वयं का रक्षण किया। चंद्रकेतु भूमि पर गिरे शत्रुंजय की जंघा पर पाँव रख उसे दबाने का प्रयत्न करने लगा। अधिक बल और ध्यान जंघा पर लगाने का कारण चंद्रकेतु की पकड़ तलवार पर हल्की ढीली पड़ी और शत्रुंजय ने उसके पैर पर घाव कर उसे पीछे हटा दिया। जितने में चंद्रकेतु पीछे हटकर सँभला उतने में शत्रुंजय भी उठकर खड़ा हो गया। दोनों महारथियों ने अपनी तलवार सँभाली और एक-दूसरे पर टूट पड़े।

भगदत्त और उसका पुत्र चित्ररथ शत्रुदल पर कहर बनकर टूट पड़े थे। भगदत्त, द्रविड़राज अल्मबुष को बीस बाणों से घायल और निःशस्त्र करके भूमि पर गिराकर आगे बढ़ गया। चित्ररथ ने भी वेदांतक और धीरा को बुरी तरह घायल करके असुरों की सेना पर बाण वर्षा आरम्भ की। जम्बाल, उग्रश्रवा, मथुरा नरेश शल्लभ और काशीराज भद्रसोम भी अलग ही द्रविड़ सेना के शूलरथों सहित उनका ध्वंस किये जा रहे थे। उपनंद और बल्लार में भी घोर युद्ध हो रहा था। वक्रबाहु ठीक उसी पर्वत के नीचे खड़ा था जिसके ऊपर डकैत योद्धा खड़े थे। वहीं भरत अपने बाणों से निकट आती शत्रु सेना का नाश कर रहा था। उसे मुख्यतः यति दल की प्रतीक्षा थी।

मेघवर्ण से युद्ध करते समय दुर्भीक्ष को अपनी सेना की दुर्दशा का आभास हो गया। उसने अपने धनुष पर कुल तीस बाण चढ़ाये और मेघवर्ण के रथ के अलग-अलग भाग पर मारे। मेघवर्ण का रथ कई गज पीछे हट गया। इस अवसर का लाभ उठाकर दुर्भीक्ष ने धनुष पर एक साथ सौ बाण चढ़ाकर सीधे आकाश की ओर छोड़े। सारे बाण आकाश में कुछ यूँ छोड़े गये कि वो सौ गज से भी ऊपर जाकर आपस में

तीव्रगति से टकराने लगे। लौह के उन अनेक बाणों ने आपस में टकराकर चिंगारियाँ उत्पन्न कीं, जिनसे आकाश में अग्नि प्रज्जवलित हो गयी।

कदाचित ये दुर्भीक्ष का कोई संकेत था जिसका परिणाम शीघ्र ही सामने आया। दूर वनों से वृक्षों के उखाड़ने की ध्वनि सुनायी देने लगी। सर्वप्रथम वो ध्वनि बायीं ओर के पर्वत पर खड़े गंधर्व दल को सुनायी दी। गंधर्व योद्धाओं ने पलटकर देखा तो लगभग दो सौ यतियों को हाथों में एक-एक वृक्ष उठाये उनकी ओर बढ़ता हुआ पाया। बिना एक भी क्षण विलम्ब किये उनमें से कई योद्धाओं ने शंख बजा दिया। दुर्भीक्ष के नेत्रों में सफलता की ज्योति स्पष्ट दिखाई दे रही थी। मेघवर्ण अपना रथ एक बार फिर उसके सामने लाया और विद्युत की गति से चलाये दस बाणों से उसके रथ को पीछे हटा दिया। भद्राक्ष उसके रथ को सँभालता हुआ वापस लाया और एक बार फिर मेघवर्ण और दुर्भीक्ष में युद्ध आरम्भ हो गया।

गंधर्वों की शंख ध्वनि सुनते ही भरत ने अपने सारथी को बायीं ओर के पर्वत की ओर चलने का आदेश दिया। दायीं ओर से भी वृक्ष उठाये यतियों को आता देख डकैत दल ने शंख ध्वनि बजानी आरम्भ की, जिसे सुनकर वक्रबाहु अपने दोनों फरसे उठाये पर्वत पर चढ़ आया। यतियों ने अपने हाथों में थमे वृक्ष फेंकने आरम्भ किये। कइयों को तो वक्रबाहु ने अपने फरसों से काट डाला, किन्तु कई वृक्ष के नीचे डकैत दल के अनेक योद्धा दबकर मारे गये। कई वृक्ष पर्वत को पार करके सैनिकों के ऊपर भी गिरने लगे। उनकी ये दुर्दशा देख वक्रबाहु डकैत योद्धाओं को आदेश दिया, "सारे के सारे नीचे जाओ।"

उसके आदेश का पालन कर सारे डकैत योद्धा नीचे की ओर दौड़े। यतियों के हाथों में थमे वृक्षों को समाप्त हुआ देख वक्रबाहु पर्वत से नीचे कूद पड़ा और अपना फरसा लिये दो सौ यतियों के दल की ओर दौड़ा।

जब तक भरत का सारथी उसे पर्वत के निकट ले गया, तब तक भरत ने अपने शरीर पर उतने अस्त्र-शस्त्र लाद लिये जितने वो लाद सकता। यतियों ने निकट आकर टूटे हुए वृक्षों को गंधर्व योद्धाओं पर फेंकना आरम्भ कर दिया। चीखते हुए गंधर्व योद्धा इधर-इधर बिखरने लगे। उनकी चीखें सुनकर भरत को अनुमान हुआ अब अश्व की सहायता से सीधे मार्ग से पर्वत पर चढ़ायी करने का समय नहीं है। यह विचारकर उसने रथ से छलाँग लगायी और पर्वत की ओर दौड़ पड़ा। किसी भी महारथी के लिए अस्त्रों-शस्त्रों सहित पचास गज ऊँचे पर्वत पर सीधी चढ़ायी करना लगभग असम्भव कार्य था। किन्तु आर्यावर्त के होने वाले सम्राट के कंधों का बल एक सामान्य महारथी से कई गुना अधिक था। पर्वत के निकट पहुँचते ही पहली छलाँग में उसने सोलह गज की ऊँचाई नाप दी और एक बाद एक पर्वत पर निकली हुई तीन चट्टानों पर पाँव रख वो ऊपर आ गया और उसी क्षण पर्वत पर चढ़ आये तीन यतियों के मस्तक को अपने पैने

बाणों से बींध डाला। वो तीनों यति पर्वत से नीचे गिर पड़े। पर्वत पर आकर उसने गंधर्व योद्धाओं को आदेश दिया, ''मेरे नीचे जाने के उपरांत जो भी यति पर्वत पर चढ़ने का प्रयास करे उस हर एक यति को एक साथ मिलकर कम से कम सौ बाण मारना, तभी उन्हें पर्वत पर चढ़ने से रोक पाओगे और तब मैं उन्हें भूमि पर रोककर ही उनका नाश कर दूँगा और वृक्षों की संख्या उतनी ही होगी जितनी संख्या में यति सामने खड़े हैं; अपनी चपलता का भरपूर उपयोग करो और वृक्षों के प्रहार से बचो।''

गंधर्व योद्धाओं ने सहमति जतायी और अपना-अपना धनुष लिये सज्ज हो गये। तीन यतियों को भूमि पर गिरता देख यति दल बौखला गया। उनमें से कई ने एक साथ कई वृक्ष उठाकर फेंके। भरत ने पर्वत से छलाँग लगायी और उनमें से एक वृक्ष पर पैर रखते हुए अपने धनुष पर चढ़ाये दस पैने बाणों से पाँच यतियों के कण्ठ भेद डाले और एक वृक्ष से हवा में उपस्थित दूसरे वृक्ष पर चढ़कर उसने अपने पैर के दबाव से उस वृक्ष को भूमि पर लाया और अपने धनुष पर चढ़ाये पाँच अर्धचंद्राकार बाणों से पाँच और यतियों का मस्तक धड़ से अलग कर दिया। पर्वत के ऊपर से नीचे आने में ही भरत ने अपने घातक बाणों दस यतियों का वध कर चुका था। उसका भयानक पराक्रम देख यति दल आतंकित हो उठे तथा आपस में कुछ वार्ता करने लगे। तत्पश्चात कई यतियों ने अपने हाथों में थमे वृक्षों को उसकी ओर फेंका, किन्तु भरत ने उन फेंके हुए वृक्षों को अवसर में परिवर्तित कर लिया और एक के बाद एक वृक्ष पर उछलकर यतियों को अपने बाणों से हताहत करने लगा। यतियों ने अधीर होकर अपने हाथ में थमे सारे वृक्षों को पर्वत की ओर फेंका। योजना अनुसार गंधर्व योद्धा पर्वत पर उपस्थित बड़े-बड़े पत्थरों की ओट में छिपकर अपना रक्षण किया, किन्तु फिर भी लगभग सौ गंधर्व उन वृक्षों के नीचे दबकर वीरगति को प्राप्त हो गये। इधर पर्वत के नीचे खड़े यति अपनी-अपनी गदा उठाये भरत को चारों ओर से घेरने लगे। वो घेरा बनाकर भरत को फँसाने का प्रयास करते और भरत हर बार घेरे के दो यतियों को मारकर उस घेरे से बाहर निकलने लगा। वहीं लगभग साठ यति पर्वत की ओर दौड़े। कुछ को भरत ने दौड़ते हुए अपने बाणों से ही बींध डाला। वही सौ-सौ गंधर्व धनुर्धरों ने पूर्ण बल एकत्र होकर एक-एक यति पर बाणों से प्रहार करना आरम्भ किया। भरत अपने बाणों से यतियों का नाश करता रहा। वहीं सौ-सौ बाणों की चोट खाकर यति पर्वत पर चढ़ते हुए गिरने लगे। दो यति चढ़ायी करने में सफल भी हुए और अपनी गदा के प्रहारों से गंधर्वों के एक दल पर भीषण आक्रमण किया। तभी गंधर्वों के तीन दलों ने उन दोनों यतियों को कुछ ही क्षणों में तीन तीन सौ बाणों से बींधकर पर्वत से नीचे गिरा दिया। कई यति चढ़े और मारे गये। लगभग दो सौ गंधर्व योद्धा भी वीरगति को प्राप्त हुए। बचे-खुचे बीस यति अपने प्राण बचाकर पर्वत से दूर भागने लगे। गंधर्वों योद्धाओं का उत्साह दुगुना हो गया। उन्होंने उन भागते यतियों को भी नहीं छोड़ा। वो उन सभी यतियों को पर्वत के ऊपर से साथ मिलकर सौ-सौ बाणों से बींधने लगे। भूमि की गुरुत्वाकर्षण की शक्ति ने

उन बाणों को और भी गति दे थी। उन बाणों ने कुछ यतियों के प्राण हर लिये और कुछ रण छोड़कर भाग निकले।

वक्रबाहु के फरसे ने लगभग बीस यतियों को काट डाला था, तब लगभग पचास यतियों ने उसे चारों ओर से घेर लिया और शेष यति पर्वत की ओर दौड़े। पर्वत पर खड़ा डकैत दल पहले ही वहाँ से जा चुका था इसलिए यतियों को चढ़ायी करने में कोई कठिनाई नहीं हुई। वो एक सौ तीस यति उस पर्वत पर एकत्र हुए, और अपने ठीक नीचे पौरवों की गज सेना के सैकड़ों हाथियों को युद्ध करते हुए पाया। उन सभी ने एक-दूसरे को संकेत किया और अपनी-अपनी गदा उठाये साथ पर्वत से छलाँग लगायी और भूमि पर आते हुए उन सभी ने एक-एक हाथी के मस्तक पर प्रहार किया। आकाश से आते हुए भीषण गदा प्रहारों को वो हाथी सहन न कर पाये और एक सौ तीस हाथी एक साथ चिंघाड़ते हुए भूमि पर गिरकर मरणासन्न हो गये। तत्पश्चात उन एक सौ तीस यतियों ने अपनी गदा उठाकर पौरव सेना पर भयानक आक्रमण किया और कुछ ही समय में सहस्त्रों अश्वारोही तथा सैकड़ों रथियों तथा गजसेना को हताहत कर डाला। अपनी सेना का एक दल लेकर भगदत्त यति दल का सामना करने आगे बढ़ा।

अपनी योजना को सफल होते देख मेघवर्ण से द्वंद्व करते दुर्भीक्ष ने सूर्य की ओर देखा। दिन का दूसरा प्रहर आरम्भ हो चुका था। उचित समय जानकर उसने अपना शंख फूँक दिया। उसके शंख की ध्वनि गूँजते ही दुर्भीक्ष का बनाया एक-दूसरे से जुड़ा हुआ द्विचंद्रहास व्यूह अलग-अलग हो गया। जिन सैनिकों ने व्यूह के दोनों भागों को जोड़ रखा था वो किनारे हटकर मार्ग खाली करने लगे। पीछे से शुक्रदंत की पीठ पर सवार दानव जरोम और वक्रदंत की पीठ पर सवार असुर आभीर ने रणभूमि में प्रवेश किया। शुक्रदंत और वक्रदंत की चिंघाड़ से समग्र रणक्षेत्र काँप उठा। तीव्रगति से दौड़ते हुए वो दोनों हाथियों ने पौरवों की सेना में घुसकर उत्पात मचाना आरम्भ किया। शुक्रदंत ने अपनी सूँड में चार हथियों को एक साथ उठाया और उन्हें पटक-पटककर मार डाला। वही वक्रदंत ने अपनी टक्कर से दस हथियों को गिराकर उनके मस्तक अपने पाँवों तले कुचल दिया। जरोम और दुर्मुख अलग से ही अपने बाणों द्वारा पुरुसेना को हताहत कर रहे थे।

अपनी सेना की दुर्दशा देख मेघवर्ण कुपित हो उठा। क्रोध में उसने दुर्भीक्ष की ओर पचास बाण चलाये, किंतु दुर्भीक्ष ने वो सारे बाण मार्ग में ही काट दिये और मेघवर्ण की छाती, भुजा और कंधे पर घाव कर दिये। तत्पश्चात उसने मेघवर्ण कटाक्ष करते हुए कहा, ''बड़े विचलित जान पड़ रहे हो मेघवर्ण, इतने की तुम्हारे प्रहार भी दुर्बल हो गये। किंतु चाहें जितना भी छटपटा लो, मैं तुम्हें यहाँ से जाने नहीं दूँगा और आज शुक्रदंत और वक्रदंत नाम के ये दो महाबलशाली हाथी समग्र पुरुसेना का विध्वंस कर देंगे।''

दुर्भीक्ष की बात सुन मेघवर्ण इतना विचलित हो उठा कि उसने दिव्यास्त्रों के प्रयोग की ठान ली। उसने व्यवास्त्र को आवाहन देकर छोड़ा। वायु के इतने तीव्र प्रवाह में दुर्भीक्ष और भद्राक्ष के नेत्र भी कुछ क्षणों के लिये विचलित हो गये। इतनी धूल उड़ी की कुछ भी दिखना असम्भव प्रतीत हो रहा था। दुर्भीक्ष का रथ भी बीस गज पीछे चला गया। दुर्भीक्ष ने उस अस्त्र की काट के लिये अपना दिव्यास्त्र प्रकट किया और व्यवास्त्र के प्रभाव को समाप्त कर दिया। वायु और धूल के छँटने के उपरांत उसने देखा कि मेघवर्ण उसके सामने से जा चुका है। उसने पीछे पलटकर देखा और मेघवर्ण के रथ को शुक्रदंत और वक्रदंत की ओर बढ़ता पाया।

यह देख दुर्भीक्ष ने भद्राक्ष को आदेश दिया, ''शीघ्र चलकर मेघवर्ण का पीछा करो भद्राक्ष, उसके दिव्य अस्त्र शुक्रदंत और वक्रदंत का नाश कर सकते हैं।''

भगदत्त ने अपने बाणों से कई यतियों को हताहत किया, किंतु यतियों ने भी उसका रथ तोड़ उसे भूमि पर गिराया और उसके साथ आये हुए बीस सहस्त्र योद्धाओं को यमसदन पहुँचा दिया। दस यति मारे अवश्य गये, किंतु अभी भी एक सौ बीस यति आगे बढ़कर बड़ी भीषणता से पुरुसेना का संहार कर रहे थे। भगदत्त के मन में एक विचार कौंधा और वो यतियों का प्रतिकार करने के स्थान पर अपने सैन्य दल को दूसरी ओर भेजकर वहाँ से भागने लगा। भागते-भागते उसने अपने बाणों से यतियों पर प्रहार भी किये, जिससे कुपित होकर यति उसके पीछे भागने को विवश हो गये। सारे के सारे यति भगदत्त के पीछे दौड़ गये। जलाशय की ओर भागते-भागते उसने अपना शंख एक विशेष ध्वनि में बजाया।

उसके शंख का संकेत पाकर पाँच सौ गणान्ग योद्धाओं ने कंधों पर बाणों से भरा तूरीण और धनुष टाँगा। अपने हाथों में लम्बे-लम्बे भाले और बड़ी-बड़ी ढालें उठायीं और एक साथ जलाशय की ओर दौड़े। जलाशय के निकट पहुँचकर सारे गणान्ग योद्धा गोलाकार चक्र बनाकर खड़े हो गये और स्वयं को ढालों से ढक लिया। भगदत्त ने अपना धनुष और बाणों से भरे दो तूरीण कंधे पर टाँगे और अपने गणान्ग योद्धाओं द्वारा निर्मित चक्र के आगे जाकर खड़ा हो गया। यतियों के निकट आते ही भगदत्त ने गणान्ग योद्धाओं को गर्जना करते हुए आदेश दिया, ''आक्रमण!''

एक साथ पाँच सौ भाले आकाश में उड़े और कई यतियों को घायल करने के साथ तीन यतियों का वध भी कर डाला। उसके उपरांत ढालों को पकड़े सौ गणान्ग योद्धाओं को छोड़कर भगदत्त और चक्र के बीच उपस्थित योद्धाओं ने बाण चलाने आरम्भ किये। उन बाणों से घायल होते यतियों का दल गणान्ग योद्धाओं की ओर तीव्रगति से बढ़ रहा था। उनके निकट आते ही भगदत्त ने धनुष कंधे पर टाँगा, म्यान से दो तलवार निकाली और यति दल पर टूट पड़ा। भगदत्त को बीस यतियों ने घेरा और शेष गणान्ग योद्धाओं द्वारा निर्मित चक्र की ओर दौड़े।

तभी अकस्मात ही जलाशय के भीतर से मत्तमयूर नरेश विश्वसेन के साथ उनके पाँच सहस्त्र जलकुम्भी योद्धा निकल आये। उन्हें अकस्मात प्रकट हुआ देख यतिदल स्तब्ध रह गया। पाँच सहस्त्र भाले एक साथ आकाश में उड़े और यतियों को घायल करने लगे। भगदत्त ने कूदकर अपनी तलवार से दो यतियों का मस्तक छेद डाला। गणान्न योद्धाओं के साथ जलकुम्भी वीरों ने जल में खड़े रहकर ही बाण चलाना आरम्भ किया। यतियों का बल भी कम नहीं था। एक यति को भूमि पर गिराने के लिये उन्हें कम से कम पाँच सौ से भी अधिक बाणों से बींधना पड़ रहा था। उन सभी ने मिलकर गणान्न योद्धाओं पर भीषण आक्रमण किया। गदा प्रहारों से ढालें टूटने के उपरांत गणान्न दल के सभी योद्धा दो-दो तलवारें उठाये यतियों से भिड़ गये। वहीं दूर से जलकुम्भी योद्धा एक साथ सहस्त्रों बाणों की वर्षा करते रहे।

दूर से ही दिग्विजय से द्वंद्व करते हुए त्रिकुम्ब ने यतियों की दुर्दशा होते देखी। दिग्विजय ने अभी भी उसे अपने साथ द्वंद्व में उलझाया हुआ था। त्रिकुम्ब ने पीछे हटकर भूमि पर गिरी धूल दिग्विजय के नेत्रों में उड़ा दी और एक अश्व पर छलाँग लगाकर यतियों की ओर दौड़ पड़ा। दिग्विजय ने अपनी आँखों की धूल झाड़ी और त्रिकुम्ब को जलाशय की ओर भागते देखा। उसने पहले तो त्रिकुम्ब के पीछे जाने का प्रयास किया, किन्तु वक्रदंत की चिंघाड़ ने उसका ध्यान खींच लिया। दिग्विजय ने पलटकर उस विशालकाय गज की ओर देखा। वो बड़ी तीव्रता से पौरवसेना का संहार करता जा रहा था। दिगविजय अपने रथ पर आरूढ़ हुआ और अपने सारथी को वक्रदंत की ओर चलने का आदेश दिया।

द्रविड़राज अल्मबुष अपने रथ पर घायल पड़े थे। वहीं वेदांतक और धीरा ने एक बार फिर सँभलकर एक साथ चित्ररथ पर आक्रमण किया। उन दोनों के बाणों का उत्तर चित्ररथ अकेले ही दे रहा था। शुक्रदंत पर सवार दानव जरोम का प्रतिकार करने हेतु सर्वप्रथम काशीराज भद्रसोम आये। जरोम ने उन्हें अपने बाणों से घायल किया और शुक्रदंत ने सूँड़ के एक ही प्रहार से उनके रथ को तोड़ डाला। भद्रसोम को अपने प्राण बचाकर भागना पड़ा।

शुक्रदंत की ओर बढ़ते मेघवर्ण के समक्ष एक बार फिर दुर्भीक्ष आ खड़ा हुआ, "मुझे छलना इतना सरल भी नहीं है महारथी मेघवर्ण।" मेघवर्ण को चुनौती देते हुए दुर्भीक्ष ने उस पर बाण वर्षा आरम्भ की। मेघवर्ण को उसका उत्तर देने के लिये एक बार फिर उससे द्वंद्व में व्यस्त होना पड़ा।

भगदत्त के दल के लगभग सत्तर गणान्न योद्धा काम आ चुके थे। वहीं बाणों से बिंधे हुए चालीस से अधिक यतियों के शव भी गिर चुके थे। तब तक त्रिकुम्ब अपनी तलवार उठाये वहाँ आया और भगदत्त को घेरे हुए यतियों को उन्हीं के गुप्त स्वर में आदेश दिया। उसका आदेश सुन कुछ यति जिन्होंने भगदत्त को घेर रखा था, उसे छोड़

गणान्ना दल की ओर दौड़े। भगदत्त, त्रिकुम्ब की मंशा ताड़ गया। उसने पलटकर अपने योद्धाओं को आदेश दिया, "जब तक एक भी गणान्ना जीवित है, ये यति महाराज विश्वसेन और उनके सैनिकों तक नहीं पहुँचने चाहिए, हमारे महाराज ने इनकी रक्षा का प्रण लिया है, हमें अपने रक्त की अंतिम बूँद बह जाने तक मत्तमयूर के योद्धाओं का रक्षण करना है, अपना पूर्ण बल लगाकर आक्रमण करो वीरों!"

भगदत्त के उत्साह भरे स्वर ने गणान्ना योद्धाओं के शरीर में बिजली दौड़ा दी। शेष बचे हुए अस्सी यति घायल अवश्य थे, किन्तु त्रिकुम्ब के आ जाने से उनका मनोबल भी दुगना हो गया था। गणान्ना योद्धाओं ने अपनी तलवारों और जलकुम्भी सेना ने अपने बाणों से यथाशक्ति आक्रमण किया, किन्तु दस सहस्त्र सैनिकों का अकेले सामना करने की क्षमता रखने वाले यतियों का प्रतिकार करना सरल नहीं था। एक एक यति को भूमि पर गिराने के लिये न जाने कितने तलवारों के घाव और कम से कम छह या सात सौ बाणों की आवश्यकता पड़ रही थी। वहीं किसी यति की गदा का एक प्रहार भी किसी गणान्ना के मस्तक पर लग जाये तो उसका यमसदन की ओर कूच करना तय था... इसलिए गणान्नों को बड़ी सावधानी और अपनी सम्पूर्ण चपलता का प्रयोग करना पड़ रहा था। भगदत्त और त्रिकुम्ब ने भी अपनी-अपनी गदा उठायी और उनमें भी भयानक द्वंद्व आरम्भ हुआ।

दिग्विजय अपना रथ लिये वक्रदंत के निकट आया और सैकड़ों बाणों से उस हाथी के मस्तक पर प्रहार किया। किन्तु उन बाणों ने वक्रदंत के शरीर पर कुछ छोटे-छोटे छिद्र करने के अतिरिक्त और कुछ नहीं किया। इससे केवल वक्रदंत का क्रोध बढ़ा और वो दौड़ता हुआ दिग्विजय की ओर आया। उसका वेग देख दिग्विजय को अपने रथ से धनुष और बाणों से भरा तूरीण लेकर कूदना पड़ा। क्रोध में भड़के वक्रदंत ने दिग्विजय के रथ और सारथी समेत उसके अश्वों को भी कुचल डाला। अपने रथ की दुर्दशा देख दिग्विजय को वक्रदंत के अद्भुत बल का आभास होने लगा था। दूर से देख जम्बाल को आभास हो गया कि दिग्विजय को सहायता की आवश्यता है। उसकी सहायता हेतु वो आकाश में उड़ चला। दिग्विजय बड़ी कठिनाइयों से वक्रदंत के प्रहारों से स्वयं का रक्षण कर पा रहा था, साथ ही साथ उसके सूँड और पाँवों से बचकर उस पर बाणों का प्रहार भी कर रहा था। उसे बार-बार वक्रदंत के प्रहारों से बचता हुआ देख दुर्मुख ने एक भाला उठाया और दिग्विजय की ओर चलाने का प्रयास किया। किन्तु इससे पूर्व ही जम्बाल उड़ता हुआ वक्रदंत की पीठ पर चढ़ आया और दुर्मुख पर प्रहार किया। दुर्मुख, जम्बाल से द्वंद्व में व्यस्त हो गया। वहीं दिग्विजय के प्रहारों और उसके बार-बार इधर उधर भागने से वक्रदंत कुपित होकर पुरुसेना की ओर मुड़ पड़ा। दिग्विजय उसे रोकने में असमर्थ सिद्ध हुआ। सैकड़ों हाथियों, अश्वारोहियों और रथियों को कुचलता और पटकता हुआ वक्रदंत दौड़ा चला जा रहा था। उपनंद के साथ द्वंद्व में उलझे हुए बल्लार ने भी अपनी सेना का वो भयानक विध्वंस अपने नेत्रों से देखा।

दिग्विजय अपने रथ पर आरूढ़ हो वक्रदंत के पीछे चल दिया।

बल्लार व्यग्र हो उठा। उसने उपनंद का दाँव काटते हुए अपने कँटीली मुग्दर से उसकी जाँघ पर प्रहार कर उसे पीछे हटा दिया। अपने रथ से टकराया उपनंद अपनी जाँघ पकड़कर कुछ क्षण बैठ गया। बल्लार, वक्रदंत की ओर दौड़ा। खीझा हुआ उपनंद अपनी रक्तरंजित जंघा को पकड़कर अपने रथ के निकट आया और रक्त का बहाव रोकने हेतु उस घाव पर वस्त्र बाँधते हुए बड़बड़ाया, "तुमने गदायुद्ध के नियमों का उल्लंघन कर उचित नहीं किया भ्राता बल्लार।"

इधर चित्ररथ ने वेदांतक और धीरा को अपने बाणों से घायल कर उन्हें भूमि पर गिरा दिया। उसने भी शुक्रदंत के साथ-साथ दानव जरोम को पुरुसेना में भयानक आतंक मचाते देखा। उसने सारथी को रथ को शुक्रदंत की ओर ले चलने का आदेश दिया। अपने बाणों से शत्रुसेना के कई रथियों का नाश करता हुआ चित्ररथ शुक्रदंत के निकट आते ही उस पर बाण वर्षा करने लगा। कुपित हुआ शुक्रदंत उसकी ओर दौड़ा। चित्ररथ को भान हो चुका था कि उसका रथ ध्वस्त होने वाला है। उसने एक भाला उठाकर सीधे दानव जरोम की छाती की ओर प्रहार किया। उस भाले की चोट से जरोम नीचे गिर पड़ा। जब तक शुक्रदंत ने चित्ररथ के रथ, सारथी और अश्वों को कुचला... तब तक वो अपनी तलवार उठाये रथ से कूद चुका था। दानव जरोम को अपने समक्ष देख चित्ररथ उसकी ओर दौड़ा। शुक्रदंत ने पलटकर चित्ररथ की ओर बढ़ने का प्रयास किया, किन्तु जरोम ने उसे आदेश दिया, "तुम शत्रुसेना का विध्वंस करो शुक्रदंत, इस युवक को मैं सँभाल लूँगा।" यह सुनकर शुक्रदंत पौरवसेना की ओर दौड़ पड़ा। जरोम ने भी हाथ में तलवार उठायी और चित्ररथ की ओर दौड़ा।

तीव्रगति से दौड़कर आते हुए बल्लार ने बीस हाथ ऊपर छलाँग लगायी और अपनी कँटीले मुग्दर से वक्रदंत के मस्तक पर पूर्ण बल से वार किया। वक्रदंत का मस्तक झन्ना उठा। उसने कुपित होकर बल्लार को अपने सूँड़ में पकड़कर भूमि पर पटक दिया। वक्रदंत ने कुछ क्षणों के लिये संतुलन खो दिया। इस कारण उसकी पीठ पर युद्ध करते जम्बाल और दुर्मुख भूमि पर गिर पड़े।

दुर्मुख पहले उठ खड़ा हुआ और उसने अपने भाले से जंबाल के उदर की ओर वार किया। जम्बाल भूमि पर घिसटते हुए उसके प्रहार से बचा, किन्तु दुर्मुख का भाला फिर भी उसकी दायीं जाँघ में जा लगा। दुर्मुख ने अपने दूसरे हाथ में तलवार ली और पीड़ित जम्बाल का अंत करने का प्रयत्न किया, किन्तु दिग्विजय ने वहाँ आकर अपने बाण की नोक पर दुर्मुख का प्रहार रोका और उसे पीछे धकेल दिया। तत्पश्चात उसने म्यान से तलवार निकाली और दुर्मुख पर टूट पड़ा। दुर्मुख ने भी भाला गिराकर पूर्ण शक्ति से दिग्विजय को द्वंद्व कड़ी टक्कर दी। घायल जम्बाल वहाँ से उड़ चला।

बल्लार के लिये वक्रदंत को सँभालना बहुत कठिन हो रहा था। उसने उछल

उछलकर वक्रदंत पर दो तीन प्रहार और किये, किंतु वो उसे गिराने के लिये पर्याप्त नहीं थे। वहीं वक्रदंत ने बल्लार पर अपनी सूँड़ से कई घातक प्रहार किये। वक्रदंत की सूँड़ और माथे से थोड़ा रक्त बह रहा था। वहीं उसने बल्लार को भूमि पर इतनी बार पटका कि उसके कंधे, जाँघ, मस्तक आदि शरीर के कई स्थानों से तीव्रगति से रक्त बहे जा रहा था। बल्लार धीरे-धीरे अपनी चेतना खोने लगा। वो भूमि पर घुटनों के बल बैठ गया। वक्रदंत उसे अपनी सूँड में पकड़ उसे भूमि पर घसीटना आरम्भ किया। उसे बुरी तरह घायल कर वक्रदंत ने उसे कुचलने के लिये अपना पाँव उठाया।

"रुक जाओ वक्रदंत!" तभी एक ऊँचे स्वर ने उसका पाँव रोक दिया। वक्रदंत ने पलटकर देखा, ये स्वर उपनंद का था जो अपनी गदा उठाये वहाँ पहुँच आया था। उसने वक्रदंत से विनती की, "बल्लार मेरा परमशत्रु है, कृपया आप उस पर समय नष्ट न करें और शत्रु सेना का जितना अधिक हो सके संहार करें, इस मूर्ख बैल को मैं सँभाल लूँगा, ये पुनः आपके मार्ग में नहीं आयेगा।"

उपनंद के कथन का सम्मान करते हुए वक्रदंत पुरुसेना का नाश करने आगे दौड़ गया। तत्पश्चात उपनंद ने भूमि पर बैठे बल्लार की ठुड्डी पर गदा अड़ाते हुए कटाक्ष किया, "आज बड़े दुर्बल प्रतीत हो रहे हो भ्राता बल्लार, इतने कि आज विजय प्राप्त करने हेतु तुमने गदा युद्ध का नियम भंग कर मेरी जंघा पर प्रहार कर दिया।"

बल्लार ने विषधर की भाँति फुँफकारते हुए उठकर उपनंद पर प्रहार किया, किंतु अधिक रक्त बह जाने के कारण बल्लार के प्रहार दुर्बल हो गये थे। उपनंद ने अपनी गदा पर उसका प्रहार रोका और घूमकर उसकी छाती पर प्रहार कर उसे चार हाथ दूर धकेल दिया। रँभाते हुए बल्लार ने अपने मुग्दर पर पकड़ मजबूत की और उपनंद से जा भिड़ा। उपनंद ने इस बार उसके हाथ पर प्रहार कर उसकी गदा छुड़ा दी। तत्पश्चात उपनंद ने भी अपनी गदा फेंकी और अपनी छाती पर बँधा कवच उतारकर बल्लार को मल्लयुद्ध की चुनौती दे डाली।

रँभाता हुआ बल्लार मादक वृषभ की भाँति घुटनों के बल झुका और अपने सींग लेकर उपनंद की ओर दौड़ा। उपनंद ने अपना सम्पूर्ण बल लगाकर उसके सींगों को पकड़ लिया। बड़ी कठिनाई से वो बल्लार के सींगों को नियंत्रित कर पा रहा था। बल्लार ने अपना सम्पूर्ण बल लगाया और अपने सींगों द्वारा उपनंद के उदर पर घाव बनाने आरम्भ किये। उपनंद को भान हो गया कि बल्लार के सींगों को नियंत्रित करना सरल कार्य नहीं होने वाला। उसने अपनी दोनों टाँगें भूमि से उठायी और उछलकर बल्लार की पीठ पर प्रहार कर उसे गिराते हुए उसके पीछे चला गया। इससे पूर्व कि बल्लार पलटता, उपनंद ने दो क्षणों से भी कम समय में उसके दोनों कंधे की नसें दबा दीं। बल्लार के दोनों बाजू सुन्न से पड़ गये। भूमि से उठकर भी वो अपनी भुजाओं को अधिक नहीं हिला पा रहा था। उपनंद ने उसकी छाती पर पाँव से प्रहार कर उसे भूमि

पर गिराया और भूमि पर गिरी तलवार उठाये उसकी छाती पर सवार हो गया।

"सहोदर भ्राता हो इसलिए सरल मृत्यु दे रहा हूँ तुम्हें।" गर्जना करते हुए उपनंद ने सीधे बल्लार की हृदयस्थल पर प्रहार किया। तलवार बल्लार के लौह कवच को तोड़ते हुए उसके छाती से होकर पीठ के पार हो गयी। ये घाव हृदय के निकट लगा था। छाती के साथ-साथ मुख से भी शरीर का बचा खुचा रक्त भी बहने लगा। तलवार शरीर से जुड़कर भूमि में ही धँसी रह गयी। बल्लार को भूमि पर तड़पता छोड़ उपनंद ने भयानक गर्जना की। असुर सेना ने भी उसके जयकारे लगाने आरम्भ किये।

त्रिकुम्ब और भगदत्त का द्वंद्व जारी था। इधर यतियों से युद्ध करते हुए अब तक लगभग तीन सौ गणान्ग वीरगति को प्राप्त हो चुके थे, फिर भी अभी तक उन्होंने यतियों को जलाशय तक पहुँचने नहीं दिया था जबकि चालीस यति अभी भी जीवित थे। यतियों की सहायता को विदर्भ की सेना के बड़ी टुकड़ी आ चुकी थी। उन्हें रोकने देख डकैत दल के सारे योद्धा एकत्र हो गये। कुछ यतियों पर बाण वर्षा करने लगे और कुछ शत्रुसेना को अपने पैने बाणों द्वारा हताहत करने लगे। यतिदल अब दुर्बल पड़ने लगा।

दुर्मुख ने भी खड्ग युद्ध में दिग्विजय को कड़ी टक्कर दी। दोनों महारथियों के शरीर के कई भागों से रक्त बहने लगा था, किन्तु अंत में दिग्विजय अधिक प्रतिभाशाली सिद्ध हुआ। अपनी कमर की ओर आती दुर्मुख की तलवार से बचने हेतु उसने चार हाथ ऊपर छलाँग लगायी और नीचे आते हुए बड़ी चपलता से सीधा दुर्मुख के कण्ठ पर वार किया। दुर्मुख का कटा मस्तक जैसे ही भूमि पर गिरा, अपनी सेना का मनोबल बढ़ाने हेतु पौरव योद्धाओं ने दिग्विजय की जयघोष करना आरम्भ किया।

दुर्मुख के तड़पते शरीर की छटपटाहट शीघ्र ही शांत हो गयी। तत्पश्चात दिग्विजय ने पलटकर देखा तो उपनंद को हाथों में तलवार थामे हुए पाया। उसके चरण अभी भी बल्लार की छाती पर थे। बल्लार की दुर्दशा देख दिग्विजय का मस्तक क्रोध से जल उठा। वो तलवार उठाये उपनंद की ओर दौड़ा। बल्लार को छोड़ उपनंद भी उसका प्रतिकार करने दौड़ पड़ा।

चित्ररथ को दानव जरोम ने कड़ी टक्कर दी, किंतु खड़ग युद्ध में चित्ररथ का पलड़ा थोड़ा भारी पड़ रहा था। उसने जरोम की तलवार का दाँव काटकर पैर से उसकी छाती पर प्रहार कर उसे चार पीछे भूमि पर धकेल दिया, किंतु इससे पूर्व वो आगे बढ़कर उस पर प्रहार करता, वेदांतक और धीरा ने एक साथ उसकी पीठ पर तलवारों का प्रहार किया। पीठ पर वार से कुपित होकर चित्ररथ उन दोनों की ओर पलटा, "तो असुरों के साथ युद्ध करते-करते तुम दोनों भी उन्हीं के समान कपट युद्ध करने लगे।"

वेदांतक ने गरजते हुए कहा, "तुम हमारे भ्राता के हत्यारे हो।"

"इसलिए अब प्रतिशोध के लिये साम दाम दण्ड भेद किसी भी नीति का उपयोग

करना पड़े हम करेंगे।'' धीरा ने उसका समर्थन करते हुए चित्ररथ पर प्रहार किया।

कुपित और घायल चित्ररथ ने घुटनों के बल झुककर अपनी छाती की ओर आते प्रहार से बचा, वेदांतक के घुटने पर अपने पैर से प्रहार कर उसे नीचे गिराया और भूमि पर झुके हुए ही उसने अपनी तलवार धीरा के कण्ठ के पार कर दी। तत्पश्चात वो कूदकर धीरा की छाती पर चढ़ गया और उसे लेकर भूमि पर गिरा। अपने मुख से रक्त के फव्वारे छोड़ता हुआ धीरा कुछ ही क्षणों शांत हो गया। धीरा के कण्ठ को पार की हुई चित्ररथ की तलवार भूमि में ही गड़ी रह गयी।

क्रोध से जलते हुए वेदांतक ने दानव जरोम को सम्बोधित करते हुए कहा, "आप खड़े क्यों हैं, मेरे साथ मिलकर इस दुष्ट चित्ररथ का वध कीजिये।''

भूमि पर खड़े अपने बाणों से पुरुसेना का संहार करते हुए जरोम ने असहमति जताते हुए कहा, "युद्ध का नियम है कि किसी महारथी के ललकारने पर या अपने महारथी के रक्षण हेतु ही दो महारथियों के द्वंद्व में हस्तक्षेप किया जा सकता है। आप यदि इस महारथी का सामना नहीं कर सकते कुमार वेदांतक तो भाग जाइए, किन्तु मैं नियम भंग करके असुरेश्वर की आज्ञा का उल्लंघन नहीं कर सकता।''

चित्ररथ ने उठकर वेदांतक को घूरा। हारकर अपनी तलवार उठाये वेदांतक ने निःशस्त्र चित्ररथ पर प्रहार किया। चित्ररथ ने उसकी तलवार पकड़ उसकी छाती पर मुष्टिका का भीषण वार कर उसे भूमि पर धकेल दिया। किंतु उसे पूर्व वो वेदांतक पर कोई घातक प्रहार करता, पीछे से आया एक भाला चित्ररथ की पीठ से होते हुए उसके उदर के पार हो गया। पीड़ित चित्ररथ को क्षण भर के लिये विश्वास ही नहीं हुआ कि क्या हुआ। उसने अपने उदर पर हाथ फेरा, अपना बहता हुआ रक्त देख वो मुख पर आश्चर्यभाव लिये पीछे पलटा। सामने अपने रथ पर वो द्रविड़राज अल्मबुष खड़े थे, जिन्होंने अपने पुत्र के रक्षण के लिये वो भाला चलाया था।

अपने भ्राता की दशा देख सैनिकों का वध करते हुए उग्रश्रवा को अल्मबुष के दुष्कृत्य पर बड़ा क्रोध आया। उसने गदा उठाकर पूर्ण बल से अल्मबुष के रथ पर चलाकर उनके रथ को ध्वस्त किया और अपनी तलवार उठाये भूमि पर गिरे अल्मबुष की ओर दौड़ पड़ा। चित्ररथ ने अपने उदर से वो भाला खींच निकाला। उसे घायल देख वेदांतक ने उसकी पीठ पर तलवार से वार किया। उसके दिये घाव से पीड़ित हुए चित्ररथ ने पलटकर उसके कण्ठ पर मुष्टिका का प्रहार किया। अपनी चेतना खोकर वेदांतक भूमि पर गिर पड़ा। चित्ररथ कुछ क्षणों के लिये विचलित होकर भूमि पर घुटनों के बल बैठ गया। उसने पीछे देखा तो जरोम को अपनी सेना का संहार करते पाया। आगे देखा तो अपने अनुज उग्रश्रवा को अल्मबुष से खड्ग युद्ध करते हुए पाया। थोड़ी और दूर दृष्टि उठाकर देखा तो शुक्रदंत नामक विशाल गज को अपनी सेना में भयानक विध्वंस मचाते हुए पाया। कोई भी रथी-महारथी उसके समक्ष टिक नहीं पा रहा था।

चित्ररथ ने अपनी मुट्ठियाँ भींची और रणक्षेत्र में दौड़ते हुए एक अश्व की ओर देखा। उस शस्त्रों से लदे अश्व का सवार गिर चुका था। मन में दृढ़ निश्चय किये चित्ररथ भूमि से उठा और अपने अंगवस्त्र फाड़कर रक्त का बहाव रोकने हेतु अपने उदर पर बाँधा। तत्पश्चात वो पूर्ण गति से उस अश्व की ओर दौड़ा। अधिकतम गति से भागने के कारण उसके बहते रक्त की गति और तेज हो गयी, किंतु फिर भी वो महारथी युवक रुका नहीं और शीघ्र ही छलाँग लगाकर उस अश्व पर चढ़ गया। अश्व को अपने वश में करके चित्ररथ, शुक्रदंत के पीछे दौड़ पड़ा।

चित्ररथ को शुक्रदंत की ओर जाता देख दानव जरोम को अनिष्ट का संदेह हुआ। उसने भी अपने शस्त्रों को एक अश्व पर लादा और उसके पीछे दौड़ पड़ा। कुछ ही समय में शुक्रदंत के निकट आकर चित्ररथ उसके शरीर और गतिविधियों को ध्यान से देखने लगा। वो विशालकाय गज पुरुसेना की सबसे अधिक हानि अपनी सूँड़ से कर रहा था और इस तरह वो तीन-तीन हाथियों को एक साथ भूमि पर पटक-पटककर मार डालता था, साथ ही साथ वो अपने पैरों से अश्वों और सैनिकों कुचलता और अपने लम्बे-लम्बे दाँतों से एक साथ दो-दो हाथियों के उदर फाड़ डालता। उसकी गतिविधियों को ध्यान से देखने के उपरांत चित्ररथ ने उस अश्व पर लदे दो फरसे उठाये और उस अश्व पर एड़ लगायी। शुक्रदंत के मुख के निकट आते-आते चित्ररथ ने दोनों फरसे अपने हाथ में सँभाले और अश्व से छलाँग लगाकर प्रथम पाँव शुक्रदंत के दाँत पर रख दूसरी छलाँग लगाकर वो सीधा शुक्रदंत की सूँड़ के ऊपरी भाग तक पहुँच गया। अपने सामने अकस्मात ही एक योद्धा को सूँड़ तक चढ़ा देख शुक्रदंत स्तब्ध रह गया। चित्ररथ ने एक क्षण से भी कम समय में अपने हाथ में थमे दोनों फरसे पूर्ण भुजबल से शुक्रदंत की सूँड़ में धँसा दिये। शुक्रदंत पीड़ा से तड़प उठा, वो अपना मस्तक इधर-उधर हिलाकर चित्ररथ को गिराने का प्रयास करने लगा। किंतु चित्ररथ ने उन फरसों को नहीं छोड़ा जिनके कारण वो अभी तक शुक्रदंत की सूँड़ पर टिका हुआ था। उसका बस एक ही ध्येय था कि शुक्रदंत की सूँड़ को ऊपर से काट दिया जाये। परंतु शुक्रदंत की मांसपेशियाँ इतनी सख्त थीं कि उसकी सूँड़ को काटकर अलग करना सरल नहीं था... किंतु नाक की हड्डी में हुए अकस्मात छिद्र से वो अपनी सूँड़ को ठीक से नियंत्रित भी नहीं कर पा रहा था। चित्ररथ ने उसकी सूँड़ में धँसे फरसों से उसकी एक-एक मांसपेशी काटनी आरम्भ की। शुक्रदंत इधर उधर घूमकर उसका प्रतिकार करने के अनगिनत प्रयास कर रहा था, किंतु चित्ररथ अभी तक उसकी सूँड़ पर पाँव जमाये टिका हुआ था।

अपने अश्व पर आरूढ़ हुआ दानव जरोम भी वहाँ आ पहुँचा। शुक्रदंत को संकट में देख उससे रहा न गया। उसने अपने धनुष पर चढ़ाकर कई बाण छोड़े और चित्ररथ की छाती और पाँव बींध डाले, किंतु चित्ररथ फिर भी विचलित नहीं हुआ। वो शुक्रदंत की सूँड काटने के अंतिम चरण पर पहुँच चुका था। अपने शरीर से झरने की भाँति बहते रक्त और अपनी सूँड़ को जाता देख शुक्रदंत ने अपना मस्तक नीचे कर चित्ररथ

को भूमि में धँसाने का प्रयास किया, किंतु इससे पूर्व ही शुक्रदंत की सूँड को ऊपर से अलग कर चित्ररथ भूमि की ओर गया और गिरते-गिरते गुरुत्वाबल की शक्ति के सहायता से उसका बायाँ दाँत भी अपने दोनों फरसों के एक ही प्रहार से काट डाला।

भूमि पर गिरते चित्ररथ का महाभयानक पराक्रम देख जरोम के शस्त्रों को भी मानों जंग लग गयी थी। अवाक हुए उस दानव की भुजाएँ सुन्न पड़ गयी थीं। पौरवसेना के योद्धाओं ने शंख बजाकर अपने महारथी का उत्साह बढ़ाया। बाणों से भरा शरीर लेकर भी चित्ररथ भूमि से उठा और अपने फरसे उठाकर पीड़ा से तड़पते हुए शुक्रदंत की ओर घूरकर देखा। तड़पते हुए शुक्रदंत की नसली से बहता हुआ रक्त आसपास के कई गज क्षेत्रों में फैल गया। चित्ररथ को पुनः अपनी ओर आता देख क्रोधित शुक्रदंत ने उसके प्रहार से अपने बचे हुए एक दाँत का रक्षण करते हुए अपने उस दाँत से चित्ररथ का उदर भेद डाला। चित्ररथ के शरीर में धँसे बाणों के टुकड़े करता हुआ शुक्रदंत का वो दाँत उसकी रीढ़ की हड्डी तोड़ते हुए उसकी पीठ के पार हो गया। उसके मुख से रक्त की धारा फूट पड़ी। शरीर से बहा रक्त और कई अंदरूनी अंग भूमि पर गिरकर छितरा गये। उस युवक का महान पराक्रम देख आकाश में उड़ते जम्बाल की भी आँखें भर आयीं और वो उसकी सहायता को उड़ चला। चित्ररथ उस दयनीय दशा में भी शुक्रदंत के उस अंतिम दाँत पर अपने फरसों से प्रहार कर रहा था। शुक्रदंत का अंतिम दाँत भी धीरे-धीरे कटता जा रहा था।

यह देख दानव जरोम ने एक गदा उठाकर सीधा चित्ररथ के मस्तक की ओर फेंकी। उस गदा की चोट से चित्ररथ का मस्तक फट गया। वो पूर्णतः अचेत हो गया। जम्बाल ने जरोम की छाती पर भाला मारकर उसे उसके अश्व से गिराया। तत्पश्चात उसने अपने हाथ में थमें दो भालों से शुक्रदंत की दोनों आँखें फोड़ डालीं। चिंघाड़ते हुए शुक्रदंत ने चित्ररथ को भूमि पर फेंक दिया। किंतु सूँड़ के अभाव में उसके पास जम्बाल तक पहुँचने का कोई मार्ग नहीं था। तत्पश्चात जम्बाल ने शुक्रदंत के मस्तक पर चढ़कर उस पर भालों के कई प्रहारों से उसका मस्तक फाड़ डाला। अपने ऊपर उन प्राणघातक प्रहारों को शुक्रदंत सहन न कर पाया और भूमि पर गिर पड़ा।

शुक्रदंत को भूमि पर गिरा देख दानव जरोम ने उठकर जम्बाल पर बाणों का प्रहार किया। जम्बाल ने भाला मारकर जरोम का धनुष काट गिराया और नीचे उतरकर उसे द्वंद्व को ललकारा। भूमि पर गिरे चित्ररथ को अंतिम श्वास लेता देख अपने उस वीर महारथी को पौरवसेना के कई योद्धाओं ने घेर लिया ताकि फिर उसे कोई क्षति न पहुँचा सके।

सूर्यास्त निकट था और दिग्विजय और उपनंद भी एक-दूसरे को निःशस्त्र कर मल्लयुद्ध पर उतर आये थे। दोनों में भीषण द्वंद्व हुआ और दिग्विजय ने अपनी मुष्टिका से प्रहार कर उपनंद के कई मर्मस्थलों पर चोट की। किंतु उपनंद भी वक्रबाहु जैसे

महाबली असुर का पुत्र था और अत्यंत बलशाली भी। दिग्विजय पर सरलता से विजय प्राप्त होती न देख उसने अपने सबसे प्रमुख दाँव शून्य समयावधि दाँव का प्रयोग किया। उसने दिग्विजय के कंधों की नसें दबाकर उसकी दोनों भुजाएँ सुन्न कर दी... तत्पश्चात उसे भूमि पर गिराकर उपनंद ने उसकी छाती पर अपना पाँव रखा, "बड़े व्यग्र दिखायी दे रहे हो कुमार।" अट्टहास करते हुए उपनंद ने उस पर कटाक्ष करते हुए कहा, "चिंता मत करो, सूर्यास्त निकट है इसलिए तुम्हारी मृत्यु को कठिन बनाने का समय नहीं है मेरे पास; तुम्हें भी उतनी ही शीघ्रता से मृत्यु प्राप्त होगी, जितनी शीघ्रता से मैंने तुम्हारी बहन चंद्रलेखा की पीठ पर भाला चलाकर उसे उसके नर्कतुल्य जीवन से मुक्त किया था।"

चंद्रलेखा के हत्यारे को अपने समक्ष पाकर दिग्विजय का मस्तक क्रोध से जल उठा। उसने अपने पाँव से उपनंद के घुटनों पर वार कर उसे पीछे हटाया और तत्काल ही भूमि से उठ गया। उपनंद ने भी हाथ में तलवार उठाकर दिग्विजय को ललकारा, "तुम्हारे हाथ सूर्यास्त से पूर्व ठीक नहीं होंगे कुमार, कैसे करोगे अपना रक्षण?" ठहाके मारता हुआ उपनंद दिग्विजय की ओर दौड़ा।

किंतु इससे पूर्व कि वो दिग्विजय तक पहुँचता, मृत्यु की चरम सीमा पर पहुँचे बल्लार ने छलाँग लगायी, और उपनंद को लेकर भूमि पर गिर पड़ा। अचम्भित उपनंद को बल्लार की मुष्टिका के कई प्रहार झेलने पड़े, किंतु अंततः उसने अपने हाथ में थमी तलवार द्वारा बल्लार का कण्ठ भेद डाला। अपनी अंतिम श्वास लेता हुआ बल्लार भूमि पर गिर पड़ा, किंतु उसने सूर्यास्त होने तक दिग्विजय को बचा लिया। घायल उपनंद भूमि से उठा।

अनेक शंखों की ध्वनि के साथ सभी योद्धाओं के शस्त्र थम गये। आज के दिन पुरुसेना को दो अक्षौहिणी से अधिक सेना की हानि हुई थी, साथ ही साढ़े तीन सौ गणान्ना और सैकड़ों डकैत और गंधर्व दल के योद्धा वीरगति को प्राप्त हुए थे। किंतु अब रणभूमि में उपस्थित एक भी यति जीवित नहीं बचा था। भगदत्त के दल के पास गिरे हुए सारे यतियों के शव सैकड़ों बाणों और भालों से क्षत-विक्षत हुए पड़े थे। भरत ने भी गंधर्वों की सहायता से पूरे दिन में एक सौ अस्सी यतियों का वध किया था। बीस अपने प्राण बचाकर भाग खड़े हुए थे। मेघवर्ण-दुर्भीक्ष और शत्रुंजय के साथ चंद्रकेतु का होता हुआ द्वंद्व अधूरा रह गया।

यद्यपि पुरुसेना की हानि बहुत अधिक हुई थी, किंतु फिर भी चित्ररथ के पराक्रम से आनंदित होकर पौरव योद्धाओं ने उसके पराक्रम के सम्मान में नगाड़े बजाने आरम्भ किये। अपनी सेना के बीच घिरे और डूबते हुए सूर्य को देख चित्ररथ ने अपनी अंतिम श्वास भरी। अंततः गदा, बाणों, भालों, तलवारों और शुक्रदंत के विशाल दाँत से घायल महापराक्रमी वीर महारथी चित्ररथ ने सदा के लिये अपने नेत्र बंद कर लिये। वहीं

रणक्षेत्र के दूसरे छोर पर वक्रबाहु पुत्र बल्लार ने भी अपनी अंतिम श्वास भरी।

चित्ररथ के निकट नगाड़ों की ध्वनि और उस वीर की सैनिकों द्वारा जयघोष सुन सारे पौरव महारथी उसी ओर बढ़े। भरत, मेघवर्ण, चंद्रकेतु, भगदत्त, भद्रसोम और शल्लभ शीघ्र ही वहाँ एकत्र हुए। उनके आते ही सैनिकों ने अपना घेरा तोड़ा। अपने पुत्र का क्षत विक्षत शरीर देख भगदत्त उसकी ओर दौड़ पड़ा। भरत भी अपने विचलित हुए मित्र को संभालने दौड़ा। मेघवर्ण ने एक सैनिक के निकट जाकर प्रश्न किया, ''अपने दल के महारथी के वीरगति के प्राप्त होने पर नगाड़े बजाने का क्या अर्थ है ?''

उत्तरस्वरूप उस सैनिक ने द्रविड़राज अल्मबुष और उनके पुत्रों के छल और चित्ररथ के शुक्रदंत के विरुद्ध अद्भुत पराक्रम का गर्व से वर्णन किया। वो वर्णन सुनकर मेघवर्ण की आँखें भर आयीं। वो तत्काल ही भरत और भगदत्त के निकट पहुँचा। अपने पुत्र के सर पर हाथ फेरता अभी भी भगदत्त विलाप कर रहा था।

उसकी वीरता का वर्णन सुन मेघवर्ण के साथ चंद्रकेतु, भद्रसोम और शल्लभ भी वहाँ आये और उस बीस वर्षीय युवक के कमल समान मुख को निहारने लगे। उसके शव के फूटे हुए मस्तक से अभी रक्त बहे जा रहा था। उसका ये क्षत विक्षत शरीर देख किसी के भी नेत्रों में अश्रु भर आते। किन्तु दस सहस्र हाथियों का बल रखने वाले शुक्रदंत का हनन करने वाले वीर चित्ररथ के पराक्रम का मान रखते हुए मेघवर्ण ने अपने नेत्रों से अश्रु न बहने दिये। उसने गर्व से छाती चौड़ी करते हुए गर्जना की, ''द्रविड़राज तेहूं लाज ना आयो, छल प्रपंच कर प्राण बचायो। कुल पर तुम्हीं कलंक लगायो, चित्ररथ को अमर बनायो। शुक्रदंतहंता कहलावो, वीर चित्ररथ अमर भयो। शुक्रदंतहंता कहलावो, वीर चित्ररथ अमर भयो।''

मेघवर्ण ने पलटकर सैनिकों को आदेश दिया, ''बजाओ नगाड़े। चित्ररथ की वीरता और शत्रुओं की कायरता से उनका परिचय कराओ।''

इधर दुर्भीक्ष ने चंद्रकेतु के प्रहारों से घायल हुए शत्रुंजय को संभाला, तथा उपनंद के निकट आकर उसकी प्रशंसा करते हुए कहा, ''साधु राजा उपनंद, आज आपके पराक्रम ने मन जीत लिया। बल्लार जैसे महाकाय और परमवीर दुर्जय नरवृषभ का वध करना सरल कार्य नहीं था।''

''ये तो सब आपकी नीतियों का प्रताप है, असुरेश्वर। जो आज हमारे एक लाख से भी कम योद्धा काम आये, और हमने पौरवों की ढाई अक्षौहिणी सेना को समाप्त कर दिया। बस ग्लानि इस बात की है कि वो दिग्विजय मेरे हाथों से बच गया।'' उपनंद ने गर्वित स्वर में कहा।

''कोई बात नहीं महारथी उपनंद। शत्रुसेना दुर्बल हो गयी है, और निसंदेह कल का दिन पौरवों की पराजय सुनिश्चित कर देगा। बस अपना ये क्रोध और पराक्रम कल

के लिये बचाकर रखिये।''

वक्रदंत को लौटता हुआ देख दुर्भीक्ष की छाती गर्व से चौड़ी हो गयी। किन्तु उस पर दुर्मुख को ना देख दुर्भीक्ष को आश्चर्य हुआ। उसके मुख का भाव देख उपनंद ने कहा, ''दिग्विजय के हाथों महारथी दुर्मुख वीरगति को प्राप्त हुए, महामहिम।''

इससे पूर्व दुर्भीक्ष कोई भाव प्रकट करता उसने दानव जरोम को अश्व पर आरूढ़ होकर आते हुए देखा। वो निकट आकर अपने अश्व से उतरा और दुर्भीक्ष को प्रणाम किया। दुर्भीक्ष ने उससे प्रश्न किया, ''शुक्रदंत कहाँ है, जरोम?''

जरोम ने हकलाते हुए स्वर में कहा, ''वो....वो वीरगति को प्राप्त हुआ, महामहिम।''

जरोम का कथन सुन दुर्भीक्ष के आश्चर्य का ठिकाना नहीं रहा, ''ये कैसे सम्भव है ? मेघवर्ण को मैंने उलझा रखा था। भरत और वक्रबाहु यतियों से युद्ध कर रहे थे। जहाँ तक मैं समझता हूँ और किसी भी योद्धा में इतना सामर्थ्य नहीं था जो शुक्रदंत जैसे महाबलधारी गज को गिरा सके। फिर कैसे सम्भव हुआ ये ?''

जरोम मौन रहा, उसे समझ नहीं आ रहा था कि वो दुर्भीक्ष के प्रश्नों का क्या उत्तर दे।

तभी नगाड़ों के साथ सहस्त्रों योद्धाओं की गूँज दुर्भीक्ष और उसके दल के योद्धाओं के कानों में पड़ी। पुरूसेना के वो सहस्त्रों योद्धा मेघवर्ण के कथन को दोहराते हुए महारथी चित्ररथ की प्रशंसा कर रहे थे, ''द्रविड़राज तेहूं लाज ना आयो, छल प्रपंच कर प्राण बचायो। कुल पर तुम्हीं कलंक लगायो, चित्ररथ को अमर बनायो। शुक्रदंतहंता कहलावो, वीर चित्ररथ अमर भयो। शुक्रदंतहंता कहलावो, वीर चित्ररथ अमर भयो।''

पौरव योद्धाओं के वो शब्द किसी कटार की भांति अल्मबुष के हृदय को घायल कर रहे थे। द्रविड़राज का मन ग्लानि से भरा जा रहा था। दुर्भीक्ष ने निकट जाकर जिज्ञासा प्रकट की, ''शत्रुसेना को आज इतनी बड़ी हानि हुयी है। फिर ये किस प्रकार का स्वर है जो उनके उत्साह को प्रदर्शित कर रहा है ?''

''ये उसी महारथी योद्धा के पराक्रम का वर्णन है असुरेश्वर, जिसने आज शुक्रदंत को गिराया है। वास्तव में किसी मनुष्य द्वारा ऐसा पराक्रम और स्वयं को बलिदान करने की उत्तेजना मैंने आज तक नहीं देखी।'' कहते हुए जरोम की आँखें भी भर आयीं।

दुर्भीक्ष ने जरोम के निकट जाकर प्रश्न किया, ''मुझे विस्तार से बताओ जरोम। क्या हुआ, कैसे हुआ, और इसमें द्रविड़राज अल्मबुष का क्या दोष है ?''

जरोम ने विस्तार से बताना आरम्भ किया। सर्वप्रथम उसने अपने और चित्ररथ के द्वंद्व के विषय में बताया। तत्पश्चात वेदांतक और धीरा के आक्रमण और धीरा के वध

का वर्णन किया। तत्पश्चात द्रविड़राज के पीछे से फेंके हुए भाले के लिये उनके दुष्कर्म की निंदा की। इसके उपरांत उसने वीर चित्ररथ और शुक्रदंत की हुयी टक्कर की सम्पूर्ण व्याख्या की, कि किस प्रकार शरीर के बाणों से बींधे होने के उपरांत भी चित्ररथ नीचे नहीं उतरा, और शुक्रदंत के दाँत से उदर फटने के उपरांत भी वो उसके एकमात्र बचे दाँत पर वार करता रहा।

जरोम के मुख से चित्ररथ की वीरता का वर्णन सुनकर दुर्भीक्ष की मुट्ठियाँ भिंच गयीं। क्रोधित दुर्भीक्ष अल्मबुष की ओर दौड़ा और उनका कंठ पकड़कर उन्हें एक पत्थर से सटा दिया, ''मैंने अपने पक्ष के सभी योद्धाओं को चेतावनी दी थी, कि महर्षि विश्वामित्र के बनाये युद्ध नियमों को कोई भंग नहीं करेगा। फिर भी तुमने ये दुस्साहस कैसे किया?''

''य---यदि मैं ऐसा नहीं करता तो वो मेरे पुत्र की हत्या कर देता, असुरेश्वर। मुझे क्षमा करें।'' अल्मबुष ने हकलाते हुए विनती की।

''व्यर्थ प्रलाप बंद करो अल्मबुष। तुम क्षमा के नहीं, दंड के पात्र हो।'' गर्जना करते हुए दुर्भीक्ष उसका कंठ दबाने लगा। भद्राक्ष ने शत्रुंजय को संकेत किया वो दुर्भीक्ष को रोके।

शत्रुंजय दौड़कर वहाँ आया और दुर्भीक्ष का हाथ पकड़ लिया, ''छोड़िए काकाश्री। ये क्या कर रहे हैं आप?''

''नहीं पुत्र। ये क्षमा के योग्य नहीं है।'' दुर्भीक्ष ने अपना कसाव और बढ़ाया।

''यदि मेघवर्ण के बाणों से मैं मृत्यु के मार्ग पर होता तो आप क्या करते काकाश्री?'' शत्रुंजय ने क्रोधित स्वर में तर्क दिया।

दुर्भीक्ष की पकड़ ढीली पड़ गयी। उसने अल्मबुष का कंठ छोड़ दिया, ''मैं फिर भी ऐसी कायरता नहीं दिखाता शत्रुंजय। मैं मेघवर्ण को सावधान करके उसपर सामने से प्रहार करता, पीठ पीछे नहीं। मैंने असुर संस्कृति के रक्षण के लिये इस युद्ध का मार्ग चुना है, इसमें होने वाली विभीषिका को स्वीकार किया है। ये एक धर्मयुद्ध है, जिसमें नियमों का उल्लंघन करने वाले दल की ख्याति धूमिल हो जानी निश्चित है। और ऐसा करके हम स्वयं को पराजय की ओर ले जायेंगे।''

''जो भी हो, काकाश्री। मैंने द्रविड़ों को उनकी संपत्ति लौटायी इसका अर्थ ये नहीं कि वो हमारे दास हो गये। माना पुत्र मोह में द्रविड़राज से भूल हो गयी, किन्तु मेरे जीवित रहते आप इन्हें हानि नहीं पहुँचा सकते। द्रविड़ों ने स्वयं को मुझे समर्पित किया है, तो उनका रक्षण करना भी मेरा उत्तरदायित्व है।''

शत्रुंजय के दृढ़ता भरे स्वर ने दुर्भीक्ष को पीछे हटने पर विवश कर दिया। उसने खीजते हुए एक चट्टान को लात मारकर ध्वस्त कर दिया।

शत्रुंजय ने उसके निकट आकर उसे समझाने का प्रयास किया, "द्रविड़राज पुत्र प्रेम में विवश हो गये होंगे, काकाश्री। कृपा करके उन्हें क्षमा कर दीजिये।"

दुर्भीक्ष का क्रोध कुछ सीमा तक शांत हुआ, "जिसने सुमांतर और क्षत्रसाल जैसे बलवान असुरों का वध किया, और अंततः प्राणघातक घावों से भरा शरीर लेकर एक सम्पूर्ण सेना जैसे सामर्थ्यवान शुक्रदंत का हनन कर डाला। ऐसे महावीर के अंतिम दर्शन तो कर ही लेने चाहिये।"

"जैसी आपकी इच्छा, काकाश्री।" शत्रुंजय ने सहमति जताई।

पुरुसेना के अधीन सभी महारथी चित्ररथ की अंतयेष्टि में सम्मिलित हुए थे। उसके शव को चिता पर लिटाये जाने तक महाबली अखण्ड और अघोरी अवधूत भी वहाँ उपस्थित हुए। आँखों में अश्रु लिये भगदत्त ने अपने ज्येष्ठ पुत्र के सर पर अंतिम बार हाथ फेरा, और कलश उठाकर चिता की परिक्रमा करनी आरम्भ की। परिक्रमा पूर्ण करने के उपरांत उसने कलश को भूमि पर गिराकर फोड़ा। उग्रश्रवा ने उसे जलती हुयी मशाल थमाई। तभी दुर्भीक्ष, शत्रुंजय, द्रविड़राज अल्मबुष, दानव जरोम और त्रिकुम्ब चित्ररथ को अंतिम प्रणाम करने वहाँ आ पहुँचे। अल्मबुष को देख भगदत्त का रक्त खौल उठा। किंतु भरत ने उसे हाथ थामकर उसे धीरज धारण करने का संकेत दिया।

सर्वप्रथम दुर्भीक्ष ने चित्ररथ के शव के चरणों में पुष्प अर्पित किये। बीस वर्ष के उस बालक का कमल समान मुख देख उसका हृदय द्रवित हो उठा, "हमारे पक्ष ने आज तुम्हारे साथ बहुत बड़ा अधर्म किया है, महावीर। यदि सम्भव हो तो मुझे क्षमा कर देना, क्योंकि अपनी सेना को नियंत्रित करने का उत्तरदायित्व मेरा ही था। तुम जैसा पराक्रमी युगों युगों में एकाध बार ही जन्म लेते हैं जो रणभूमि के कण कण में अपने पराक्रम की छाप छोड़ अमर हो जाते हैं। इसलिये मैं असुरेश्वर दुर्भीक्ष आज तुम्हारी वीरता को कोटि कोटि प्रणाम करता हूँ।"

कहकर दुर्भीक्ष वहाँ से एक ओर हट गया। इसके उपरांत शत्रुंजय, त्रिकुम्ब, अल्मबुष और दानव जरोम ने बारी बारी से चित्ररथ के शव पर पुष्प चढ़ाये और लौट गये। भगदत्त क्रोध भरी दृष्टि से अल्मबुष को घूरता रहा। उनके जाने के उपरांत भगदत्त ने अपने पुत्र की चिता को अग्नि देकर उसके पार्थिव शरीर को पंचतत्वों में विलीन कर दिया।

चित्ररथ को अंतिम विदाई देने के उपरांत पुरूसेना के सभी योद्धा बल्लार की चिता के पास पहुँचे। उसे अंतिम विदाई देते हुए वक्रबाहु के नेत्रों में एक भी अश्रु नहीं थे। अखण्ड ने उसके निकट आकर कहा, "अश्रु बहा लो मित्र। दुख को मन में ना

दबाओ।''

''नहीं मित्र, अश्रु बहाकर मैं अपने वीर पुत्र के बलिदान का अपमान नहीं करना चाहता। आज उस अवसरवादी उपनंद ने मेरे घायल हुए पुत्र की अवस्था का लाभ उठाकर भले ही उसका वध कर दिया हो। किंतु कल मैं उस उपनंद का मस्तक भूमि में गाड़कर उसके वास्तविक सामर्थ्य से उसका परिचय अवश्य कराऊंगा।''

''अपने पुत्र का वध अपने हाथों से कर पाओगे वक्रबाहु?'' अखण्ड ने उससे प्रश्न किया।

''केवल जन्म देने से कोई किसी का पुत्र नहीं हो जाता। मैं तो आरम्भ से ही उससे घृणा करते आया हूँ। बाल्यवस्था से जब मैंने उसे पाला पोसा नहीं तो उसके प्रति मेरे हृदय में कोई भावना उत्पन्न क्यों होगी? अरे उस नीच उपनंद ने तो अपने पालक पिता तक की हत्या कर डाली, जिसके कारण उसे एक राजा होने का सम्मान प्राप्त हुआ। मुझे अपने स्वार्थ के लिए सात वर्ष तक बंदी बनाये रखा, अपने सहोदर भ्राता की कपट मार्ग से हत्या की। वो केवल मृत्युदंड का पात्र है, और उसे मैं अपने हाथों से दण्ड दूँगा। मैं उसके सम्पूर्ण शरीर के टुकड़े टुकड़े करके रणक्षेत्र की चारों दिशाओं में फेंकूंगा। और यही मेरे पुत्र बल्लार को सच्ची श्रद्धांजलि होगी।''

''नहीं महाबली वक्रबाहु। आप ऐसा नहीं कर सकते।'' दिग्विजय का वो स्वर सुनकर वक्रबाहु और अखण्ड उसकी ओर पलटे।

मेघवर्ण ने भी हस्तक्षेप करते हुए अपने अनुज से प्रश्न किया, ''कहना क्या चाहते हो दिग्विजय?''

''यही ज्येष्ठ, कि उपनंद के शव पर केवल महाबली वक्रबाहु का अधिकार नहीं है। अपितु वो तो इस योग्य भी नहीं कि उसे रणक्षेत्र जैसे पवित्रस्थल पर वीरगति प्राप्त होने का सम्मान मिले।''

''जो कहना है विस्तार से कहो, दिग्विजय।'' मेघवर्ण के मन में भी जिज्ञासा जाग उठी।

''आपके स्मरण है ज्येष्ठ कि आज से चार मास पूर्व किस प्रकार एक कपटी ने छुपकर हमारी बहन चंद्रलेखा की पीठ पर भाला चलाया था।''

मेघवर्ण ने दिग्विजय के कंधे पर हाथ रख प्रश्न किया, ''क्या तुम ये कहना चाहते हो कि....?''

''हाँ, ज्येष्ठ, हाँ। यही सत्य है। आज जब रणभूमि में उपनंद ने मल्लयुद्ध में मुझे अपने विशिष्ट दाँव का प्रयोग कर मेरी भुजाओं को सुन्न कर दिया था, तब अपनी विजय को निश्चित मानकर अहंकारवश उसने ये सत्य अपने मुख से कह दिया, कि हमारी बहन का हत्यारा वही है जिसने उस दिन उसकी पीठ पर भाला चलाया था।''

दिग्विजय का कथन सुनकर मेघवर्ण का मस्तक से लेकर नाखून क्रोध से जलने लगा। अपना क्रोध नियंत्रित करने हेतु वो वहीं पत्थर पर बैठ गया। उसके मुख से कोई शब्द नहीं निकले, बस दाँत दबाये मुट्ठियाँ भींच रहा था। वक्रबाहु ने उसके निकट आकर उसे आश्वासन भरे स्वर में कहा, ''आप चिंता ना करें, सेनापति। आपके प्रतिशोध का अधिकार मैं आपसे नहीं छीनूँगा। वैसे भी दिग्विजय का कथन सत्य ही है, कि उपनंद जैसे नीच को युद्धभूमि में वीरगति प्राप्त करने का कोई अधिकार नहीं है। इसलिए कल मैं उसे रणक्षेत्र से घसीटते हुए हमारे शिविर में लाऊँगा। इससे मेरी क्षुदा भी शांत होगी और तत्पश्चात आप दोनों भ्राता स्वयं उसका दण्ड निश्चित कीजियेगा।''

मेघवर्ण ने बिना कुछ कहे सहमति में सर हिलाया। जब तक वक्रबाहु ने बल्लार की अंतयेष्टि ना कर ली, तब तक वो क्रोध में दाँत पीसता रहा।

कुछ समय उपरांत बल्लार के पंचतत्व में विलीन होते ही मेघवर्ण ने उठकर घोषणा की, ''हमारे पास केवल दो अक्षौहिणी सेना शेष बची है, और शत्रुदल लगभग पाँच अक्षौहिणी सेना का बल लेकर अपनी विजय को आश्वस्त हो रहा होगा। किंतु कल हम आर्यावर्त के सबसे भयावह माने जाने वाले चक्रव्यूह का निर्माण करेंगे। कहते हैं कि चक्रव्यूह के आगे तो बड़े से बड़े से महारथी भी विवश हो जाते हैं। कल हमारा ये व्यूह शत्रुसेना के बचे खुचे बल को नष्ट कर देगा।''

अखण्ड मेघवर्ण के निकट आये और उसकी योजना पर प्रश्न उठाया, ''मत भूलो मेघवर्ण कि चक्रव्यूह के भेदन की शिक्षा तुमने स्वयं दुर्भीक्ष को दी है। द्रविड़राज अल्मबुष भी चक्रव्यूह के निर्माण और ध्वंस की नीति में पारंगत है। इसलिये मुझे ये योजना तनिक अनुचित जान पड़ती है।''

मेघवर्ण ने भगदत्त के पास आकर उसके कंधे पर हाथ रख कहा, ''आप चिंतित ना होईये गुरुदेव। चक्रव्यूह का नेतृत्व महाराज भरत भी कर सकते हैं। रही बात दुर्भीक्ष की तो मैं उसे चक्रव्यूह में प्रवेश करने ही नहीं दूँगा।'' कहकर उसने भगदत्त से प्रश्न किया, ''क्या आप द्रविड़राज का मार्ग रोकने को तैयार हैं, महारथी भगदत्त?''

भगदत्त ने अपनी मुट्ठियाँ भींचते हुए छाती चौड़ी करते हुए कहा, ''मुझे उस कपटी के वध की आज्ञा दीजिये, प्रधान सेनापति। इस बार मैं उसे अभयदान नहीं दूँगा।''

''अवश्य भगदत्त, इस बार उस अल्मबुष को जीवित न छोड़ना।'' मेघवर्ण ने भगदत्त का समर्थन किया।

राजा भरत ने भी सहमति जताते हुए कहा, ''प्रधान सेनापति की ये युद्धनीति अति उत्तम है। मैं केंद्र में रहकर चक्रव्यूह का नेतृत्व करूंगा। क्योंकि मुझे भी यही लगता है कि यही एक मार्ग है जिससे शत्रु के अधिक से अधिक सैन्यबल का ध्वंस

किया जा सके। और यदि उस कायर शत्रुंजय ने चक्रव्यूह में प्रवेश करने का दुस्साहस किया, तो ये युद्ध कल ही समाप्त हो जायेगा।''

''उचित कहा महाराज।'' मेघवर्ण वक्रबाहु की ओर पलटा, ''किंतु इस समय महाबली वक्रबाहु से मैं विनती करूँगा कि वो हमारे और अपने प्रतिशोध की चिंता ना करें। कल उपनंद से अधिक संकट हमें उस वक्रदंत से है, जो हमारी सेना का विध्वंस करने में सक्षम है।''

वक्रबाहु ने सहमति जताते हुए कहा, ''जैसी आपकी आज्ञा, प्रधान सेनापति। कल मेरी प्राथमिकता अपनी सेना का रक्षण ही होगा, और कुछ नहीं। आप निश्चिंत रहें।''

मेघवर्ण ने मुट्ठियाँ भींची और गर्जना की, ''गणान्ग, गंधर्व और डकैत योद्धाओं ने आज इस युद्ध में अद्भुत वीरता का प्रदर्शन किया है। और मुझे विश्वास है कि आठ सहस्त्र के बचे हुए इस दल में इतनी शक्ति है कि वो एक अक्षौहिणी से अधिक सेना का ध्वंस कर सकते हैं। उन्हीं की सहायता से आज हम यति दल का सम्पूर्ण विध्वंस करने में सफल हो पाये हैं। हमारा ये विशिष्ट दल हमारी शक्ति का सबसे प्रमुख आधार है, और कल ये शत्रु सेना पर पूर्ण बल से प्रहार करने के लिए सज रहेगा। समय आने पर उन्हें योजनानुसार आक्रमण का आदेश दिया जायेगा।''

भरत ने आगे आकर विनम्र भाव से कहा, ''मैं एक और बात कहना चाहता हूँ।''

''अवश्य कहिये महाराज।'' मेघवर्ण ने सहमति जताई।

''मत्तमयूर विश्वसेन ने आज हठ करके युद्ध में भाग लिया था। यह कहकर कि सामंतक ने यतियों से अपनी सेना के रक्षण के लिए वीरगति पायी थी, इसलिये जब तक यतियों का ध्वंस नहीं हो जाता वो युद्ध करने को प्रणबद्ध है। अब जबकि यतियों की सेना का नाश हो गया है, तो यदि किसी को आपत्ति ना हो तो मैं चाहूँगा कि महाराज विश्वसेन को उनके राज्य वापस भेज दिया जाये। जलचर वंश के योद्धा बहुत दुर्लभ होते हैं, इसलिये इस एक युद्ध में समस्त प्रजाति की बलि नहीं चढ़ाई जा सकती।'' भरत ने अपना पक्ष रखा।

मेघवर्ण भरत के निकट आया, ''मैं भी आपसे यही विनती करने वाला था, महाराज। मैं तो आज भी उन्हें युद्ध में भाग नहीं लेने देने चाहता था। किंतु महाराज विश्वसेन ने स्वयं के प्राण लेने की चेतावनी दे डाली। जिस प्रकार गरुड़ों की प्रजाति पर संकट आने में पर हमने उन्हें लौटा दिया था, उसी प्रकार जलकुंभी सेना के अस्तित्व की रक्षा आवश्यक है। और महाराज विश्वसेन को आदेश देने का अधिकार केवल आपको है। मेरी आपसे विनती है कि इस बार एक होने वाले जमाता की दृष्टि से नहीं अपितु आर्यावर्त के चक्रवर्ती सम्राट के अधिकार से उन्हें आदेश दीजिये कि वो अपने

राज्य की ओर प्रस्थान करें।''

भरत ने मुस्कुराते हुए उसके कंधे पर हाथ रखा, ''तुमने मेरे पक्ष में धर्म देख मेरे प्रति अपने समर्पण का वचन दिया था। इस युद्ध के उपरांत तुम पुरूराष्ट्र के ध्वज से मुक्त हो, मित्र।''

''आप ऐसा क्यों कह रहे हैं, महाराज? आप जैसे धर्मात्मा राजा का जीवनपर्यंत समर्थन करना हम अपना सद्भाग्य मानते हैं। आप हमें स्वयं से अलग क्यों करना चाहते हैं?'' मेघवर्ण ने प्रश्न उठाया।

''चाहें मैं चक्रवर्ती सम्राट ही क्यों ना बन जाऊँ, आर्यावर्त में आततायी राजाओं की कमी कभी नहीं पड़ने वाली। इसीलिये मैं चाहता हूँ कि इस युद्ध के उपरांत तुम वही सत्कर्म करते रहो जो तुम इस युद्ध से पूर्व करते आये हो। हर आततायी राजा से उसकी प्रजा का रक्षण करो। क्योंकि सम्राट बनकर भी मैं अकेला आर्यावर्त को नहीं संभाल सकता। इसीलिये मैंने तुम्हें अपने प्रति समर्पण से मुक्त करने का निर्णय लिया है। क्योंकि सम्भव है कि किसी क्षण मैं भी अपने धर्म के मार्ग से भटक जाऊँ, तब मुझे दंडित करने में तुम्हें संकोच ना करना पड़े। इसीलिए स्वतंत्र रहो, और स्वेच्छा से निष्पक्ष होकर निर्णय लो।''

मेघवर्ण ने भरत के कंधे पर हाथ रख गर्वित होकर कहा, ''मैं तो भूल ही गया था कि तुम ब्रह्मऋषि विश्वामित्र के शिष्य हो। निसंदेह तुम जैसा धर्मात्मा ही अखण्ड आर्यावर्त पर शासन करने योग्य है।''

रात्रि का प्रथम प्रहर चल रहा था, दुर्भीक्ष दुर्धरा के शिविर ओर जा रहा था। तभी भद्राक्ष उसके मार्ग में आ खड़ा हुआ, ''क्षमा करें असुरेश्वर। किंतु एक आवश्यक सूचना है।''

दुर्भीक्ष ने साँस भरते हुए कहा, ''ठीक है, शीघ्र कहो।''

''कल पुरूसेना चक्रव्यूह का निर्माण करने वाली है।'' भद्राक्ष ने बताया।

दुर्भीक्ष ने आश्चर्यभाव से प्रश्न किया, ''किंतु चक्रव्यूह का भेदन करना तो मैं भी जानता हूँ, और द्रविड़राज अल्मबुष भी। और यदि चक्रव्यूह का शीघ्र भेदन हो गया तो अधिकतर क्षति पुरुसेना को ही होगी। फिर वो ऐसी मूर्खता क्यों कर रहे हैं ?''

''क्षमा करें असुरेश्वर। किंतु मेघवर्ण के अतिरिक्त हस्तिनापुर नरेश भरत को भी चक्रव्यूह के रहस्य का ज्ञान है। इसलिए चक्रव्यूह के नेतृत्व को भरत के हाथों में छोड़ मेघवर्ण आपका मार्ग रोक सकता है।''

दुर्भीक्ष को विचारों में खोया देख भद्राक्ष ने फिर से कहा, ''आप कहाँ खो गये

असुरेश्वर ?''

दुर्भीक्ष को भद्राक्ष के उन शब्दों से झटका सा लगा, ''अ...नहीं, कुछ नहीं, भद्राक्ष। हाँ, मैंने सुनी तुम्हारी बात। और तुम्हारे दिये तर्क में दम तो है। तुम मेरे कक्ष में जाओ और शीघ्र से शीघ्र सैनिकों द्वारा मोम और लकड़ी से कृतम चक्रव्यूह का निर्माण करवाओ। और उसके उपरांत हमारे सारे महारथियों को आदेश दो कि वो मेरे कक्ष में उपस्थित हों। तब तक मैं दुर्धरा से भेंट करके लौट आऊँगा।''

''जो आज्ञा, असुरेश्वर।'' भद्राक्ष वहाँ से प्रस्थान कर गया।

भद्राक्ष के जाने के उपरांत दुर्भीक्ष दुर्धरा के शिविर में आया। दुर्धरा अपनी शय्या पर मौन बैठी थी, उस समय दुर्भीक्ष को वहाँ आया देख उसे थोड़ा आश्चर्य हुआ, ''आप इस समय यहाँ ?''

''तो क्या तुमसे भेंट करने हेतु मुझे समय के नियमों में बंधना पड़ेगा ?'' दुर्भीक्ष ने विनोद भरे स्वर में प्रश्न उठाया।

''एक प्रश्न क्या पूछ लिया, जैसे कटाक्ष करने का अवसर प्राप्त हो गया आपको।'' दुर्धरा ने तनिक रुष्ट स्वर में कहा।

दुर्भीक्ष उसके निकट आया और उसका हाथ पकड़ शय्या पर बैठ गया, ''अब तुम तो मुझसे रुष्ट ना हो, मुझे अभी तुम्हारी आवश्यकता है।''

दुर्भीक्ष को विचलित हुआ देख दुर्धरा का स्वर गंभीर हो गया, ''क्या बात है, आप इतने विचलित क्यों हैं?''

''मैं तुमसे एक प्रश्न पूछना चाहता हूँ, दुर्धरा।''

''अवश्य पूछिये।'' दुर्धरा ने सहमति जताई।

''हस्तिनापुर तुम्हारे मायके जैसा है। उन्होंने तुम्हारे साथ तुम्हारी बहन सुनंदा को भी शरण दी थी। और महाराज दुष्यंत ने एक पुत्री की भांति विदा भी किया था। तो फिर तुमने कभी उनके विरुद्ध छेड़े मेरे इस युद्धाभियान का विरोध क्यों नहीं किया ?''

दुर्धरा ने श्वास भरते हुए कहा, ''महाऋषि शंकराचार्य और महाबली अखण्ड सत्य से भलीभांति परिचित थे। फिर भी उन्होने मुझे अंधकार में रखकर एक अस्त्र की भांति मेरा उपयोग किया और आपके कवच को नष्ट करवा दिया। हमारे विवाह के समय आपके सबसे प्रिय मित्र शत्रुघन और उनकी पत्नी की हत्या हस्तिनापुर में हुयी, जिसका वास्तविक भेद आज तक प्रकट नहीं हो पाया। और ना ही पुरूयोद्धाओ ने उन दोनों के रक्षण का प्रयास किया। इसलिये मुझे तो उन लोगों से घृणा सी हो गयी। और रही बात मुझे और मेरी बहन को शरण देने की, तो मैंने भी एक बार आपके क्रोध से युवराज सर्वदमन का रक्षण किया था। मैंने तो कभी उनसे शरण माँगी नहीं, क्या पता

हमें शरण देने के पीछे भी उनका कोई स्वार्थ हो। उनके कारण विवाह के उपरांत मैंने अपनी बहन सुनंदा को देखा तक नहीं।'' कहते कहते दुर्धरा की मुट्ठियाँ भिंच गयीं।

दुर्भीक्ष मुस्कुराया, ''प्रतीत होता है उनके लिये मुझसे अधिक क्रोध तो तुम्हारे मन में है। किन्तु मुझे विश्वास है कि शत्रुघन की हत्या में हस्तिनापुर के राजपरिवार का कोई हाथ नहीं था। क्योंकि इस तथ्य का विश्वास स्वयं ब्रह्मऋषि विश्वामित्र को भी था।''

''सम्भव है यही सत्य हो। किन्तु आपको किस बात ने विचलित कर रखा है ?'' दुर्धरा ने प्रश्न किया।

''मुझे विचलित कर रखा है ऋषि विश्वामित्र के एक वचन रूपी वरदान ने जो उन्होंने मुझे दिया था।''

''कैसा वरदान?'' दुर्धरा ने प्रश्न किया।

''जब उन्हें मेरे जीवन के संघर्ष और शत्रुंजय के प्रति मेरे अगाध मोह और प्रेम के विषय में उन्हें ज्ञात हुआ, तब उन्होंने मुझे एक वचन दिया कि यदि मैं पूर्ण निष्ठा से अपने माने हुए धर्म और कर्तव्य का पालन करूँगा, तो वो हर संकट से शत्रुंजय का रक्षण करेंगे।''

दुर्धरा को दुर्भीक्ष के स्वर में हल्की कंपन का आभास हुआ। उसने उसका हाथ अपने हाथों में लेकर उसका साहस बढ़ाने का प्रयत्न किया, ''ये तो प्रसन्नता की बात है। आप ये युद्ध असुर और मानव दोनों जातियों के कल्याण और संरक्षण के लिये कर रहे हैं। ताकि भविष्य में ये दोनों प्रजातियाँ एकता के सूत्र में बंध सकें। तो फिर विचलित होने का क्या औचित्य है ?''

''मैं विचलित इसलिये हूँ दुर्धरा, कि अभी तक हमने इस युद्ध को नियमानुसार लड़ा था। किंतु आज दो महारथियों से युद्ध करते एक बालक की पीठ पर भाला चलाकर द्रविड़राज अल्मबुष ने बहुत बड़ा पाप किया है। इसीलिये अब मुझे संदेह हो रहा है कि यदि इस युद्ध में शत्रुंजय को कुछ हो गया, तो मैं क्या मुँह लेकर जाऊँगा ब्रह्मऋषि विश्वामित्र के पास? कैसे कहूँगा उनसे कि वो मेरे मित्र की इस अंतिम निशानी का रक्षण करें? मैं तो उनसे दृष्टि भी नहीं मिला पाऊँगा।''

''तो फिर क्या आप द्रविड़राज को मृत्युदंड देने का विचार कर रहे हैं ?'' दुर्धरा ने प्रश्न उठाया।

''जिस शत्रुंजय को सम्राट बनाकर मानव और असुरों में एकता बीज बोने का मैंने स्वप्न देखा है, वही अल्मबुष का कवच बन बैठा है, क्योंकि द्रविड़राज ने उसके समक्ष शरणागति स्वीकार की थी। मैं उसे मृत्युदंड नहीं दे सकता। इसलिये न चाहते हुए भी मैं इस अधर्म का उत्तरदायी बन चुका हूँ।'' दुर्भीक्ष के स्वर में कंपन स्पष्ट झलक रहा था।

दुर्धरा ने उसे ढांढस बँधाते हुए कहा, "आप अपना साहस मत खोईये। आपका उद्देश्य पवित्र है, और जो कुछ भी हुआ उसमें आपका कोई दोष नहीं। क्या पता कल पुरूसेना के योद्धाओं से भी कोई अधर्म हो जाये? मैंने सुना द्रविड़राज के विषय में। कोई पिता अपनी दृष्टि के सामने अपने पुत्र को मरते नहीं देख सकता, इसलिये उन्हें क्षमा कर देना ही उचित है।"

दुर्भीक्ष ने साँस भरते हुए कहा, "प्रयास करूँगा दुर्धरा। सूर्यास्त से लेकर अभी तक मैं स्वयं को यही समझाने का प्रयास कर रहा हूँ कि अल्मबुष को क्षमा करके कल के युद्ध की ओर ध्यान केन्द्रित करूँ।"

"यही उचित भी होगा।" दुर्धरा ने अपना मत प्रकट किया।

दुर्भीक्ष ने कुछ क्षण बैठे बैठे विचार किया। उसके उपरांत उसने दुर्धरा के मुख को देख मुस्कुराते हुए कहा, "मैं चलता हूँ दुर्धरा। अभी कल की युद्धनीतियों पर विचारवमिर्श करना है।"

"जैसी आपकी इच्छा।" दुर्धरा ने सहमति जताई।

शीघ्र ही विदर्भ की सेना के सभी महारथी दुर्भीक्ष के शिविर में एकत्र हुए। मोम और लकड़ी से बने कृत्रिम चक्रव्यूह के पास खड़े शत्रुंजय, भद्राक्ष, उपनंद, त्रिकुम्ब, जरोम, अल्मबुष और वेदांतक दुर्भीक्ष की प्रतीक्षा में थे। दुर्भीक्ष ने शीघ्र ही शिविर में प्रवेश किया।

शिविर में प्रवेश करते ही वो सबसे युद्धनीति और चक्रव्यूह की संरचना पर विचार विमर्श करने लगा। अंत में उसने जरोम सम्बोधित करते हुए कहा, "माना की चक्रव्यूह भेदन के लिए अभ्यास की भी आवश्यकता है, किंतु फिर भी तुम्हें आपातकालीन स्थिति में उचित मार्ग से वक्रदंत को लेकर चक्रव्यूह में उस मार्ग से दौड़ लगानी होगी जो मैंने तुम्हें समझाया है। जहाँ तक मेरा मत है वक्रबाहु तुम्हें रोकने का प्रयास अवश्य करेगा। उसका प्रतिकार कर पाओगे?"

"आप चिंता ना करें असुरेश्वर। अपने भाई की मृत्यु से वक्रदंत कल के युद्ध के लिये बहुत अधिक व्यग्र हुआ जा रहा है। निसंदेह कल उसके क्रोध का सामना कोई नहीं कर पायेगा। आप चिंता न करें, यदि मेघवर्ण ने आपको द्वंद्व में उलझाया तो वक्रदंत अकेले ही चक्रव्यूह का ध्वंस कर देगा।"

"ठीक है जरोम। यदि वक्रदंत दुर्बल पड़ने लगे तो तुम वक्रबाहु के मर्म स्थल पर प्रहार कर उसे अचेत करने का प्रयास करना।" कहते हुए दुर्भीक्ष ने वक्रबाहु के मर्मस्थलों के विषय में जरोम को समझाया।

तत्पश्चात दुर्भीक्ष ने वहाँ उपस्थित सभी महारथियों को सम्बोधित करते हुए कहा, "आप सभी महारथियों को चक्रव्यूह में प्रवेश करने का मार्ग ज्ञात हो चुका है। स्मरण

रहे, कि ये चक्रव्यूह किसी भी स्थिति में विदर्भराज शत्रुंजय तक नहीं पहुँचना चाहिये। अन्यथा कल ही हमारी पराजय हो जायेगी। हमारी सेना शत्रु से कहीं अधिक है। इसलिये यदि हमने समय रहते चक्रव्यूह का भेदन कर दिया, तो युद्ध के नियमानुसार कल पौरवों की पराजय निश्चित है।''

सभी उपस्थित महारथियों ने सहमति जतायी। त्रिकुम्ब ने प्रश्न उठाया, ''बीस यति योद्धा अभी भी शेष बचे हैं, असुरेश्वर। यदि आज्ञा हो तो...''

दुर्भीक्ष त्रिकुम्ब का मंतव्य समझ गया, ''नहीं त्रिकुम्ब, उन्हें वापस मलय पर्वत भेज दो। अब यदि उन्होंने युद्ध में भाग लिया तो उनकी प्रजाति का अस्तित्व ही नष्ट हो जायेगा। और वैसे भी हमारे पास सैन्यबल की कोई कमी नहीं है, तो उनके प्राणों को दाँव पर लगाने की अब कोई आवश्यकता नहीं है।''

''जो आज्ञा, महामहिम।'' त्रिकुम्ब ने सहमति जताई।

''ठीक है अब तुम सब प्रस्थान करो। मेरी विश्राम करने की इच्छा हो रही है।''

दुर्भीक्ष के आदेश का पालन करते हुए सारे महारथी उसके शिविर से जाने लगे। जाते हुए भद्राक्ष ने उससे प्रश्न किया, ''आज आप इतने विचलित क्यों है, असुरेश्वर? आपके स्वर में वो दृढ़ता नहीं दिखाई दे रही।''

दुर्भीक्ष ने खीजते हुए कहा, ''व्यर्थ के अनुमान ना लगाओ भद्राक्ष। जाकर विश्राम करो, और मुझे भी करने दो। कल का युद्ध बहुत संघर्षपूर्ण होने वाला है।''

नवम् अध्याय

पंचम दिवस

सूर्योदय से पूर्व ही मेघवर्ण पुरूसेना को लेकर रणक्षेत्र में आ गया, और चक्रव्यूह की रचना करना आरम्भ किया। चक्रव्यूह के केंद्र में पौरवों के कुछ मुख्य सैन्यअधिपतियों के साथ काशीराज भद्रसोम और मथुरा नरेश शल्लभ के साथ स्वयं महाराज भरत खड़े थे। दिग्विजय और चंद्रकेतु सेना की एक विशिष्ट टुकड़ी के साथ छठवें द्वार पर खड़े थे। हाथियों के एक विशिष्ट दल के साथ भगदत्त और उग्रश्रवा पाँचवें द्वार पर खड़े हुए। चौथे द्वार की रक्षा का भार महाबली वक्रबाहु के बलिष्ठ कंधों पर था। और प्रथम द्वार के प्रवेश मार्ग पर स्वयं मेघवर्ण दुर्भीक्ष की प्रतीक्षा में सज खड़ा था। दूसरे और तीसरे द्वार पर कोई महारथी नहीं था, ताकि शत्रु सरलता से चौथे द्वार तक आये और चक्रव्यूह के भीतर फँसकर रह जाये। वहीं जंबाल गणान्ना, डकैत और गंधर्व योद्धाओं के विशिष्ट दल के साथ पर्वत की ऊँचाईयों से शत्रुओं पर दृष्टि जमाये हुए था।

सूर्य के उदय होते ही दोनों सेनाओं के सभी महारथियों ने एक साथ शंखनाद किया। आक्रमण का आदेश मिलते ही रणचंडी को रक्त की भेंट चढ़ाने दोनों सेनायें दौड़ पड़ीं। चक्रव्यूह निर्माण किये हुए योद्धाओं का दल लगातार गोलाकार दिशा में भागते हुए तीव्रगति से शत्रुसेना की ओर बढ़े चले जा रहा था।

दुर्भीक्ष जानता था कि मेघवर्ण उसे आगे नहीं बढ़ने देगा, और स्वयं के अतिरिक्त वो किसी और महारथी को मेघवर्ण के समक्ष भेजता तो उसकी मृत्यु निश्चित थी।

इसीलिये उसने अपनी सेना को पाँच भागों में विभाजित किया हुआ था। सेना के वो पाँचों दल वज्रव्यूह बनाये चक्रव्यूह की ओर बढ़ रहे थे। एक दल का नेतृत्व स्वयं दुर्भीक्ष कर रहा था। दूसरे का नेतृत्व वक्रदंत की पीठ पर आरूढ़ हुआ दानव जरोम कर रहा था। शत्रुंजय के साथ उपनंद तीसरे व्यूह का नेतृत्व कर रहा था। द्रविड़राज अल्मबुष और वेदांतक अपने अपने विशिष्ट हाथियों पर सवार होकर चौथे वज्र का और त्रिकुम्ब पाँचवें वज्रव्यूह का नेतृत्व कर रहा था। पाँचों वज्रव्यूह अलग अलग दिशाओं से चक्रव्यूह की ओर बढ़ रहे थे।

शत्रुसेना के निकट आते ही पुरूसेना के चक्रव्यूह ने भाले और तीरों से प्रहार करना आरम्भ कर दिया। किसी बवंडर की भांति घूमते हुए चक्रव्यूह से निकले शस्त्रों से विदर्भ की सेना में कोलाहल मच गया। उस महाव्यूह के निकट पहुँचने से पूर्व ही विदर्भ के सहस्त्रों योद्धाओं के शरीर क्षत विक्षत हो गये। दुर्भीक्ष चक्रव्यूह के भेदन के लिये अपनी सेना लिए प्रथम द्वार के निकट पहुँचा, जहाँ मेघवर्ण अपना रथ लिये उसके समक्ष आ खड़ा हुआ। उसे देख दुर्भीक्ष ने धनुष पर अपनी पकड़ मजबूत की और अपना पहला बाण छोड़ते हुए अपनी सेना को आदेश दिया, ''प्रवेश करो।''

दुर्भीक्ष के आदेश पर शत्रुंजय के वज्र को छोड़ तीनों वज्रव्यूह की सेनायें चक्र में प्रवेश करने को दौड़ी। मेघवर्ण और दुर्भीक्ष का धनुर्युद्ध आरम्भ हुआ। जंबाल की दृष्टि सबसे पीछे आते हुए वज्रव्यूह पर पड़ी जिसका नेतृत्व त्रिकुम्ब कर रहा था। यह देख उसने गणान्ग, डकैत और गंधर्व योद्धाओं को प्रेरित करने का प्रयास किया, ''अपनी शक्ति का वास्तविक प्रदर्शन करने का समय आ गया है वीरों। हमें त्रिकुम्ब की सेना का नाश करना है। किंतु स्मरण रहे, यदि मैं त्रिकुम्ब से पराजित हो गया। तो एक सहस्त्र डकैत और गंधर्व योद्धा त्रिकुम्ब को घेरेंगे और शेष योद्धा पूर्ण बल से शत्रु दल पर आक्रमण करेंगे।'' कहते हुए जंबाल आकाश में उड़ चला। उसके संकेत पर अपने अश्वों पर आरूढ़ हुए वो आठ सहस्त्र सशस्त्र योद्धा पर्वतों के मार्ग से होते हुए त्रिकुम्ब की सेना की ओर दौड़े।

वक्रदंत को लेकर दानव जरोम ने चक्रव्यूह के प्रथम द्वार को तोड़ते हुए अपनी सेना के साथ प्रवेश किया। अपने कंधे उचकाये वक्रबाहु बड़ी व्यग्रता से उसकी प्रतीक्षा कर रहा था। दूसरे और तीसरे द्वार के सैनिकों ने वक्रदंत को सामने देखते ही उसका मार्ग खाली करने लगे। उसके चौथे द्वार के भीतर पहुँचते ही सैनिकों ने दूसरा और तीसरा द्वार बंद कर दिया। वक्रदंत के साथ आये एक चौथाई से भी कम योद्धा चौथे द्वार में प्रवेश कर पाये, तभी पौरव सैनिकों ने दूसरे और तीसरे द्वार बंद कर दिये थे। सहस्त्रों योद्धा उसमें फँसकर रह गये। चक्रव्यूह के योद्धा उन्हें घेरकर उनपर प्रहार करने लगे। चक्र की तीव्र गति के कारण व्यूह में फँसे योद्धाओं को समझ में ही नहीं आ रहा था कि वो किस पर प्रहार करें और किस पर नहीं। एक एक करके वो सभी गिरते चले जा रहे थे। जरोम के साथ गयी सेना की दुर्दशा देख शत्रुंजय ने अपने साथ खड़े उपनंद से

कहा, "राजा उपनंद, हममें से एक को पीछे से वज्रव्यूह का रक्षण करना पड़ेगा। अन्यथा सेना का उसी प्रकार नाश होगा जैसे दानव जरोम के साथ गयी हुयी सेना का हुआ है।"

"आपका मत तर्कसंगत है। किन्तु हम आपको आगे करने का संकट नहीं मोल सकते, महाराज। दल का नेतृत्व आगे से मैं करूँगा और पीछे से आप। द्रविड़राज अल्मबुष द्रविड़ों का विशिष्ट दल लेकर चक्रव्यूह में प्रवेश करने वाले हैं। उन्हें चक्रव्यूह का बहुत अधिक अभ्यास है। इसलिये हम उनका अनुसरण करते हुए आगे बढ़ेंगे।"

"मैं आपसे सहमत हूँ, राजा उपनंद। किन्तु मैं आपसे कहीं अधिक कुशल धनुर्धर हूँ, और चक्रव्यूह की सेना का अधिक मात्र में ध्वंस कर सकता हूँ। इसलिये अपने वज्र का नेतृत्व आगे से मैं ही करूँगा।"

"किन्तु महाराज महामहिम दुर्भीक्ष के आदेश का क्या?"

"ये मेरा आदेश है, राजा उपनंद। चिंता मत करिये। यदि सातवें द्वार पर पहुंचकर मैं भरत से पराजित हो गया, तो पीछे हट जाऊँगा। किन्तु तब तक आपको अंतिम द्वार तोड़ने का समय अवश्य मिल जायेगा। और वैसे भी जब तक मेरे प्राण संकट में नहीं होंगे, असुरेश्वर दुर्भीक्ष अपने सम्पूर्ण सामर्थ्य का प्रदर्शन नहीं करेंगे। जब उन्हें ज्ञात होगा कि मैं दूसरी दिशा से चक्रव्यूह में प्रवेश कर चुका हूँ, और मेरे प्राण संकट में हैं। तो क्या मेघवर्ण, क्या भरत, कोई भी उनके बाणों के आगे टिक नहीं पायेगा। और सम्पूर्ण चक्रव्यूह ध्वस्त हो जायेगा। इसलिये आज मुझे अपने प्राणों को दाँव पर लगाना ही होगा।"

"जैसी आपकी आज्ञा, महाराज।" उपनंद ने सहमति जताई।

दानव जरोम वक्रदंत को लिए आगे बढ़ा चला जा रहा था। योजनानुसार वक्रबाहु ने उसका मार्ग रोक लिया। अपने दोनों हाथों में फरसा उठाये दौड़ते हुए वक्रबाहु हवा में उछला, वक्रदंत ने उस पर एकटक दृष्टि जमाई हुई थी। उसके स्वयं के निकट आने से पूर्व ही वक्रदंत ने उसके फरसों से बचते हुए उसके उदर पर सूँड का भीषण प्रहार किया। वो प्रहार खाकर वक्रबाहु भूमि पर गिर गया। जरोम ने ऊपर से ही उस पर बाणों का प्रहार आरम्भ किया। किन्तु उसका एक भी बाण वक्रबाहु की छाती पर खरोंच भी ना बना पाया।

वक्रदंत तीव्रगति से वक्रबाहु की ओर दौड़ा। वक्रबाहु ने दौड़ते हुए कई गज ऊँची छलाँग लगाई और वक्रदंत के मस्तक तक जा पहुँचा। उसका लक्ष्य दानव जरोम था, किंतु वक्रदंत ने क्षणभर में ही उसे अपनी सूँड में लपेटा और उसे अपने मस्तक से उठाकर नीचे भूमि पर पटक दिया। सूँड में लपटे हुए ही उसने वक्रबाहु को कई बार झटकारा। उसकी गति इतनी तीव्र थी कि वक्रबाहु को अपने फरसों को प्रहार करने का

अवसर ही प्राप्त नहीं हो पा रहा था। अंततः उसने वक्रबाहु को झटकते हुए बीस गज दूर फेंक दिया। अपनी सूँड उठाकर चिंघाडता हुआ वक्रदंत वक्रबाहु की गतिविधियों को ध्यान से देख रहा था। वक्रबाहु तत्काल ही भूमि से उठा और अपने दोनों फरसे भूमि पर गिराये। तत्पश्चात उसने भयानक गर्जना करते हुए विशाल गज का रूप धारण कर लिया। जरोम ने अपने धनुष पर पकड़ मजबूत की और वक्रदंत की ओर दौड़ते हुए वक्रबाहु पर बाणों की वर्षा करने लगा। किंतु वक्रबाहु निर्भीक होकर दौड़ता रहा। उसने एक ही टक्कर में वक्रदंत को पचास गज पीछे घसीट दिया। तत्पश्चात वक्रबाहु ने अपनी सूँड से वक्रदंत की सूँड को दबाया और उसे पीछे धकेलने के साथ साथ उसे ऊपर भी उठाने लगा। दानव जरोम ने वक्रदंत का साहस बढ़ाते हुए कहा, ‘‘अपने भाई के बलिदान को व्यर्थ मत जाने दो, वक्रदंत। हमें असुर संस्कृति का रक्षण करना है। प्रहार करो इस शत्रु पर। इसका बल तुम्हारे आगे कुछ नहीं।’’

कुपित हुए वक्रदंत ने अपने बल प्रयोग से वक्रबाहु की सूँड को झुकाया और उसे पीछे घसीटने लगा। दोनों विशालकाय गज चिंघाड़ते हुए एक दूसरे से द्वंद्व में संलग्न रहे।

दुर्भीक्ष और मेघवर्ण में होता हुआ द्वंद्व जारी था। दोनों महारथियों के शरीरों को अनेकों बाण छूकर निकल चुके थे। दुर्भीक्ष के अस्त्रों को दुर्बल पड़ते देख उसकी रथ की धुरा संभाले हुए भद्राक्ष ने प्रश्न किया, ‘‘ये आज आपके अस्त्रों को क्या हो गया है, असुरेश्वर ? मेघवर्ण के बाण आपके सभी प्रमुख अस्त्रों को नष्ट कर रहे हैं। बड़े आश्चर्य की बात है।’’

तभी अकस्मात ही मेघवर्ण का एक बाण दुर्भीक्ष के धनुष को बीच से तोड़ गया। भद्राक्ष के आश्चर्य का ठिकाना नहीं रहा। दुर्भीक्ष ने दूसरा धनुष उठाया और भद्राक्ष को टोकते हुए कहा, ‘‘मेरा ध्यान भंग मत करो, भद्राक्ष। मुझे स्थिर होकर युद्ध करने दो।’’

मेघवर्ण के अगले बाण ने दुर्भीक्ष के धनुष की प्रत्यंचा काट डाली। विचलित हुए दुर्भीक्ष ने तत्काल ही प्रत्यंचा बदली और मेघवर्ण के प्रहारों से बचते हुए उसकी ओर दस बाण चलाये। किंतु वो सारे बाण मेघवर्ण के कंधे और भुजाओं पर हल्के घाव करते हुए आगे चले गये।

भद्राक्ष ने आश्चर्यपूर्वक प्रश्न किया, ‘‘आपका लक्ष्य इस प्रकार कैसे चूक सकता है, असुरेश्वर ? कहाँ है आपका ध्यान ?’’

‘‘मौन रहो, भद्राक्ष।’’ दुर्भीक्ष ने खीजते हुए भद्राक्ष को डपटा, और बाण संधान के लिये धनुष उठाया। तब तक मेघवर्ण के धनुष से छूटे एक और नाराच ने दुर्भीक्ष का वो धनुष भी काट गिराया।

दुर्भीक्ष ने तीसरा धनुष उठाया, मेघवर्ण ने उसे भी तोड़ डाला। तत्पश्चात मेघवर्ण

ने नराच, वत्सदंत, नालीक नामक अनेक पैने बाणों से दुर्भीक्ष को बींध डाला। घायल दुर्भीक्ष ने वापस धनुष उठाया और विपाठ, क्षुरप्र और नाराच नामक अस्त्र चलाकर मेघवर्ण के धनुष की प्रत्यंचा काट डाली, और उसकी छाती पर भी गहरे घाव किये।

तत्पश्चात भद्राक्ष ने दुर्भीक्ष का साहस बढ़ाने के लिये कहा, ''द्रविड़राज के किये अधर्म के उत्तरदायी आप नहीं हैं, असुरेश्वर। कृपा करके उनके अधर्म का विस्मरण करिये और अपने सम्पूर्ण सामर्थ्य से शत्रु पर प्रहार कीजिये।''

भद्राक्ष के उस घटना का स्मरण कराने दुर्भीक्ष का साहस तो नहीं बढ़ा, किन्तु वो थोड़ा और विचलित अवश्य हो गया। मेघवर्ण ने अपनी प्रत्यंचा वापस जोड़ दुर्भीक्ष की ओर एक साथ पचास बाण छोड़े, दुर्भीक्ष ने अपने बाणों से उन सभी अस्त्रों को काट दिया। तत्पश्चात आधे क्षण के भी कम समय के अंतराल में मेघवर्ण ने वराहकर्ण को कान तक खींचकर दुर्भीक्ष की ओर चलाया। वो बाण सीधा दुर्भीक्ष की बायीं पसली में जा लगा, जिसने दुर्भीक्ष को कुछ क्षणों के लिये विचलित कर दिया। उसके धनुष पर उसकी पकड़ ढीली पड़ गयी, तत्पश्चात मेघवर्ण ने अंजलिक अस्त्र को सीधे उसके कंठ की ओर छोड़ा। अपना धनुष संभाले दुर्भीक्ष ने उस बाण से बचने का प्रयास किया, किंतु फिर भी वो बाण उसके कवच को भेदकर उसके कंधे की एक प्रमुख नस पर आ लगा। उस नस के दबने से दुर्भीक्ष को मूर्छा आने लगी। वो अपना धनुष छोड़ रथ पर गिर पड़ा। यह देख मेघवर्ण को दिव्यास्त्र के संधान का समय और अवसर मिल गया। उसने अपने धनुष पर एक बाण चढ़ाया और मंत्र बुदबुदाने आरम्भ किये।

भद्राक्ष ने उस पर कटाक्ष करते हुए कहा, ''एक निशस्त्र और मूर्छित योद्धा पर प्रहार करते हुए लज्जा नहीं आती, महारथी मेघवर्ण?''

भद्राक्ष का कथन सुन दुर्भीक्ष भी संभलने लगा, उसने स्वयं को संभाला और अपने धनुष की ओर हाथ बढ़ाया। किंतु इससे पूर्व ही मेघवर्ण ने अपने दिव्यास्त्र का संधान कर दिया। उस दिव्यास्त्र से निकलती धुंध से दुर्भीक्ष पूर्णतः मूर्छित होकर अपने रथ पर गिर गया। उस ढूंढ के प्रभाव में आकर भद्राक्ष को भी मूर्छा आने लगी।

तत्पश्चात मेघवर्ण ने भद्राक्ष की उपेक्षा करते हुए कहा, ''मैं तुम्हारे योद्धाओं की भांति कायर नहीं हूँ भद्राक्ष, जो किसी मूर्छित योद्धा का वध करूँ। ये सम्मोहिनी अस्त्र तो बस तुम्हें मूर्छवस्था में रखने के लिये है। अब तुम दोनों कुछ समय तक यहीं विश्राम करो।''

अपने प्रधान सेनापति दुर्भीक्ष की वो दशा देख विदर्भ की सेना में कोलाहल मच गया। मेघवर्ण के बाणों से पीड़ित होकर दुर्भीक्ष के वज्राव्यूह के सैनिक रण छोड़कर भागने लगे।

द्रविड़राज अल्मबुष चक्रव्यूह में प्रवेश कर चुके थे। अपने गज पर सवार वेदांतक

और अल्मबुष ने अपने बाणों से तीन द्वारों को तोड़कर आगे बढ़े। वक्रबाहु और वक्रदंत को द्वंद्व में व्यस्त देख अल्मबुष आगे बढ़े और चतुर्थ द्वार भी भंग कर दिया। शत्रुंजय और उपनंद भी अपनी सेना का दल लिए उनके पीछे बढ़े जा रहे थे।

त्रिकुम्ब की सेना भी चक्रव्यूह के निकट आ रही थी। तभी उसकी बायीं ओर से पर्वतों से उतरकर आठ सहस्त्र अश्वों पर सवार हुए गणान्ग, डकैत और गंधर्व योद्धाओं ने त्रिकुम्ब के साथ आ रही एक अक्षौहिणी सेना पर धावा बोल दिया। जंबाल ने आकाश में उड़ते हुए ही त्रिकुम्ब को भ्रमित करते हुए उस पर प्रहार करने आरम्भ किये। वो उड़कर उड़कर उसके प्रहारों से बच रहा था, और साथ ही साथ उस पर भाले से प्रहार भी कर रहा था। त्रिकुम्ब के अस्त्र शस्त्र व्यर्थ हो रहे थे। वहीं एक एक गणान्ग हाथियों की सूँड काटकर उस पर चढ़ता और उसके सवारों को भी कुछ ही क्षणों में मार डालता। एक एक गंधर्व योद्धा अपने बाणों से एक साथ दस दस रथ पर आरूढ़ हुए योद्धाओं को पराजित कर दे रहा था। डकैत योद्धा अपने धनुष पर चढ़ाये बाणों से बीस बीस सैनिकों को हताहत करने लगे।

चौथे द्वार को तोड़कर द्रविड़राज अल्मबुष और वेदांतक आगे बढ़ चुके थे। अपने धनुष पर प्रत्यंचा चढ़ाये भगदत्त अपना रथ लिए अल्मबुष के हाथी के समक्ष आ खड़ा हुआ। उग्रश्रवा भी वेदांतक के हाथी के समक्ष आ खड़ा हुआ। भगदत्त और उग्रश्रवा का रक्त प्रतिशोध की ज्वाला में खौल रहा था। चारों महारथियों का परस्पर द्वंद्व आरम्भ हो गया। शत्रुंजय और उपनंद का वज्र भी चौथे द्वार के भीतर प्रवेश कर चुका था। शत्रुंजय वज्र के आगे था और उपनंद अभी भी पीछे की ओर से सेना का रक्षण कर रहा था। उपनंद तीसरे द्वार के निकट तक पहुँचा था। शत्रुंजय ने भगदत्त और द्रविड़राज के होते द्वंद्व में अल्मबुष को दुर्बल पड़ता देख उनकी सहायता करने का निश्चिय किया। तभी आकाश से सैकड़ों घातक बाण आये और शत्रुंजय के वज्रव्यूह के योद्धाओं के शरीर छिन्न भिन्न करने लगे।

चक्रव्यूह के भीतर खड़ा भरत अपने बाणों से दूर दूर तक की सेना को हताहत कर रहा था। उसके बाणों का प्रभाव लगभग एक कोस की दूरी पर बने पांचवें द्वार के पार तक अर्थात शत्रुंजय की सेना तक भी था। चौथे द्वार को पार करने वाली सेना भरत के साथ साथ छठवें द्वार की रक्षा को खड़े दिग्विजय और चंद्रकेतु के बाणों का भी शिकार बन रहे थे। यह देख द्रविड़राज ने युद्ध करते करते शत्रुंजय को सुझाव दिया, "आप आगे के द्वार तोड़कर शत्रुओं को प्रतिकार कीजिये, महाराज। अन्यथा ये चक्रव्यूह हमारी सेना का विध्वंस कर देगा। जाईये और अपने पूर्ण बल से आक्रमण कीजिये। और यदि संकट आये तो सहायता का शंख बजाने में तनिक भी विचार मत कीजियेगा। स्मरण रहे असुरेश्वर दुर्भीक्ष आपको संकट में नहीं देख सकते।"

अल्मबुष का सुझाव मान शत्रुंजय अपनी सेना का दल लिये पाँचवें द्वार की ओर

बढ़ा। वेदांतक के पाँच धनुष काटकर उग्रश्रवा ने उसे फटकारते हुए कहा, "अरे नीच, जब भुजाओं में शस्त्र उठाने का बल नहीं है, तो क्या रणक्षेत्र में इस विशाल गज पर बैठकर नृत्य करने आया है? तू वही कायर है न जिसने मेरे ज्येष्ठ की पीठ पर प्रहार किया था। किंतु चिंता न कर, मैं तुझपर सामने से प्रहार कर पहले तेरे इस गज को झुकाऊंगा, और फिर तेरा मस्तक काटकर सीधे तेरे उस पापी पिता के चरणों में फेंकूँगा।" उग्रश्रवा ने अपनी बायीं ओर युद्ध करते भगदत्त से गरजते हुए कहा, "द्रविड़राज का वध अभी न कीजियेगा, तातश्री। अपने इस पापी पुत्र का कटा मस्तक देखने से पूर्व उनकी मृत्यु नहीं होनी चाहिये।"

"अवश्य पुत्र, अवश्य।" भगदत्त ने अल्मबुष से युद्ध करते हुए सहमति जताई।

उग्रश्रवा के कटु वचनों से कुपित होकर वेदांतक ने अपने हाथी के सर पर बैठे महावतों को आदेश दिया, "कुचल डालो उस दुष्ट के अश्वों को।"

वेदांतक का हाथी उग्रश्रवा के रथ की ओर दौड़ा। क्रोधित उग्रश्रवा ने तीन अर्धचंद्र बाण चलाकर उस हाथी की सूँड काट दी। वो हाथी विचलित होकर चिंघाड़ने लगा। उग्रश्रवा ने म्यान से तलवार निकाली और एक अश्व पर कूदकर उसे एड़ लगायी। जैसे ही उसका अश्व वेदांतक के हाथी के निकट आया, उसने छलाँग लगाकर अपना एक पाँव उस हाथी के दाँत के ऊपरी भाग पर रखा, और दूसरी ही छलाँग में वो उस गज के मस्तक के ऊपर चढ़ आया। ऊपर चढ़ते ही उग्रश्रवा ने उसके सारे महावतों के मस्तक काट गिराये। वेदांतक ने भी हाथ में दो तलवारें लीं और हाथी के ऊपर खड़े खड़े ही उग्रश्रवा पर प्रहार किया।

किंतु उग्रश्रवा के क्रोध के समक्ष वो अधिक समय तक टिक नहीं पाया। उसकी दोनों तलवारों से बचते हुए पहले उग्रश्रवा ने उसके शरीर के कई भागों पर गंभीर घाव किये। तत्पश्चात उसके बायें हाथ पर प्रहार कर उसकी एक तलवार छुड़ाई, इतने में उसने भी उग्रश्रवा के जांघ पर घाव कर दिया। कुपित उग्रश्रवा ने उसके दायें हाथ में थमी तलवार अपने बायें पैर से दबाई और अगले ही क्षण विद्युत की गति से तलवार घुमाकर वेदांतक का मुंड काटकर भूमि पर गिरा दिया। उसका शरीर उस हाथी पर गिरकर ही ढेर हो गया। तत्पश्चात बिना एक और क्षण गँवायें उसने पलटकर अपनी तलवार उस युद्धक हाथी के मस्तक के भीतर घुसा दी जिस पर वो सवार था। वो हाथी चिंघाड़ता हुआ भूमि पर गिर पड़ा, किंतु इससे पूर्व ही उग्रश्रवा उसकी पीठ से भूमि पर कूद गया। भूमि पर आकर उसने वेदांतक के कटे मुंड को गिरा हुआ देखा। क्रोध में भरकर उसने उस मस्तक को उठाया और अल्मबुष की ओर फेंका।

वेदांतक का मस्तक सीधा अल्मबुष के हाथी पर आ गिरा। द्रविड़राज को विचलित देख भगदत्त ने भी अपना धनुष कुछ क्षणों के लिये नीचे कर लिया। उग्रश्रवा ने दूर खड़े ही अट्टहास करते हुए अल्मबुष की उपेक्षा की, "देख लो अपने नीच पुत्र

का मस्तक, द्रविड़राज। इसी के मोह में तुमने मेरे भ्राता के पीठ पीछे प्रहार किया था न। तो आज इसके रक्षण को क्यों नहीं आये तुम?''

क्रोध से अल्मबुष के नेत्र जलने लगे। उन्होंने भूमि पर खड़े उग्रश्रवा पर प्रहार करने के लिये भाला उठाया। यह देख भगदत्त ने गदा उठाई और सीधे अल्मबुष के हाथी के मस्तक पर दे मारी। हाथी के साथ अल्मबुष का भी संतुलन बिगड़ा और वो अपने हाथी और महावतों के साथ भूमि पर गिर पड़ा। रथ से एक और गदा उठाकर भगदत्त नीचे उतर आया। तत्पश्चात उसने अल्मबुष के निकट आकर उसे ललकारते हुए कहा, ''एक बालक पर अपनी भंडास निकालने का क्या लाभ होगा, द्रविड़राज? जब कपट किया है तो उसका परिणाम भी भोगना ही होगा। अब यदि साहस है तो उठाओ गदा। और शीघ्रता करना, क्योंकि तुम्हारे शरीर का रक्त बहाकर अपने पुत्र को श्रद्धांजली देने को व्याकुल हो रहा हूँ मैं।''

अल्मबुष ने भूमि से उठकर गदा उठाई और झल्लाते हुए भगदत्त की ओर दौड़ पड़े।

दुर्भीक्ष ने एक ही रात में अपने समस्त महारथियों को चक्रव्यूह भेदन का मार्ग समझाया था। किंतु अनुभव और अभ्यास की कमी और कुशल धनुर्धर ना होने के कारण उपनंद अभी तक चौथे द्वार तक को भेद नहीं पाया था। वो पचासों बाण चलाकर सैनिकों से भरे एक स्थान को रिक्त करता, किंतु आगे बढ़ने से पूर्व ही ढालें लेकर कई सैनिक उस द्वार को ढक दे रहे थे। और लगातार अपने सैनिकों को मरते हुए देख उपनंद का ध्यान भी बार बार भंग हो रहा था। उससे कुछ ही दूरी पर वक्रदंत और वक्रबाहु में भीषण संघर्ष चल रहा था। कुछ समय उपरांत उपनंद ने सैनिकों से अपना ध्यान हटाया और ध्यान लगाकर दुर्भीक्ष के बताये हुए मार्ग का स्मरण करने का प्रयास करने लगा।

अपने बाणों से कई रथियों, गजों और अश्वारोही का हनन करता हुआ शत्रुंजय छठवें द्वार तक पहुँच आया। सर्वप्रथम उसने चंद्रकेतु को बीस बाणों से बींधा, और फिर कई बाणों से उसका रथ और ध्वज नष्ट कर उसे भूमि पर गिरा दिया। चंद्रकेतु के रक्षण के लिये दिग्विजय ने शत्रुंजय पर बाणों का प्रहार किया। दोनों महारथियों में घनघोर युद्ध आरम्भ हुआ। दोनों एक दूसरे के शरीरों पर बाणों से गहरे घाव बनाने लगे।

भगदत्त और द्रविड़राज अल्मबुष में भीषण गदायुद्ध हुआ। दोनों ही अपने मन में अपने अपने पुत्रों के प्रतिशोध की अग्नि लेकर किसी मद खाये वृषभ की भांति एक दूसरे के शरीरों पर गदा का वार कर रहे थे। किंतु भगदत्त की चपलता और युद्ध कला द्रविड़राज पर थोड़ी भारी पड़ रही थी। उसकी गदा के प्रहार ने अल्मबुष के लौह कवच को तोड़ डाला था। अल्मबुष ने खीजते हुए भगदत्त की छाती पर प्रहार कर उसे चार हाथ पीछे हटाया, तत्पश्चात उन्होंने उसके मस्तक पर प्रहार करने हेतु गदा घुमायी।

किंतु भगदत्त बचने के लिये झुका और भूमि पर घुटनों के बल घिसटते हुए अल्मबुष के निकट आकर उनकी पसली पर जोरदार प्रहार किया। उस मर्मभेदी प्रहार ने द्रविड़राज को कुछ क्षणों के लिये विचलित क्या किया, भगदत्त ने चार क्षणों के भीतर ही गदा से चार बार उनके मस्तक और मुख पर प्रहार किया। अल्मबुष का शिरस्त्राण टूटकर बिखर गया और सर फटने से उससे बहती रक्त की धारा उनके पूरे मुख पर फैलने लगी। भगदत्त ने आगे बढ़ते हुए उनकी छाती पर पाँव से प्रहार कर उन्हें भूमि पर गिरा दिया। तत्पश्चात उसने आगे बढ़कर अल्मबुष पर और प्रहार करने चाहे, किंतु तभी चार बाण उसकी गदा से टकराये और उसे निशस्त्र कर दिया। भगदत्त ने दृष्टि उठाकर देखा तो उपनंद को अपने समक्ष खड़ा पाया। वो चौथे द्वार को तोड़कर भीतर आ चुका था। उपनंद ने अपने रथ में रखी गदा उठायी और भगदत्त को ललकारते हुए कहा, ''प्रतीत होता है तुम्हें गदायुद्ध में बहुत अधिक रुचि है। तनिक मुझे भी अपने सामर्थ्य का परिचय दो, महारथी भगदत्त।''

''अवश्य।'' भगदत्त गदा उठाने हेतु अपने रथ के पास गया। उपनंद ने अपने रथ से उतरकर सैनिकों को आदेश दिया, ''द्रविड़राज अल्मबुष को उनके शिविर में ले जाओ। इन्हें उपचार की आवश्यकता है।''

सैनिकों के अल्मबुष को वहाँ से निकाल ले जाने के पश्चात भगदत्त और उपनंद अपनी अपनी गदायें उठाकर एक दूसरे से जा भिड़े।

वक्रदंत और वक्रबाहु में भीषण संघर्ष जारी था। जरोम ने वक्रबाहु पर तीर, भाले, तलवार, गदा, चक्र आदि सभी अस्त्रों का प्रयोग किया, किन्तु वक्रबाहु के शरीर को तनिक भी क्षति नहीं पहुँचा पाया। वो अभी भी वक्रबाहु के कंठ के मर्म स्थल पर प्रहार करने का प्रयास कर रहा था, किन्तु वक्रबाहु और वक्रदंत इतनी चपलता से घूमकर एक दूसरे पर प्रहार कर रहे थे, कि वो अपना ध्यान सटीक लक्ष्य पर केन्द्रित नहीं कर पाया। वक्रबाहु सहसा ही वक्रदंत की सूँड को जकड़कर उसे तीव्रगति से घसीटने लगा, और भूमि पर बैठने पर विवश कर दिया। वक्रबाहु उन्माद में चिंघाड़ते हुए चार पग पीछे हटा।

भूमि पर बैठे जरोम ने वक्रदंत को आदेश दिया, ''अपने पैने दाँतो से वक्रबाहु के कान के ठीक नीचे कंठ पर प्रहार करने का प्रयास करो, वक्रदंत। असुरेश्वर के किए प्रहार से वक्रबाहु के शरीर को वो भाग थोड़ा दुर्बल है। यदि नहीं कर सकते तो अपना पूर्ण बल लगाओ और मुझे अवसर दो कि मैं उस मर्म भाग पर प्रहार कर सकूँ। अपनी बुद्धि का उपयोग करो वक्रदंत, क्रोध का नहीं।''

वक्रदंत ने उसकी बात ध्यान से सुनी और अपनी ओर तीव्रगति से दौड़कर आते हुए वक्रबाहु को देखा। बिना एक भी क्षण गँवायें भूमि से उठकर किनारे हट गया, और वक्रबाहु का वो प्रहार व्यर्थ कर दिया। चिंघाड़ता हुआ वक्रबाहु जैसे ही पलटा, वक्रदंत

ने अपने दाँत को उसके कंठ तक ले जाने का प्रयास किया, किंतु वक्रबाहु ने अपने दाँत सामने कर उसके दाँतों को अपने दाँतों में फँसाकर उसे पीछे धकेलने लगा। कोई और मार्ग ना देख जरोम ने गदा उठाई और वक्रदंत की पीठ से नीचे कूदने का संकट मोल लिया।

उन दोनों विशालकाय गजों के निकट रहते नीचे कूदकर चलना भी अत्यंत दुष्कर और संकटकारी था। फिर भी दानव जरोम चपलता से बचते बचाते उन दोनों के आसपास दौड़कर वक्रबाहु के कंठ के पास गदा का प्रहार करने हेतु लक्ष्य साधने का प्रयास कर रहा था। तभी वक्रबाहु की दृष्टि उस पर पड़ गयी, और उसे जरोम की मंशा का आभास भी हो गया। अवसर पाते ही उसने जरोम की छाती पर अपने पीछे के पैर से प्रहार किया। छाती पर प्रहार से पीड़ित हुआ जरोम बीस हाथ दूर जा गिरा। मुख से रक्त फूट पड़ा, किंतु फिर भी साहस जुटाकर गदा उठाते हुए वो भूमि से उठा, और एक बार फिर वक्रबाहु की ओर दौड़ा। अंततः नेत्रों का संकेत पाकर वक्रदंत ने वक्रबाहु को घसीटते हुए जरोम को वो सुलभ अवसर दे ही दिया जहाँ वक्रबाहु के शरीर के उस दुर्बल भाग पर लक्ष्य साधना सरल हो गया। जरोम ने तत्काल ही पूर्ण बल से गदा चला दी, जो सीधे वक्रबाहु के कंठ के पास के मर्मस्थल पर जा लगी। उस प्रहार से पीड़ित वक्रबाहु को मूर्छा आने लगी। वक्रदंत अपने मस्तक से उसके मस्तक पर प्रहार कर उसे पीछे धकेलता गया, और उसके दाँतों को अपनी सूँड में दबाकर उसे भूमि पर पटक दिया।

वक्रबाहु लगभग अचेत सा होकर भूमि पर ही अपनी सूँड लहराने लगा। वक्रदंत ने अपने विशालकाय दंत के प्रहारों से उसका पेट फाड़ने का प्रयास किया, किंतु उसके वज्रसमान सुदृढ़ शरीर पर एक घाव तक ना कर पाया। जरोम ने उसे आदेश देते हुए कहा, "इसका शरीर अभेद्य है वक्रदंत। तुमने अद्भुत पराक्रम का प्रदर्शन किया है। किंतु अब समय नष्ट करना उचित नहीं। चक्रव्यूह हमारी सेना को निगल रहा है, इसलिए पहले इसका भेदना आवश्यक है।"

वक्रदंत ने जरोम को अपनी सूँड से उठाकर अपनी पीठ पर बिठा लिया। तत्पश्चात वो विशालकाय गज चक्रव्यूह के चौथे द्वार को ध्वस्त करता हुआ आगे बढ़ चला। वक्रबाहु अपने वास्तविक रूप में आकर उठने का प्रयास करने लगा, किंतु अभी भी मूर्छा उस पर हावी हो रही थी।

दिग्विजय और शत्रुंजय ने एक दूसरे को कई पैने बाणों से घायल किया। चंद्रकेतु ने शत्रु सेना का ध्वंस करते हुए दूर से ही वक्रदंत को पाँचवें द्वार के निकट बढ़ते हुए देखा। अपने अश्व को दौड़ाता हुआ दूसरे द्वार के एक रक्षक सैनिक ने शत्रुओं का ध्वंस करते हुए मेघवर्ण के पास आकर उसे सूचना दी, "वक्रदंत ने महाबली वक्रबाहु को पराजित कर दिया है, सेनापति। वो हमारी सेना में भीषण कोलाहल मचा रहा है।"

उसकी सूचना सुन मेघवर्ण स्तब्ध रह गया। उसने उस रक्षक सैनिक को आदेश दिया, ''जैसे ही दुर्भीक्ष और भद्राक्ष की मूर्छा भंग होने लगे। बिना एक भी क्षण का विलंब किये मुझे सूचित करना।'' कहकर मेघवर्ण तत्काल ही सारथी को अपना रथ मोड़ने का आदेश दिया।

त्रिकुम्ब के साथ आई आधी अक्षौहिणी सेना का ध्वंस हो चुका था। कितने ही रथी और अश्वारोही तो गणान्ना, डकैत और गंधर्व योद्धाओं का सामूहिक पराक्रम देख रण छोड़कर पर्वतों की ओर भाग रहे थे। अपनी सेना को पलायन करता हुआ देख त्रिकुम्ब ने जंबाल पर बाणों से प्रहार करने बंद किये और अपना धनुष नीचे कर लिया। जंबाल भी उस पर प्रहार करने के स्थान पर इधर उधर उड़कर उसे भ्रमित करने का प्रयास करने लगा। त्रिकुम्ब को समझते देर ना लगी की जंबाल उसे केवल व्यस्त रखने का प्रयास कर रहा है। उसने अपना ध्यान जंबाल के उड़ने की गति और दिशा पर लगाया। तत्पश्चात उसने रथ से एक भाला उठाया और जंबाल की स्थिति का अनुमान लगाकर पूर्ण बल से उसे आकाश में छोड़ा। उस भाले ने जंबाल के वक्ष पर भीषण चोट की और वो अचेत होकर धरती पर गिर पड़ा।

दुर्भीक्ष के नेत्र शीघ्र ही खुल गये। उसने समस्त रणभूमि की ओर दृष्टि घुमाकर परिस्थिति को समझने का प्रयास किया। तभी एक सैनिक ने आकर उसे सूचना दी, ''महामहिम, महाराज शत्रुंजय चक्रव्यूह के छठवें द्वार पर दिग्विजय से युद्ध कर रहे हैं। शत्रु कभी भी उन्हें घेरकर उन पर आक्रमण कर सकता है।''

सैनिक की सूचना पाकर दुर्भीक्ष विचलित हो उठा, ''मैंने स्पष्ट आदेश दिये थे कि शत्रुंजय चक्र में प्रवेश करेगा भी तो सबसे अंत में, फिर ये कैसे हुआ ? शेष महारथी क्या कर रहे थे, जो उसे इतना आगे जाना पड़ा?''

''उन्होने किसी का निर्देश नहीं माना, और दूसरी दिशा से द्रविड़राज अल्मबुष के मार्ग का अनुसरण करते हुए आगे बढ़ गये। द्रविड़राज अल्मबुष, महारथी उपनंद और वक्रदंत का मार्ग शत्रु दल के महारथियों ने रोक लिया है, महामहिम। इसलिए महाराज शत्रुंजय के सर पर छाया संकट बढ़ गया है।''

सैनिक का कथन सुनकर विचलित हुए दुर्भीक्ष ने अचेत पड़े भद्राक्ष को झटका देते हुए उठाया, ''उठो भद्राक्ष। शत्रुंजय चक्र के भीतर जा चुका है। शीघ्रता करो।''

अपनी आँखें मलते हुए भद्राक्ष ने अपनी चेतना संभाली और रथ के अश्वों को हाँकना आरम्भ किया।

वक्रदंत ने चक्रव्यूह का पाँचवा द्वार भी ध्वस्त कर दिया, और सैनिकों को हताहत करता हुआ छठवें द्वार की ओर बढ़ चला। अपने रथ पर आरूढ़ हुए चंद्रकेतु ने गदा उठाकर सीधा वक्रदंत के मस्तक पर दे मारी। वक्रदंत उस प्रहार से विचलित होकर कुछ

गज पीछे हटा, किंतु फिर क्रोधित होकर दौड़ता हुआ आया और चंद्रकेतु के रथ सहित अश्वों और सारथी तक को कुचल डाला। रथ से भूमि पर गिरा चंद्रकेतु अभी उठा ही था कि उसने सूँड के जोरदार प्रहार से उसे दस गज दूर फेंक दिया। चंद्रकेतु तत्काल ही भूमि से उठा और भूमि पर गिरी तलवार उठाकर वक्रदंत के सूँड और दाँतों से बचते हुए उसके शरीर पर छोटे मोटे घाव बनाने लगा। वो उस विशालकाय गज के शरीर के बीचों बीच इतनी तीव्रता से दौड़ रहा था कि जरोम को उस पर ऊपर से प्रहार करने का अवसर ही प्राप्त नहीं हो पा रहा था।

त्रिकुम्ब की सेना पलायन करते हुए पर्वतों पर चढ़ चुकी थी। योजनानुसार जंबाल के गिरते ही एक सहस्र डकैत योद्धाओं ने एक साथ त्रिकुम्ब के रथ पर सहस्त्रों बाण मारे और उसके रथ और सारथी को नष्ट कर दिया। शत्रु दल के नेता को पराजित और अपने स्वामी को संकट में देख पर्वतों में चढ़ी हुयी सेना वापस लौटकर रणभूमि में आने लगी। बाकी के डकैत, गंधर्व और गणान्गा आदि योद्धा शत्रु के उस दल का प्रतिकार करने दौड़े। अपने रथ को क्षतिग्रस्त होता हुआ देख भी महारथी त्रिकुम्ब विचलित ना हुआ। उसने अपना धनुष उठाया और क्षतिग्रस्त हुए रथ पर ही खड़े होकर स्वयं को घेरे हुए उन एक सहस्र योद्धाओं पर प्रहार करना आरम्भ किया जिनका सामर्थ्य एक लाख सैनिकों के बराबर का था।

इधर भगदत्त की भुजा का बल उपनंद के समक्ष दुर्बल पड़ने लगा। उपनंद ने गदा का प्रहार कर उसके लौह कवच को तोड़ डाला। किंतु भगदत्त को भी पराजय स्वीकार नहीं थी, वो पूर्ण बल से उपनंद का प्रतिकार करता रहा, और घूमकर उसकी पसलियों पर अपनी गदा मारी। उस प्रहार से पीड़ित हुआ उपनंद चार गज पीछे हट गया। तत्पश्चात उसने अपने कंधे उचकाये और अपने निकट आते हुए भगदत्त की कमर, छाती और पीठ पर भारी प्रहार किये। अगले ही प्रहार में उपनंद ने भगदत्त के मस्तक को ढका शिरस्त्राण भी तोड़ डाला। किंतु इससे पूर्व वो उस पर कोई और प्रहार करता वक्रबाहु ने आकर उसकी गदा को हाथ में पकड़ लिया। उपनंद ने उसकी ओर आश्चर्य भरी दृष्टि से देखा, ''वक्रदंत का सामना तो आप कर नहीं पाये, अब मेरे आखेट को मुझसे छीनकर अपने मन को सांत्वना देना चाहते हैं, पिताश्री?''

''मुझे पिता कहकर सम्बोधित करने का दुस्साहस मत कर, नराधम। और ये विचार मन में लाने का दुस्साहस भी न करना कि तू मेरे अंश से जन्मा है इसलिये मैं तुझे क्षमा कर दूँगा।'' कहते हुए वक्रबाहु ने उपनंद को झटककर पीछे हटा दिया, और उसे चेतावनी देते हुए कहा, ''और जहाँ तक वक्रदंत का विषय है तो उसका वध करने हेतु हमारे प्रधान सेनापति दुर्भीक्ष को पराजित करके चक्रव्यूह में प्रवेश कर चुके हैं।'' कहकर उसने अपनी बाईं ओर संकेत किया। तीव्रगति से चौथे द्वार को पार करता हुआ मेघवर्ण पाँचवें द्वार की ओर बढ़ा।

वक्रबाहु ने भगदत्त की गदा उठाई और उससे कहा, "आप अपने रथ पर आरूढ़ होकर चौथे द्वार के रक्षण को जाईये महारथी भगदत्त। इस उपनंद को मुझ पर छोड़ दीजिये।"

वक्रबाहु का निर्देश मान भगदत्त ने पुनः नवीन कवच धारण किया और रथ पर आरूढ़ होकर चौथे द्वार के रक्षण को आगे बढ़ा। उपनंद ने अपनी गदा कंधे पर संभाली और वक्रबाहु को चुनौती देते हुए कहा, "तो आज पिता पुत्र में ये अंतिम द्वंद्व हो ही जाये। आज या तो आप नहीं, या मैं नहीं।"

"तेरे जैसे कपटी और अधर्मी को रण में वीरगति प्राप्त करने का कोई अधिकार नहीं है, उपनंद। तुझे तो आज मैं घसीटता हुआ पौरव शिविर में ले जाऊँगा। क्योंकि तुझे दण्ड देने का अधिकार केवल मेरा नहीं अपितु मेघवर्ण और दिग्विजय का भी है, जिनकी बहन चंद्रलेखा की तूने कपट द्वारा हत्या करके और इस युद्ध की नींव रखी।

"बड़ी बड़ी बातें ही करेंगे, या प्रहार भी करेंगे महाबली वक्रबाहु?" गर्जना करता हुआ उपनंद वक्रबाहु की ओर दौड़ा। वक्रबाहु भी सिंहनाद करता हुआ अपने उस पापी पुत्र को दण्ड देने हेतु साक्षात इंद्र का वज्र प्रतीत होने लगा। दोनों की गदाओं के टकराव ने भीषण ध्वनि उत्पन्न की, जिससे आस पास युद्ध कर रहे योद्धा अपने कानों पर हाथ रखकर दूर भागने लगे। कईयों के कानों से रक्त भी बहने लगा।

वक्रदंत पर छोटे छोटे घाव करने के उपरांत चंद्रकेतु अपनी तलवार लिये उसके विशालकाय दाँत की ओर दौड़ा। वो उसके दंत पर पाँव रख उछला और उसकी सूँड पर प्रहार करने का प्रयास किया। किंतु इससे पूर्व ही जरोम ने उसके ऊपर अपना भाला चला दिया। वो भाला चंद्रकेतु के कवच को भेदकर उसके वक्ष पर हल्का घाव कर गया, जो उसे भूमि पर पटकने को पर्याप्त था। उसके भूमि पर गिरते ही वक्रदंत ने उसे कुचलने हेतु अपना पाँव आगे बढ़ाया। किंतु चंद्रकेतु ने तत्काल ही भूमि से उठकर उसका पाँव अपने हाथों पर रोक लिया। चंद्रकेतु का अद्भुत बल देख जरोम चकित रह गया। उसने एक और भाला उठाया और चंद्रकेतु पर प्रहार करने का प्रयास किया, किंतु मेघवर्ण ने वहाँ आकर उसके भाले को नष्ट किया और एक पैने बाण से सीधा जरोम की छाती पर चोट की। वो भीषण चोट खाकर जरोम वक्रदंत की पीठ पर खड़ा न रह पाया, और सीधे भूमि पर आ गिरा। कुपित हुए वक्रदंत ने सूँड के प्रहार से चंद्रकेतु को दूर फेंक दिया, और मेघवर्ण की ओर दौड़ा।

मेघवर्ण ने तीन नाराच चलाये और वक्रदंत का दायाँ दाँत ऊपर से काट डाला। कुपित हुआ वक्रदंत दौड़कर उसके अश्वों को कुचलते हुए उसके रथ पर चढ़ आया। अपने सारथी के रक्षण हेतु मेघवर्ण ने उसे उठाकर दूर फेंक दिया, और स्वयं भी रथ से कूद पड़ा। चिंघाड़ते हुए वक्रदंत की उग्रता देख मेघवर्ण ने अपना धनुष भूमि पर रखा और छाती पर चढ़े लौह कवच के साथ शिरस्त्राण को उतारकर अपने कंधे उचकाये।

अपनी सूँड उठाकर गगनभेदी गर्जना करता हुआ वक्रदंत मेघवर्ण की ओर दौड़ा, और उसके निकट जाकर उसे मेघवर्ण के वास्तविक बल का भान हुआ। एक हाथ से उसकी सूँड और दूसरे से दाँत दबाकर वो वक्रदंत को पीछे धकेलने लगा।

चंद्रकेतु ने अपनी छाती में धँसा भाला निकाला और दानव जरोम के निकट आया, "भाले चलाने में बड़े रुचि जान पड़ती है तुम्हें। हाथी के ऊपर बैठकर बहुत भाले चला लिये। अब तनिक सामने खड़े होकर भी अपनी कला का चमत्कार दिखलाओ।" उसकी ललकार स्वीकार कर जरोम ने उठकर भाला उठाया और चंद्रकेतु से जा भिड़ा।

विदर्भ की सेना के अन्य महारथियों ने चक्रव्यूह के द्वारों में छिद्र बनाते हुए अभी तक केवल उन्हें पार किया था। किंतु दुर्भीक्ष ने अपने भंयकर अस्त्रों से प्रथम दोनों द्वारों को ऐसा ध्वस्त किया कि प्रथम दो चक्र की गति रुक सी गयी। तत्पश्चात वो तीसरे द्वार की ओर बढ़ा।

पर्वतों के ऊपर खड़े कुछ चुनिंदा सैनिकों के नगाड़ों की ध्वनि ने भरत को दुर्भीक्ष के चक्रव्यूह में आगमन का संकेत दे दिया। पुरुराज भरत ने मेघवर्ण को वक्रदंत से द्वंद्व में व्यस्त देखा अपने सारथी को आदेश दिया, "हमें असुरेश्वर दुर्भीक्ष का प्रतिकार स्वयं करना होगा। चलो सारथी।"

मथुरा नरेश शल्लभ ने भरत को रोकने का प्रयास किया, "ये आप क्या कर रहे हैं पुरुराज? सेनापति मेघवर्ण के स्पष्ट निर्देश थे कि उनके रहते आप दुर्भीक्ष का प्रतिकार करने नहीं जायेंगे।"

"सेनापति का निर्देश मेरे आदेश से बढ़कर नहीं है, मथुरा नरेश। यदि दुर्भीक्ष छठवें द्वार तक भी पहुँचा तो हमारी लगभग आधी सेना खा जायेगा। और यदि सेना का नाश हुआ तो हमारी पराजय निश्चित है। मैं उसे चौथे द्वार पर ही रोकूँगा।" शल्लभ को चुप कराकर भरत ने कठोर स्वर में आदेश दिया, "चलो सारथी।"

भरत का रथ आगे बढ़ा और सैनिक उसका मार्ग खाली करने लगे। इधर तीसरे द्वार पर उग्रश्रवा ने अपने सैनिकों के रक्षण के लिये दुर्भीक्ष का प्रतिकार करने का प्रयास किया। किंतु दुर्भीक्ष ने अपने वेगवान बाणों से कुछ ही क्षणों में उसके सारे अस्त्र शस्त्र काटकर उसका रथ ध्वस्त कर उसे भूमि पर गिरा दिया। किंतु उसका बालक समान मुख देख दुर्भीक्ष को उस पर दया आ गयी, "ये क्रीड़ा स्थल नहीं है बालक। शिविर में जाओ और अपने ज्येष्ठ भ्राता की मृत्यु का शोक मनाओ। चलो जाओ।" उसकी उपेक्षा करते हुए दुर्भीक्ष उसका वध किये बिना ही आगे बढ़ा और चक्रव्यूह के तीसरे द्वार को भी बुरी तरह ध्वस्त कर दिया।

तत्पश्चात दुर्भीक्ष चौथे द्वार की ओर बढ़ने लगा। तभी भगदत्त बीच में आया और

भद्राक्ष की दोनों भुजाओं में दो पैने बाण मारकर दुर्भीक्ष के रथ की गति क्षणभर के लिये रोकी। और फिर दुर्भीक्ष के समक्ष आकर उसकी छाती पर बीस बाण मारे। कुपित हुए दुर्भीक्ष ने क्षुरप्र चलाकर भगदत्त के धनुष की प्रत्यंचा काट दी, इससे पूर्व वो धनुष पर प्रत्यंचा चढ़ाता, दुर्भीक्ष ने जिह्वा बाण से उसका धनुष भी काट दिया और उसे बीस बाणों से घायल किया। तत्पश्चात भगदत्त का अंत करने हेतु दुर्भीक्ष ने अपने तुरीर्ण से अर्धचंद्राकार बाण निकाला और उसके कंठ की ओर लक्ष्य कर छोड़ दिया। किंतु तभी भरत वहाँ पहुँच आया और उसके आये बाण ने दुर्भीक्ष के चलाये अर्धचंद्राकार को नष्ट कर दिया, और अगले ही क्षण उसने वाराहकर्ण चलाकर दुर्भीक्ष का धनुष भी काट दिया। फिर तत्काल ही उसने धनुष पर एक साथ पचास बाण चढ़ाकर दुर्भीक्ष की ओर छोड़े। दुर्भीक्ष ने अद्भुत चपलता का प्रयोग कर अपना धनुष उठाया और भरत के अधिकतर बाणों को वायु मार्ग में ही काटकर भूमि पर गिरा दिया। बस दो बाण दुर्भीक्ष तक पहुँच कर उसकी भुजा पर हल्के घाव करने में सफल हो पाये। तत्पश्चात दुर्भीक्ष ने कुपित होकर भरत पर चार बाण चलाये, और उसके धनुष को तोड़कर उसकी छाती और भुजा पर घाव किये। दुर्भीक्ष के समक्ष विजयधनुष धारण ना करने के प्रण के कारण भरत के घाव स्वयं नहीं भर पा रहे थे। दुर्भीक्ष ने क्रमशः भरत का उठाया दूसरा, तीसरा और चौथा धनुष भी काट डाला। तत्पश्चात शक्ति के मद में चूर दुर्भीक्ष का अहंकार तोड़ते हुए महामना भरत ने एक साथ नाराच, वाराहकर्ण और विपाठ चलाकर उसके धनुष की प्रत्यंचा काटी और उसकी पसलियों को पीड़ित किया। दुर्भीक्ष ने स्वयं को संभालते हुए अपनी प्रत्यंचा वापस चढ़ाई और एक बार फिर पुरुराज पर पूर्ण बल से आक्रमण किया।

चंद्रकेतु ने जरोम का भाला छुड़ाया, और अपने भाले को भी भूमि पर गिरा दिया। तत्पश्चात उसने उछलकर जरोम के मुख पर मुष्टि प्रहार किया, और उसे भूमि पर गिराकर उसकी छाती पर चढ़ गया। उसने पहले तो उसकी छाती पर कई मुष्टि प्रहार किये, फिर अपना घुटना लेकर उसकी गर्दन पर चढ़ गया और तब तक दबाता रहा जब तक जरोम के मुख से रक्त की तीव्रधारा नहीं फूटी और शरीर निष्प्राण नहीं हो गया।

मेघवर्ण ने अपने बाहुबल से वक्रदंत को कई गज पीछे धकेलकर, उसके मस्तक पर चढ़कर दो मुष्टि प्रहार भी किये। वक्रदंत कुछ क्षणों के लिये विचलित सा हो गया। फिर उसने अपनी सूँड कुछ यूँ घुमाई कि मेघवर्ण उसके मस्तक से फिसल गया। तत्पश्चात वक्रदंत ने उसके वक्ष पर अपने दंत का प्रहार कर उसे कुछ गज पीछे हटाया। मेघवर्ण की छाती पर हल्का घाव हो गया। वक्रदंत ने भी एक क्षण भूमि पर बैठकर श्वास भरी, और फिर से उठकर मेघवर्ण की ओर दौड़ा। अपनी छाती से धूल झाड़कर मेघवर्ण ने अपने कंधे उचकाये और वक्रदंत के निकट आने की प्रतीक्षा करने लगा। उसके निकट आते ही मेघवर्ण किनारे हटकर उछला और उसके दाँत पर पाँव रख

उसके कान तक पहुँचा और अपनी कोहनी से उसके कंठ पर प्रहार किया। मर्मस्थल पर चोट खाकर वक्रदंत विचलित हो उठा। तत्पश्चात मेघवर्ण ने नीचे कूदकर उसकी सूँड को पकड़कर उसे नीचे बिठाया, और उसके मस्तक पर कूदकर उस पर मुष्टि के ढेरों प्रहार किया। वक्रदंत अचेत होकर धरती पर गिर पड़ा। वक्रदंत के गिरते ही चक्रव्यूह में उपस्थित पुरूयोद्धाओं ने उसके जयकारे लगाने आरम्भ कर दिये। पौरवसेना की गर्जना का वो स्वर भरत और दुर्भीक्ष तक भी पहुँचा। भरत ने दुर्भीक्ष की उपेक्षा करते हुए कहा, ''ये कोलाहल सुन रहे हो न, असुरेश्वर? सेनापति मेघवर्ण ने वक्रदंत को पराजित कर दिया है। अब शीघ्र ही विदर्भराज शत्रुंजय का मस्तक भी उनके चरणों के नीचे होगा, और इस युद्ध में हमारी विजय सुनिश्चित हो जायेगी।''

भरत के वचन सुनकर कुपित हुए दुर्भीक्ष के प्रहारों का बल और अधिक बढ़ गया।

वक्रबाहु और उपनंद में भीषण गदायुद्ध हुआ। वक्रबाहु ने उपनंद का कवच समेत शिरस्त्राण भी तोड़ डाला। वहीं उपनंद के किए प्रहार वक्रबाहु को अधिक विचलित नहीं कर पा रहे थे। अपने प्रहारों का कोई परिणाम देख उपनंद ने गदा फेंक महाकाय वक्रबाहु को मल्लयुद्ध का आवाहन दिया। उसके आवाहन देने के कुछ क्षणों उपरांत ही वक्रबाहु ने उसे पकड़कर अपनी काँख में दबाया और भूमि पर घुटनों के बल झुककर उसने गोलाकार दिशा में घूम घूमकर उपनंद को घसीटना आरम्भ किया। उपनंद के घुटनों समेत पैर के कई भाग छिलकर, रक्तरंजित हो गये। छटपटाता हुआ उपनंद उसकी पकड़ से छूटने का प्रयास करने लगा। अनेकों प्रयासों के उपरांत एक क्षण वक्रबाहु के रुकने पर अवसर पाकर उपनंद ने उसकी दायीं पसली पर मुष्टिका का प्रहार कर उसे दूर हटाया, और अपनी गर्दन उसकी भुजाओं के बंधन से छुड़ा ली। वक्रबाहु थोड़े समय के लिये विचलित सा हो गया। उपनंद भूमि से उठकर खड़ा हुआ और स्वयं को संभालने का प्रयास करने लगा। उसके घुटनों से लेकर पैर का पूरा निचला भाग रक्तरंजित दिख रहा था। वक्रबाहु को भूमि पर बैठा देख उपनंद अपने शून्यसमयावधि दाँव का प्रयोग करने की मंशा से वक्रबाहु की ओर दौड़ा, किन्तु पैरों पर हुए घावों के कारण उसकी गति पहले जितनी नहीं रही। उसका हाथ वक्रबाहु के कंठ तक पहुँचता, उससे पूर्व ही उसका हाथ पकड़ वक्रबाहु ने उसे भूमि पर पटक दिया, और उसकी छाती पर कई वार किये। वक्रबाहु के उन भीषण प्रहारों से उपनंद अचेत हो गया। तत्पश्चात वक्रबाहु ने अपनी छाती पीटते हुए गर्जना की और सैनिकों को आदेश दिया, ''बेड़ियाँ लाओ।''

बीस सैनिकों ने विशाल बेड़ियाँ उठाकर लायीं और वक्रबाहु के आदेश पर मूर्छित उपनंद को बाँध ले गये।

दुर्भीक्ष के बाणों के प्रहार से भरत विचलित हो उठा। दोनों महारथियों के शरीर

बाणों से ढकने लगे थे। दुर्भीक्ष को इस समय केवल शत्रुंजय के प्राणों की चिंता थी, इसलिये उसके बाणों की धार भरत पर भारी पड़ रही थी। उसने भरत के तीन और धनुष काट दिये। भरत ने रथ से गदा उठाई और दुर्भीक्ष के रथ पर दे मारी। दुर्भीक्ष का रथ ऐसा काँपा मानों वहाँ भयानक भूकंप आ गया हो। रथ की धुरा संभाले भद्राक्ष को मूर्छा आने लगी। दुर्भीक्ष के हाथों में थमा धनुष काँप गया, वो ढिमलाकर अपने रथ पर गिर पड़ा, और उसका रथ भी बीस हाथ पीछे हट गया। भरत ने एक और गदा उठाई, किन्तु इसके पूर्व वो प्रहार करता दुर्भीक्ष ने भाला फेंककर उसकी गदा छुड़ा दी। दुर्भीक्ष ने तत्काल ही अपना धनुष उठाया और भरत की पसली की ओर लक्ष्य कर दस नाराच मारे। उन बाणों ने विक्षिप्त हुए बिना भरत ने अपना धनुष उठाया, किंतु इस बार दुर्भीक्ष ने कान तक खींचकर वज्रशक्ति को सीधा भरत की छाती पर मारा। उस भयानक अस्त्र की चोट से पीड़ित होकर भरत अपने रथ पर गिरकर अचेत हो गया।

असुरों ने विजय की हुंकार भरी, और दुर्भीक्ष ने भद्राक्ष को आदेश दिया, ''चलो भद्राक्ष, हमें छोटे से छोटे मार्ग से होकर शत्रुंजय तक पहुँचना होगा। शीघ्रता करो।''

रथ की धुरा संभाले भद्राक्ष ने दुर्भीक्ष से प्रश्न किया, ''आप भरत का वध करके इस युद्ध को समाप्त क्यों नहीं कर देते, असुरेश्वर?''

''मेघवर्ण भी एक प्रहर पूर्व मूर्छावस्था में मेरा वध कर सकता था, भद्राक्ष। किंतु यदि उसने युद्ध के नियमों को भंग नहीं किया, तो मैं किस प्रकार कर सकता हूँ? इसलिये अपनी जिह्वा को विराम दो और रथ चलाओ। अब हमें शत्रुसेना के विध्वंस से अधिक ध्यान शत्रुंजय तक पहुँचने पर देना है।''

खीजे हुए भद्राक्ष ने रथ के अश्वों को हाँकना आरम्भ किया। दुर्भीक्ष ने अपने बाणों की वर्षा से चौथा द्वार भी तोड़ डाला, और अपनी सेना के साथ भीतर घुस आया। उसका मार्ग रोकने के लिये वक्रबाहु उसके समक्ष आ खड़ा हुआ। दुर्भीक्ष ने दो पैने बाण चलाकर वक्रबाहु के हाथ में थमें दोनों फरसे छुड़ा दिये। निशस्त्र हुए वक्रबाहु ने मरे हुए हाथियों और अश्वों को उठाकर दुर्भीक्ष के रथ पर फेंकना आरम्भ कर दिया। दुर्भीक्ष भी अपने बाणों से उन विशालकाय पशुओं को काटने लगा।

वक्रदंत की चेतना लौट आयी और वो सैनिकों को हताहत करते हुए मेघवर्ण की ओर दौड़ा, और उसे ज़ोर की टक्कर मारकर भूमि पर गिरा दिया। उसने भूमि पर गिरे मेघवर्ण को को कुचलने का प्रयास किया, किन्तु मेघवर्ण ने उसका पाँव पकड़ा और उसे हाथ से ही पीछे धकेलते हुए भूमि से उठा। मेघवर्ण और वक्रदंत का संघर्ष पुनःआरम्भ हो गया।

असुर सैनिकों का ध्वंस करते हुए चंद्रकेतु ने दिग्विजय की स्थिति देखी। उसके शरीर का आधे से अधिक भाग बाणों से भर गया था, वहीं शत्रुंजय का भी शरीर पर लगे बाणों की गिनती करना कठिन प्रतीत हो रहा था। उसने आगे की ओर दृष्टि डाली,

जहाँ दुर्भीक्ष वक्रबाहु पर भारी पड़ रहा था। वो कभी भी पाँचवां द्वार तोड़कर शत्रुंजय का रक्षण करने आ सकता था। कुछ क्षण विचारकर चंद्रकेतु ने अपने हाथ में थमा एक भाला उठाया और शत्रुंजय के रथ के पहिये पर दे मारा।

शत्रुंजय का रथ टेढ़ा हो गया। अवसर पाकर दिग्विजय ने उसके सारथी और अश्वों को तीस पैने बाणों से मार डाला। चंद्रकेतु ने भूमि पर गिरी एक गदा उठाई और शत्रुंजय की ओर दौड़ा। दिग्विजय ने भी अवसर का लाभ उठाकर शत्रुंजय को और कई बाण मारे। घायल हुआ शत्रुंजय रथ से भूमि पर गिर पड़ा। उसने भी अपने रथ से गदा उठाई और दिग्विजय के रथ पर चलाकर उसे विरथ कर दिया। चंद्रकेतु दौड़ता हुआ आया और शत्रुंजय की छाती पर गदा का भीषण प्रहार किया।

शत्रुंजय दस हाथ दूर जा गिरा। उसके उठते ही एक सैनिक ने गदा उठाकर उसकी ओर फेंकी। चंद्रकेतु उसकी ओर दौड़ा, और दोनों की गदायें टकराईं। कुपित हुए शत्रुंजय ने चंद्रकेतु की उपेक्षा की, ''मेरा शरीर बाणों से बींधा पड़ा है। मैं दिग्विजय से युद्ध कर रहा था, और तुम्हारे प्रहारों से असावधान था। तुमने दो महारथियों के मध्य में आकर कपट किया है, चंद्रकेतु। तुमने और दिग्विजय ने मिलकर मुझपर प्रहार किया है, ये बहुत बड़ा छल है।''

''तुम्हारा वध करके मुझे इस युद्ध और उसमें होने वाले विनाश का भी अंत करना है, शत्रुंजय। इससे उत्तम अवसर मुझे प्राप्त नहीं होगा। और वैसे भी मुझपर कपट का आरोप लगाने से पूर्व अपने दल को देखा होता, तो ये कुतर्क देने का साहस नहीं करते तुम। जब चित्ररथ को इतने महारथियों ने मिलकर मारा, घायल अवस्था में भी वक्रदंत से युद्ध करते समय उसके मस्तक पर गदा का प्रहार किया गया। तो मैं तुम्हें इस अवस्था में मारने में संकोच क्यों करूँ?'' गर्जना करते हुए चंद्रकेतु ने शत्रुंजय पर प्रहार करने आरम्भ किये।

एक तो चंद्रकेतु का बल और गदायुद्ध में प्रवीणता ऐसे ही अधिक थी। ऊपर शत्रुंजय के शरीर से अधिक रक्त बह जाने के कारण उसका पलड़ा और भारी होने लगा।

वक्रबाहु ने चार अश्वों को एक साथ दुर्भीक्ष के रथ की ओर फेंका। जब तक दुर्भीक्ष ने अपने पैने बाणों से काटा, वक्रबाहु उसके रथ पर चढ़ आया, और उसकी छाती पर मुष्टिका का भीषण वार किया। दुर्भीक्ष कुछ क्षणों के लिए विचलित होकर अपने रथ पर गिर गया। किन्तु अगले ही क्षण उसने वक्रबाहु का दूसरा प्रहार रोका और उछलकर उसकी छाती पर प्रहार किया। वक्रबाहु रथ से नीचे गिर पड़ा, और उसके ऊपर उठते ही दुर्भीक्ष ने एक लंबी छलाँग लगायी और अपने पंजे में शरीर का पूरा भार संयोजित कर वक्रबाहु के मस्तक पर प्रहार किया। यदि वक्रबाहु को महर्षि ओमेश्वर का आशीर्वाद ना होता, तो उस भयानक प्रहार से उसकी मृत्यु निश्चित थी। किंतु फिर भी

वो भूमि पर गिरकर ऐसा अचेत हुआ, मानों उसके प्राण निकल गये हों। उसे उसी दशा में छोड़ दुर्भीक्ष पाँचवें द्वार की ओर बढ़ा।

मेघवर्ण ने अपने बाहुबल का प्रयोग कर एक बार फिर वक्रदंत को भूमि पर गिराया उसके मस्तक भीषण पर प्रहार कर उसकी चेतना छीन ली। चंद्रकेतु ने शत्रुंजय की गदा छुड़ा दी और इसके शरीर पर प्रहार करना आरम्भ किया। सर्वप्रथम उसने उसकी छाती पर भीषण प्रहार किया, जिससे उसका कवच समेत उसकी छाती की ऊपरी सतह पर धँसे कई बाण टूटकर गिर गये। तत्पश्चात उसने उसके मस्तक पर भीषण प्रहार कर उसका शिरस्त्राण नष्ट किया, और अगले ही क्षण उसके मस्तक पर गदा के दो भीषण वार किये। शत्रुंजय के फटे मस्तक से बहता रक्त उसके मुख पर फैलने लगा। मेघवर्ण ने पलटकर चंद्रकेतु को घायल और निशस्त्र शत्रुंजय पर प्रहार करते हुए देख लिया। वो उसे रोकने के लिये दौड़ा। तब तक चंद्रकेतु ने शत्रुंजय के रक्तरंजित मुख पर एक और गदा का वार किया। अचेत हुआ शत्रुंजय भूमि पर गिर पड़ा। चंद्रकेतु ने आगे बढ़कर अचेत अवस्था में ही उस पर प्रहार करके उसका वध करना चाहा, किंतु दुर्भीक्ष ने वहाँ आकर तीन बाणों से उसकी गदा काट दी और गर्जना करते हुए कहा, "निशस्त्र और अचेत योद्धा पर प्रहार करता है, नराधम।" कहते हुए दुर्भीक्ष ने उस पर तीन वाराहकर्ण छोड़े।

छाती पर लगी उस बाण से पीड़ित होकर चंद्रकेतु भूमि पर गिर पड़ा। किंतु इससे पूर्व दुर्भीक्ष उसका वध करने हेतु कोई और बाण चलाता, अनेकों योद्धाओं के बजाये शंख ने सूर्यास्त के साथ साथ युद्ध समाप्ति का भी संकेत दे दिया। दुर्भीक्ष ने खीजते हुए अपना धनुष नीचे कर लिया। भद्राक्ष ने उसे टोकते हुए कहा, "सूर्यास्त हुआ है, पर अंधकार नहीं। आज आपके पास शत्रु के इस उपद्रवी महारथी का वध करने का अवसर है, लाभ उठाईये इस अवसर का।"

मेघवर्ण ने वहाँ आकर चंद्रकेतु को संभाल लिया।

विचलित हुए दुर्भीक्ष ने भद्राक्ष को डपटा, "मौन रहो भद्राक्ष, और अभी शत्रुंजय के रक्षण का विचार करो।" कहते हुए वो रथ से उतरते हुए शत्रुंजय के पास दौड़ा। उसने निकट जाकर देखा, शत्रुंजय की श्वास अभी भी चल रही थी, किंतु मस्तक से रक्त बहे जा रहा था। उसने शत्रुंजय को उठाया और अपने रथ में बिठाकर मेघवर्ण को क्रोध में भरकर चेतावनी दी, "तुम लोगों ने आज छल का प्रयोग कर शत्रुंजय को पीड़ित किया है। स्मरण रहे मेघवर्ण, यदि इसे कुछ हुआ तो कल तुम्हारी सम्पूर्ण सेना का विध्वंस मैं अकेले ही कर दूँगा।"

मेघवर्ण ने दुर्भीक्ष की उपेक्षा का कोई उत्तर नहीं दिया, बस उसका रथ शिविर की ओर जाते हुए देखता रहा। उसके जाने के पश्चात उसने चंद्रकेतु को उठाकर प्रश्न किया, "मैंने देखा कि तुमने और दिग्विजय ने मिलकर किस प्रकार छल से शत्रुंजय को

पराजित किया। क्या आवश्यकता थी इसकी?''

''छल का उत्तर छल से ही दिया जाता है मित्र। इसीलिये मैंने और दिग्विजय ने पहले ही इस विषय में वार्ता कर रख की थी, कि यदि संध्या तक दिग्विजय शत्रुंजय को पराजित नहीं कर पाया, तो फिर हम भी आज छल का मार्ग अपनायेंगे।'' चंद्रकेतु ने दृढ़ता से उत्तर दिया।

मेघवर्ण ने खीजते हुए कटाक्ष किया, ''हम ये युद्ध मानव संस्कृति के रक्षण के लिये कर रहे हैं। इस प्रकार हम भी यदि असुरों की भांति छल करने पर उतर आयें, तो उनमें और हममें भेद ही क्या रह जायेगा?''

''बार बार अधर्म और अन्याय सहने का कार्य तुम कर सकते हो, किन्तु मुझसे ये नहीं होगा। इन असुरों ने छल प्रपंच करके समग्र आर्यावर्त के लाखों मनुष्यों को पीड़ा दी, उन्हें एक दूसरे का शत्रु बनाया, कपट द्वारा उनकी हत्यायें की। कल उस द्रविड़राज के कपट के कारण चित्ररथ वीरगति को प्राप्त हुआ। इसलिये यदि आज धर्म की विजय के लिये मैंने एक छल कर भी दिया, तो मुझे उसकी कोई ग्लानि नहीं है। तुम्हें साधु बनकर रहना है तो रहो। किन्तु सत्य तो यही है कि बिना किसी कपट के हम दुर्भीक्ष को पराजित नहीं कर सकते।'' कहते हुए चंद्रकेतु वहाँ से प्रस्थान कर गया।

मेघवर्ण ने मन ही मन विचार किया, ''पता नहीं, आज जो हुआ उसका दुष्परिणाम क्या होगा ?''

डकैत योद्धाओं ने मिलकर त्रिकुम्ब को कई बाणों द्वारा घायल किया। किन्तु अंततः त्रिकुम्ब ने स्वयं को घेरे हुए सभी एक सहस्त्र डकैत योद्धाओं को सूर्यास्त से पूर्व ही यमसदन पहुँचा दिया। चार सहस्त्र से अधिक डकैत और गंधर्व योद्धा वीरगति को प्राप्त अवश्य हुए, किंतु उन्होने त्रिकुम्ब के नेतृत्व वाली समस्त एक अक्षौहिणी सेना का नाश कर दिया।

शिविर की ओर जाते हुए दुर्भीक्ष ने अपने सारे अंगवस्त्र फाड़कर शत्रुंजय के मस्तक से बहते रक्त को किसी प्रकार रोक रखा था। उसने विचलित अवस्था में रथ चलाते हुए भद्राक्ष के भी कई अंगवस्त्र फाड़े और शत्रुंजय के बाकी शरीर पर लगे गहरे घावों पर बाँधने लगा, ताकि उसके शरीर से रक्त का बहाव अधिक ना हो। घायल हुए शत्रुंजय ने दुर्भीक्ष से कहा, ''उन दोनों ने छल किया है, काकाश्री। एक ओर से दिग्विजय ने बाणों का प्रहार किया और चंद्रकेतु ने पीछे से गदा मारकर मुझे भूमि पर गिरा दिया। मैं पराजित नहीं हुआ, उन दोनों ने छला है मुझे, काकाश्री।''

कहते हुए शत्रुंजय अचेत हो गया। दुर्भीक्ष मस्तक क्रोध से जलने लगा। वैध के शिविर के निकट आते ही उसने शत्रुंजय को उठाकर भीतर प्रवेश किया और वैधराज को फटकारा, ''शीघ्र करो, वैधराज।''

दुर्भीक्ष के आदेश पर वैधराज ने अपने साथियों के साथ शत्रुंजय को शय्या पर लिटाया और उसकी नाड़ी और हृदयगति की जाँच की, "प्राण शेष हैं। कृपा करके आप सभी बाहर जाईये। मुझे अपना कार्य करने के लिए एकांत और एकाग्रता की आवश्यकता है।"

वैध की विनती पर दुर्भीक्ष अन्य लोगों को लेकर वहाँ से बाहर चला गया। वैध ने अपने दल के साथ कुछ समय तक जाँच की और शत्रुंजय के घावों पर लेप लगाकर उसे औषधियाँ पिलाईं। तत्पश्चात वैधराज खड़े होकर अभी पलटे ही थे कि भद्राक्ष को अपने समक्ष खड़ा देख अचंभित रह गया, "अ...आप यहाँ ?"

"महाराज की क्या दशा है ?" भद्राक्ष ने प्रश्न किया।

"कुछ रक्त अधिक बह गया है, किन्तु इनके प्राण बच जायेंगे। परंतु इस बात पर ध्यान देना आवश्यक है कि महाराज शत्रुंजय कल के युद्ध में भाग ना लें। अन्यथा इनके घाव फट सकते हैं, और स्थिति गंभीर हो सकती है।"

वैधराज का कथन सुन भद्राक्ष उन्हें एक कोने में ले गया, और उन्हें कुछ समझाया। भद्राक्ष का कथन सुन वैधराज कुपित हो उठे, "ये आप क्या कह रहे हैं भद्राक्ष महोदय ? मैं असत्य बोलकर अपने धर्म का उल्लंघन नहीं कर सकता। मस्तक पर गंभीर घाव अवश्य हैं, किंतु छाती की तो केवल ऊपरी सतह पर घाव...।"

भद्राक्ष रूपी भैरवनाथ पहले तो खीज गया, किंतु फिर उसने वैधराज को समझाते हुए कहा, "समझने का प्रयास कीजिये वैधराज, आपका कहा एक असत्य असुरेश्वर के क्रोध को कई गुना बढ़ा देगा। और उनके क्रोध का सामना शत्रु दल का कोई महारथी नहीं कर पायेगा। इससे हमारी विजय सुनिश्चित हो जायेगी। इसलिये आप निश्चित कीजिये कि आपको सत्य से अधिक प्रेम है, या अपने पक्ष की विजय से।"

वैधराज ने भद्राक्ष की बात सुन कुछ क्षण विचार किया, और सहमति जताते हुए अपने साथियों को भद्राक्ष की योजना समझाने लगे।

अपने शिविर में बैठे महाबली अखण्ड विचारों में खोये हुए था। अघोरी अवधूत ने शिविर में प्रवेश किया और अखण्ड के समक्ष आकर बैठ गये, "क्या विचार कर रहे हैं, महाबली अखण्ड?"

महाबली अखण्ड ऐसे चौंके मानों गहन विचार में डूबे हुए थे। वो सहसा ही अवधूत को अपने समक्ष देख चौंक से गये, "अ...आप यहाँ महात्मा अवधूत?"

"मैं कोई ब्राह्मण नहीं हूँ महाबली, जो आप मुझे महात्मा कहकर सम्बोधित करें। मुझे अघोरी ही रहने दीजिये, और ये बताईये कि आपके आगे की क्या योजना है ?"

"अ...आप किस योजना के विषय में बात कर रहे हैं?"

"वही योजना जिसके विषय में हमने युद्ध से पूर्व भी चर्चा की थी। मैं उसी उपाय के विषय में बात कर रहा हूँ, जिससे ये युद्ध और उसमें होने वाली विभीषिका को रोका जा सकता था। किन्तु आपने वो उपाय नहीं किया। कब तक एक व्यक्ति के मोह में आप लाखों लाख योद्धाओं की बलि चढ़ाते रहेंगे, महाबली अखण्ड?" अवधूत ने अखण्ड से प्रश्न किया।

"क्षमा करें अवधूत महोदय, किंतु आप जो मुझसे करवाना चाहते हैं, उस पर मेरा वश नहीं। किसी भी व्यक्ति के प्राणों पर मेरा अधिकार नहीं है जो मैं उसे कह दूँ कि तुम इस युद्ध में हमारी विजय के लिए अपने प्राण त्याग दो।"

"ठीक है, जैसी आपकी इच्छा। किंतु आज जो रणक्षेत्र में हुआ उसके परिणामस्वरुप कल कितना विध्वंस हो सकता है, उसका तनिक अनुमान लगाकर देखिये।" क्रोधित अवधूत उठ खड़े हुए, "अब दुर्भीक्ष को पराजित करना असम्भव है, और वो कल रण में जो भी उत्पात मचायेगा उसके उत्तरदायी आप होंगे।" कहते हुए अवधूत ने शिविर के बाहर की ओर प्रस्थान किया।

"रुकिये अवधूत महोदय।" महाबली अखण्ड ने टोकते हुए कहा, "आप अपनी इच्छा से उसके प्राण नहीं माँग सकते। अपना वचन स्मरण रखियेगा।"

"मुझे अपना वचन स्मरण है, महाबली अखण्ड। इसलिये मैं आपके पास ये विनती लेकर आया था, किंतु आपने मुझे निराश किया।"

अखण्ड अवधूत के तर्क का उत्तर देते इससे पूर्व ही नगाड़ों की ध्वनि सुनाई दी। कौतूहलवश वो दोनों शिविर से बाहर आये और वही दृश्य देखा जिसकी उनकी उन्हें आशा थी। उपनंद को बेड़ियों सहित दो विशाल वृक्षों से बाँध दिया गया था, और नगाड़ों की ध्वनि के साथ मेघवर्ण, दिग्विजय और वक्रबाहु उसके निकट आये। घायल हुए उपनंद ने अपने नेत्र खोले। उसे देख कुपित हुए मेघवर्ण ने उसका मुख पकड़ उससे प्रश्न किया, "बता, क्यों मारा हमारी बहन को तूने?"

उपनंद मेघवर्ण की ओर देख ठहाके मारकर हँस पड़ा, "बंधन में बंधा एक असहाय योद्धा हूँ मैं। मैं बताऊँ या ना बताऊँ तुम मेरा वध तो करोगे ही, तो मैं सत्य को उजागर क्यों करूँ ? युद्ध का नियम था कि एक अचेत और असहाय योद्धा पर कोई प्रहार नहीं करेगा, और तुमने मुझे यहाँ बंदी बनाकर नियमों को तोड़ा है।"

मेघवर्ण ने उपनंद के बाल पकड़कर क्रूरता से खींचा, "तुम हमारे अपराधी हो उपनंद। और हमने तुम्हें दंड देने की मंशा से बंदी बनाया है। इसमें कोई अधर्म नहीं है।"

उपनंद ने उस पर कटाक्ष करते हुए कहा, "सुना था कि तुम सब धर्मयुद्ध करने

निकले हो। मानव संस्कृति के रक्षण का पवित्र उद्देश्य है तुम्हारा। तो क्या धर्मयुद्ध प्रतिशोध के लिये किया जाता है ? नियमानुसार तुम्हें रणभूमि में ही मेरा वध करना चाहिये था। यदि किसी अपराध का दण्ड ही देना था तो अपनी विजय के उपरांत मुझे दोषी सिद्ध करके उपयुक्त दण्ड देते।''

उपनंद के केश छोड़ मेघवर्ण पीछे हटा, ''तो तुम लड़ते हुए वीरगति को प्राप्त होना चाहते हो, हम्म?''

''अवश्य। इस प्रकार मेरे सम्मान का रक्षण होगा, और मुझे सद्गति प्राप्त होगी।''

मेघवर्ण की हँसी छूट गयी, ''तुझे वास्तव में लगता है कि कन्या की पीठ पर प्रहार करने के उपरांत, तुम सद्गति के योग्य हो ?'' अपने ठहाकों को नियंत्रित करते हुए मेघवर्ण ने उपनंद की मुस्कुराकर देखा, ''ठीक है, मैं तुम्हें अवसर दूँगा। अभी इसी समय तुम्हारे घावों पर औषधियाँ लगायी जायेंगी, और उत्तम भोजन भी प्राप्त होगा। और हम दोनों का द्वंद्व सूर्योदय के ठीक एक प्रहर पूर्व अर्थात ब्रह्ममहूर्त पर आरम्भ होगा। यदि मैं सूर्योदय से पूर्व तुम्हारा वध नहीं कर पाया, तो तुम विदर्भ के शिविर में लौट सकते हो और उनकी ओर से युद्ध भी कर सकते हो। किंतु अपने जीवन का ये अंतिम सम्मान प्राप्त करने हेतु, तुम्हें भी एक कार्य करना होगा।''

''और वो क्या होगा?'' उपनंद ने प्रश्न किया।

''कोई असत्य या सत्य अब इस युद्ध को नहीं रोक सकता। इसलिये यदि तुम्हें अपना अंतिम सम्मान चाहिये तो तुम्हें हमें बताना होगा कि तुमने हमारी बहन चंद्रलेखा की हत्या क्यों की?''

मेघवर्ण का कथन सुन उपनंद ने कुछ क्षण विचार किया और दिग्विजय की ओर देखा जो उसे क्रोध भरी दृष्टि से घूरे जा रहा था। उसने वापस मेघवर्ण की ओर मुड़कर हँसते हुए कहा, ''क्या तुम वचन देते हो महारथी मेघवर्ण, कि ये एक सत्य बताने के उपरांत मुझे वो सबकुछ प्राप्त होगा जो तुमने कहा।''

''दिया वचन।'' मेघवर्ण ने दृढ़तापूर्वक कहा।

''कदाचित तुम्हें मेरे प्रण का विस्मरण हो गया, मेघवर्ण। मैंने कहा था कि तुम्हारे प्रियजनों को क्षति पहुँचाने का एक भी अवसर मैं नहीं छोड़ूँगा। और चंद्रलेखा को तो महाराज शत्रुंजय की वास्तविकता का ज्ञान हो गया था। इसीलिए उन्होंने उसकी मृत्यु का प्रचार कर उसे विदर्भ की सीमा पर एक गुप्त कारागार में बंदी बना लिया। और उस कारागार के निरीक्षण का भार मुझ पर था। मुझे स्पष्ट आदेश मिला था, कि यदि चंद्रलेखा भागने में सफल होती है तो मुझे उसकी हत्या करनी होगी। मैं बस ऐसे ही किसी अवसर की प्रतीक्षा में था।''

कुपित हुए दिग्विजय ने उपनंद से प्रश्न किया, ''कैसा सत्य?''

"मेघवर्ण ने केवल एक प्रश्न का उत्तर माँगा था। वो मैंने दे दिया।"

कुपित हुए दिग्विजय ने उपनंद का कंठ पकड़ना चाहा, किंतु मेघवर्ण ने उसका हाथ पकड़ उसे रोक दिया, "हमें वो सत्य भलीभांति ज्ञात है, दिग्विजय। तो व्यर्थ का प्रयास क्यों करना ?"

"अर्थात ?" दिग्विजय ने आश्चर्यभाव से प्रश्न किया।

"चंद्रलेखा को ज्ञात हो गया होगा कि शत्रुंजय के शरीर में सुबाहु की आत्मा का वास है। भूल गये, यही तो कारण है इस युद्ध का। किंतु ये सत्य उपनंद अपने मुख से नहीं कहेगा। वैसे एक बात की प्रसन्नता है मुझे।"

"और वो क्या है ?" दिग्विजय ने प्रश्न किया।

मेघवर्ण ने साँस भरते हुए कहा, "यही कि सुबाहु चाहें कितना भी नीच हो, उसने अपने पिता होने की मर्यादा का मान रखा और शत्रुंजय के रूप में भी चंद्रलेखा से विवाह नहीं किया। यदि उसने ऐसा ना किया होता तो हमें कभी उसके सत्य का ज्ञान न होता। और कदाचित इस युद्ध को छेड़ने हेतु हमारे मन में शंका बनी रहती। उसे उस पुत्री का मोह रहा होगा जिसका उसने बाल्यवस्था से पालन पोषण किया था। अन्यथा उस दिन अवन्ति के महल की अग्नि में वास्तविक चंद्रलेखा को जला दिया गया होता।"

तत्पश्चात मेघवर्ण ने सैनिकों को आदेश दिया, "राजा उपनंद के बंधन खोल दिये जायें, और उनके घावों पर औषधि लगाने के साथ साथ इन्हें उत्तम भोजन भी दिया जाये। मैं यहीं इनके समक्ष बैठा रहूँगा।"

पुरूराष्ट्र के शिविर में छुपे गुप्तचर द्वारा भेजी गयी चील भद्राक्ष के कंधे पर आ बैठी। भद्राक्ष ने उसके पंजे में बंधे पत्र को निकाला और पढ़ना आरम्भ किया। उस पत्र में उपनंद के विषय में सबकुछ लिखा था। भैरवनाथ ने उस चील को उड़ाया, और बिना चिंतन वो पत्र अग्नि में झोंक दिया।

दुर्भीक्ष अपना सर झुकाये शत्रुंजय के शिविर के ठीक बाहर ही बैठा हुआ था। दुर्धरा ने वहाँ आकर उसका साहस बढ़ाया, "आप चिंता न कीजिये, उसे कुछ नहीं होगा।"

उसका हाथ पकड़ दुर्भीक्ष के नेत्रों में नमी से आ गयी, "कल द्रविड़राज के किये कपट ने आज के युद्ध में मुझे विचलित कर रखा था। और आज इसी का लाभ उठाकर उन दुष्टों ने शत्रुंजय के साथ कपट किया। मैं उसका रक्षण नहीं कर पाया, दुर्धरा।"

"दोष आपका नहीं है। आपने दूसरे के किये अधर्म में अपना दोष देखा। आपके

विशाल हृदय के इस विचार से ही आप दुर्बल पड़ गये। और शत्रु ने इसका लाभ उठा लिया। रही बात छल की, तो कदाचित आपको स्मरण नहीं किंतु मुझे है, कि किस प्रकार वो आरम्भ से ही छल करते आये हैं। पहले मेरा दुरुपयोग कर आपका रक्षा कवच नष्ट करवा दिया। और फिर कपट द्वारा शत्रुघन की हत्या भी करवाई। मुझे तो आजतक विश्वास नहीं होता, कि कीर्तिध्वज बिना किसी समर्थन के ऐसा कुकर्म करने का दुस्साहस कर सकता था।''

''उन पुरानी बातों पर विवाद करने का कोई अर्थ नहीं है, दुर्धरा। किंतु एक बात तो तुमने सत्य कही, कि शत्रुपक्ष छल करने में निपुण हैं, और विजय के लिए वो किसी भी सीमा को लांघ सकता है।''

दुर्धरा ने दुर्भीक्ष का हाथ पकड़ उसके नेत्रों में देखकर कहा, ''आपने मुझे वचन दिया था कि आप अपनी दिव्यशक्तियों का प्रयोग नहीं करेंगे। मैं आपको उस वचन से मुक्त करती हूँ। करिये अपनी उन महाशक्तियों का प्रयोग, और ध्वंस कर दीजिये शत्रु की सेना का।''

''वो प्रतिज्ञा मेरी थी दुर्धरा, इसलिये तुम्हें मुझे उस वचन से मुक्त करने का कोई अधिकार नहीं है।''

दुर्धरा व्यथित हो उठी, ''किंतु....।''

''मेरे सामर्थ्य पर विश्वास रखो, दुर्धरा। मैंने अपने धर्म का त्याग नहीं किया, इसलिये मेरी विजय निश्चित है। और उसके लिए मुझे किसी दिव्यशक्ति की आवश्यकता नहीं है।''

तभी वैधराज शत्रुंजय के शिविर से बाहर निकले। दुर्भीक्ष उन्हें देख उदविघ्न हो उठा, ''क्या हुआ वैधराज ? कैसा है शत्रुंजय ?''

वैधराज ने गंभीर स्वर में कहा, ''शरीर से बहुत अधिक रक्त बह गया है, और मस्तक पर बड़ी गंभीर चोटें भी आयी हैं। इसलिये उनके प्राण बचाना तनिक कठिन है।''

दुर्भीक्ष अचंभित रह गया, ''ये....ये आप क्या कह रहे हैं वैधराज ? उसके घाव मैंने देखे हैं, वो घातक अवश्य थे किंतु शत्रुंजय इतना दुर्बल नहीं कि ऐसे घावों से उसके प्राण निकल जायें।''

वैधराज क्षणभर के लिये मौन रहे। फिर कुछ क्षण विचार कर कहा, ''महाराज की इच्छाशक्ति को देख ही मैंने कठिन शब्द का प्रयोग किया असुरेश्वर, असम्भव का नहीं। रक्त अधिक बह जाने से उनकी मूर्छा भंग ही नहीं हो रही। और यदि कल दिन के तीसरे प्रहर तक उनकी मूर्छा नहीं टूटी तो उन्हें कोई नहीं बचा सकता।''

कुपित हुए दुर्भीक्ष ने वैधराज का कंठ पकड़ लिया, ''ये क्या अनर्गल बातें कर

रहा है तू दुष्ट वैध ? कहीं ऐसा तो नहीं कि तू शत्रुओं का गुप्तचर है और यहाँ मेरा साहस तोड़ने आया है?''

दुर्धरा ने विचलित हुए दुर्भीक्ष का हाथ पकड़ा और उसे समझाने का प्रयास किया, ''ये आप क्या कर रहे हैं? एक वैधराज ही तो हैं जो शत्रुंजय के प्राण बचा सकते हैं। छल शत्रुओं ने किया है तो उसका क्रोध आप वैधराज पर क्यों निकाल रहे हैं ?''

दुर्भीक्ष ने वैधराज का कंठ छोड़ा और दुर्धरा की ओर देखा। उसका मस्तक क्रोध से जल रहा था। नेत्रों में ऐसा रक्त उतरा हुआ दिखाई पड़ रहा था मानों स्वयं यमदेव उसके नेत्रों में उतर आये हों, ''तुमने उचित कहा दुर्धरा। उन कपटी पौरव योद्धाओं को दण्ड देना आवश्यक है। और उन्हें वो दण्ड अभी इसी समय मिलेगा।'' कहते हुए दुर्भीक्ष ने सैन्यदल के एक अधिपति को आदेश दिया, ''मेरा रथ तैयार करो। हम अभी आक्रमण करेंगे।''

दुर्धरा ने आगे बढ़ते हुए दुर्भीक्ष का मार्ग रोक लिया, ''आप ये कैसा अधर्म करने जा रहे हैं, असुरेश्वर? रात्रि में आक्रमण कर अपनी ख्याति को कलंकित मत कीजिये।''

''मुझे अपनी ख्याति की कोई चिंता नहीं, दुर्धरा। इस समय मेरे मस्तक पर यमराज सवार हैं, जो शत्रुओं के प्राण लिये बिना नहीं उतरेंगे। हट जाओ मेरे मार्ग से।'' उसे किनारे हटाते हुए दुर्भीक्ष आगे बढ़ गया।

दुर्धरा ने उसके पीठ पीछे चीखते हुए कहा, ''आपने अभी तक इस युद्ध में अपने धर्म का त्याग नहीं किया है। स्मरण कीजिये, महर्षि विश्वामित्र ने क्या कहा था ?''

दुर्धरा का वो कथन सुन दुर्भीक्ष के पाँव रुक गये। दुर्धरा उसके निकट आयी, और उसका हाथ पकड़ उसे संभाला। दुर्भीक्ष के नेत्रों में उतरा हुआ रक्त अश्रुओं में परिवर्तित होकर बह उठा। दुर्धरा ने उसका साहस बढ़ाते हुए कहा, ''बस कुछ प्रहर की प्रतीक्षा करनी है। मुझे विश्वास है कि सूर्योदय होते ही आप शत्रुओं पर काल बनकर टूटेंगे।''

दुर्भीक्ष ने स्वयं को संभालते हुए कहा, ''तुमने उचित कहा दुर्धरा। मैं सूर्योदय के उपरांत ही आक्रमण करूँगा। तुम जाकर विश्राम करो।''

''आप विश्राम नहीं करेंगे ?''

''मुझसे विश्राम नहीं होगा दुर्धरा। आज रात्रि तो नहीं। कल का दिन पुरूसेना में महाप्रलय लेकर आयेगा। रक्त की गंगा बहेगी। और जब तक मेरे हृदय को संतोष प्राप्त नहीं होगा, मैं विश्राम नहीं करूँगा।'' गर्जना करते हुए दुर्भीक्ष आगे बढ़ गया।

दुर्भीक्ष चलते हुए सीधा वक्रदंत के पास गया। वो भूमि पर बैठा हुआ था, और आसपास उपस्थित कई वैध उसके घावों पर लेप लगा रहे थे। दुर्भीक्ष उसके निकट आया और उसके मस्तक पर हाथ फेरा। वक्रदंत ने सहसा ही अपने नेत्र खोले और

उठकर सूँड उठाकर दुर्भीक्ष को प्रणाम किया।

दुर्भीक्ष के नेत्रों में अभी भी ज्वाला धधक रही थी। उसने वक्रदंत को आदेश दिया, "कल तुम मेरा सबसे प्रमुख अस्त्र बनोगे, वक्रदंत। सज रहना अपने इस दायित्व के लिये?"

वक्रदंत ने अपनी सूँड उठाकर भयानक गर्जना की, और अपनी सहमति का संकेत दिया।

दशम् अध्याय

प्रलय दिवस

ब्रह्ममहूर्त का समय आरम्भ होने को था। उपनंद के समक्ष बैठे हुए मेघवर्ण ने उससे प्रश्न किया, ''समय आने को है महारथी उपनंद। कौन से शस्त्र का चुनाव करोगे?''

उपनंद ने खड़े होकर अपनी जंघा पीटी, ''मुझे तो मल्लयुद्ध अथवा गदायुद्ध में ही अधिक रुचि है।''

मेघवर्ण ने भी खड़े होकर छाती चौड़ी की, ''तुम्हारी ये अंतिम इच्छा भी अवश्य पूर्ण होगी। और आज सूर्योदय के उपरांत तुम्हारे मन का भ्रम भी दूर हो जायेगा, कि यदि मनुष्य के पापों का भार आवश्यकता से अधिक बढ़ जाये तो युद्ध में मिली वीरगति भी उसे सद्गति और सम्मान नहीं दे सकती।'' कहते हुए मेघवर्ण ने अपने सैनिक को संकेत किया।

सैनिकों ने उपनंद और मेघवर्ण के हाथों में गदायें थमा दीं। राजा भरत, महाबली वक्रबाहु, चंद्रकेतु, दिग्विजय, महाबली अखण्ड, अवधूत, भगदत्त, उग्रश्रवा, मथुरा नरेश शल्लभ और काशीराज भद्रसोम के साथ साथ सैन्यदल के कई अधिपतियों ने चारों ओर घेरा बना रखा था, ताकि उपनंद चाह कर भी कहीं भाग ना सके।

ब्रह्ममहूर्त आरम्भ होने से कुछ क्षणों पूर्व मेघवर्ण ने भगदत्त को आदेश दिया, ''सेनाओं को सज रखना भगदत्त। इस द्वंद्व के उपरांत हम सब तत्काल ही रणक्षेत्र में

उपस्थित होंगे।''

''जो आज्ञा।'' सहमति जताते हुए भगदत्त वहाँ से प्रस्थान कर गया।

अपनी गदा पर पकड़ कसते हुए मेघवर्ण ने उपनंद को चुनौती देते हुए कहा, ''आज अपने सम्पूर्ण बल का उपयोग करके देख लो, उपनंद। देखते हैं तुम्हारे जीवन भर का संचित सामर्थ्य सूर्योदय तक तुम्हारा रक्षण कर पाता है या नहीं।'' उपनंद ने अपने कंधे उचकाये और गदा पर कसाव बढ़ाते हुए कहा, ''यदि ये मेरे जीवन का अंतिम युद्ध है, तो लडूँगा भी वैसे ही।'' गर्जना करता हुआ उपनंद मेघवर्ण की ओर दौड़ा।

दोनों गदाओं के टकराव ने भीषण ध्वनि उत्पन्न की। उपनंद के नेत्रों में धधक रही अग्नि देख कोई भी अनुमान लगा सकता था कि उस पर पागलपन सवार है। किंतु कदाचित मेघवर्ण के प्रतिशोध का संकल्प उस पर भारी पड़ने वाला था।

उपनंद ने मेघवर्ण की छाती और उदर पर गदा के दो भीषण प्रहार किये, मेघवर्ण ने पीछे हटते हुए उसकी बायीं भुजा पर प्रहार कर उसे भूमि पर झुकाया और अगले ही क्षण उसके मुख पर प्रहार कर उसे पीछे हटाया। अपना रक्तरंजित मुख लिये संभालकर वो वापस मेघवर्ण की ओर दौड़ा और उसके उदर पर प्रहार कर पीछे हटाया, और अगले ही क्षण उछलकर उसके मस्तक पर प्रहार करना चाहा। मेघवर्ण ने उसके प्रहार से अपना मस्तक तो बचा लिया, किंतु गदा के वार ने उसके कंधे को चोट अवश्य पहुँचाई, जिसने उसके कवच में दरार उत्पन्न कर दी। शक्ति के मद में चूर उपनंद ने घुटनों के बल बैठे मेघवर्ण की भुजा पर दूसरा प्रहार किया, किंतु मेघवर्ण ने अपने बायें हाथ से ही उसकी गदा पकड़ी और दायें हाथ से उसकी हथेलियों पर प्रहार कर उसकी गदा छुड़ा दी। तत्पश्चात भूमि से उठे मेघवर्ण ने अपनी गदा फेंकी और कवच उतारते हुए अपने कंधे उचकाये।

दोनों महारथी मल्लयुद्ध को दौड़े, और एक ही दाँव में मेघवर्ण ने उपनंद का सर अपनी बायीं काँख में दबा लिया। तत्पश्चात अपने दायें हाथ से उसने उपनंद की छाती पर कई घूँसे मारे और उसे भूमि पर गिराकर उसकी छाती पर चढ़ गया। मेघवर्ण के अगले मुष्टि के प्रहार से ही उपनंद की छाती पर चढ़ा कवच टूटकर छिन्न भिन्न हो गया। उपनंद के मुख से बहता रक्त देख मेघवर्ण उसकी छाती से उठा, ''उठ नराधम। तुझे सूर्यास्त से पूर्व मृत्यु का दान नहीं मिलेगा, उठ।''

उपनंद खाँसते हुए भूमि से उठा, और अपने टूटे हुए कवच को अपने शरीर से हटाकर स्वयं को संभालाने का प्रयास किया। मेघवर्ण ने उसकी छाती पर लात मारी, जिससे वो उस पत्थर से जा टकराया जिस पर वो कभी बैठा था। कुपित हुए उपनंद से उस पत्थर को उठाया और पूर्ण गति से मेघवर्ण की ओर फेंका। वो पत्थर मेघवर्ण की मुष्टि के एक ही प्रहार से टुकड़े टुकड़े हो गया। मेघवर्ण का शक्ति प्रदर्शन और उसके नेत्रों की ज्वाला देख उपनंद भयभीत हो गया। तत्पश्चात उसने उपनंद की छाती, उदर

और भुजा पर कई मुष्टि प्रहार किये। उसे भूमि पर गिराया और अपने पैर से उसका बायाँ पाँव दबाकर उसे घुटने पर पंजे के एक ही प्रहार से उसके अंदर तक की हड्डी हिला डाली। तत्पश्चात उसने पीड़ा से चीखते हुए उपनंद को उठने का भी अवसर दिया।

उपनंद लंगड़ाते हुए भूमि से उठा, और उसके उठते ही मेघवर्ण उसके कंधे तक उछला और अपनी कोहनी से अपने शत्रु के मस्तक पर मर्मभेदी प्रहार किया। चकराते हुए उपनंद धरती पर गिर पड़ा। माथे से बहता हुआ रक्त उसकी चेतना पर भारी पड़ रहा था। मेघवर्ण ने उसकी छाती पर पाँव रखा, "अपने चहूँ ओर देख उपनंद। प्रकाश फैलना आरम्भ हो गया है, किंतु सूर्योदय होने में अभी भी एक घड़ी शेष है। और तू मेरे चरणों के नीचे प्राण त्यागने को सज खड़ा है। मैंने अपना वचन पूर्ण किया उपनंद।" कहते हुए मेघवर्ण ने मुट्ठी ऐसी भींची की मुट्ठी के साथ साथ उसके शरीर के कई भागों पर नसें उभरी हुयी दिखाई देने लगीं।

मेघवर्ण ने गर्जना करते हुए कहा, "तूने अपने पालक पिता की हत्या की, माँ जगदम्बा के पूजन के नाम पर ना जाने कितने निर्दोष मनुष्यों की बलि चढ़ाई। जाने कितने निर्दोष गंधर्वों के साथ स्वयं की ही निर्दोष प्रजा पर अत्याचार किया। अपने जन्मदाता को सात वर्षों तक बंदी बनाकर रखा। मेरी बहन चंद्रलेखा की पीठ पर प्रहार किया। मेरी इस मुष्टिका में उन सभी पीड़ित आत्माओं की वेदना का बल है, उपनंद। यदि इच्छा हो तो स्मरण कर ले अपनी आराध्य देवी माँ जगदंबा का, परंतु वो भी तुझे तेरे पापों के भार से मुक्त नहीं कर पायेंगी।" इंद्र के एरावत की भांति गर्जन करते हुए मेघवर्ण ने अपनी मुष्टि सीधा उपनंद की छाती पर मारी।

उपनंद को ऐसा भान हुआ मानों उसकी छाती पर कोई पर्वत गिर पड़ा हो। उसकी छाती के साथ साथ कंठ का माँस भी फट गया। शरीर के ऊपरी भाग से रक्त का झरना फूट पड़ा, जिससे उसका सम्पूर्ण शरीर रक्तरंजित हो उठा। मेघवर्ण ने अपने पाँव से उसकी छाती पर दबाव बनाये रखा। अपने नेत्र बंद होते होते उपनंद उगते हुए सूर्य की लालिमा देखने में सफल रहा। उपनंद जैसे नीच का अंत देख मेघवर्ण के नेत्रों में एक अदम्य संतोष दिखाई पड़ रहा था। दिग्विजय और वक्रबाहु ने भी शंख बजाकर विजयनाद किया। पौरव शिविर में एक साथ कई शंखों की ध्वनि गूँज पड़ी। और उन ध्वनियों के साथ ही सारे महारथियों ने रणक्षेत्र की ओर अपने कदम बढ़ाये।

अनेकों शंखों का वो स्वर समरांगण में युद्ध को तैयार खड़ी विदर्भ की सेना तक भी पहुँचा। अपनी सेना में आगे खड़े दुर्भीक्ष ने भद्राक्ष को अपने निकट बुलाकर प्रश्न किया, "ये स्वर कैसा है, भद्राक्ष?"

"सूर्योदय से पूर्व ब्रह्ममहूर्त में मेघवर्ण और राजा उपनंद में भयानक द्वंद्व हुआ था, जिसमें मेघवर्ण ने राजा उपनंद का निर्ममता से वध कर दिया। ये शंखनाद मेघवर्ण की

विजय के उत्सव में हो रहा है।''

भद्राक्ष का कथन सुन दुर्भीक्ष की मुट्ठियाँ भिंच गयीं, ''युद्ध का नियम है कि किसी भी युद्धबंदी को विजय से पूर्व दण्ड नहीं दिया जा सकता। और यदि द्वंद्व ही करना था तो सूर्योदय के उपरांत वो उपनंद को हमारे पक्ष में वापस भेज सकते थे। लेकिन नहीं, उन्होंने राजा उपनंद को भी भेड़ियों की भांति घेरकर उनका मनोबल तोड़कर उनके साथ द्वंद्व किया, और उनका वध भी कर दिया। अब तो वास्तव में शत्रु पक्ष से नियमों के पालन की आशा करना ही व्यर्थ है। और ऐसे लोग यदि विजयी होकर आर्यावर्त पर शासन करने लगे, तो ये समग्र भूखण्ड प्रदूषित हो जायेगा।'' दुर्भीक्ष ने अपने धनुष पर कसाव बढ़ाया।

तत्पश्चात दुर्भीक्ष ने अपने निकट खड़े त्रिकुम्ब से प्रश्न किया, ''द्रविड़राज की दशा दयनीय है त्रिकुम्ब। इसलिए तुम इस समय जाकर अपने पिता का ध्यान रखो।''

त्रिकुम्ब अचंभित रह गया, ''ये आप क्या कह रहे हैं महामहिम ?''

''ये मेरा आदेश है, त्रिकुम्ब। वैसे भी आज मेरे और वक्रदंत के अतिरिक्त हमारी सेना का कोई भी महारथी युद्ध में भाग नहीं लेगा। इसलिये शिविर में जाकर अपने पिता का संरक्षण करो। शत्रु छल प्रपंच पर उतर आया है, उस पर विश्वास नहीं किया जा सकता। क्या पता शत्रु दल का कोई योद्धा हमारी अनुपस्थिति का लाभ उठाकर द्रविड़राज की हत्या करने का प्रयास करे। इसलिये तुम जाओ। आज रणप्रसंग का उत्तरदायित्व केवल मेरा है।''

''जो आज्ञा महामहिम।'' सहमति जताते हुए भद्राक्ष वहाँ से प्रस्थान कर गया।

त्रिकुम्ब के जाने के उपरांत दुर्भीक्ष वक्रदंत के निकट गया और उसके दंत को सहलाते हुए उछलकर उसकी पीठ पर चढ़ गया। वक्रदंत की पीठ पर खड़े होकर दुर्भीक्ष ने गर्जना करते हुए आदेश दिया, ''जब तक मैं आज्ञा का शंख ना बजा दूँ, कोई मेरे पीछे नहीं आयेगा। आज तुम सबको अपने प्रधान सेनापति के बाहुबल का परिचय प्राप्त है। हमारा धर्म सत्य है इसलिये हमें कोई पराजित नहीं कर सकता। चलो वक्रदंत।''

वक्रदंत ने चिंघाड़ते हुए पौरवसेना की ओर दौड़ लगा दी। दो कोस की दूरी से दुर्भीक्ष को अकेले आते हुए देख मेघवर्ण को आश्चर्य हुआ। उसे देख वक्रबाहु मेघवर्ण के निकट आया, ''दुर्भीक्ष आज दोहरी शक्ति लेकर आक्रमण करने आया है, सेनापति। हमें भी अपनी पूर्ण शक्ति से प्रहार करना होगा। मैं गज का रूप धरता हूँ, और आप अपने अस्त्रों शस्त्रों समेत मेरी पीठ पर आरूढ़ हो जाईये।'' कहते हुए वक्रबाहु ने विशाल गज का रूप धर लिया। मेघवर्ण अपने अस्त्र शस्त्र सहित उसकी पीठ पर सवार हो गया।

दुर्भीक्ष के पीछे कोई सेना ना आती देख पुरूसेना के अन्य योद्धा भी अपने स्थान पर स्थिर खड़े रहे। शीघ्र ही वक्रबाहु की पीठ पर सवार मेघवर्ण दुर्भीक्ष के समक्ष जा पहुँचा। दुर्भीक्ष ने बिना विलंब किए वक्रदंत को आदेश दिया, "आक्रमण करो वक्रदंत। आज शत्रु पर कोई दया नहीं की जायेगी।"

चिंघाड़ते हुए वक्रदंत वक्रबाहु की ओर दौड़ा। दोनों विशालकाय गजों के एक दूसरे से टकराने के साथ साथ दोनों महारथियों ने भी एक दूसरे पर बाणों की वर्षा आरम्भ की। कभी वक्रबाहु वक्रदंत को झुका देता, तो इससे मेघवर्ण को दुर्भीक्ष पर अधिक प्रहार करने के अवसर प्राप्त हो जाते तो। कभी वक्रदंत अपनी सूँड में पकड़कर वक्रबाहु को घसीटने लगता जिससे दुर्भीक्ष का पलड़ा भारी हो जाता।

उस भयानक युद्ध में अस्त्र शस्त्रों के टकराव के साथ दो महाबलधारी गजों के चिंघाड़ने का स्वर भी सैनिकों को अपने कानों पर हाथ रखने को विवश करने को पर्याप्त था। उनका भयावह युद्ध देख ऐसा प्रतीत हो रहा था जैसे आदिकाल में कभी वराह और हिरण्याक्ष का पृथ्वी माता को लेकर घनघोर युद्ध हुआ था, जिसने वर्षों तक भूमण्डल को पीड़ित कर रखा था। वो दोनों महावीर उसी प्रकार दूर दूर तक उपस्थित जीवों को अपने टकराव से पीड़ित कर रहे थे।

सहसा वक्रबाहु ने वक्रदंत की सूँड पकड़कर उसे कुछ गज ऊपर घसीटा, मेघवर्ण ने इस स्थिति का लाभ उठाकर पहले दुर्भीक्ष की छाती ओर लक्ष्य कर बीस बाण मारे, फिर उसे कुछ क्षणों के लिए विचलित देख, उसे मूर्छित करने के उद्देश्य से सम्मोहिनी अस्त्र का संधान कर दिया। किन्तु कदाचित आज दुर्भीक्ष को रोकना किसी के लिए भी असम्भव था, उसने अपने दिव्यास्त्र से मेघवर्ण के सम्मोहिनी अस्त्र को आकाश मार्ग में ही नष्ट कर दिया, और वक्रबाहु के कंठ की ओर लक्ष्य कर कान तक खींचकर चार पैने बाण मारे। वक्रबाहु विचलित हो उठा, और वक्रदंत उस पर हावी होने लगा, जिससे मेघवर्ण के प्रहारों की शक्ति भी कम होने लगी। तत्पश्चात दुर्भीक्ष ने मेघवर्ण की छाती पर तीस बाण मारकर उसे घायल किया, और उसके लगातार तीन धनुष तोड़े। मेघवर्ण ने चौथा धनुष उठाकर दुर्भीक्ष की छाती की ओर लक्ष्य कर पचास बाण छोड़े, किन्तु दुर्भीक्ष ने उन्हें मार्ग में ही काट दिया। अपने अस्त्रों को विफल होता देख मेघवर्ण ने चार अर्धचंद्राकार चलाकर वक्रदंत की सूँड को काटने का प्रयास किया, किन्तु दुर्भीक्ष ने वो चारों बाण वक्रदंत तक पहुँचने ही नहीं दिये और उन्हें अपने अस्त्रों से काट डाला। दुर्भीक्ष के नेत्रों में दिख रही क्रोधाग्नि ने उसके प्रहारों की गति कई गुना बढ़ा दी थी, जिससे मेघवर्ण के सारे अस्त्र शस्त्र विफल होने लगे। उसे क्षणभर के लिए विचलित हुआ देख दुर्भीक्ष ने उसकी छाती की ओर लक्ष्य करके वज्रशक्ति चला दी। उसकी चोट खाते ही मेघवर्ण अचेत होकर वक्रबाहु की पीठ से गिर पड़ा। इस बार दुर्भीक्ष ने सम्मोहिनी अस्त्र का प्रयोग कर दिया, और वक्रबाहु के साथ साथ मेघवर्ण को भी

सुप्तावस्था में भेज दिया।

मेघवर्ण के मूर्छित होते ही दुर्भीक्ष ने शंखनाद किया। परिणामस्वरूप विदर्भ के ध्वज तले युद्ध करने वाली दो अक्षौहिणी सेना उसके पीछे दौड़ आयी। दुर्भीक्ष ने सिंहनाद करते हुए वक्रदंत को आगे बढ़ने का आदेश दिया। आगे बढ़ते हुए दुर्भीक्ष ने धनुष पर एक साथ सौ बाण चढ़ाये और एक ही क्षण में अपनी ओर आते हुए सौ हाथियों के मस्तक छेद डाले। ऐसे करते हुए उसने दस क्षणों में ही एक सहस्त्र युद्धक हाथियों को गिरा दिया। उसका प्रतिकार करने के उद्देश्य काशीराज भद्रसोम आगे आये, किंतु वो वक्रदंत की सूँड की मार से पीड़ित होकर ही वो भागने पर विवश हो गये। मथुरा नरेश शल्लभ और भगदत्त ने एक साथ दुर्भीक्ष पर आक्रमण किया। दुर्भीक्ष ने भगदत्त को कई बाण मारकर पीछे हटाया और वक्रदंत जैसे ही शल्लभ के रथ पर चढ़ा, वो अपने प्राण बचाकर भाग खड़े हुए। इसके साथ ही दुर्भीक्ष ने पौरवों के सहस्त्रों अश्वारोही और पैदल सैनिकों के मस्तक छेद डाले। दिग्विजय अपनी सेना का रक्षण करने आगे आया, किंतु उसे भी दुर्भीक्ष ने चालीस बाणों से घायल करने के साथ साथ, उसके रथ के अश्वों और सारथी को भी अपने पैने बाणों से यमसदन पहुँचा दिया। दिग्विजय अचेत अवस्था में अपने रथ पर गिर पड़ा। दुर्भीक्ष के भंयकर अस्त्रों का प्रभाव देख पौरव योद्धा त्राहि त्राहि करने लगे। असुर, द्रविड़ और विदर्भ के शेष सैनिकों ने भी पौरवों पर भीषण आक्रमण किया। शत्रु दल के सारे महारथियों को विवश करता हुआ दुर्भीक्ष आगे बढ़े जा रहा था। उसके बाणों से कटे और वक्रदंत के पाँवों से कुचले हुए मनुष्यों के मस्तकों के साथ साथ युद्धक पशुओं के मृत शरीरों का भी अंबार सा लगने लगा। दूर से देखने से ये ज्ञात करना मुश्किल था कि जिन शवों से बहते हुए रक्त से समरांगण का अभिषेक हो रहा है, वो किसी मनुष्य के शरीर से बहा है अथवा किसी पशु का है। शवों को कुचलते हुए दुर्भीक्ष आगे बढ़ता जा रहा था। तभी पुरुराज भरत स्वयं ही दुर्भीक्ष के समक्ष आ खड़े हुए और अपने बाणों से वक्रदंत को पीड़ित किया। कुपित हुआ वक्रदंत भरत की ओर दौड़ा, दुर्भीक्ष ने भी संधान के लिये अपना धनुष ताना। भरत ने दुर्भीक्ष के प्रहारों का उत्तर दिया, इतने में वक्रदंत ने भरत के रथ के अश्वों को कुचल डाला। तब दुर्भीक्ष ने वक्रदंत को आदेश दिया, "बस रुक जाओ, वक्रदंत। तुम आसपास खड़े सैनिकों पर प्रहार करो, और मुझे भरत से युद्ध करने दो।"

वक्रदंत अपने स्थान पर खड़ा होकर अपने आसपास आते सैनिकों पर प्रहार करने लगा। किंतु इससे पूर्व भरत और दुर्भीक्ष का द्वंद्व आरम्भ होता भूमि पर खड़े चंद्रकेतु ने अपनी गदा को घुमाते हुए दुर्भीक्ष की ओर फेंका। दुर्भीक्ष अपना संतुलन खोकर पृथ्वी पर गिर पड़ा। चंद्रकेतु दूसरी गदा उठाये उस पर आक्रमण करने दौड़ा। दुर्भीक्ष तत्काल ही भूमि से उठा और उसकी गदा पकड़ उसकी छाती पर पंजे से वार कर उसे कई हाथ दूर हटा दिया।

वक्रदंत ने कुपित होकर भरत का रथ कुचल डाला। उससे पूर्व ही भरत अपने शस्त्र छोड़ भूमि पर कूद गया। वक्रदंत की सूँड की एक ही टक्कर से भरत कई हाथ दूर जा गिरा। वो तत्काल ही भूमि से उठा, और अपनी ओर दौड़कर आते हुए वक्रदंत की ओर देखा। भरत ने अपना कवच उतारा और उसके निकट आते ही कूदकर उसके मस्तक पर मुष्टिका का भीषण प्रहार किया। वक्रदंत विचलित होकर पीछे हटा।

दुर्भीक्ष ने अपने सामने खड़े चंद्रकेतु को देख गरजते हुए कहा, "तुझे ही ढूँढ रहा था मैं। तो छल करने का स्वभाव गया नहीं न तेरा, हम्म?"

चंद्रकेतु ने दुर्भीक्ष की उपेक्षा करते हुए कहा, "तो अब तू मुझे छल कपट पर ज्ञान देने चला है। आरम्भ से ही जो छल तू हमारे साथ करता आया है उसका क्या। कभी सुर्जन बनकर हमारे बीच रहकर हमारे गुप्त भेद जानने का प्रयास किया। और आज अपने इस हाथी को लेकर महाराज भरत पर आक्रमण करने चला है। तेरा ये मायावी हाथी तो स्वयं महाबली वक्रबाहु के समान एक महारथी की श्रेणी का योद्धा है, तो इस प्रकार दो महारथियों से एक के युद्ध में नियम भंग नहीं हो रहा?"

दुर्भीक्ष ने हँसते हुए चंद्रकेतु पर कटाक्ष किया, "अरे दुष्ट, जैसा तेरा स्वभाव है तू दूसरों को भी वैसा ही समझता है। मैंने तो वक्रदंत को रोक दिया था, और स्वयं भरत से धनुर्युद्ध करने जा रहा था, किंतु तूने बीच में आकर जो छल किया वो तुझे दिखाई न दिया। कोई बात नहीं, भरत को तो वक्रदंत संभाल ही लेगा। किंतु मुझे संदेह तो तुझ पर है, कि तेरे जैसा कपट युद्ध करने वाला मेरे निकट आने का साहस कर भी पायेगा या नहीं।"

"दुर्भीक्ष।" चंद्रकेतु गर्जना करता हुआ दुर्भीक्ष की ओर दौड़ा। निशस्त्र दुर्भीक्ष ने वहाँ दौड़ रहे पुरूसेना के एक अतिरथी के रथ के अश्वों को पकड़कर झुकाया और उसके रथ को नीचे गिरा दिया। तत्पश्चात उसी अतिरथी के मस्तक पर कूदकर मुष्टि के एक ही प्रहार से दुर्भीक्ष ने उसके प्राण निकाल लिये, और उसके रथ में रखी गदा उठाकर चंद्रकेतु की प्रतीक्षा करने लगा।

चंद्रकेतु ने दुर्भीक्ष के निकट आते ही एक ऊँची छलाँग लगायी और दुर्भीक्ष के मस्तक पर प्रहार करना चाहा। दुर्भीक्ष ने किनारे हटकर उसकी पीठ पर गदा का भीषण वार किया, और चंद्रकेतु अगला प्रहार करने को जैसे ही पलटा उसने उसके मस्तक पर प्रहार कर उसका शिरस्त्राण तोड़ दिया। कुपित हुए चंद्रकेतु ने अपनी गदा पर कसाव बढ़ाया, और क्षणभर के लिए असावधान हुए दुर्भीक्ष की छाती पर भीषण प्रहार किया। दो हाथ पीछे हटे दुर्भीक्ष ने अपने कवच में पड़ी दरार देखी, इसी दौरान चंद्रकेतु ने उसके उदर पर एक और प्रहार किया, जिससे वो भूमि पर गिर पड़ा। उसे भूमि पर गिरा हुआ देख चंद्रकेतु ने आगे बढ़कर उस पर और प्रहार करना चाहे, किन्तु इस बार दुर्भीक्ष ने बैठे बैठे ही अपने बायें हाथ से उसकी गदा पकड़ी, और उसके उदर पर लात

मार उसे पीछे हटा दिया। उठकर उसने चंद्रकेतु की छाती पर गदा का भीषण वार किया, जिससे वो रक्त उगलता हुआ भूमि पर गिर पड़ा, और अचेत सा होने लगा। उसका मस्तक फोड़ने को दुर्भीक्ष ने अपनी गदा उठाई किंतु तभी दिग्विजय वहाँ आ पहुँचा और उसने चंद्रकेतु के रक्षण के लिए अपनी गदा से उसका प्रहार रोक लिया।

कुपित हुए दुर्भीक्ष ने दिग्विजय की छाती पर एक पंजा मारकर उसे दूर हटा दिया। वो उसके निकट जाकर बोला, "तुम दोनों तो विशेष रूप से आज मेरा आखेट हो। अच्छा हुआ जो दोनों के दोनों एक साथ मिल गये। आज तुम दोनों कपटियों को मृत्युदण्ड देकर शत्रुंजय के घावों पर संतोष का मर्म लगाऊँगा मैं।" कहते हुए दुर्भीक्ष ने एक ही प्रहार से दिग्विजय की गदा छुड़ा दी।

गदा छूटते ही दिग्विजय ने अपनी म्यान से तलवार खींच निकाली। दुर्भीक्ष ने भी तलवार उठाई और कुछ ही प्रहारों में दिग्विजय को छकाकर उसके शरीर के कई भागों पर घाव कर दिया। उसे भूमि पर गिराकर दुर्भीक्ष उसका मस्तक छेदने आगे बढ़ा, तभी भगदत्त ने अपनी तलवार बीच में अड़ाकर उसका रक्षण भी किया, और दुर्भीक्ष की छाती पर प्रहार कर उसे दूर भी हटाया।"

भगदत्त अपनी तलवार उठाये दुर्भीक्ष की ओर दौड़ पड़ा। भूमि से उठते हुए दुर्भीक्ष ने अपने शरीर पर लगी धूल झाड़ी, स्वयं के निकट आते हुए भगदत्त की तलवार से झुककर स्वयं को बचाया और उसके उदर पर मुष्टि का प्रहार कर उसे दूर हटाया। भगदत्त ने वापस उस पर तलवार का प्रहार किया जिसे दुर्भीक्ष ने अपनी तलवार पर रोका और उसके मुख पर मुष्टिका का भीषण वार किया। अगले ही क्षण दुर्भीक्ष ने कूदकर भगदत्त के मस्तक पर प्रहार किया, जिसके परिणाम स्वरूप वो भूमि पर गिरकर अचेत हो गया।

भगदत्त के अचेत होते ही दुर्भीक्ष भूमि पर गिरे चंद्रकेतु की ओर बढ़ा। तभी अपने दोनों हाथों में तलवार उठाये दिग्विजय उसके समक्ष आकर उस पर प्रहार करने लगा, और उसके कंधे, भुजा और छाती पर घाव किया। कुछ ही क्षणों में दुर्भीक्ष ने स्वयं को संभाला, उसकी तलवार का प्रहार अपनी तलवार पर रोका, अपने कमर में छुपी कटार निकाल उसके बायें पंजे पर प्रहार कर उसकी दूसरी तलवार छुड़ाई और तत्काल ही उस कटार को दिग्विजय के उदर में घुसा दिया। दुर्भीक्ष क्रूरता से उसके उदर में धँसी कटार को घुमाने लगा।

दिग्विजय के प्राणों को संकट में देख चंद्रकेतु ने भूमि पर गिरी अपनी गदा उठाई और दुर्भीक्ष के बायें हाथ पर दे मारी। दुर्भीक्ष को दिग्विजय के शरीर में धँसी कटार छोड़ पीछे हटना पड़ा। दिग्विजय भूमि पर बैठा, उसने अपने उदर में धँसी कटार निकाल फेंकी, साथ ही अपने अंगवस्त्र फाड़कर अपनी कमर पर बाँध अपने शरीर से बहते हुए रक्त का बहाव रोका।

वन के रीछ की भांति गर्राता हुआ चंद्रकेतु दुर्भीक्ष पर टूट पड़ा। दुर्भीक्ष ने अपनी तलवार से उसका प्रहार रोकने का प्रयास किया, किन्तु चंद्रकेतु ने अपनी गदा के प्रहार से उसकी तलवार के दो टुकड़े कर डाले। तत्पश्चात कुपित हुए चंद्रकेतु ने निशस्त्र दुर्भीक्ष को गदा से पीटना आरम्भ किया। उसकी छाती, उदर और कंधों पर गदा के भीषण वार कर चंद्रकेतु ने उसे कई गज पीछे हटा दिया। कुछ ही क्षणों में दुर्भीक्ष ने स्वयं को संभाला और चंद्रकेतु की गदा का प्रहार हाथों से रोक उसे दूर हटाया। तत्काल ही उसने भूमि पर गिरी एक तलवार उठाई, अपनी छाती की ओर आते चंद्रकेतु की गदा से किनारे हटकर बचा, और अगले ही क्षण उसकी गदा के हत्थे को अपनी तलवार से काट डाला, और उसकी छाती पर मुष्टिका का प्रहार कर उसे पीछे हटा दिया। उस प्रहार से अचंभित हुए चंद्रकेतु को संभलने का अवसर ही ना मिला। दुर्भीक्ष ने कूदकर उसके मस्तक पर अपनी कोहनी से प्रहार किया और साथ ही घुटनों से छाती पर मर्मांतक वार कर उसे भूमि पर गिराकर उसकी छाती पर सवार हो गया। तत्पश्चात उसने चंद्रकेतु की छाती और मुख पर मुष्टिका के प्रहार आरम्भ किये। चंद्रकेतु का कवच टूटा, और मुख रक्तरंजित हो उठा। किन्तु इसके उपरांत भी दुर्भीक्ष चंद्रकेतु का वध करने में असफल रहा। भगदत्त ने उसे लात मारकर चंद्रकेतु से दूर हटा दिया।

अजगर की भांति फुंफकारता हुआ दुर्भीक्ष भूमि से उठा। भगदत्त, चंद्रकेतु और दिग्विजय तीनों ही अपने आने भाले उठाये दुर्भीक्ष को क्रोध भरी दृष्टि से घूरने लगे। दुर्भीक्ष ने भी भूमि पर मृत पड़े अनेकों योद्धाओं में से एक का भाला उठाया और सिंहनाद करते हुए उन तीनों को चुनौती दी, ''इस प्रकार कब तक एक दूसरे का रक्षण कर पाओगे ? यदि अभी भी युद्ध का साहस बचा हुआ है, तो एक साथ आ जाओ। अकेले युद्ध करोगे तो कुछ ही क्षणों में पराजित हो जाओगे, और मुझे भी युद्ध का आनंद नहीं आयेगा। आओ, तीनों साथ आ जाओ।''

भगदत्त, चंद्रकेतु और दिग्विजय ने नेत्रों से एक दूसरे को संकेत किया और अपने अपने भाले संभाले दुर्भीक्ष की ओर दौड़ पड़े। चंद्रकेतु का भाला दुर्भीक्ष की छाती की ओर बढ़ा, भगदत्त का भाला उसके उदर की ओर, और घुटनों के बल घिसटते हुए दिग्विजय ने दुर्भीक्ष की जंघा की ओर लक्ष्य किया। दुर्भीक्ष कूदकर भगदत्त के भाले पर चढ़ा, चंद्रकेतु के भाले को रोक उसे पीछे हटाया, और नीचे आते हुए भगदत्त के मुख पर मुष्टिका का और दिग्विजय की छाती पर पैर से भीषण वार किया।

अपने तीनों उत्तम महारथियों को इस प्रकार एक क्षण के भीतर भूमि पर गिरा देख पौरव वीर अचंभित रह गए। दुर्भीक्ष के दग्ध नेत्र अभी भी चंदकेतु को निहार रहे थे। तीनों महारथियों ने एक बार फिर उठकर दुर्भीक्ष पर प्रहार किया। दुर्भीक्ष के नेत्रों में प्रतिशोध का लावा धधक रहा था। इस बार उसने भगदत्त और चंद्रकेतु को पीछे धकेला और दिग्विजय के मस्तक पर भाले का ऐसा भीषण वार किया कि उसका शिरस्त्राण ही

टूट गया और मस्तक से रक्त बहना भी आरम्भ हो गया। वो भूमि पर गिरकर अचेत सा हो गया। उसका अंत करने की मंशा से दुर्भीक्ष ने भाला उठाया, किन्तु भगदत्त उस पर कूद पड़ा और उसे साथ लेकर भूमि पर गिर गया।

कुपित हुए दुर्भीक्ष ने इस बार अपना सारा क्रोध भगदत्त पर निकाल दिया, जो बार बार उसके आखेट के बीच में आ रहा था। उसने भगदत्त की कमर पर प्रहार कर उसे अपने शरीर के ऊपर से हटाया, और उसकी छाती पर सवार होकर मुष्टिका के एक ही वार से उसका कवच छिन्न भिन्न कर दिया। चंद्रकेतु उसकी रक्षा को आगे आया किंतु दुर्भीक्ष ने बैठे बैठे ही उसका भाला पकड़ा और उसे स्वयं से दूर फेंक दिया। तत्पश्चात दुर्भीक्ष ने अपनी दोनों मुट्ठियाँ भींची और अपने सम्पूर्ण बल से भगदत्त की छाती पर प्रहार किया। महावीर भगदत्त प्रचण्ड पराक्रमी था, किंतु फिर भी इंद्र के वज्रसमान दुर्भीक्ष के उस घातक प्रहार को सहन करना किसी के लिए भी असम्भव था। भगदत्त की छाती फट गयी और मुख से भी रक्त बहना आरम्भ हो गया।

अपने शरीर पर भगदत्त के रक्त के छींटे लिए दुर्भीक्ष ने उठकर चंद्रकेतु की ओर घूरकर देखा। चंद्रकेतु ने दौड़कर उस पर भाले से प्रहार करना चाहा, किंतु दुर्भीक्ष ने उसका भाला पकड़ अपने हाथ के एक ही वार में तोड़ डाला। दुर्भीक्ष ने भगदत्त की छाती पर अभी भी पाँव रखा हुआ था। नेत्रों से अग्नि बरसाता हुआ चंद्रकेतु कूदकर दुर्भीक्ष की छाती पर चढ़ आया, किंतु उसका दबाव बनाने का ये प्रयास विफल रहा। उसने चंद्रकेतु को धकेलकर पीछे हटाया, और उल्टा वही उसकी छाती तक छलाँग लगाकर उसके मस्तक पर कोहनी से वार किया, और छाती पर लात मारकर उसे भूमि पर गिरा दिया। चंद्रकेतु का मुख पहले ही रक्तरंजित था, अब मस्तक फट जाने पर सर से भी रक्त की तीव्रतम गति से बहना आरम्भ हो गया था। उसने मुख से भी रक्त की उल्टी की। भगदत्त की मृत्यु सुनिश्चित कर दुर्भीक्ष ने अपने हाथ में भाला संभाला और चंद्रकेतु की ओर बढ़ा। घुटनों के बल बैठा चंद्रकेतु अपनी रक्षा करने में असमर्थ प्रतीत हो रहा था।

किंतु उससे पूर्व वो चंद्रकेतु पर प्रहार करता बायीं दिशा से आया हुआ एक भाला उसके मार्ग में आ धँसा। उसने मुड़कर देखा। इंद्र के एरावत की भांति गर्जन करता हुआ मेघवर्ण अश्व पर आरूढ़ हुआ चला आ रहा था। दोनों हाथों में थमी तलवारों से असुर योद्धाओं को काटता हुआ मेघवर्ण दुर्भीक्ष के निकट आने लगा। उसे निकट आते देख दुर्भीक्ष ने भाले पर अपनी पकड़ मजबूत की। असुरों के शवों को कुचलता हुआ मेघवर्ण अपने अश्व से कूदकर दुर्भीक्ष के समक्ष आ खड़ा हुआ और भूमि में गड़ा भाला निकाल अपने निकट खड़े पुरूयोद्धाओं को आदेश दिया, "महारथी भगदत्त, चंद्रकेतु और दिग्विजय को शीघ्र से शीघ्र शिविर में ले जाओ सैनिकों।"

उसके आदेश का पालन करते हुए पौरव योद्धाओं ने उन तीनों महारथियों को

उठाना आरम्भ किया। दुर्भीक्ष ने उनके कार्य में कोई विघ्न नहीं डाला। चंद्रकेतु और दिग्विजय तो अपनी चेतना में थे, किन्तु भगदत्त की चेतना लुप्त और नेत्र बंद हो चुके थे। फिर भी उसकी प्राणरक्षा की मंशा से सैनिक उसे उठाकर शिविर में ले गये।

चंद्रकेतु और दिग्विजय की दुर्दशा ने मेघवर्ण का क्रोध कई गुना बढ़ा दिया था। उसने दुर्भीक्ष को चुनौती देते हुए भयानक गर्जना की, "रथ और धनुष का आसरा बहुत ले लिया असुरेश्वर, अब भूमि पर हमारे अंतिम द्वंद्व का समय आ गया है। और कल की भांति आज मैं तुम्हें प्राणदान देने की भूल नहीं करूँगा।"

दुर्भीक्ष ने भी अपने भारी स्वर में मेघवर्ण की ललकार का उत्तर दिया, "तुम्हें प्राणदान देने की भूल तो एक बार मैं भी कर चुका हूँ। यदि उसी समय तुम्हारा वध कर दिया होता तो आज इस युद्ध का प्रसंग ही उत्पन्न ना हुआ होता। किंतु तुमने भी एक बार मुझे निशस्त्र करके पराजित किया, और अपना सामर्थ्य भी सिद्ध किया। उसके लिए मैं तुम्हारी प्रशंसा करता हूँ। किंतु आज हमारा अंतिम द्वंद्व है मेघवर्ण। आज इस समरांगण को हम दोनों में से किसी एक का शव तो उठाना ही होगा।" कहते हुए दुर्भीक्ष ने अपना भाला संभाला।

"उत्तम विचार है असुरेश्वर। सज हो जाओ अपने जीवन के इस अंतिम द्वंद्व के लिये।" मेघवर्ण ने भी अपना भाला संभाला और दुर्भीक्ष की ओर दौड़ पड़ा।

दोनों महारथी सिंहनाद करते हुए एक दूसरे पर टूट पड़े। दोनों योद्धा भालों से एक दूसरे के मर्म स्थलों को चोटिल करने का प्रयास कर रहे थे। सहसा ही मेघवर्ण ने अपनी छाती की ओर बढ़ते दुर्भीक्ष के भाले को बीच से काट दिया। दुर्भीक्ष ने भी मेघवर्ण का भाला पकड़कर उसे हाथों से तोड़ डाला। भालों के टूटने के उपरांत दोनों ने तलवारों के साथ साथ ढालें भी उठा लीं। जिस प्रकार आदिकाल में इंद्र और असुरराज बलि में भयानक युद्ध हुआ था जिसने सम्पूर्ण देवलोक को हिलाकर रख दिया था, उसी प्रकार वर्तमान काल के वो दोनों श्रेष्ठ वीर युद्ध करते हुए अपने शस्त्रों के टकराव के स्वर से समग्र रणभूमि में खड़े योद्धाओं के कर्णों को पीड़ा पहुँचा रहे थे।

मेघवर्ण ने भूमि पर घुटनों के बल घिसटते हुए दुर्भीक्ष की तलवार से स्वयं को बचाया, उसकी छाती पर ढाल का प्रहार कर उसे दो हाथ पीछे हटाया और कूदकर उसकी छाती पर अपने घुटनों से वार कर उसे भूमि पर गिरा दिया। उसे भूमि पर गिराकर मेघवर्ण ने उसकी छाती पर तलवार का वार किया। दुर्भीक्ष ने अपनी तलवार पर उसका वार रोका, पैर से उसके दायें घुटने पर प्रहार कर उसका संतुलन बिगाड़ा, और उठते हुए उसकी छाती पर ढाल मारकर उसे पीछे हटाया। मेघवर्ण के एक क्षण के असंतुलन को अवसर बनाकर दुर्भीक्ष ने उछलकर ढाल से मेघवर्ण के मस्तक पर भीषण वार किया। मेघवर्ण का शिरस्त्राण टूटा, मस्तक से रक्त बहने लगा, और वो भूमि पर गिर गया। दुर्भीक्ष का पराक्रम देख असुर सेना गर्जना करती हुयी पुरूसेना पर टूट

पड़ी।

मेघवर्ण अभी उठा ही था कि दुर्भीक्ष ने उसे लात मारकर फिर से भूमि पर गिराया, साथ ही ढाल से उसके मुख पर प्रहार भी किया। मेघवर्ण ने स्वयं को संभाला और अपनी ढाल घुमाकर दुर्भीक्ष के पैरों पर दे मारी। क्षणभर के लिए दुर्भीक्ष को असंतुलित हुआ देख मेघवर्ण ने छलाँग लगाकर दुर्भीक्ष के कंधे पर प्रहार करना चाहा। दुर्भीक्ष ने ढाल से उसके प्रहार को रोकने का प्रयास किया, किन्तु मेघवर्ण की तलवार की गति और बल इतना तीव्र था कि उसकी ढाल के दो टुकड़े भी हो गये, साथ ही उसकी भुजा पर भी घाव हो गया। आत्मविश्वास में भरकर उसने अपने दोनों हाथों में तलवार को थामकर दुर्भीक्ष के कंठ की ओर प्रहार किया। दुर्भीक्ष ने एक हाथ में थमी तलवार का प्रयोग कर उसका प्रहार रोका, और उसके उदर पर मुष्टि का ऐसा भीषण वार किया कि मेघवर्ण के कवच में दरार भी पड़ गयी और मुख से रक्त भी फूट पड़ा। उसने क्षणभर के लिये विचलित हुए मेघवर्ण के पंजों पर प्रहार कर उसकी तलवार छुड़ाई, और उसे लात मारकर भूमि पर गिरा दिया। उसे भूमि पर गिरा देख दुर्भीक्ष ने तलवार से उसकी छाती पर वार किया, मेघवर्ण ने हाथों में उसकी तलवार दबाई और पैर से उसके हाथ पर प्रहार उसे निशस्त्र कर दिया।

कुपित हुए दुर्भीक्ष ने मेघवर्ण का पाँव पकड़ा और उसे घसीटते हुए उठाकर एक टूटे पड़े रथ की ओर फेंक दिया। मेघवर्ण के शरीर से टकराते ही उस रथ के टुकड़े टुकड़े हो गये। दुर्भीक्ष दौड़ता हुआ आया और कूदकर उसकी छाती पर मुष्टिका का वार करना चाहा, मेघवर्ण तत्काल ही उठकर किनारे हटा और उसकी कमर को पकड़कर उसे भूमि पर पटक दिया, और तत्काल ही उसकी छाती पर चढ़ आया। दुर्भीक्ष की छाती पर चढ़कर मेघवर्ण ने उसकी छाती और मुख पर कई मुष्टि प्रहार किए, जिससे उसका मुख रक्तरंजित हो उठा। दुर्भीक्ष ने संभलते हुए उसकी दोनों भुजाओं को पकड़ उसे अपनी छाती से दूर हटाया और उसकी कमर पकड़कर उसे साथ लेकर भूमि पर गुलाटी खाते हुए रगड़ने लगा। कई गुलाटियाँ मारने के उपरांत उसने मेघवर्ण को उठाकर उसका मस्तक रथ पर दे मारा। मस्तक फटने के कारण बहता हुआ रक्त मेघवर्ण के मुख पर फैलने लगा। उसे विचलित हुआ देख दुर्भीक्ष उस पर प्रहार करने आगे बढ़ा, मेघवर्ण ने पलटकर तीव्रगति से घूमते हुए दुर्भीक्ष के कंठ पर मुष्टि का भीषण प्रहार किया। उस चोट से पीड़ित होकर मुख से रक्त उगलता हुआ दुर्भीक्ष भूमि पर गिर पड़ा। दुर्भीक्ष अभी भूमि से उठा ही था कि मेघवर्ण ने अपनी मुट्ठियाँ बाँध उसके मस्तक पर भी मुष्टि का भीषण वार किया। भूमि पर गिरा दुर्भीक्ष दो क्षणों के लिये अचेत सा हो गया। मेघवर्ण ने उसके ऊपर चढ़ने का प्रयास किया किंतु दुर्भीक्ष ने उसके उदर पर लात मारकर उसे पीछे हटाया और उछलकर एक बार फिर उसके मस्तक पर मुष्टि का प्रहार किया। इस बार विचलित होने की बारी मेघवर्ण की थी, वो कुछ क्षण भूमि पर ही बैठा रहा। दुर्भीक्ष ने सूर्य की ओर देखा, सूर्यास्त से पूर्व

का अंतिम प्रहर आरम्भ हो चुका था। यह देख उसने मेघवर्ण की उपेक्षा करते हुए कहा, "मल्लयुद्ध में तुम मेरे जोड़ के कभी नहीं हो सकते, मेघवर्ण। उचित होगा अपने रथ पर लौटो और पूर्ण सुरक्षा के साथ शस्त्र धारण करो। कल तुमने मेरे धनुष को काटकर मुझे पराजित किया था, आज मैं तुम्हारी उसी धनुर्विद्या को नष्ट कर तुम्हारा वध करूँगा।" पलटकर दुर्भीक्ष ने गर्जना की, "भद्राक्ष।"

दुर्भीक्ष की एक पुकार पर भद्राक्ष ने रथ के अश्वों को हाँकना आरम्भ किया और शीघ्र रथ को दुर्भीक्ष के समक्ष ले आया। मेघवर्ण ने स्वयं को संभाला और दुर्भीक्ष को रथ पर चढ़ते देख उसपर कटाक्ष किया, "भूमि पर युद्ध से थक गये असुरेश्वर, जो अब अपने रथ का आश्रय ले रहे हो ? कहीं ऐसा तो नहीं कि कल मुझसे पराजय पाकर तुम बस धनुर्विद्या में अपनी श्रेष्ठता सिद्ध करना चाहते हो ?"

"यदि तुम ऐसा मानते हो तो ऐसा ही सही। किंतु सत्य कहूँ तो मुझे अपनी श्रेष्ठता सिद्ध करने की आवश्यकता नहीं है। आर्यावर्त के योद्धाओं में छाया मेरा भय ही मेरे सामर्थ्य का प्रमाण है।"

मेघवर्ण का रथ भी शीघ्र ही निकट आ गया। उस पर चढ़कर मेघवर्ण ने अपना धनुष संभाला और दुर्भीक्ष को ललकारते हुए कहा, "तुम्हारा वही भय समाप्त करना मेरे जीवन का लक्ष्य है असुरेश्वर, सावधान।"

मेघवर्ण और दुर्भीक्ष ने भयानक गर्जना करते हुए एक दूसरे पर बाण वर्षा आरम्भ की।

भरत और वक्रदंत में भी भीषण युद्ध हो रहा था। भरत ने अपनी मुष्टि, लात और कोहनी से प्रहार कर कई बार वक्रदंत को विचलित किया। वही वक्रदंत के मन में भी भरत के प्रति बहुत रोष था, आखिर इसी दिन की प्रतीक्षा में उसने वर्षों तक तप किया था। उसने भी भरत को कई बार सूँड में लपेटकर उसे कई कोस दूर भूमि पर घसीटा। फलस्वरूप भरत के कंधे और भुजाओं से रक्त बहे जा रहा था। वो उसकी सूँड से बचते हुए उछल उछलकर उस पर प्रहार कर रहा था, और साथ ही साथ उसके एकमात्र बचे दंत को पकड़ने की ताक में भी था। सहसा ही उसने अवसर पाकर वक्रदंत की सूँड पकड़कर उसे भूमि पर बैठा दिया, और उसके उठने से पूर्व ही उसके सूँड पर पाँव रख उसके एकमात्र बचे दंत को पकड़ा और अपनी दोनों भुजाओं के सम्पूर्ण बल का प्रयोग कर उसे उखाड़ लिया।

वक्रदंत पीड़ा से चीख पड़ा। भरत ने बिना एक भी क्षण विलंब किए उस विशालकाय दंत को लेकर आकाश में उछला और वक्रदंत के उस लंबे नुकीले दाँत से उसी का उदर फाड़ डाला। तत्पश्चात उसने पीड़ा से उदविघ्न हुए वक्रदंत के मस्तक पर कूदकर उस पर तब तक मुष्टिका वार किया, जब तक उसके चिंघाड़ने का स्वर शांत न हो गया।

वक्रदंत के प्राणहीन होते ही भरत के साथ साथ समस्त पौरवसेना ने भयानक गर्जना की। उनकी गर्जना सुनकर विदर्भ की सेना का मनोबल यकायक टूटने लगा। पौरववीर उनपर भारी पड़ने लगे। वक्रदंत के मस्तक पर चढ़े भरत ने अपनी छाती पीटकर भयानक गर्जना की। तभी एक सैनिक ने वहाँ आकर उसे सूचना दी, "महारथी भगदत्त वीरगति को प्राप्त हुए महाराज।"

सैनिक की वो सूचना सुन भरत के मुख पर छायी सारी प्रसन्नता लुप्त हो गयी। वो कूदकर उस सैनिक के पास आया, और झटकते हुए उससे प्रश्न किया, "ये क्या अनर्गल प्रलाप कर रहे हो सैनिक? भगदत्त महापराक्रमी है, इस प्रकार उसकी मृत्यु कैसे हो सकती है ?"

सैनिक ने हकलाते हुए भयभीत स्वर में कहा, "असुरेश्वर दुर्भीक्ष को विध्वंस से रोकने के लिए महारथी चंद्रकेतु, महारथी दिग्विजय और महामना भगदत्त ने दुर्भीक्ष से पहले बारी बारी से फिर एकसाथ युद्ध किया। उन तीनों को असुरेश्वर दुर्भीक्ष ने बुरी तरह घायल किया। सेनापति मेघवर्ण के बीच में आ जाने से हमें उन तीनों को शिविर में ले जाने का अवसर प्राप्त हो गया। महारथी चंद्रकेतु और दिग्विजय गंभीर रूप से घायल हैं, किंतु उनके प्राण बच जायेंगे। परंतु..।"

"परंतु...परंतु क्या सैनिक?" भरत अधीर होने लगा।

उत्तरस्वरूप सैनिक ने घबराते हुए कहा, "महारथी भगदत्त में प्राणों के कोई लक्षण दिखाई न दिये, महाराज। वैद्यों ने उन्हें मृत मान लिया है।"

भरत का मस्तक क्रोध से जलने लगा। उसने अपने सारथी को रथ लाने का आदेश दिया। रथ पर चढ़कर भरत ने विजयधनुष को अपने हाथ में उठाया, जिससे उसके शरीर पर लगे समस्त घाव स्वतः ही भर गये। तत्पश्चात उसने अपने सारथी को आदेश दिया, "आज हमें असुरों के अस्तित्व का नाश करना है। रथ की धुरा को कसकर पकड़ना, कहीं मेरे शस्त्रों की ध्वनि के भय से धुरा तुम्हारे हाथ से छूट ना जाये।"

भरत के विजयधनुष की टंकार से समस्त रणक्षेत्र काँप उठा। उसकी टँकार सुन असुर सेना में भगदड़ सी मच गयी। दुर्भीक्ष से युद्ध कर रहे मेघवर्ण ने उसकी उपेक्षा करते हुए कहा, "महाराज भरत के धनुष की इस टँकार को ध्यान से सुनो, असुरेश्वर। इस टँकार का सीधा सा अर्थ है कि वक्रदंत का वध हो चुका है, और अब बारी तुम्हारी सेना के ध्वंस की है।"

दुर्भीक्ष ने गरजते हुए अपनी सेना को आदेश दिया, "शिविर की ओर पलायन करो। मैं अकेला ही युद्ध करूंगा। सब जाओ यहाँ से।" कहते हुए उसने मेघवर्ण पर बाण बरसाने आरम्भ किया।

दुर्भीक्ष और मेघवर्ण के शरीरों से पहले ही रक्त बहे जा रहा था। फिर भी दोनों पूर्ण सामर्थ्य से एक दूसरे के शरीरों को बाणों से ढके जा रहे थे। दुर्भीक्ष ने दस विपाठ और तीन वाराहकर्ण से मेघवर्ण को अच्छी तरह घायल किया। वहीं मेघवर्ण ने दस क्षुरप्र चलाकर दुर्भीक्ष का कंधे, जांघ और भुजाओं को रक्तरंजित कर दिया था। दोनों के अन्य अनगिनत बाणों से एक दूसरे को बींधे जा रहे थे। मेघवर्ण ने दुर्भीक्ष के धनुष की प्रत्यंचा चार बार काटी, साथ ही उसके तीन धनुष तोड़ उसे विचलित भी किया। वहीं दुर्भीक्ष ने पाँच बार मेघवर्ण का धनुष तोड़ उसे निशस्त्र किया था। किंतु दोनों के दोनों महारथी प्रत्यंचा और धनुष बदलने में क्षणभर का भी समय ना लगाते थे।

साधारण बाणों से परिणाम प्राप्त होता न देख दोनों महारथियों ने दिव्यास्त्रों के प्रयोग की ठान ली। दोनों के महाभयानक दिव्यास्त्रों के टकराव ने सेनाओं में कोलाहल मचा दिया। दोनों पक्ष की सेनायें रण छोड़कर उन दोनों महरथियों से दूर भागने लगीं। व्यवयास्त्र, अग्नेयास्त्र, वरुणास्त्र, पर्वतास्त्र जैसे कई महाभयानक दिव्यास्त्रों के प्रभाव से आकाश के बादल भी गर्जन करने लगे थे।

सहसा ही दुर्भीक्ष ने असुरों के चीखने चिल्लाने का स्वर सुना। उसने अपनी बायीं ओर मुड़कर देखा, जहाँ सहस्त्रों असुर अपने प्राण बचाकर भाग रहे थे। भरत अपने भयानक बाणों से उन्हें दौड़ाता हुआ उनके मस्तक और शरीर हताहत किये जा रहा था, साथ ही साथ द्रविड़सेना के शूल रथों को भी नष्ट किए जा रहा था। कुपित हुए दुर्भीक्ष के बाणों की गति और तीव्र हो गयी, उसने मेघवर्ण का धनुष काटा और गर्जना करते हुए उसे चेतावनी दी, ‘‘तुम्हारे नायक भरत ने रण छोड़कर भागते हुए असुरों पर प्रहार कर अधर्म किया है मेघवर्ण। इसलिए अब मैं भी उनके रक्षण के लिए अधर्म करने को विवश हूँ।’’

अपना धनुष संभाले मेघवर्ण ने उस पर दोबारा आक्रमण किया, किंतु इस बार दुर्भीक्ष ने भयानक वज्रशक्ति चलाकर मेघवर्ण और उसके रथ को कई गज पीछे हटा दिया। मेघवर्ण भी क्षणभर के लिये विचलित होकर अपने रथ पर गिर पड़ा। दुर्भीक्ष ने तत्काल ही अपने नेत्र बंद किये और मंत्रों का उच्चारण आरम्भ किया। आकाश में हुयी भयानक गर्जना से समस्त रणबांकुरों के कान खड़े हो गये। भरत ने भी अपना धनुष नीचे किया और मेघवर्ण को सावधान करते हुए चीखा, ‘‘ब्रह्मशीर अस्त्र, प्रतिकार कीजिये सेनापति।’’

मेघवर्ण दुर्भीक्ष की आशा से पूर्व ही संभल चुका था, किंतु उस क्षण ना जाने क्यों उसने दुर्भीक्ष पर बाण चलाकर उसका ध्यान भंग करने का प्रयास नहीं किया। अपने प्रकाशपुंज के तेज से समस्त रणक्षेत्र को प्रकाशित करता हुआ ब्रह्मशीर अस्त्र प्रकट हुआ। मेघवर्ण के मुख पर रहस्यमयी मुस्कान थी, न जाने क्यों उसने अपना उठाया हुआ धनुष नीचे कर लिया मानों अपनी आने वाली मृत्यु को स्वेच्छा से स्वीकार कर रहा

हो। दुर्भीक्ष ने ब्रह्मशीर अस्त्र को अपने धनुष पर धारण किया और मेघवर्ण की छाती की ओर लक्ष्य कर छोड़ दिया।

वो महाप्रलयंकारी दैवीय अस्त्र मेघवर्ण के रथ, अश्वों के साथ सारथी को भस्म करता हुआ उसकी छाती के मार्ग से उसके शरीर के अंदर समा गया। मेघवर्ण की छाती से रक्त की धारा फूट पड़ी, उसकी समस्त नसें उभरकर दिखने लगीं और नेत्रों के साथ नाक से भी रक्त का बहाव होने वाला। मेघवर्ण के भूमि पर गिरने के साथ ही सूर्यास्त का शंख बजा दिया गया।

दुर्भीक्ष के हाथ में थमा धनुष अभी भी काँप रहा था। मेघवर्ण के धनुष नीचे करने के साथ साथ उसकी अंतिम मुस्कुराहट का वो दृश्य उसके नेत्रों के समक्ष तैरने लगा। जाने क्यों उसके नेत्रों में भी नमी सी आ गयी थी। उसे भी अपनी भूल का भान होने लगा कि किस प्रकार उसने अपने सामर्थ्य को तुच्छ सिद्ध करते हुए ब्रह्मशीर अस्त्र का प्रयोग कर डाला, "मेघवर्ण के पास समय और अवसर दोनों था। वो बाण चलाकर मेरा ध्यान भंग करके मुझे ब्रह्मशीर के आवाहन से रोक सकता था। फिर भी उसने ऐसा किया क्यों नहीं?" मन में इस अनसुलझे इस रहस्य को लेकर ग्लानि से भरे स्वर में दुर्भीक्ष ने भद्राक्ष को आदेश दिया, "शिविर की ओर चलो भद्राक्ष।"

अपने प्रधान सेनापति को भूमि पर गिरा देख भरत अपने रथ से कूदकर उसकी ओर दौड़ पड़ा। उसके निकट आते ही मेघवर्ण ने उससे विनती की, "मुझे शीघ्र से शीघ्र शिविर में ले चलिये, महाराज। मुझे गुरुदेव से बहुत आवश्यक चर्चा करनी है।"

भरत ने तत्काल ही अर्धमूर्छित मेघवर्ण को उठाकर अपने रथ पर बिठाया और उसे साथ लेकर शिविर की ओर चल पड़ा।

दिग्विजय और चंद्रकेतु अपने घावों का उपचार कराके शिविर से बाहर आ गये थे। महाबली अखण्ड ने उन दोनों को बाहर रखे पत्थरों पर बिठाया। तभी दूर से ही उन्हें भरत का ध्वज दिखाई दिया। दिग्विजय को आश्चर्य हुआ, "महाराज भरत यहाँ इस शिविर की ओर क्यों आ रहे हैं?"

शीघ्र ही भरत का रथ शिविर के पास रुका। उसने तत्काल ही मेघवर्ण को उठाया और रथ से नीचे उतरा। मेघवर्ण के शरीर की दशा देख अखण्ड सहित दिग्विजय और चंद्रकेतु के आश्चर्य का ठिकाना ना रहा। मेघवर्ण की दशा के विषय में सुन वक्रबाहु के साथ मथुरा नरेश शल्लभ और काशीराज भद्रसोम भी शीघ्र ही वहाँ आ पहुँचे। महाबली अखण्ड दौड़कर भरत के निकट गये, "ये....ये सब कैसे हुआ महाराज?"

"अपने बाहुबल से विजय प्राप्त ना होती देख दुर्भीक्ष ने ब्रह्मशीर अस्त्र का प्रयोग कर दिया। अंत समय में ये आपसे कुछ कहना चाहते थे, इसीलिए मैं यहाँ इन्हें ले आया हूँ, महाबली।"

मेघवर्ण ने एक वृक्ष की ओर संकेत कर कहा, "म...मुझे उस वृक्ष के पास बिठाइये महाराज, शीघ्र करिये।"

उसके कहे अनुसार भरत ने तत्काल ही उसे उस वृक्ष के सहारे बैठा दिया। चंद्रकेतु और दिग्विजय उसके निकट आकर घुटनों के बल बैठ गये। दोनों के नेत्रों से बहते अश्रु और मुख पर तड़प स्पष्ट झलक रही थी। तभी एक सैनिक ने भरत को आकर सूचना दी, "महारथी भगदत्त की चेतना लौट आई है, महाराज। किंतु वैद्यों के अनुसार उनके पास अधिक समय नहीं है।"

भरत के मुख पर चिंता का भाव देख महाबली अखण्ड ने उसे आश्वासत करते हुए कहा, "आप निश्चिंत होकर जाईये, महाराज। मेघवर्ण की अंतिम इच्छा मुझसे वार्ता करने की है, आप अपने मित्र को अपने अंतिम दर्शन देकर उसकी इच्छा पूर्ण कीजिये।"

भरत ने सहमति का संकेत किया और भगदत्त के शिविर की ओर प्रस्थान कर गया।

दिग्विजय ने मेघवर्ण का हाथ अपने हाथ में लेकर उससे प्रश्न किया, "क्यों ज्येष्ठ ? क्यों प्रतिकार नहीं किया आपने दुर्भीक्ष के ब्रह्मशीर अस्त्र का ?"

"धर्म की...विजय सुनिश्चित करने का कोई और मार्ग नहीं था मेरे पास।" मेघवर्ण ने हकलाते हुए कहा।

उसका ये कथन सुन चंद्रकेतु स्तब्ध रह गया, "ये...ये क्या अनर्गल बातें कह रहे हो तुम?"

मेघवर्ण ने मुस्कुराते हुए अखण्ड की ओर देखा, "अब आप मेरे वचन से मुक्त हैं, गुरुदेव। विजय प्राप्त करने हेतु हमें अपने अंतिम अस्त्र का प्रयोग करना ही होगा।"

चंद्रकेतु ने आश्चर्यभाव से अखण्ड की ओर देखा, "ये मेघवर्ण क्या कह रहा है, गुरुदेव ?"

अखण्ड का मौन देख अघोरी अवधूत ने वहाँ आकर उनके कंधे पर हाथ रखा, "समय आ गया है, महाबली। आपको वक्रबाहु से उसके प्राणों का दान माँगना ही होगा। इस युद्ध के विनाश को रोकने का और कोई उपाय नहीं है।"

अवधूत का कथन सुन वक्रबाहु स्तब्ध रह गया। उसने अखण्ड के निकट आकर उससे प्रश्न किया, "ऐसा कौन सा उपाय है मित्र? मेरे प्राणदान करने से हमें विजय कैसे प्राप्त हो सकती है?"

अखण्ड ने श्वास भरते हुए कहना आरम्भ किया, "जब हस्तिनापुर में शत्रुघन की हत्या हुयी, तब उसका शव कक्ष से बाहर लाते हुए मेघवर्ण को संदेह हो गया कि उसकी

हत्या के पीछे केवल कीर्तिध्वज का हाथ नहीं हो सकता। जब दुर्भीक्ष और शत्रुंजय शत्रुघन और सुदेष्णा की अस्थियाँ बहाने से पूर्व नदी में पूजन कर रहे थे, तब उन दोनों के लौटने और अस्थि कलश को उठाने से पूर्व ही हमने शत्रुघन की अस्थियाँ राख़ से भरे एक कलश से बदल दी। ताकि समय आने पर यदि कभी युद्ध की स्थिति उत्पन्न हो और दुर्भीक्ष अनियंत्रित हो जाये, तब शत्रुघन को पुनर्जीवित करके दुर्भीक्ष को रोका जा सके। भविष्य की ऐसी ही किसी दुर्घटना का अनुमान लगाकर हमने शत्रुघन की अस्थियाँ अपने पास रख लीं थीं।''

''अर्थात मेरे प्राणों की आहुती देने से शत्रुघन को जीवित करके इस युद्ध की विभीषिका को टाला जा सकता था?'' वक्रबाहु ने खीजते हुए अखण्ड से प्रश्न किया, ''ये सब तुमने मुझे पहले क्यों नहीं बताया, मित्र? लाखों लाख योद्धाओं को बलिदान क्यों होने दिया तुमने?''

अखण्ड ने रुष्ट स्वर में कहा, ''तुम्हीं बताओ कैसे जताता मैं तुम्हारे प्राणों पर अधिकार ? एक सदी पूर्व तुम मेरे कारण दुर्भीक्ष के दासत्व में बंधे, मेरे कारण ही तुम महाऋषि ओमेश्वर के श्राप के भागी बने और न जाने कितने वर्षों तक पत्थर की मूरत बनकर रहे। और अब मैं तुम्हारा जीवन कैसे माँग लूँ? मुझसे नहीं होगा ये। और तो और मेघवर्ण ने मुझसे और बाबा अवधूत से वचन ले लिया था, कि जब तक वो रणभूमि में खड़ा रहेगा हम इस योजना का भेद किसी के समक्ष प्रकट नहीं करेंगे।''

वक्रबाहु ने क्रोध में भरकर अपनी मुट्ठियाँ भींची, ''तुम जैसे मूर्खों और तुम्हारे इन वचनों का क्या करूँ मैं? इस महाभयानक विध्वंस को रोकने का उपाय होते हुए भी तुम लोगों ने सारे भेद अपने मन में दबाये रखे।'' अपने क्रोध को नियंत्रित करते हुए वक्रबाहु ने दृढ़तापूर्वक कहा, ''अब, अब तो मेघवर्ण रण में नहीं आयेगा न। लाओ, शत्रुघन की अस्थियाँ मुझे दो।''

महाबली अखण्ड मेघवर्ण की ओर मुड़े, ''क्या तुम्हें विश्वास है कि हम उचित कर रहे हैं?''

''संदेह का कोई प्रश्न ही नहीं है, गुरुदेव। ये बात तो हमें ज्ञात ही है कि शत्रुंजय के शरीर में सुबाहु की आत्मा का वास है। और मुझे पूर्ण विश्वास है कि जब वो हस्तिनापुर में था, उससे पूर्व ही उसके शरीर पर सुबाहु की आत्मा का अधिकार हो गया था। अन्यथा वायुतत्व की शक्ति का धारक शत्रुंजय इतनी सरलता से महाराज भरत के ही मुष्टि प्रहार से विचलित न हुआ होता।'' अपनी छाती पर हाथ रख रक्त का बहाव रोकते हुए मेघवर्ण ने कहा, ''इसी प्रकार सुबाहु की आत्मा की दुर्बलता ने महाराज जयवर्धन को दुर्बल किया था, और इस बार शत्रुंजय को। शत्रुघन के कक्ष से कीर्तिध्वज और शत्रुंजय साथ बाहर निकले थे, और कीर्तिध्वज के कुछ कहने से पूर्व ही शत्रुंजय ने उसकी हत्या कर दी। शत्रुघन की पीठ सहित छाती पर भी घाव थे। अर्थात उस पर

शय्या से उठने के उपरांत भी प्रहार हुआ था, ये अकेले कीर्तिध्वज के वश की बात नहीं थी। इसलिए मुझे विश्वास है कि शत्रुघन को शत्रुंजय के सत्य का ज्ञान अवश्य होगा, और अब बस वही दुर्भीक्ष को शस्त्र रखने पर विवश कर सकता है।''

इससे पूर्व महाबली अखण्ड कुछ कहते वक्रबाहु ने दृढ़तापूर्वक कहा, ''तो फिर तय रहा। हम शत्रुघन को पुनर्जीवित करेंगे। मैं अवधूत महोदय से कहना चाहूँगा कि वो अनुष्ठान आरम्भ करें।''

''अवश्य वक्रबाहु, मेरे साथ आओ।'' अपना दंड उठाये अवधूत वक्रबाहु को अपने साथ लेकर एक विशेष की ओर चल दिये।

तत्पश्चात दिग्विजय के मस्तक पर हाथ फेरते हुए मेघवर्ण ने कहा, ''आरम्भ से ही तुम्हें अपना शत्रु माना था मैंने। किन्तु यकायक तुम्हारा मुझसे रक्त सबंध होने के तथ्य को स्वीकार करना थोड़ा कठिन था मेरे लिये। इसीलिये कदाचित हमारा मिलन होने के उपरांत भी कहीं न कहीं हममें दूरियाँ बनी रहीं। अपनी इस रुष्टता के लिए मुझे क्षमा करना अनुज।''

दिग्विजय ने उसका हाथ पकड़ नेत्रों से अश्रु बहाते हुए कहा, ''मैंने तो आपके प्रति कभी दुर्भावना रखी ही नहीं। मुझे तो आरम्भ से ही ज्ञात था कि आप मेरे ज्येष्ठ हैं। और आपके मन में मेरे प्रति जो रोष था, वो होना तर्कसंगत था। मैं आपसे कभी रुष्ट ही नहीं हुआ तो क्षमा करने का कोई अभिप्राय ही नहीं है।''

मेघवर्ण ने दिग्विजय के नेत्रों में देख प्रश्न किया, ''तो क्या ज्येष्ठ के रूप में मेरा एक आदेश मानोगे ?''

''अवश्य ज्येष्ठ, आप बस कहकर देखिये।'' दिग्विजय ने दृढ़तापूर्वक कहा।

''कल इस युद्ध का परिणाम आ जायेगा। हमारा धर्म सत्य है इसलिए हमारी विजय भी सुनिश्चित है। इसलिये मैं चाहता हूँ कि मेरी मृत्यु के उपरांत अनुज होने के नाते तुम बचे हुए डकैत दल को एक बार फिर संगठित करो और उस दायित्व का निर्वहन करो जिसका निर्वहन मैं जीवन पर्यंत करता आया हूँ।''

दिग्विजय ने मेघवर्ण को आश्वासत करते हुए कहा, ''आप यदि ना भी कहते तो भी मैं यही करने वाला था ज्येष्ठ। मैं वचन देता हूँ मैं और मेरी आने वाली पीढ़ियाँ डकैत दल का नेतृत्व करते हुए समग्र आर्यावर्त के आततायी क्षत्रियों को नियंत्रण में रखेंगी।''

दिग्विजय के वचन से आश्वस्त होकर उसके मस्तक फेरते हुए चंद्रकेतु की ओर मुड़ा। चंद्रकेतु को देख ऐसा प्रतीत हो रहा था मानों उसके नेत्रों के अश्रु सूख गये हों। मेघवर्ण उसका हाथ पकड़ सांतवना देते हुए कहा, ''अपना साहस और सामर्थ्य संभालो मित्र। इस युद्ध के उपरांत तुम्हारा दायित्व कई गुना बढ़ने वाला है।''

चंद्रकेतु ने मेघवर्ण को क्रोध भरी दृष्टि से देखा, ''मुझे अपना दायित्व भलीभाँति स्मरण है, तुम्हारे जैसे छलिये की सलाह की आवश्यकता नहीं है मुझे। तुमने अपने प्राणों को प्रसाद की भांति दुर्भीक्ष की झोली में डाल दिया। मुझसे पहले मृत्युशय्या पर पाँव रखकर तुमने मित्रता के नाम पर छल किया है, इसलिए मैं तुम्हें कभी क्षमा नहीं करूँगा।''

मेघवर्ण ने मुस्कुराते हुए चंद्रकेतु के गाल पर हाथ फेरा, ''इतनी शीघ्रता से मेरे प्राण नहीं छूटेंगे, चंद्रकेतु। जब तक मुझे विजय का संकेत नहीं मिलता मैं अपनी इच्छाशक्ति द्वारा अपने प्राणों को संभालकर रखूँगा। और यूं इसी प्रकार इस वृक्ष के सहारे बैठ रहूँगा। इसलिए जाओ और युद्ध की तैयारी करो, और विजय का समाचार लाकर मुझे मेरी पीड़ा से मुक्त करो।

मेघवर्ण का कथन सुन दिग्विजय और चंद्रकेतु के शरीर में रक्त सहसा ही खौल उठा। चंद्रकेतु ने उसे आश्वासन दिया, ''ऐसा ही होगा, मित्र। तुम यहीं हमारी प्रतीक्षा करना।''

चंद्रकेतु ने दिग्विजय को संकेत किया। दोनों युद्ध की तैयारी को प्रस्थान कर गये।

तत्पश्चात मेघवर्ण ने अखण्ड की ओर देखते हुए उन्हें प्रणाम किया, ''आपका जीवन वास्तव में आदर्शवाद का प्रतीक है, गुरुदेव। हे रक्षराज दुशल, आपके जीवन का संघर्ष सदा इतिहास में अमर रहेगा। और निसंदेह इस युद्ध के उपरांत आपको अपने पूर्वज असुरराज बलि के समान संसार में देवों के समान पूजनीय माना जायेगा। आपको गुरु के रूप में पाकर मेरा ये जीवन धन्य हो गया। इस धरा पर मैं चाहें ओमेश्वर के रूप में आऊँ या मेघवर्ण के, आप जैसे महापुरुष सदा मेरे लिए पूजनीय ही रहेंगे।''

महाबली अखण्ड उसके निकट आकर बैठ गये, और उसके रक्तरंजित मस्तक पर हाथ फेरते हुए कहा, ''तुम्हारा जीवन उद्देश्य पूर्ण होने को है, मेघवर्ण। आशा है तुम्हारी स्वर्ग की यात्रा सुखद होगी।''

मेघवर्ण मुस्कुराया, ''स्वर्गारोहण को मैं अकेले नहीं जाऊँगा, गुरुदेव। अपने उस अंश को भी साथ ले जाऊँगा जिसे लेने मैं लौटकर आया था।''

उसकी मुस्कुराहट का रहस्य अखण्ड की समझ में नहीं आया।

भगदत्त के समस्त घावों का यथासम्भव उपचार करने का प्रयास किया जा चुका था। किंतु अथक प्रयासों के उपरांत वैद्यों ने पराजय स्वीकार कर ली थी। उग्रश्रवा और भरत उसकी शय्या के निकट बैठे उसके दोनों हाथ थामे हुए थे। भगदत्त के शरीर से रक्त की लगभग अंतिम बूँद तक बह चुकी थी। मृत्यु को अपने निकट देख उसके मुख पर एक भिन्न सी मुस्कान थी, जो उसके संतोष को प्रदर्शित कर रही थी। अंत समय में

उसने भरत की ओर देख गर्वित स्वर में कहा, "क्या हम आज दुर्भीक्ष से अपनी सेना का रक्षण करने में सफल रहे, महाराज?"

भरत मे उसका साहस बढ़ाते हुए कहा, "निसंदेह मित्र। यदि आज तुम तीनों महारथियों ने अपने प्राण दाँव पर लगाकर दुर्भीक्ष जैसे प्रचण्ड योद्धा से युद्ध ना किया होता तो हमारी समग्र सेना का ध्वंस हो जाता, और आज ही हमारी पराजय सुनिश्चित हो जाती।"

भगदत्त ने उग्रश्रवा के मस्तक पर हाथ फेरते हुए कहा, "मैंने अपने पूर्वज महामना गजेंद्र को लज्जित नहीं होने दिया, पुत्र। सौ गणान्ग वीर अभी भी जीवित हैं। तुम उनके सामर्थ्य का आधार बनना पुत्र, और हमारे वंश की कीर्ति को कभी कलंकित न होने देना।"

अश्रु बहाते हुए उग्रश्रवा ने भगदत्त को आश्वस्त करते हुए कहा, "मैं आपको निराश नहीं करूँगा, तातश्री। मुझ पर विश्वास रखिये।"

भगदत्त ने संतोष भरे नेत्रों से भरत को प्रणाम किया, "मेरा जीवन कार्य सम्पन्न हुआ, महाराज। अब आज्ञा दीजिये।" कहते हुए महावीर भगदत्त ने अपने नेत्र सदा के लिए बंद कर लिये।

भगदत्त के नेत्रों पर हाथ फेरकर उन्हें बंद करते हुए भरत का मस्तक क्रोध से जलने लगा। नेत्रों में उतरे हुए रक्त को देख ऐसा प्रतीत हो रहा था जैसे मानों कोई ज्वालामुखी फटने वाला हो। भरत ने भगदत्त के मस्तक पर हाथ रख प्रतिज्ञा ली, "बहुत प्रलय मचा ली उस दुर्भीक्ष ने, पर्याप्त हानि पहुँचाई है उसने समग्र मानव समाज को। पहले मेरे पिता की छल से हत्या और अब तुम। इसलिये आज मैं तुम्हारे समक्ष ये प्रण लेता हूँ महावीर भगदत्त, चाहें कल के युद्ध में समग्र सृष्टि में प्रलय ही क्यों ना आ जाये किंतु मेरे और दुर्भीक्ष के द्वंद्व का निर्णय होकर रहेगा। यदि कल सूर्यास्त से पूर्व मैं दुर्भीक्ष को मृत्युशय्या पर ना लिटा पाया तो स्वयं को अग्नि में समर्पित कर दूँगा।"

एकादशम् अध्याय

अंतिम निर्णय

यज्ञस्थल पर खड़े वक्रबाहु और अवधूत यज्ञ आरम्भ करने को थे। महाबली अखण्ड को वहाँ आया देख वक्रबाहु उनके निकट आया। उन्हें विचलित हुआ देख वक्रबाहु ने अपने मित्र को समझाने का प्रयास किया, ''इस प्रकार अपने मन को व्यथित कर मेरी अंतिम यात्रा को कठिन न बनाओ, मित्र। मेरा समय तो बहुत पहले पूर्ण हो जाना चाहिये था। किन्तु ईश्वर ने मुझे इस महान कार्य के लिए चुनकर मेरी मृत्यु की महत्ता कहीं अधिक बढ़ा दी, और मेरी मुक्ति को और भी सुखमय बना दिया है। इसलिये शोक न करो। क्योंकि कदाचित शीघ्र ही तुम भी अपने दायित्वों से मुक्त होकर स्वर्ग की ओर प्रस्थान करोगे। ''

महाबली अखण्ड मुस्कुराये, ''तुमने उचित कहा मित्र। अपना जीवन कार्य सम्पूर्ण होने के उपरांत व्यर्थ में मृत्युलोक पर भटकने से सृष्टि के संतुलन में बाधा आती है। किंतु जहाँ तक मेरी मुक्ति का विषय है, तो जब तक मैं भैरवनाथ को उसके अपराधों का दण्ड नहीं दे देता मैं इस धरा को नहीं त्यागूंगा।''

''किंतु भैरवनाथ तो अमर है, उसे कैसे दण्ड दोगे तुम ?'' वक्रबाहु ने आश्चर्य भाव से प्रश्न किया।

''उसकी चिंता मत करो, मित्र। महाऋषि शंकराचार्य शीघ्र ही यहाँ पहुँचने वाले हैं, और वो भैरवनाथ को दंडित करने का उपाय भी साथ ला रहे हैं। इसलिये तुम

निश्चिंत होकर अपनी यात्रा की ओर प्रस्थान करो। मैं अपना उद्देश्य पूर्ण करके ही लौटूँगा।''

''जैसी तुम्हारी इच्छा मित्र।'' कहकर वक्रबाहु ने अखण्ड को हृदय से लगा लिया, ''यदि ईश्वर की इच्छा हुई तो उस लोक में भी हमारी भेंट अवश्य होगी।''

नेत्रों में नमी लेकर वक्रबाहु अवधूत के साथ यज्ञवेदी के निकट बैठ गया। अघोरी अवधूत ने यज्ञ की अग्नि प्रज्वल्लित की और शत्रुघन की अस्थियों को लेकर पूजन आरम्भ किया। महाबली अखण्ड अर्थात रक्षराज दुशल कुछ दूरी पर बैठे उस यज्ञ को देख रहे थे। अपने परममित्र के इस प्रकार मृत्यु के मुख की ओर जाते हुए उनका हृदय छलनी हो रहा था। किन्तु वो कर भी क्या सकते थे? यज्ञविधि पूर्ण होने के उपरांत अवधूत ने वक्रबाहु से कहा, ''आहुति का यही उचित समय है।''

वक्रबाहु ने सहमति जताई और अपने नेत्र बंद कर योग मुद्रा में बैठकर शपथ ली, ''मैं अपनी इच्छा से अपने शरीर में स्थापित की गयी जीवंतपात्र की शक्ति से अपने प्राणों की आहुति देकर पूर्व एकचक्रनगरी नरेश शत्रुघन को जीवनदान देने का संकल्प लेता हूँ।'' इतना कहकर वक्रबाहु ने अपनी श्वास रोक ली।

शीघ्र ही वक्रबाहु के शरीर से तीव्र ऊर्जा फूटी जिसने आसपास के समग्र क्षेत्र को प्रकाशित कर दिया। महाबली अखण्ड ने अपने नेत्रों से वो अद्भुत दृश्य देखा, जहाँ वक्रबाहु का शरीर अणुओं में बिखरता हुआ एक सुनहरे घड़े का रूप ले रहा था। चारों दिशाओं में फैलने वाली प्रकाशवान ऊर्जा आसपास के समग्र शिविर में फैल गयी। उस ऊर्जा ने अपने शिविर में लेते हुए अर्धमृत पड़े जयवर्धन को भी स्पर्श किया। उसके नेत्र सहसा ही खुले और अंग भी हिलने आरम्भ हो गये। वो ऊर्जा मेघवर्ण के निकट भी गयी किन्तु वो ब्रह्मशीर के प्रभाव को नष्ट ना कर पायी।

वक्रबाहु के शरीर से निर्मित हुआ सुनहरा घड़ा शत्रुघन की अस्थियों के ऊपर आया, और उसमें से निकला सुनहरा द्रव्य अस्थि कलश के भीतर सामने लगा। उस दिव्य घड़े के रिक्त होते ही वो लुप्त होकर वायु में विलीन हो गया। तत्पश्चात शत्रुघन के अस्थि कलश से एक तीव्र ऊर्जा निकली जो सीधा आकाश की ओर चली गयी। ऊपर देखकर ये अनुमान लगाना कठिन था कि वो ऊर्जा आकाश में कितनी ऊँचाई तक गयी है।

ऊर्जा का वो प्रकाश पुंज इतना भयावह था कि वो कई कोस दूर उपस्थित लोगों को भी स्पष्ट रूप से दिखाई दे रहा था। उस अद्भुत प्रकाश पुंज को देख विदर्भ के सैन्यशिविर में बैठे दुर्भीक्ष को भी आश्चर्य हुआ।

धीरे धीरे वो प्रकाश पुंज सिमटना शुरू हुआ और पूरे आधे प्रहर के समय में अस्थि कलश को विलुप्त करता हुआ पूर्व एकचक्रनगरी नरेश शत्रुघन को प्रकट किया।

शत्रुघन अभी भी आश्चर्य में था कि ये क्या हुआ, उसने अपने शरीर के भागों की ओर देखा, "ये....ये क्या हुआ? म...मैं तो स्वर्ग में आनंद से था ? फिर ये सब...?"

महाबली अखण्ड ने आदर भाव से शत्रुघन के मन का संदेह मिटाने हेतु प्रथम प्रयास किया, "भूतल पर स्वागत है, महाराज शत्रुघन।"

सहस्त्रों मनुष्यों को चारों दिशाओं से प्रचंड अग्नि ने घेर रखा था। कुछ योद्धाओं के साथ कई स्त्रियाँ और बालक भी अपने प्राण बचाने के लिए इधर उधर भाग रहे थे। एक स्त्री अपने अबोध बालक को कसकर पकड़े हुयी थी और कदाचित् अपने अंत की प्रतीक्षा में थी। उसका बालक उसकी गोद में सोया हुआ था। प्रचंड अग्नि की लपटें उसकी ओर बढ़ी चलीं जा रहीं थीं। तभी उसकी गोद में बैठे अबोध बालक की निद्रा भंग हो गयी, और वो रोने लगा। वो स्त्री उसे चुप कराने में लग गयी, तभी उसने अग्नि की लपटों के पीछे खड़े व्यक्ति की ओर देखा, जिसकी दृष्टि उसी की ओर थी। ये कोई और नहीं असुरेश्वर दुर्भीक्ष था जिस पर दृष्टि पड़ते ही उस स्त्री के नेत्रों से मृत्यु का भय निकल गया, और उसका स्थान क्रोध ने ले लिया। उसने अपने वस्त्रों में दबी एक शीशी निकाली और उसका सम्पूर्ण विष स्वंय को और अपने अबोध बालक को पिला दिया। दुर्भीक्ष उसके प्राण पखेरू छूटते हुए देखता रह गया। उस स्त्री को मरते देख उसका एक छोटा बालक उसकी ओर दौड़कर आया, और अपनी माता और अबोध भाई की मृत्यु पर विलाप करने लगा। दुर्भीक्ष ने आगे बढ़कर उसे संभालने का प्रयास किया। उसे निकट आता देख उस बालक का हृदय भी क्रोध से भर गया। उसने एक आग में जलता छोटा सा पत्थर उठाया और दुर्भीक्ष की ओर क्रोध भरी दृष्टि से देखा, दुर्भीक्ष का ध्यान उस बालक के जलते हुए हाथ पर था, उसने आगे बढ़ने का प्रयत्न किया पर उस बालक ने पूरी शक्ति से वो जलता पत्थर दुर्भीक्ष के मस्तक की ओर फेंका।

वो जलता हुआ पत्थर अपनी ओर आते हुए देख दुर्भीक्ष हाँफते हुए निद्रा से जाग गया। ये वही दुस्वप्न था जो उसने एक वर्ष पूर्व देखा था। आज वही दुस्वप्न दोबारा देख उसका मन शंकित सा होने लगा। हाँफते हुए उसने अपने माथे पर चढ़ा पसीना पोछा और अकस्मात ही उसकी दृष्टि अपनी शय्या के सामने बैठे व्यक्ति की ओर गयी।

"कैसे हो मित्र?" उसके सामने बैठा व्यक्ति कोई और नहीं शत्रुघन था।

दुर्भीक्ष उसे आश्चर्य भरी दृष्टि से घूरने लगा। उसने चहूँ ओर दृष्टि घुमाकर अपने कक्ष का निरीक्षण किया, और स्वयं के हाथ पर नाखून भी रगड़ा।

शत्रुघन ने उसे टोका, "ये कोई स्वप्न नहीं है, ना ही तुम किसी और लोक में हो। ये तुम्हारा ही शिविर है, सुर्जन।"

दुर्भीक्ष ने अपनी शय्या को क्षण भर देखा और शत्रुघन के समक्ष एक आसन लेकर बैठ गया। उसने शत्रुघन के नेत्रों को ध्यान से देखा और कड़े स्वर में प्रश्न किया, "कौन हो तुम मायावी? और इस प्रकार मेरे मित्र का वेश धरकर यहाँ आने का क्या औचित्य है तुम्हारा?"

शत्रुघन ने मुस्कुराते हुए कटाक्षमय स्वर में प्रश्न किया, "तुम्हारे मित्र की चिता तुम्हारे नेत्रों के समक्ष जलाई गयी थी। तुम्हें भलीभांति ज्ञात है कि उसकी मृत्यु हो चुकी है, तो भला कोई मायावी उसका वेश धरकर तुम्हारे समक्ष आने की मूर्खता क्यों करेगा ?"

दुर्भीक्ष ने उसे संशय भरी दृष्टि से देख प्रश्न किया, "जो कहना है स्पष्ट रूप से क्यों नहीं कहते ?"

"मैं बस यथार्थ से तुम्हारा परिचय कराने आया हूँ, मित्र। तुम्हारे समक्ष कोई मायावी नहीं, तुम्हारा परममित्र शत्रुघन ही बैठा है। और यदि तुम्हें विश्वास ना हो तो तुम स्वयं अपने यौगिक बल से मेरा परीक्षण कर सकते हो। तुम असुरेश्वर हो, कई मायावी विद्यायें स्वयं तुम भी जानते हो। यदि तुम किसी का वास्तविक रूप देखना चाहो तो तुम्हें कौन रोक सकता है ?" शत्रुघन ने दृढ़ होकर कहा।

दुर्भीक्ष अपने आसन से उठा और शत्रुघन के मस्तक पर हाथ रख अपने नेत्र बंद किये और कुछ मंत्र बुदबुदाये। कुछ क्षणों के उपरांत जा उसने नेत्र खोले तो शत्रुघन का मुस्कुराता हुआ मुख देख वो अचंभित रह गया, "असम्भव, इस माया से तो कोई देवता भी अपनी वास्तविकता नहीं छिपा सकते।"

शत्रुघन ने आसन से उठकर दुर्भीक्ष के नेत्रों में देखा, "क्योंकि यही मेरी वास्तविकता है, मित्र? मैं कोई मायावी नहीं हूँ। तुम्हारा मित्र शत्रुघन तुम्हारे समक्ष खड़ा है और तुम उसे पहचान ही नहीं रहे?"

दुर्भीक्ष के नेत्र नम हो गए, किंतु उसे अभी भी विश्वास नहीं हो रहा था, "क...किंतु ये कैसे सम्भव हो सकता है ? मृत शरीर का दाह संस्कार होने के उपरांत कोई जीवित कैसे हो सकता है ?"

"महारथी मेघवर्ण को मेरी हत्या पर आशंका थी, कि ये केवल कीर्तिध्वज का कार्य नहीं हो सकता। इसीलिये उन्होंने मेरी अस्थियाँ राख़ के एक कलश से बदलकर अपने पास रख ली थी। उन्हीं अस्थियों को साधकर अपने शरीर में उपस्थित जीवंत पात्र की शक्ति से महाबली वक्रबाहु ने मुझे जीवनदान दिया है।"

शत्रुंजय की बात सुन दुर्भीक्ष को और भी आश्चर्य हुआ, "यदि...यदि वक्रबाहु ऐसा कर सकता था, और उसके मन में तुम्हें जीवित करने की मंशा थी। तो उसने ये कार्य पहले क्यों नहीं किया ?"

''क्योंकि इसके लिए उन्हें स्वयं के जीवन का बलिदान करना पड़ता, जो महाबली वक्रबाहु ने किया। उनका शरीर अणुओं में बिखरकर जीवंत पात्र में परिवर्तित हो गया, और उसका रस जब मेरे अस्थि कलश में घुला तो एक तेज प्रकाश पुंज ने मेरी आत्मा को स्वर्ग से नीचे आने को विवश कर दिया।''

शत्रुघन का कथन सुन दुर्भीक्ष को सहसा ही उस प्रकाश पुंज स्मरण हुआ जिसे उसने कुछ समय पूर्व देखा था। उसके नेत्रों में नमी आ गयी और उसने शत्रुघन को कसकर हृदय से लगा लिया। दोनों मित्र भावुक होकर कुछ समय तक एक दूसरे के हृदय से लगे रहे। कुछ क्षणों उपरांत शत्रुघन के नेत्रों में देख दुर्भीक्ष ने उससे प्रश्न किया, ''किंतु....महाबली वक्रबाहु ने अपने प्राणों का बलिदान देकर तुम्हें जीवित क्यों किया?''

''ताकि मैं तुम्हें सत्य से अवगत करा सकूँ।''

''कैसा सत्य ?'' दुर्भीक्ष ने आश्चर्य भाव से प्रश्न किया।

शत्रुघन ने साँस भरते हुए स्वयं को दृढ़ किया और कह डाला, ''यही कि मेरी हत्या का षड्यंत्र रचने वाला कोई और नहीं शत्रुंजय ही था।''

शत्रुघन का कथन सुन दुर्भीक्ष के नेत्र आश्चर्य से फटने लगीं, ''ये...ये क्या मूर्खतापूर्ण बातें कर रहे हो, शत्रुघन? अवश्य ही शत्रुओं ने तुम्हारे ऊपर कोई मंत्र फूँककर तुम्हें यहाँ भेजा है। अन्यथा तुम ऐसी अनर्गल बातें नहीं करते। तुम्हारे मन में ऐसा विचार भी कैसे आ सकता है कि तुम्हारा अपना पुत्र ऐसा घृणित षड्यंत्र रच सकता है?''

''ये कार्य स्वयं मेरे पुत्र ने नहीं किया, अपितु उसके शरीर में वास करने वाली सुबाहु की आत्मा ने उससे करवाया है।'' कहते हुए शत्रुघन ने हस्तिनापुर में हुए काण्ड का सम्पूर्ण वृतांत सुनाने लगा, कि कैसे उस पर पहला आक्रमण कीर्तिध्वज ने किया और शत्रुंजय ने उसकी पीठ के पीछे से प्रहार किया। और किस प्रकार मृत्यु से पूर्व उसने शत्रुंजय के मुख से उसका सत्य सुना कि सुबाहु की आत्मा उसके शरीर पर अधिकार कर चुकी है।

दुर्भीक्ष के सर पर मानों आकाश टूट पड़ा। वो अपना सिर पकड़कर शय्या पर बैठ गया, ''ये...ये असम्भव है। यदि उसमें सुबाहु की आत्मा का वास है तो विदर्भ की प्रजा को उससे इतना प्रेम क्यों है ? और...और क्या सुबाहु इतना उदार हो सकता है कि द्रविड़ों को उनका राज्य लौटा दे ?''

शत्रुघन ने दुर्भीक्ष के कंधे पर हाथ रख उसे ढांढस बंधाने का प्रयास किया, ''मैंने तुम्हें अपना सत्य बता दिया। और बाकी का सत्य आज शत्रुंजय स्वयं अपने मुख से उगलेगा।''

किसी प्रकार अपने क्रोध को नियंत्रित कर दुर्भीक्ष शत्रुंजय के शिविर के पास गया। द्रविड़राज अल्मबुष, त्रिकुम्ब और दुर्धरा भी उसके साथ थे। साथ ही शत्रुघन भी एक चादर ओढ़े उनके ठीक पीछे खड़ा था। शिविर के बाहर खड़े वैद्यों में से एक निकट आकर दुर्भीक्ष ने प्रश्न किया, ''महाराज अब कैसे हैं ?''

उस वैद्य ने दुर्भीक्ष को प्रणाम करते हुए कहा, ''महाराज शत्रुंजय के अधिकतम घाव अब भर चुके हैं। कल के युद्ध में वो भाग ले सकते हैं।''

दुर्भीक्ष ने उस वैद्य को संदेह भरी दृष्टि से देखा, ''कल आपने कहा था कि उनके प्राण बचाना कठिन है, और आज वो युद्ध के योग्य हो गये। बड़े अचरच की बात है।''

दुर्भीक्ष के अकस्मात किए कटाक्ष से वैद्य के पसीने छूट गये। दुर्भीक्ष ने उसके कंधे पर हाथ रख कहा, ''घबराइए मत, मैं बस थोड़ा परिहास कर रहा था। महाराज को बुलाइये, मुझे उससे कुछ विशेष बात करनी है।''

''जो....जो आज्ञा, महामहिम।'' वैद्य शिविर के भीतर चला गया।

कुछ ही समय में शत्रुंजय शिविर से बाहर आया। उसे देखते ही दुर्भीक्ष ने उसके मस्तक पर हाथ फेरकर उससे प्रश्न किया, ''अब तुम्हारा स्वास्थ कैसा है ?''

''थोड़ी दुर्बलता का भान हो रहा है। किंतु इतना नहीं कि कल के युद्ध में भाग ना ले सकूँ।'' शत्रुंजय ने दृढ़तापूर्वक कहा।

''फिर तो तुम्हें प्रताड़ित करने में कोई समस्या नहीं होगी।'' कहते हुए दुर्भीक्ष ने क्रोध में भरकर शत्रुंजय का कंठ पकड़ा और उसे उठाकर दस हाथ दूर फेंक दिया।

भूमि पर गिरे शत्रुंजय को तो कुछ क्षण तक कुछ समझ ही नहीं आया। उसने उठकर स्वयं को संभाला और आश्चर्य में भरकर दुर्भीक्ष से प्रश्न किया, ''ये सब क्या है काकाश्री ?''

दुर्भीक्ष ने गरजते हुए शत्रुंजय रूपी सुबाहु को चेतावनी दी, ''प्रलाप बंद कर हत्यारे सुबाहु, और मेरे भतीजे के शरीर का त्याग कर दे। अन्यथा मैं अनंत काल तक तेरा पीछा नहीं छोड़ूँगा। तू जिस भी शरीर में प्रवेश करेगा, हर उस शरीर को नष्ट कर दूँगा मैं।''

शत्रुंजय कुछ क्षणों के लिए स्तब्ध सा रह गया। स्वयं को संभालते हुए उसने दुर्भीक्ष से आश्चर्य भाव से प्रश्न किया, ''ये....ये आप क्या कह रहे हैं, काकाश्री? आज हमने रण में विजय प्राप्त की है, इसीलिए लगता है शत्रु ने आपको भ्रमित करने के लिए कोई छल किया है। म..मुझे पहचानिये, मैं शत्रुंजय हूँ।''

तभी अपने ऊपर ओढ़ा वस्त्र हटाकर शत्रुघन उसके समक्ष आ खड़ा हुआ, ''कुछ

और कहना चाहोगे?''

शत्रुघन को अपने समक्ष खड़ा देख शत्रुंजय स्तब्ध रह गया, ''ये...ये कैसा छल है ? कैसा मायाजाल है ?'' उसने अपने मस्तक को हाथ से पीटते और झटकते हुए कहा, ''मैं अवश्य ही कोई स्वप्न देख रहा हूँ। कहीं मैं किसी दूसरे लोक में तो नहीं आ गया ?''

शत्रुघन ने एक पत्थर उठाया और उसकी छाती पर मारकर उसे वास्तविकता का अनुभव कराया, ''ये कोई स्वप्न नहीं है, सुबाहु। महाबली वक्रबाहु ने अपने प्राणों का त्याग करके अपने जीवंत पात्र की शक्ति से मुझे जीवनदान दिया है, ताकि मैं तुम्हारी वास्तविकता सबके समक्ष प्रकट कर सकूँ।''

तभी भद्राक्ष रूपी भैरवनाथ भी वहाँ आ पहुँचा। शत्रुघन का वो कथन सुन अपना माथा पीटते हुए वो शिविर के भीतर भाग गया। उसे भागते हुए देख शत्रुंजय रूपी सुबाहु को आभास हो गया कि अब उसका भेद खुल चुका है। वो संशय में पड़कर चारों ओर देखने लगा।

दुर्भीक्ष ने वहाँ निकट खड़े सैनिकों को आदेश दिया, ''बेड़ियाँ लाओ।''

उसका ये आदेश सुन दूर खड़े शत्रुंजय ने अपनी कमर से कटार निकाली और अपने कंठ पर रख दुर्भीक्ष को चेतावनी दी, ''सावधान असुरेश्वर, यदि एक पग भी मेरे निकट आये तो मैं तुम्हारे इस प्रिय भतीजे के शरीर को क्षत विक्षत कर डालूँगा। फिर जिसके चाहें उसके शरीर में समा कर प्रलय मचाऊंगा। तो तनिक विचार करके निर्णय लो।''

उसके मुख से ये कथन सुन द्रविड़राज अल्मबुष, त्रिकुम्ब और दुर्धरा के नेत्र भी आश्चर्य से फैल गये। दुर्भीक्ष ने अपनी मुट्ठियाँ भींची, शत्रुघन भी विवशतापूर्वक अपने दाँत पीसने लगा।

शत्रुंजय रूपी सुबाहु ने अपने कंठ पर से कटार हटाकर दुर्भीक्ष की उपेक्षा की, ''अरे ओ कृतधन दुर्भीक्ष, तुम्हें तो मेरा उपकार मानना चाहिए था। आज जो तुम ये दो पैरों पर खड़े होकर अपने जिस जीवन का आनंद ले रहे हो, जयवर्धन के शरीर में समाकर ये जीवन तुम्हें मैंने लौटाया है। तुमने जयवर्धन के रूप में सदैव मेरा समर्थन करने का प्रण लिया था। कहीं उस प्रण का विस्मरण तो नहीं हो गया तुम्हें?''

दुर्भीक्ष ने क्रोधित स्वर में उसकी उपेक्षा का उत्तर दिया, ''मेरा जीवन लौटा है जयवर्धन के रक्त से, इसीलिए मैं उसका ऋणी हूँ। मैंने समर्थन का वचन जयवर्धन को दिया था, तुम्हें नहीं। वचन मनुष्य को दिया जाता है किसी जीवात्मा को नहीं जो जब चाहे शरीर बदल सकती है। इसलिए नियमानुसार तुम मुझे किसी वचन में नहीं बांध सकते।''

शत्रुंजय रूपी सुबाहु ने ठहाके लगाये, "प्रतीत होता है कि तुम्हारी स्मरण शक्ति का लोप हो गया है। माना तुम पर जयवर्धन को दिये वचन का बंधन नहीं है। किंतु तुमने पुरुराज भरत, मेघवर्ण, दिग्विजय, चंद्रकेतु और भगदत्त को एक साथ चुनौती देकर ये प्रण लिया था कि तुम मुझे आर्यावर्त का सम्राट बनाओगे, हर संकट से मेरा रक्षण करोगे, मेरे शत्रुओं को मृत्यु दोगे। और इतना ही नहीं तनिक उस वचन का स्मरण करो जो तुमने भैरवनाथ का अंत करते समय असुरों को दिया था, कि यदि कभी भी असुरों की संस्कृति और सभ्यता पर कोई संकट आया तो तुम उस संकट को जड़ से उखाड़ फेंकोगे। स्मरण है या नहीं? और हस्तिनापुर नरेश चंद्रवंशी पुरूराज भरत असुरों के विध्वंस का संकल्प लेकर निकले हैं। ये युद्ध तो होगा ही। तो क्या अपनी असुर प्रजा का रक्षण भी नहीं करोगे तुम?"

सुबाहु के दिये तर्क के समक्ष दुर्भीक्ष निरुत्तर सा हो गया। उसकी भिंची हुयी मुट्ठियाँ उसके वेदना को स्पष्ट दर्शा रहे थे। शत्रुंजय रूपी सुबाहु ने उसके उपेक्षा करते हुए कहा, "हे असुरेश्वर, सत्य तो ये है कि मुझे ब्रह्मदेव का वरदान प्राप्त है कि यदि मैं किसी भी व्यक्ति के शरीर पर अधिकार कर लूँ तो उस शरीर की मृत्यु से पूर्व मैं स्वयं अपनी इच्छा से भी उसके शरीर का त्याग नहीं कर सकता। जयवर्धन की मृत्यु हो चुकी थी, कदाचित किसी विद्या से उसे पुनर्जीवित किया गया होगा। इसीलिए मैं उसका शरीर त्यागने में सफल रहा। किन्तु हर बार ऐसा नहीं होगा। और यदि तुम्हें कोई संदेह हो, तो एक बार ये प्रश्न महाबली अखण्ड से करना। उन्होंने सैकड़ों सिद्ध तंत्रिकों और ब्राह्मणों का प्रयोग करके जयवर्धन को मेरे बंधन से मुक्त कराने का प्रयास किया था। किन्तु ब्रह्मदेव के वरदान के समक्ष भला किसकी चल सकती है?"

श्वास भरकर शत्रुंजय ने दुर्भीक्ष से विनम्र भाव से कहा, "अपने मन का संशय त्यागो और युद्ध में विजय प्राप्त करने का विचार करो। क्योंकि तुम्हारे भतीजे शत्रुंजय का शरीर अब मेरे अधिकार में है, और उसकी मृत्यु तक तुम लाख प्रयत्न कर लो, मैं इस शरीर को नहीं त्याग सकता। स्वयं अपनी इच्छा से भी नहीं। तो जिस प्रकार जयवर्धन को वचन देकर तुम उससे बंधे हुए थे, उसी प्रकार शत्रुंजय के रूप में मुझे वचन देकर तुम मुझसे भी बंध गए हो असुरेश्वर दुर्भीक्ष। अब मैं ही विदर्भ नरेश शत्रुंजय हूँ, और इस यथार्थ को कोई परवर्तित नहीं कर सकता।"

दुर्भीक्ष के मस्तक पर चढ़ा क्रोध देख शत्रुंजय ने निकट आकर उसके नेत्रों में देखते हुए कहा, "तुम्हें मेरी नियत में खोट दिखाई देता होगा, है न? किन्तु मैंने जो कुछ भी किया वो असुरजाति के सुखद भविष्य के लिए ही तो किया है।"

दुर्भीक्ष ने श्वास भरते हुए प्रश्न किया, "अर्थात वो सारा प्रपंच, आर्यावर्त के विभिन्न राज्यों में फैलाई गयी हिंसा, सबकुछ। वो सबकुछ तुम्हारा रचा हुआ षड्यंत्र था, है न? मानव संस्कृति को तुच्छ सिद्ध करके, तुम्हीं ने इस युद्ध की नींव रखी। या फिर

सत्य कहा जाये तो ये सारा कपट उस भैरवनाथ का है, जो न जाने कहाँ किस रूप में छुपकर बैठा है और तुम्हें दिशा दिखा रहा है।''

शत्रुंजय मुस्कुराया, ''अनुमान तो तुम्हारा उचित है, असुरेश्वर। मेरी बुद्धि इतनी भी तीव्र नहीं है, और ना ही मैं इतनी कुटिल योजनायें बना सकता हूँ। वैसे सत्य कहूँ तो विचित्र बात ये है कि जिस असुर प्रजा को अपना भक्त मानकर तुमने उनके रक्षण का प्रण लिया था, उन्हीं असुरों के दल के उत्तम महारथियों ने तुम्हारे साथ बहुत बड़ा कपट किया। पहले तो गुरु भैरवनाथ ने तुम्हारे आदेश के नाम पर समग्र आर्यावर्त में हिंसा फैलाई। फिर जब अपने अभियान के सभी नायकों को बुलाकर गुरु भैरवनाथ ने उन्हें सत्य और अपने उद्देश्य से अवगत कराया, तब उन सभी ने रक्षगुरु का ही समर्थन किया। वो चाहें तक्षशिला पर शासन करने वाला बृजबाली हो या अंगराज सुमाली, सभी ने अपने अपने राज्यों को अधिकार करने की झूठी कथा गढ़कर तुम्हें भ्रमित किया। इतना ही नहीं मानव रूप लेकर मगध में जरोम, आभीर में दुर्मुख, गांधार में अनुप्रवा, सौराष्ट्र में सुमांतर और कक्ष में सांभकेतु ने राज किया था जिसकी तुम्हें भनक भी नहीं लगी।''

अपने साथ किए हुए इतने बड़े छल के विषय में जान दुर्भीक्ष के नेत्रों में नमी आ गयी। हृदय पीड़ा से भर गया, ऐसा प्रतीत हो रहा था मानों उसका सम्पूर्ण जीवन व्यर्थ हो गया। दुर्भीक्ष ने कुछ क्षणों के लिये अपने नेत्र बंद किए, और धीरज धारण करते हुए शत्रुंजय रूपी सुबाहु से प्रश्न किया, ''तुमने जिन महारथियों के नाम गिनवाये हैं उन सभी की मृत्यु हो चुकी है, अर्थात उनके कपट का दण्ड उन्हें मिल चुका है। तुम सबने मिलकर मुझे भी एक शस्त्र की भांति उपयोग किया है। मैं स्वीकार करता हूँ कि मैं अपने प्रण का त्याग नहीं कर सकता, और मुझे तुम्हारे पक्ष से युद्ध करना ही होगा। किंतु हमारा और शत्रु का सैन्य बल लगभग बराबर है, इसलिए युद्ध का परिणाम कुछ भी हो सकता है। और जिस दिन रणक्षेत्र में मेरी मृत्यु हो गयी, उस दिन तुम क्या करोगे? कैसे बचाओगे स्वयं को महाराज भरत के बाणों से?''

शत्रुघन ने उसकी ओर आश्चर्य भरी दृष्टि से देखा, ''ये तुम क्या कह रहे हो, मित्र?''

''मैं विवश हूँ मित्र, अपने प्रण का त्याग नहीं कर सकता। असुरों के रक्षण के लिये मुझे इस युद्ध में भाग लेना ही होगा।'' दुर्भीक्ष का वो कथन सुन शत्रुघन खीज गया।

दुर्भीक्ष का कथन सुन शत्रुंजय ने ठहाके लगाये, ''तुम्हें क्या लगता है दुर्भीक्ष, मैं मूर्ख हूँ जो तुम्हें अपना सम्पूर्ण सत्य बिना किसी विरोध के बस यूँ ही बताता रहूँगा? मैंने तुम्हें अपना सम्पूर्ण सत्य बताया है क्योंकि अब मैं अपनी समग्र शक्ति के साथ इस युद्ध में भाग लेने वाला हूँ। अब तक तो मैंने अपनी वायुतत्व की शक्ति का प्रयोग केवल

इसलिए नहीं किया, क्योंकि युद्ध से पूर्व तुमने शत्रुंजय से कहा था कि वो इस युद्ध में अपनी दिव्यशक्तियों का प्रयोग नहीं करेगा। किन्तु अब मुझ पर उस आदेश का बंधन नहीं। तुम्हारी अज्ञानता के कारण हमने गांधार, मगध, सौराष्ट्र, आभीर और कक्ष की मिलाकर ढाई अक्षौहिणी सेना के बल का प्रयोग अभी तक नहीं किया, जो दण्डकारण्य की सीमा पर मेरे आदेश की प्रतीक्षा कर रही है। अब शत्रु की डेढ़ अक्षौहिणी सेना के समक्ष हमारी चार अक्षौहिणी सेना रणक्षेत्र में अपना पराक्रम दिखाने उतरेगी। सदियों पूर्व देवगुरु बृहस्पति ने षड्यंत्र करके जो असुरों को देवों से पराजित रहने का श्राप दिलवाया था। उसी अन्याय के प्रतिकार के लिये ये सारे षड्यंत्र रचे गये थे ताकि देवों के प्रिय मानवों को अपने आधीन कर उन्हें असुरों के बल का अनुभव कराया जाये। रक्षगुरु भैरवनाथ ने भी सदियों तक संघर्ष करके हमारे लिये ये विजयमार्ग सजाया है जिस पर चलकर असुरजाति की विजय सुनिश्चित है। अब समग्र आर्यावर्त को असुर संस्कृति को स्वीकार करना होगा, और जिसने विरोध किया वो काल के गाल में समा जायेगा।'' अपने पाप से भरे मंतव्यों का विवरण देते हुए शत्रुंजय रूपी सुबाहु ने ठहाके लगाये।

दुर्भीक्ष का मन व्यथित हो उठा। उसने भारी स्वर में शत्रुंजय रूपी सुबाहु से कहा, ''हे सुबाहु, यदि तुम या गुरु भैरवनाथ केवल असुरजाति के साथ हुए अन्याय के प्रतिकार के लिए मेरे पास आकर मेरा समर्थन पाने का प्रस्ताव रखते, महादेव की सौगंध असुरेश्वर के रूप में मैं समग्र आर्यावर्त तो क्या सम्पूर्ण पृथ्वी को जीतकर असुरों के आधीन कर देता। किन्तु तुम दोनों ने षडयंत्रों का मार्ग चुना, मेरे प्रियजनों पर घात किया, मानवों को आपस में लड़वाया, छल से राजाओं की हत्या करके ये सिद्ध कर दिया कि सदियों पूर्व देवगुरु बृहस्पति ने असुरों के साथ छल करके कुछ भी अनुचित नहीं किया था, असुरजाति इसी के योग्य थी।'' कहकर दुर्भीक्ष खीजते हुए वहाँ से चला गया।

शत्रुघन और दुर्धरा भी उसके पीछे हो लिए। वहीं द्रविड़राज अल्मबुष और त्रिकुम्ब अभी भी क्रोधभरी दृष्टि से शत्रुंजय को घूरे जा रहे थे। शत्रुंजय ने द्रविड़राज के निकट आकर उनसे प्रश्न किया, ''आपके मन में मेरे प्रति इतना रोष क्यों है?''

अल्मबुष ने क्रोध में भरकर कहा, ''तुमने हमारे समग्र जीवन के संघर्ष को व्यर्थ कर दिया। हमने तो अपने अधिकार के लिए इस यात्रा का आरम्भ किया था, किंतु तुमने हमें अर्धमी असुरों का दास बना दिया।''

''दास? नहीं, नहीं, द्रविड़राज। ये आप क्या कह रहे हैं?'' शत्रुंजय ने कटाक्षमय स्वर में कहा, ''मैं तो शत्रुंजय के सिंहासन पर बैठने से पूर्व से ही उसके शरीर में वास कर रहा हूँ। आपको आपका राज्य लौटाने वाला शत्रुंजय नहीं, मैं था। आपके समग्र जीवन के संघर्ष के फल को थाल में सजा कर दे दिया मैंने, और आज

आप मेरा विरोध कर रहे हैं? ये बात और है कि आपके आधुनिक अस्त्र शस्त्र और युद्ध की तकनीक को देख आपका समर्थन पाने की लालसा से मैंने आपको आपका राज्य लौटाया। और एक क्षत्रिय होने का कर्तव्य निभाते हुए आपने स्वतः ही स्वयं को मुझे समर्पित किया।''

द्रविड़राज मुस्कुराए, ''इतनी प्रबल सैन्य शक्ति होने के उपरांत भी द्रविड़सेना का तीन चौथाई भाग नष्ट हो गया, और इसका कारण मुझे अब समझ आया। जब धर्म का दिव्यास्त्र चलता है तो कोई भी आधुनिक तकनीकी अस्त्र शस्त्र या युद्ध नीति उसके समक्ष खड़ी नहीं रह सकती। वो बलवान से बलवान योद्धा के सामर्थ्य को भस्म कर देता है। मानता हूँ मैं आपकी ओर से युद्ध करने को वचनबद्ध हूँ, किंतु मेरे पुत्र त्रिकुम्ब को कोई वचन बाँध नहीं सकता।''

अल्मबुष का कथन सुन त्रिकुम्ब और शत्रुंजय दोनों ही अचंभित रह गये। त्रिकुम्ब ने अल्मबुष से प्रश्न किया, ''ये कैसे सम्भव है, पिताश्री ? मैं द्रविड़ युवराज हूँ। अपने महाराज और सेना का साथ देना मेरा कर्तव्य है।''

अल्मबुष ने गर्जना करते हुए कहा, ''और मैं द्रविड़ महाराज होने के अधिकार से तुम्हें युवराज पद से निष्काषित करता हूँ, महारथी त्रिकुम्ब। तुम द्रविड़ों के प्रति अपने कर्तव्य से मुक्त हो। आज तुम पुरूराष्ट्र के शिविर में जाकर अपना सामर्थ्य महाराज भरत को समर्पित करो। ये तुम्हारे पिता का आदेश है।''

अल्मबुष का स्वर सुन त्रिकुम्ब विचलित हो उठा। उसने हाथ जोड़कर विनती की, ''अंत समय में मुझ पर ऐसा अत्याचार न कीजिये, पिताश्री। न मैं आप पर शस्त्र उठा पाऊँगा और ना असुरेश्वर पर। आप दोनों मेरे लिए बहुत सम्माननीय हैं।''

अल्मबुष ने त्रिकुम्ब को समझाने का प्रयास किया, ''यदि मेरा सम्मान करते हो तो मेरे आदेश का भी सम्मान करो, पुत्र। ये एक धर्मयुद्ध है, जिसमें धर्म की विजय सुनिश्चित है। इसलिये मैं चाहता हूँ कि तुम धर्म के पक्ष में चले जाओ, और यदि मुझपर शस्त्र उठाना पड़े तो पीछे न हटना। और यदि स्वयं या मेरे निर्णय पर संदेह हो रहा हो, तो असुरेश्वर दुर्भीक्ष के पास जाओ और उनसे प्रश्न करो कि मेरा ये निर्णय उचित है या नहीं।''

कुछ क्षण विचार कर त्रिकुम्ब ने सहमति जताई, ''ठीक है, पिताश्री। मैं जाकर असुरेश्वर दुर्भीक्ष से इस विषय में मंत्रणा करता हूँ।''

अल्मबुष ने छाती चौड़ी कर अपने पुत्र को हृदय से लगा लिया। तत्पश्चात उसे गर्व भरी दृष्टि से देखते हुए कहा, ''युद्ध में हमारी पराजय के उपरांत नियमानुसार विर्दभ देश को समर्पित समस्त भूमि महाराज भरत के आधीन हो जायेगी। इसलिये यदि अंत में कुछ द्रविड़ सैनिक शेष बच जायें तो उन्हें लेकर सागर पार सिंघल देश लौट

जाना। अपनी जन्मभूमि को प्राप्त करने के लिए फिर से अपना संघर्ष आरम्भ करना, और अपनी पीढ़ियों को भी ऐसा करने को प्रेरित करना। कदाचित आर्यों से हमारी शत्रुता बनी रहेगी, किंतु फिर कभी अपना अधिकार वापस प्राप्त करने हेतु किसी असुर का आश्रय न लेना।''

''जो आदेश पिताश्री, जो आदेश।'' त्रिकुम्ब वहाँ से प्रस्थान कर गया।

शत्रुंजय रूपी सुबाहु कटाक्षमय स्वर में हँसा, ''वाह, यहाँ तो बिना किसी शुल्क के पिता पुत्र का इतना उत्तम चरित्र देखने को मिल गया। यदि इस युद्ध के उपरांत जीवित रहो, तो रंगमंच पर नाट्यप्रस्तुति में एक प्रयास अवश्य करना। बहुत मुद्राएँ मिलेंगी।''

अल्मबुष का उपहास उड़ाते हुए शत्रुंजय अपने शिविर में चला गया। द्रविड़राज अल्मबुष उसे क्रोध भरी दृष्टि से घूरते रहे।

दुर्धरा और शत्रुघन अभी भी दुर्भीक्ष के पीछे चले जा रहे थे। दुर्भीक्ष ने पलटकर उन दोनों से कहा, ''मैं तुम दोनों से विनती करता हूँ। मुझे थोड़े समय के लिए अकेला छोड़ दो।''

दुर्धरा ने विनयपूर्वक कहा, ''किंतु आपके इस कठिन समय में मैं आपके साथ रहना चाहती हूँ।''

''किंतु मैं एकांत में रहना चाहता हूँ, क्या तुम मेरे कथन का इतना भी सम्मान नहीं कर सकती ?''

उसका वो तर्क सुन दुर्धरा मौन हो गयी। उसने क्षणभर आँखें भरकर दुर्भीक्ष के मुख की ओर दृष्टि जमाई और अपने शिविर में लौट गयी।

तत्पश्चात दुर्भीक्ष शत्रुघन की ओर मुड़ा, ''तुम भी पौरव शिविर में लौट जाओ, मित्र।''

''ये तुम क्या कह रहे हो, मित्र?'' शत्रुघन ने आश्चर्यभाव से कहा।

शत्रुघन का कंधा पकड़ दुर्भीक्ष ने उसे समझाने का प्रयास किया, ''जाओ मित्र, चले जाओ। पुरूसेना दुर्बल पड़ सकती है, उनके पक्ष में और भी महारथियों के आने से उन्हें सहायता ही प्राप्त होगी। तुम्हें मेरी सौगंध है, कि यदि तुम युद्ध करोगे तो धर्म के पक्ष में, मेरे पक्ष में नहीं, जाओ।'' कहकर दुर्भीक्ष ने शत्रुघन को हृदय से लगा लिया।

शत्रुघन ने विचलित स्वर में उससे प्रश किया, ''ये तुम मुझे किस प्रकार के धर्मसंकट में डाल रहे हो, मित्र ? मुझ पर ऐसा अत्याचार ना करो।''

"इस युद्ध में पौरवों की विजय आवश्यक है, मित्र। यदि भैरवनाथ का षड्यंत्र सफल हो गया, तो मानव भी छल, कपट, प्रपंच के मार्ग अपनाकर सफलता प्राप्त करने का प्रयास करने लगेगा। समग्र समाज अधर्म, पाप और अराजकता की भेंट चढ़ जायेगा। और इसके लिए यदि इतिहास किसी को दोष देगा तो वो मैं और शत्रुंजय होंगे। वो ये नहीं देखेगा कि शत्रुंजय के शरीर में सुबाहु की दुरात्मा का वास है या नहीं।" पीछे हटकर उसके नेत्रों में देख दुर्भीक्ष के नेत्र भी नम हो गये, "जाओ मित्र। धर्मध्वज के रक्षक बनो, ताकि कल समाज को तुम पर गर्व हो, कि अपने अधर्मी पुत्र और मित्रों के विरुद्ध शस्त्र धारण कर एकचक्रनगरी नरेश शत्रुघन ने अपने धर्म का वहन किया। जो कलंक हमारे जीवन पर लग चुका है, निसंदेह हमें तो इतिहास हेय दृष्टि से ही देखेगा। इसीलिए समझ लो यही मेरी अंतिम इच्छा है कि तुम्हारा नाम इतिहास में सुनहरे अक्षरों में लेखा जाये। इसलिये अब जाओ मित्र। मुझे कुछ समय एकांत में रहना है।"

शत्रुघन के नेत्रों में भी नमी आ गयी। उसने एक बार फिर दुर्भीक्ष को हृदय से लगा लिया, "तुम्हारा सानिध्य स्वर्ग के उस हर सुख से बढ़कर है जो मैं आजतक भोगता आया हूँ। इसलिये मैं तुम्हें निराश नहीं करूंगा, मित्र।" उसके कंधे पर हाथ रख शत्रुघन ने अपने अश्रु पोछे और दुर्भीक्ष आश्वस्त किया, "अब हमारी भेंट रण में ही होगी। तुमने उचित ही कहा, सम्मान सबसे बड़ा धन होता है। और मुझे तो महाबली वक्रबाहु के प्रति अपना ऋण भी चुकाना है, इसलिये अब मुझे आज्ञा दो।" इतना कहकर शत्रुघन वहाँ से प्रस्थान कर गया। अपने मुख पर मुस्कान लिये दुर्भीक्ष उसे जाते हुए देखता रहा।

उसके जाने के उपरांत दुर्भीक्ष मध्य रात्रि में अकेला ही रणभूमि की ओर पैदल निकल गया। मार्ग में चलते हुए एक सैनिक ने उसके पास आकर एक सूचना दी। उस सूचना को सुनने के उपरांत दुर्भीक्ष ने उसे जाने का संकेत दिया।

समरांगण में पहुँचकर उसने समग्र भूमि की ओर दृष्टि घुमाकर देखा। वीरगति प्राप्त हुए योद्धाओं फैला हुआ रक्त सूखने लगा था। दूर दूर के पर्वतों तक रक्त और माँस के लोथड़े चिपके दिखाई दे रहे थे। कई शिलाओं से तो अभी भी नीचे बहते हुए रक्त की लालिमा भूमि पर लाल रंग चढ़ा रही थी। उसने भूमि की ओर वापस दृष्टि घुमाकर देखा तो अभी भी कई सैनिक शवों को उठा रहे थे, और उनके कटे फटे छोटे मोटे अंगों को भूमि पर ही छोड़कर उनकी अंतयेष्टि कर दे रहे थे। सैनिकों के उन कटे फटे अंगों के साथ साथ सहस्त्रों हाथियों और अश्वों के शवों पर दूर के वन में छिपे हुए सियार, गीदड़, लग्ड़बग्घे, चील और गिद्ध वहाँ आकर अपना मुँह मार रहे थे। कुछ सैनिकों के हाथ खाली थे तो वो उनमें से कुछ रणभूमि खाली करने के लिये युद्धक पशुओं के शव जला रहे थे। दुर्भीक्ष का मन ग्लानि भाव से भर उठा। वो वहाँ से दूर एक

ऊँचे पर्वत की ओर बढ़ा। उस पर्वत पर चढ़कर कुछ ही समय में दुर्भीक्ष उसकी सबसे ऊपरी सतह पर जा बैठा।

वहाँ पर्वत की ऊँचाई पर एक छोटे से पत्थर के टुकड़े पर बैठा दुर्भीक्ष अपने ग्लानि से भरे नेत्रों से अपने दोनों पंजो को निहार रहा था, जिस पर उसे रक्त की लालिमा दिखाई दे रही थी। सहसा ही उसके समक्ष वही बालक आ खड़ा हुआ जो उसके स्वप्न में दो बार आ चुका था। अपने हाथ में जलता हुआ पत्थर लिये उसने दुर्भीक्ष की ओर फेंका। उस क्षण न जाने दुर्भीक्ष को क्या हुआ जो भय के मारे उसने अपने नेत्र बंद कर लिये। दो क्षण के लिये उसके समग्र शरीर में कंपन उत्पन्न हो गया। दो क्षणों उपरांत उसने नेत्र खोलकर देखा, उसके समक्ष कोई नहीं था। पर्वत की ऊँचाई पर बहती सर्द हवाओं के उपरांत भी उसके माथे से अभी भी पसीना बह रहा था।

उसने क्षणभर के लिये अपने नेत्र बंद किये और स्वयं को संभाला। कुछ क्षणों उपरांत उसने पर्वत की उस सतह पर खड़े होकर आकाश की ओर देखा, "हे विधाता, क्यों, क्यों मेरा ऐसा भाग्य लिखा तूने? जन्म से मुझे अर्धअसुर बना दिया, पापी असुरों का संरक्षक बना दिया। ऐसा कौन सा पाप हुआ था मुझसे? क्यों, क्यों तूने बार बार जीवन के हर मोड़ पर मुझे अधर्मियों का सारथी बनाया? जयवर्धन की मृत्यु के उपरांत मैंने धर्म के मार्ग पर चलने का प्रयास किया था। किन्तु आज मुझे ज्ञात हुआ मेरा वो सारा प्रयास केवल एक छलावा था। धर्म के पथ पर चलने की आड़ में मैं पापियों का ही समर्थन कर रहा था।" खीजते हुए दुर्भीक्ष घुटनों के बल बैठकर आकाश में देखा, "हे महादेव, हे नारायण, हे ब्रह्मा। मैं अपनों से तिरस्कृत हुआ, भैरवनाथ के षडयंत्रों ने मुझसे सहस्त्रों निर्दोषों की हत्यायें करवाईं। मुझे जयवर्धन जैसे अधर्मी के पापों का भागी बनना पड़ा। और अब जब मैंने असुरों और मनुष्यों में एकता का उद्देश्य लेकर इतना विकराल युद्ध छेड़ा तो मुझे ज्ञात हुआ कि मैं ही अंधकार में था। और इस बार भी मैंने पापियों का ही समर्थन किया। क्यों, क्यों बार ना चाहते हुए भी मेरे भाग्य में ये अंधकार छा जाता है, क्यों? ऐसा भाग्य क्यों लिखा गया मेरा?"

सहसा ही उसे पीछे से एक स्वर सुनाई दिया "अपने किये चुनावों का दोष तुम विधाता पर कैसे मढ़ सकते हो ?"

उस स्वर को सुनकर दुर्भीक्ष पीछे पलटा। अपने समक्ष खड़े व्यक्ति को देख दुर्भीक्ष को ऐसा भान हुआ मानों उसका सारा शोक कुछ क्षणों के लिये नष्ट हो गया हो। उसने उठकर उस व्यक्ति की ओर ध्यान से देखा। उसके नेत्रों में प्रसन्नता के मारे नमी सी आ गयी, "आप मुझसे बिना कुछ कहे लौट गए थे। और अकस्मात ही मुझे दर्शन देने का उपकार कैसे किया, रीछराज?"

सर पर सादी पगड़ी, सादी कमीज और धोती के साथ काली जूती पहने हुए व्यापारी सुलोचन का वेश धरे रीछराज जामवंत दुर्भीक्ष के समक्ष खड़े थे, "अपने प्रिय

शिष्य को अंतिम शिक्षा देने की आवश्यकता आन पड़ी थी। इसलिये मुझे आना ही पड़ा।''

दुर्भीक्ष ने उन्हें प्रणाम करते हुए कहा, ''मैं पहले ही एक बार आपके दिए हुए ज्ञान का अनादर कर चुका हूँ। फिर भी आपको मुझ पर विश्वास है ?''

''वो तुम्हारी पहली भूल थी। इसलिये मैं तुम्हें एक अंतिम अवसर देने आया था, अंतिम बार तुम्हें धर्म की शिक्षा देने आया था। किंतु यहाँ आकर मुझे ज्ञात हुआ कि तुम तो अपने दुष्कर्मों का दोष ईश्वर और अपने दुर्भाग्य पर मढ़ रहे हो। मुझे तुमसे ये आशा न थी, सुर्जन।''

दुर्भीक्ष को थोड़ा आश्चर्य हुआ, ''मैं आपके कथन का अर्थ समझा नहीं।''

सुलोचन ने उसके निकट आकर उसके विचलित हुआ देख उससे प्रश्न किया, ''माना कि वर्षों पूर्व भैरवनाथ ने तुम्हारे विरुद्ध षड्यंत्र रचे, तुम्हें गंधर्वों के विरुद्ध भड़काया। किंतु क्या उसने तुम्हारी बुद्धि को वश में करके तुमसे गंधर्वों की हत्या करवाई थी?''

सुलोचन का वो कथन सुन दुर्भीक्ष ने मौन धारण कर लिया। उसके नेत्र लज्जा से झुक गये। सुलोचन ने उसके कंधे पर हाथ रख उससे कटाक्षमय स्वर में कहा, ''उस घटना की कथा बहुत बार सुनी है मैंने। यदि तुम्हें केवल दुर्धरा का वो काल्पनिक पति ही चाहिए था, तो तुम्हारे पास ऐसी शक्तियाँ और विद्यायें थी जिससे तुम वहाँ उपस्थित समस्त मनुष्यों को मूर्छित कर सकते थे। किंतु तुमने ऐसा नहीं किया। सत्य को परखे बिना क्रोध में भरकर तुमने सैनिकों के ही नहीं, कई निर्दोष स्त्रियों और बालकों को जीवित अवस्था में ही भस्म कर दिया। उन बालकों और स्त्रियों को तो कदाचित अग्नि को स्पर्श करने का अनुभव भी ना रहा होगा, और तुम्हारे कारण उन्हें अपने शरीर के एक एक अंगों को भस्म होते हुए देखना पड़ा। तनिक अनुमान लगाओ उनकी वेदना का। और अब तुम अपने इस पाप का दोष भी अपने दुर्भाग्य और ईश्वर पर मढ़ना चाहते हो? ये युद्ध तुमने किया क्योंकि तुम मानवों को पापी मानने लगे थे। और उन्हें अपनी संस्कृति छोड़ असुर संस्कृति के आधीन करना चाहते थे। ये कहाँ तक उचित था?''

दुर्भीक्ष के नेत्रों के समक्ष एक बार फिर वही बालक आ खड़ा हुआ जो उसके स्वप्न में आया करता था। कुछ ही क्षणों में वो बालक अदृश्य हो गया। उसका मन ग्लानि से भर उठा, ''आप उचित कह रहे हैं, रीछराज। आपने मुझे धर्म का मार्ग दिखाया था किंतु मैं उस पर चल ना सका। निसंदेह इसमें मेरा ही दोष था। और ये उन निर्दोषों की हत्या का पाप ही है जिसका मुझे दण्ड प्राप्त हो रहा है, और वास्तव में मैं इसी के योग्य हूँ।''

दुर्भीक्ष का ग्लानि से भरा स्वर सुनकर जाम्वंत का ह्रदय भी द्रवित हो उठा, ''तुम मुझे सरदार ही कहा करो, अन्यथा तुमसे वार्ता करने में आनंद नहीं आयेगा। आओ तनिक वहाँ बैठकर शुद्ध वायु का आनंद लिया जाये।'' कहते हुए सुलोचन निकट के पत्थर पर आ बैठे जहाँ पहले दुर्भीक्ष बैठा था।

''जो आज्ञा सरदार।'' दुर्भीक्ष भी उनके निकट आकर बैठ गया।

कुछ क्षण मौन रहकर सुलोचन ने वार्ता आरम्भ की, ''वैसे तुम अपनी सेना को छोड़कर यहाँ एकांत में आकर क्यों बैठे?''

''मेरा मन ग्लानि के बोझ से दबा जा रहा था। अपनी वेदना को कम करने के लिए मुझे एकांत की आवश्यकता थी।'' दुर्भीक्ष का स्वर ग्लानि से भरा जा रहा था।

सुलोचन ने भूमि पर पड़ा एक पत्ता उठाया और उसे क्षणभर के लिए ध्यान से देखा, ''इस समय वायु का प्रवाह दक्षिण दिशा की ओर है, जिसका संकेत मेरे हाथ में थमा वृक्ष का ये पत्ता दे रहा है। वायु का ये प्रवाह जल की धारा, टूटते और गलते हुए बर्फीले पर्वतों के टुकड़ों, किसान की फसलों के साथ साथ पक्षियों, वन्यजीवों और न जाने कितने मनुष्यों तथा यात्रियों के जीवन की दिशा को आधार प्रदान करता है। कोई नहीं जानता कि किस क्षण वायु के इस प्रवाह में परिवर्तन आ जायेगा, और व्यक्ति के जीवन को कैसे प्रभावित करेगा। मृत्युलोक का ये जीवन एक यात्रा के अतिरिक्त और है ही क्या? प्रभु श्रीराम ने जलसमाधि लेते समय मुझे ये वचन दिया था, कि वो द्वापर की अंतिम सदी में वासुदेव क़े रूप में मुझे अपने दर्शन से कृतार्थ करने अवश्य आयेंगे। मेरा सदियों तक उनकी प्रतीक्षा करना एक यात्रा ही तो है।''

सुलोचन ने आगे कहना जारी रखा, ''जीवन की इस यात्रा के विभिन्न पथ पर भाग्य हमें सद्मार्ग पर चलने का अवसर अवश्य देता है। दुर्धरा के रूप में एक बार पहले भी ये अवसर तुम्हारे हाथ आया था, किंतु तुमने अपने क्रोध के दुर्गुण के कारण उसे गँवा दिया। आज महाबली वक्रबाहु ने अपने प्राणों की आहुति देकर एक बार फिर वायु का प्रवाह बदला है, और तुम्हें अवसर दिया है कि तुम उचित मार्ग का चुनाव कर सको। इस अवसर का लाभ उठाओ, और अपने पापों का प्रायश्चित करो। शत्रुंजय रूपी सुबाहु को बंदी बनाकर कारागार में डालो, और पराजय स्वीकार करके महाराज भरत के समक्ष समर्पण कर दो। क्योंकि यही धर्म है, और समग्र आर्यावर्त में शांति की स्थापना का मार्ग तुम्हारे इस एक निर्णय पर आधारित है।''

कुछ क्षणों तक विचार करते हुए दुर्भीक्ष मुस्कुराया। उसकी उस मुस्कान में उसके मन की वेदना स्पष्ट दिखाई दे रही थी, ''क्षमा करें सरदार, मैं समर्पण नहीं कर सकता। मैंने अपनों से ही तिरस्कार सहा, दशकों तक मैं सुप्तावस्था में रहा। अपने किए पापों के कारण वर्षों तक मेरा प्रेम मुझसे दूर रहा। एक आत्मसम्मान ही तो बचा है मेरे पास जिस पर मैं गर्व कर सकता हूँ। रणभूमि में मेरे प्राणों का हरण करने हेतु जब यमदेव का पाश

मेरे निकट आयेगा तब मैं उस पाश का स्वागत कर सिर उठाकर अपनी मृत्यु को स्वीकार करूँगा। क्योंकि तब मेरे मन में ये संतोष तो रहेगा कि चाहें मैंने जितनी भी विपरीत परिस्थितियों का सामना किया, अपना दिया हुआ वचन तोड़कर अपने आत्मसम्मान की हानि नहीं होने दी। इसलिए जिन असुरों से मुझे सम्मान प्राप्त हुआ मैं उनके रक्षण के कर्तव्य का त्याग नहीं कर सकता।''

पीड़ित स्वर में दुर्भीक्ष ने आगे कहा, ''और आप ही बताइये, मैंने जिस शत्रुंजय के रक्षण का प्रण लिया था, उसे सम्राट बनाने के उद्देश्य से ये युद्ध किया था। उसे कैसे जीवनभर के लिए कारागार में बंदी बनाकर रखूँगा? ब्रह्मदेव के वरदान अनुसार सुबाहु की आत्मा से शत्रुंजय को केवल उसकी मृत्यु ही मुक्त कर सकती है। मैंने जीवित रहते अपने ज्येष्ठ भ्राता साकेत के हृदय को बहुत पीड़ा दी। शत्रुंजय उनका एकमात्र बचा वंशज है। इसलिये अपने जीवित रहते मैं उस पर आँच नहीं आने दे सकता।''

''तुम क्यों धर्मस्थापना के मार्ग में बाधक बनना चाहते हो, महारथी सुर्जन ? एक शत्रुंजय के जीवन की रक्षा के लिए समग्र आर्यावर्त को संकट में डालकर अपने ऊपर पापों का भार क्यों बढ़ाना चाहते हो? यदि इस युद्ध में तुम्हारी विजय हो भी गयी, तो समाज में जो भी अराजकता फैलेगी, उसके उत्तरदायी तुम होगे। क्या अपने हृदय पर ये बोझ लेकर जी पाओगे ?'' सुलोचन ने व्यग्र होकर प्रश्न किया।

''कदाचित ये मेरे लिए सम्भव न हो। और यदि मैं धर्म के मार्ग में बाधक बन रहा हूँ, तो मेरी मृत्यु आवश्यक है।'' दुर्भीक्ष ने खड़े होकर अपने हाथ फैलाये और छाती चौड़ी करते हुए कहा, ''मैं आपके समक्ष निशस्त्र खड़ा हूँ। ये रात्रि का समय है, इसलिये कोई वचन मुझे शस्त्र उठाकर युद्ध करने पर विवश नहीं कर सकता। इससे सुलभ अवसर आपको नहीं मिलेगा, सरदार। यही उपयुक्त समय है, अपने हाथों से मेरा अंत करके मुझे मेरे दुष्कर्मों का दण्ड दीजिये। मुझे मेरे पापों से मुक्त कीजिये, और धर्म की विजय का मार्ग प्रशस्त कर दीजिये।''

दुर्भीक्ष का मुख देख सुलोचन के नेत्र भर आये, ''ये मुझसे नहीं होगा सुर्जन, नहीं होगा।''

मुस्कुराते हुए दुर्भीक्ष सुलोचन के निकट आया, ''तो ब्रह्मऋषि विश्वामित्र के आदेश पर आप मेरी मृत्यु का जो उपाय लेकर आये हैं, उसे बता क्यों नहीं देते?''

दुर्भीक्ष का वो कथन सुन सुलोचन अचंभित रह गये। उन्होंने पत्थर से उठकर प्रश्न किया, ''तुम कैसे कह सकते हो कि मुझे महर्षि विश्वामित्र ने ही भेजा है ?''

''मुझे मेरे गुप्तचर ने पुरुराज भरत की प्रतिज्ञा की सूचना दे दी है। और आप भलीभांति जानते हैं कि मेरे जीवन से कहीं अधिक महत्व महाराज भरत के जीवन का है। उन्हें अग्नि समाधि लेने से रोकने के लिए भी मेरी मृत्यु आवश्यक है। किंतु जब

तक मेरे हाथों में शस्त्र है, महाराज भरत यदि विजयधनुष उठा भी लें तो भी मुझे पराजित नहीं कर सकते। और भरत ने असुर संस्कृति के नाश का संकल्प लिया है, और मैंने भी प्रतिज्ञा की थी, कि जो असुरजाति के लिए संकट बनेगा, मैं उसका नाश कर दूँगा। अपने प्रण अनुसार मैं भी पुरुराज के प्राण लेने का प्रयास अवश्य करूँगा। इसलिए मैं समझता हूँ कि ऋषि विश्वामित्र के पास अवश्य ही कोई ऐसा उपाय रहा होगा जिससे मेरा वचन भी भंग न हो, और मैं शस्त्र रखने को विवश भी हो जाऊँ। इसलिए आप वो उपाय बताकर अपने आगमन का उद्देश्य पूर्ण कीजिये।''

दुर्भीक्ष का कथन सुन सुलोचन ने अपने हृदय को दृढ़ किया और एक श्वास में ही कह दिया, ''वक्रबाहु के शरीर से निकली ऊर्जा से पूर्व विदर्भराज जयवर्धन स्वस्थ हो गये हैं। किंतु उनकी स्मृति अभी पूर्ण रूप से लौटकर नहीं आयी।''

सुलोचन का कथन सुन दुर्भीक्ष को सारी स्थिति समझ में आ गयी। उसने श्वास भरते हुए कहा, ''इस युद्ध के आरम्भ से पूर्व ब्रह्मऋषि विश्वामित्र ने मुझसे कहा था कि युद्ध के अंत में मेरे समक्ष दो विकल्प आयेंगे। उस समय अपने विवेक का प्रयोग कर यदि मैंने उत्तम विकल्प का चुनाव किया, तो वो शत्रुंजय के प्राणों का रक्षण करेंगे। प्रथम विकल्प ये है कि मैं विदर्भ की सेना का नेतृत्व करता हुआ अधर्मियों का समर्थन करता रहूँ, दूसरा विकल्प है कि मैं शस्त्रों का त्याग कर अपनी मृत्यु को स्वीकार करूँ। अब मुझे पूर्ण विश्वास हो गया है कि मेरी मृत्यु का मार्ग केवल धर्म की ही रक्षा नहीं करेगा, अपितु शत्रुंजय के जीवन ज्योति को भी प्रजव्लित करेगा, और उसे सुबाहु नाम की उस दुरात्मा के बंधन से मुक्त भी करायेगा।''

दुर्भीक्ष अपने दोनों हाथ जोड़कर सुलोचन के समक्ष घुटनों के बल झुका, ''आपने ये उपाय बताकर मुझ पर बहुत बड़ा उपकार किया है, सरदार। आप मृत्योप्रांत भी सदा मेरी स्मृतियों में रहेंगे। पिछली बार आपकी दी हुयी शिक्षा का मैंने सम्मान नहीं किया, किंतु इस बार मैं आपको निराश नहीं करूँगा। आप और ब्रह्मऋषि विश्वामित्र यदि चाहते तो बिना मुझे सूचित किए ही जयवर्धन को रणभूमि में लाकर मुझे शस्त्र रखने पर विवश कर सकते थे। किंतु आप दोनों ने मुझे ये भेद बताकर मेरा सम्मान बढ़ाया है, जिसके लिए मैं सदैव आप दोनों का ऋणी रहूँगा।''

दुर्भीक्ष ने कहना जारी रखा, ''अपने अज्ञान के कारण मुझसे बहुत पाप हुए हैं। मेरे क्रोध ने सहस्त्रों निर्दोष गंधर्वों से जीवन का अधिकार छीना है। मेरे हठ के कारण ही इस युद्ध में लाखों वीरों की बलि चढ़ी है। इसलिये अब मेरा रक्त ही मेरे इन पापों को धो सकता है, और यही मेरा प्रायश्चित होगा। जाईये सरदार, पुरूराष्ट्र के शिविर में जाईए और महाबली अखण्ड को सूचित कीजिये कि एक ओर मैंने जयवर्धन को समर्थन का वचन दिया है, और दूसरी ओर शत्रुंजय को सम्राट बनाने का प्रण लिया है। इसलिये यदि जयवर्धन ने रणक्षेत्र में आकर पौरवों की ओर से युद्ध किया, और मेरे समक्ष

आकर स्वयं के समर्थन का वचन स्मरण कराया और मुझे अपने पक्ष में युद्ध करने का आदेश दिया। तब दोनों पक्षों के प्रति वचनबद्धता के कारण मैं अपने शस्त्रों का त्याग करने पर विवश हो जाऊँगा। इसके उपरांत महाराज भरत मेरा वध करके अपनी प्रतिज्ञा पूर्ण कर सकते हैं।''

''इस कार्य को मैं नहीं कर सकता, सुर्जन। और ना ही ये कार्य महर्षि ब्रह्मऋषि विश्वामित्र कर सकते थे। युद्ध विजय के लिए किसी को भी उसके भविष्य के विषय में अवगत कराना प्रकृति के नियमों का उल्लंघन है। इसलिये उन्होंने मुझे तुम्हारे पास भेजा, कि तुम स्वयं चुनाव करो कि तुम्हें कौन सा मार्ग अपनाना है। ये सूचना लेकर तुम्हें स्वयं के पक्ष से ही किसी ऐसे व्यक्ति को भेजना होगा जिस पर महाबली अखण्ड विश्वास कर सकें। इससे मृत्यु के समय जो सम्मान तुम्हें प्राप्त होगा, मैं समझूँगा तुम्हें प्राप्त हुआ वो सम्मान ही मेरी दी हुयी शिक्षा और मार्गदर्शन के प्रति तुम्हारी गुरुदक्षिणा है। मैं सदैव गर्व से कह सकूँगा कि मैं सुर्जन जैसे महारथी का गुरु था, जिसने धर्मस्थापना के लिए स्वेच्छा से थाल में सजाकर अपने प्राणों का दान कर दिया।''

दुर्भीक्ष ने उठकर सुलोचन के नेत्रों में देखते हुए कहा, ''मैं आपका संकेत समझ गया, सरदार। मुझे ज्ञात है कि इस कार्य हेतु मुझे किसे भेजना चाहिये। सत्य कहूँ तो आपने और महर्षि वसुधर ने ही मुझे गुरु शब्द का वास्तविक अर्थ समझाया है। मैं कभी नहीं चाहूँगा कि संसार मुझे असुरेश्वर दुर्भीक्ष के नाम से स्मरण रखे, क्योंकि ये नाम उस कपटी भैरवनाथ ने मुझे दिया था। इसके स्थान पर मैं जामवंत शिष्य सुर्जन के नाम को ही अपना सम्मान मानूँगा। और यदि किसी इतिहास में मेरा नाम अंकित हुआ, तो वो मुझे इसी नाम से स्मरण करेगा।''

सुलोचन ने दुर्भीक्ष के मस्तक पर हाथ फेरते हुए कहा, ''तुम वास्तव में महान हो, सुर्जन। मैं प्रभु श्रीराम का बहुत आभारी हूँ, जो उन्होंने मुझे द्वापर के अंत तक जीवित रहने का आशीर्वाद दिया। ताकि अपने दूसरे अवतार के दर्शनों के साथ साथ मुझे सुर्जन जैसे शिष्य का गुरु होने का सम्मान मिल सके।''

''उसके लिए तो मैं भी मर्यादा पुरुषोत्तम प्रभु श्रीराम का ऋणी हो गया हूँ, सरदार। बस मन में एक प्रश्न है जो मुझे अभी भी विचलित किये जा रहा है।''

''कैसा प्रश्न ?'' सुलोचन ने प्रश्न किया।

''ब्रह्मऋषि विश्वामित्र एक सिद्ध त्रिकालदर्शी हैं। उन्हें सदैव से ही सत्य का ज्ञान था और मुझे उन पर विश्वास भी था। फिर उन्होंने मुझे सत्य से अवगत कराकर इस विध्वंसकारी युद्ध से क्यों नहीं रोका ?''

''क्योंकि यही तुम्हारा प्रारब्ध था, सुर्जन। तुमने सुर्जन के रूप में एकचक्रनगरी में जन्म लिया, असुरों के महानायक बने। तुम्हारे बल को ही आधार बनाकर असुर,

राक्षस और दानवजाति के लोगों समग्र आर्यावर्त में फैलकर नाना प्रकार के षड्यंत्र रचकर लाखों निर्दोषों को मृत्यु के मुख में धकेल दिया। और तुमने स्वयं इस प्रलयंकारी युद्ध के निमंत्रण का स्वागत किया। परिणामस्वरूप, आज असुरों की आधी अक्षौहिणी से भी कम सेना शेष बची है। इस युद्ध में पराजित होने के उपरांत महाराज भरत समग्र असुरों को आर्यावर्त से बाहर खदेड़ देंगे। जो शेष बच जायेंगे, वो कदाचित सदैव आर्यों के भय से छुपकर रहेंगे। असुरजाति फिर कभी अपने पाँव पर खड़ी नहीं हो पायेगी। इस प्रकार तुम असुरों के विनाश के निमित्त बनने में सफल हुए, असुरेश्वर।

सुलोचन का कथन सुनकर दुर्भीक्ष का मस्तक कुछ क्षणों के लिए सुन्न सा हो गया, "तो असुरजाति के विध्वंस के लिए विधाता ने मुझे निमित्त बनाया। ये किस प्रकार का न्याय है ?"

सुलोचन ने उसके कंधे पर हाथ रख समझाने का प्रयास किया, "कोई भी महान उद्देश्य बिना बलिदानों के पूर्ण नहीं हो सकता, सुर्जन। धर्म स्थापना बलिदान माँगती ही है।"

दुर्भीक्ष के मुख पर सहसा ही मुस्कान छा गयी, "भले ही विधाता ने मुझे असुरों के विध्वंस का स्त्रोत बनाया हो, किंतु इस समय वो मेरा दायित्व हैं। और जब तक मेरे हाथों में शस्त्र होंगे, तब तक मैं शत्रुंजय रूपी सुबाहु के साथ साथ असुरों का रक्षण करता रहूँगा। क्योंकि मैं उनका नरेश हूँ, और उन्होंने मेरे विश्वास पर इस युद्ध में भाग लिया है। बस ग्लानि इस बात की रहेगी, कि मैं उस भैरवनाथ को उसके कुकर्मों का दण्ड नहीं दे पाया। उसका अमरतत्व उसका कवच बन गया।"

सुलोचन ने उसे आश्वस्त करते हुए कहा, "उसकी चिंता मत करो, सुर्जन। कल उस नीच भैरवनाथ को तुम्हारे नेत्रों के समक्ष ऐसा दण्ड मिलेगा, कि फिर कभी कोई भी मनुष्य, असुर, देव, दानव, गंधर्व, ऐसे प्रपंच करके उन जघन्य पापों का निमित्त बनने का विचार भी मन में नहीं लायेगा।"

दुर्भीक्ष के नेत्रों में सहसा ही संतोष का भाव दिखने लगा। उसने दृढ़ होकर कहा, "फिर तो आज्ञा दीजिये, सरदार। क्योंकि उस व्यक्ति को भी समझाने में मुझे समय लगेगा जिसे मुझे पुरुसेना के शिविर में भेजना है। कल भले ही मृत्युशय्या पर लेटना पड़े, किंतु भैरवनाथ को मिलने वाले दण्ड को देख अथाह संतोष प्राप्त करने की अब और प्रतीक्षा नहीं कर सकता मैं।"

दुर्भीक्ष के मुख पर छाई दृढ़ता देख रीछराज जामवंत अपने वास्तविक रूप में आ गये। उनका सम्मान करते हुए दुर्भीक्ष उनके समक्ष हाथ जोड़कर घुटनों के बल बैठ गया। जामवंत ने उसे गर्वभरी दृष्टि से देखा, "हे महारथी सुर्जन, तुमने अपने वचनों से मेरा हृदय जीत लिया है। तुम्हारा गुरु होने पर मुझे सदैव गर्व रहेगा। इसीलिये मेरी इच्छा है, कि आज तुम मुझसे कोई भी वर माँग लो। कोई ऐसा वर जो केवल तुम्हारे

लिये हो, और किसी के लिये नहीं।''

''मैं वरदान में अपना जीवन तो माँग नहीं सकता, और शत्रुंजय के जीवन की रक्षा का वचन तो ब्रह्मऋषि विश्वामित्र का है। उनसे ये उनका ये अधिकार भी नहीं छीन सकता। किंतु आपकी इच्छा का सम्मान करते हुए, मैं आपसे एक वर अवश्य माँगूगा। हे रीछराज, यदि सम्भव हो तो मुझे ऐसा वर दें कि मैं अपनी मृत्यु से पूर्व अपनी मातृभूमि के दर्शन कर सकूँ। अंत समय में मैं उन दो मिट्टी के बने अश्वों के दर्शन करना चाहता हूँ जिसमें मेरे पिता महाराज ययाति की स्मृतियाँ हैं। अपने प्राणों का त्याग मैं उसी मूरत के नीचे करना चाहता हूँ जिसकी स्थापना मेरे परममित्र शत्रुघन ने की थी।''

''अवश्य पुत्र, अवश्य।'' कहते हुए रीछराज ने अपने हाथ जोड़े और अपने नेत्र बंद किये, ''यदि मैंने प्रभु श्रीराम की सच्चे हृदय से सेवा की है। यदि उनके प्रति मेरी श्रद्धा में कोई खोट नहीं, तो अगले दस क्षणों में मैं जो कुछ भी कहूँ वो श्री नारायण की कृपा से सत्य सिद्ध हो।''

इसके उपरांत अपने नेत्र खोल जामवंत ने दुर्भीक्ष को आशीर्वाद दिया, ''हे महाबाहु, युद्धभूमि में तुम जितने भी घायल हो जाओ। तुम्हारी मृत्यु उसी दिन सूर्यास्त के समय ही होगी जिस दिन तुम अपनी मातृभूमि के राजमहल में प्रवेश करोगे। ये रीछराज जामवंत का तुम्हें वरदान है।''

दुर्भीक्ष ने खड़े होकर एक बार फिर जामवंत को नमन किया, ''आपका बहुत बहुत आभार, गुरुदेव। अब मृत्यु से पूर्व मैं अपने भतीजे शत्रुंजय को वो समस्त ज्ञान दे पाऊँगा, जो मैंने अपने जीवन के अनुभवों से प्राप्त किया है।''

जामवंत ने निकट आकर दुर्भीक्ष को हृदय से लगा लिया, ''ऐसा अवश्य होगा, तुम्हारी हर इच्छा पूर्ण होगी। तुम्हारी कीर्ति समस्त जग के वीर योद्धाओं के लिए प्रेरणा बनकर रहेगी, महारथी सुर्जन। युद्ध में अपने माने हुए धर्म पर दृढ़ रहने वाले किसी भी वीर को जब मृत्यु अपने समक्ष खड़ी दिखाई देगी, तो वो निसंदेह तुम्हारे बलिदान का स्मरण करेगा, और उसके हृदय से अपनी मृत्यु का भय निकल जायेगा।''

उसे आलिंगन से मुक्त करने के उपरांत रीछराज ने उसे क्षण भर के लिए देखा, ''यशस्वी भव, महारथी सुर्जन। मुझे तुम पर गर्व है।'' इतना कहकर रीछराज जामवंत अदृश्य हो गये।

दुर्भीक्ष के नेत्रों में अलग सा ही संतोष था। उसने अपनी श्वास खींची और एक ही क्षण में पर्वत की ऊँचाई से से कूदकर सीधा नीचे आ गया। उठकर दुर्भीक्ष ने अपने हाथों पर लगी धूल झाड़ी और अपने शिविर की ओर बढ़ा। कुछ ही क्षणों उपरांत त्रिकुम्ब उसके समक्ष आ खड़ा हुआ। उसने दुर्भीक्ष को प्रणाम करते हुए विनती की, ''मैं आप ही को खोज रहा था, असुरेश्वर। कृपा करके मेरी सहायता करें।''

वन में एक अज्ञात स्थान पर ब्रह्मऋषि विश्वामित्र अपनी साधना में लीन थे। सहसा ही उनके नेत्र खुल गये जैसे मानों उन्होंने कोई दृश्य देखा हो। उनके मुख से सहसा ही फूट पड़ा, "तुम वास्तव में महापुरुष हो महारथी सुर्जन। मुझे प्रसन्नता है कि तुमने मुझे निराश नहीं किया।"

विश्वामित्र ने एक बार फिर अपने नेत्र बंद किये और कुछ मंत्रों का जाप आरम्भ किया। अकस्मात ही उनका शरीर स्थिर हो गया, और मुख से निकली एक दिव्य ज्योति आकाश की ओर बढ़ चली।

बादलों को चीरकर सौरमंडल को पार करती हुयी उस दिव्यज्योति ने ब्रह्मलोक में प्रवेश किया। एक विशाल कमल पर परमपिता ब्रह्मा नेत्रों बंद किये अपनी साधना में लीन थे। वो दिव्यज्योति उनके निकट गयी और ब्रह्मऋषि विश्वामित्र का आकार ले लिया। ये विश्वामित्र का दिव्यस्वरूप था जो ब्रह्मदेव के दर्शनों के लिये आया था।

विश्वामित्र ने ब्रह्मदेव को प्रणाम करते हुए विनती की, "हे परमपिता, हे भाग्यविधाता। मैं बहुत आशा लेकर आपके पास आया हूँ, मुझ पर कृपा कीजिये।"

ब्रह्मऋषि विश्वामित्र की याचना पर परमपिता ने अपने नेत्र खोले। विश्वामित्र को अपने समक्ष देख उनके मुख पर मुस्कान छा गयी, "ब्रह्मलोक में आपका स्वागत है, ब्रह्मऋषि। कहिये, मैं आपकी क्या सहायता कर सकता हूँ?"

"मैं आपसे एक निर्दोष बालक के प्राणों का दान माँगने आया हूँ, परमपिता। असुरेश्वर दुर्भीक्ष मेरे दिये हुए वचन के आधार पर धर्म की विजय के लिए अपने प्राणों की आहुति देने जा रहे हैं। इसलिये मेरी विनती है कि आप शत्रुंजय को प्राणदान देकर मेरे वचन की लाज रखें।"

ब्रह्मदेव मुस्कुराये, "आप ब्रह्मऋषि है विश्वामित्र। आपने तो सदियों पूर्व भी सत्यवादी राजा हरीशचंद्र के मृत हुये पुत्र रोहितश्रवा को जीवित किया था। यौगिक बल का उपयोग कर आप शत्रुंजय के मृत शरीर में भी ऊर्जा का संचार कर सकते हैं। तो यहाँ आकर मुझसे विनती करने का क्या कारण है ?"

विश्वामित्र ने विनम्र भाव से कहा, "आप सृष्टि के हर जीव के भाग्य विधाता हैं, ब्रह्मदेव। मृत्यु और जीवन आपके लिखे भाग्य अनुसार ही प्राप्त होता है। इसलिये आपकी सहमति लिये बिना मेरा इस कार्य को करना सम्भव नहीं। अन्यथा प्रकृति का नियम और संतुलन भंग हो सकता है। इसलिये आपकी आज्ञा परम आवश्यक है। रोहिताश्रवा के साथ जो हुआ वो मैंने राजा हरीशचंद्र की परीक्षा लेने के लिये किया। किंतु यहाँ प्रश्न संसार के कल्याण के साथ-साथ उन जीवन मूल्यों का भी है जिससे प्रेरित होकर एक वीर योद्धा अपने प्राणों का बलिदान करने जा रहा है।"

विश्वामित्र के कथन से प्रसन्न होकर ब्रह्मदेव मुस्कुराया, ''आपके वचनों ने मेरा मन प्रसन्न किया है, ब्रह्मऋषि। और मुझे तो इस बात की आज्ञा देनी ही थी। क्योंकि मेरे ही दिये वरदान के कारण आज आर्यों की भूमि पर संकट आया है, और शत्रुंजय की आयु के तो अभी बहुत वर्ष शेष हैं। तपस्या के फलस्वरूप मुझे सुबाहु को वरदान देने पर विवश होना पड़ा था, कि वो मृत्यु के उपरांत जिस भी शरीर में चाहे उस शरीर पर अपना अधिकार जमा सकता है। किंतु मैंने उससे ये भी कहा था कि उस शरीर का त्याग वो तब तक नहीं कर सकता, जब तक उस शरीर की मृत्यु ना हो जाये। पूर्व विदर्भराज जयवर्धन की आयु समाप्त नहीं हुयी थी, लेकिन सुबाहु ने दूसरा शरीर धारण करने के लिये समय से पूर्व ही जयवर्धन के शरीर को नष्ट करने का प्रयास किया। और जयवर्धन के लिये निश्चित की हुयी जीवन रेखा के अनुसार मुझे उसकी जीवात्मा उसके शरीर में वापस लौटानी पड़ी, क्योंकि उसकी जीवन रेखा में विघ्न मेरे ही वरदान के कारण पड़ा था। सुबाहु ने मेरे वरदान का दुरुपयोग करके बहुत छल कपट किये हैं। आशा है आप उस दुरात्मा को उचित दण्ड दे पायेंगे।''

''अवश्य, अवश्य ब्रह्मदेव। शत्रु ने अनेकों छल किए हैं। अब एक अंतिम छल करने की बारी हमारी है। आपका बहुत बहुत आभार, परमपिता। अब आज्ञा दीजिये।'' विश्वामित्र ने ब्रह्मदेव को प्रणाम किया।

''मेरी शुभकामनायें आपके साथ हैं, ब्रह्मऋषि।''

इधर दण्डक वन में शत्रुंजय रूपी सुबाहु अपने शिविर में निश्चिंत होकर विश्राम कर रहा था। सहसा ही कोई उसके कक्ष में आया और उसका हाथ झटककर उसे उठाया। शत्रुंजय हड़बड़ाकर उठ गया। वो अपने समक्ष खड़े भैरवनाथ को देख आश्चर्यचकित रह गया, ''गुरुदेव, आप इस समय यहाँ क्या कर रहे हैं ?''

भैरवनाथ ने उसे चेतावनी देते हुए कहा, ''मुझे समझ नहीं आता कि पराजय तुम्हारे समक्ष खड़ी है, फिर भी तुम इतने निश्चिंत कैसे रह सकते हो ?''

भैरवनाथ को विचलित देख शत्रुंजय आश्चर्य में पड़ गया, ''ये आप क्या कह रहे हैं? हमारी सैन्य शक्ति बढ़ चुकी है। हमारी शक्ति प्रबल है, और कल शत्रुसेना का ध्वंस तय है। फिर ऐसा क्या हो गया जो आपको हम पराजित होते हुए दिखाई दे रहे हैं ?''

भैरवनाथ ने खीजते हुए कहा, ''मुझे समझ नहीं आता कि तुम्हारे जैसे जड़बुद्धि को मैंने असुरजाति के उत्थान का साधन बनाया ही क्यों?

''आप कहना क्या चाहते हैं, गुरुदेव? स्पष्टता से कहिए।''

''महाबली वक्रबाहु के प्राणदान के फलस्वरूप प्रकट हुए जीवंत पात्र से इतनी

ऊर्जा निकली है कि जयवर्धन के शरीर से विष का प्रभाव नष्ट हो गया। और वो पूर्ण रूप से स्वस्थ हो गया। इसका अर्थ समझते हो...।''

''इसका अर्थ ये है कि.....।''

''कि कल दुर्भीक्ष का अंत निश्चित है। तुम्हें ज्ञात ही होगा कि दुर्भीक्ष रीछराज जामवंत का कितना सम्मान करता है। आज वो उससे पुनः भेंट करने आये थे। और जब दुर्भीक्ष को ज्ञात हुआ कि जयवर्धन जीवित हो उठा है तो उसने स्वेच्छा से ही अपनी पराजय मार्ग उन्हें बता दिया। यदि कल रणक्षेत्र में जयवर्धन ने दुर्भीक्ष के समक्ष आकर उसके दिये वचन अनुसार अपने पक्ष में युद्ध करने का आदेश दिया, तो वो अपने शस्त्रों का त्याग कर देगा। और महाराज भरत जो दुर्भीक्ष के वध का प्रण ले चुके हैं, वो इस अवसर को हाथ से जाने नहीं देंगे।''

विचलित हुए शत्रुंजय ने अपना माथा पकड़ लिया। फिर कुछ क्षण विचार कर उसने कहा, ''कोई बात नहीं। दुर्भीक्ष का वध होना हो, तो हो जाये। मेरे पास भी चार अक्षौहिणी सेना है। मैं...।''

भैरवनाथ ने उसे बीच में टोका, ''अतिआत्मविश्वास घातक सिद्ध हो सकता है, सुबाहु। कल पुरुसेना में महाराज भरत के साथ साथ दिग्विजय, चंद्रकेतु, महारथी जयवर्धन, महाराज शत्रुघन, मथुरा नरेश शल्लभ, काशीराज भद्रसोम भी होंगे। और तो और त्रिकुम्ब भी अपने पिता के आदेश का पालन करते हुए पुरूसेना के पक्ष में जा रहा है। कदाचित भरत को कुछ समय के लिये दुर्भीक्ष रोक लेगा। किंतु शेष सात महारथियों से कैसे रक्षण करोगे अपनी सेना का। तुम्हारा शरीर तो अभेद्य है नहीं कि तुम्हारा वध ना किया जा सके।''

शत्रुंजय ने खीजते हुए कहा, ''यदि कल मेरी पराजय निश्चित ही है, तो मैं वीरता से युद्ध करके शत्रु को जितनी हो सके हानि पहुँचाऊंगा। तब तक जब तक इस शत्रुंजय के शरीर का नाश नहीं हो जाता। और उसके उपरांत, मैं उस भरत के शरीर में समाकर समग्र आर्यावर्त का एकछत्र सम्राट बन जाऊँगा।''

''मैं जानता था। मैं जानता था, तुम ऐसी ही कोई मूर्खता करने के विषय में विचार कर रहे होगे। इसीलिए मैं इस समय तुम्हारे पास आया हूँ।''

''आप कहना क्या चाहते हैं ?''

''तुम्हें त्रिशस्त्र का स्मरण है जिसका प्रयोग करके रक्षराज दुशल का वध किया गया था ?''

''हाँ, वो महाऋषि ओमेश्वर की तीन दिव्य तलवारों से निर्मित हुआ था। किंतु उसका क्या ?''

''विदर्भ पर अधिकार करने के उपरांत जयवर्धन ने वो तीनों तलवारें ऐसे गुप्त

स्थान पर भिजवा दीं थीं, जहाँ तक कभी कोई ना पहुँच सके। महाऋषि ओमेश्वर की शेष दो तलवारें देवलोक में थीं। और आज से एक वर्ष पूर्व महाऋषि शंकराचार्य उन तलवारों की खोज में निकले थे।''

''गुप्तचरों की सूचना के अनुसार महाऋषि शंकराचार्य सफल होकर कल तक पौरव शिविर में पहुँच जायेंगे। वो महाऋषि ओमेश्वर की उन पाँच दिव्यतलवारों को अपने साथ ला रहे हैं, जो अपने स्पर्श मात्र से किसी भी आसुरी आत्मा की पहचान कर सकती है। इसी बात को ध्यान में रखते हुए कल पाँच मायावी योद्धा महाराज भरत का वेश धरकर रणभूमि में आयेंगे। दुर्भीक्ष से पहले कोई तुम्हारा वध नहीं करेगा। यदि दुर्भीक्ष के वध के उपरांत महाराज भरत उन पाँचों मायावियों से जा मिले। और यदि तुमने भूल से भी किसी गलत शरीर में प्रवेश कर लिया, तो महर्षि शंकराचार्य की उन तलवारों की शक्ति से पहचान लिये जाओगे, और सदा सदा के लिये तुम्हें बंदी बना लिया जायेगा।''

शत्रुंजय रूपी सुबाहु के माथे से पसीना छूट पड़ा, ''तो...तो, मैं दिग्विजय, चंद्रकेतु, किसी भी और महारथी के शरीर में प्रवेश कर जाऊँगा।''

''महाराज भरत के अतिरिक्त यदि किसी भी और शरीर में तुम्हारी आत्मा गयी, तो महाऋषि शंकराचार्य बड़ी सरलता से तुम्हें पहचान लेंगे। और पुरुसेना के वीर अपने उस एक महारथी को जीवन भर बंदी बनाने में तनिक भी संकोच नहीं करेंगे।''

यह सुनकर शत्रुंजय के पसीने छूट गये, ''तो...तो मैं रण छोड़कर भाग जाता हूँ। इस प्रकार शत्रुंजय के इस शरीर के साथ मैं जीवित तो रह सकूँगा।''

''जयवर्धन, दिग्विजय और चंद्रकेतु तुम्हें पाताल से भी ढूँढ निकालेंगे, सुबाहु। इसलिए ऐसी मूर्खता करने का कोई लाभ नहीं होगा।''

शत्रुंजय विचलित हो उठा, ''तो आ...आप ही बताइये मैं क्या करूँ, गुरुदेव ?''

''मेरा सुझाव मानों तो कल के युद्ध में अपने पूर्ण बल का प्रयोग कर युद्ध करो। पुरूराष्ट्र की सेना की जितनी हो सके हानि करो। और यदि मृत्यु तुम्हारे समक्ष खड़ी दिखाई दे, तो नष्ट हो जाने देना शत्रुंजय के इस शरीर को। मैं भद्राक्ष के रूप में दुर्भीक्ष का सारथी बनकर रण में उपस्थित रहूँगा ही, तुम मेरे शरीर में प्रवेश कर जाना। भद्राक्ष के रूप में मुझे एक सारथी जानकर उसका वध कोई नहीं करेगा। फिर हम दोनों छुपकर रहेंगे, और छुपाते हस्तिनापुर में चले जायेंगे। उचित अवसर पाकर मैं तुम्हें अपने शरीर से मुक्त कर दूँगा, फिर तुम भरत के शरीर में समाकर समग्र आर्यावर्त के सम्राट बन जाओगे।''

शत्रुंजय ने संदेह जताते हुए कहा, ''ये कैसे सम्भव है ? ब्रह्मदेव के दिये वरदान अनुसार मैं जिस भी शरीर को धारण करूँ, उसकी मृत्यु हुए बिना मैं दूसरे शरीर में

प्रवेश नहीं कर सकता। क्षमा करें गुरुदेव, आपको तो अमरत्व प्राप्त है। ऐसे तो मैं आपके शरीर में फँसकर रह जाऊँगा।''

''अमरत्व के कई प्रकार के लाभ होते हैं, सुबाहु। मैं किसी असुर से कहके अपना मस्तक कटवा लूँगा और कुछ क्षणों के लिए अपनी प्राणवायु रोक लूँगा, तुम्हारी आत्मा मुक्त हो जायेगी। उन कुछ क्षणों में ही तुम मेरे शरीर का त्याग करके भरत के शरीर में प्रविष्ट कर जाओगे।''

कुछ क्षण विचार कर शत्रुंजय ने सहमति जताई, ''जैसी आपकी आज्ञा, गुरुदेव। शत्रुंजय के शरीर का त्याग करते ही मैं आपके शरीर में प्रवेश कर जाऊँगा।''

''ठीक है, मैं आगे कोई योजना सोचता हूँ जिससे हम शत्रुओं की अधिक से अधिक हानि कर सकें।'' कहते हुए भैरवनाथ ने भद्राक्ष का वेश धरा और शत्रुंजय के शिविर से बाहर निकल गया।

कुछ दूर चलकर वो विदर्भ के सैन्य शिविर से बाहर आ गया। तत्पश्चात पुरूराष्ट्र के शिविर की ओर अपने पग बढ़ाते हुए वो अपने वास्तविक रूप में आ गया। ये कोई और नहीं अघोरी अवधूत थे।

उन्होंने पलटकर विदर्भ के शिविर की ओर देखा, ''तुमने अनेकों छल किए हैं, भैरव। मेरा ये प्रथम और अंतिम छल तुम्हारे उन सभी प्रपंचों का उत्तर होगा, जिनका विस्मरण तुम द्वापर के अंत तक नहीं कर पाओगे ।''

सूर्योदय होने का समय निकट था, किंतु दुर्धरा ने रात्रि भर विश्राम नहीं किया। बस अपने आसन पर मौन बैठी रही। कुछ क्षणों उपरांत दुर्भीक्ष ने उसके शिविर के भीतर प्रवेश किया। उसे मुस्कुराता हुआ देख दुर्धरा विचलित सी हो गयी, ''आप, आप यहाँ ?''

''तुम्हें तुम्हारा अंतिम कर्तव्य स्मरण कराने आया हूँ, दुर्धरा।''

दुर्भीक्ष का कथन सुन दुर्धरा ने आश्चर्यभाव से प्रश्न किया, ''मेरा ऐसा कौन सा कर्तव्य है ?''

अपनी प्रियसी के निकट आकर दुर्भीक्ष ने दोनों हाथों से उसके गालों को सहलाया और उसके माथे को चूमकर कहा, ''धर्म की विजय के लिए एक योगदान तुम्हें भी देना होगा।''

''अर्थात?'' दुर्धरा के शंकित स्वर में प्रश्न किया।

''गरुड़ों की महारानी ने मुझे श्राप दिया था, कि जिस व्यक्ति से मैं सबसे अधिक प्रेम करूँगा वही मेरी मृत्यु का कारण बनेगा। उस श्राप को फलित करने का समय आ

गया है।''

''अ...आप कहना क्या चाहते हैं ? आपकी मृत्यु ?'' दुर्धरा का मन व्यथित हो उठा।

दुर्भीक्ष ने दुर्धरा के नेत्रों में देख उसे समझाने का प्रयत्न किया, ''धैर्य रखो, दुर्धरा। एक बार क्षणभर के लिए मौन रहकर मेरी बात सुनों।''

दुर्धरा ने दुर्भीक्ष का हाथ झटकते हुए कहा, ''मुझे कुछ नहीं सुनना।''

उसका ऐसा व्यवहार देख दुर्भीक्ष ने व्यथित स्वर में कहा, ''मेरा अंत समय आ चुका है, दुर्धरा। तुम्हारी इच्छा या अनिच्छा से मुझ पर आया हुआ काल टलने वाला नहीं है।''

''ये क्या बोले जा रहे हैं आप? आप इस तथ्य से अनभिज्ञ थे कि शत्रुंजय के शरीर में सुबाहु की दुष्टात्मा का वास है, फिर असत्य की आधारशिला पर लिए हुए प्रण का क्या मोल है?''

''असुरों के रक्षण का प्रण मैंने किसी असत्य की आधारशिला पर नहीं किया था, दुर्धरा। उन पर आने वाले हर संकट से उनका रक्षण करना कर्तव्य है मेरा। और इस समय उन पर आया हुआ सबसे बड़ा संकट है पुरूराज भरत। उसने असुर संस्कृति के ध्वंस की प्रतिज्ञा ली है, और मैं असुरों के रक्षण को प्रतिबद्ध हूँ। यहाँ तक की शत्रुंजय को सम्राट बनाने का प्रण मैंने किसी असत्य की आधार शिला पर नहीं किया। चाहें उसके शरीर में सुबाहु की आत्मा का वास होता या नहीं मैं अपने भतीजे को सम्राट बनने के योग्य तबसे मानता आया हूँ जबसे उसने विदर्भ में जयवर्धन के अत्याचारों के विरुद्ध अभियान छेड़ा था। उसके उस चरित्र का स्मरण करते हुए ही मैंने वो प्रण लिया था। और अब उसके जीवन पर संकट आया है, और मेरी मृत्यु ही उसके मस्तक पर आये काल को टाल सकती है।''

''आपकी मृत्यु से शत्रुंजय को जीवन मिल जायेगा। उसका जीवन तो सुबाहु के वश में आकर पहले ही नष्ट हो चुका है।'' दुर्धरा ने व्यग्र स्वर में तर्क दिया।

''अपने नए जीवन में शत्रुंजय सुबाहु की उस दुरात्मा से मुक्त होगा, दुर्धरा। इतना ही नहीं, मेरी मृत्यु से महाराज भरत को भी जीवनदान प्राप्त होगा। सूर्योदय होने में कुछ ही घड़ियाँ शेष हैं, और महाराज भरत ने प्रण लिया हुआ कि यदि आज वो मुझे मृत्युशय्या पर ना लिटा पाये, तो स्वयं को अग्नि को समर्पित कर देंगे। कदाचित उनका जीवन मेरे जैसे पापी के जीवन से कहीं अधिक मूल्यवान है, दुर्धरा।''

दुर्धरा की भवें क्रोध से तन गईं, ''आपसे जो पाप हुए वो आपके अज्ञान का परिणाम थे। आप स्वयं को इस प्रकार पापी कैसे कह सकते हैं ? और महाराज भरत को अग्नि समाधि लेनी है तो लें, भला हमारा इससे क्या सरोकार है?''

"नहीं दुर्धरा। मेरे पापों का कारण मेरी अज्ञानता नहीं, अपितु मेरा क्रोध और अहंकार था। और मेरे यही दो दुर्गुण इस युद्ध का कारण भी हैं, जिसमें लाखों वीरों की बलि चढ़ गयी। इसलिए पापी तो मैं हूँ, और अब मेरा रक्त ही मेरे इन पापों को धोकर मुझे मुक्ति दे सकता है। मैं अपनी आहुति से दो ऐसे वीरों का प्राणदान दे सकता हूँ, जो आर्यावर्त और मानवता को एक सुखद भविष्य की ओर ले जायेंगे। और तुम्हें भलीभांति ज्ञात है कि आधुनिक संसार में ऐसा कोई नहीं जो शस्त्रधारी दुर्भीक्ष को पराजित करके उसका वध कर सके। मेरा शस्त्रों का त्याग ही मेरी मुक्ति का मार्ग प्रशस्त कर सकता है, दुर्धरा। और वही गूढ़ रहस्य बताने हेतु तुम्हें पुरूराष्ट्र के शिविर में जाना होगा।"

"कैसा गूढ़ रहस्य ? आप स्पष्ट क्यों नहीं बताते ?" दुर्धरा विचलित हुए जा रही थी।

"तुम्हें स्मरण है न कि मुझे ब्रह्मऋषि विश्वामित्र ने वचन दिया था कि यदि मैं अपने माने हुए धर्म पर दृढ़ रहा तो वो शत्रुंजय के जीवन का रक्षण करेंगे ?"

दुर्धरा ने अपना मस्तक हिलाकर सहमति जताई। दुर्भीक्ष ने अपने दोनों हाथ दुर्धरा के गालों पर फेरते हुए कहा, "तो अब वो समय आ गया है कि मैं अपने माने हुए धर्म का पालन करूँ। उन्होंने मुझसे कहा था कि इस महायुद्ध के अंत में मेरे समक्ष दो विकल्प आयेंगे। यदि उस समय मैंने अपने विवेक का प्रयोग कर उचित मार्ग चुना, तो वो शत्रुंजय का रक्षण अवश्य करेंगे।"

"कैसा धर्म, कैसा विकल्प ?" दुर्धरा के नेत्रों से अश्रु फूट पड़े।

"आज इतने वर्षों के उपरांत स्वयं रीछराज जामवंत मुझसे भेंट करने आये थे। उन्होंने मुझे बताया कि किस प्रकार वक्रबाहु ने अपने प्राणों का बलिदान देकर शत्रुघन को जीवनदान दिया। उसके शरीर के अणुओं से निर्मित हुए जीवंतपात्र से निकली ऊर्जा से पूर्व विदर्भनरेश जयवर्धन भी स्वस्थ हो गये। जयवर्धन ने मुझे मेरा जीवन लौटाया था दुर्धरा, मैं उसके प्रति भी अपने वचन से बंधा हूँ। यदि जयवर्धन ने पुरूसेना की ओर से रणक्षेत्र में आकर मुझे अपने पक्ष में युद्ध करने का आदेश दिया, तो दोनों पक्षों से वचनबद्ध होने के कारण मुझे शस्त्रों का त्याग करना पड़ेगा, और मेरी मृत्यु का मार्ग सुलभ हो जायेगा। तुम्हें महाबली अखण्ड के पास जाकर मेरा यही संदेश सुनाना है।"

दुर्धरा ने खीजते हुए उसका हाथ झटक दिया, "आपने मुझे समझ क्या है ? आपके मन में ये विचार आया भी कैसे कि मैं आपकी मृत्यु का रहस्य लेकर शत्रु शिविर में जाऊँगी। मैं कोई क्रीड़ा की वस्तु नहीं हूँ जो अपने हृदय पर इतना बड़ा भार नहीं उठा सकूँ।" कहते हुए दुर्धरा के नेत्रों से अश्रु की धारायें फूट पड़ीं।

दुर्धरा को अश्रु बहाता देख दुर्भीक्ष के नेत्रों में भी नमी आ गयी, "ठीक है दुर्धरा, मैं तुम्हें विवश नहीं करूँगा। किंतु यदि रीछराज जामवंत चाहते तो ये भेद बिना मुझे

बताये शत्रुसेना को भी बता सकते थे। जयवर्धन अभी युद्ध की स्थिति में नहीं है, कदाचित वो रणभूमि में ना आये। किंतु यदि उन्होंने स्वयं इस भेद को पुरूयोद्धाओं को बता दिया, तो भरत के प्रण की रक्षा के लिया येन केन प्रकारेण जयवर्धन को युद्ध भूमि में लाया ही जायेगा। इस स्थिति में भी मेरी मृत्यु सुनिश्चित है। और इस स्थिति में मेरे ज्येष्ठ भ्राता साकेत की अंतिम धरोहर मेरे पुत्र समान शत्रुंजय के प्राण भी बचाये नहीं जा सकेंगे। क्योंकि तब ब्रह्मऋषि विश्वामित्र पर किसी वचन पालन का बंधन नहीं होगा। मेरी जीवात्मा अनंतकाल तक तड़पती रहेगी कि मुझे शत्रुंजय के जीवन के रक्षण का एक अवसर मिला था, और अपनी मृत्यु से भयभीत होकर मैंने उस अवसर का भी त्याग कर दिया।''

''मैं ही क्यों, सुर्जन? मैं ही क्यों?'' दुर्धरा भूमि पर बैठकर ज़ोर ज़ोर से अश्रु बहाने लगी।

दुर्भीक्ष ने भूमि पर बैठकर उसे हृदय से लगा लिया, ''मुझे महाबली अखण्ड के समक्ष एक ऐसे व्यक्ति को भेजना है जिस पर वो विश्वास कर सकें। और त्रिकुम्ब भी स्वयं का सामर्थ्य पुरूसेना को समर्पित करने जा रहा है। उसकी सत्यता का प्रमाण भी तुम्हें ही देना होगा।''

दुर्भीक्ष की छाती से लगी हुयी दुर्धरा के अश्रु थमने का नाम नहीं ले रहे थे। दुर्भीक्ष ने उसे समझाने का प्रयास किया, ''शत्रु से पूर्व मुझे मेरी मृत्यु का रहस्य बताकर ऋषि विश्वामित्र और रीछराज ने मुझे अवसर दिया है कि मैं स्वेच्छा से अपने माने हुए धर्म का मार्ग चुन सकूँ। इससे बड़ा सम्मान और क्या हो सकता है भला? मृत्यु सुंदरी के दर्शन तो एक दिन सभी को करने हैं, किंतु ऐसी सौभाग्यशाली वीरगति को प्राप्त करने का अवसर हर किसी को प्राप्त नहीं होता। आने वाला इतिहास यही कहेगा कि संसार में ऐसा कोई वीर जन्मा ही नहीं, जो महारथी सुर्जन को पराजित करके उसका वध कर सके। किंतु जब उसे धर्म की हानि होती हुयी दिखी, और स्वयं को धर्म के मार्ग का सबसे बड़ा रोड़ा और पापियों का संरक्षक बना देखा, तब उसने थाल में सजा कर अपने प्राणों का दान दे दिया।''

दुर्भीक्ष ने कहना जारी रखा, ''मुझे अपनों ने तिरस्कृत किया। संसार मुझे पापी और अत्याचारी मानकर सदा मुझसे भय खाता रहा। आज एक अवसर है कि मैं अपना रक्त बहाकर अपने ऊपर लगे हुए हर कलंक को धो डालूँ। इस अंतिम सम्मान को प्राप्त करने में मेरी सहायता करो दुर्धरा। मेरे प्रति अपने मोह का त्याग करो, और मुझे मेरे पापों से मुक्त होने में सहायता करो।''

कुछ क्षणों उपरांत दुर्धरा ने अपने नेत्र बंद किए और अपने आँसू पोछते हुए बोली, ''ठीक है। मैं ये कार्य करने को सज हूँ।''

दुर्भीक्ष ने उसका माथा चूमा और उसे गर्व भरी दृष्टि से देखा, ''अपने सुहाग का

यूँ इस प्रकार बलिदान देना सहज नहीं होता प्रिय। इतिहास तुम्हारे इस साहस को भी सदैव स्मरण रखेगा। तुम नारी जाति के साहस का प्रतीक मानी जाओगी।''

दुर्भीक्ष और दुर्धरा ने एक बार एक बार फिर एक दूसरे को कसकर हृदय से लगा लिया। एक वर्ष तक सुखमय जीवन व्यतीत करने के उपरांत उन दोनों की प्रेम कथा का अंतिम चरण आरम्भ होने को था। दुर्धरा के नेत्रों से बहते अश्रु सूख गये और उसने उठकर दुर्भीक्ष के नेत्रों में गर्व भरी दृष्टि से देखा, ''जब मृत्युसुंदरी से आलिंगन हो तो अपनी इस भार्या का विस्मरण ना करियगा, महारथी सुर्जन। इस जन्म में आपके साथ बिताया हुआ एक वर्ष ही मेरे जीवन के समस्त पुण्यों की धरोहर है। सुर्जन और दुर्धरा के जीवन का अंत हो सकता है, किंतु उनकी प्रेम कथा समग्र संसार में त्याग और बलिदान के एक उदाहरण के रूप में प्रस्तुत की जायेगी।''

दुर्भीक्ष ने क्षणभर दुर्धरा के मुख की ओर देखा। मुस्कुराते हुए उसने दुर्धरा को आश्वस्त किया, ''अवश्य दुर्धरा, ऐसा ही होगा। दो प्रेमी एक साथ जी सकते हैं, मर सकते हैं। किंतु धर्म की रक्षा के लिए जीवनसाथी के प्राणों को उपहार स्वरूप दान करने का अवसर सभी प्रेमियों को प्राप्त नहीं होता। इसलिये हम दोनों का नाम संसार से कभी न मिटाया जा सकेगा।''

श्वास भरते हुए दुर्भीक्ष ने दृढ़तापूर्वक कहा, ''सूर्योदय होने को है। सेनायें रण में एकत्र होना आरम्भ हो गयी होंगी। त्रिकुम्ब बाहर खड़ा तुम्हारी प्रतीक्षा कर रहा है। जाओ, और अब पीछे मुड़कर मेरी ओर न देखना।''

बिना एक और शब्द कहे दुर्धरा शिविर के द्वार की ओर चल पड़ी। द्वार से बाहर निकलने से क्षणभर पूर्व उसके कदम ठिठके और उसके मन में पलटकर दुर्भीक्ष को देखने की अभिलाषा जागी। किंतु अपनी मुट्ठियाँ भींचकर उसने अपनी भावनाओं को नियंत्रित किया और शिविर के बाहर चली गयी।

दुर्भीक्ष के मुख पर एक संतोष भरी मुस्कान छा गयी।

द्वादशम् अध्याय

अंतिम दिवस

सूर्य निकलने को था। दुर्भीक्ष ने अपने रथ के निकट आकर सारथी के स्थान पर बैठे भद्राक्ष से प्रश्न किया, ''तुम कल रात्रि से कहाँ थे भद्राक्ष? दिखाई नहीं दिये।''

भद्राक्ष रूपी भैरवनाथ ने निराश होने का अभिनय करते हुए कहा, ''ग्लानि के मारे आपके समक्ष आने का साहस नहीं हो रहा था, असुरेश्वर। इसीलिए मैं कुछ कोस दूर जाकर अपने मन को शांत करने का प्रयास कर रहा था।''

दुर्भीक्ष ने उसे आश्वास करते हुए कहा, ''जो हुआ उसमें तुम्हारा कोई दोष नहीं, भद्राक्ष। निश्चिंत होकर अपने कर्तव्य का निर्वहन करो। चाहें कुछ भी हो जाये, जब तक मेरे हाथों शस्त्र है मैं असुरों के रक्षण को प्रतिबद्ध हूँ। आज या तो मेरा भरत मेरा वध करेगा, या फिर मेरा वध करने में असफल होने पर अग्नि समाधि ले लेगा। दोनों ही सूरत में युद्ध का समापन आज ही होगा। आज रथ की धुरा संभालने में कोई भूल न करना, क्योंकि इस अंतिम युद्ध में मुझे भी अपने जीवन के सर्वश्रेष्ठ पराक्रम का प्रदर्शन करना है। कदाचित ऐसा अवसर मुझे पुनः प्राप्त न हो।''

भद्राक्ष ने रथ की धुरा हाथ में लेकर दृढ़तापूर्वक कहा, ''आज निसंदेह ही उस भरत को अग्नि समाधि लेनी होगी, महामहिम। अपने पराक्रम और मेरे रथ चलाने के कौशल पर विश्वास रखिये। आज रण में आपको कोई पराजित नहीं कर पायेगा।''

मुस्कुराते हुए दुर्भीक्ष रथ पर सवार हो गया, ''तो फिर चलो रण की ओर।''

"किंतु आज आपको देवी दुर्धरा के हाथ का बना हलवा चखते हुए नहीं देखा। आप कहें तो मैं रथ को उनके शिविर की ओर ले चलूँ ?"

दुर्भीक्ष ने श्वास भरते हुए कहा, "नहीं, भद्राक्ष। आज मैं वो हलवा नहीं चखूँगा।"

"किंतु क्यों?"

"मेरे इस निर्णय के पीछे कुछ निजी कारण हैं, भद्राक्ष। तुम अधिक प्रश्न ना करो, और मुझे रणभूमि की ओर ले चलो। सेना मेरी प्रतीक्षा कर रही होगी।"

"जैसी आपकी इच्छा, महामहिम।" भद्राक्ष ने झेंपते हुए रथ को हाँकना आरम्भ किया।

मेघवर्ण अभी अपने प्राणों को संभाले वृक्ष के नीचे बैठा हुआ था। शरीर के भीतर के अधिकतर अंगों के साथ साथ जिह्वा ने भी कार्य करना बंद कर दिया था, किंतु फिर भी उसके नेत्र खुले हुए थे। रणक्षेत्र की ओर प्रस्थान से पूर्व दिग्विजय और चंद्रकेतु मेघवर्ण के निकट आये। चंद्रकेतु ने मेघवर्ण के निकट बैठ उसका हाथ अपने हाथ में लिया, "हमारी प्रतीक्षा करना मित्र। सत्य जानने के उपरांत भी दुर्भीक्ष ने विदर्भ के पक्ष से ही युद्ध करने का निर्णय लिया है। शीघ्र ही उसकी मृत्यु का समाचार लेकर हम तुम्हारी अंतिम यात्रा को सुखद बनायेंगे। अन्यथा लौटकर तुम्हें अपना मुख नहीं दिखायेंगे।"

दिग्विजय ने भी मेघवर्ण के कंधे पर हाथ रख उसका साहस बढ़ाया, "केवल आज संध्या तक अपनी पीड़ा को सहन कर लीजिये, ज्येष्ठ। और यदि हम ना लौटे तो आप समझ लीजियेगा, कि हम रण में वीरगति को प्राप्त हो गये।"

मेघवर्ण ने उन दोनों का हाथ पकड़ा और नेत्रों के संकेत से उन दोनों को आश्वस्त किया।

दोनों योद्धा उठकर वहाँ निकट खड़े महाबली के पास आये और उनके चरण स्पर्श किये। अखण्ड ने उन्हें आशीर्वाद दिया, "विजयी भव।"

वो दोनों प्रस्थान के लिए पलटे। तभी अघोरी अवधूत उसके समक्ष आ खड़े हुए, "दो क्षण रुको महारथियों। मेरा एक अंतिम वचन सुनकर जाओ।"

"अवश्य कहिये, बाबा।" चंद्रकेतु ने विनम्र भाव से विनती की।

"मैं बस ये कहने आया हूँ, कि आज शत्रुंजय का वध करने में कोई संकोच न करना। उसकी मृत्यु के उपरांत उस सुबाहु की आत्मा कहाँ जायेगी, इसका प्रबंध मैंने कर लिया है।"

अवधूत का कथन सुनकर दिग्विजय और चंद्रकेतु के मुख पर छाया उत्साह दोगुना हो गया। दिग्विजय ने अपना धनुष तानते हुए कहा, ''आपका बहुत बहुत आभार, बाबा। आज मैं अपने बाणों से उस शत्रुंजय रूपी सुबाहु के शरीर को क्षत विक्षत कर डालूँगा।''

मन में उत्साह लिए दोनों महारथी अपनी सेनाओं के साथ रणक्षेत्र की ओर प्रस्थान कर गये। उनके जाने के उपरांत अवधूत ने महाबली अखण्ड के निकट आकर कहा, ''मुझे भी एक विशेष कार्य हेतु आज रण में उपस्थित रहना है, महाबली। अब हमारी भेंट संध्या को ही होगी।''

''जैसी आपकी इच्छा, अवधूत महोदय।'' महाबली अखण्ड ने सहमति जताई।

उनके प्रस्थान करने के कुछ क्षणों उपरांत ही एक सैनिक ने महाबली अखण्ड के निकट आकर उन्हें सूचना दी, ''महामहिम, शत्रु शिविर का एक महारथी एक स्त्री को साथ लेकर हमारे शिविर की सीमा पर खड़ा है। वो दोनों विशेषतः आपसे ही भेंट करने के इच्छुक हैं।''

महाबली कुछ क्षणों के लिए आश्चर्य हुआ, किंतु उन्होंने उनकी विनती को स्वीकार करना ही उचित समझा, ''ठीक है, उन्हें शीघ्र से शीघ्र यहाँ ले आओ।''

कुछ ही समय में दुर्धरा और त्रिकुम्ब महाबली अखण्ड के समक्ष प्रस्तुत हुए। उन दोनों का प्रणाम स्वीकार करते हुए महाबली अखण्ड ने दुर्धरा से प्रश्न किया, ''यहाँ आने का कोई विशेष प्रयोजन ?''

''मैं आज यहाँ अपने जीवन का लक्ष्य पूर्ण करने आयी हूँ।'' दुर्धरा ने दृढ़तापूर्वक कहा।

''मैं कुछ समझा नहीं।''

''गरुड़ों की रानी के श्राप के अनुसार मुझे असुरेश्वर दुर्भीक्ष की मृत्यु का कारण बनना था। और आज मैं आपके समक्ष उनकी मृत्यु का उपाय लेकर आयी हूँ।''

दुर्धरा का कथन सुन महाबली अखण्ड अचंभित रह गये, ''जहाँ तक मुझे ज्ञात है तुम्हारे और दुर्भीक्ष के बीच का मतभेद तो समाप्त हो चुका था। तो फिर आज तुम्हारे मन में उसके प्रति विद्रोह क्यों?''

''मैं कभी अपने प्रियतम से छल नहीं कर सकती, महाबली। अपनी मृत्यु का उपाय लेकर स्वयं असुरेश्वर दुर्भीक्ष ने मुझे यहाँ भेजा है। और उनकी इसी इच्छा का सम्मान करते हुए मैं बहुत साहस करके यहाँ आ पायी हूँ।''

महाबली अखण्ड कुछ क्षणों तक दुर्धरा की बात समझ नहीं आयी, ''तुम जो कहना चाहती हो, स्पष्टता से कहो दुर्धरा।''

दुर्धरा ने त्रिकुम्ब की ओर संकेत करते हुए कहा, ''सर्वप्रथम तो मैं आपका परिचय महारथी त्रिकुम्ब से कराना चाहूँगी। जैसा कि आप जानते हैं, असुरेश्वर दुर्भीक्ष को शत्रुंजय के सत्य का ज्ञान हो चुका है। किंतु अपने दिये वचन के कारण वो विदर्भ के ध्वज तले युद्ध करने को विवश हैं। द्रविड़राज भी शत्रुंजय को दिये वचन से बंधे हैं, इसलिए उन्होंने अपने पुत्र त्रिकुम्ब को द्रविड़युवराज के पद से निष्काषित कर दिया है। अब असुरेश्वर दुर्भीक्ष और द्रविड़राज अल्मबुष की आज्ञा से उनके पुत्र त्रिकुम्ब एक स्वतंत्र महारथी के रूप में पौरवसेना के ध्वज तले अपने सामर्थ्य को समर्पित करने की इच्छा लेकर आपके समक्ष प्रस्तुत हुए हैं।''

महाबली अखण्ड मुस्कुराये। उन्हें प्रसन्नता हुयी कि वक्रबाहु का बलिदान व्यर्थ नहीं गया। तत्पश्चात अखण्ड ने दृढ़ होकर दुर्धरा से प्रश्न किया, ''युद्ध आरम्भ हो चुका है, दुर्धरा। मुझे शीघ्र बताओ कि क्या संदेश भेजा है असुरेश्वर दुर्भीक्ष ने?''

दुर्धरा ने अपने मन को दृढ़ करते हुए कहना आरम्भ किया, ''असुरेश्वर का वध तभी किया जा सकता है जब वो स्वयं अपने शस्त्रों का त्याग कर दें। ऐसा तभी हो सकता है जब पूर्व विदर्भराज जयवर्धन रणभूमि में आकर उन्हें पुरूसेना के पक्ष से युद्ध करने का आदेश दें। ऐसी स्थिति में दोनों पक्षों की ओर से वचनबद्धता के कारण उन्हें अपने शस्त्रों का त्याग करना होगा।''

''ये तुम क्या कह रही हो दुर्धरा ?'' महाबली अखण्ड ने आश्चर्य भाव से प्रश्न किया, ''जयवर्धन तो अपने शिविर में लेटा हुआ है। ना वो चल सकता है, न कुछ बोल सकता है। वो रणभूमि में कैसे जायेगा ?''

''मुझे जो कुछ ज्ञात था मैंने कह दिया, महाबली। इसके अतिरिक्त मेरे पास कहने को और कुछ शेष नहीं है।'' दुर्धरा ने विनम्र भाव से कहा।

तभी एक सैनिक दौड़ता हुआ महाबली अखण्ड के पास आया। अखण्ड के निकट आते ही उसके पसीने छूटने लगे। उसे व्यथित देख अखण्ड ने उससे प्रश्न किया, ''तुम तो जयवर्धन के शिविर के द्वाररक्षक हो न? इतने विचलित क्यों हो ?''

''महामहिम जयवर्धन अकस्मात ही अपने शिविर के बाहर आये। उसके उपरांत मुझे धकेलकर वो बाहर न जाने किस दिशा में चल दिये।'' सैनिक ने घबराते हुए कहा।

उस सैनिक का कथन सुनकर अखण्ड की भवें तन गयीं।

इधर रणक्षेत्र में नरसंहार आरम्भ होने को था। सौराष्ट्र, आभीर, गांधार, कक्ष और मगध की सेना का बल मिलाकर आज विदर्भ के ध्वज तले चार अक्षौहिणी सेना समरांगण में उपस्थित थी। वहीं विदर्भ में अभी भी डेढ़ अक्षौहिणी सेना ही शेष थी।

किंतु उनके पक्ष के महारथियों की संख्या कहीं अधिक थी। पौरवसेना के प्रधानसेनापति का उत्तरदायित्व आज काशीराज भद्रसोम ने संभाला था।

पौरवों के पाँच मुख्य महारथी, दिग्विजय, चंद्रकेतु, काशीराज भद्रसोम, मथुरा नरेश शल्लभ, शत्रुघन अपनी सेना के आगे शत्रुओं पर शर वर्षा करने को तैयार खड़े थे। उनके पीछे खड़ी सेना गरुड़ व्यूह की रचना के साथ शत्रु सेना पर आक्रमण को तैयार खड़ी थी जिसके केंद्र में अपने रथ पर सवार हुए महाराज भरत स्वयं खड़े थे। जंबाल आकाश में उड़ते हुए शत्रु सेना की गतिविधियों पर दृष्टि जमाये हुए था।

वहीं दुर्भीक्ष ने सेना के अग्रिम भाग को सूचिमूख का रूप दिया था, जिसके मध्य में वो स्वयं खड़ा था। मध्य भाग की सेना ने धनुष व्यूह का निर्माण किया था, जिनका नेतृत्व शत्रुंजय कर रहा था। और पीछे खड़ी असुरों और द्रविड़ों की सेना का नेतृत्व द्रविड़राज अल्मबुष कर रहे थे जो अर्धचंद्र के आकार में शत्रुओं पर टूटने को सज खड़ी थी।

दोनों पक्षों के सभी महारथियों ने एक साथ युद्ध के अंतिम दिवस का शंखनादों से स्वागत किया। आक्रमण का आदेश पाते ही महासेनायें रक्त की प्यास लिए दौड़ पड़ीं।

सूचिमुख व्यूह को आगे आता देख दिग्विजय और चंद्रकेतु ने दायीं और बायीं ओर से उस पर आक्रमण किया। उनके बाणों से सैकड़ों सैनिकों को घायल और मृत हुआ देख दुर्भीक्ष ने बारी बारी से दिग्विजय को पाँच वराहकर्ण और चंद्रकेतु को दस नराचों से घायल कर पीछे हटने पर विवश कर दिया। दिग्विजय और चंद्रकेतु को पीछे हटता हुआ देख काशीराज भद्रसोम, मथुरा नरेश शल्लभ और शत्रुघन ने अपने गरुड़व्यूह तक पहुँचने से पूर्व ही शत्रु के सूचिमुख व्यूह के सैनिकों पर मिलकर आक्रमण किया। अपने सैकड़ों सैनिकों के क्षणभर में ही मारे जाने पर दुर्भीक्ष ने मुस्कुराते हुए अपने परममित्र शत्रुघन के साथ साथ भद्रसोम और शल्लभ के सारथियों और अश्वों का वध कर डाला तथा उन तीनों को कई बाणों से घायल कर पीछे हटने पर विवश कर दिया।

अपने सूचिमुख व्यूह के साथ दुर्भीक्ष भरत की ओर बढ़ चला। उसकी सहायता के लिये शत्रुंजय ने अपने धनुष व्यूह को आगे बढ़ने का आदेश दिया। दुर्भीक्ष का सूचिमुख और भरत का गरुड़व्यूह आपस में टकरा गया। इस टकराव के क्षणों में ही भरत ने अपने बाणों से सूचिमुख व्यूह के एक सहस्त्र पैदल सैनिकों के साथ एक सहस्त्र अश्वारोही सैनिकों का वध कर डाला। वहीं दुर्भीक्ष ने इतने ही क्षणों में पाँच सौ युद्धक हाथियों के मस्तक छेद डाले।

शीघ्र ही दोनों महारथी एक दूसरे के समक्ष आ खड़े हुए। दुर्भीक्ष ने भरत की उपेक्षा करते हुए कहा, "आज तो अपना विजयधनुष उठा ही लो, पुरूराज। कहीं ऐसा ना हो कि अपनी प्रतिज्ञा भंग होने के कारण तुम आत्मदाह करने पर विवश हो जाओ।"

"हम चंद्रवंशी अपने वचन से पीछे नहीं हटते, असुरेश्वर। तुमसे द्वंद्व करते समय मैं विजयधनुष को स्पर्श नहीं कर सकता। किन्तु स्मरण रहे, मैं विजयधनुष के बिना भी तुम्हारा अंत कर सकता हूँ।" गर्जना करते हुए भरत ने अपने धनुष की प्रत्यंचा खींचकर अपनी शक्ति का प्रदर्शन किया। उसकी भयानक टँकार सुनकर शत्रुसेना भय के मारे पीछे हटने लगी।

दुर्भीक्ष ने भी अपने धनुष की प्रत्यंचा खींचकर उसकी गर्जन से अपनी सेना का मनोबल बढ़ाते हुए पौरवसेना में भय का संचार किया। दोनों महारथियों ने अपने भीषण बाणों से एक दूसरे पर चोट करना आरम्भ किया। सर्वप्रथम भरत ने तीन क्षुरप्र चलाकर दुर्भीक्ष के कंधे, भुजा और छाती पर घाव किया, दुर्भीक्ष ने हँसते हुए एक नराच मारकर भरत के धनुष को बीच से काट दिया, और उसे बीस बाणों से घायल किया। महामना भरत ने कुपित होकर अपना दूसरा धनुष उठाया और दुर्भीक्ष के धनुष की प्रत्यंचा काटकर उसकी छाती पर दस विपाठ मारे। कुपित हुए दुर्भीक्ष ने अपने धनुष की प्रत्यंचा वापस चढ़ाकर भरत के रथ पर चार वराहकर्ण मारे, और उसके सारथी की छाती पर भी तीन बाण मारे। भरत का रथ बीस हाथ पीछे हट गया, साथ ही साथ दुर्भीक्ष के सूचिमुख व्यूह की सेना भी पूर्ण मनोबल से पौरवसेना पर टूट पड़ी। भरत ने आगे आते हुए शत्रु सेना के पाँच सौ अश्वारोही सैनिकों को अश्वों सहित हताहत कर डाला। दुर्भीक्ष ने भी दो ही क्षण में पुरूसेना के दो सौ हाथियों के मस्तक छेद डाले। जंबाल आकाश में उड़ते उड़ते हुए अपने भाले से विदर्भ की सेना को हताहत किये जा रहे थे, साथ ही बड़ी व्यग्रता से दुर्भीक्ष और भरत का युद्ध देख रहा था।

भरत ने आगे आकर भद्राक्ष के वक्ष, भुजा और जाँघ को पंद्रह बाणों से घायल किया। दुर्भीक्ष का रथ के क्षणभर के लिये असंतुलित हुआ। भरत ने चार शक्तिशाली बाणों से दुर्भीक्ष के रथ को पंद्रह हाथ पीछे हटा दिया। दुर्भीक्ष ने वापस आते हुए पुरूसेना के एक अश्वारोही दल का नाश किया, भरत ने भी इतने समय में एक सहस्त्र पैदल सैनिकों को हताहत कर दिया। तत्पश्चात दुर्भीक्ष ने अर्धचंद्राकार द्वारा भरत के सारथी का मस्तक उसके धड़ से अलग कर दिया। भरत का रथ कुछ क्षणों के लिये अपना संतुलन खो बैठा। भरत के सारथी का स्थान लेने के लिये एक सैनिक उसके रथ की ओर दौड़ा चला आया। दुर्भीक्ष ने उसकी ओर भी तीन क्षुरप्र चलाये, किंतु भरत ने उसके बाणों को मार्ग में ही काट दिया साथ ही साथ कुपित होकर भद्राक्ष के कंठ की ओर वराहकर्ण छोड़ा। वो वराहकर्ण भद्राक्ष की गर्दन पर चढ़े लौह कवच को तोड़कर उसकी आधी गर्दन चीर गया। कुपित हुए भद्राक्ष रूपी भैरवनाथ ने वो बाण अपनी गर्दन से निकालकर भूमि पर फेंक दिया। सामने का दृश्य भरत और दुर्भीक्ष दोनों को अचंभित कर देने वाला था। वो बाण कंठ से निकालते ही भद्राक्ष की जो आधी गर्दन कटकर लटकने लगी थी वो वापस उसके धड़ से जुड़ गयी। दुर्भीक्ष की मुट्ठियाँ क्रोध से भिंच गयीं। वो समझ चुका था, कि भद्राक्ष के रूप में उसका रथ हाँकने वाला कोई और

नहीं रक्षगुरु भैरवनाथ है। किंतु उस समय उससे विवाद करने का समय नहीं था। अभी भरत के बाणों का उत्तर देना अधिक आवश्यक था।

शत्रुंजय अपना धनुष व्यूह लिए पौरवों की ओर बढ़ा चला जा रहा था। उसका मार्ग रोकने के लिए दिग्विजय, चंद्रकेतु, शत्रुघन, शल्लभ और भद्रसोम अपने अपने रथ पर आरूढ़ हुए उसके समक्ष आ गये। दिग्विजय और शत्रुंजय में द्वंद्व आरम्भ हो गया, शेष चारों महारथियों ने धनुष व्यूह की सेना पर भीषण आक्रमण किया। उनके तीखें बाणों से हताहत होकर धनुष व्यूह के सैनिक दल अपने प्राण बचाकर भागने लगे। यह देख द्रविड़राज अल्मबुष द्रविड़ों और असुरों की सैन्य टुकड़ी लिये आगे बढ़े। कुछ ही समय में अल्मबुष ने काशीराज भद्रसोम को अपने बाणों से घायल करके पीछे हटा दिया। तब चंद्रकेतु ने द्रविड़राज अल्मबुष पर आक्रमण किया, और शल्लभ और शत्रुघन ने उनके बनाये अर्धचंद्र की सेना पर आक्रमण किया।

दिग्विजय और शत्रुंजय का द्वंद्व जारी था। दोनों एक दूसरे को तीखे बाणों से ढके जा रहे थे। अपनी सेना की दुर्गति देख शत्रुंजय का ध्यान कुछ क्षणों के लिये विचलित हो गया। दिग्विजय ने उसका धनुष काटकर उसे बीस बाणों से बींधा, तथा उसके सारथी और अश्वों का अपने पैने बाणों से वध कर डाला। इधर चंद्रकेतू ने भी द्रविड़राज को निशस्त्र कर उनकी छाती पर एक शक्तिशाली बाण मारकर उन्हें मूर्छित कर दिया।

अपनी पराजय को निकट देख शत्रुंजय रूपी सुबाहु ने क्षणभर के लिये अपने नेत्र बंद किये और ध्यान लगाया। अगले ही क्षण उसके नेत्र खुले और अपने हाथों के संकेत से उसने रणक्षेत्र में वायु का प्रवाह कहीं अधिक बढ़ा दिया। वायु का प्रवाह इतना तीव्र था कि दिग्विजय को अपने रथ को पीछे ले जाना पड़ा। शत्रुंजय ने अपने वायुतत्व की शक्ति से रणभूमि से उठती धूल को एकत्र कर चक्रवात का रूप दिया। आकाश की ऊँचाइयों को छूता वो चक्रवात पुरूसेना की ओर बढ़ चला।

उस चक्रवात को अपनी सेना के निकट आता देख भरत ने अपना शंख फूँका। उसका संकेत पाकर पाँचों महारथी पीछे लौटने लगे। उस महाचक्रवात ने भरत और दुर्भीक्ष के मध्य होते द्वंद्व में भी विघ्न डाला। अपना धनुष उठाये भरत अपने रथ से कूद पड़ा और उसने शत्रुंजय की ओर दौड़ लगा दी। चक्रवात ने पुरुसेना में भीषण कोलाहल मचाया। पैदल सैनिक तो यूँ ही उस चक्रवात से उड़े चले जा रहे थे। बाकी चक्रवात में उड़ रहे अस्त्रों शस्त्रों से अश्वारोही और युद्धक हाथी भी हताहत होकर गिरते चले जा रहे थे। रथी भी अपनी ढालों से अपने रक्षण का प्रयास कर रहे थे, किंतु उस चक्रवात और उसके साथ उड़ रहे शस्त्रों ने अनेकों रथियों का ध्वंस कर डाला।

सहसा ही भरत को दौड़कर अपने निकट आते देख शत्रुंजय अचंभित रह गया, क्योंकि उस पर चक्रवात का कोई प्रभाव नहीं पड़ रहा था। भरत ने अपने कांधे पर टंगे तुरीर्ण से नराच बाण निकाला और शत्रुंजय के की ओर छोड़ दिया। विचलित हुआ

शत्रुंजय बचने के लिये रथ से कूद पड़ा, ध्यान भंग होने के कारण उसका बनाया हुआ चक्रवात थम गया। चक्रवात में घूम रहे सारे अस्त्र शस्त्र भूमि पर गिर गये। भरत को अपनी ओर आता देख शत्रुंजय वहाँ से उठकर भागने लगा। उसके रक्षण के लिये कई गज और अश्व सैनिक भरत के समक्ष आ खड़े हुए। भरत ने अपने पैने बाणों से उस सेना को हताहत करना आरम्भ किया। तभी पुरूसेना का एक सारथी अस्त्रों से शस्त्रों से युक्त रथ लिये भरत की सहायता को आ गया। पुरुराज दौड़कर उस रथ पर चढ़ गये और अपने पैने बाणों से शत्रु दल पर भीषण आक्रमण किया।

इधर चक्रवात के छँटने के उपरांत दुर्भीक्ष ने स्वयं को पाँच महारथियों से घिरा हुआ पाया। दिग्विजय, चंद्रकेतु, भद्रसोम और शल्लभ ने दुर्भीक्ष को तीन दिशाओं से घेर रखा था। वहीं जंबाल भी नेत्रों में प्रतिशोध की अग्नि लिये दुर्भीक्ष पर आक्रमण करने को सज था। इसके साथ ही शत्रुघन के नेतृत्व में पुरूसेना ने विदर्भ की दूर खड़ी सेना पर भीषण आक्रमण किया।

दूसरी ओर पौरव शिविर के आसपास का सारा स्थान छान लेने के उपरांत महाबली अखण्ड और त्रिकुम्ब एक जलाशय के तट पर गये, जहाँ जयवर्धन चुपचाप बैठा हुआ था। महाबली अखण्ड के पदचापों का स्वर सुनकर जयवर्धन उनकी ओर पलटा। अखण्ड के कदम ठिठक गये। जयवर्धन उन दोनों की ओर संदेह भरी दृष्टि से देखने लगा, "कौन हैं आप लोग?"

महाबली अखण्ड के मुख पर मुस्कान छा गयी, "तो अंततः तुम सुबाहु की दुरात्मा से मुक्त हो ही गये पुत्र।"

जयवर्धन की भवें तन गयीं, "आप अपना परिचय तो दीजिये। किस अधिकार से आप मुझे पुत्र कहकर सम्बोधित कर रहे हैं?"

"मैं तुम्हारे पिता महाराज तेजस्वी का ज्येष्ठ भ्राता अखण्ड हूँ पुत्र। मैंने तेजस्वी को वचन दिया था कि मैं उसके पुत्र को सुबाहु की आत्मा से मुक्त कराकर उसका जीवन लौटाकर रहूँगा। आज ईश्वर की कृपा ने मेरे प्रण की लाज रख ली।"

जयवर्धन ने महाबली अखण्ड के मुख को ध्यान से देखा। उसके मन में उस युद्ध का दृश्य तैर गया जब वर्षों पूर्व सुबाहु के रूप में उसने विदर्भ पर आक्रमण किया था, "म...मुझे स्मरण हो रहा है। आपने रण में आकर विजयधनुष को उठाकर युद्ध का समीकरण ही बदल दिया था।" उसका स्वर लड़खड़ाने लगा, "महाबली अखण्ड, आप महाबली अखण्ड हैं। मेरे पिता आपके पराक्रम की कथायें बहुत सुनाया करते थे।"

जयवर्धन ने निकट आकर अखण्ड के चरण स्पर्श किये। अखण्ड ने उसे

उठाकर अपने हृदय से लगा लिया। तत्पश्चात जयवर्धन ने अखण्ड से प्रश्न किया, "मेरे पिता कैसे हैं, तातश्री?"

अखण्ड ने भारी स्वर में कहा, "मैं महाराज तेजस्वी के प्राणों की रक्षा नहीं कर पाया, पुत्र। उस युद्ध के घावों ने उनके प्राण ले लिये।"

जयवर्धन के नेत्र नम हो गये। उसका गला रुँध गया, "अभी भी विश्वास नहीं होता, कि मैंने अपने हाथों से पिता के प्राण ले लिये।"

उसे विचलित देख अखण्ड ने उसे समझाने का प्रयास किया, "इसमें तुम्हारा कोई दोष नहीं था, पुत्र। उस दुष्ट सुबाहु ने तुम्हारे शरीर और मन मस्तिष्क पर अधिकार किया हुआ था। ये सारा पाप उसका किया हुआ है।"

"माना ये सारा पाप उस सुबाहु ने किया। किंतु मैं कैसे भूल जाऊँ कि मेरे मन के एक भाग में उपस्थित रहकर मेरी आत्मा सबकुछ देख सकती थी। मेरे मन के भीतर ही सुबाहु और मुझमें कई बार युद्ध हुआ, किंतु ब्रह्मदेव के दिये वरदान के कारण मैं सदैव परास्त होता रहा। वर्षों से जो कुछ भी उसने किया, वो सबकुछ देखा है मैंने। मेरा पुत्र श्रुतायुध भी उसकी महत्वकांक्षा की भेंट चढ़ गया। उस दुष्ट भैरवनाथ और सुबाहु ने मिलकर नाना प्रकार के प्रपंच किये, असुरेश्वर दुर्भीक्ष को एक अस्त्र की भांति उपयोग किया। विदर्भ की प्रजा पर नाना प्रकार के अत्याचार किये, मेरी संतानों को अपनी ही भांति बनाने का प्रयास किया। और मैं बस एक स्थान पर स्थिर रहकर तड़पता रहा और कुछ न कर पाया।" खीजते हुए जयवर्धन ने मुष्टि के प्रहार से वहाँ पड़ी एक चट्टान को तोड़ डाला।

अखण्ड ने उसके कंधे पर हाथ पर रखकर उसे संभालने का प्रयास किया, "जो कुछ हो चुका है, उसे परिवर्तित नहीं किया जा सकता, पुत्र। आज तुम्हारे पास अवसर है कि तुम उस सुबाहु को उसके किये हर पाप का दण्ड दो। आर्यावर्त की भूमि पर बड़ा विध्वंसकारी युद्ध छिड़ा हुआ है पुत्र, और इस युद्ध का अंत केवल तुम कर सकते हो।" कहते हुए अखण्ड ने सारा घटना क्रम कह सुनाया। उनके कथन का विस्तार सुन जयवर्धन की भवें आश्चर्य से तननें लगीं। साथ ही साथ अखण्ड ने त्रिकुम्ब से जयवर्धन का परिचय भी कराया।

"तो उस सुबाहु ने शत्रुंजय को अपना अस्त्र बना ही लिया। और भद्राक्ष के रूप में वो कपटी भैरवनाथ अभी तक जीवित है।"

जयवर्धन का कथन सुन अखण्ड को भी आश्चर्य हुआ, "अर्थात वो भद्राक्ष ही भैरवनाथ है।"

"हाँ, तातश्री। दुर्भीक्ष के निष्ठावान सेनापति भद्राक्ष को तो उस भैरवनाथ ने बहुत पहले ही मार डाला था, और उसके शव को भी भस्म कर दिया ताकि किसी को संदेह

न हो। तबसे वो भैरवनाथ भद्राक्ष का वेश धरे ही घूम रहा है। और ये सारे के सारे षड्यंत्र उसी ने रचे होंगे।''

भैरवनाथ की वास्तविकता के विषय में जानकर अखण्ड की मुट्ठियाँ भिंच गयीं, ''एक बार दुर्भीक्ष का वध हो जाये, फिर मैं स्वयं रणक्षेत्र में जाकर उस भैरवनाथ को उसके सभी कुकर्मों का दण्ड अपने हाथों से दूँगा।''

''असुरेश्वर दुर्भीक्ष तो निर्दोष हैं, तातश्री। जीवन भर सुबाहु और उस नीच रक्षगुरु ने मिलकर उनके साथ छल कपट के अतिरिक्त और कुछ किया ही नहीं। क्या उनके पापों का दण्ड उन्हें देना आवश्यक है ? और यदि शत्रुंजय का वध भी हो गया, तो सुबाहु की आत्मा फिर किसी और को अपने वश में कर सकती है।''

अखण्ड ने जयवर्धन को आश्वासत करने का प्रयास किया, ''असुरेश्वर दुर्भीक्ष की महानता का कारण यही है पुत्र, कि वो अपने दिये हुए वचन का त्याग नहीं कर सकते। और वो ये भी जानते हैं कि इस समय वो धर्म की विजय में सबसे बड़ी बाधा हैं। इसलिए उन्होंने स्वयं अपनी पराजय का मार्ग बताकर तुम्हें रण में आने का निमंत्रण दिया है। इस युद्ध में विजय प्राप्त करने हेतु महाबली वक्रबाहु के साथ साथ अनेकों महारथियों और वीर योद्धाओं ने अपने प्राणों का बलिदान दिया है। अब समय आ गया है कि तुम अपने हृदय को दृढ़ करते हुए अपने कर्तव्य का पालन करो, और उनके बलिदानों को सार्थक सिद्ध करो। और सुबाहु की चिंता न करो, अघोरी अवधूत ने उसे नियंत्रित करने की योजना बना ली है।''

जयवर्धन ने अपने नेत्र बंद कर श्वास भरी और दृढ़तापूर्वक कहा, ''यदि ऐसा है तो मुझे आज्ञा दीजिये, तातश्री। मैं अभी के अभी रणभूमि की ओर प्रस्थान करना चाहता हूँ।''

''विजयी भव पुत्र, विजयी भव। रणभूमि में जाओ, और सुबाहु के कारण तुम्हारी जो छवि कलंकित हुयी है उसे धो डालो।'' अखण्ड ने गर्वित स्वर में आशीर्वाद दिया।

त्रिकुम्ब ने आगे आकर जयवर्धन से विनती की, ''यदि मैंने आज शस्त्र धारण किये तो हमारी सेना के साथ साथ विदर्भ की सेना में भी नाना प्रकार के अविश्वास का जन्म होगा। किंतु मेरे पिता और असुरेश्वर दुर्भीक्ष की आज्ञा का पालन करते हुए मुझे आज पुरूसेना का पक्ष लेना ही है। इसीलिये आप मुझे अपने सारथी के रूप में स्वीकार कीजिये। मैं आपको तीव्र गति से समरांगण में ले जाऊँगा।''

जयवर्धन ने त्रिकुम्ब के कंधे पर हाथ रख कहा, ''तो फिर शीघ्र चलो त्रिकुम्ब, दिन का तीसरा प्रहर आरम्भ होने को है।''

दुर्भीक्ष ने स्वयं को घेरे हुए पाँचों महारथियों को एक साथ युद्ध के लिये ललकारा। चंद्रकेतु, दिग्विजय, भद्रसोम और शल्लभ ने तीन दिशाओं से दुर्भीक्ष पर आक्रमण किया। जंबाल उड़ उड़कर अपने भाले से दुर्भीक्ष के शरीर पर चोट करने लगा। सर्वप्रथम दुर्भीक्ष ने कुपित होकर एक ढाल उठाई और उसे आकाश में घुमाकर कुछ यूं फेंकी कि वो सीधा जंबाल के मस्तक पर जा लगी। जंबाल अचेत होकर पृथ्वी पर गिर पड़ा। शल्लभ और भद्रसोम को तो दुर्भीक्ष ने दो घड़ी में ही पराजित कर दिया। उन दोनों का रथ क्षतिग्रस्त हो गया, और उनके दूसरे रथों पर जाने से पूर्व ही दुर्भीक्ष ने उन दोनों की छाती पर अपने शक्तिशाली बाणों का प्रहार कर उन्हें मूर्छित कर डाला। कई पौरव सैनिक वहाँ आए, और उन तीनों को मूर्छित अवस्था में सुरक्षित निकाल ले गये।

तत्पश्चात दिग्विजय और चंद्रकेतु के साथ असुरेश्वर दुर्भीक्ष का घनघोर युद्ध हुआ। दोनों महारथियों ने दुर्भीक्ष के साथ भद्राक्ष को भी कई बाणों से भेदा, किंतु भद्राक्ष के घाव शरीर से बाण निकालने के उपरांत स्वतः ही भर जाते थे। उन दोनों के बाणों से मार्मिक घाव पाकर दुर्भीक्ष ने हँसते हुए एक साथ दोनों दिशाओं में दो नाराच चलाये और उन दोनों के ही धनुष काट दिये। साथ ही साथ ही कुछ ही क्षणों में ही में उसने चंद्रकेतु और दिग्विजय को बीस बीस पैने बाणों से बींध डाला।

तभी पीछे से उसे पुकार सुनाई दी, "असुरेश्वर दुर्भीक्ष, मेरा रक्षण करो।"

ये स्वर शत्रुंजय का ही था। दुर्भीक्ष ने दूसरा धनुष उठाने का प्रयास करते हुए दुर्भीक्ष और चंद्रकेतु को एक बार फिर निशस्त्र कर दिया। तत्पश्चात उसने सम्मोहिनी अस्त्र का आवाहन कर उन दोनों महारथियों को मूर्छित कर उनके रथ पर गिरा दिया।

उन दोनों को मूर्छित करने के उपरांत उसने भद्राक्ष को आदेश दिया, "शीघ्र से शीघ्र रथ को पीछे ले चलो, भद्राक्ष। शत्रुंजय के प्राण संकट में हैं।"

भद्राक्ष ने रथ की दिशा बदली और पीछे चल दिया। दूसरी ओर अपनी मूर्छा भंग होने के उपरांत द्रविड़राज अल्मबुष ने रण में आकर शत्रुघन को द्वंद्व का आवाहन दिया। चारों पौरव महारथियों की पराजय और अल्मबुष के आने से विदर्भ की सेना का मनोबल बढ़ा और वो पूर्ण शक्ति से लौटकर पुरूसेना पर प्रहार करने लगी।

भरत ने एक प्रहर तक शत्रुंजय को दौड़ाते हुए विदर्भ की आधी अक्षौहिणी सेना का नाश अकेले कर दिया। सहस्त्रों रथ, हाथियों और अश्वों के साथ लाख सैनिकों के शवों को पार करते हुए पुरूराज आगे बढ़े जा रहा था। वहीं शत्रुंजय अभी भी भागता हुआ अपनी सेना के दल में छिपता फिर रहा था। भरत ने अकेले ही विदर्भ की आधी से अधिक सेना को कई कोस दूर खदेड़ दिया था। शत्रुंजय के आदेश से दो सहस्त्र युद्धक हाथियों ने एकत्र होकर भरत की ओर दौड़ लगा दी। भरत ने कुछ ही क्षणों में सैकड़ों हाथियों के सूँड काटे, और कईयों के मस्तक छेद डाले। भरत के बाणों से पीड़ित होकर

वे हाथी पीछे भागकर अपने ही कई सैनिकों को कुचलने लगे।

अंततः भरत का मार्ग रोकने के लिये दुर्भीक्ष उसके समक्ष आ खड़ा हुआ। दोनों महारथियों ने एक बार एक दूसरे को ललकारा और उन दोनों का महाभयानक युद्ध आरम्भ हो गया। दुर्भीक्ष को भरत के साथ व्यस्त हुआ देख शत्रुंजय भी अपने रथ पर आरूढ़ हुआ और अपनी सेना को आगे चलने का आदेश दिया।

भरत और दुर्भीक्ष का महाभयानक युद्ध जारी रहा। वहीं शत्रुंजय के साथ आयी सेना कुछ ही समय में पुरू योद्धाओं तक पहुँच गयी। उनकी सैन्य संख्या अधिक होने के कारण पुरूयोद्धा दुर्बल पड़ने लगे। शत्रुंजय भी उन्हें अपने बाणों से हताहत करने लगा। किंतु पुरूसेना की ये दुर्दशा अधिक समय तक नहीं रही।

शीघ्र ही जयवर्धन ने त्रिकुम्ब के साथ रणभूमि में प्रवेश करते हुए अपने भीषण बाणों से विदर्भ का ध्वज धारण करने वाली सेना पर भयानक आक्रमण किया। मन के कोने में दबाये वर्षों के प्रतिशोध का ताप उसके बाणों में स्पष्ट झलक रहा था। अनेकों रथी, अतिरथी, युद्धक हाथी, अश्वारोही और पैदल सैनिकों को यम का द्वार दिखाता हुआ जयवर्धन कुपित हुए नरव्याघ्र की भांति आगे बढ़ा चला जा रहा था। त्रिकुम्ब भी इतनी कुशलता से रथ चला रहा था, कि शत्रु का कोई भी अस्त्र जयवर्धन के रथ को स्पर्श तक नहीं कर पा रहा था। उसका भयानक पराक्रम देख शत्रुंजय का भी हृदय काँप गया।

जयवर्धन की गर्जना सुनकर दिग्विजय की मूर्छा भी टूटने लगी। अपने धीरे धीरे खुलते हुए नेत्रों से उसने जयवर्धन को शत्रु सेना का संहार करते हुए देखा। यह देख उसके शरीर में साहस की ऊर्जा दौड़ गयी। उसने चंद्रकेतु के मुख पर जल फेंककर उसे उठाने का प्रयास किया। अपनी आँखें मलता हुआ चंद्रकेतु भी उठ गया। जयवर्धन का भयानक पराक्रम देख वो भी अचंभित रह गया। उन दोनों ने सारथियों को आदेश देकर शस्त्रों से भरा हुआ रथ मंगाया और उस पर आरूढ़ होकर शत्रु सेना पर आक्रमण कर दिया।

काशीराज भद्रसोम और मथुरा नरेश शल्लभ भी अपनी चेतना संभाले अपने रथ पर आरूढ़ होकर रण में लौट रहे थे। इतने सारे महारथियों को एक साथ देखकर शत्रुंजय के भी पसीने छूट गये। जयवर्धन तीव्रगति से शत्रुंजय के निकट आ रहा था। शत्रुंजय ने अपने नेत्र बंद किये और एक बार फिर वायुतत्व की शक्ति का प्रयोग करने का प्रयास किया। किंतु जयवर्धन ने उसके निकट आकर उसके कंठ के निचली नस की ओर एक पैना बाण छोड़ा।

शत्रुंजय विचलित होकर अपने रथ पर गिर पड़ा। जयवर्धन ने उसकी उपेक्षा करते हुए कहा, "भैरवनाथ के साथ रहते रहते मुझे भी इन तत्वों की शक्ति का कुछ भेद तो ज्ञात हो चुका है, सुबाहु। अब तुम कुछ समय तक अपनी दिव्य शक्तियों का प्रयोग

नहीं कर पाओगे। सावधान।''

जयवर्धन को शत्रुंजय से द्वंद्व को व्यग्र देख त्रिकुम्ब ने उसे स्मरण कराया, ''क्षमा करें महामहिम, किंतु इस समय आपका इस द्वंद्व में उलझना उचित नहीं। सूर्यास्त में केवल एक प्रहर शेष है, और महाराज भरत के प्रण की रक्षा करना अधिक आवश्यक है।''

दिग्विजय और चंद्रकेतु जयवर्धन के निकट आये। दिग्विजय ने जयवर्धन को प्रणाम किया, ''मैं आपका पुत्र दिग्विजय हूँ, पिताश्री। मेरा प्रणाम स्वीकार कीजिये।''

जयवर्धन ने मुस्कुराते हुए कहा, ''मैं तुमसे अपरिचित नहीं हूँ, पुत्र। जीवन भर मैंने तुम्हारे मन में उस सुबाहु के प्रति विद्रोह देखा है। तुम्हारे प्रण के अनुसार इस दुष्ट को दंड देने का अधिकार भी तुम्हारा ही है। तो इसे तुम्हीं संभालो। आज सूर्यास्त से पूर्व ही दुर्भीक्ष का अंत हो जायेगा, उसके बाद शिविर में आकर तुमसे बहुत सारी बातें करनी हैं। किंतु उससे पूर्व मुझे महाराज भरत की सहायता को जाना होगा।''

''जो आज्ञा, पिताश्री।'' दिग्विजय ने धनुष पर कसाव बढ़ाया और घूरकर शत्रुंजय रूपी सुबाहु की ओर देखा। शत्रुंजय ने भी अपने शरीर में धँसा बाण निकालकर फेंका और अपना धनुष संभाला।

जयवर्धन को लेकर त्रिकुम्ब आगे निकल गया। दिग्विजय और शत्रुंजय में अंतिम द्वंद्व आरम्भ हो गया।

रण के दूसरे छोर पर भरत और दुर्भीक्ष का महाभयानक द्वंद्व जारी था। दोनों महारथियों के शरीर का आधे से अधिक भाग उनके पवित्र रक्त से शोभा पा रहा था। दुर्भीक्ष बारी बारी करके भरत के पाँच धनुष को बीच से काट चुका था। भरत ने भी दो बार दुर्भीक्ष के धनुष को तोड़ा था, तथा चार बार उसकी प्रत्यंचा काटी थी। सहसा ही दुर्भीक्ष ने वज्रशक्ति चलाकर भरत की छाती को भारी कष्ट पहुँचाया। भरत के धनुष पर उसकी पकड़ ढीली पड़ गयी, और वो विचलित होकर अपने रथ पर गिर पड़ा। दुर्भीक्ष ने हँसते हुए उसकी उपेक्षा की, ''उठो पुरुराज। इतनी शीघ्र विचलित हो गये ? क्या इसी शक्ति के बल पर मेरा वध करने का प्रण लेकर आये थे तुम?''

कुपित हुए भरत ने अपना रथ में पड़ा भाला उठाकर दुर्भीक्ष की ओर चलाया। दुर्भीक्ष ने तीव्रगति से आता हुआ उसका वो भाला बीच मार्ग में ही काट दिया। इस एकमात्र क्षण में ही भरत ने एक साथ तीन नराच चलाकर दुर्भीक्ष की छाती को भारी पीड़ा दी, और उसके रथ की ध्वजा भी काट डाली। कुपित हुए दुर्भीक्ष ने चार विपाठ चलाकर भरत के कंधे और छाती पर चोट की। उसके क्षण भर के लिए विचलित देख दुर्भीक्ष ने अर्धचंद्राकार चलाकर भरत के सारथी का मस्तक काट गिराया। रथ के असंतुलित होते ही भरत का ध्यान बंट गया, जिसका लाभ उठाकर दुर्भीक्ष ने भरत के

एक अश्व का मस्तक भी छेद दिया। भरत ने बायें हाथ से अपने रथ की धुरा संभाली और दायें से गदा उठाकर दुर्भीक्ष की छाती की ओर चला दी।

उस गदा ने दुर्भीक्ष की छाती पर चोट की जिससे वो विचलित होकर अपने रथ पर ही गिर गया। भरत ने एक और गदा उठाकर दुर्भीक्ष की ओर फेंकी। दुर्भीक्ष ने भरत की ही फेंकी हुई गदा वापस उसकी ओर फेंक दी। दोनों गदायें मार्ग में ही टकरा कर भीषण चिंगारी उत्पन्न करते हुए भूमि पर गिर गयीं। तत्काल ही दुर्भीक्ष ने एक भाला उठाया और भरत के रथ के दायें पहिये पर दे मारा। उस रथ का वो पहिया टूटकर अलग हो गया, और वो रथ टेढ़ा हो गया। तत्पश्चात दुर्भीक्ष ने पैने बाणों से भरत पर वार करना आरम्भ किया। भरत ने क्षणभर में ही स्वयं को संभाला और टेढ़े हुए रथ पर ही स्थिर खड़े होकर दुर्भीक्ष को भी उसके बाणों को यथोचित उत्तर देना आरम्भ किया। दोनों महारथी एक दूसरे को अनगिनत बाणों से बींधते रहे।

तभी दुर्भीक्ष की दृष्टि जयवर्धन पर पड़ी जिसका रथ हाँकते हुए त्रिकुम्ब तेजी से उसके निकट आता जा रहा था। दुर्भीक्ष ने मुस्कुराते हुए भरत से द्वंद्व जारी रखा।

जयवर्धन ने निकट आकर गर्जना करते हुए कहा, "सावधान असुरेश्वर।"

उसका स्वर सुनते ही दुर्भीक्ष ने अपने प्रहार रोक दिये। उसे ऐसा करते देख भरत ने भी अपना धनुष नीचे किया। जयवर्धन को अकस्मात ही अपने समक्ष आया देख भद्राक्ष रूपी भैरवनाथ का मुख आश्चर्य से खुला रह गया। त्रिकुम्ब और जयवर्धन को वहाँ आया देख महाराज भरत को भी ठीक से कुछ समझ नहीं आया।

जयवर्धन ने गर्जना करते हुए दुर्भीक्ष को चेतावनी दी, "आपने मुझे अपने समर्थन का वचन दिया था, असुरेश्वर दुर्भीक्ष। और महाबली अखण्ड की आज्ञा से मैं महाप्रतापी महाराज तेजस्वी का पुत्र जयवर्धन स्वयं को पुरूसेना के प्रति समर्पित कर चुका हूँ। इसलिये या तो आप मेरे पक्ष में लौट आईये, या फिर अपने शस्त्रों का त्याग करके महाराज भरत के द्वारा अपनी मृत्यु को स्वीकार कीजिये। क्योंकि अब आप महाराज भरत पर प्रहार नहीं कर सकते।"

दुर्भीक्ष के मुख पर एक संतोष भरी मुस्कान छा गयी। उसने अपना धनुष नीचे कर रथ पर रख दिया। तत्पश्चात अपनी दोनों बाहें फैलाकर भरत को ललकारा, "अपनी प्रतिज्ञा पूर्ण करो, पुरूराज। उठाओ अपना धनुष, और संधान आरम्भ करो। देखते हैं तुम्हारे बाणों में इतना बल है या नहीं जो सूर्यास्त तक मुझे भूमि पर गिरा सके।"

रथ पर बैठे भद्राक्ष ने झल्लाते हुए अपना माथा पकड़ लिया।

भरत ने अपने धनुष पर कसाव बढ़ाया, "हम चंद्रवंशी निशस्त्र पर प्रहार नहीं करते, असुरेश्वर। इसलिये मृत्यु से भागने के व्यर्थ उपाय ना करो। अपना धनुष उठाओ

और एक योद्धा की भांति मृत्यु को स्वीकार करो।''

''मैं अपने प्रण का त्याग नहीं कर सकता, पौरवराज। मैं शस्त्र रखने पर विवश हूँ, इसलिये तुम अपना कर्तव्य निभाओ और प्रहार करो। स्मरण रहे, यदि सूर्यास्त से पूर्व तुम मुझे मृत्युशय्या पर लिटाकर इस युद्ध से बाहर न कर पाये, तो तुम्हें स्वयं अग्नि में प्रवेश करना होगा। विचार करो, यदि तुमने इस प्रकार आत्मदाह कर लिया, तो भी तुम कायर ही कहलाओगे। एक ऐसा कायर जो अपनी सेना और अपनी प्रजा को रक्षणहीन छोड़कर मृत्यु की शरण में चला गया। ऐसा करके तुम्हारी आत्मा अनंतकाल तक तड़पती रहेगी। इसलिये प्रहार करो पुरुराज, प्रहार करो।''

दुर्भीक्ष के मुख पर छाये आत्मविश्वास ने भरत को विचलित कर दिया। उसने जयवर्धन की ओर पलटकर प्रश्न किया, ''ये सब क्या है महाराज जयवर्धन ? आप तो चीर निद्रा मैं थे। आप जागृत कब हुए। और शत्रु का ये महारथी आपका सारथी कैसे बन गया ?''

''महाबली वक्रबाहु के जीवंत पात्र की ऊर्जा ने मुझे भी नया जीवन दिया है, पुरुराज। और रही बात त्रिकुम्ब की, तो असुरेश्वर को जब सत्य का ज्ञान हुआ उन्होंने स्वयं ही अपनी मृत्यु का उपाय बताकर त्रिकुम्ब को पुरूसेना के शिविर में भेजा था। इसलिये मैं यहाँ उनके शस्त्र रखवाने आया हूँ।''

जयवर्धन का तर्क सुन भरत स्तब्ध रह गया। उसने क्षण भर के लिए दुर्भीक्ष के मुख की ओर देखा जो अपने रथ पर निशस्त्र खड़ा मुस्कुरा रहा था। दुर्भीक्ष के प्रति उसके मन में जो भी घृणा थी उसका यकायक ही लोप होने लगा।

शीघ्र ही अपने अश्व आरूढ़ होकर अघोरी अवधूत भी वहाँ आ पहुँचे। उन्होंने भरत को आश्वस्त करने का प्रयास किया, ''महाराज जयवर्धन का कथन सत्य है, पुरूराज। दुर्भीक्ष के अंत के साथ ही इस युद्ध में हमारी विजय निश्चित हो जायेगी। लाखों योद्धाओं के बलिदान को व्यर्थ न जाने दीजिये। असुरेश्वर दुर्भीक्ष का अंत कर इस महाविनाश को समाप्त कीजिये।''

भरत को विचलित देख जयवर्धन ने उससे विनती की, ''प्रहार कीजिये महाराज भरत, प्रहार कीजिये। सूर्यास्त में केवल आधा प्रहर शेष है। शीघ्र करिये।''

तभी आकाश मार्ग से उड़ते हुए जंबाल भी वहाँ आ पहुँचा। दुर्भीक्ष को निशस्त्र देख उसने भी भरत को प्रेरित करने का प्रयास किया, ''अब समय नष्ट न कीजिये, महाराज। अंत करिए इस नराधम का।''

भरत के मुख पर छायी शंका को देख दुर्भीक्ष ने अपने रथ में पड़ी एक तलवार और एक ढाल उठाकर उसे ललकारते हुए कहा, ''यदि तुम्हारा चंद्रवंशी होने अभिमान इस युद्ध में विजय से अधिक महत्वपूर्ण है, तो लो उठा लिए मैंने शस्त्र। मैं तुम पर

प्रहार नहीं कर सकता किन्तु अपना रक्षण तो कर ही सकता हूँ। चलाओ अपने बाण, मैं अपने रक्षण का पूर्ण प्रयास करूँगा। चलाओ बाण, और यदि सामर्थ्य है तो सूर्यास्त तक मुझे गिरा कर दिखाओ। स्मरण रहे, तुम्हारे बाणों में इतनी दुर्बलता ना हो जिसे देख तुम्हारे पूर्वजों को लज्जा का अनुभव हो।''

जयवर्धन ने भरत को प्रोत्साहित करने का प्रयास किया, ''यही उपयुक्त समय है, महाराज। अपने किये पापों के अनुसार असुरेश्वर ने स्वयं अपने लिये ये दण्ड निर्धारित किया है। वो एक वीर हैं, उनकी वीरता का सम्मान करते हुए उन्हें उनके पाप कर्मों से मुक्त कीजिये।''

भरत के कंधे से बहता हुआ रक्त उसके हाथ से लेकर धनुष पर भी फैलने लगा। उसने तुरीर्ण से अर्धचंद्राकार निकाला और दुर्भीक्ष के कंठ की ओर लक्ष्य कर छोड़ दिया। उस बाण के निकट आते ही दुर्भीक्ष ने अपनी तलवार से उसके दो टुकड़े कर दिये। उसने हँसते हुए भरत पर कटाक्ष किया, ''तनिक और बल लगाओ पुरुराज, मैं असुरेश्वर दुर्भीक्ष हूँ। इतनी सरलता से मेरी मृत्यु नहीं होगी।''

भरत ने धनुष पर तीन बाण एक साथ चढ़ाये और दुर्भीक्ष की छाती, कंधे और उदर की ओर लक्ष्य किया। दुर्भीक्ष ने अपने हाथों में थमी और तलवार और ढालों से उन तीनों बाणों को स्वयं से दूर हटा दिया और भरत को देख कटाक्षमय भाव में मुस्कुराया। भरत ने पुनः एक साथ वराहकर्ण, नराच, विपाठ, क्षुरप्र और अर्धचंद्र बाण एक साथ धनुष पर चढ़ाये और दुर्भीक्ष के पाँच विभिन्न अंगों को लक्ष्य करते हुए पूर्ण बल लगाकर प्रत्यंचा को कान तक खींचा। पाँचों बाण विद्‌युत गति से दुर्भीक्ष की ओर बढ़े। तीन बाणों को दुर्भीक्ष ने स्वयं से दूर हटा दिया, किन्तु क्षुरप्र उसकी जांघ में और अर्धचंद्र बाण ने उसके कवच में छेद कर उदर के भीतर घुस गया। अभी दुर्भीक्ष का ध्यान उस घाव की ओर गया ही था, कि भरत ने अगला बाण मारकर उसके हाथ में थमी ढाल छुड़ा दी। तत्पश्चात भरत ने उसके कंठ सहित शरीर के दस अंगों की ओर लक्ष्य करते हुए दस और बाण मारे। उनमें से सात को दुर्भीक्ष ने अपने हाथ में थमी तलवार से सफलतापूर्वक काट दिया, किंतु भरत के तीन वेगवान बाण उसकी छाती, कंधे और और बायीं पसली में आ धँसे।

उन घावों से पीड़ित हुए दुर्भीक्ष ने अजगर की भाँति फूँफकारते हुए सारे बाणों को अपने शरीर से निकाल फेंका, ''इतने प्रहार मुझे मृत्यु देने के लिए पर्याप्त नहीं है पुरूराज। थोड़ा और प्रयत्न करो।''

उसकी चुनौती स्वीकार करते हुए भरत ने वज्रशक्ति का आवाहन किया और उसे बिना एक भी क्षण गँवाये दुर्भीक्ष के वक्ष स्थल की ओर छोड़ दिया। उस प्रहार को रोकने के प्रयास में दुर्भीक्ष की तलवार बीच से टूट गयी, और उसकी चोट खाकर वो स्वयं अपने रथ पर गिर गया। तत्पश्चात भरत ने उसे एक बाद एक कान तक खींचकर पूर्ण

बल से मारे गये दस बाणों से बींध डाला।

अपने हाथ में टूटी हुयी तलवार लिए दुर्भीक्ष ने हँसते हुए भरत का उपहास उड़ाया, "इन तुच्छ साधारण बाणों से मेरा वध करने का स्वप्न देख रहे हो, हस्तिनापुर नरेश। प्रतीत होता है तुमने असुरेश्वर दुर्भीक्ष के बल का वर्णन सुना नहीं। अरे कोई दिव्यास्त्र चलाओ, दिव्यास्त्र।"

उसकी इस उपेक्षा के उत्तर में भरत ने एक विपाठ के साथ एक लंबा और विशिष्ट बाण उठाया। उस बाण का आकार सामान्य बाण से दोगुना था और नोक भी त्रिशूल के आकार की थी। सर्वप्रथम उसने विपाठ चलाकर दुर्भीक्ष के हाथ में थमी टूटी हुयी तलवार छुड़ाई, और उसके पीछे वो विशिष्ट बाण छोड़ा जो सीधा दुर्भीक्ष के कवच को तोड़ता हुआ उसके हृदय की ओर बढ़ा जिसे दुर्भीक्ष ने अपने हाथो से ही रोकने का प्रयास किया। वो बाण उसकी उँगलियों को घायल करता हुआ उसकी छाती की ऊपरी सतह में जा घुसा।

बाणों से बींधा, अपने रक्त में नहाया और मुख से रक्त उगलता असुरेश्वर दुर्भीक्ष किसी कीचड़ में खिले कमल के समान शोभा पा रहा था। उसने हँसते हुए भरत से गर्वित स्वर में कहा, "पंचतत्व की शक्तियों का स्वामी हूँ मैं, पुरूराज। इन साधारण बाणों से मुझे नहीं गिरा पाओगे।"

यह देख जयवर्धन ने भरत से उदविघ्न होकर कहा, "असुरेश्वर दुर्भीक्ष ने स्वेच्छा से अपनी मृत्यु स्वीकार की है, महाराज। उन्हें और पीड़ा मत दीजिये। वैष्णवास्त्र का प्रयोग करके उनकी इस पीड़ा का अंत कीजिये।"

उस समय भरत को जयवर्धन का सुझाया हो उपाय उचित ही मालूम पड़ा। उसे भी लगा कि अब दुर्भीक्ष की पीड़ा का अंत कर देना ही उचित है।

मन में दृढ़ संकल्प लिये भरत ने अपने नेत्र बंद धनुष उठाया और मंत्रों का उच्चारण आरम्भ किये। दुर्भीक्ष ने अपने शरीर में धँसे बाणों को खींचकर निकालते हुए अपने रथ की धुरा संभाले भद्राक्ष रूपी भैरवनाथ पर कटाक्ष किया, "तुम्हारी हर योजना धरी की धरी रह जायेगी, भैरवनाथ। अब तुम अनंतकाल तक मृत्यु की भिक्षा मांगोगे किन्तु तुम्हें मृत्यु प्राप्त नहीं होगी।"

भद्राक्ष को पहचाने जाने पर आश्चर्य नहीं हुआ। क्योंकि उसे ज्ञात था कि उसके मस्तक कट जाने पर भी जीवित रहने के उपरांत दुर्भीक्ष को उस पर संदेह हो गया होगा। इसीलिए वो अभी तक मौन बैठा था।

पाँच क्षणों के मंत्रोंच्चारण के उपरांत अपनी दिव्य आभा से दसों दिशाओं को प्रकाशित करता हुआ वैष्णवास्त्र प्रकट हुआ। उस प्रकाश की आभा को देख दुर्भीक्ष ने उस महास्त्र की ओर संतोष भरी दृष्टि से देखा, "कृपा भयी नारायण। जगदीश्वर की

जय हो।''

भरत ने दुर्भीक्ष के वक्ष की लक्ष्य करके प्रत्यंचा को कान तक खींचा। उस महाअस्त्र का संधान करते हुए भरत के नेत्रों में भी नमी आ गयी। अपना पूर्ण बल प्रयोग कर भरत ने प्रत्यंचा छोड़ दी। मुख से रक्त उगलते हुए दुर्भीक्ष ने अपनी ओर आते वैष्णवास्त्र को देख नेत्र बंद नहीं किये, अपितु गर्व भरी दृष्टि से अपनी आने वाली मृत्यु का बाहें फैलाकर स्वागत किया।

भय के मारे भद्राक्ष रथ से कूद पड़ा। अश्वों और रथ को जलाते हुए वैष्णवास्त्र दुर्भीक्ष के वक्ष में जा घुसा, और उसे उठाकर दस गज दूर ले गया। असुरेश्वर दुर्भीक्ष के भूमि पर गिरते ही भूमि के उस भाग पर मानों भूकंप सा आ गया। जंबाल ने प्रसन्नता के मारे भीषण गर्जना की, ''हर हर महादेव।''

वैष्णवास्त्र वक्ष के मार्ग से दुर्भीक्ष के सम्पूर्ण शरीर में प्रवेश कर गया। उस महाभयानक दिव्यास्त्र के प्रभाव से उसके शरीर की एक एक नस फटकर रक्त को बहकर भूमि पर गिरने का मार्ग देने लगी। रीछराज जामवंत के वरदान के प्रभाव से अपने नेत्र खोले दुर्भीक्ष अब भी अपने प्राणों को संभाले हुए था। वहीं भद्राक्ष रूपी भैरवनाथ वन की ओर भाग खड़ा हुआ।

अवधूत, जयवर्धन और जंबाल ने एक साथ शंख फूंककर विजय का संकेत दिया। उन शंखों की ध्वनि सुन पुरूसेना के वीर हर हर महादेव का जयघोष करने लगे। दिग्विजय के प्रहार और दृढ़ हो गये। शेष महारथी भी विदर्भ के सैनिकों का काल बनकर उन पर टूट पड़े। किंतु उन समग्र योद्धाओं में पुरूसेना का एक ऐसा भी योद्धा था जिसका धनुष उसके हाथ से छूट गया। शंख की वो ध्वनि सुन शत्रुघन के नेत्र अश्रुओं से भर गये। उसने सारथी को रथ को आगे लेने का आदेश दिया।

मार्ग में चलते हुए उसने दिग्विजय और शत्रुंजय को युद्ध करते हुए देखा। शत्रुंजय को देख उसका मस्तक क्रोध से लाल हो गया। अपने पुत्र का मुख देख भी उसे हर क्षण नीच सुबाहु का ही स्मरण हो रहा था जिसके कारण उसने अपना सर्वस्व खो दिया था। सहसा ही उसने धनुष पर एक अर्धचंद्राकार चढ़ाया और कान तक खींचकर पूर्ण बल से शत्रुंजय की ओर छोड़ा। उस बाण ने शत्रुंजय के हाथ में थमे धनुष को बीच से काट दिया। अकस्मात हुए इस आक्रमण से शत्रुंजय अचंभित रह गया। शत्रुघन ने गर्जना करते हुए दिग्विजय से कहा, ''अब इस दुष्ट को अवसर न दो दिग्विजय। भूल जाओ द्वंद्व का धर्म और अधर्म। यदि लाखों योद्धाओं के प्राणों की रक्षा करनी है तो अंत करो इस पापी का। सारे अधर्म की जड़ यही नीच है। इस दुष्ट का अंत आवश्यक है।''

दिग्विजय ने भी एक क्षण और विचार किये बिना अपना धनुष संभाला। भयभीत हुए शत्रुंजय ने भी दूसरा धनुष उठाया, किंतु इस बार भी शत्रुघन ने उसका वो धनुष काट दिया। दिग्विजय ने उस पर बाणों की वर्षा करनी आरम्भ की। छाती, वक्ष, जंघा

समेत भुजाओं पर भी अनेकों बाण मारे। शत्रुंजय बार बार धनुष उठाने का प्रयास करता और शत्रुघन उसका धनुष काट देता। अंततः दिग्विजय ने अपने तुरीर्ण से आंजलिक बाण निकाला और अपने धनुष पर चढ़ाकर मंत्रों का संधान किया।

मृत्यु को अपने समक्ष आया देख भी शत्रुंजय रूपी सुबाहु के मुख पर एक कपट भरी मुस्कान थी, क्योंकि वो अभी तक इसी भ्रम में था कि भैरवनाथ की सहायता से वो कुछ ही दिनों में भरत के शरीर को धारण कर सम्राट बन जायेगा। दुर्भीक्ष की पराजय का संकेत मिलने के उपरांत उसने कोई विशेष प्रतिरोध भी नहीं किया। दिग्विजय ने अपनी प्रत्यंचा को कान तक खींचा और पूर्ण बल से शत्रुंजय के कंठ की ओर लक्ष्य कर छोड़ दिया। वो बाण वायु की गति से होता हुआ शत्रुंजय के कंठ पर बंधे लौह कवच को तोड़ता हुआ उसका मस्तक काट ले गया। उसका शरीर रथ पर गिरकर तड़पने लगा।

शत्रुंजय के गिरते ही पुरूसेना ने विजयनाद किया। पौरव महारथियों के शंखनाद करते ही द्रविड़राज अल्मबुष सहित विदर्भ के ध्वज तले युद्ध कर रही समस्त सेना रण छोड़कर भागने लगी। अपने पुत्र का दो टुकड़ों में बंटा हुआ शव देख शत्रुघन शोक से ग्रस्त होकर अपने रथ पर ही गिर पड़ा। उसे मूर्छा का अनुभव होने लगा। उसकी दुर्दशा देख दिग्विजय दौड़ता हुआ उसके रथ पर चढ़ आया उसे संभालने का प्रयास किया, ''धीरज रखिये महाराज। वो आपका पुत्र नहीं था, उस नीच असुर का अंत आवश्यक था।''

शत्रुघन ने दिग्विजय से विनती की, ''म...मुझे, कृपा करके मुझे मेरे मित्र सुर्जन के पास ले चलिये।''

''अवश्य, अवश्य महाराज शत्रुघन।'' शत्रुघन को संभालते हुए दिग्विजय ने सारथी को आदेश दिया, ''शीघ्र से शीघ्र महाराज भरत के पास चलो।''

दुर्भीक्ष को भूमि पर विवश पड़ा देख शेष महावीरों का मन भारी सा होने लगा था, किन्तु जंबाल की प्रसन्नता का कोई ठिकाना नहीं था। उसने दुर्भीक्ष की उपेक्षा करते हुए कहा, ''देख असुरेश्वर, देख। आदिकाल से तेरे जैसी पापियों का यही हश्र होता आया है। जब जब कोई धर्म के मार्ग में बाधक बनकर खड़ा होगा, वो इसी प्रकार रण में असहाय होकर अपने प्राणों का त्याग करेगा। चाहें वो लंकापति रावण हो या तुम असुरेश्वर दुर्भीक्ष। तुम्हारी मृत्यु के साथ ही मेरा जीवन लक्ष्य पूर्ण हुआ, असुरेश्वर दुर्भीक्ष। मेरी माता की वेदना सत्य थी, इसीलिए उनका दिया हुआ श्राप भी सत्य सिद्ध हुआ।''

दुर्भीक्ष ने पीड़ित स्वर में ही जंबाल पर मुस्कुराते हुए कटाक्ष किया, ''तुम्हारा पिता एक अहंकारी और कपट युद्ध करने वाला छलिया था। उसने मुझसे पराजित होने के उपरांत मेरी पीठ पर प्रहार किया और मेरे हाथों एक कायर की मृत्यु प्राप्त की। किन्तु मैंने वीरों की भांति रण में वीरगति प्राप्त की है। तुम्हारी माता की वेदना अवश्य सत्य

थी। किन्तु उनमें सत्य को स्वीकार करने का साहस नहीं था, इसीलिये उन्होंने मुझे श्राप दिया। अब तुम स्वयं निश्चित करो कि अधर्मी कौन है ?''

''दुर्भीक्ष।'' जंबाल ने क्रोध में अपना भाला उठा लिया। किंतु इससे पूर्व वो दुर्भीक्ष पर प्रहार करता जयवर्धन ने उसका भाला पकड़कर उसे चेतावनी दी, ''सावधान गरुड़वीर, मैं असुरेश्वर की मृत्यु का निमित्त अवश्य बना हूँ किंतु तुम्हें इनका अपमान नहीं करने दूँगा।''

जंबाल ने आश्चर्यभाव से प्रश्न किया, ''आप शत्रु सेना के प्रधान सेनापति के लिए अपने पक्ष के योद्धा को अपमानित कर रहे हैं ?''

''युद्ध समाप्ती का शंख बज चुका है। अब कोई किसी का पक्ष लेने को विवश नहीं है। इसलिए अपने शस्त्रों को विराम दो। और यदि अपनी प्रतिशोध की भावना को नियंत्रित नहीं कर सकते, तो चले जाओ यहाँ से।''

जयवर्धन द्वारा उपेक्षित होकर जंबाल कुपित होकर वहाँ से उड़ चला।

जयवर्धन और त्रिकुम्ब भारी मन से दुर्भीक्ष के निकट आये। शरीर के चहुँ ओर फैले हुए रक्त से सना दुर्भीक्ष किसी दिव्य पुष्प के समान शोभा पा रहा था। उसके निकट से देख उस भरत का भी मन भर आया जिसने अब तक उसे केवल घृणा की दृष्टि से देखा था। जयवर्धन ने घुटनों के बल बैठकर दुर्भीक्ष का हाथ पकड़ भावुक होकर उससे क्षमा याचना की, ''मुझे क्षमा कीजिये, असुरेश्वर। इस युद्ध में जो भी विनाश हुआ, अप्रत्यक्ष रूप से उसका दोषी मैं ही हूँ। किंतु मेरे रूप में आपको जीवनदान तो सुबाहु ने ही दिया था, किंतु फिर आपने मेरे प्रति अपने वचन का पालन क्यों किया ?''

दुर्भीक्ष ने हँसते हुए जयवर्धन को सांत्वना दी, ''जो कुछ भी हुआ उसका दोषी वो दुष्ट सुबाहु है, महाराज जयवर्धन। आप स्वयं को दोष न दें। और रही बात मुझे जीवनदान देने की तो मुझे जीवनदान आपके रक्त से मिला था, इसलिये मेरी निष्ठा आपके प्रति थी। और समर्पण का वचन देते समय मैं आपके शरीर में सुबाहु के वास की वास्तविकता से अनभिज्ञ था। तो आपके प्रति अपना वचन निभाना ही मेरा धर्म था जिसका मैंने निष्ठापूर्वक पालन किया।''

''आप वास्तव में महान हैं, असुरेश्वर। ये मेरा दुर्भाग्य है कि मैं आप जैसे महान महारथी की मृत्यु का कारण बना हूँ। इस पाप के लिए मैं स्वयं को कभी क्षमा नहीं कर पाऊँगा।'' कहते हुए जयवर्धन वहाँ से उठकर पीछे हट गया।

दिग्विजय शत्रुघन को लेकर उस स्थान की ओर बढ़ रहा था। इधर शत्रुंजय के तड़पते हुए शरीर के शांत होते ही सुबाहु की आत्मा ने उसके शरीर का त्याग किया। अपनी योजना के अनुसार सुबाहु भद्राक्ष रूपी भैरवनाथ की खोज में उसी स्थान की

ओर बढ़ चला जहाँ दुर्भीक्ष मृत्युशय्या पर लेटा था। अघोरी अवधूत ने अपने यौगिक बल से उसे उस स्थान की ओर बढ़ते देख लिया। उन्होंने नेत्र बंद करके मंत्रों का जाप किया। फलस्वरूप उस स्थान पर आते हुए सुबाहु की आत्मा को एक साथ पाँच विभिन्न स्थानों पर भरत का प्रतिबिंब दिखाई देने लगा।

सुबाहु को इसकी आशा पहले से ही थी। वो तीव्रगति से इधर उधर घूमकर भद्राक्ष का वेश धरे भैरवनाथ को खोजने लगा। उसे दूर वनों में भागता हुआ देख वो उसके पीछे चल पड़ा। अवधूत उसे वन की ओर जाता देख मुस्कुराने लगे। अपने अश्व पर आरूढ़ हुआ भद्राक्ष एक पर्वत पर चढ़ गया। बड़े बड़े वृक्षों और पौधों से भरा हुआ पर्वत का वो भाग किसी वन के समान ही दिखाई पड़ता था। अपने वास्तविक रूप में आकर भैरवनाथ ने अपने अश्व को रोका और विश्राम की इच्छा से वहीं एक निकट के पत्थर पर बैठगया। उसने खीजते हुए अपना माथा पीट लिया, ''सदियों का परिश्रम व्यर्थ हो गया। कुछ शेष न नहीं बचा।''

तभी सुबाहु की आत्मा उसे खोजते हुए वहाँ आ पहुँची। उसने बिना एक भी क्षण विलंब किये भैरवनाथ की ओर बढ़ा और कुछ ही क्षणों में मुख के द्वार से उसके शरीर में प्रवेश करने लगा। अचंभित हुए भैरवनाथ को तो क्षणभर के लिए समझ ही नहीं आया कि क्या हुआ, और समझ पाने से पूर्व ही वो मूर्छित होकर गिर गया। उसके मूर्छित होकर गिरने के कुछ समय उपरांत महाऋषि शंकराचार्य उसके निकट आ खड़े हुए। वो अपनी लंबी यात्रा से लौट आये थे। उस नीच पर दृष्टि पड़ते ही उनके नेत्र क्रोध से जलने लगे।

सूर्यास्त के उपरांत रणभूमि में अकस्मात ही ब्रह्मऋषि विश्वामित्र ने प्रवेश किया। उन्हें देख पुरूसेना के समस्त महारथी और जीवित बचे सैन्य अधिपति उनके सम्मान में झुक गये। उनका प्रणाम स्वीकार करते हुए विश्वामित्र आगे बढ़ते गये।

उन्हें शत्रुंजय के शव की ओर बढ़ते देख चंद्रकेतु आश्चर्यचकित रह गया। विश्वामित्र ने शत्रुंजय के भूमि पर गिरे मस्तक को उठाया और उसे उसके धड़ के निकट लाकर रख दिया। तत्पश्चात उसके मस्तक पर हाथ रख विश्वामित्र ने नेत्र बंद कर कुछ मंत्रों का उच्चारण किया। फलस्वरूप शत्रुंजय का मस्तक उसके धड़ से जुडने लगा, और उसके समस्त घाव भी भरने लगे। विश्वामित्र का ये चमत्कार देख चंद्रकेतु और अन्य महारथी अचंभित रह गये।

शत्रुंजय के समस्त घाव भरने के उपरांत विश्वामित्र ने उसके माथे पर हाथ फेरते हुए कहा, ''तुम सुबाहु की दुष्टात्मा से मुक्त हो चुके, पुत्र। अपने नेत्र खोलों और आने वाले प्रकाशमय जीवन का स्वागत करो।''

विश्वामित्र की यौगिक सिद्धि सफल हुयी। शत्रुंजय के नेत्र धीरे धीरे खुलने लगे, तीव्रगति से श्वास भरते हुए वो एक झटके में उठ गया। विश्वामित्र का चमत्कार देख सभी

महारथी ब्रह्मऋषि विश्वामित्र की जयघोष करने लगे।

वहीं शत्रुंजय आश्चर्यभरी दृष्टि से विश्वामित्र की ओर देख रहा था। उसने उठकर चहुँ ओर दृष्टि घुमाई। अनेकों सैनिकों के शव देख उसका मस्तक झन्ना गया। विश्वामित्र ने उसके निकट आकर प्रश्न किया, "किन विचारों में खोये हुए हो, पुत्र?"

शत्रुंजय ने क्षणभर के लिए विश्वामित्र की ओर आश्चर्य भरी दृष्टि से देखा। कुछ क्षण उन्हें देखने के उपरांत शत्रुंजय ने उन्हें प्रणाम किया, "आप...आप अवश्य ही ब्रह्मऋषि विश्वामित्र हैं। आपने ही मुझे जीवनदान दिया है, है न?"

"हाँ वत्स, मैंने असुरेश्वर दुर्भीक्ष को वचन दिया था कि समय आने पर यदि उन्होंने अपने विवेक का प्रयोग कर धर्म के पथ का चुनाव किया, तो मैं तुम्हारे जीवन की रक्षा करूँगा। असुरेश्वर ने मुझे निराश नहीं किया, इसलिये मुझे अपना वचन निभाने आना ही पड़ा।"

शत्रुंजय विचलित हो उठा, "म...मेरे काकाश्री कहाँ हैं, ऋषिवर ? शीघ्र बताइये। उस नीच सुबाहु ने मुझसे बहुत पाप करवायें हैं। यदि उन पापों का दण्ड मेरे काकाश्री को मिला, तो मैं स्वयं को कभी क्षमा नहीं कर पाऊँगा।"

"अपनी सेना को यहाँ आकर समर्पण का आदेश दीजिये, विदर्भ नरेश। उसके उपरांत ही आप सर उठाकर असुरेश्वर दुर्भीक्ष के समक्ष जा सकेंगे।"

"जो, जो आज्ञा, ऋषिवर।" विश्वामित्र के आदेश का पालन करते हुए शत्रुंजय अपने रथ की ओर गया और उसमें रखा शंख उठाकर ज़ोर से बजाया।

विदर्भराज के शंख की ध्वनि सुन द्रविड़राज अल्मबुष के साथ विदर्भ के समस्त सैन्यअधिपति अचंभित रह गये। क्योंकि जिसका मस्तक कटकर गिरते हुए उन सभी ने अपने सामने देखा था उसके शंख की ध्वनि सुनाई देना आश्चर्यजनक ही था। बचे हुए सैन्यअधिपतियों ने द्रविड़राज के निकट आकर परामर्श माँगा। जब पुरूसेना अपने स्थान पर स्थिर खड़ी दिखाई दी, तो सेना में एकमात्र बचे महारथी अल्मबुष के आदेश पर विदर्भ की सेना आगे बढ़ चली।

आगे बढ़कर शत्रुंजय को अपने समक्ष जीवित देख समस्त सेना और सैन्य अधिपति अचंभित रह गये। अपने दल के निकट आते ही शत्रुंजय ने श्वेत ध्वज उठाकर लहराते हुए घोषणा की, "मैंने पराजय स्वीकार कर ली है। विदर्भ का शासक होने के अधिकार मैं मेरे ध्वज तले युद्ध कर रही समस्त सेना को समर्पण का आदेश देता हूँ। द्रविड़राज अल्मबुष और इक्कीस सैन्य अधिपति जो अभी तक जीवित बचे हैं, सभी ने पौरवसेना के समक्ष शस्त्र डालकर समर्पण कर दिया।

उनका समर्पण प्रदर्शित करने के उपरांत शत्रुंजय ने विश्वामित्र से विनती की, "यदि आपकी आज्ञा हो ऋषिवर, तो मैं काकाश्री के पास जाना चाहता हूँ।"

"वो तुम्हारी ही प्रतीक्षा में है, वत्स। अवश्य जाओ।"

विश्वामित्र का आदेश पाकर शत्रुंजय तत्काल ही एक अश्व पर आरूढ़ होकर आगे बढ़ गया। अपने अश्व को दौड़ाते हुए शत्रुंजय उस स्थान पर पहुँच गया जहाँ दुर्भीक्ष मृत्युशय्या पर लेटा हुआ था। शत्रुघन उसके निकट बैठा विलाप कर रहा था।

उसे भूमि पर गिरा देख शत्रुंजय अपने अश्व से कूदकर दौड़ता हुआ वहाँ आया। दुर्भीक्ष का समस्त शरीर रक्त से नहाया हुआ प्रतीत हो रहा था। उसके निकट आकर शत्रुंजय घुटनों के बल बैठ दुर्भीक्ष को बिना कुछ कहे निहारने लगा। उसके मुख के भाव से ही दुर्भीक्ष ने उसे पहचान लिया कि वो सुबाहु की दुरात्मा से मुक्त हो चुका है। उसने अपने मित्र शत्रुघन के गाल पर हाथ फेरते हुए गर्वित स्वर में कहा, "मेरा बलिदान व्यर्थ नहीं गया मित्र, शत्रुंजय को नया जीवन प्राप्त हो गया।"

शत्रुघन का ध्यान अपने पुत्र की ओर नहीं गया। वो बस दुर्भीक्ष का हाथ अपने हाथों में पकड़कर विलाप करता रहा। शत्रुंजय के नेत्रों से भी अश्रु की बूंदे फूट पड़ीं, "तो अंततः आपने मेरे पापों का भार अपने सर उठा ही लिया, काकाश्री।"

दुर्भीक्ष ने अपने हाथ से शत्रुंजय की जंघा थपथपाई, "वीरोचित व्यवहार करना सीखो, पुत्र। तुम्हें भी भलीभांति ज्ञात है कि जो हुआ उसमें तुम्हारा कोई दोष नहीं, फिर काहे का शोक। अभी तो इस समय मुझे एकचक्रनगरी के राजमहल ले चलो, वहाँ पहुँचने से पूर्व मैं अपने प्राण नहीं त्यागना चाहता।"

दुर्भीक्ष की विनती सुन शत्रुघन ने आश्चर्य भाव से प्रश्न किया, "वहाँ पहुँचने में तो कम से कम दो दिवस का समय लगेगा। तब तक तुम.....।"

"चिंता मत करो, मित्र। रीछराज जामवंत के आशीर्वाद से जिस दिन मैं अपनी मातृभूमि लौटूँगा, उसी दिन सूर्यास्त के समय मैं अपनी देह से प्राणों का त्याग करके इस पीड़ा से मुक्त हो पाऊँगा। यदि ऐसा ना होता, तो वैष्णवास्त्र का प्रभाव अब तक मेरे प्राण ले चुका होता। इसलिये शीघ्र चलो।"

"जो आज्ञा काकाश्री, जो आज्ञा।" शत्रुंजय ने सहमति जताई।

दुर्भीक्ष की विनती सुन महाराज भरत के भी नेत्र भर आये। उन्होंने वहाँ निकट खड़े एक सैन्यअधिपति को आदेश दिया, "शीघ्र से शीघ्र महाराज शत्रुघन, महाराज शत्रुंजय और असुरेश्वर दुर्भीक्ष के एकचक्रनगरी की ओर प्रस्थान करने का प्रबंध किया जाये।"

वो सैन्यअधिपति अपना मस्तक झुकाकर आदेश का पालन करने हेतु प्रस्थान कर गया। अघोरी अवधूत दुर्भीक्ष के निकट आये, "प्रस्थान की इतनी शीघ्रता क्या है, असुरेश्वर ? पहले अपने हृदय में जल रही प्रतिशोध की अग्नि को शांत तो कर लीजिये।"

दुर्भीक्ष ने अवधूत की ओर आश्चर्यभाव से देखा, ''आ...आप अघोरी अवधूत है न, उस भैरवनाथ के....।''

''मित्र हुआ करता था वो मेरा, किंतु अपनी कुनीतियों के कारण शत्रु बन गया। और अपने किए हर पाप का दण्ड प्राप्त करने हेतु उसे यहाँ लाया जा रहा है।''

अवधूत ने अपने पीछे संकेत किया। भैरवनाथ को निकट आते देख दुर्भीक्ष की भवें तनीं और उसने उठने का प्रयास किया, किंतु फिर गिर गया। शत्रुंजय ने एक बड़ा सा पत्थर लाकर उसके सहारे दुर्भीक्ष को बैठा दिया । भैरवनाथ को अपने समक्ष आया देख दुर्भीक्ष को मानों अपनी शारीरिक पीड़ा का विस्मरण ही हो गया था। फटी हुयी नसें भी फड़क उठीं। वो बस अपने उस परमशत्रु को घूरे जा रहा था, जिसके कंधे पर वृक्ष का तना लादा गया था, और उस तने से जुड़ी हुयी बेड़ियाँ उसके हाथों और पैरों में भी बँधी हुयी थीं। महाऋषि शंकराचार्य ने चंद्रकेतु के साथ कुछ अन्य सैनिकों की सहायता से उसे दुर्भीक्ष के निकट लाकर खड़ा किया गया।

भैरवनाथ को झल्लाया हुआ देख अवधूत ने उस पर कटाक्षमय स्वर में प्रश्न किया, ''कैसे हो सुबाहु ?''

अवधूत का कथन सुन समस्त उपस्थित जन आश्चर्य में पड़ गये। उनकी शंका दूर करने हेतु अवधूत ने कहना आरम्भ किया, ''आश्चर्य न कीजिये महाजनों। इस भैरवनाथ और सुबाहु ने मिलकर अनेकों छल किए हैं। इसलिये कल रात्रि मैंने भी इनके साथ एक छल करके दोनों पापी आत्माओं को एक ही शरीर में कैद कर लिया।'' कहते हुए अवधूत ने रात्रि में अपने किए प्रपंच का संक्षिप्त वर्णन करते हुए कहा, ''ये भैरवनाथ द्वापर के अंत से पूर्व मृत्यु को प्राप्त नहीं होने वाला, और तब तक सुबाहु की दुरात्मा भी इसी दुष्ट के शरीर में बंदी बनकर रहेगी।''

अवधूत का कथन सुन दुर्भीक्ष के नेत्रों में अपार संतोष दिखने लगा। सभी उपस्थित महारथियों ने अवधूत की भूरी भूरी प्रशंसा की। तभी हाथों में दो हाथियों जितनी विशाल चट्टान उठाये महाबली अखण्ड वहाँ उपस्थित हुए। भैरवनाथ को अपने समक्ष देखते ही उनका मस्तक क्रोध से जलने लगा। उन्होंने उसके निकट आकर वो चट्टान भूमि पर रखी और भैरवनाथ को देख गर्जना करते हुए कहा, ''बहुत पाप किए हैं तुमने भैरवनाथ। अब समय दण्ड भोगने का है। सज हो जाओ।''

भैरवनाथ रूपी सुबाहु ने ठहाके लगाते हुए कहा, ''एक अमरत्व प्राप्त मांत्रिक को क्या दण्ड दोगे तुम, महाबली अखण्ड? मैं एक सिद्ध मांत्रिक हूँ, देर सबेर इन बंधनों से छूट ही जाऊँगा।''

''ये तुम्हारा भ्रम है भैरव। आज तुम्हें ऐसा दण्ड प्राप्त होगा कि समय के अंत तक तुम्हें अमरत्व की प्राप्ति पर ग्लानि होगी।'' गर्जना करते हुए अखण्ड ने महाऋषि

शंकरचार्य को संकेत किया।

शंकराचार्य ने एक दूर खड़ा हुआ रथ अपने निकट बुलाया। महाबली अखण्ड उस रथ के निकट गये और उसमें पड़ी महाऋषि ओमेश्वर की पाँचों दिव्य तलवारों पर दृष्टि डाली। पाँचों तलवारों से एक अद्भुत दिव्य आभा फूट रही थी। उन तलवारों को उठाने हेतु महाबली अखण्ड ने अपना हाथ आगे बढ़ाया, तभी महाऋषि शंकराचार्य ने उनके निकट आकर उन्हें सावधान दिया, "आप असुरवंश से हैं महाबली अखण्ड। इन तलवारों का स्पर्श आपके हाथों को पीड़ित कर सकता है।"

शंकराचार्य की चेतावनी सुन महाबली अखण्ड मुस्कुराये, "चाहें मेरा सम्पूर्ण शरीर ही जलकर भस्म क्यों ना हो जाये, मैं भैरवनाथ को अपने हाथों से ही दण्ड दूँगा, ऋषिवर। इस नराधम को दंडित करने से पूर्व मेरी मृत्यु नहीं होगी।"

कहते हुए महाबली अखण्ड ने उन पंचमहाअस्त्रों को प्रणाम किया। हृदय को दृढ़ कर और मन में पूर्ण आत्मविश्वास के साथ महाबली अखण्ड ने प्रथम तलवार को पकड़कर उठा लिया। शंकराचार्य और अवधूत ये दृश्य देख आश्चर्य में पड़ गये कि अखण्ड के हाथों पर एक खरोंच तक नहीं आई। आत्मविश्वास से भरे महाबली अखण्ड वो प्रथम तलवार लिए भैरवनाथ के समक्ष आये। उन्होंने भैरवनाथ के मुख को अपने बायें हाथ से दबोचकर उसे उस विशाल चट्टान से सटा दिया, तत्पश्चात बिना एक भी क्षण गँवायें उन्होंने वो तलवार भैरवनाथ की बायीं जंघा में घुसा दी। वो तलवार उसकी जंघा को पारकर उस चट्टान के भीतर जा घुसी। भैरवनाथ पीड़ा से चीख पड़ा। उसके पूरे बायें पाँव में भीषण जलन आरम्भ हुयी। महाबली अखण्ड ने उसका जबड़ा पकड़कर कटाक्षमय स्वर में कहा, "ये तो अभी आरम्भ है, भैरवनाथ। अभ्यास कर लो, क्योंकि ये पीड़ा तुम्हें अनंतकाल तक सहनी है।"

अखण्ड जयवर्धन की ओर मुड़े, "रथ में रखी दूसरी तलवार उठाओ और इस दुष्ट की दायीं जंघा पर प्रहार करके अपने हृदय की ज्वाला शांत करो, पुत्र।"

जयवर्धन ने भी अपनी मुट्ठियाँ भींची और रथ में जाकर दूसरी तलवार उठा ली। तत्पश्चात भैरवनाथ का मुख देखते ही उसके नेत्रों में रक्त उतर आया। गर्जना करते हुए जयवर्धन ने वो तलवार भैरवनाथ की दायीं जंघा में घुसा दी, जो उसकी जंघा को पार करते हुए पीछे की चट्टान में जा घुसी। इतने गहरे घावों और उससे होती जलन असहनीय थी, भैरवनाथ के दोनों पैर उस विशाल चट्टान से जुड़ चुके थे। पीड़ा से तड़पता हुआ भैरवनाथ विनती करने लगा, "म...मुझे छोड़ दो, इससे उत्तम तो ये होगा मुझे मृत्यु दे दो।"

महाबली अखण्ड मुस्कुराये, "ये तो अभी पीड़ा का आरम्भ है, रक्षगुरु। इतनी शीघ्रता से अपने गुरु शुक्राचार्य के आशीर्वाद को चुनौती देनी की इच्छा जाग उठी।" अखण्ड चंद्रकेतु की ओर मुड़े, "उठाओ तलवार पुत्र चंद्रकेतु, और जोड़ दो इसके

दायें पंजे को इस चट्टान से। कदाचित इससे सहस्त्रों गंधर्वों की आत्मा को शांति मिल जाये।''

''जो आज्ञा, पितामह।'' मुट्ठियाँ भींचते हुए चंद्रकेतु ने तीसरी तलवार उठाई। उस तलवार को स्पर्श करते ही चंद्रकेतु का हाथ में हल्की से तपन होने लगी।

अखण्ड ने उसका साहस बढ़ाने हेतु कहा, ''तुम असुरवंशी हो पुत्र, ये तपन तुम्हें सहन करनी होगी। आगे बढ़ो और अपना कार्य सम्पूर्ण करो।''

चंद्रकेतु दौड़ता हुआ भैरवनाथ के निकट आया। उसने बेड़ियों से बंधे भैरवनाथ का दायाँ हाथ पकड़ा और उसके पंजे को चट्टान से सटा दिया। तत्पश्चात सिंहनाद करते हुए चंद्रकेतु ने उसके दायें पंजे को उस दिव्य तलवार से छेद डाला। भैरवनाथ के पंजे को भीतर से तपाते हुए वो तलवार चट्टान के भीतर जा घुसी। शरीर में इतनी जलन और उन घावों की पीड़ा से भैरवनाथ चाहकर भी स्वयं को नहीं उबार पा रहा था। बस पीड़ा से चीखे जा रहा था। उस समय चंद्रकेतु को अपने पंजे में होने वाली जलन से तनिक भी पीड़ा का आभास नहीं हुआ।

तत्पश्चात महाबली अखण्ड दिग्विजय की ओर मुड़े, ''जीवन भर तुम्हारे पिता की छवि को कलंकित करने वाला और तुम्हारी बहन चंद्रलेखा की मृत्यु का प्रपंच रचने वाला नीच सुबाहु यही है, पुत्र दिग्विजय। आर्यावर्त के लाखों निर्दोष मनुष्यों को अपने षडयंत्रों और प्रपंचों का ग्रास बनाने वाला दुष्ट भैरवनाथ भी यही है। उठाओ तलवार और जोड़ दो इसके बायें पंजे को इस चट्टान से।''

''अवश्य महाबली, अवश्य।'' दिग्विजय ने भी रथ से चौथी तलवार उठाई और भैरवनाथ के निकट आकर हुंकार भरते हुए बेड़ियों में बंधे उसके बायें पंजे को भी उस चट्टान से जोड़ दिया। भैरवनाथ की चीख और उसके पंजे से निकले रक्त के अपने मुख पर पड़ते ही दिग्विजय को अथाह संतोष का अनुभव हुआ।

अंत में महाबली अखण्ड शत्रुंजय की ओर मुड़े, ''इस नीच पर अंतिम प्रहार कर अपने काकाश्री के हृदय को संतोष प्रदान करो, वत्स शत्रुंजय। छेद डालो इसका मुख, ताकि अनंतकाल तक ये अपनी सहायता के लिए किसी को पुकार ना सके, ना कभी किसी मंत्र का जाप कर सके।''

दुर्भीक्ष ने शत्रुंजय का हाथ पकड़ कठोर स्वर में कहा, ''जाओ पुत्र, और इस भैरवनाथ पर अंतिम प्रहार कर मेरे हृदय को संतोष दो। ये केवल भैरवनाथ ही नहीं, अपितु वही दुष्ट सुबाहु है जिसने हमारे समग्र जीवन को नर्कतुल्य बनाया है। प्रहार करो पुत्र, प्रहार करो। इसे ये भान कराओ कि इसका अमरत्व का वरदान इसके लिये कितना बड़ा अभिशाप सिद्ध होने वाला है।''

''जो आज्ञा, काकाश्री।'' मस्तक पर रुद्र समान क्रोध और नेत्रों में यमराज समान

अग्नि लिये शत्रुंजय आगे बढ़ा। अंतिम दिव्य तलवार को उसके हाथ में सौंपने के लिये महाऋषि शंकरचार्य स्वयं उसके निकट आये। उसे हाथ में लेकर शत्रुंजय आगे बढ़ा। उसके भयानक नेत्रों को देख भैरवनाथ के शरीर में वास कर रहा अखण्ड से विनती करने लगा, "मुझे नर्कवास भी स्वीकार है, महाबली अखण्ड। क्षमा, क्षमा देही, त्राहिमाम, त्राहिमाम।"

किन्तु महाबली अखण्ड एक अविचल पर्वत की भांति की स्थिर खड़े रहे। शत्रुंजय दौड़ता हुआ आया और पूर्ण बल से वो दिव्य तलवार भैरवनाथ रूपी सुबाहु के मुख के भीतर घुसा दी। उसके मुख से निकला हुआ रक्त शत्रुंजय के मुख पर फैल गया। महाऋषि ओमेश्वर की वो पाँचवी दिव्य तलवार उसकी जिह्वा को जलाते हुए चट्टान के भीतर घुस गयी, और उसके समस्त शरीर को उस चट्टान से जोड़ दिया।

तभी बादलों में गर्जन हुयी और अकस्मात ही मूसलाधार वर्षा आरम्भ हो गयी। उस वर्षा ने वहाँ उपस्थित उन सभी योद्धाओं के शरीरों को स्वच्छ कर दिया, जिनके शरीर पर उस पापी भैरवनाथ का रक्त लगा हुआ था। बिना वर्षाऋतु के अकस्मात हुयी वर्षा को देख ऐसा प्रतीत हो रहा था मानों स्वर्ग से देवराज इन्द्र स्वयं इस न्याय की प्रशंसा कर रहे हों।

अब भैरवनाथ कुछ भी बोल पाने में असमर्थ था। अपने हाथ में गदा उठाये महाबली अखण्ड उसके निकट आये, "आज तुम्हें ग्लानी हो रही होगी, कि तुम अमर क्यों हो भैरवनाथ? महर्षि ओमेश्वर की इन पाँच दिव्य तलवारों को तुम अपने शरीर से निकाल नहीं सकते, और जब तक यह तुम्हारे शरीर में है, इसके घाव भरकर फिर हरे होते जायेंगे, होते जायेंगे, और तुम यूँ ही जलन से तड़पते रहोगे।"

अनेकों प्रयत्नों के उपरांत भी भैरवनाथ उन बंधनों से छूटने में विफल प्रतीत हो रहा था।

महाबली अखण्ड ने उसका मस्तक अपने बायें हाथ से पकड़ा और नेत्रों से अग्नि बरसाते हुए कहा, "तुम जैसे नीच के लिए इससे उपयुक्त दण्ड नहीं हो सकता। अब इस जीवन के हर क्षण तुम मृत्यु की कामना करोगे, किंतु तुम्हें मृत्यु आएगी नहीं। तुम अनंतकाल तक ये पीड़ा भोगोगे, दुष्ट भैरवनाथ।"

भैरवनाथ की दुर्दशा देख महाराज भरत का हृदय भर आया। उन्होंने महाबली अखण्ड के निकट जाकर विनयपूर्वक कहा, "ऐसी क्रूरता तो मानवता को लज्जित कर देगी, महाबली।"

महाबली अखण्ड मुस्कुराए, "इससे उपयुक्त दण्ड इसके लिए हो ही नहीं सकता, महाराज। केवल इस व्यक्ति के कारण आर्यावर्त में दो दो महाविकराल युद्ध हुए। लाखों योद्धाओं की बलि चढ़ गयी। सुर्जन जैसा वीर योद्धा जिसे धर्म के पक्ष में

होना चाहिए था, वो अधर्म के पक्ष में लड़ा। कितनों का जीवन नष्ट हो गया। और इनका सूत्रधार केवल एक है, जो अपने किये अपराध का दण्ड भोग रहा है।'' अखण्ड पलटकर भैरवनाथ को घूरने लगा।

भरत को विचलित देख अखण्ड उनके निकट आए, ''आप केवल हस्तिनापुर के महाराज नहीं है, अब सम्पूर्ण आर्यावर्त का दायित्व आप पर है। बहुत शीघ्र ही आप पुरूराष्ट्र के ही नहीं अपितु समग्र आर्यावर्त के सम्राट होंगे। इसलिए आप अपने हृदय से असंतोष का त्याग कीजिये और सुखपूर्वक अपने उत्तरदायित्व का निर्वहन कीजिये। और इस दुष्ट भैरवनाथ को मिलने वाले दंड को, समग्र आर्यावर्त के लिए एक उदाहरण बनने दीजिये।''

भरत ने भैरवनाथ को को दया भरी दृष्टि से देखा, ''हमने असुरों के विरूद्ध युद्ध किया, महाबली। और यह युद्ध करते करते कदाचित् हम स्वयं भी असुर बन गए। इतनी क्रूरता तो असुरों में ही हो सकती है।''

अखण्ड ने मुस्कुराते हुए भरत से कहा, ''जिसने जीवन में इतने जघन्य पाप किये हों, उसके लिए संसार का हर दण्ड तुच्छ है। और कदाचित् आपको ज्ञात नहीं, महाराज भरत। मैं स्वयं भी एक असुर हूँ, और यह प्रतिशोध मेरा निजी भी है।''

''क्या... ?'' महाराज भरत स्तब्ध रह गये, ''ये कैसे सम्भव है ?''

महाबली अखण्ड मुस्कुराते हुए दुर्भीक्ष के निकट आकर खड़े हो गये, ''दशकों पूर्व हुए पाँच दिन के महासमर की कथा तो आपको भी ज्ञात होगी, महाराज भरत।''

''हाँ, ज्ञात तो है।'' भरत ने सहमति जताई।

''तो फिर उस श्राप का विस्मरण तो नहीं हुआ होगा आपको, जो महाऋषि शंकराचार्य ने विदर्भ के महाराज विक्रमाजित को दिया था। उस श्राप के अनुसार उस युद्ध में महाराज तेजस्वी को छोड़ विदर्भ के सम्पूर्ण राजवंश का अंत निश्चित था। मैं भी उस राजवंश का ही एक सदस्य था, तो मेरी मृत्यु भी तो निश्चित थी।''

''अर्थात?'' भरत के नेत्रों में आश्चर्य और जिज्ञासा दोनों दिखाई दे रही थी। दुर्भीक्ष के मुख पर मुस्कान छा गयी। यहाँ तक की शंकराचार्य भी अब तक इस रहस्य से अनभिज्ञ थे, तथा वो भी आश्चर्य भरी दृष्टि से अखण्ड को देखने लगे।

उनकी जिज्ञासा शांत करने हेतु अघोरी अवधूत आगे आये, ''अर्थात ये कि जिस महामानव को आप सब अपने समक्ष खड़ा देख रहे हैं, उसका शरीर महाबली अखण्ड का है जिनकी मृत्यु उस पाँच दिन के महासमर में ही हो गयी थी। किन्तु जिस पवित्र आत्मा ने दशकों तक संघर्ष करके आर्यावर्त को पापमुक्त करने में सहायता की है, वो आत्मा असुरराज बलि के महान वंशज रक्षराज दुशल की है।'' कहते हुए अवधूत की छाती गर्व से चौड़ी हो गयी।

भैरवनाथ रूपी सुबाहु के नेत्र आश्चर्य से फट पड़े। भरत, शंकराचार्य समेत अन्य सभी महारथी हतप्रभ रह गये। अखण्ड ने अपनी गदा उठाई और अपने निकट खड़े चंद्रकेतु को संकेत किया। चंद्रकेतु भी गदा उठाये उनके निकट आया। दोनों भूमि पर दस गज दूर एक दूसरे के सामने गदा उठाए खड़े थे। अखण्ड ने गदा उठाकर उसे संकेत दिया, "प्रहार करो।"

उस संकेत के साथ ही अखण्ड और चंद्रकेतु, दोनों ने ही एक साथ भूमि के पर गदा का भीषण वार किया। भूमि का वो भाग फटकर खोखला हो गया। लगभग बीस गज नीचे की मिट्टी उड़कर ऊपर आ गयी, ऐसा प्रतीत हो रहा था, मानों कोई छोटी सी खाई बन गयी हो।

वो खाई बनाने के उपरांत महाबली अखण्ड का शरीर धारण किए रक्षराज दुशल ने भैरवनाथ के निकट आकर उसका जबड़ा पकड़ लिया, "तुमने मेरी शिवन्या की हत्या का षड्यंत्र रचा। मेरे पुत्र और पौत्रों को युद्ध की विभीषिका में भस्म करवा दिया। इस प्रलयंकारी महायुद्ध का षड्यंत्र रचा। मैं गुरु शुक्राचार्य का बहुत आभारी हूँ, जो उन्होंने तुम्हें दीर्घकाल तक जीवित रहने का वरदान दिया। क्योंकि यदि तुम्हारी मृत्यु हो जाती, तो उस दंड से मुझे कभी संतोष प्राप्त नहीं होता। अब तुम इस बंधन में सदियों तक बंधे रहोगे, और भूमि के नीचे दबकर सुबाहु के साथ तुम्हारी दुरात्मा भी मुक्ति को तड़पती रहेगी।"

भैरवनाथ के नेत्र भय से लाल हो गये। शरीर में इतनी जलन हो रही थी कि नेत्रों के मार्ग से भी रक्त बहना आरम्भ हो गया। कुपित हुए अखण्ड ने अपने दोनों हाथों से वो विशाल चट्टान उठाई और उससे जुड़े हुए भैरवनाथ को लेकर उस बीस गज गहरी खाई में कूद गये। तत्पश्चात उन्होंने वो चट्टान भूमि पर रखी और दो क्षणों में ही कूदकर बाहर आ गये। बाहर आकर उन्होंने निकट खड़े सैनिकों को आदेश दिये, "महादेव का स्मरण करो और इस खाई को मिट्टी से भर दो।"

अखण्ड के आदेश पर सैनिकों के दल ने हर हर महादेव का जयघोष करते हुए उस खाई को मिट्टी से भरना आरम्भ किया। दुर्भीक्ष के नेत्रों को देख ऐसा प्रतीत हो रहा था, मानों उसके जीवन भर के समस्त घावों पर किसी ने स्नेह लेप लगा दिया हो। अखण्ड ने अंतिम बार पलटकर भैरवनाथ की ओर देखा जो रूआँसा होकर उसे देख रहा था, मानों दया की भिक्षा माँग रहा हो। किन्तु उसके दुष्कर्मों ने उसे क्षमादान देने योग्य नहीं छोड़ा था। अखण्ड ने अपना मुख फेर लिया।

इसके उपरांत महाबली अखण्ड ने दुर्भीक्ष के समक्ष आकर उसे प्रणाम किया, "आप अपने बलिदान के लिए त्रिलोक में विख्यात होंगे, महारथी सुर्जन। मैं असुरों का पूर्व अधिपति दुशल आपको कोटि कोटि नमन करता हूँ। मेरे हृदय में ये काँटा सदैव चुभता रहेगा, कि हम आप जैसे महावीर और धर्म के ज्ञाता की मृत्यु का कारण बने।"

दुर्भीक्ष ने अपने दोनों हाथ जोड़ अखण्ड को नमन करते हुए कहा, ''भैरवनाथ को दंड देकर आपने मुझे अनंतकाल के लिए अपना ऋणी बना लिया है, रक्षराज। मुझे महाऋषि शंकराचार्य का श्राप स्मरण था और ये भी ज्ञात था कि विजयधनुष उठाने की योग्यता वास्तविक अखण्ड में नहीं थी, इसलिये मेरे मन में आपके अस्तित्व के प्रति सदैव संदेह बना रहता था। किन्तु जिस दिन मैं आपका और मेघवर्ण का द्वंद्व देखा, मेरा संदेह विश्वास में परिवर्तित हो गया। और इसीलिए मैं जानता था कि अपनी असुर प्रजा के विरूद्ध आप इस युद्ध में भाग नहीं लेंगे। आपके त्याग महानता की कथा सुनकर समस्तलोक में आपको देवतुल्य सम्मान प्राप्त होगा। जो भी आपके संघर्ष की कथा सुनेगा वो आपको पूजनीय ही मानेगा। आपने सिद्ध कर दिया, कि दोष असुरों की जाति में नहीं अपितु उनके मार्गदर्शकों में होता है। काम, लोभ, लालसा, अहंकार, क्रोध और ईर्ष्या जैसे छह दुर्गुण तो हर प्रजाति के जीवों में अप्रत्यक्ष रूप में कहीं न कहीं होते ही हैं। जो इन दुर्गणों को वश में रखकर जीवन का संतुलन बनाये रख सकता है वो उत्तम है। किन्तु असुर, राक्षस और दानवजाति के लोग अवसर प्राप्त होने पर अपने इन दुर्गुणों का प्रदर्शन कर ही देते हैं। और मैं उस प्रजाति का संरक्षक बना था जिसने समग्र समाज के प्रति अक्षम्य अपराध किया था, इसलिए मेरी तो ये दशा होनी ही थी। आप इसके लिए स्वयं को दोषी ना दीजिये।''

दुर्भीक्ष का कथन सुन अवधूत की छाती गर्व से चौड़ी हो गयी। शीघ्र ही ब्रह्मऋषि विश्वामित्र भी वहाँ आ पहुँचे। उन्हें देख दुर्भीक्ष के मुख पर मुस्कान आ गयी, ''आपका बहुत बहुत आभार है मुझपर, ऋषिवर। आपने शत्रुंजय को जीवनदान देकर मेरा जीवन सफल कर दिया।''

विश्वामित्र ने मुस्कुराते हुए कहा, ''शत्रुंजय का जीवन आपने स्वयं का बलिदान देकर अर्जित किया है, महारथी सुर्जन। क्योंकि मुझे तो अपने वचन का पालन करना ही था।'' कहते हुए विश्वामित्र ने दुर्भीक्ष को प्रणाम करते हुए कहा, ''ये तो आपकी महानता कि मेरे शत्रुपक्ष के होने के उपरांत भी आपने मुझमें अटल विश्वास दिखाया, और आत्मबलिदान के इस मार्ग को चुन स्वयं को सदैव के लिए अमर बना लिया। मैं ब्रह्मऋषि विश्वामित्र आपके चरित्र को नमन करता हूँ, महारथी सुर्जन।''

दुर्भीक्ष ने विश्वामित्र के समक्ष अपने हाथ जोड़े, ''आपका चरित्र ही ऐसा है, ब्रह्मऋषि विश्वामित्र। आपके मुख का तेज देख कोई आप पर अविश्वास कर ही नहीं सकता।'' तत्पश्चात दुर्भीक्ष ने भरत की ओर देख उसे प्रणाम करते हुए कहा, ''आपको ब्रह्मऋषि विश्वामित्र का मार्गदर्शन प्राप्त है, महाराज भरत। मुझे विश्वास है कि समग्र आर्यावर्त में असुरों ने जितनी भी अराजकता फैलाई है उसे आप नियंत्रित करने में अवश्य सफल होंगे। मैं आपको सम्राट के रूप में स्वीकार करता हूँ, और आपसे अपनी मातृभूमि लौटने की आज्ञा चाहता हूँ।''

भरत ने भी दुर्भीक्ष को प्रणाम करते हुए कहा, "मैं भी आपसे प्रस्थान की ही विनती करने वाला था, असुरेश्वर। क्योंकि आप जैसे उत्तम व्यक्ति की ये दुर्दशा मुझसे देखी नहीं जा रही। मेरे मन की ये ग्लानि मुझे खाये जा रही है, कि मैंने निशस्त्र अवस्था में आप पर प्रहार किए। अब मेरी भी इच्छा है कि आप अपनी मातृभूमि लौटकर इस पीड़ा से मुक्त हो जायें। आपकी यात्रा का प्रबंध किया जा चुका है।"

"जैसी आपकी आज्ञा, सम्राट।" दुर्भीक्ष ने सहमति जताई।

शत्रुंजय और शत्रुघन ने दुर्भीक्ष को कंधे का सहारा देकर उठाया और उसे साथ में लेकर एक विशाल रथ पर बैठ गये। उनके साथ अनेकों योद्धा एकचक्रनगरी की ओर प्रस्थान कर गये।

उनके जाने के उपरांत अघोरी अवधूत महाबली अखण्ड के निकट आये, "तुमने मेरे श्रम को सफल बना दिया, दुशल। तुम्हें देवतुल्य सम्मान प्राप्त हुआ, और इस प्रकार मेरी प्रतिज्ञा पूर्ण हुयी। अब मैं ये अघोरी का वेश उतारकर वापस अपना ब्राह्मणत्व धारण कर सकता हूँ।"

अखण्ड ने अवधूत को प्रणाम करते हुए कहा, "आभार तो आपका भी मुझ पर है ही । यदि आपने भैरवनाथ के समस्त प्रपंचों के उत्तर में कल रात्रि वो छल ना किया होता, तो इस प्रकार भैरवनाथ को इतना उपयुक्त और हृदय को संतोष देने वाला ये महादण्ड कभी प्राप्त नहीं होता।"

चंद्रकेतु ने अखण्ड के निकट आकर विनती की, "मेघवर्ण हमारी प्रतीक्षा कर रहा होगा, गुरुदेव। सूर्यास्त हो चुका है, उसे हमारी विजय की सूचना देना आवश्यक है।"

चंद्रकेतु की विनती सुन महाबली अखण्ड ने कहा, "तुम दिग्विजय और जयवर्धन के साथ उसके पास पहुँचो। मैं शीघ्र ही आता हूँ।" उन तीनों के जाने के उपरांत अखण्ड ने विश्वामित्र और भरत को सम्बोधित करते हुए कहा, "आशा आप दोनों महामनस्वी इस पृथ्वी को स्वर्ग समान सुखमय बनाने में अवश्य सफल होंगे। मेरा अंतिम प्रणाम स्वीकार कीजिये।"

"अंतिम प्रणाम, ये आप क्या कह रहे हैं महाबली अखण्ड? अभी तो बहुत से यज्ञ होने हैं। ये हमारी विजय के उत्सव का समय है। आप इस प्रकार की वार्ता क्यों कर रहे हैं ?" भरत ने आश्चर्यभाव से प्रश्न किया।

"मेरा जीवन कार्य सम्पूर्ण हुआ महाराज भरत, साथ ही इस धरा पर वास करने का मेरा समय भी समाप्त होने को है। इसलिये आपकी और हमारी ये अंतिम भेंट है। प्रस्थान से पूर्व मुझे अपने परिवार से अंतिम भेंट करनी है। इसलिये आज्ञा चाहूँगा।" कहकर महाबली अखण्ड वहाँ से प्रस्थान कर गये।

कुछ क्षण शांत रहने के उपरांत भरत का मुख भाव देख विश्वामित्र ने उससे प्रश्न किया, ''इतने विचलित क्यों हो, पुत्र ?''

भरत ने भारी मन से कहा, ''ये युद्ध आवश्यक अवश्य था पितामह, किंतु लाखों योद्धाओं के इस विध्वंस ने मेरे मन को भीतर से झकझोर रख दिया है।''

विश्वामित्र ने भरत के कंधे पर हाथ रख उसे समझाया, ''ये युद्ध इसलिये आवश्यक था कि आने वाले समय में कोई युद्ध ना हो। इस महान संग्राम में प्राप्त हुयी विजय ने समग्र आर्यावर्त को पौरवों की शक्ति का आभास कराया है। अब आने वाले राजसूय और अश्वमेघ यज्ञों में तुम्हारे विरुद्ध जाने का साहस किसी में नहीं होगा। सभी को तुम्हारे समक्ष समर्पण करना होगा, और इस प्रकार समग्र आर्यावर्त एक ध्वज के नीचे आ जायेगा। एक अखण्ड राष्ट्र का निर्माण होगा, जो भरत खण्ड के नाम से विख्यात होगा। अखण्ड राष्ट्र स्थापना का ये पवित्र उद्देश्य पूर्ण करने हेतु अपने पग आगे बढ़ाइए सम्राट भरत।''

त्रयोदशम् अध्याय

ओमेश्वर का सत्य

द्रविड़राज अल्मबुष को पौरव सैनिकों ने घेर रखा था। शीघ्र ही उन्हें और विदर्भ के पक्ष में युद्ध कर रहे अन्य सैन्यअधिपतियों को भरत और विश्वामित्र के समक्ष प्रस्तुत किया गया। द्रविड़राज अल्मबुष को सैनिकों के भालों से घिरा देख भरत ने उन सैनिकों को भाले नीचे करने का आदेश दिया। तत्पश्चात भरत ने अल्मबुष से विनयपूर्वक कहा, "आपने भ्रम में रहकर अधर्मियों के पक्ष में युद्ध किया है, इसलिये आपका कोई दोष नहीं। विदर्भ पर विजय प्राप्त करने के उपरांत उनके अधिकार क्षेत्र में आने वाली समस्त भूमि पर पौरवों का अधिकार हो चुका है। मैं आपके और आपके पूर्वजों के सदियों से चले आ रहे संघर्ष को नमन करता हूँ और अपने अधिकारों का प्रयोग करते हुए मैं आपको वो समस्त भूमि लौटता हूँ जो आपके पूर्वजों की धरोहर रही है। जाईये महाराज अल्मबुष, केरल, महिष्क, आंध्र, पांडय के साथ द्रविड़जाति के गौरव द्रविड़चोल पर सुखपूर्वक शासन कीजिये।"

त्रिकुम्ब ने भी वहाँ आकर भरत का निर्णय सुना। उसे अल्मबुष के उत्तर की प्रतीक्षा थी।

द्रविड़राज ने विनयपूर्वक कहा, "आपका हृदय बहुत विशाल है महाराज भरत। किन्तु इस युद्ध में नाना प्रकार के अधर्म करने के उपरांत मेरे कंधों में अब वो शक्ति नहीं रही कि मैं राजा होने के सम्मान को स्वीकार कर सकूँ। और ना ही द्रविड़सेना का बल इतना अधिक है कि वो इन पाँचों राज्यों के उत्तरदायित्व का निर्वहन कर सके।"

भरत का स्वर गंभीर हो गया, "किन्तु मैं आपको आपके पाँचों राज्य लौटाने का वचन दे चुका हूँ द्रविड़राज। रही बात पाँचों राज्यों के उत्तरदायित्व का निर्वहन करने की, तो उसके लिए हमारी सेना का दल आपकी सहायता कर सकता है।"

कुछ क्षण विचार कर अल्मबुष ने कहा, "मैं स्वयं को शासन के योग्य नहीं मानता, इसलिये मैं वानप्रस्थ का प्रण ले चुका हूँ। किन्तु यदि आपका संकल्प भी दृढ़ है तो कृपा करके अपने हाथों से मेरे पुत्र त्रिकुम्ब को द्रविड़जाति का नया महाराज घोषित करके मुझ पर कृपा कीजिये।"

"जैसी आपकी इच्छा द्रविड़राज। आपके पुत्र का राज्यभिषेक कल प्रातः काल के पूजन के उपरांत इसी रणक्षेत्र में होगा।" भरत ने घोषणा की।

चंद्रकेतु और दिग्विजय अपने अश्वों को दौड़ाते हुए पौरव सेना के शिविर की ओर आ रहे थे। दोनों अपने मुख से मेघवर्ण को विजयी होने का समाचार देना चाहते थे। जयवर्धन भी उनके आग्रह पर अपने रथ पर आरूढ़ हुए पीछे चला आ रहा था।

सर्वप्रथम मेघवर्ण और दिग्विजय साथ में ही उस वृक्ष के निकट पहुँचा, जिसके सहारे मेघवर्ण बैठा हुआ था। वो दोनों दौड़ते हुए मेघवर्ण के निकट आये। चंद्रकेतु ने उसके निकट आते ही उसकी जंघा पीटते हुए कहा, "हम विजयी हुए मित्र। असुरेश्वर दुर्भीक्ष भी पराजित हो गया, और शत्रुंजय भी सुबाहु की आत्मा से मुक्त हो गया।"

दिग्विजय ने भी उत्साहपूर्वक चंद्रकेतु का समर्थन करते हुए कहा, "हाँ, ज्येष्ठ। उस दुष्ट सुबाहु की आत्मा को छल करके पापी भैरवनाथ के शरीर में ही प्रवेश करवा दिया गया। और उस भैरवनाथ को ऐसा दण्ड मिला जो मृत्यु से भी भयानक था।" कहते कहते दिग्विजय के नेत्र मेघवर्ण के मुख को निहारते हुए ठहर से गये।

मेघवर्ण ने उन दोनों के उत्साहपूर्ण वचनों के प्रतिउत्तर में कुछ भी नहीं कहा। उसके नेत्र खुले हुए थे, शरीर में कोई गतिवधि नहीं हो रही थी। अपना दायाँ अपने घुटने पर हाथ रखे वो गर्व से छाती चौड़ी करके उस वृक्ष के नीचे बैठा हुआ था। चंद्रकेतु विचलित हो उठा, उसने निकट जाकर मेघवर्ण के हृदयगति और धमनियों की जाँच की। शरीर में रक्त का बहाव रुक चुका था, हृदय और नाड़ी सुन्न पड़ चुकी थी।

विचलित हुआ चंद्रकेतु एकटक होकर मेघवर्ण के स्थिर हुए मुख को निहारने लगा। दिग्विजय ने चंद्रकेतु को झटकते हुए प्रश्न किया, "क्या हुआ चंद्रकेतु? तुम...तुम इतने विचलित क्यों हो?"

शीघ्र ही महाबली अखण्ड और जयवर्धन भी वहाँ पहुँच आये। दिग्विजय और चंद्रकेतु को विचलित देख अखण्ड ने उन दोनों को सांतवना देने का प्रयत्न किया,

"महारथी मेघवर्ण अपने जीवन का उद्देश्य पूर्ण कर चुके थे, पुत्रों। कदाचित उन्हें इसी प्रकार मुक्त होना था।"

चंद्रकेतु रूआँसा होकर मेघवर्ण की ओर देखेने लगा, "एक अंतिम वार्ता तो कर जाते, मित्र।"

दिग्विजय मेघवर्ण की जंघा पर सर रखकर विलाप करने लगा, "अपने पिता से एक बार भेंट तो कर ली होती, ज्येष्ठ।"

दिग्विजय का सम्बोधन सुन जयवर्धन ने आश्चर्यभाव से प्रश्न किया, "तुम इसे ज्येष्ठ कहकर सम्बोधित क्यों कर रहे हो, दिग्विजय ?"

जयवर्धन की शंका मिटाने हेतु अखण्ड ने मेघवर्ण से उसका परिचय कराया, "तुम्हें अपना वो ज्येष्ठ पुत्र स्मरण नहीं जो वर्षों पूर्व हुए युद्ध के उपरांत विलुप्त हो गया था।"

कुछ क्षण विचारकर जयवर्धन ने कहा, "हाँ तातश्री। मुझे स्मरण है, जब मैंने सुबाहु द्वारा वशीभूत होकर विदर्भ पर विजय पायी थी। उस समय अवन्ति के राजमहल में प्रवेश करने के उपरांत मुझे ज्ञात हुआ था कि मेरे ज्येष्ठ पुत्र के साथ साथ भ्राता विक्रांत का पुत्र भी लुप्त हो गया था।"

"तुम्हारा वही ज्येष्ठ तुम्हारे समक्ष बैठा है पुत्र, जिसने इस युद्ध में वीरगति प्राप्त कर हमारी विजय का मार्ग प्रशस्त किया है।" कहते हुए महाबली अखण्ड ने मेघवर्ण के जीवन संघर्ष की सम्पूर्ण गाथा कह डाली और विक्रांत के पुत्र चंद्रकेतु से भी उसका परिचय कराया। उस वृतांत को सुनने के उपरांत जयवर्धन के नेत्रों में नमी आ गयी। किंतु अपने वीर पुत्र मेघवर्ण की शौर्यगाथा सुन छाती गर्व से चौड़ी भी हुयी।

शीघ्र ही मेघवर्ण के शरीर को चिता पर लिटाया गया। पौरवसेना के समस्त महारथी उसे सम्मान देने के लिए वहाँ उपस्थित थे। जयवर्धन ने स्वयं अपने हाथों से विधिपूर्वक मेघवर्ण का दाह संस्कार कर उसे अंतिम विदाई दी।

तत्पश्चात महाराज भरत जयवर्धन के पास आये और निवेदन करते हुए बोले, "आपकी आत्मा ने जीवन पर्यंत बहुत पीड़ा सहन की है, महाराज जयवर्धन। इस युद्ध में यदि आप न आये होते, तो दुर्भीक्ष को पराजित करके धर्म की विजय का मार्ग प्रशस्त करना असम्भव था। इसलिए अब समय आ गया है कि आप विदर्भ के सिंहासन पर वापस विराजमान होकर उसकी शोभा बढायें।"

जयवर्धन ने भरत को प्रणाम करते हुए कहा, "आपका बहुत बहुत आभार महाराज भरत, जो मुझे इस प्रायश्चित का अवसर प्रदान किया। मैं इस दायित्व को स्वीकार करके महाराज विक्रमाजित के वंश पर लगे कलंक को मिटाने का पूर्ण प्रयास करूँगा। आशा है आने वाले राजसूय और अश्वमेघ यज्ञों में आप हमें अपना समर्थन

देने हेतु आमंत्रित अवश्य करेंगे।''

''अवश्य महाराज जयवर्धन। वहाँ आपका भव्य स्वागत होगा।''

महाराज जयवर्धन और महाराज भरत ने एक दूसरे को हृदय से लगाकर अपनी संधि की घोषणा की।

तत्पश्चात जयवर्धन ने चंद्रकेतु के निकट आकर मस्तक पर हाथ फेरते हुए कहा, ''पिताश्री ने भ्राता विक्रांत को युवराज घोषित किया था और मेरे कारण वो युद्ध में वीरगति को प्राप्त हुए। किन्तु अब मैं उनके इस पुत्र के साथ अन्याय नहीं होने दूँगा। मेरा उत्तराधिकारी चंद्रकेतु ही होगा।''

चंद्रकेतु ने जयवर्धन के चरण स्पर्श किये और प्रणाम करते हुए विनम्र भाव से कहा, ''क्षमा करें काकाश्री। हमने राज करने के लिए नहीं, रक्षा करने के लिए जन्म लिया है। न मैं इस दायित्व को स्वीकार कर सकता हूँ, और ना ही दिग्विजय। मेरे मित्र मेघवर्ण ने महाराज भरत को वचन दिया था कि इस युद्ध में विजय के उपरांत उसका एक ही कर्तव्य होगा कि वो डकैत और गंधर्व दल के साथ समग्र आर्यावर्त में भ्रमण करते हुए हर अधर्मी राजाओं को नियंत्रित करेगा।''

दिग्विजय ने चंद्रकेतु का समर्थन करते हुए कहा, ''और हमने भी ज्येष्ठ को वचन दिया है कि उनके उपरांत हम इस दायित्व का निर्वहन करेंगे। हमारा जीवन केवल एक यात्रा है पिताश्री, इसलिए क्षमा करें किंतु हममें से कोई ये दायित्व स्वीकार नहीं कर सकते।''

उन दोनों का कथन सुन जयवर्धन कुछ क्षणों के लिए विचलित सा हो गया। अखण्ड ने उसे समझाने का प्रयास किया, ''तुम्हें कोई न कोई योग्य उत्तराधिकारी मिल ही जायेगा, पुत्र। चिंता मत करो।''

''मुझे चिंता अपने उत्तराधिकारी की नहीं है, तातश्री। मेरे उपरांत सम्राट भरत मेरे राज्य के लिए कोई योग्य उत्तराधिकारी तो खोज ही लेंगे। किंतु इस बात की ग्लानि अवश्य है कि अब जाकर मैं वास्तव में अपने पुत्रों से मिल पाया हूँ, और कुछ ही समय में वो मुझसे दूर हो जायेंगे।'' जयवर्धन का स्वर भारी होने लगा।

अखण्ड ने जयवर्धन के कंधे पर हाथ रख उसे ढांढस बँधाया, ''ये नियति का खेल है पुत्र। कोई भी व्यक्ति सदैव तुम्हारे जीवन का भाग बनकर नहीं रह सकता, भले ही वो तुम्हारा पुत्र ही क्यों न हो। इस भार को अपने हृदय पर धारण करके अपने दायित्व का निर्वहन करो। मैं भी तो इनके जीवन का अभिन्न भाग था, किंतु अब मेरे प्रस्थान का समय भी हो गया है।''

अखण्ड का कथन सुन जयवर्धन के साथ साथ दिग्विजय और चंद्रकेतु भी विचलित हो उठे। उदविघ्न हुआ चंद्रकेतु अखण्ड के निकट आया, ''ये आप क्या कह

रहे हैं, पितामह ? यदि आप ना रहे तो डकैत और गंधर्व योद्धाओं को एकत्र कर उन्हें वापस संगठित कौन करेगा ?"

"और हमारा मार्गदर्शन कौन करेगा, महाबली?" दिग्विजय का स्वर भी विचलित था।

अखण्ड ने श्वास भरते हुए दिग्विजय और चंद्रकेतु को सम्बोधित करते हुए कहा, "मैंने तुम सबको इस योग्य बना दिया है कि तुम आने वाली चुनौतियों का सामना कर सको। अब तनिक अपने इस पितामह को भी अपने कंधो का बोझ हल्का कर लेने दो। अब मैं भी थक गया हूँ, मेरे कंधे टूट चुके हैं। मेरा जीवन उद्देश्य पूर्ण हुआ और अब मेरी इच्छा विश्राम करने की है। इसीलिए मैं महात्मा अवधूत के साथ अपनी अंतिम यात्रा को प्रस्थान करना चाहता हूँ।"

दिग्विजय और चंद्रकेतु, दोनों ही भावुक होकर अखण्ड के हृदय से जा लगे। तत्पश्चात अखण्ड ने उन दोनों आँख भरकर देखा और आशीर्वाद दिया, "यशस्वी भव, पुत्रों।"

तत्पश्चात अखण्ड ने अवधूत के निकट जाकर उन्हें प्रणाम किया, और उसी समय पैदल ही वहाँ से प्रस्थान कर गये। जयवर्धन, दिग्विजय और चंद्रकेतु अश्रु भरे नेत्रों से उन्हें जाता हुआ देखते रहे।

अगले दिन सूर्योदय होते ही दंडकारण्य की भूमि पर ही विश्वामित्र के दिशानिर्देश में महाराज भरत ने विधिपूर्वक त्रिकुम्ब का राज्याभिषेक किया, और द्रविड़ों की राजकीय तलवार देकर उसे द्रविड़ों का नया महाराज घोषित किया।

राजतिलक होते ही त्रिकुम्ब ने महाराज भरत और विश्वामित्र को प्रणाम करने के उपरांत घोषणा की, "मैं द्रविड़राज त्रिकुम्ब धर्मध्वज रक्षक महाराज भरत को अपने सम्राट के रूप में स्वीकार करता हूँ। साथ ही ये प्रतिज्ञा करता हूँ, कि जब तक मैं जीवित रहूँगा ये संधि कदापि भंग नहीं होगी।"

"अभिनंदन महाराज त्रिकुम्ब, अभिनंदन।" कहते हुए महाराज भरत ने त्रिकुम्ब को हृदय से लगा लिया।

कुछ समय पश्चात महर्षि विश्वामित्र भरत के निकट आये, "प्रस्थान का समय हो गया है, महाराज। अभी केवल इस युद्ध में विजय प्राप्त हुयी है। आर्यावर्त के अनेकों राज्य राजाविहीन हैं। प्रजा अनियंत्रित है, अराजकता अपनी चरम सीमा पर है।"

भरत ने आदर भाव से प्रश्न किया, "मैं आपके परामर्श की प्रतीक्षा कर रहा हूँ, गुरुदेव। हमारा अगला कदम क्या होना चाहिए ?"

"पहले तो जितने भी असुर, राक्षस और दानव इस युद्ध में जीवित बच गये हैं उन्हें पातालपुरी की ओर प्रस्थान करने का आदेश दो। पातालपुरी भी अब आर्यावर्त का भाग होगा, और अब असुरों पर तुम्हारा कोई प्रतिनिधि ही शासन करेगा। उसके उपरांत तक्षक को अपने दरबार में ले चलो और उसके अधर्मों का न्याय करो। तत्पश्चात तुम्हें उन चार ब्राह्मणों का भी न्याय करना है, जिनके श्राप के भय से महाराज दुष्यंत ने एक शूद्र बालक को मृत्युदंड दिया था। अपने इस दायित्व का निर्वहन करने हेतु सज हो तुम?"

भरत ने दृढ़ होकर कहा, "अवश्य गुरुदेव। मैं आपका विश्वास नहीं तोडूँगा।"

दुर्भीक्ष के साथ शत्रुघन और शत्रुंजय सेना की एक टुकड़ी के साथ एकचक्रनगरी की राजधानी में प्रवेश करने से लगभग सौ कोस दूर थे। सूर्योदय होने को था। दुर्भीक्ष के साथ साथ बैठे शत्रुघन और शत्रुंजय विश्राम अवस्था में नेत्र बंद करके बैठे थे। वहीं निकट के एक पर्वत की चोटी पर बैठा जंबाल उस कारवां पर दृष्टि जमाये हुए। गरुड़ दृष्टि सामान्य मनुष्यों से कई गुना अधिक पैनी होती है। उसने दूर से ही देख लिया कि दुर्भीक्ष अभी भी अपने रथ पर लेटा हुआ साँसे भर रहा है।

उसे जीवित देख जंबाल की भवें तन गयीं। उसने देखा की शत्रुंजय और शत्रुघन उस विशाल रथ पर विश्रामवस्था में बैठे हुए हैं। जंबाल का क्रोध उससे संभाले नहीं संभला, वो अपना भाला उठाए तीव्रगति से आकाश में उड़ा और अकस्मात ही रथ पर आकर दुर्भीक्ष की छाती पर प्रहार किया। उसके पंख की ध्वनि सुन दुर्भीक्ष की निद्रा भंग हो गयी, उसने अपनी छाती की ओर आता हुआ जंबाल का भाला पकड़ लिया। साथ आ रहे सैनिकों को तो आकाश मार्ग से हुए उस अकस्मात और अनअपेक्षित आक्रमण पर तो कुछ क्षणों तक विश्वास ही नहीं हुआ।

सहसा ही शत्रुंजय और शत्रुघन के नेत्र भी खुल गये। जंबाल का दुष्कृत्य देख शत्रुंजय का मस्तक क्रोध से जल उठा। उसने रथ पर रखी तलवार उठाई और एक झटके में ही जंबाल का मस्तक उसके धड़ से अलग कर दिया। उसका शरीर तड़पते हुए रथ पर ही गिर पड़ा। शत्रुंजय के मस्तक पर चढ़ा क्रोध देख दुर्भीक्ष ने कहा, "तुम्हें इस प्रकार अधीर नहीं होना चाहिये था, पुत्र।"

शत्रुंजय का क्रोध कुछ सीमा तक शांत हुआ। उसने बैठकर दुर्भीक्ष को आश्वस्त किया, "आप अपना मन शांत कीजिये काकाश्री। यदि मुझसे कोई भूल हुयी तो क्षमा कीजिये। हम बस राजधानी में पहुँचने से दो प्रहर दूर हैं।"

दिन का दूसरा प्रहर समाप्त होने को था। सूर्य सर पर चढ़ आया था, अपने राजप्रांगण में प्रवेश करते हुए उस चढ़ते हुए सूर्य की ओर देख दुर्भीक्ष को वो क्षण

स्मरण हो आया जब उसे अपने ही राज्य से निष्काषित करवा दिया गया था। तब इसी प्रकार चढ़ते हुए सूर्य के सामने भूखा प्यासा बालक सुर्जन अचेत होकर भूमि पर गिर पड़ा था। दुर्भीक्ष को अपने कंधे का सहारा देकर शत्रुंजय और शत्रुघन प्रांगण के भीतर ले आये। प्रांगण के भीतर प्रवेश करते ही राजमहल के आँगन उसके बाल्यकाल की समस्त स्मृतियाँ उसके नेत्रों के सामने तैर गयीं। उस क्षण वो भूल जाना चाहता था कि दुर्भीक्ष नाम की उसकी कोई दूसरी पहचान भी है।

राजमहल के प्रवेश द्वार पर लगी उन दो अश्वों की मूर्ति को देख सुर्जन को अपने पिता महाराज ययाति के साथ बिताये समय का स्मरण हो आया। कुछ समय इधर उधर दृष्टि घुमाने के उपरांत दुर्भीक्ष ने क्षणभर सूर्य की ओर देखा और शत्रुघन से कहा, "मेरे पास केवल सूर्यास्त तक का समय है, मित्र। अब तुम मुझे अपनी उस मूरत के पास ले चलो जिसका निर्माण तुमने मेरे सम्मान में करवाया था। अब शेष बचा हुआ समय मैं उसी मूरत के नीचे बैठकर व्यतीत करना चाहता हूँ।"

"जैसी तुम्हारी इच्छा मित्र।" शत्रुंजय ने सुर्जन को संभाले शत्रुंजय को संकेत किया। दोनों उसे सहारे देते हुए उस विशाल मूर्ति के पास ले आये जो शत्रुघन ने सुर्जन को मृत जानकर उसकी स्मृति में बनवाई थी। शीघ्र ही सुर्जन के संकेत पर उसे उस मूर्ति के नीचे बैठा दिया गया।

कुछ क्षणों के लिये सुर्जन ने श्वास भरते हुए अपने नेत्र बंद किये। दुर्धरा भी उसके समीप आकर बैठ गयी और उसका रक्तरंजित हाथ अपने हाथों मे लिए अपने गालों से लगाकर अश्रु बहाने लगी। सुर्जन के शरीर से लगभग सम्पूर्ण रक्त बह चुका था, हाथों सहित वस्त्रों और मुख पर लगा हुआ समस्त रक्त सूख चुका था। किंतु रीछराज जामवंत के वरदान के प्रभाव से वो अभी भी जीवित बना हुआ था। उसने दुर्धरा के मुख पर हाथ फेरते हुए कहा, "शोक का त्याग करो, दुर्धरा। अब तुम्हें अपना सारा ध्यान मेरे पुत्र साकेत के उत्तम चरित्र निर्माण में लगाना चाहिये।"

तभी सुर्जन को निकट से एक स्वर सुनाई दिया, "कैसे हो मित्र?"

उस स्वर की ओर पलटकर देखते ही सुर्जन आश्चर्य में पड़ गया। मेघवर्ण उसके निकट बैठा मुस्कुरा रहा था। शत्रुघन ने उससे प्रश्न किया, "ये तुम किसे देख रहे हो, मित्र ?" साथ खड़े शत्रुंजय और दुर्धरा भी उसे आश्चर्य भाव से देखने लगे।

सुर्जन को क्षणभर समझ नहीं आया कि वो शत्रुघन को क्या उत्तर दे। मेघवर्ण ने उसकी शंका मिटाने का प्रयास किया, "मैं एक जीवात्मा हूँ, तुम्हारे अतिरिक्त मुझे कोई नहीं देख सकता सुर्जन। अब यदि उचित समझो तो थोड़ा समय मुझे भी दे दो। एकांत में थोड़े समय तुमसे वार्ता करने की अंतिम इच्छा लेकर आया हूँ। आशा है अपने द्वार पर आये इस याचक को निराश नहीं करोगे।"

"तुम ये किसकी ओर देख रहे हो, सुर्जन?" शत्रुघन ने आश्चर्य भाव से प्रश्न किया।

सुर्जन ने शत्रुघन की ओर मुड़कर कहा, "वो कुछ विशेष नहीं, बस तनिक भ्रम सा हो गया था।" श्वास भरते हुए सुर्जन ने शत्रुघन से कहा, "मुझे कुछ समय के लिए एकांत चाहिये। सूर्यास्त के पूर्व का अंतिम प्रहर आरम्भ होने के उपरांत तुम सब यहाँ वापस आ जाना। अभी मैं बस एकांत में यहाँ बैठकर शांति से इस राजभवन को निहारना चाहता हूँ।"

उसका स्वर सुन दुर्धरा विचलित हो उठी, "किन्तु हम आपको इस प्रकार एकांत में कैसे छोड़ सकते हैं ? आपकी सुरक्षा का क्या ?"

"मेरे सामर्थ्य पर संदेह ना करो, दुर्धरा। इस अवस्था में भी मैं अपनी सुरक्षा स्वयं कर सकता हूँ। और अब क्या मुझे अंतिम विदाई देने से पूर्व अपने हाथों से बना वो हलवा भी नहीं खिलाओगी क्या ?"

सुर्जन का पीड़ित स्वर सुन दुर्धरा भावुक हो गयी। उसके मुख पर हाथ फेरते हुए सुर्जन ने व्यंगात्मक स्वर में कहा, "जाओ, तनिक अपनी पाक कला का सर्वश्रेष्ठ प्रदर्शन करो। देखते हैं अंतिम बार मुझे उस स्वाद से संतुष्टि कर पाती हो या नहीं।

"अवश्य।"अपने अश्रु पोछते हुए दुर्धरा उठकर महल की पाकशाला की ओर चली गयी।

तत्पश्चात सुर्जन ने शत्रुघन की ओर देख कहा, "मैं इस समय पूर्णतः एकांत चाहता हूँ, मित्र।"

"जैसी तुम्हारी इच्छा।" कहते हुए शत्रुघन शत्रुंजय के साथ अन्य योद्धाओं को लेकर राजवाटिका से प्रस्थान कर गया। बस वाटिका के प्रवेश द्वार पर कुछ सैनिक खड़े कर दिये।

उन सबके प्रस्थान के उपरांत सुर्जन मेघवर्ण की ओर मुड़ा, "अब बोलो क्या कहना चाहते हो?"

सुर्जन के मुख का भाव देख मेघवर्ण ने कहा, "तुम सदैव ही इतने क्रोध में क्यों रहते हो ?"

"तुम ऐसी आशा ही क्यों रखते हो कि तुम मेरे सामने आओ और मुझे क्रोध न आए। जबकि मैं तुम्हारी वास्तविकता से भलीभांति परिचित हूँ।"

"हम्म, तर्क तो तुम्हारा अनुचित नहीं है। किंतु ये तो बताओ कि मेरे व्यक्तित्व का ऐसा कौन सा पहलू है जिससे तुम्हें इतनी घृणा हो रही है?"

सुर्जन ने मेघवर्ण की ओर देख कटाक्षमय स्वर में कहा, "तो अब ये भी मुझे

बताना पड़ेगा ? स्मरण नहीं क्या कि पूर्व जन्म में तुम वही कपटी ओमेश्वर थे जिसने मेरा समस्त जीवन नर्कतुल्य बना दिया? सत्तर वर्ष, सत्तर वर्षों तक सुप्तावस्था में रहा मैं। इससे उत्तम ये होता कि तुम मेरा वध ही कर देते। आज तक ये ग्लानि तो मन में ना होती, कि यदि समय रहते मुझे अपने ज्येष्ठ भ्राता साकेत का सत्य ज्ञात हो गया होता तो कदाचित मैं उनसे क्षमा माँग पाता। और तो और अपने इस जन्म में तुम फिर से मेरे जीवन को नर्क बनाने हेतु प्रस्तुत हो गए।'' कहते हुए सुर्जन का मस्तक क्रोध से जलने लगा।

मेघवर्ण मुस्कुराया, ''मृत्यु से पूर्व मुझे केवल आंशिक रूप से ओमेश्वर के जन्म का स्मरण था। किंतु अब वो समस्त स्मृतियाँ मेरी दृष्टि के समक्ष आ चुकी हैं।''

''फिर तुम यहाँ मुझसे वार्ता करने क्यों आए हो? मेरे पास कुछ ही समय शेष है, इसलिए जाओ यहाँ से। मैं अपने अंतिम क्षण शांति से व्यतीत करना चाहता हूँ।''

सुर्जन का झुंझलाया हुआ मुख देख मेघवर्ण मुस्कुराया, ''तुम्हारी समस्या यही है सुर्जन, तुम्हारा क्रोध सदैव तुम्हारे विवेक पर हावी रहता है। तुम्हारे हृदय में धर्म के लिए स्थान था, किंतु ये तुम्हारा अनियंत्रित क्रोध ही है जो तुम्हारे द्वारा किये पापों का निमित्त बना।''

''हाँ, मुझे ज्ञात है कि मेरा क्रोध का अश्व मुझसे सधाये नहीं सधता। और उसी का दुष्परिणाम है जो आज मैं मृत्युशय्या पर हूँ। किंतु अंत समय में तुम अपना मुख दिखाकर मेरे हृदय की पीड़ा को और क्यों बढ़ाना चाहते हो ?''

''मैं केवल सत्य से तुम्हारा परिचय करवाने आया हूँ, सुर्जन। क्योंकि मृत्युलोक का त्याग करने से पूर्व यदि मैंने तुम्हें ये सत्य नहीं बताया तो कदाचित मुझे किसी भी और लोक में जाकर शांति नहीं मिलेगी।''

''अच्छा, अभी भी ऐसा कोई सत्य शेष बचा है जो मुझे ज्ञात नहीं?'' सुर्जन ने व्यंगात्मक स्वर में प्रश्न किया।

उस व्यंगात्मक भाव देख मेघवर्ण मुस्कुराया, ''तुम्हारे मन में कभी ये विचार आया कि उस दिन जब तुमने अपने भ्राता साकेत को पराजित करके अपमानित किया था, उस समय मैंने विक्रमाजित को ही तुमसे युद्ध करने क्यों भेजा ?''

''तुमने ओमेश्वर के रूप में मेरा वध करने का प्रयास किया था किंतु विफल रहे थे, स्मरण है? कदाचित विक्रमाजित में ऐसा कोई विशिष्ट गुण रहा होगा। वो तुमसे अधिक शक्तिशाली रहा होगा जो वो मुझे पंचशस्त्र द्वारा पराजित करने में सफल रहा।''

''अर्थात जिस बालक को अपने अंश और अपनी शक्ति के कुछ भाग से मैं इस संसार में लेकर आया वो मुझसे अधिक शक्तिशाली हो गया ? बड़े अचरच की बात है।''

"तुम जो कहना चाहते हो स्पष्टता से कहो।" सुर्जन ने खीजते हुए कहा।

"पाँचवें दिन चक्रव्यूह के प्रवेश द्वार पर मैंने तुम्हें पराजित करके अचेत किया था, मैं उसी क्षण तुम्हारा मस्तक काटकर गिरा सकता था। किन्तु कदाचित मेरी आत्मा का एक ग्लानि से भरा हुआ था, कहीं न कहीं मैं जानता था कि तुम्हारा वध करना अनुचित होगा। और मृत्योपरांत मुझे सम्पूर्ण वास्तविकता का ज्ञान हुआ कि वास्तव में मेरी आत्मा के उस अंश पर ग्लानि का एक बोझ था, कि तुम्हारे साथ हुए हर अन्याय के लिए कहीं न कहीं मैं ही उत्तरदायी हूँ।"

सुर्जन का स्वर गंभीर हो गया, "वो तो तुम हो ही। किंतु ये तो बताओ तुम विक्रमाजित के विषय में क्या बता रहे थे ?"

मेघवर्ण मुस्कुराया, "सत्य तो ये है कि ओमेश्वर के रूप में भी मैंने तुम्हारी मृत्यु कभी नहीं चाही थी।"

सुर्जन ने श्वास भरते हुए कटाक्ष किया, "पंचशस्त्र का प्रथम प्रहार तुमने ही मुझ पर किया था, स्मरण है या नहीं?"

"किंतु फिर भी तुम्हारी मृत्यु नहीं हुयी। क्योंकि मैंने अपनी योग सिद्धि को नियंत्रण में रखकर तुम पर प्रहार किया था। यदि उस क्षण मैंने बिना अपनी सिद्धियों को नियंत्रित किये बिना तुम पर प्रहार किया होता तो स्वयं महादेव भी तुम्हारा रक्षण नहीं कर सकते थे। तुम्हारी मृत्यु निश्चित थी।"

मेघवर्ण का कथन सुन सुर्जन का मुख आश्चर्य से खुला रह गया। मेघवर्ण ने आगे कहा, "तुम सामान्य युद्ध में विक्रमाजित पर भारी पड़ रहे थे, और मैंने दुशल को विजयधनुष के साथ आते हुए देख लिया था। इसीलिये थोड़ा समय नष्ट करने की मंशा से मैंने तुम पर प्रहार किया था, किंतु मुझे आशा न थी कि तुम इतनी शीघ्र उन घावों से उबर जाओगे, और मुझ पर प्रहार करके मुझे ही मृत्युशय्या पर लिटा दोगे। एक पंचशक्ति धारक यदि दूसरे पंचशक्ति धारक पर उस दिव्यास्त्र का प्रयोग करता, तो उसकी मृत्यु होनी ही थी।"

"अर्थात....।"

"अर्थात विक्रमाजित का जन्म इसीलिये हुआ था ताकि संकट काल में तुम पर नियंत्रण पाया जा सके। "कालरथ", पंचतत्व की शक्ति धारक को नियंत्रण में करने की क्षमता रखता है। ये कोई शक्ति नहीं अपितु एक विशिष्ट गुण है जो विक्रमाजित में जन्म से था। पंचतत्वों से जीवन का निर्माण होता है, किन्तु सृष्टि का हर जीवन काल के आधीन होता है। काल ही उसे नियंत्रित कर सकता है। इसी गुण के साथ महाराज भरत का भी जन्म हुआ था। इसलिए मेरे और उनके अतिरिक्त ऐसा कोई नहीं था जो रण में तुम्हें टक्कर दे सके। तुम आसुरी अंश के साथ जन्में थे, इसलिये मुझे सदा ही ये भय

था कि तुम अनियंत्रित हो सकते हो। इसलिये मैंने वो पंचशस्त्र बाण के रूप में विक्रमाजित के हाथों चलवाया, ताकि तुम अचेत हो जाओ और तुम्हारी मृत्यु न हो। मेरी योजना यही थी कि अचेत अवस्था में तुम्हें दुष्ट भैरवनाथ के चंगुल से छुड़ा लिया जायेगा। फिर विक्रमाजित के रक्त से तुम्हारी मूर्छा टूट ही जाती। उसके उपरांत तुम्हें सत्य बताकर सद्मार्ग पर लाने का प्रयास किया जाता, किंतु पंचशस्त्र के प्रहार से मेरी शक्ति क्षीण हो गयी। अपनी माया का प्रयोग कर वो भैरवनाथ अचेत अवस्था में ही तुम्हें लेकर भाग गया। और परिणामस्वरूप तुम्हें सत्तर वर्षों तक सुप्तवस्था का श्राप झेलना पड़ा।''

सुर्जन मौन होकर मेघवर्ण को घूरता रहा। मेघवर्ण ने व्यंगात्मक स्वर में कहा, ''सत्य कहूँ तो यदि तुमने पंचतत्व कवच का त्याग ना किया होता, तो संसार का कोई वीर किसी भी अस्त्र से तुम्हारा वध नहीं कर सकता था।''

''तो तुम मुझे अंत समय में मेरी शक्ति का बखान कर सांत्वना देने आये हो क्या?'' सुर्जन का स्वर रुष्ट हो गया, ''अपने मन में मैं घृणा की एक पूँजी लिये जी रहा था, एक पूँजी। और आज तुम ये कहने आये हो कि मेरी घृणा की उस भावना का आधार भी एक असत्य था ?'' सुर्जन ने अपना सिर पकड़ लिया।

मेघवर्ण ने कुछ कहने का प्रयास किया इससे पूर्व ही सुर्जन ने उसे रोक दिया, ''मौन रहो, मौन रहो तुम।'' कुछ क्षण क्रोध में दाँत पीसते हुए वो मेघवर्ण की ओर मुड़ा, ''माननीय महाऋषि ओमेश्वर, तनिक आप मुझे ये बतायेंगे कि कौन से काल, कौन से नक्षत्र में आपने मेरा जन्म निश्चित किया था जो मेरा सम्पूर्ण जीवन पीड़ा और दुर्भाग्य से परिपूर्ण हो गया?'' सुर्जन ने श्वास भरकर आगे कहा, ''चहुँ ओर केवल असत्य ही असत्य। सम्पूर्ण जीवन ही असत्य के आधार पर जिया मैं। और आज यहाँ आकर मुझे जो अंतिम सत्य बता रहे हैं उससे क्या लाभ होने वाला है ? केवल मेरे मन में ग्लानि और हृदय की पीड़ा बढ़ाने के अतिरिक्त और कुछ नहीं होने वाला।''

मेघवर्ण को मौन देख सुर्जन ने प्रश्न किया, ''मुझे जन्म ही क्यों दिया गया ? ताकि मैं संसार भर की पीड़ा और ग्लानि का भार अपने हृदय पर उठा सकूँ ?''

मेघवर्ण ने साँस भरते हुए कहा, ''मैं ब्रह्मा नहीं हूँ जो किसी का भाग्य लिख सकूँ। तुम्हारा भाग्य ही ऐसा विचित्र लिखा गया कि तुम असुरों के संरक्षक बनकर ही उनके विनाश का मार्ग प्रशस्त करो। और यही हुआ भी। ये निर्णय विधाता का था, भला इसमें मैं क्या कर सकता हूँ ? मेरा या किसी का भी तुम्हें सद्मार्ग पर लाने का प्रयास विफल होना ही था। कहना कठिन है, किंतु आने वाली कई सदियों तक असुर, राक्षस और दानवजाति के लोग पातालपुरी में छिपकर रहेंगे। या फिर यदि वो आर्यावर्त की भूमि पर भी होंगे तो अपना अस्तित्व प्रकट करने का दुस्साहस नहीं करेंगे।''

अपनी पीड़ा को कुछ क्षणों के लिये भूल सुर्जन हँस पड़ा, ''बड़ा विचित्र खेल है

परमपिता ब्रह्मा का। यदि मुझे इतना शक्तिशाली बनाया ही था तो क्या मैं सीधे सीधे असुरजाति पर आक्रमण कर उनके अस्तित्व का विनाश नहीं कर सकता था ? ये भाग्य का कैसा विचित्र खेल खेला गया है मेरे साथ जो मुझे ही उनका रक्षक बनाकर उनके विनाश का द्वार खोला गया ?''

मेघवर्ण ने भी व्यंगात्मक स्वर में कहा, ''वैसे तो परमपिता ब्रह्मा की नीतियों को समझना हम मनुष्यों के वश का नहीं है। किंतु अनुमान लगाना कठिन नहीं। वो तुम्हीं तो थे जिसके सामर्थ्य के बल पर असुरों ने समग्र आर्यावर्त में इतने छल, कपट और पाप फैलाने का दुस्साहस किया और स्वयं के विनाश को निमंत्रण दिया। यदि तुम एक क्षत्रिय के रूप में जन्म लेकर सीधे सीधे निरपराध असुरों पर आक्रमण करते तो अधर्मी और अत्याचारी न कहलाते? मृत्यु तो आज नहीं तो कल सभी को आनी है, किंतु वो कीर्ति सभी को प्राप्त नहीं हो सकती जो इस काल में तुम्हें प्राप्त हुयी है। तुमने अंत समय में धर्म का मार्ग चुनकर जो सम्मान प्राप्त किया है वो कदाचित आने वाली सदियों में किसी और को प्राप्त नहीं हो सकता। क्या ये सम्मान तुम्हारे उन सभी संघर्षों का प्रतिफल नहीं है जो तुम जीवन पर्यंत करते आये हो? असुरेश्वर दुर्भीक्ष जिसका सामना रण में कोई न कर सकता था, जब उसने स्वयं को धर्म के मार्ग में एक अवरोध बना हुआ देखा, तो स्वेच्छा से थाल में सजाकर अपने प्राणों का दान कर दिया। क्या तुम्हारे अमरत्व के लिये इतना सम्मान पर्याप्त नहीं?''

मेघवर्ण के उन शब्दों को सुन सुर्जन को अपने हृदय में अत्यंत शीतलता का अनुभव हुआ, ''तुमने उचित कहा मित्र। परमपिता की नीतियाँ विचित्र अवश्य हैं किंतु उन पर संदेह करना अनुचित है। किंतु मैं तुमसे एक प्रश्न का उत्तर चाहता हूँ।''

''अवश्य। मैं तुम्हारे प्रश्नों के उत्तर देने ही तो यहाँ आया हूँ।''

''युद्ध के छठवें दिन मैंने तुम्हें वज्रशक्ति मारकर कुछ क्षणों के लिये विचलित किया था। उसके उपरांत मैंने ब्रह्मशीर अस्त्र को आवाहन देने का मंत्र आरम्भ किया था। तुम मेरी आशा के विपरीत शीघ्र ही संभल गये थे, और उस समय तुम बाण चलाकर मेरा ध्यान भंग कर सकते थे। फिर तुमने अपना धनुष क्यों नीचे कर लिया?''

मेघवर्ण मुस्कुराया, ''यदि मैं उस समय अपना धनुष नीचे नहीं करता, तो एक पक्ष की सेना के विनाश तक युद्ध चलता ही रहता। और मान लो, ऐसे में किसी पक्ष की पराजय हो भी जाती। क्या पता वो पुनः शक्ति जुटाकर फिर से युद्ध की योजना बनाता। ऐसे तो अनंत काल तक युद्ध चलता ही रहता। मैंने महाबली अखण्ड से वचन ले रखा था कि वो जब तक मैं रण में खड़ा हूँ, वो महाबली वक्रबाहु को अपने प्राणों की आहुति देकर शत्रुघन को जीवनदान देने को नहीं कहेंगे। उस समय मुझे भान हो गया था कि मेरा अंत ही पौरव सेना के साथ साथ धर्म की विजय का मार्ग प्रशस्त कर सकता है। तो एक प्रकार से देखो तो जो सम्मान तुम्हें प्राप्त हुआ है, उसमें मेरा योगदान भी कम नहीं

है।''

सुर्जन ने क्षणभर मेघवर्ण की ओर देख, फिर अकस्मात ही ठहाके मारकर हँस पड़ा। उसके साथ मेघवर्ण भी जीवात्मा रूप में ठहाके लगाने लगा। दोनों एक-दूसरे की ओर देख यूँ मुस्कुरा रहे थे मानों एक दूसरे की व्यथा को समझकर अपने अपने जीवन की समस्त पीड़ा का उन्हें क्षणभर के लिये विस्मरण हो गया हो।

कुछ समय उपरांत जब सूर्यास्त से पूर्व का अंतिम प्रहर आरम्भ हुआ, तब सुर्जन के निर्देशनुसार शत्रुघन और शत्रुंजय उसकी मूरत के निकट आकर खड़े हो गये। दुर्धरा अभी भी हलवा पकाने में व्यस्त थी। इससे पूर्व सुर्जन कुछ कहता एक सैनिक वहाँ शत्रुघन के निकट आया, ''महाराज भरत ने आपके पुत्र के लिए एक दूत भेजा है, महामहिम।''

शत्रुघन ने रुष्ट स्वर में उससे कहा, ''देख नहीं रहे अभी हम व्यस्त है। उससे कहो प्रतीक्षा करे।''

सैनिक पलटकर जाने लगा। तभी सुर्जन ने उसे टोका, ''रुको सैनिक, उस दूत को यहीं मेरे समक्ष लाओ। मुझे जानना है कि महाराज भरत ने शत्रुंजय के लिए क्या संदेश भेजा है।''

शत्रुघन ने सुर्जन को आश्चर्यभाव से देखा, वहीं सुर्जन ने उसे धीरज धारण करने का संकेत दिया। शीघ्र ही भरत का भेजा हुआ दूत राजवाटिका में उपस्थित हुआ। सुर्जन ने अपना स्वर दृढ़ किये उसे आदेश दिया, ''महाराज भरत का भेजा हुआ संदेश सबके समक्ष सुनाओ दूत।''

''जो आज्ञा।'' दूत ने संदेश पत्र खोला और पढ़ना आरम्भ किया, ''युद्ध समाप्त हो चुका है और साथ ही साथ हमारा वैमनस्य भी। विदर्भ पर विजय प्राप्त करने के उपरांत उसके सिंहासन पर महाराज जयवर्धन का अभिषेक कर दिया गया है। किंतु मुझे ज्ञात है कि आपमें भी एक योग्य शासक के गुण हैं, महारथी शत्रुंजय। जैसा कि आपको ज्ञात है कि इस युद्ध में लाखों वीरों की बलि चढ़ी, लगभग समग्र आर्यावर्त की शासन व्यवस्था चरमरा सी गयी है। और इस युद्ध से पूर्व भी असुरों के नाना प्रकार के प्रपंचों ने अनेकों मनुष्यों की बलि लेने के साथ साथ कई राज्यों को राजाविहीन कर दिया था। कदाचित आर्यावर्त की इस भूमि को इस युद्ध से हुयी क्षति से उबरने में दशकों लग जायें, किंतु कहीं न कहीं हमें आरम्भ तो करना ही होगा। और इस क्षति को मैं अकेले पूर्ण नहीं कर सकता। मगध जैसे विशाल राज्य को इस समय एक योग्य शासक की आवश्यकता है। आशा करता हूँ आप मगध के सिंहासन पर विराजमान होने का मेरा प्रस्ताव स्वीकार कर मुझे सम्मानित करके आर्यावर्त को हो चुकी क्षति से उबारने के लिए

मेरा सहयोग करेंगे।'' दूत ने पत्र मोड़कर संदेश समाप्त किया।

शत्रुंजय ने मुड़कर सुर्जन की ओर देखा। सुर्जन ने उसे सहमति का संकेत किया।

तत्पश्चात शत्रुंजय ने मुड़कर दूत से कहा, ''महाराज भरत से कहना कि हमें उनका प्रस्ताव स्वीकार है। हम शीघ्र ही मगध पधारेंगे। अब तुम प्रस्थान करो।''

दूत प्रणाम करते हुए वहाँ से प्रस्थान कर गया। सुर्जन ने गर्वित स्वर में कहा, ''मगधराज शत्रुंजय की जय हो, इस महान उत्तरदायित्व के लिये अभिनंदन।''

शत्रुंजय ने सुर्जन के निकट बैठकर उसके चरणों का स्पर्श किया, ''मेरी शक्ति और मेरा सामर्थ्य आपके ही चरणों का प्रताप है, काकाश्री। मुझे आशीर्वाद दीजिये, कि मैं आपके पदचिह्नों पर चलकर धर्मपूर्वक शासन कर सकूँ।''

''कदापि नहीं। मेरे पदचिह्नों पर चलने वाला मनुष्य सदैव पतन की ओर ही जायेगा, पुत्र। इसलिए मुझसे ये आशीर्वाद तो ना माँगो।''

शत्रुंजय ने आश्चर्यभाव से प्रश्न किया, ''ये आप क्या कह रहें काकाश्री ? यदि आपने स्वेच्छा से अपनी पराजय का मार्ग नहीं बताया होता, तो ना मुझे जीवनदान मिलता और ना ही सत्य की विजय हो पाती। आपको तो आदर्शवाद का प्रतीक माना जाना चाहिये।''

''एक पुण्य को आधार बनाकर तुम मेरे किये अनेक पापों को कैसे भूल सकते हो, पुत्र? अपना विवेक खोकर मैंने जीवन में ना जाने कितने पाप किये हैं। ऐसा व्यक्ति भला आदर्शवाद का प्रतीक कैसे हो सकता है ?''

''एकचक्रनगरी के वासियों ने आपका अपमान किया । आपको सत्य का ज्ञान नहीं था इसलिये मैं नहीं मानता कि आपने उस समय अपने राज्य पर आक्रमण करके कोई अनुचित कार्य किया। आपने जीवन पर्यंत अपना दिया हुआ कोई वचन भंग नहीं किया, क्या ये एक आदर्श व्यक्तित्व का प्रतीक नहीं है? और....।''

सुर्जन ने उसे बीच में टोकते हुए कहा, ''कदाचित मेरे इसी मिथ्या आदर्श चरित्र से प्रेरित होकर, तुमने बिना विचारे आवेश में आकर जंबाल का मस्तक काट गिराया, है न?''

''उसने आप को कष्ट पहुँचाने का प्रयत्न किया था काकाश्री, मैं स्वयं को रोक ही नहीं पाया।''

सुर्जन ने क्षण भर को शत्रुंजय के मुख पर छाये क्रोध को देखते हुए कहा, ''ऐसी परिस्थितियाँ उत्पन्न ही इसलिए होती हैं ताकि मनुष्य अपने चरित्र का परीक्षण कर सके। तुम जंबाल से कहीं अधिक सामर्थ्यवान थे, पुत्र शत्रुंजय। तुम बड़ी ही सरलता से उसे परास्त कर बंदी बना सकते थे। किन्तु तुमने धैर्य और बुद्धि से काम लेने के स्थान पर

आवेश में आकर उसका वध कर दिया । सम्भव है कि गरुड़ों को हमसे शत्रुता निभाने का एक और कारण मिल जाये। कदाचित ये मेरे ही व्यक्तित्व की प्रतिछाया है जिसने तुम्हें उस समय प्रभावित किया। तुमने मुझे निराश किया, पुत्र।''

शत्रुंजय का मन ग्लानि से भर गया, ''म....मुझे क्षमा कीजिये, काकाश्री। मैं अपने कृत्य से बहुत लज्जित हूँ जो अंत समय में भी मैंने आपके हृदय को पीड़ा ही पहुँचाई। मैं....।''

''अब तनिक मौन रहो तुम।'' सुर्जन ने उसके मस्तक पर हाथ फेरते हुए कहा, ''जो मैं कहने जा रहा हूँ उसे ध्यानपूर्वक सुनो। मैं तुम्हें अपने जीवन के अनुभवों के आधार पर कुछ ज्ञान देने जा रहा हूँ, जो कदाचित तुम्हें एक उत्तम शासक बनने में सहायक सिद्ध होगा।''

शत्रुंजय हाथ जोड़ और पालथी मार सुर्जन के समक्ष बैठ गया। सुर्जन ने कहना आरम्भ किया, ''सुनो शत्रुंजय, तुमने कहा कि एकचक्रनगरी में मेरे साथ अन्याय हुआ था, इसलिए मैंने अपने भ्राता पर आक्रमण कर उत्तम कार्य किया था। किन्तु तुम ये न भूलो कि विजय के उपरांत मैंने प्रतिशोध की अग्नि में जलते हुए प्रजा का अन्न भंडार नष्ट करने का प्रयास भी किया था, जो की एक महापाप था। इसीलिए मैं मानता हूँ कि उस समय महाऋषि ओमेश्वर और विक्रमाजित ने जो किया वही उचित था।''

''उस पाप के दण्ड स्वरूप मैं सत्तर वर्षों तक सुप्तवस्था में रहा। इस दण्ड को पूर्ण करने के उपरांत जब मैं अपनी निद्रा से जागा तो मैंने जयवर्धन के व्यक्तित्व को समझे बिना ही उसे जीवनपर्यंत समर्थन का वचन दे दिया। ये मेरी दूसरी भूल थी जो मेरे समग्र जीवन और अस्तित्व को निगल गयी। इसलिये मैं तुमसे यही कहना चाहूँगा कि किसी के व्यक्तित्व को जाने बिना उसका समर्थन ना ही करो तो उचित है। और उचित होगा कि किसी को भी कभी ऐसा वचन न दो कि तुम समग्र जीवन उससे बंधकर रह जाओ।''

सुर्जन ने आगे कहना आरम्भ किया, ''माना एकचक्रनगरी की प्रजा ने मेरा बहिष्कार किया। समग्र मानव समाज मुझे भय और घृणा की दृष्टि से देखता रहा। और ये समाज का मेरे प्रति दृष्टिकोण ही तो था जिससे प्रभावित होकर गंधर्वराज उग्रसेन और उपमन्यु ने उस दिन मेरे साथ इतना बड़ा छल किया। और मेरे क्रोध की अग्नि ने सहस्त्रों निर्दोष गंधर्वों, स्त्रियों तथा बालकों तक को भस्म कर दिया। हृदय से उस ग्लानि के भार को कम करने के लिए मैं सदैव स्वयं को समझाता रहता कि मानव समाज के हर वर्ग ने मेरे साथ अन्याय किया। मैंने गंधर्वों की यथासम्भव सहायता की किंतु उन्होंने मेरे अस्तित्व को स्वीकार नहीं किया। और तो और भैरवनाथ ने मुझे भ्रमित भी किया था, इसलिये उस नरसंहार का दोषी मैं नहीं हूँ। किंतु जयवर्धन जैसे पापी का समर्थन करते हुए असुरेश्वर दुर्भीक्ष के रूप में संसार में अपनी वो छवि भी तो मैंने ही बनाई थी न।

फिर उन गंधर्वों का क्या दोष? भैरवनाथ ने मेरी बुद्धि को तो वश में नहीं किया था, वो मेरा अपना क्रोध था जो सहस्त्रों का जीवन निगल गया।''

''सत्य तो ये है कि समाज ने तुम्हें कितनी भी पीड़ा क्यों न पहुँचाई हो, तुम किसी निर्दोष के प्राण हरण कर अपनी उस पीड़ा का निवारण नहीं कर सकते। ऐसा करके तुम्हें जीवन पर्यंत केवल अशांति ही प्राप्त होगी। क्योंकि उस निर्दोष को क्षति पहुँचाकर तुमने भी तो उसके और उसके परिवारजनों के साथ अपरोक्ष रूप से वही अन्याय किया जो तुम्हारे साथ हुआ। एक ऐसा अन्याय जो व्यक्ति का विवेक नष्ट करके उसे अधर्म के मार्ग की ओर प्रशस्त कर देता है। और ऐसे मार्ग को चुनने वाले का पतन निश्चित है। तुम्हें चुनौती देने वाले योद्धाओं का रण में वध करना अवश्य तुम्हारा कर्तव्य भी है और धर्म भी। किंतु जिस निर्दोष को जीवन तुमने नहीं दिया, उससे छीनने का भी तुम्हें कोई अधिकार नहीं। यदि एक उत्तम और आदर्श शासक बनना चाहते हो तो एक साधारण सा सिद्धांत स्मरण रखना पुत्र, कि जीवन जीने और सम्मान प्राप्त करने का जितना अधिकार तुम्हारा है, उतना ही अधिकार इस समाज में निवास करने वाले साधारण से साहूकार अथवा किसी भी मनुष्य का है।''

''और मेरा अंतिम पाप यही था कि मैंने एक साधारण से सिद्धांत का सम्मान नहीं किया। जब गुरु बृहस्पति ने असुरजाति को देवों से पराजित रहने का श्राप दिलवाया तो उनमें असंतोष और भी बढ़ गया। और इसी असंतोष से जन्म हुआ उस पापी भैरवनाथ का। सत्य ये भी है कि जिस व्यक्ति में आसुरी अंश का समावेश हो, उसमें काम, क्रोध, आलस्य, ईर्ष्या, अहंकार और लालसा जैसे दुर्गुणों के प्रति आकर्षित होने की संभावना अधिक होती है। असुरों की इन नीतियों से कहीं न कहीं मैं भी प्रभावित हो गया था। क्योंकि जो सम्मान मुझे पातालपुरी में प्राप्त हुआ वो मुझे और कहीं नहीं मिला। मैंने समस्त असुर प्रजा के समक्ष भैरवनाथ का मस्तक काट गिराया था। जिस भैरवनाथ ने सदियों तक असुरों का मार्गदर्शन किया था, उसके विरुद्ध अपनी प्रजा का समर्थन पाकर मुझे अथाह संतोष प्राप्त हुआ। अपने अहंकार में भरकर मैं असुरों की नीतियों को ही सर्वश्रेष्ठ मानने लगा, और उनके संरक्षण का प्रण ले लिया। वहीं राक्षस बृजबाली और सुमाली, दानव सम्भिप्रवा तथा असुर शत्रोम और क्षत्रसाल ने भैरवनाथ के बहकावे में आकर अपने अपने राज्यों पर अधिकार करने की जो प्रपंच कथाएँ सुनाईं, उससे असुर संस्कृति के प्रति मेरा विश्वास और भी दृढ़ हो गया।''

''वास्तव में पातालपुरी की प्रजा ने मुझसे कभी द्रोह नहीं किया। उन्होंने समग्र आर्यावर्त में जो भी किया, इसी भ्रम में रहकर किया कि वो आदेश उन्हें मैंने दिया है। भैरवनाथ के साथ मिलकर मेरे साथ कपट तो केवल इन पाँच महारथियों के साथ सुबाहु ने किया। किंतु ये भी सत्य है कि उन्होंने मुझे मानवजाति की वही छवि दिखाई जो मैं स्वयं भी देखना चाहता था। और असुरसंस्कृति की श्रेष्ठता में विश्वास रखते हुए मैंने उस

हर असत्य को बड़ी सहजता से स्वीकार कर लिया।''

''किंतु मैं गलत था। वास्तव में तो ये असुरों के लिये एक अवसर था, जो वो समग्र आर्यावर्त में हिंसा फैलाकर अपने असंतोष से जन्में क्रोध को मानवजाति पर उतार सकें। और जब उन्हें ज्ञात हुआ कि ऐसा करने का आदेश उन्हें मैंने दिया है तो उनका संकल्प और भी दृढ़ हो गया।''

सुर्जन ने श्वास भरकर आगे कहना आरम्भ किया, ''स्वयं नारायण ने ऋगवेद में कहा है 'एकम सत विप्रा बहुधा वदंति' अर्थात सत्य एक ही है किन्तु हर व्यक्ति उसे अपने दृष्टिकोण अनुसार कहता है। वास्तविक सत्य तो केवल परमात्मा के आधीन है, जो इस नश्वर संसार के प्राणी को तभी ज्ञात हो सकता है जब वो मोक्ष की प्राप्ति कर स्वयं परमात्मा का अंग बन जाये। और इस अज्ञानता में ही वो अपने दृष्टिकोण को अपनी संस्कृति का आधार बनाकर और अपने आदर्शों को सत्य कहकर उसे दूसरों पर थोपने का प्रयास करता है, जो समाज में एक दूसरे के प्रति घृणा बढ़ाने का मूल कारण है। संस्कृति जीवनशैली का आधार होती है, और ये हर प्राणी का व्यक्तिगत चुनाव होना चाहिये कि उसकी जीवनशैली कैसी हो। संस्कृति किसी पर थोपी नहीं जा सकती। यदि ऐसा हुआ तो समाज में असंतोष और अराजकता बढ़ती चली जायेगी। अपने अहंकार और मानवों की प्रदर्शित की गयी कलंकित छवि के प्रभाव में आकर मैं जीवन के इस साधारण से सिद्धांत को समझ न सका।''

''अब मुझे समझ आया कि सृष्टि के आरम्भ से विधाता ने असुरों, राक्षसों और दानवों को कभी उत्तम स्थान प्राप्त क्यों नहीं होने दिया। क्योंकि असुरों की नीति ही ऐसी है, जो सदा ही स्वयं से दुर्बल के जीवन को नियंत्रित करने को प्रयास करती रही है। समय समय पर संसार में भक्त प्रहलाद और उनके पुत्र विरोचन जैसे राजा आते हैं, जो अपने शासनकाल में असुरों की छवि सुधारने का प्रयास करते रहे हैं। किंतु धर्मपरायण कहे जाने वाले राजा बलि ने भी अपने प्रतिशोध और अहंकार के वशीभूत होकर मानव समाज को भारी क्षतिं पहुँचाई थी। तब स्वयं नारायण को उन्हें उनकी भूल भान कराने हेतु वामन अवतार धारण करना पड़ा था।''

''माना भैरवनाथ और सुबाहु ने असुरों का प्रयोग कर षड्यंत्र रचा और मेरी दृष्टि में मानवों की छवि धूमिल करने का प्रयास किया, किंतु मैंने क्या किया। मैंने एकता के नाम पर मनुष्यों की स्वतंत्रता छीन उन्हें असुर संस्कृति के आधीन करने का प्रयास किया। इसलिए उचित ही हुआ जो इस युद्ध में हमें विजय प्राप्त नहीं हुयी, अन्यथा समग्र संसार पर असुरनीति का वर्चस्व होता। कदाचित अपने शासनकाल में मैं असुरों और मानवों के मध्य की हिंसा को नियंत्रित करने में सफल होता।''

''किंतु मेरे उपरांत भद्राक्ष के रूप में छुपा हुआ वो भैरवनाथ और वो दुष्टात्मा सुबाहु मिलकर फिर किसी शक्तिशाली योद्धा को प्रभावित करते। तब तक असुरों का

प्रभाव समस्त भूखण्ड पर फैल चुका होता। और मेरे उपरांत समस्त असुर, राक्षस और दानव फिर निरंकुश हो जाते और इस पृथ्वी से शेष बची सारी संस्कृतियों के धारकों से संधि भंग कर उनका विनाश करने लगते। समग्र संसार अंधकार के सागर में डूब जाता। उस भविष्य की कल्पना मात्र से ही मेरा ह्रदय थर्रा उठता है। इसलिये हमारी पराजय आवश्यक थी। और ये नियम आदिकाल से चला आ रहा है, पुत्र शत्रुंजय। जब भी धर्म-अधर्म, सत्य-असत्य, प्रकाश और अंधकार के मध्य युद्ध होता है, तो ईश्वर के साथ समस्त सृष्टि और प्रकृति भी धर्मध्वज रक्षकों का ही समर्थन करती है। हर युग में अधर्म, असत्य और अंधकार की सदैव पराजय ही होती आई है, और प्रलयकाल तक यही होता रहेगा। इसलिये अपने जीवन में सत्य और धर्म की परिभाषा को पहचानने में भूल न करना।''

सुर्जन ने शत्रुंजय का हाथ पकड़ उससे प्रश्न किया, ''क्या तुम मुझे ये वचन दे सकते हो कि मेरे जीवन को एक आदर्श के रूप में नहीं एक शिक्षा के रूप में स्मरण करोगे? जो भूल मैंने की वो तुम कदापि नहीं करोगे। मगधराज के रूप में सदा ही सत्य और धर्म को थाम कर रखोगे। क्या मेरी ये अंतिम इच्छा पूरी कर सकते हो ?''

शत्रुंजय ने अश्रु बहाते हुए सुर्जन का हाथ थामा, ''मैं आपकी हर इच्छा पूरी करूँगा, काकाश्री। वचन देता हूँ। किन्तु ये न कहिए कि आपके जीवन को केवल एक शिक्षा के रूप में स्मरण रखूँ, आदर्श व्यक्तित्व के रूप में नहीं। यदि अपने व्यक्तिगत चुनाव और क्रोध के कारण आपसे पाप हुए हैं, तो इस युद्ध में धर्म की विजय का मार्ग भी तो आप ही के चुने विकल्प ने प्रशस्त किया है। विजय के स्थान पर धर्म की विजय के लिए स्वेच्छा से आत्मबलिदान के इस मार्ग का चुनाव करना आदर्शवाद का प्रतीक क्यों नहीं हो सकता ?''

''बालक ने तर्क तो उत्तम दिया है।'' मेघवर्ण बीच में बोल पड़ा। किंतु सुर्जन ने उसकी ओर देखा नहीं। बस मुख पर हल्की मुस्कान सी छा गयी।

शीघ्र ही दुर्धरा अपना बनाया हलवा लेकर वहाँ पहुँच आई। वो सुर्जन के समक्ष अपन कटोरी लेकर बैठ गयी। सुर्जन ने उसकी ओर हँसते हुए देखा, ''अब आज भी मुझसे ही श्रम करवाओगी। ये अंतिम निवाला तो अपने हाथों से खिला दो।''

''हम्म, अवश्य।'' नेत्रों से अश्रु बहाते हुए उसने सुर्जन को हलवे का निवाला खिलाना आरम्भ किया। सुर्जन ने उसके स्वाद को अपने रोम रोम में महसूस किया।

तृप्त होने के पश्चात दुर्धरा के गालों पर हाथ फेरते हुए सुर्जन भावुक हो गया, ''यदि तुम मेरे जीवन में ना आई होती, तो कदाचित इस प्रकार मैं संतुष्ट होकर अपनी देह का त्याग कदापि ना कर पाता। तुम न होती तो अंत समय में वो सम्मान मुझे कभी प्राप्त न होता जो ब्रह्मऋषि विश्वामित्र और स्वयं सम्राट भरत को मुझे प्रणाम करने पर विवश कर दे। तुमने मेरे जीवन को सम्पूर्ण किया है, दुर्धरा। तुम एक आदर्श नारी का

प्रतीक हो, जिसे संसार सदैव स्मरण रखेगा।''

दुर्धरा के हाथ से हलवे का कटोरा गिर गया, वो सुर्जन की छाती से लिपटकर विलाप करने लगी। कुछ क्षणों उपरांत शत्रुघन सुर्जन के नवजात पुत्र साकेत को उसके समक्ष ले आया, ''एकचक्रनगरी के भावी नरेश को अपने आशीर्वाद से कृतार्थ कीजिये, महारथी सुर्जन।''

सुर्जन ने मुस्कुराते हुए अपने पुत्र को गोद में लिया और उसे कई बार चूमा। सुर्जन को अपने पुत्र को लाड़ प्यार में व्यस्त देख मेघवर्ण मुस्कुराया। कुछ समय उपरांत उसने भारी मन से सुर्जन को कहा, ''सूर्यास्त होने को है मित्र, समय आ गया है। मैं तुम्हें साथ लिये बिना नहीं जाऊँगा।''

यह सुनकर सुर्जन का मन भी भारी हो गया। तभी राजबाग में भाले और ढाल सहित सैकड़ों योद्धा एकत्र होने लगे। सुर्जन ने आश्चर्यभाव से शत्रुघन की ओर देखा।

शत्रुघन ने छाती चौड़ी करते हुए कहा, ''ये एकचक्रनगरी के सर्वश्रेष्ठ योद्धा, सेनानी और मंत्री हैं, महारथी सुर्जन। मैं आपसे विनती करता हूँ कि उनके युवराज से उनका परिचय करवाईये।''

सुर्जन ने क्षण भर उन शस्त्रधारियों की ओर देखा, फिर दृढ़ होकर अपनी छाती से बहते हुए रक्त से अपने पुत्र को तिलक लगाया। तत्पश्चात उसके संकेत पर शत्रुघन ने नवजात साकेत को उठाया और गर्व से सैनिकों के समक्ष प्रस्तुत किया, ''एकचक्रनगरी के युवराज साकेत की कीर्ति अमर रहे।''

वहाँ उपस्थित समस्त योद्धाओं ने युवराज साकेत की जयघोष के नारे लगाने आरम्भ किये। तत्पश्चात शत्रुघन ने साकेत को शत्रुंजय की गोद में दे दिया, और तत्काल ही अपनी म्यान से तलवार खींच निकाली। वो सुर्जन के समक्ष घुटनों के बल झुक गया और उस तलवार को उसके समक्ष प्रस्तुत किया, ''गुरुदेव वसुधर ने तुम्हारे पराक्रम को देख ये तलवार तुम्हें भेंट की थी, सुर्जन। ये केवल एक तलवार नहीं, हमारी मित्रता के स्मृतिधारक के साथ परमवीर महारथी सुर्जन के पराक्रम की निशानी भी है। इसे स्वीकार करो।''

सुर्जन के उस तलवार को हाथ में लेते हुए वहाँ उपस्थित समस्त योद्धाओं ने भालों से भूमि पर मारना आरम्भ किया। कईयों के भाले और ढालें आपस में टकराये और उस शोर से उन्होंने महारथी सुर्जन के प्रति अपना सम्मान प्रदर्शित किया।

सुर्जन ने दायें हाथ में वो तलवार पकड़ी और उसे विद्युत गति से घुमाते हुए हाथ के सहारे खड़ा किया। तत्पश्चात वो अपनी उस मूरत के सहारे बैठे बैठे ही दृढ़ होकर ढलते हुए सूर्य की ओर देखने लगा मानों बड़ी व्यग्रता से अपनी आने वाली मृत्यु से आँखें मिलाकर उसका स्वागत करना चाहता हो। योद्धाओं ने शोर करना जारी रखा।

ढलते हुए सूर्य के अंतिम क्षणों में महारथी सुर्जन के मुख से फूट पड़ा, "बलिदान पर शोक नहीं उत्सव हो, धर्म की सदा ही जय हो।" अपने वो अंतिम शब्द कहने के उपरांत सुर्जन का मस्तक झुक गया। किन्तु हाथों में थमी तलवार अभी भी स्थिर खड़ी थी।

ढलते हुए सूर्य के साथ बाग़ में उपस्थित योद्धाओं ने अपने शस्त्र नीचे किये और दुर्भीक्ष के सम्मान में घुटनों के बल झुक गये। दुर्धरा उसकी छाती से लिपटकर विलाप करने लगी। शत्रुंजय भी साकेत को गोद में लिये अश्रु बहाने लगा। किंतु शत्रुघन ने अश्रु नहीं बहाये, अपितु अपने मित्र के अंतिम शब्दों का मान रखने हेतु उसने शंखनाद किया।

इस प्रकार महारथी सुर्जन ने भय और क्रूरता का पर्याय समझे जाने वाले असुरेश्वर दुर्भीक्ष की छवि का त्याग करके सदा के लिये अपने नेत्र बंद कर लिये। एक ऐसा महावीर जिसने विपरीत परिस्थितियों में अपने धर्म में दृढ़ रहने का अद्भुत संदेश देने हेतु अपने समग्र जीवन को एक उदाहरण के रूप में प्रस्तुत किया, और मानवता का अविस्मरणीय संदेश देकर मृत्युलोक को अंतिम प्रणाम किया।

जब मेघवर्ण और दुर्भीक्ष के नेत्र खुले तो उन्होंने स्वयं को बड़े विचित्र स्थान पर पाया। दोनों एक पत्थर के सहारे बैठे आसपास का वातावरण निहार रहे थे। चहुँ ओर विचित्र सा प्रकाशमय वन था जिसकी हरियाली की आभा उगते हुये सूर्य के समान भव्य थी और हृदय को अद्भुत शीतलता का अनुभव करवा रही थी।

'ये हम कहाँ आ गये?' दुर्भीक्ष आश्चर्य में था।

मेघवर्ण ने मुस्कुराते हुये उस प्रकाशमय वन को निहारते हुये कहा, 'कदाचित सत्य से परिचित होने का समय आ गया है।'

हृदय में अदम्य संतोष का अनुभव करते हुये दुर्भीक्ष के मुख पर भी मुस्कान खिल गयी, 'ॐ असतो मा सद्गमय। तमसो मा ज्योतिर्गमय। मृत्योर्मामृतं गमय।'

चतुर्दशम् अध्याय

न्यायविधान

गंगा नदी के भीतर कंधे तक खड़े होकर अवधूत और महाबली अखण्ड, दोनों ही सूर्यनारायण की आराधना कर रहे थे। अपनी आराधना के उपरांत दोनों साथ में ही तट पर आये।

स्वयं को स्वच्छ करने के उपरांत अवधूत ने भगवा वस्त्र धारण कर माथे पर तिलक लगाया। आज एक सदी से भी अधिक समय के उपरांत अपनी प्रतिज्ञा पूर्ण होने पर उन्होंने अघोरी वेश का त्याग करके अपना ब्राह्मणत्व वापस धारण किया था। तत्पश्चात उन दोनों गंगा नदी के तट के पास बैठकर दो प्रहर तक एक यज्ञ किया।

यज्ञ समाप्त होने के उपरांत महाबली अखण्ड ने अपने हाथों से अवधूत को जनेऊ पहनाया। तत्पश्चात अवधूत को प्रणाम करते हुए अखण्ड ने विनती की, "मैंने अपना हर कर्तव्य पूर्ण किया गुरुदेव, अब आज्ञा दीजिये।"

"अवश्य रक्षराज, अब आपके स्वर्ग की ओर प्रस्थान करने का समय आ गया है।" कहते हुए अवधूत ने निकट सजी हुयी चिता की ओर संकेत किया।

महाबली अखण्ड पलटकर प्रसन्नतापूर्वक चिता की ओर जाने लगे, और शीघ्र ही उस पर लेट गये। तत्पश्चात उन्होंने नेत्र बंद करते हुए अपना मुख खोला। एक छोटे से प्रकाश पुंज के रूप में रक्षराज दुशल की आत्मा मुखद्वार से निकल गयी। अखण्ड का शरीर निष्प्राण हो गया, रक्षराज दुशल की आत्मा भूलोक का त्याग करके

अपनी अंतिम यात्रा की ओर चल पड़ी।

अवधूत ने विधिपूर्वक अखण्ड के शरीर का अंतिम संस्कार करते हुए रक्षराज को अंतिम प्रणाम किया।

महाराज भरत के हस्तिनापुर की सीमा के प्रवेश द्वार पर पहुँचते ही नगाड़ों की ध्वनि आरम्भ हुयी। उनकी विजय का उत्सव मनाने की मंशा से अनेकों शंखनाद गूँज उठे। किंतु भरत को वो उत्सव का माहौल बड़ा अनुचित जान पड़ा। उन्होंने उग्रश्रवा को अपने निकट बुलाकर आदेश दिया, ''पूरे नगर में मेरा ये आदेश जारी करो। कोई शंखनाद अथवा किसी नगाड़े की ध्वनि मेरे कानों में नहीं पड़नी चाहिए। इस युद्ध में हमने संसार के श्रेष्ठतम योद्धाओं को खोया है, इसलिये कोई उत्सव नहीं मनाएगा।''

''जो आज्ञा, महाराज।'' सहमति जताते हुए उग्रश्रवा अपने अश्व पर आरूढ़ होकर नगर के भीतर गया।

वहीं महाराज भरत अपने दल समेत नगरद्वार पर ही खड़े रहे। कुछ समय उपरांत उग्रश्रवा ने वापस आकर सूचित किया, ''आपका आदेश जारी कर दिया गया है, महाराज। आज नगर में कोई उत्सव नहीं मनाएगा।''

भरत ने श्वास भरते हुए कहा, ''नागराज तक्षक के साथ साथ उन चार ब्राह्मणों को भी मेरे दरबार में आज ही प्रस्तुत किया जाये जिनके श्राप के भय से महाराज दुष्यंत ने एक शूद्र बालक को मृत्युदंड सुनाया था। मैं आज के आज ही दोनों का न्याय करूँगा।''

शीघ्र ही हस्तिनापुर के राजमहल में सभा बुलाई गयी। तक्षक को अभिमंत्रित बेड़ियों से जकड़कर सभा में लाया गया ताकि वो सर्प रूप धरकर अदृश्य ना हो सके। उसके समक्ष आते ही भरत ने अपने मंत्री को आदेश दिया, ''तक्षक पर लगे आरोप पढ़ें जायें, मंत्रीवर।''

मंत्री ने महाराज भरत को प्रणाम करके अपने हाथों में थमा पत्र खोलकर पढ़ना आरम्भ किया, ''नागराज तक्षक पर ये आरोप है कि उन्होंने पूर्व हस्तिनापुर नरेश चंद्रवंशी महाराज ऋक्ष से हुयी संधि को भंग किया है। महाराज ऋक्ष ने तक्षक को खाण्डववन की भूमि दान में देते समय ये उनसे ये वचन लिया था कि वो कभी पौरवों पर आक्रमण नहीं करेंगे। इस संधि पर मुहर लगाने हेतु पूर्व हस्तिनापुर नरेश महाराज ऋक्ष ने तक्षक पुत्री ज्वाला से विवाह भी किया था। किंतु नागराज तक्षक ने विदर्भ की सेना का समर्थन करते हुए पुरूराष्ट्र के विरुद्ध शस्त्र उठाकर उस संधि को भंग करने का

दुस्साहस किया है। अतः महाराज से अनुरोध कि वो नागराज तक्षक के लिए न्यायोचित दण्ड निश्चित करें।''

भरत ने तक्षक को घूरते हुए प्रश्न किया, ''तुम अपने बचाव में कुछ कहना चाहते हो तक्षक ?''

तक्षक ने हँसते हुए कहा, ''तुम चंद्रवंशियों की यही समस्या है। इतने पुराने वचन को कौन स्मरण रखता है ? और वैसे भी महाराज ऋक्ष से मेरी संधि तो खाण्डव वन की भूमि के लिये हुयी थी। और मैं तो उस भूमि का त्याग बहुत पहले ही कर चुका हूँ, तो फिर संधि निभाने का प्रश्न ही कहाँ उठता है? मैं नागलोक का राजा हूँ। असुरेश्वर दुर्भीक्ष ने इस युद्ध में भाग लेने के लिये आर्यावर्त की भूमि का एक बड़ा टुकड़ा दान देने का वचन दिया था। उनकी शक्ति का प्रताप सुन मैंने उनकी विजय सुनिश्चित मानी थी इसलिये मैंने युद्ध में उनका समर्थन किया। मैंने अपनी जाति की प्रगति चाही थी, तो इसमें अनुचित क्या था?''

भरत ने कटाक्षमय स्वर में कहना आरम्भ किया, ''दिया हुआ वचन तोड़ा नहीं जा सकता तक्षक, चाहें तुम संधि की भूमि अपने पास रखो या उसका त्याग कर दो। किंतु तुम्हारे जैसा नीच और लालची वचन का मोल क्या समझेगा ? और जहाँ तक नागलोक का राजा होने का प्रश्न है, तुम्हें वास्तव में लगता है कि अपने लालच के लिये अधर्म के पक्ष में युद्ध करने, और तीस सहस्र नागयोद्धाओं की बलि चढ़ाने के उपरांत नागलोक तुम्हें अपने राजा के रूप में स्वीकार करेगा ?''

भरत का स्वर सुन तक्षक विचलित हो उठा, ''क... कहना क्या चाहते हो तुम?''

''जिस दिन युद्ध में मैंने तुम्हारे योद्धाओं का संहार करके तुम्हें बंदी बनाया था, उसी दिन नागदेव वासुकि मुझसे भेंट करने आये थे। तुम्हारे कुकर्मों से खिन्न होकर उन्होंने ही मुझे तुम्हें दण्ड देने का आदेश दिया था। नागलोक का प्रतिनिधि तो अब तक चुना जा चुका होगा। तुम्हारी लालसा तुम पर ही भारी पड़ गयी तक्षक। ना दुर्भीक्ष की दी हुयी भूमि मिली, नागलोक का सिंहासन गया सो अलग।''

भरत के कटाक्ष सुन तक्षक अचंभित रह गया। वो इतना व्यथित हो उठा मानों अभी कोई पत्थर मिल जाये और वो उस पर अपना सर पटक ले।

भरत ने अपने सिंहासन से उठकर घोषणा की, ''तुमने लालच में आकर अपना वचन तोड़ा और अपना सबकुछ खो दिया। किंतु फिर भी मैं अपने पूर्वज महाराज ऋक्ष के दिये वचन का मान रखते हुए तुम्हें अंतिम अवसर देने को सज हूँ। मेरे विशिष्ट सैन्य अधिकारी इसी समय तुम्हें लेकर खाण्डववन की ओर प्रस्थान करेंगे। आज के उपरांत तुम सदा के लिये खाण्डववन की सीमा के भीतर ही रहोगे। मेरे एक सहस्र योद्धा सदैव ही वन के आसपास विभिन्न वेश धारण किये विचरण करते रहेंगे। और मेरी इस अंतिम

चेतावनी को सदैव स्मरण रखना तक्षक, यदि तुमने मेरे शासनकाल में अपना एक पग भी खाण्डववन के बाहर निकाला, तो उसकी सूचना मिलते ही मैं तुम्हारे लिये मृत्युदण्ड का आदेश जारी कर दिया जायेगा।''

तक्षक क्रोध में भरकर भरत को घूरने लगा। भरत ने वहाँ उपस्थित एक सैन्यअधिपति को आदेश दिया, ''सेना की टुकड़ी लेकर जाओ और इस तक्षक को खाण्डववन की भूमि पर पटककर आओ।''

भरत के आदेश पर सैनिकों का एक दल भालों की नोक पर तक्षक को राजसभा से बाहर ले गया।

उसके जाने के उपरांत भरत ने आदेश दिया, ''उन चारों ब्राह्मणों को प्रस्तुत किया जाये।''

पुरूराज के आदेश का तत्काल ही पालन हुआ। चार ब्राह्मणों को बेड़ियों में जकड़कर दरबार में लाया गया। वो ब्राह्मण चीखे चिल्लाते हुए भरत की निंदा करने लगे, तथा अत्यंत कटु वचन कहने लगे। किंतु भरत के संकेत पर उनकी उपेक्षा का उत्तर किसी ने नहीं दिया।

भरत के समक्ष पहुँचकर प्रथम ब्राह्मण ने उनकी आलोचना करते हुए कहा, ''तुम्हारी मति भ्रष्ट तो नहीं हो गयी पुरुराज, जो हम जैसे ज्ञानी ब्राह्मणों को इस प्रकार बेड़ियों में बाँधकर दरबार में खड़ा कर दिया।''

उस ब्राह्मण की उलाहना का उत्तर दिये बिना भरत ने कठोरतापूर्वक कहा, ''मुझे तुम सबके ब्राह्मण होने पर संदेह है। इसलिये पहले तुम चारों अपना परिचय दो।''

प्रथम ब्राह्मण ने आश्चर्यभाव से प्रश्न किया, ''हमारे जैसे विख्यात ब्राह्मणों के परिचय पर संदेह कर रहे हो तुम, पुरुराज ? स्मरण रखना, नर्क में भी स्थान प्राप्त नहीं होगा तुम्हें।''

''अपना परिचय दो ब्राह्मणों।'' भरत का स्वर और कठोर हो गया।

प्रथम ब्राहमण ने दाँत पीसते हुए कहा, ''ठीक है, तुम्हारी यही इच्छा है तो यही सही। हम चारों महाऋषि सुधर्मा के पुत्र हैं। मेरा नाम सुयश है, और ये मेरे तीन भ्राता सुधन्वा, वृत्तेष और चक्ररथ हैं।''

भरत ने आदेश दिया, ''महाऋषि सुधर्मा को दरबार में प्रस्तुत किया जाये।''

पुरूराज के आदेश अनुसार शीघ्र ही महाऋषि सुधर्मा को दरबार में प्रस्तुत किया गया। अपने पुत्रों को बेड़ियों में जकड़ा देख ऋषि सुधर्मा को तनिक भी आश्चर्य नहीं हुआ। उन्होंने दरबार में आकर भरत को प्रणाम किया, पुरूराज ने भी दोनों हाथ जोड़ उनका स्वागत किया और अपने हाथों से उनके चरण कमलों को गुलाब जल से स्वच्छ

कर उन्हें आसन पर बैठाया।

उन्हें आसन पर बिठाने के उपरांत महाराज भरत ने उनसे प्रश्न किया, "आपके पुत्रों पर ये आरोप है ऋषिवर, कि उन्होंने एक तेरह वर्षीय शूद्र बालक को मंदिर में प्रवेश करने और खेल खेल में पुजारियों के साथ गायत्री मंत्र का जाप करने पर अपराधी घोषित कर दिया। ये चारों उस बालक दरबार में ले आये और मेरे पिता पूर्व हस्तिनापुर नरेश दुष्यंत को अपने श्राप का भय दिखाकर उसे मृत्युदण्ड दिलवाया। आप एक ज्ञानी ब्राह्मण हैं ऋषिवर, जिसने चारों वेदों सहित अनेकों ग्रथों को कंठस्थ किया है। दशकों तक तप करके आपने कई सिद्धियाँ भी प्राप्त की हैं। मैं आपसे जानना चाहता हूँ, कि अपने पुत्रों के इस दुष्कृत्य के विषय में आपके क्या विचार हैं ?"

ऋषि सुधर्मा मुस्कुराये, "हे नरेश, आप वास्तव में न्याय और ज्ञान की मूर्ति हैं। आपने मुझसे ये प्रश्न करके केवल मुझे सम्मानित ही नहीं किया, अपितु समाज को ये संदेश भी दिया है कि कोई भी जन्म से ब्राह्मण, क्षत्रिय, वैश्य या शूद्र नहीं होता। आपने ये संदेश दिया है कि जो व्यक्ति अपने श्रम और सिद्धियों द्वारा वास्तविक ब्राह्मणत्व को अर्जित करता है उसे राजा के दरबार में उच्च स्थान प्राप्त होता है, और जो अज्ञानी अपने अधूरे ज्ञान के अहंकार में निर्दोषों का शोषण करता है, वो सदैव इसी प्रकार बेड़ियों में बंधा अपने दण्ड की प्रतीक्षा करता है।"

अपने पिता का तर्क सुन ब्राह्मण सुयश अचंभित रह गया, "ये आप क्या कह रहे हैं पिताश्री ? हम आप जैसे सिद्ध ऋषि के पुत्र हैं। हमने चारों वेदों और कई पुराणों का अध्यन किया है, कई यज्ञ, हवन और पूजन भी कराये हैं। क्या हमारा ब्राह्मणत्व सिद्ध करने हेतु इतना पर्याप्त नहीं ? महाराज भरत को इस प्रकार हमारे ब्राह्मणत्व पर प्रश्न उठाने का अधिकार किसने दिया ? और हम तो जन्म से ही मानवों में श्रेष्ठ हैं, भला एक नीच जाति के बालक का अपने मंदिरों में प्रवेश करके मंत्रों का जाप करना कैसे स्वीकार कर लेते हम? यदि उस बालक को दण्ड ना दिया जाता, तो कल हर तुच्छ से तुच्छ व्यक्ति मंदिरों में प्रवेश कर उसे अपवित्र करने लगता।"

ऋषि सुधर्मा ने भरत से विनती की, "मेरी इच्छा है कि इनके कुतर्कों की काट आप स्वयं प्रस्तुत करें, पुरूराज।"

"जो आज्ञा ऋषिवर।" सहमति जताते हुए भरत ने कठोर स्वर में ब्राह्मण सुयश से प्रश्न किया, "तुम स्वयं को चारों वेदों और ग्रन्थों का ज्ञाता कहते हो न, ब्राह्मणकुमार। तो बताओ, चारों वेदों में ऐसा कौन सा वेद और ऐसा कौन सा ग्रंथ है जो ये कहता है कि व्यक्ति का जन्म ही उसकी जाति निर्धारित करता है?"

भरत का तर्क सुन सुयश कुछ क्षणों के लिये विचलित हुआ। फिर स्वयं को संभालते हुए कहा, "वेदों में ऐसा नहीं लिखा, किंतु जो परंपरा वर्षों से चली आ रही है उसका क्या? आखिर हमारे पूर्वजों ने कुछ विचार करके ही तो ऐसी परंपरा बनाई होगी

न, कि नीच जाति का व्यक्ति मंदिर में प्रवेश न करे। तो उस कुम्हार के पुत्र को दण्ड दिलवाकर हमने उस परंपरा का ही पालन तो किया है। और परंपरा ही धर्म है।''

भरत ने क्रोध में भरकर सुयश को फटकारा, ''ऐसी परंपरा बनाई है तुम्हारे ही जैसे अज्ञानी और मिथ्याचारी ब्राह्मणों ने, ताकि बिना कोई श्रम किये उनका वर्चस्व और प्रभाव समाज पर बना रहे। और मानवाधिकार का हनन करने वाली ऐसी परंपरा को मैं धर्म मानने को सज नहीं हूँ। धर्म की परिभाषा समाज और उस समाज में निवास करने वाले मनुष्यों की जीवनशैली निर्धारित करता है। जो परंपरा सर्प बनकर समाज का गला घोटने लगे, वो कदापि धर्मसंगत नहीं हो सकती। ऐसे नियम और परंपराओं में परिवर्तन करना होगा। और ये परिवर्तन केवल आज ही नहीं होगा, अपितु भविष्य में जीवनशैली में परिवर्तन के आधार पर हर पुरानी परंपरा को भी परिवर्तित होना ही होगा।''

भरत ने आगे कहना आरम्भ किया, ''हे आज्ञानी ब्राह्मण, तुम्हें वेदों और ग्रंथों का ज्ञान है और तुम ये स्वयं भी जानते हो कि परमपिता के बनाये नियमों के अनुसार जन्म से हर व्यक्ति शूद्र ही होता है। संसार के प्रथम मनुष्य महामना मनु ने भी मनुस्मृति में इस सत्य की व्याख्या की है कि 'जन्मना जायते शूद्रः कर्मणा द्विज उच्यते', अर्थात् जन्म से हर मनुष्य शूद्र है और समाज में उसका स्थान उसके अपने कर्म निर्धारित करते हैं। किंतु तुम्हारा अहंकार इस सत्य को स्वीकार करने को सज नहीं। ईश्वर अनन्य है। उस पर किसी एक का अधिकार नहीं हो सकता, समग्र समाज को ये अधिकार है कि वो मंदिरों में प्रवेश करके ईश्वर की आराधना कर सकें। क्योंकि ईश्वर व्यक्ति के तन पर लगे मैल को नहीं, उसके हृदय की आस्था और प्रेम को देखता है। और इसी प्रेम से उसे संतोष प्राप्त होता है और मनुष्यों पर उसकी कृपा बनी रहती है। इसलिये आज मैं उस परंपरा का अंत करता हूँ जो तुम जैसे अज्ञानी ब्राह्मणों ने बनाई है। आज से मेरे शासन क्षेत्र में मंदिरों में यदि किसी भी ब्राह्मण ने किसी भी मनुष्य के प्रवेश पर प्रतिबंध लगाया तो उसे दस वर्ष के कठोर कारावास का दण्ड प्राप्त होगा।''

''सावधान पौरवराज।'' ब्राह्मण सुयश ने भरत को चेतावनी देते हुए कहा, ''तुम समग्र ब्राह्मणजाति का अपमान कर रहे हो। मैं तुम्हें श्राप देता हूँ....।''

भरत ने उसे बीच में ही टोकते हुए कहा, ''तुम्हारे जैसे मूढ़ और अज्ञानी मनुष्य के वचनों का मेरी दृष्टि में कोई मूल्य नहीं है, युवक। तुम चारों ने एक जघन्य अपराध किया है और उसका दण्ड तुम्हें अवश्य प्राप्त होगा। और ये दण्ड तुम्हारे ही पिता निश्चित करेंगे।'' कहते हुए पौरवराज महाऋषि सुधर्मा की ओर मुड़े, ''मानता हूँ, ये निर्णय करना आपके लिये सरल नहीं होगा। संसार में ब्राह्मणत्व की श्रेष्ठता सर्वविदित है। किंतु ऐसे अज्ञानी और अहंकारी मनुष्य ब्राह्मणत्व को कलंकित करके उसकी छवि मिट्टी में मिला देंगे। इसलिये यदि समाज को ब्राह्मणत्व की वास्तविक परिभाषा का

संदेश देना है तो ये न्याय आपको ही करना होगा।''

महर्षि सुधर्मा ने अपने आसन से उठकर क्षणभर के लिये क्रोधभरी दृष्टि से अपने चारों पुत्रों की ओर देखा, ''मैंने तुम चारों को ज्ञानी बनाने का बहुत प्रयास किया, किंतु तुमने अपने अहंकार को अधिक महत्व का समझा। सत्य तो ये है कि व्यक्ति का चरित्र उसके जीवन के अपने चुने हुए मार्ग से निश्चित होता है। और तुम चारों ने अपना मार्ग चुन लिया है। इसलिये अब दण्ड को भी सज रहो।''

तत्पश्चात वो महाराज भरत की ओर मुड़े, ''हे पुरुराज, हे धर्मध्वज रक्षक, मैं अपने हृदय को पाषाण करके ये प्रस्ताव रखने जा रहा हूँ। कृपया इसे स्वीकार करें।'' क्षणभर श्वास भरकर ऋषि सुधर्मा ने कहा, ''एक निर्दोष बालक की मृत्यु का निमित्त बनकर मेरे सभी पुत्रों ने ब्राह्मणत्व का अपमान किया है। इसलिये मेरा ये प्रस्ताव है कि इनके जनेऊ उतरवाकर इनसे ब्राह्मण होने का सम्मान छीन लिया जाये। और साथ ही इन चारों को पूरे दस वर्षों तक उस शूद्र परिवार का सेवक बनकर रहने का दण्ड दिया जाये। सेवा से मुक्त होने के उपरांत भी जीवन पर्यंत इन्हें शूद्र जाति का ही माना जायेगा।''

सुधर्मा के कठोर शब्द सुन उनके चारों पुत्रों के अश्रु निकल आये, अपने ही पिता के इस निर्णय वो स्वयं भी अचंभित थे। ज्येष्ठ पुत्र सुयश ने स्वयं को संभालते हुए अपने हाथ जोड़े, ''यदि यही आपका निर्णय है तो हमें स्वीकार है, पिताश्री। किंतु यदि आप आज्ञा दें, तो इस न्याय के सूत्रधार पुरूराज भरत से मैं एक अंतिम प्रश्न करना चाहता हूँ।''

''आज्ञा है।'' ऋषि सुधर्मा की आज्ञा से सुयश ने क्रोध भरी दृष्टि से महाराज भरत के नेत्रों में देखा, ''स्वयं को धर्म का रक्षक और न्याय की मूर्ति समझने वाले हे हस्तिनापुर नरेश, तुमने ब्राह्मणपुत्र होते हुए भी हम सबका ब्राह्मणत्व छीन लिया। किंतु ये तो बताओ जिस नियमानुसार तुमने मुझे दण्ड दिया है क्या स्वयं के जीवन में उन नियमों का पालन कर पाओगे?''

''जो कहना है स्पष्ट रूप से कहो, युवान। मैं तुम्हारे हर तर्क का खंडन करने के उपरांत ही तुम्हारे दण्ड की घोषणा करूँगा।'' भरत ने दृढ़ होकर कहा।

''सदियों पहले समाज का संतुलन बनाये रखने के लिये ये नियम बनाया गया था कि ब्राह्मण का पुत्र ब्राह्मण, राजा का पुत्र राजा, वैश्य का पुत्र वैश्य और शूद्र का पुत्र शूद्र ही रहेगा। तुम कहते हो किसी भी व्यक्ति की जाति उसका जन्म नहीं अपितु कर्म निर्धारित करता है। तुमने आज हमारा ब्राह्मणत्व छीनकर समाज के इस नियम को भंग तो कर दिया। किंतु क्या भविष्य में अपने उत्तराधिकारी का चुनाव करते समय इस नियम को स्मरण रख पाओगे तुम ?''

सुयश के कटाक्ष को सुन महाराज भरत ने क्षणभर के लिये मौन धारण कर लिया। उनके क्षणभर के मौन में ही उस सुयश को अपनी विजय दिखने लगी। उसने सभा में चीखते हुए कहा, "देखो सभाजनों, जन्म और कर्म के महत्व पर ज्ञान देने वाला तुम्हारा पुरुराज मौन हो गया। क्योंकि अब बात स्वयं पर आ गयी है।" उसने भरत को घूरते हुए प्रश्न किया, "तो कहो पुरुराज, अपने उत्तराधिकारी का चुनाव करते समय क्या अपनी आने वाली संतानों के साथ साथ तुम सामान्य प्रजाजनों और योद्धाओं को भी अपनी योग्यता सिद्ध करने का अवसर प्रदान कर पाओगे ? या फिर तुम्हारे द्वारा निश्चित किया हुआ ये कर्म का सिद्धांत केवल हम चार ब्राह्मणों के लिये है ?"

महाराज भरत सुयश की उन्माद से भरी मुस्कान देख स्वयं भी मुस्कुरा दिये, "मैं अपने पुत्रों को इस योग्य अवश्य बनाऊँगा, कि वो मेरे उपरांत मेरे शासन को संभाल सकें। किंतु कर्म के सिद्धांत का त्याग मैं भी नहीं करूँगा, और ये सिद्ध कर दूँगा कि आज जो मैंने निर्णय लिया है वही मानव समाज के कल्याण और प्रगति का आधार बनेगा।"

तत्पश्चात भरत ने अपने सिंहासन के निकट रखे कमंडल को उठाया और उसका जल हाथ में लेकर घोषणा की, "मैं पुरूसम्राट भरत, चारों दिशाओं, पंचतत्वों और अपने पूर्वजों को साक्षी मानकर ये प्रतिज्ञा लेता हूँ, कि अपने उत्तराधिकारी का चुनाव करते समय समग्र पुरूराष्ट्र में यदि कोई एक भी ऐसा वीर हुआ जो धर्म, नीति, शास्त्र और शस्त्र ज्ञान में मेरी संतानों से श्रेष्ठ सिद्ध हुआ, तो वही मेरा उत्तराधिकारी बनेगा। वही भरतवंश की उस परंपरा को आगे बढ़ायेगा, जहाँ मनुष्य के जीवन का आधार जन्म प्रधान के स्थान पर कर्म प्रधान होगा।"

सम्राट भरत की प्रतिज्ञा सुन सुयश अचंभित रह गया। अब उसके पास देने को कोई तर्क नहीं था। अपने चारों भ्राताओं के साथ वो दण्ड भुगतने हेतु दरबार से प्रस्थान कर गया।

महाराज भरत उन सारी आशाओं पर खरे उतरे जो ब्रह्मऋषि विश्वामित्र ने उनसे की थी। सर्वप्रथम उन्होंने वर्षों का श्रम करके समग्र आर्यावर्त में फैल रही अराजकता का नाश किया, और हर रिक्त सिंहासन यहाँ तक पातालपुरी पर भी अपने योग्य प्रतिनिधियों का अभिषेक किया। तत्पश्चात उन्होंने गंगा, यमुना और सरस्वती नदी के तट पर कई अश्वमेघ यज्ञ किये। साथ ही साथ कई राजसूय यज्ञों द्वारा समग्र आर्यावर्त को एकता के सूत्र में बाँधा। उनके सम्मान में आर्यावर्त की अखण्ड भूमि को भरत खण्ड के नाम से अलंकृत किया गया, जो आगे चलकर भारतवर्ष के नाम से प्रसिद्ध हुआ।

सम्राट भरत ने अपनी उस प्रतिज्ञा का भी पालन किया जो उन्होंने महाऋषि सुधर्मा के पुत्रों को दण्ड देते समय राजसभा में ली थी। अपने उत्तराधिकारी की घोषणा करने हेतु उन्होंने वर्षों तक श्रम करके उस योग्य व्यक्ति की खोज की जो उनकी विचारधारा को आगे बढ़ा सके। अपने पुत्रों और पुरूराष्ट्र के समस्त वीरों का परीक्षण करने के उपरांत उन्होंने एक ऐसा निर्णय लिया जिसने समग्र भरत खण्ड में कर्म के महत्व का प्रचार हो सके।

सम्राट भरत ने अपने उत्तराधिकारी के चुनाव के लिये नाना प्रकार की प्रतियोगितायें निश्चित की जिनमें महर्षि भारद्वाज का पुत्र "भूमन्यु" भरत के सभी नौ पुत्रों और शेष प्रतियोगियों पर भारी पड़ा।

सम्राट भरत ने भूमन्यु को ही अपना पुत्र मान उसे अपना उत्तराधिकारी घोषित किया। तत्पश्चात सम्राट भूमन्यु ने भरतवंश की कर्म प्रधान परंपरा को आगे बढ़ाया।

किंतु मनुष्य भी तो मोह से ग्रस्त होता ही है। स्वयं के पुत्रों के अधिकारों का हनन कर किसी योग्य व्यक्ति को चुनना सभी के वश का नहीं होता। और यदा राजा तथा प्रजा। ऐसा परिवर्तन जो व्यक्ति विशेष के मोह के आड़े आये, भले ही वो धर्मसंगत क्यों न हो, समय के साथ नष्ट हो ही जाता है।

धीरे धीरे भरतवंश की ये कर्म प्रधान परंपरा लुप्त होती गयी, और एक बार फिर समाज ने वेदों के बनाये नियमों का विस्मरण करके स्वयं को जन्म प्रधान नियमों के वशीभूत कर लिया।

सम्राट भरत की सोलहवीं पीढ़ी में जन्में हस्तिनापुर नरेश महाराज धृतराष्ट्र ने केवल अपने पुत्र दुर्योधन और उसके अधिकारों के मोह में भरतवंश को सदा के लिये कलंकित कर दिया। चाहें भरतवंश की कुलवधू द्रौपदी का अपमान हो, या फिर महाभारत जैसा महाविध्वंसकारी युद्ध। सब इस मोह का ही तो परिणाम था।

क्या सूर्यपुत्र दानवीर कर्ण के साथ एक सारथी पुत्र होने के नाम पर हुआ हर अन्याय समाज की इन्हीं कुरीतियों का परिणाम नहीं था ?

अतीत सदा ही भविष्य के लिये एक उदाहरण होता है। किंतु फिर भी मनुष्य के मोह और स्वार्थ के कारण जन्मीं ये कुरीतियाँ समय बीतने के साथ साथ समाज का संतुलन बनाने की आड़ लेकर विकराल रूप धारण करती गयीं।

आज के समाज को देखकर लगता है कि वो परिवर्तन आना आरम्भ हो गया है। पूरे भारत में तो नहीं कहा जा सकता, किंतु आधुनिक शिक्षा ने अमीर गरीब का अंतर भले ना मिटाया हो, किंतु ऊंच नीच का अंतर मिटाना तो आरम्भ कर ही दिया है।

अब कहना कठिन है कि ये परिवर्तन स्थिर रहेगा या नहीं। समाज की वो कुरीतियाँ समाप्त होंगी या नहीं, क्योंकि भविष्य तो किसी ने देखा नहीं। किंतु अब इस

कथा के समापन का समय अवश्य आ गया है।

आशा है असुरेश्वर दुर्भीक्ष, मेघवर्ण, महाबली अखण्ड और सम्राट भरत जैसे पात्रों ने पाठकों के हृदय पर अमिट छाप छोड़ी होगी। किंतु ये सब हैं तो बस इस काल्पनिक कथा के पात्र ही। चाहें तो इन्हें केवल एक कथा का भाग समझ कर विस्मरण भी किया जा सकता है। या इन्हें उदाहरण के रूप में स्मरण रख सदा के लिए अपने हृदय में भी बसाया जा सकता है। ये तो व्यक्तिगत चुनाव है।

और जीवन में चुनाव वही उचित है जो हृदय को शीतलता और अंतरात्मा को संतोष प्रदान करे।

हर हर महादेव

रणक्षेत्रम् कथा समाप्त्

www.ingramcontent.com/pod-product-compliance
Lightning Source LLC
LaVergne TN
LVHW101357051026
849519LV00005BC/1557
* 9 7 8 9 3 8 8 5 5 6 5 5 2 *